KB100392

꽃에게 복종하세요

I

프레스노 장편소설

동아

 I

초판 1쇄 인쇄일 | 2019년 05월 22일
초판 1쇄 발행일 | 2019년 05월 31일

지은이 | 프레스노
펴낸이 | 박성면
펴낸곳 | (주)동아

출판등록 | 제406-2007-000071호
주소 | 경기도 파주시 문발로 115, 세종출판벤처타운 201-A호
전화 | (031)8071-5201
팩스 | (031)8071-5204
E-mail | bear6370@hanmail.net

정가 | 12,800원

ISBN 979-11-6302-200-8 (04810)
       979-11-6302-199-5 (set)

ZERO
NOVEL

I

꽃에게 복종하세요

프레스노 장편소설

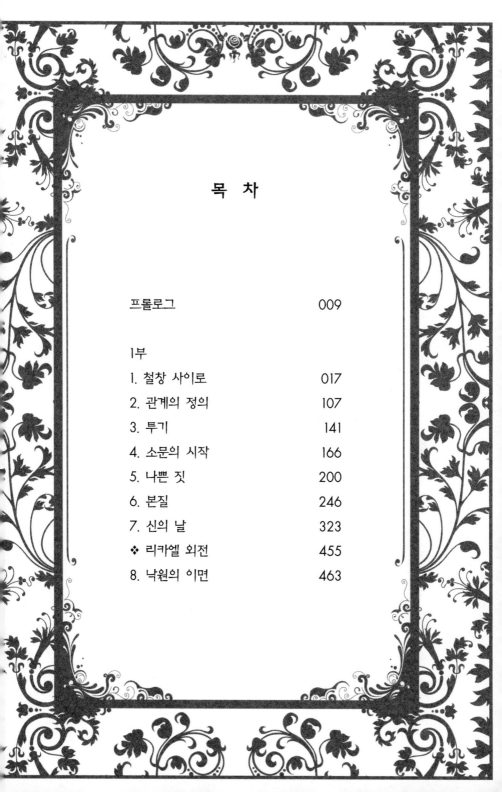

목 차

프롤로그

프롤로그

"크기도 하군."

아버지는 감탄사를 터트렸다. 내색하지는 않았지만 나도 마찬가지였다. 이렇게나 커다란 짐승은 처음이었으니까.

공작가 아래에 있는 동굴 안, 아버지와 나는 황궁에서부터 데려온 희귀품을 감상하는 중이었다.

우리 안에 갇혀 있는 것은 거대한 짐승이었다.

고고히 빛나는 금안, 근육으로 뒤덮인 날렵한 몸.

외형은 흑표범이었으나 크기는 비교도 되지 않을 만큼 커다랗다. 검은 털은 온통 핏빛을 띠었고, 날렵한 몸은 깊고 잔 흉으로 뒤덮여 있었지만 타고난 자태를 가릴 수는 없었다.

겉보기에도 예사 것이 아니었다. 하지만 더 큰 비밀은 따로 있었다.

'그 누가 이 짐승을 황태자라고 생각하겠어.'

감히 짐작도 못 할 것이다. 저것은 대제국 레오플론의 살아 있는 수치, 그 자체였으니까.

저 먼 황금시대, 대륙 문두스에서는 인간과 수많은 이종족이 평화롭게 어울려 살았다. 그러나 그것도 잠시뿐이었다.

인간은 이종족을 배척하기 시작했고, 전쟁을 일으켜 그들을 황무지로 몰아냈다. 그 후에는 인간들끼리 전쟁이 시작됐다.

결국 하나의 대륙은 다양한 제국과 여러 소국으로 갈라지고 말았다. 소수로 살아남은 이종족은 인간을 피해 외지에서 숨어 살았다. 어쩌다 잡힌 이종족은 값비싼 노예나 실험체로 팔려 나갔다.

멸족당한 마수도 이종족 중의 하나였다.

마수는 짐승의 모습으로 태어나 빛과 어둠, 물과 불 등의 원소를 다루었다. 그들 중 마력이 강한 극소수만이 인간으로 변할 수 있다고 전해져 내려온다.

그리고 현재, 레오플론은 다른 제국 사이에서도 강대했다. 황가가 원소를 다룰 수 있는 힘이 있기 때문이었다. 그들은 신의 피를 이었다 찬사를 받으며 국민의 대대적인 지지를 얻었다. 하지만 그 힘에는 깊숙한 비밀이 숨겨져 있다.

"순수한 마수라니. 이 얼마나 아름다운 생명체란 말인가."

나의 아버지, 슈타쿠스 베논 공작은 짐승을 보며 희극적인 감동을 표출했다.

그는 대륙 내 저명한 마도학자로 연구에 미친 사람이었다. 마도실험을 통해 후작에서 공작의 직위까지 오른 이이기도 했다. 그는 연구 가치가 있다고 판단되면 닥치는 대로 실험했다.

인간, 마물, 자아가 있는 이종족까지 가리지 않았다. 희귀한 이종족을 종류별로 모아 컬렉션에 넣는 것은 그의 귀중한 취미 중 하나다.

그는 레오플론 황가의 비밀을 아는 몇 안 되는 사람이다.

황족들의 힘은 선조의 혈통에서 나왔다. 초대 황제는 강력한 마수와 몸을 섞었고, 그로 인해 마수의 피는 지금까지도 황가에 전해져 내려왔다. 하지만 몇 세대 중 한 번은 심각한 부작용을 낳았다.

'완전한 마수로 태어나는 것.'

마수의 힘이 유달리 고이는 세대가 있다. 그들은 배 속에서부터 짐승의 모습을 갖추고 태어난다.

비밀을 지키기 위해서는 최소 십여 년 이상 아이를 숨겨야만 했고, 그렇게 눈을 피한다고 하더라도 인간으로 변하지 못할 확률이 높았다. 황실은 이와 같은 위험을 안고 갈 생각이 없었다. 그렇게 짐승으로 태어난 아이는 당장 죽이거나 영원히 가두어졌다.

"과연, 아름다운 종족이야."

아버지는 찬사를 아끼지 않았다.

눈앞에 보이는 마수는 황제와 황후에서 난 적통이었다. 태어난 즉시 황궁 지하에 갇혔고, 짐승을 낳은 황후는 유폐된 후 몇 해를 넘기지 못하고 죽고 말았다.

아버지는 황제와 거래를 하여 폐위된 황태자, 즉 마수를 데려왔다. 그의 컬렉션. 그리고 희귀한 실험체로 삼기 위해서.

"그러게요. 정말 대단해요."

나는 아버지의 말에 맞장구를 쳤다. 구역질이 나는 속이야 어찌 되든 그래야만 했다.

책 속의 조연이자 악역, 플로리아 베논은 마도학자인 아버지를 존경하는 딸이었으니까.

'꽃에게 복종하세요.'

현실에서 소설을 읽고 잠든 뒤, 나는 공작의 딸인 플로리아 베논에 빙의됐다. 그것도 플로리아가 네 살이었을 무렵이었다.

그 후 일 년, 그 정도의 시간이 지난 후에야 이곳이 책 속이라는 것을 깨달을 수 있었다. 나갈 방법은 없었고, 그사이에도 나는 계속 자라나고 있었다. 베논 공작가 내부에서 벌어지는 지독한 실험들을 모두 지켜보면서.

[크르르!]

검은 맹수가 살벌한 경고음을 토해 냈다. 이곳까지 끌려오느라 진이 빠졌을 텐데도 눈동자가 희번덕거리며 살아 있었다. 하지만 당장 위험이 되지는 못했다.

맹수를 제약하는 것은 창살뿐만이 아니었다. 목에는 단단한 봉인구가 조여져 있었다. 사슬로 연결되어 벽에 고정된 그것은 황가의 보물 중 하나였다. 고대 힘이 담겨 있는 그것은 주인의 허락 없이는 절대 풀지 못하는 속박 마법이 걸려 있었다.

"이런……. 시끄러우니 좀 재우도록 해라. 할 수 있겠지?"

오히려 피곤한 쪽은 아버지인 듯했다. 그는 안경을 고쳐 쓰며 곤란한 일을 나에게 떠넘겼다. 나는 아무것도 모르는 척, 당신의 맹목적인 딸을 연기하며 환하게 웃었다.

"물론이에요. 이곳까지 데려온 것도 제힘이었는걸요."

나는 말이 끝나자마자 살포시 눈을 감았다. 그 순간 몸에서 짙고 달콤한 향기가 피어올랐다. 분홍빛 기류의 그것은 란타나 꽃의 향이었다.

몸에 꽃을 품고 있다는 화인. 그 피를 이어받은 화인의 혼혈 '플로리아.'

나는 여러 가지 향기를 다룰 수 있었다.

지금 사용하는 향은 신체를 마비시키고 정신을 착란하게 하는 특성이 있다. 짙고도 풍부하게 퍼트리면 아무리 거대한 짐승이라도 단번에 쓰러져 정신을 잃고 만다.

[크륵……!]

짙게 퍼지는 향기에 살기를 내뿜던 흑표범이 비틀거렸다. 선명했던 눈동자도 서서히 흐릿해졌다. 나는 그 모습이 퍽 안타까웠으나 티를 낼 수는 없었다.

"내가 다시 올 때까지 푹 절여 놓도록 해. 그래야 연구하기 편하니까."

"향기를 심장 깊숙이 스미게 할게요."

나는 충성스러운 애완견처럼 눈을 빛냈다.

아버지는 흐뭇한 듯 다가와 머리를 쓰다듬었다. 웨이브 진 분홍빛 머리카락이 손짓에 흐트러졌다. 전신에 소름이 돋았지만, 꾹 참아 넘겼다.

"역시, 넌 참 쓸모 있는 딸이야."

베논 공작은 흐뭇한 웃음을 머금었다. 아버지의 손길은 퍽 온화하다. 상황만 배제한다면 다정한 부녀의 모습 그 자체였다. 하지만 나는 그가 얼마나 잔혹한 사람인지 잘 알고 있었다.

'그래 봤자 나도 컬렉션의 하나일 뿐이지.'

공작은 자신과 이종족의 피가 섞인 혼혈아를 원했고, 이종족 여인들을 종류별로 잡아들여 다양한 혼혈 자식들을 낳게 했다. 하지만 그들은 오래가지 못해 쇠약해져 죽거나, 능력이 없다고 죽임을 당했다. 그중 남은 혼혈 자식은 나를 포함에 한 손에 꼽았다.

"그러면 수고하거라."

그는 잘 부탁한다고 말하며 문을 나섰다.

동굴 안, 나와 거대한 흑표범만이 남았다. 만약 마수를 다루는 데 실패한다면 나는 갈기갈기 찢어져 죽겠지. 하지만 그것은 작중에서도 먼 미래에 벌어질 일이었다.

"……."

나는 거대한 흑표범을 보며 마른침을 삼켰다.

저것은, 아니 그는 고작 짐승 따위가 아니었다. 자아를 가진, 그리고 마수 중에서도 극상의 마력을 지닌, 제왕의 별을 타고난 이 소설의 남자 주인공이었다.

1 부

1. 철창 사이로

　소설 속 남자 주인공은 베논 공작에게 모진 실험을 당한다. 그러다 죽음의 위기에서 폭주하며 봉인구를 부수는 데 성공한다. 성안의 사람들을 모두 죽여 버린 그 날 밤 이후, 미쳐 버린 그는 살인귀가 되어 대륙을 떠돈다. 여주인공을 만나기 전까지 계속.

　그를 담당했던 플로리아는 가장 먼저 죽임당한 인물이었다. 온몸은 갈기갈기 찢겼으며, 마수의 검은 불꽃이 그녀의 전신을 태웠다. 가장 끔찍한 점은 마지막까지 의식이 살아 있었다는 것이다. 얼마나 고통스러운 묘사였던지. 책을 읽던 나까지 인상이 찌푸려질 정도였다.

　"플로리아, 뭐 하고 있어?"

　떠오르는 기억에 몸서리치던 중이었다. 등 뒤로 들려온 실바람 같은 목소리가 나를 현실로 잡아끌었다.

"아르덴 오빠."

나를 부른 이의 입가에 미소가 맺혔다. 허리까지 내려오는 녹색 머리칼, 에메랄드빛 눈. 목인의 혼혈답게 청아한 분위기를 지닌 미남. 나의 둘째 오빠 아르덴 베논이었다.

"손도 멈춰 있고, 몸이 좋지 않은 거야?"

그의 말대로 꽃을 손질하던 내 손은 멈추어 있었다. 내가 다루던 양귀비 말고도 주변에는 여러 종류의 꽃들이 넘쳐흘렀다. 나는 아무렇지 않은 척 주머니에 병을 넣으며 말했다.

"아니, 그냥 좀 생각할 게 있어서."

이곳은 나만의 화원이었다. 화인으로서 다양한 향기를 다루기 위해서는 꽃들을 가까이해야 했다. 꽃이 품고 있는 향기는 저마다 달랐고 능력 또한 천차만별이었다.

화인마다 상성이 맞는 종류의 꽃이 있었다. 나는 그들보다 다룰 수 있는 향기가 많은 편이었다. 이것은 살아남기 위한 피나는 결과물이기도 했다.

"넌 언제나 참아 넘기곤 하잖니."

생각할 게 있었다는 내 말이 신경 쓰였는지 아르덴이 한 걸음 더 나에게 다가왔다.

그는 옆에 있는 배꽃 나무에 손을 얹었다. 목인은 나무의 소리를 들을 수 있는 능력이 있었다. 나무는 그에게 내가 무엇을 했는지, 이곳에서 얼마나 머물렀는지를 알려 주었을 것이다. 감시하는 듯한 느낌이 나쁠 법한데도 싫다는 생각은 들지 않았다. 나를 바라보는 눈동자에 걱정이 스며 있기 때문이겠지. 오늘도 일부러 나를 찾아온 모양이었다.

화원은 나만을 위한 공간이다. 함부로 들어오는 자는 엄벌에 처했고, 마약 성분이나 치명적인 독을 품은 꽃들도 여럿 있었기에 모두 접근을 꺼렸다.

아르덴은 화원에 드나드는 걸 허락받은 극소수의 사람이었다. 목인이니 식물의 독에 쉬이 당하지도 않았고, 가족이라 생각하니 내 영역에 들여도 거부감이 없었다.

"정말 별일 아니야. 희귀종이 들어와서 신경이 좀 곤두섰나 봐."

나는 항상 싸늘한 성미를 연기했으나 아르덴에게만큼은 성격을 누그러트렸다. 그는 진짜 가족이 이런 거구나 하는 생각이 들게 하는 사람이었다. 책 밖의 현실에서도 느끼지 못했던 것을 말이다.

사실 혼혈인 형제자매는 열 명이 넘었다. 아버지가 이종족 여인들을 통해 얻은 아이들은 많았으니까. 그중 능력을 갖추고 태어나지 못했거나 하자가 있는 아이들은 모두 살아남지 못했다.

혼혈 중 자식으로 인정받은 아이는 총 네 명. 그들은 공작가의 일원으로 인정받았고, 대외적으로는 아버지와 공작부인의 친자로 알려져 있었다.

나와 아르덴은 살아남은 네 명에 포함되었다. 플로리아 베논 영애, 아르덴 베논 영식으로 말이다.

외부의 이들은 베논 일가에 이종족 혼혈이 있다는 사실을 몰랐다. 이종족은 모두 인간 이하로 취급되었고, 혼혈은 태어나자마자 죽임을 당하거나 살아남았다고 해도 짐승만도 못한 취급을 받기 일쑤였다. 그러니 황가도, 베논가도 모두 이종족의 피가 섞여 있다는 게 외부에 알려져서는 안 되었다.

"……황궁에서 데려온 흑표범 말이구나."

희귀종을 거론하는 내 말에 아르덴의 안색이 어두워졌다. 원작에서도 그랬지만 아르덴은 선하고 여린 성품을 지녔다. 실험당하는 이종족을 보며 홀로 아파했고, 자신에게 맡겨진 일을 수행하는 것에 늘 괴로움을 느꼈다. 그리고 무엇보다 나를 가장 아꼈다.

원작의 플로리아는 그를 약하다 경멸했으나 나는 그런 아르덴의 성품을 좋아했다. 그는 차갑고 무자비한 베논가에서 찾을 수 있는 유일한 온기나 다름없었다.

"응. 슬슬 상태를 보러 가야 할까 봐. 지금쯤이면 아버지가 나오셨을 테니까."

아버지가 데려온 실험체를 죽지 않게 하는 일도 나의 몫이었다. 더군다나 이번 실험체는 황제와 거래하여 얻은 특별한 희귀종이었으니 관리에 신경을 기울여야만 했다.

"그래, 다녀와. 몸조심하는 거 잊지 말고."

그는 덤덤한 목소리로 말했으나 씁쓸한 표정만큼은 감출 수가 없었다.

그는 원작의 플로리아에게도 한결같이 다정했다. 그녀가 염산을 붓고, 목인에게 치명적인 독을 음식에 섞어 혼수상태로 만들었을 때도 아르덴은 모두 용서하고 포용했다.

가엽고 여린 나의 오빠. 하지만 아르덴 또한 미쳐 버린 남자 주인공에게 살해당하고 만다. 내가 죽는 것과는 별개로, 나는 선한 이가 죽는 것을 바라지 않았다. 나는 평소 잘 보이지 않는 미소를 지으며 말했다.

"걱정하지 마. 위험한 일은 없을 테니까."

아니, 사실은 거짓말이야.

나는 지금부터 목숨을 건 도박을 이행할 것이다. 오래전부터 한 결심이었다. 나를 위해, 그리고 다정한 이들을 위해 원작을 비틀어 버리기로.

"······그래. 너라면 잘하겠지."

아르덴은 내 미소에 조금이나마 안심한 듯 보였다.

아직은 그에게 계획을 말할 수 없었다. 이게 먹힐지 알 수 없으니까. 그러니 시험해 볼 생각이었다.

"이만 가 보도록 할게. 화원에는 더 있어도 좋아."

아르덴은 아버지를 피할 수 있는 화원을 좋아했다. 이곳에서나마 겨우 한숨을 돌리는 듯했으니 그냥 두는 것이 좋을 것이다.

나는 화원을 빠져나가며 더 중요한 일로 생각을 돌렸다. 마수의 회복력은 빠르다. 실험당한 직후라도 이미 나아가고 있을 가능성이 높았다.

'그래도 고통스러운 건 마찬가지야.'

그리 생각하니 입안이 썼다. 더불어 경계심도 극에 달했겠지. 그 또한 내 얼굴을 알고 있었다. 아예 이야기를 들어주지 않을 수도 있으니 미리 여러 경우를 생각해 놓아야만 했다.

'……긴장하지 말자.'

어느새 화원을 나와 건물 안으로 들어섰다. 목적지를 향해 다가갈수록 심장이 두근거렸다.

"이쪽……이었지."

그가 갇혀 있는 곳은 영지의 심장부로, 성 중앙 아래에 있는 지하 동굴이었다. 내부는 미로같이 복잡했다. 나는 길을 헤매지 않기 위해 신경을 기울였다. 십 여분쯤 걸었을까. 내 눈앞에 보이는 건 거대한 암석이었다.

돌을 깎아 만들어진 석문 위에는 둥근 마석이 붙어 있었다. 그 위로 손을 올리고 가문의 일원임을 밝히면 마석이 길을 열어 주었다.

나는 심호흡을 하고 석문에 손을 대었다.

"플로리아 베논. 학구의 피를 이어받은 자의 이름으로."

기이익-!

묵직한 소음이 울리며 아래로 내려가는 계단이 드러났다.

학구의 피라니 웃기지도 않지. 나는 주문에 심한 오역을 느끼면서 안으로 들어갔다. 동굴 특유의 축축하고도 찬 공기가 질척하게 피부에 들러붙었다. 날카로운 종유석과 좁은 길은 안으로 드는 자의 숨통을 조여 왔다. 벽면에 박혀 있는 야광석에 의지해 한참을 내려갔을까.

[크르르……!]

사나운 음성이 들려옴과 동시에 지하에 발을 내디딜 수 있었다. 거대한 우리가 높다란 동굴 천장에 닿을 것만 같았다. 물론 그 안에 갇혀 있는 것은 흑표범 형태를 한 남자 주인공이었다.

실험의 목적은 마수가 가진 마력을 뽑아내는 것이었다. 그것을 담아 인간이 쓸 수 있도록 만드는 게 최종적인 목표였다.

나는 조심히 다가가 마수의 상태를 살펴보았다.

"……살을 잘라 갔구나."

그것을 위해 샘플 만들길 시도한 듯, 어깨 부분의 살점이 조금 도려내져 있었다.

그러나 마수는 마수였다. 가죽 아래로 잘려 나간 살점이 눈에 보일 정도로 빠르게 아물고 있었다.

[카르르-!]

"……아!"

상처를 자세히 살펴보던 나는 소리에 놀라 뒷걸음질 쳤다. 금을 섞은, 샛노란 눈이 나를 내려다보고 있었다. 거대한 크기의 마수에게서는 사람을 압도하는 기운이 풍겼다.

"……."

나는 아랫입술을 깨물며 도망가고 싶은 것을 겨우 참아 넘겼다.

"……통증을 덜어 줄게."

나는 떨리는 손으로 허리춤에 매달린 주머니를 열었다. 투명한 병 안에서 붉은 액체가 찰랑거렸다. 양귀비의 향을 액체 상태로 만든 것이었다. 마개를 열고 액체를 손에 떨구었다. 붉은 것은 피부에 닿는 즉시 향기로 변했다. 내 자아를 담은 향기는 붉은 안개가 되어 마수를 감쌌다.

[크르……!]

양귀비의 향은 통증을 없애는 데 사용된다. 그는 달라진 기류를 느낀 듯 눈을 번뜩였다.

[크르르…….]

조금은 진정되었을까. 살기 어린 울음이 조금이나마 미약해졌다. 하지만 맹수의 두 눈은 계속 나를 노려보고 있었다. 그 스산함에 절로 몸이 움츠러들었다. 하지만…….

'해야만 해.'

살아남으려면, 목적을 이루려면 이 방법밖에는 없었다. 그는 여태껏 기다렸던 단 하나의 기회였으니까. 나는 숨을 가다듬으며 눈앞의 마수를 마주했다. 그리고는 아주 조심스럽게 입술을 열었다.

"……카르텔"

카르텔, 카르텔 레오플론. 세상에 태어나 누구도 불러 주지 않았던 그의 진짜 이름. 어미인 황후가 떨어지기 직전 붙여 주었던 그것은, 오직 홀로만 품어 왔을 진명이었다.

[…….]

송곳니를 드러내 보이던 짐승이 눈에 띄게 표정을 굳혔다. 분명 이름에 반응을 보였다는 뜻이리라.

작 중 카르텔은 여자 주인공을 만난 후 직접 자신의 이름을 알려 주었다. 그리고 그때 처음, 이름으로 불렸다. 그 역할을 가로챈 것은 미안했지만, 이것이 현재 내가 할 수 있는 최선의 시도였다.

"카르텔, 네 이름 맞지?"

다시 한번, 나는 용기를 내어 그의 이름을 입에 담았다.

더 이상의 반응은 없었다. 하지만 우리 둘 사이에는 분명 아까와 다른 기류가 흐르고 있었다.

그는 한참이나 더 침묵했다. 다리가 저릴 만큼의 시간이 지났을 무렵일까.

[네가 그 이름을 어떻게 알지?]

내 귀에 스미는 것은 시리도록 서늘한 저음이었다.

"……!"

나는 흠칫 놀라 뒤로 물러섰다. 원작에서의 그는 갇혀 있는 동안 짐승의 소리만을 내었다. 그래서 말을 알아듣기만 할 줄 알았는데.

[내 물음에 대답해.]

그가 다시금 답을 재촉했다. 거대한 메아리 같은 울림이 굳어 있던 정신을 일깨웠다.

이건 예상 밖의 일이었다. 하지만 잘된 일이기도 했다. 대화가 통한다는 건 계획을 좀 더 앞당길 수 있다는 뜻이었으니까.

"……나는 화인이야. 혼혈이기는 하지만."

나는 덤덤한 표정으로 말했다. 혼혈들의 과거는 대부분 비슷했다. 차이점이 있다면 그들은 능력을 쓸 수 없었고 나는 있다는 것이다.

내가 향기를 다룰 수 있는 것은 전적으로 아버지가 어머니와 나에게 가한 실험 탓이었다. 하지만 불쌍한 과거로 그의 환심을 살 생각은 없었다. 오히려 그가 화인의 존재나 내 말들을 전부 이해할 수 있을지 걱정스러웠다.

[화인이라 해도 마음을 읽을 수는 없을 텐데.]

날카로운 동공엔 깊은 의심이 덧씌워져 있었다. 나는 놀란 눈으로 그를 올려다보았다. 맹수는 화인의 존재를 알고 있는 것이 분명했다.

'그렇지만 어떻게?'

그의 지식에 의구심이 들었다. 지금껏 아무런 교육도 받지 못한 채 쭉 갇혀 있었을 텐데. 평범한 이도 모르는 것을 그는 어떻게 알고 있는 걸까?

[머리를 굴리는군. 솔직히 구는 게 좋을 거야.]

날카로운 송곳니가 비쳤다. 그는 당장이라도 철창을 부수고 뛰어나올 것 같았다. 조금 더 끌었다간 결말이 좋지 않으리라. 그가 나를 믿기만을 바라면서, 나는 미리 준비한 말을 꺼냈다.

"화인들에게는 단 하나의 진실을 볼 수 있는 능력이 있어."

화인은 여신 프시케의 자식이었다. 그녀는 자신의 아이들에게 축복을 전해 주었다. 단 한 번, 세상에 존재하는 한 가지 진실을 읽을 수 있는 '꽃의 축복' 그들은 그 힘을 혼약의 증거로 썼다. 서로의 마음이 정녕 진실한지 증명하기 위해서.

"그 힘을, 처음이자 마지막으로 너에게 썼어."

거짓을 담은 입술이 떨렸다. 창백해진 손을 등 뒤로 숨기고, 빠르게 뛰는 심장을 간신히 눌러 삼켜 보았다.

혼혈에게 여신의 축복이라니. 가당치도 않았다. 신벌이 내려져도 이상하지 않지. 하지만 지금은 그를 속이는 것이 더 중요했다.

"그러니 카르텔. 나와 거래를 해."

지금 이 순간, 내 간절함만이 유일한 진실이었다.

가만히 나를 지켜보던 그는 고개를 숙여 주둥이를 가까이했다. 샛노란 동공이 내 속을 꿰뚫는 듯했다. 나는 뒤로 물러서지 않기 위해 다리에 힘을 주어야만 했다.

[……하.]

나른하게 토한 숨에 섞여 나온 것은 비틀린 웃음이었다. 그는 한층 더 싸늘해진 눈으로 나를 주시했다.

[도살자의 핏줄과 거래라. 무슨 말을 지껄일지 퍽 기대가 되는군.]

도살자, 이종족 사이에서 도는 아버지의 별명이었다.

내가 말한 것들은 믿어 주는 걸까. 하지만 관계는 진전이 없었다.

오히려 더 나빠진 분위기였다. 나는 더 참지 않고 전해야 할 말을 늘어놓았다.

"네가 인간으로 변할 수 있다는 걸 알고 있어. 봉인구를 차고도 자아를 표출할 정도라면, 인간으로 변하는 것도 가능할 테니까."

일순간 그의 눈이 가늘어졌다. 흥미가 깃든 듯 검은 꼬리가 나른히 흔들리고 있었다.

카르텔의 봉인구는 마력을 제어한다. 그가 태어난 직후 목에 걸린 그것은 그를 평범한 짐승으로 전락하게 만들었다.

"내가 봉인구를 풀 방법을 찾아볼게. 그러면 이 성을 나갈 수 있을 거야. 그러니까…… 그때가 되면 나와 다른 이들을 여기서 나가게 해 줘."

책 속에서는 카르텔이 폭주하면서 봉인구가 부서지게 된다. 미쳐 버린 그는 성내의 모든 인간을 죽이고 제국의 절반을 망가뜨린다.

그가 멀쩡한 정신일 때 이것을 풀 수 있게 해야만 했다. 그렇다면 불필요한 희생도, 이곳을 탈출하는 일도 불가능하지 않았다.

그도, 그리고 나도.

[흐음…….]

카르텔은 재미있는 것이라도 본 듯 낮은 웃음을 흘렸다. 다리를 꼬아 앞으로 내밀어 턱을 괸 모습은 짐승의 모습이라 하여도 관능적이었다. 흥미를 끄는 데는 성공한 듯싶었지만 그가 무슨 생각을 하고 있는지는 알 수 없었다.

"할 거야, 말 거야?"

나는 강하게 나가보기로 했다. 그도 이곳을 나가고 싶은 마음은 마찬가지일 테니까.

하지만 돌아온 말은 짐작도 하지 못한 것이었다.

[철창 안으로 들어와.]

"뭐?"

놀란 나머지 반사적으로 되묻고 말았다. 그는 내 반응에 싸늘하게
일관했다.

[거래하고 싶다면서. 너도 나를 믿지 않는데 내가 널 믿을 수 있
겠나?]

지금도 나는 그가 있는 철창과 몇 걸음이나 떨어져 선 채다. 혹여
날카로운 발톱이라도 날아온다면 내 목은 떨어져 바닥에 나뒹굴겠지.
하지만 나는 그의 말에 반박할 수 없었다.

[그리고 네 마력을 빌리면 인간으로 변할 수 있어. 아주 잠깐이
지만.]

내 망설임을 알아차린 듯 카르텔이 달콤하게 속삭였다. 인간으로
변할 수 있다니. 넘어갈 수밖에 없는 너무나도 매력적인 제안이었다.
아주 잠깐이라는 말은 귀에 들어오지도 않았다. 말아 쥔 주먹에 힘이
들어갔다. 손바닥은 벌써 식은땀으로 축축했다.

와중 카르텔은 나에게서 시선을 떼지 않았다. 정말 들어올 수 있는
지 보려는 것이겠지. 괜한 오기가 두려움을 조금씩 밀어냈다. 그리
고……

'보고 싶어.'

그가 지금 인간으로 변한다고 해도 당장 탈출할 수 있는 건 아니었
다. 봉인구는 죄인의 몸에 따라 크기가 저절로 조절되니까.

나는 그의 인간 형태를 보고 싶었다. 소설 속에서 묘사된, 밤하늘
을 머금은 머리칼과 맹수의 눈빛을 가진 남자. 그것은 금단의 호기심
과 같았다.

"……알겠어."

나는 고개를 끄덕이고는 한 걸음 한 걸음 철창으로 다가갔다. 어느
덧 바로 코앞이었다. 그가 고개를 숙이면 송곳니가 닿을 수도 있는

거리였다.

'신뢰를 얻어야 해.'

시간을 너무 오래 끈 듯 그의 눈빛이 점점 시큰둥하게 변해 가고 있었다.

딱 한 걸음만 더. 긴장으로 호흡이 가빠졌다. 나는 철창 사이에 내 몸을 밀어 넣었다.

'안으로 들어왔어.'

믿기지 않아 눈을 깜빡거리니 검은 털이 시선을 사로잡았다. 윤기가 흐르는 털은 몹시도 매끄러워 보였다. 겁도 없이 만져 보고 싶다는 충동이 인다. 생각과 동시에 손이 뻗어 나갔다.

[…….]

보는 것 이상으로 부드러운 감촉이었다. 홀린 듯 그것을 쓰다듬고 있자니 머리 위가 따가웠다.

"……아!"

나는 놀라 손을 떼어 냈다. 샛노란 동공이 기묘한 것이라도 보는 듯 나를 아래위로 훑고 있었다. 화가 난 것 같지는 않았다. 하긴, 그랬다면 벌써 나를 씹어 먹으려 들었을 테다.

[봉인구에 마력을 불어넣어.]

내가 저지른 무례는 따질 생각이 없는 모양이다.

나는 카르텔의 말에 조심히 팔을 뻗었다. 발꿈치까지 들어 올려도 목까지는 손이 닿지 않는다. 그는 낮게 한숨을 내쉬고는 고개를 조금 더 낮추어 주었다.

'차가워.'

겨우 봉인구에 손이 닿았다. 그의 목덜미를 두른 차가운 철의 느낌은 등줄기를 오싹하게 했다. 조금 전 털을 쓰다듬었던 감촉과는 명백히 비교되었다.

미묘하게 기분이 가라앉았다. 나는 애써 그것을 무시하고 천천히 정신을 집중했다. 그리고는 내 마력을 봉인구로 흘려 넣기 시작했다. 연붉은빛 기류가 철 위를 감돌았다.

"하아. 흐……. 언제까지, 해야 하는 거야……?!"

식은땀이 이마를 타고 흘러내렸다. 내가 가진 마력은 결코 적은 양이 아니었다. 그것을 반절 가까이 부어 넣었는데도 변화는 느껴지지 않았다.

[조금만 더.]

'조금만 더'라니. 대체 언제까지!

몸이 떨리고 눈가가 흐려지기 시작했다. 마력이 바닥을 보이고 있었다. 이대로 가다간 기절할 것만 같았다. 그 순간.

"웃! 아파!"

봉인구에 닿은 손바닥이 따끔거렸다. 처음으로 보인 반응이었다. 나는 눈을 감고 고통을 이겨 냈다. 지금 손을 거두면 여태 한 일이 무용지물이 된다는 걸 본능적으로 알고 있었다.

"……!"

공간이 일렁이는 것 같았다. 손안에 있는 것이 빠르게 뒤틀렸다. 얼핏 닿던 부드러운 털의 감촉이 사라지고 있었다. 사라진 털 위로 뜨겁고 단단한 것이 새로이 떠올랐다. 쓰러지기 일보 직전인 나를 누군가가 받쳐 주었다. 나는 본능적으로 단단한 무언가에 팔을 감아 버렸다. 그건 낯선 사내의 목이었다.

"빌어먹을 목줄."

사막의 모래바람처럼 그을린 목소리. 베어 문 잇새가 거친 성정을 그대로 내비치고 있었다. 머릿속에서 들리던 음과는 확연히 달랐다. 더 생생했고, 어쩌면 전율적이기까지 했다.

"눈 떠."

그는 여전히 나를 안고 있었다. 맨살에 닿은 체온이 데일 듯 뜨거웠다. 모든 상황이 비정상적으로 느껴졌다. 눈을 뜨면 모든 것이 허물어질 것만 같은 기분이었다. 그는 굳어 움직이지 않는 나에게 다시금 재촉했다.

"네가 원하는 대로 해 줬잖아? 잘 보라고."

그는 겁이라도 먹었느냐며 짓씹듯 으르렁거렸다. 인간의 몸이라도 맹수와 다를 것이 없는 행동이었다. 그러나 그 안에 미약한 웃음이 섞여 있음을 나는 알아차리고 말았다.

"······겁, 안 먹었어."

파르르 떨리는 눈꺼풀이 선연했지만 나는 보란 듯 눈을 치켜떴다.

"안 먹기는."

낮은 웃음이 들리며 흐렸던 시야가 선명해졌다. 끝이 올라간 입꼬리와 샛노란 눈동자. 깊게 그림자 진 눈매는 날카로웠고, 동시에 매혹적이었다. 그의 목에 걸려 있는 봉인구는 오히려 퇴폐미를 더하는 장신구처럼 보였다.

"흐음."

목덜미를 안고 있던 팔에 힘이 빠져나갔다. 그는 가벼운 비음을 내더니 나를 바닥에 내려놓았다. 그리고는 내 위를 점령했다.

"뭐 하는!"

"당장 죽이지 않을 테니 그만 떨어."

겨우 풀려나나 싶어 안심했던 게 도리어 민망할 정도다. 몸 위로 올라탈 것이라고는 생각지도 못했으니까.

그는 퍽도 안심이 되는 말을 하며 노골적으로 나를 관찰했다. 덕분에 내 시선도 그로 가득 찼다. 군살 하나 없는 몸은 단단한 근육으로 덮여 있었다. 단순히 만들어진 것이 아닌, 진정 맹수의 모든 것을 그대로 옮겨 놓은 것처럼 야성적이다. 자연스럽게 시선이 아래로 이동했다. 얼핏 복부쯤 닿았을까.

"비, 비켜!"

나는 기겁하며 카르텔을 밀어냈다. 온 힘을 다한 것이지만 그는 조금도 움직이지 않았다. 오히려 얼굴을 더욱 가까이했다. 이 상황이 몹시 재미있기라도 한 듯이.

"가까이서 보니……."

"윽!"

단단한 손끝이 내 뺨을 쓸어내렸다. 나를 관찰하는 눈동자가 점점 더 깊어졌다.

이대로 죽이기라도 하려는 걸까.

"더 재미있네."

그는 순식간에 나를 해칠 수 있었다. 하지만 이상하게도 두려움은 느껴지지 않았다. 내 신경은 온통 닿을 듯 말 듯 한 붉은 입술에 쏠려 있었다. 하얀 뺨이 달아오르고 배 안쪽이 홧홧해졌다. 애써 그를 밀어내려고 손을 올리던 그때였다.

"뭐지?"

그가 눈살을 찌푸렸다. 시선 아래에서 붉은빛이 반짝이고 있었다. 그것은 내 목에 걸려 있는 마력석의 신호였다. 이 목걸이는 보통 사람의 눈에는 보이지 않는다. 하지만 강한 마력을 지닌 그의 눈을 속일 수는 없는 모양이었다. 목걸이의 빛은 아버지가 나를 부르고 있다는 뜻이었다.

"가야 해."

나는 파블로프의 개처럼 중얼거렸다. 힘이 빠진 손이 단단한 가슴팍을 밀어냈다. 아까보다 훨씬 약한 움직임이었는데도, 그는 순순히 뒤로 물러나 주었다.

나는 구겨진 드레스 자락을 황급히 수습했다. 그리고는 곧장 철창

을 빠져나갔다. 마지막으로 뒤를 돌아보았을 때, 그는 다시 검은 짐
승으로 돌아가 있었다.

"……다시 올게. 거래는 그때."

나는 그 한 마디를 남기고 계단으로 향했다. 거대한 맹수의 눈동자
가 내 발자취를 좇고 있는 게 느껴졌다.

성급하게 계단을 내디딘다. 불이라도 난 듯 빠른 걸음과는 달리 머
릿속은 서리라도 맞은 듯 차가웠다.

봉인구에 억제당하는 그, 목걸이가 빛날 때마다 달려가야만 하는
나. 우리는 다를 바 없는 짐승이었다.

입안에 감도는 쓴맛을 무시하며 복도를 걸었다. 그렇게 숨 돌릴 시
간도 없이 아버지를 찾아가는 도중이었다.

"잡종, 어딜 가는 거지?"

막 마지막 계단을 디딜 때였다. 껄끄러운 목소리가 머리 위에서 울
렸다.

"……후."

나는 상대의 얼굴도 확인하기 전에 한숨부터 내쉬었다.

"잡종년 주제에 감히 누구 앞에서 한숨을 내쉬는 거야?"

남자는 보란 듯 얼굴을 구기며 아래로 내려왔다. 갈색 머리와 푸른
눈은 아버지를 그대로 빼닮아 있었다.

라쿠스 베논, 공작가에서 태어난 유일한 인간 자식이었다.

"너랑 실랑이할 시간 없어."

하필이면, 바쁠 때 가장 귀찮은 놈과 마주치다니. 나는 짜증스럽게
대꾸하며 라쿠스를 지나치려 했다. 그러나 곱게 보내 줄 리가 없었
다. 그는 내 어깨를 거칠게 잡아 돌려세웠다.

"내가 물었잖아, 잡종. 어딜 가느냐고."

라쿠스는 나를 벽으로 밀치며 물었다. 체구가 두 배 이상 차이 나는지라 내 위로 짙은 그림자가 깔렸다. 하지만 조금도 무섭지 않았다. 다만 이 상황이 너무나 귀찮았다.

"아버지께서 부르셨어."

물음에 답했으니 이젠 좀 놓아 주었으면 싶은데. 하지만 아버지라는 소리가 나오자마자 라쿠스의 얼굴이 험악하게 굳었다.

"아버지가 너 따위를 왜?"

그의 말에 나는 비웃음을 겨우 참아 넘겼다. 그의 속이 너무나 훤히 보였던 탓이다.

라쿠스는 아버지와 공작부인 사이에서 태어난 유일한 적통 자식이었다. 그러나 서류상으로는 달랐다. 가계도에는 같은 혼혈인 첫째 오빠가 장남으로 적혀 있고, 저놈은 그다음인 두 번째였다.

귀족 사회는 완벽한 첫째 오라버니와 둘째인 라쿠스를 비교했다. 하다못해 라쿠스는 가문에서조차 서열이 바닥이었다. 아버지는 완벽하게 능력 중심으로 줄을 세우는 사람이었으니까.

"그걸 몰라서 묻니?"

더는 시간을 낭비하기 싫었다. 나는 붉게 칠한 입술을 비틀며 웃어 보였다. 그리고 성가시게 가로막는 라쿠스의 가슴팍을 손끝으로 톡톡 건드렸다.

"너와는 다르게, 나는 쓸모가 많으니까."

그는 어릴 적부터 나와 다른 혼혈들을 지독히도 괴롭혀 왔다. 저놈에게 떠밀려 뼈가 부러진 적이 한두 번이 아니다. 하지만 자라날수록 혼혈들의 두각이 드러났고, 뭐 하나 뛰어나지 않은 라쿠스는 아버지의 눈 밖으로 밀려났다.

"이, 이년이⋯⋯!"

라쿠스는 새빨갛게 달아오른 얼굴로 소리를 질렀다. 하여간에, 제일 잘하는 일이 혼혈을 잡종이라 헐뜯는 것이라니, 참 그다운 태도였다.

"우둔한 것은 상대할 가치가 없지."

내가 나른하게 중얼거리는 동시였다. 덜컥. 내 뺨을 내려치려던 손이 허공에서 멈추었다. 라쿠스가 성을 내는 동안, 희미하게 푼 마비 향이 그의 폐를 녹진하게 절여 놓았던 탓이다.

"그러니 함부로 말을 걸지 않도록 하렴."

"익!"

이미 혀까지 굳어 버린 터라 대답은 듣지 못했다. 나는 향을 갈무리하고는 그를 지나쳐 계단을 올랐다. 피해 의식과 저열함으로 범벅된 라쿠스가 한심할 뿐이지, 딱히 순혈 인간에 대한 반감은 없었다.

덕분에 발걸음만 더 바빠진 차다. 아버지의 집무실은 3층 제일 끝 방에 있었다. 회백색 복도 곳곳에 장식된 박제 동물, 금방이라도 살아 움직일 것만 같은 그것들은 번들거리는 눈동자로 나를 훑고 있었다. 나는 기묘한 장식품들이 보이지 않는 척, 아버지가 있을 방문을 열었다.

"아버지, 부르셨어요?"

검붉은 커튼으로 창을 가린 집무실 안, 아버지는 가운데 마련된 소파에 몸을 누이고 있었다. 그 앞에서 공손하게 손을 겹치니 주름진 얼굴이 나에게로 향했다.

"그래, 조금 늦었구나."

"죄송해요. 잠깐 라쿠스 오라버니와 마주쳐서요."

나는 그가 권하는 자리에 앉으며 생긋 웃었다. 동시에 아버지의 눈가가 찌푸려졌다. 그는 안경을 고쳐 쓰고는 혀를 내찼다.

"쯧, 그놈은 쓸모가 없어. 얼굴이라도 반반하면 써먹을 곳이라도 있을 텐데."

아버지는 라쿠스의 이름만 들어도 짜증을 냈다. 그의 반응에 라쿠

스가 새삼 가엽게 느껴질 때도 있었지만, 놈의 본성을 알기에 편을
들 마음은 하나도 생기지 않았다.

"여하간, 그 희귀종은 어떻더냐."

"고통을 덜어 주고 오는 길이에요. 좀 예민한 것 같기도 하고요."

역시나. 그는 카르텔의 안부를 묻고 있었다. 나는 슬그머니 말을
돌리며 대답했다. 예민하기는 무슨, 곧장 나를 덮쳐 올 정도로 기력
이 팔팔했다. 내가 어떤 일을 겪고 왔는지 아버지는 상상조차 하지
못할 것이다. 앞으로도 들켜서는 안 되었다. 나는 유순하게 눈을 접
어 웃었다.

"잘 살피도록 해. 이번 주는 내려가지 못할 것 같으니까."

집무실 책상에는 서류가 가득 쌓여 있었다. 모두 황도에서 온 것으
로 서둘러서 처리해야 하는 일인 듯했다. 나로서는 몹시도 달가운 발
언이었다.

"맡겨 주세요."

나는 너무 기쁘지도, 반감을 보이지도 않는 표정을 연기했다. 아버
지는 내 대답에 만족한 듯 사람 좋은 얼굴로 고개를 끄덕였다.

"너만 믿으마."

그만 나가보라는 명에 자리에서 일어날 수 있었다. 돌아섬과 동시
에 나를 관찰하는 눈동자가 등줄기에 와닿았다. 그는 모든 이들을 의
심하고 감시하며 충성을 시험했다. 플로리아는 가장 신뢰받는 딸이었
으나 그녀 또한 예외는 아니었다. 나는 집무실에서 나올 때까지 긴장
을 풀지 않았다.

이윽고, 방문이 아버지와 나를 갈라놓았다. 회백색 복도를 절반쯤
걷고 나서야 나는 기계적으로 짓고 있던 웃음을 거둘 수 있었다.

'조심하자.'

아버지가 한 주 방문하지 않는다고 해도 늘 주의를 기울여야만 했

다. 나는 목걸이를 매만지다가 고개를 돌렸다.

"……."

아버지의 집무실과 부부 침실을 지나친 중앙, 그 반대편에는 또 다른 끝 방이 존재했다.

'내려가야 하는데.'

이곳에 오면 늘 망설이게 된다. 그러나 결과는 같았다. 나는 늘 이곳을 지나치지 못했다. 나는 한참을 머뭇거리다 결국 아래로 내려가는 계단을 지나쳤다.

똑똑. 노크 소리가 조용한 복도에 울려 퍼졌다. 잠시 문 앞에 서 기다려 보아도 안에서 들려오는 소리는 없었다.

"……들어갈게요."

끼익, 기름칠하지 않은 문에 마찰음이 울렸다. 그것과는 달리 넓은 내부에는 고풍스러운 가구와 우아한 장식품들이 가득하다. 하지만 사람이 살고 있다는 느낌은 전혀 들지 않는 공간이었다. 삭막한 가운데, 중년의 부인이 정물처럼 앉아 있었다.

"오랜만에 뵈어요, 부인."

나는 평상시처럼 인사를 건넸다. 그녀는 늘 그렇듯 정면만을 바라보고 있었다. 굳어 버린 입가엔 미소만이 인형처럼 걸려 있을 뿐, 흐릿한 녹색 동공에는 초점조차 없다.

엘느 베논 공작부인, 아버지의 아내이자 라쿠스를 낳은 베논 공작가의 정실부인이었다. 어릴 적 닿았던 부인의 손은 따뜻했다. 그녀는 온화하고 다정한 성품으로 혼혈들을 친자식처럼 대해 주었다.

'플로리아, 이리 오렴.'

그리고 아버지에게 대항하던 유일한 사람이었다. 부인은 아버지에게 붙잡혀 있는 이종족들을 탈출시키는 데 성공했다. 그리고 그다음 날, 그녀는 백치가 되었다.

'사고가 아니야.'

대외적으로는 사고라고 알려졌지만 나는 알고 있었다. 그녀의 정신을 멈춘 건 다름 아닌 아버지라는 사실을.

나는 방 안에 그대로 서 있다가 그녀에게 손을 뻗었다. 하지만 손을 잡을 용기는 없었다.

"......"

시중을 드는 시녀만 간간이 출입할 뿐, 친자인 라쿠스마저도 부인을 찾지 않았다. 그는 제 친 어미를 어리석다 매도하며 미천한 사람 취급하기 일쑤였다.

"또 올게요."

조용한 울림만이 이곳에서 들려오는 유일한 음이었다. 나는 그 말을 끝으로 돌아섰다. 무거운 발을 이끌고 방으로 돌아오니 온몸에 힘이 풀린다.

"하아."

복잡한 생각이 일런 머릿속을 엉망으로 흩트려 놓았다.

잘할 수 있을까. 혹 실수를 저지르지는 않을까.

지나치게 고된 하루. 피로에 지친 눈두덩이 무겁게 내려앉았다. 그 끝은 깊은 어둠이었다.

* * *

다음 날 아침.

나는 만반의 준비를 한 후 동굴로 내려갔다. 어제와 같은 일이 있어서는 안 되었다.

"......"

동굴에 발을 내딛자마자 카르텔과 눈이 마주쳤다. 그는 턱을 괸 채로 내가 내려오는 모양을 지켜보고 있었다. 귀가 움직이는 모양새를 보니 멀리서부터 발소리를 들은 것 같다.

철창 앞으로 다가가니 거대한 흑표범이 몸을 일으켰다. 나는 숨을 한차례 들이쉬고서는 허리춤에 손을 올렸다.

"어제처럼 굴지 않는다고 약속해."

그가 이상한 짓을 하지 않도록 약속부터 받아야 했다. 카르텔은 엄히 말하는 나에게 태평하게도 되물었다.

[내가 뭘 어쨌는데?]

그가 우리 안을 빙글빙글 돌며 물었다. 덕분에 말문이 막힌 건 나였다.

오늘은 가까이 오지 말라고? 아니면 내 몸에 올라타지 말라고?

밖으로 꺼내기 민망한 말들이 입안에서 말라붙었다.

[뭐, 알겠어.]

그는 망설이는 나를 보며 시큰둥하게 대답했다. 전혀 믿음이 가지 않는 행동이었지만 없는 것보다는 나았다. 나는 미심쩍은 눈빛을 하며 철창 안으로 들어갔다.

"고개 내려. 손이 안 닿잖아."

괜히 날카롭게 구는 내 말에도 그는 쉬이 순응해 주었다. 손바닥에 닿은 봉인구는 여전히 껄끄러워 표정을 굳게 만들었다. 나는 어제처럼 손을 대 마력을 불어넣었다. 한 번 경험해 보았던 탓인지 죽을 정도로 힘들지는 않았다. 거의 모든 마력을 쏟은 후에야 카르텔을 인간의 형상으로 만들 수 있었다.

"이거 입어."

나는 숨 돌릴 틈 없이 물러났다. 그리고는 준비해 온 로브를 카르텔에게 던져 주었다. 어제처럼 맨몸으로 대면하는 상황은 사절이었다.

"뭐야, 이 너덜거리는 건."

"옷이잖아, 옷."

그는 노골적으로 귀찮은 티를 내며 로브를 치우려 들었다. 기겁하며 그것을 뜯어말리니 맞물려 있던 입꼬리가 비뚤름해졌다.

"나는 옷을 입어 본 적이 없는데."

"뭐?"

황당해하며 되물었으나 곧 수긍하고 말았다. 한평생 짐승의 몸으로 살아왔으니 무언가를 걸쳐 본 적이 없는 게 당연했다.

생각이 짧았구나. 나는 머쓱해하며 그에게 다가갔다.

"……입혀 줄게. 대신 가만히 있어야 해."

"물론."

나는 로브를 들어 그의 어깨에 걸쳐 주었다. 최대한 아래를 보지 않기 위해 눈을 치켜떴더니 자꾸만 카르텔과 눈이 마주쳤다. 금빛이 도는 샛노란 눈동자에는 호기심과 정체 모를 무언가가 섞여 일렁이고 있었다.

"손이 멈췄는데."

어제도 그랬지만, 카르텔은 나를 관찰하는 것에 재미를 붙인 듯했다. 그가 느긋하게 지켜볼수록 내 손의 떨림은 심해졌다. 나는 상당한 공을 들이고서야 허리끈을 묶는 데 성공했다.

"……다 됐어. 다음부터는 네가 직접 입어."

"흐음."

나는 곧장 걸음을 물렸다. 대단한 일을 한 것도 아닌데 숨이 가빠졌다. 슬그머니 고개를 올려 보니 카르텔은 자신을 이리저리 살피고 있었다. 천의 감촉이 신기한 모양이었다.

"나쁘지 않군. 그래도 맨몸보다는 못 해."

로브를 가져온 것이 다행이었다. 만약 바지 따위를 그에게 안겼다면, 불상사는 모두 내 몫이었을 테니까.

"어제는 급한 일이 있었어. 그러니까."

"알아. 나와 계약을 하고 싶다는 거잖아."

그는 로브의 팔 부분이 귀찮은 듯 그쪽의 천을 뜯어내면서 대답했다. 팔 부분 없이 걸쳐져 있는 차림이 우스울 법도 하건만, 뛰어난 외모와 신체 탓인지 위화감이 없었다.

"그래서 뭘 어떻게 할 생각이지?"

그는 로브에서 시선을 떼며 물었다. 들어볼 생각은 있는지, 대면한 표정에는 장난기가 사라져 있었다. 기껏 제대로 말할 틈이 생겼는데 입이 잘 떨어지지 않았다. 나는 몇 번이고 입술을 우물거리다가 고개를 치켜들었다.

"나는 ……야."

노란 동공이 맹수의 것처럼 가늘어졌다. 이윽고 카르텔의 표정이 순식간에 구겨졌다.

"제정신인가?"

그는 미친 사람을 보는 것처럼 굴었다. 당연했다. 내가 생각해도 이건 미친 짓이 틀림없으니까. 나는 다시 한번 말했다. 또박또박. 어린 짐승을 훈련이라도 하듯이.

"나는 너와 결혼할 거야."

그가 나를 미친 사람 취급하는 건 상관없었다. 하지만 이 방법밖에는 없었다. 나는 그의 눈길을 무시한 채 말을 이었다.

"아버지는 실험을 계속할 거야. 언젠가 네 정신은 바닥날 테고."

그리곤 쾅! 하고 폭발하겠지. 앞으로 일 년 후에 벌어질 일이었다. 나는 그것을 최대한 늦출 계획이다. 그러기 위해서는 새로운 관계가 필요했다. 아버지가 실험을 중단할 정도로 중요하고도 매력적인 관계가 말이다.

"무슨 헛소리를 하는 건지 모르겠군. 너, 조금 이상한 취향인가?"

"아니거든! 누군 하고 싶어서 이러는 줄 알아?"

나는 그의 물음에 울컥 언성을 높였다. 이상하게도 그의 앞에서만큼은 원작의 플로리아를 연기하는 것이 쉽지 않았다. 나는 자꾸만 욱하는 심정을 꾹 눌러 삼키고는 머릿속을 차분하게 했다.

인간의 형태인 그는 어느 누구도 매혹시킬 만큼 매력적인 남자였다. 하지만 변하기 위해서는 내 힘이 필요했고 그것도 겨우 십 분 남짓일 뿐이었다. 그러니 그 외 전부 흑표범의 모습을 한 그로서는 이상하게 들릴 만한 발언이었다. 나는 붉어진 뺨을 가라앉히고는 말을 이었다.

"아버지의 눈길을 돌릴 수 있을 만한 게 필요해. 그는 희귀한 이종족을 모으는 데 혈안이 되어 있어. 너와 내가 결혼한다면 쌍수를 들고 환영할걸."

내 말에 카르텔이 눈썹을 꿈틀거렸다. 나도 이런 식으로 말하고 싶지는 않았지만 어쩔 수 없었다. 나는 아버지에게 거짓을 섞어 고할 생각이다. 오직 나만이 그를 다룰 수 있는 것처럼.

"그렇게 시간을 벌 거야. 그 핑계를 대면 실험도 멈출 테니까."

그사이 탈출 계획을 짤 생각이었다. 아버지는 결코 내 청을 거절하지 않을 것이다. 더군다나 아버지를 잡아끌 수 있는 카드는 한 장 더 준비되어 있었다.

"그러니까, 속이자는 말이군."

"맞아."

원작을 통해 보았듯 그의 머리는 비상했기에 더 설명하지 않아도 내 말뜻을 충분히 이해한 것 같았다. 이제는 그의 승낙을 받아 내는 일만이 남아 있었다.

"……그래서 나에게 그걸 쓴 건가?"

"뭘?"

나는 카르텔이 무엇을 묻는지 몰라 눈을 깜빡였다. 그를 데려오는 과정에서 쓴 향기 말인가? 아니면 뭔가 다른 것이······.

"꽃의 축복 말이야. 반려자에게 쓴다는 그것."

나는 그를 멍하니 바라보다 입을 다물었다.

'그걸 어떻게.'

나는 단 하나의 진실을 볼 수 있는 능력이라고만 말했을 뿐이었다. 화인들이 서로의 짝에게 그 능력을 쓴다는 걸 카르텔은 어떻게 알고 있는 걸까. 이쯤 되니, 나는 그가 어떻게 이러한 사실들을 알고 있는지 궁금해졌다. 하지만 지금은 내가 답할 차례였다.

"······그런 건 아니야."

나는 여신의 축복을 받지 못한 혼혈이었다. 애초부터 없었던 능력을 거짓으로 포장했고, 그는 믿어 주었다. 괜히 마음이 따끔거렸다. 나는 눈을 내리깔았다.

"그런 게 아니면?"

그가 내 턱을 쥐어 올린 탓에 시선이 올라갔다. 나는 당황하고 말았다. 카르텔은 여태껏 본 표정 중에서도 가장 진지한 얼굴을 하고 있었다. 샛노란 눈동자가 내 얼굴을 비추었다. 더 참지 못하고 그의 손목을 잡아 내렸다. 동굴이 서늘한 탓일까. 손바닥에 닿은 체온이 데일 듯 뜨겁게 느껴졌다.

"절박한 상황이었으니까."

그에게는 내가 절박했기에 꽃의 축복을 썼다는 것으로 들릴 것이다. 어쨌거나 틀린 말은 아니었다. 더 끌었다가는 그에게 말려 들것만 같아 나는 일부러 눈에 힘을 주고 카르텔을 재촉했다.

눈을 부릅뜬 표정이 우스워 보이기라도 하는 걸까. 그는 낮은 웃음소리를 내며 말했다.

"뭐, 좋아."

순간 정말? 이라고 물어볼 뻔했다. 그는 지금까지 보였던 행동과는 다르게 너무도 쉽게 승낙을 표하고 있었다.

"대신."

역시나. 그는 내 기대를 저버리지 않겠다는 듯 말을 덧붙였다. 동시에 내 머리도 빠르게 굴러가고 있었다.

무엇을 요구하려는 걸까. 그에게도 결코 손해 보는 장사는 아닐 텐데. 그렇게 그가 내세울 조건을 예상하던 때였다.

"어?"

아주 잠시 정신을 팔았을 뿐이다. 그는 어느새 내 앞으로 바짝 다가와 있었다. 조각 같은 얼굴이 지나치게 가까웠다. 그는 썩 부드러운 태도로 내 뺨을 감싸 쥐었다.

"나를 속일 생각은 하지 마."

어째서일까. 그 말을 듣는 순간 온몸에 전율이 끼쳤다. 피부에 닿은 촉감이 이렇게도 뜨겁건만, 체온이라도 빼앗긴 것처럼 목덜미가 오싹했다.

"대답해야지, 착하게."

"……."

천적이 덮쳐 오는 것을 발견하지 못한 초식동물이 이러할까. 나는 맹수의 눈동자에 굳어 움직이지 못했다. 그는 잡아 놓은 먹이를 가늠하는 듯 느릿하게 볼을 쓰다듬었다.

그 순간, 그런 생각이 들었다.

'아니, 잡힌 건 내가 아니라 너야.'

내가 선택하고 만들어 낸 일이었다. 그러니 주도권도 나에게 있었다. 진짜 여자 주인공이 나타날 때까지 말이다. 나는 풀어졌던 표정을 여유롭게 고쳤다.

"너야말로."

내 말에 그가 눈을 동그랗게 떴다. 비웃거나 무표정인 것 외에 처음 보는 얼굴이었다. 나는 그것을 기회로 삼아 그를 밀어붙이며 사슬을 잡았다.

"그러니 대답해. 착하게 말이야."

나는 그가 흘린 말을 고스란히 돌려주었다.

"……하."

그가 어이없다는 듯 웃음을 흘렸다. 사슬을 잡아당긴 건 너무 갔나 싶었는데 그는 화를 내지 않았다. 오히려…….

"플로리아, 겁 없는 꽃."

그에게서 처음으로 불린 내 이름이었다. 그 순간 나는 숨을 멈추었다.

"아!"

그가 사슬의 여유 부분을 잡아당겼다. 놓을 순간도 없이 나는 그의 품에 안기고 말았다.

"계약은 성립되었어."

낮게 가라앉은 웃음소리. 그는 내 머리칼에 입을 맞추었다. 그 순간 뜨거운 열기가 몸속 깊숙이 퍼졌다가 느릿하게 사라졌다. 기묘한 감각이었다.

불씨에 스스로 뛰어든 불나방이 이러할까. 이제는 돌이킬 수 없었다.

* * *

미리 언질 받은 대로, 일주일간 아버지는 지하 동굴에 방문하지 않았다. 나는 결혼을 알릴 때를 기다렸다. 그리고 기회는 우연치 않게 찾아왔다.

"이 미련한 자식!"

"아악!"

해가 질 무렵, 공작성은 머리통 터지는 소리로 요란했다. 나와 아르덴은 아버지의 불호령에 긴장해 있었다. 그는 커다란 화병을 던지고도 화가 풀리지 않은 듯 한참을 씩씩거렸다.

"그게 뭔 줄 알고 손을 대!"

"죄, 죄송합니다."

라쿠스는 피가 흐르는 이마를 감싸 쥐고 용서를 빌었다. 하지만 두 눈은 반성의 기미가 조금도 보이지 않았다.

대강 들은바, 이번에도 라쿠스가 일을 벌인 모양이었다. 나에게 망신당한 그는 그 길로 술을 들이붓고 만취했다고 한다. 며칠 내내 술독에 빠져 있던 라쿠스는 완전히 겁을 상실했는지 성을 헤집기까지 했다.

"네놈을 서른 마리 팔아도 그것만 못 할 거다!"

아버지는 라쿠스를 놈이라 칭하며 길길이 날뛰었다. 그럴 만도 했다. 그는 아버지가 가장 아끼는 마력석을 깨트렸으니까.

신이 내린 선물이라 불리는 마력석은 마력을 담고 있는 광물로, 아주 드물게 발견되는 것이었다. 크기가 클수록 담고 있는 마력이 많아 상급으로 분류된다. 가장 하급도 부르는 것이 값이다.

인간은 마력석을 매개체로 마법을 쓰고, 각종 마법 물품들을 창조해 냈다. 가공 후의 마력석은 유리구슬처럼 연약하다.

라쿠스는 최상급의 마력석으로 뭔가를 만들어 보려다 보란 듯 깨트리고 말았다.

"일, 일부러, 그런 게 아닙니다! 저도…… 도움이 되고 싶어서!"

라쿠스는 억울한 듯 목소리를 높였다. 아직도 정신을 차리지 못한 듯했다. 그도 그럴 것이, 아버지는 이상한 방면으로 라쿠스에게 무른

면이 있었다. 성안의 여자 이종족을 건드리고 실험 도구를 망가트린 전적이 열 손가락을 채우고도 남았다. 다른 이였으면 심한 벌을 받거나 죽음에 이르렀을 텐데, 그는 여러 번 아버지의 눈을 비껴갔다.

"헛소리 마라! 내 성에 이런 게 돌아다니다니!"

하지만 오늘은 무사히 넘어가지 못할 듯했다.

카랑—!

아버지는 벽에 걸려 있던 검을 빼 들었다. 장식용이라고는 하지만 사람 두엇은 쉬이 넘길 정도로 잘 벼려 있었다. 이러다간 정말로 사달이 날 것 같았다. 아르덴도 그것을 짐작했는지 앞으로 나서려 들었다. 나는 그런 그를 뒤로 밀어냈다.

'정말······.'

속으로 한숨을 삼키는 건 익숙한 일이었다. 어설픈 태도는 화를 부른다. 아르덴이 나서면 수습되기는커녕 사고가 더 커질 수 있었다. 눈앞에서 피를 보는 건 사양하고 싶다.

"아버지, 진정하세요."

나는 부드러운 어조로 말하며 아버지와 라쿠스 사이에 끼어들었다.

"감히 누구 앞을 가로막아!"

아버지는 언성을 높이면서도 나에게 칼끝을 겨누지는 않았다. 나는 가슴에 손을 대며 가련한 척 고개를 떨구었다.

"죄송해요. 아버지가 괜한 것에 기운을 낭비하실까 봐 걱정되어서요."

그러면서 슬쩍 뒤에 있는 라쿠스를 보았다. 그는 내가 자신을 돕는 것에 당황한 듯했다. 돕기는 무슨, 그럴 마음은 전혀 없었다.

"첫째 오빠가 성을 비워서 라쿠스 오빠가 많이 불안한 것 같아요."

장남으로 지정되어 있는 리카엘은 현재 수도에 가 있는 상태였다. 확실히 그가 있으면 라쿠스의 사고도 줄어들었다. 당연했다. 아버지에게 들키기 전 그가 뒷수습을 했으니까.

"……."

아버지는 눈살을 찌푸렸지만 내 말을 끊지는 않았다. 어디 더 해보라는 듯한 침묵이 나를 부추겼다.

"라쿠스 오빠가 맡은 일이 없어서 더 그런 것도 있어요. 그러니 오빠에게 하수장을 맡기면 어떨까요?"

"하수장 처리?"

아버지의 눈썹이 꿈틀거렸다. 하수장은 마도 실험을 위한 쓰레기장이었다. 실험탑과 키메라 우리에서 나온 온갖 오물들이 모두 그곳으로 모여들었다. 가장 더러운 곳이었지만 실험 자체가 기밀이니 버리는 것에 엄중한 관리가 필요했다. 심한 악취 때문에 본성에서도 멀리 떨어져 있는 데다 그것을 치우는 하인들은 모두 말을 하지 못하는 이들이었다. 아무한테나 맡길 일이 아니었으니 관리자는 오래도록 부재였다.

"네. 오빠도 생산적인 일을 하고 싶어 하니까요. 그렇지, 오빠?"

나는 생긋 웃으며 라쿠스에게 눈짓했다. 하지만 그의 얼굴은 사정없이 일그러져 있었다.

아버지는 여전히 칼을 손에 쥔 채였다.

"그게……."

짧은 침묵 끝에 그가 고개를 끄덕였다.

"……맡겨 주시면 자, 잘하겠습니다."

그럼, 좋은 선택이다. 사지가 하나 잘려 나가는 것보다는 나을 테니까.

"그렇대요, 아버지."

나는 상냥한 목소리로 라쿠스에게 힘을 실어 주었다. 하지만 아버지의 분은 모두 풀리지 않은 듯했다. 옆에서 조마조마 애가 탄 아르덴의 기척이 느껴졌다.

어쩔 수 없지. 나는 아버지의 이목을 완전히 돌려놓기로 마음먹었다.

"너무 잘 되었어요. 하수장 책임자가 없어서 걱정이었는데. 아, 그리고 아버지."

나는 기뻐하며 손뼉을 쳤다. 그리고 슬쩍 아버지를 부르며 그의 눈길을 나에게로 돌려놓았다.

"……뭐냐."

"중히 드릴 말씀이 있어서요."

원래 세운 계획은 이런 것이 아니었다. 좀 더 엄중하고, 진지하게 실행하려 했건만, 모두 틀어지고 말았다.

'이러고 싶지는 않았는데.'

달콤하게 붉힌 뺨, 파르르 떨리는 속눈썹, 다소곳하게 모은 손은 누가 보아도 수줍은 여인의 모습이었다.

"저 그게……."

나는 말을 망설이며 몸을 꼬았다. 이런 모습은 처음 보여 주는 것이었다. 자리에 모인 세 남자의 눈동자가 당황으로 일렁였다. 나는 부끄러운 듯 입술을 떼었다.

"결혼할까 해요."

무한한 정적이 공작성을 집어삼켰다. 이럴 줄 알았지. 나는 침묵을 이겨 내기 위해 더욱 방긋거리며 웃어 보였다. 그들의 머릿속에서 라쿠스의 죄는 완전히 사라져 버렸다. 덕분에 내 속은 말이 아니었다.

"결……혼 하다니. 누구와?"

첫 운을 뗀 건 다름 아닌 아르덴이었다. 불안해 보이던 모습은 어디로 가 버렸는지, 그의 얼굴은 충격과 당황으로 범벅되어 있었다.

미안, 오빠. 나는 속으로 사과하며 태연하게 굴었다.

"동굴에 있는 마수와 할까 싶어."

나는 손끝으로 입술을 가리며 대답했다. 원래도 새하얀 아르덴의 얼굴이 핏기 하나 없이 창백해졌다.

"그…… 커다란, 흑표범 말이니?"

"응, 이번에 새로 들어온 건 그것밖에 없지 않아?"

카르텔을 재워 동굴에 가두기 전, 아르덴 또한 마수 상태의 카르텔을 본 적이 있었다. 그는 내 천연덕스러운 물음에 할 말을 잃은 듯 손을 떨었다.

"그게 무슨 말이냐."

상황을 지켜보던 아버지가 말문을 텄다. 그는 유례없이 평정을 잃은 상태였다. 계획이 틀어져 당황했지만, 저 모습을 보니 조금 즐거워졌다. 나는 오히려 잘 되었다고 생각하며 밝게 웃었다.

"아버지에게 도움이 되고 싶어서요."

아버지에게만큼은 백치처럼 굴었던 원작의 플로리아. 그것을 연기한 것뿐이었는데 파급력은 그 이상이었다. 나는 그간 겪은 일과 만들어 낸 거짓을 잘 버무려 한 상 가득 내어놓았다. 오래된 역사까지 곁들이니 더할 나위 없었다. 본디 짐승은 꽃에게 이끌리는 법이다. 이는 마수와 화인에게도 동일하게 작용되었다.

"전설이 있었죠. 마수는 꽃에게 이끌린다는, 그게 사실이었어요."

저는 그 마수를 길들일 자신이 있어요.

나는 눈을 곱게 접으며 웃었다. 우아하면서 당돌한 여인의 자태로.

"……그런 전설이 전해지기는 했지. 하지만 결혼까지 운운할 필요는 없을 텐데."

아버지는 다시 냉정한 상태로 돌아온 듯했다. 하지만 그것은 내 말에 휘둘리고 있다는 증거나 다름없었다.

"우리 가문이 황족의 약점을 쥐게 되는 거예요."

"약점?"

아버지는 카르텔을 황가에서 데려오기 위해 많은 무리를 했다. 그에 상응하는 교환품을 만들기 위해 이 년간 이루어질 실험을 무려 반년으로 단축할 정도였으니까. 그리고 그것이 내가 가진 두 번째 카드가 되었다.

"네, 저는 마수를 인간의 형태로 만들 거예요. 먼 옛날, 강력한 마수들만이 할 수 있다는 그것을 말이죠."

카르텔은 짐승의 형태로 태어나 가둬졌다. 그러나 몸에 흐르는 피는 레오플론의 순혈 그 자체다. 그런 그가 인간의 모습으로 변할 수 있다면?

이는 제국의 판도가 뒤집힐 만한 사건이었다. 잠시 생각에 잠긴 아버지의 눈이 번쩍 뜨였다. 그는 생각지도 못했다는 표정으로 나를 바라보고 있었다.

"그걸 네가 할 수 있다고?"

믿을 수 없다는 물음이었다. 하지만 그 속에는 크나큰 기대가 담겨 있었다.

레오플론 제국은 다수의 신학파와 소수의 마도학파로 나누어져 있었다. 신학파는 황족이 신의 피를 타고났다 믿는 정통적인 귀족 세력으로, 황가에 절대적으로 충성한다.

이와는 달리, 마도학파는 타 제국에서 넘어온 학문을 받아들인 자들로, 그 역사는 채 이백 년도 되지 않았다.

황족이 신이나 다름없는 제국에서 새로운 것을 창조하는 마도학은 금기요 반역이었다. 그러나 다양한 문물을 수용한 타 제국들의 발전은 큰 위협이 되었다. 결국 레오플론 제국은 마도학을 수용하며 창조에 꼭 필요한 마력석을 신의 선물이라 포장했다.

새로이 자리를 잡은 마도학파의 귀족들은 각종 실험을 허락받되,

그 모든 것이 제국을 위한 것이어야 한다는 규제를 받았다.

그건 공작의 직위까지 오른 아버지도 마찬가지였다. 하지만 그러한 법규를 피해 그는 무차별적인 실험을 멈추지 않았다. 특별한 성과를 이룬 이후에는 황실도 그의 실험을 모르는 척 넘어가 주었다.

"네, 완벽히 길들일 시간만 주신다면요."

나는 자신 있게 대답했다. 아버지는 늘 황족에게 불만을 품고 있었다. 마도 공학은 다양한 마법 물품과 생명학으로 높은 업적을 떨쳤다. 하지만 아무리 잘 만든 것이라고 해도 황가의 허락이 없다면 그것은 상용화할 수 없었다.

"제 능력으로 마수의 마력을 최상급으로 끌어내 보일게요. 인간으로 변한다면 더한 가치를, 설령 어렵다 하더라도 원래보다 훨씬 높은 마력을 채취할 수 있을 거예요."

실험의 목적은 마수의 마력을 빼내는 것에 있었다. 그 질이 더욱 높아진다면 이득이었지, 결코 손해는 아니었다.

"제가 아버지에게 황가의 목줄을 쥐여 드릴게요."

마지막 일침이었다. 아버지의 눈동자가 흔들리는 것이 보였다. 나는 그 모습을 보며 승리를 예감했다.

"그래서 결혼 이야기를 꺼낸 거였군."

"네, 마수라고는 하지만 그도 황가 기록에 들어 있기는 하니까요."

황후는 황태자를 낳았다. 하지만 아이는 너무나도 연약해 하루를 버티지 못하고 죽고 말았다고 한다. 그 뒤 황후가 낙태약을 먹었다는 증거가 속속들이 발견되었다. 태아라 해도 황족 살해 시도는 대역죄다. 그 일로 황후는 폐위되었다.

물론, 모두가 모함이었다. 황가는 짐승의 형태로 태어난 카르텔을 그렇게 포장해 세상에서 지워 버렸다.

"죽었다던 황태자가 살아 있었다……라."

거기다 황가가 절대적으로 숨기고 싶어 하는 증거까지 쥐고 말이야.

아버지의 입꼬리에 어둑한 미소가 깔렸다. 빚까지 지고 데려온 컬렉션이 황권을 쥘 수 있는 보물로 둔갑하는 순간이었다. 그는 수염을 쓰다듬으며 앞날을 가늠하고 있었다.

"그런데 내 딸아, 이렇게 기특한 생각을 하고도 왜 나를 먼저 찾지 않았느냐."

다정한 목소리였으나 말에는 뼈가 심어져 있었다. 나로서도 아버지가 한 줌의 의심 없이 이 일을 받아들이리라 생각지는 않았다. 나는 미리 준비한 말을 꺼냈다.

"아버지, 저는 평범하고 능력도 없는 인간과 결혼하기 싫어요."

"으음?"

내 말에 그가 의문을 뱉었다. 나는 그의 곁으로 다가가 어린아이처럼 투정을 부렸다.

"저는 계속 아버지를 도우며 살고 싶은걸요. 그런데 결혼하면 여길 떠나야 하잖아요. 거기다 별 볼 일 없는 놈이 제 남편이라고 생각하면 치가 떨려요."

나는 사교계에서 베논가의 붉은 장미라 불렸다. 신분을 떠나 그 누구보다 아름다웠고 영식들은 어떻게든 나를 만나려 안달이었다. 거기다 결혼 적기인 나이였으니 타 가문들의 초대장이 끊이질 않았다.

"그러니 저를 더 훌륭한 일에 써 주세요. 그래 주실 거죠?"

나는 정말로 평범한 남자가 치가 떨린다는 듯 몸서리를 쳤다. 그리고는 아버지에게 간절한 표정으로 매달렸다. 그 순간이었다.

"하, 하하하!"

커다란 웃음소리가 방 안에 울려 퍼졌다. 나와 두 남자 모두 아버지의 통쾌한 웃음에 깜짝 놀랐다. 그가 저리 웃는 것은 생전 처음 보았기 때문이다.

"네가 영특한 줄은 알았지만 이 정도일 줄이야. 좋다. 네가 원하는 대로 해라."

"감사해요. 아버지!"

됐어! 나는 양손을 겹쳐 쥐며 눈을 반짝였다. 아버지는 여전히 웃음을 지우지 않으며 내게 도움을 주었다.

"마수의 신분도 따로 사도록 하지. 놈이 인간으로 변하기 전에 결혼 소식을 알릴 수 있도록."

이렌시아의 왕족 신분 정도라면 괜찮겠지. 아버지의 말에 나는 고개를 끄덕였다.

문두스 대륙과 대서양 너머에 자리한 이렌시아 대륙의 교역이 이루어진 지는 얼마 되지 않았다.

귀족들은 교역을 위해 그들과 서약서만 오가는 결혼을 진행하곤 했다. 주로 신분이 낮은 귀족들이 하는 것으로 평생 남편의 얼굴을 보지 못하는 경우가 허다했다. 즉, 서류상의 결혼이라는 뜻이었다.

'나로서는 잘된 일이지.'

마수의 모습을 한 카르텔이 내 남편 행세를 할 수는 없었다. 그러니 서약서를 통한 결혼으로 포장하는 것이 더 이득일 것이다.

"결혼서는 조만간 황성으로 넣도록 하마."

아버지는 내 제안에 완전히 마음을 돌린 듯했다. 아까까지 머리통을 날릴 듯 잡아 족치던 라쿠스는 그의 기억 속에서 잊힌 지 오래였다.

"아버지! 잠시만 기다려 주십시오!"

하나의 관문을 겨우 통과한 순간이었다. 아버지를 멈춰 세운 목소리는 다름 아닌 아르덴이었다.

"아무리 거짓이라지만 짐승과 결혼이라니요!"

그는 말도 안 된다는 듯 다급하게 외쳤다. 늘 조곤조곤 이야기하는 모습과 정반대였다. 나는 그의 새로운 모습에 놀라기도 전 반사적으로 아르덴의 팔을 붙잡았다.

안 된다. 그에게 이런 식으로 굴었다가는……!

"이미 결정이 내려진 일이다."

"하지…… 아악!"

내가 그를 말려 보기도 전이었다. 아버지에게 다가가려던 아르덴의 사지가 끔찍한 비명과 함께 뒤틀렸다. 그의 가슴팍 근처에서 붉은 보석이 빛나고 있었다.

"나에게 대들지 말라 몇 번을 가르쳤건만."

아버지는 혀를 차며 말했다. 그의 중지에는 붉은 보석이 박힌 반지가 존재했다. 나와 두 오빠, 그리고 동생은 모두 같은 목걸이를 차고 있었다. 그것은 우리를 부르는 신호로 사용되기도, 고통을 주는 조련의 도구로 이용되기도 했다. 그 고통은 상상 이상이었다. 사지가 꺾이고 살이 찢어지는 감각은 일순간 지옥을 맛보게 했다.

"허윽……!"

아르덴은 결국 바닥에 주저앉고 말았다. 하지만 주장을 꺾을 생각이 없는 듯 필사적으로 몸을 일으키려 했다.

"아직도 교육이 모자라서야."

"아버지, 오빠가 저를 너무 아껴서 그런가 봐요. 그러니까……."

나는 웃는 낯으로 아버지에게 말을 붙였다. 하지만 그는 나에게 눈길을 돌리지 않았다. 오히려 쐐기를 박겠다는 듯 싸늘하게 눈을 굳혔다.

"네가 느끼는 고통을 동생에게 주어야 정신을 차리겠느냐?"

뚝, 아버지의 한 마디에 아르덴의 움직임이 멎었다. 그는 즉시 반항을 멈추고 몸을 웅크려 고통을 감내했다. 아, 내가 가장 끔찍이 여기는 광경이었다.

"제대로 해라. 잘 큰 네 동생이 너 때문에 피해를 보지 않게."

"······예, 아버지."

그는 머리를 바닥에 댄 채로 읊조렸다. 아버지는 공손히 구는 아르덴을 보며 손을 거두어들였다. 목걸이는 혼혈들이 이 성에서 달아나지 못하는 가장 큰 이유였다. 그것은 벗지도 못할뿐더러 위치까지 추적할 수 있었다.

아버지는 아르덴이 명령을 듣지 않을 때마다 고통을 주었고, 그것으로도 길들지 않을 땐 그 고통을 나에게 대신 주었다.

'아르덴. 네 동생이 당하는 고통은 모두 너 때문이다.'

그날 이후, 그는 아버지가 시키는 모든 명령을 수행했다. 어떤 더러운 일이라도 토 한 번 다는 일이 없었다.

"그러면 플로리아, 네가 잘할 거라 믿고 그만 가 보마."

그는 나를 등져 지나쳤다. 다행이었다. 조금이라도 타이밍이 맞지 않았다면 내 표정을 고스란히 드러내고 말았을 테니까.

"······제가 다 알아서 할게요. 아버지."

나는 표정과는 어울리지 않는 목소리를 내며 그를 배웅했다.

그래요. 제가 다 알아서 할게요. 그러니까······.

* * *

아버지의 허락이 떨어진 이후, 나는 전보다 더 자유롭게 지하 동굴을 드나들 수 있게 되었다. 카르텔의 긴장을 풀게 한다는 명목 하에 연구도 중지되었다. 며칠만 지나면 수도부터 시작해 작은 영지까지 내 결혼 소식이 전해질 것이다. 마침 연을 맺고 있는 타 대륙 일가가 있었으니 일 처리는 더욱 쉬워졌다.

[정말로 일을 이렇게 만들 줄은 몰랐는데.]

카르텔은 표범의 형상을 유지하고 있었다. 분명 짐승의 얼굴이건만, 만면에 어이가 없다는 표정이 가득했다.

"난 한다면 해."

나는 그의 말을 귓등으로 듣고는 침대에 걸터앉았다.

그날 이후 동굴 안에는 많은 것이 추가되었다. 편히 쉴 수 있는 커다란 침대부터 테이블과 의자, 기타 가구까지 모두 최고급으로 마련되었다. 여기가 동굴이 아니고, 눈앞에 거대한 철창과 맹수가 없었더라면 신혼 방이라 보기에 부족함이 없으리라.

[……]

나는 그가 보든 말든 침대에 털썩 머리를 눕혔다. 일차적으로 아버지를 속이는 데 성공했다. 그 사실을 상기하니 미약한 희열이 느껴졌다. 비록 아르덴과는 틀어지게 되었지만 말이다.

'절대 찬성할 수 없어.'

그는 용납할 수 없다며 표정을 굳혔다. 나는 그를 설득할 자신이 없었다. 이미 벌어진 일인 데다가, 내가 계획한 일들을 말해 주는 것도 불가능했기 때문이다.

"아, 모르겠다."

[일이란 일은 다 벌여 놓고 뭘.]

한숨을 쉬듯 중얼거리니 곧장 핀잔이 날아왔다. 나는 몸을 벌떡 일으켜 카르텔을 노려보았다. 거대한 짐승도 매일같이 보다 보니 무섭지가 않았다.

"다른 사람 앞에서는 나한테 복종해. 모두 그렇게 알고 있으니까."

아버지나 오빠 앞에서도 이런 태도라면 곤란했다. 나는 말이라도 듣는 척하라며 그에게 잔소리를 퍼부었다.

[그러던가.]

그가 내 말을 얼마나 흘려듣고 있었을까. 미동도 없던 검은 귀가 쫑긋거리며 움직였다.

[누가 오고 있는데.]

그가 눈을 가늘게 뜨며 중얼거렸다. 월등한 청력이니 착각은 아닐 것이다. 혹시 아버지인가? 분명 내려오지 않으신다고……. 침대에서 조심스럽게 일어난 나는 잔뜩 긴장한 채 계단을 주시했다. 하지만 동굴 아래로 내려온 건 아버지도, 아르덴도, 하수장 담당을 맡게 된 라쿠스도 아니었다.

반짝이는 은발, 날카롭게 올라간 눈꼬리, 일렁이는 연하늘색 눈동자. 무인이라는 사실을 몸으로 알리기라도 하듯 쭉 뻗어 잘 만든 몸을 가진 남자가 동굴 안으로 홀연히 들어오고 있었다.

"……리카엘 오라버니?"

나는 무표정한 얼굴로 그를 멍하니 바라보았다.

베논가의 장자이자 나의 첫째 오빠인 리카엘, 그가 수도에서 돌아왔다. 그가 온다는 소식은 듣지 못했는데. 티는 내지 않았지만 나는 몹시 당황한 상태였다. 예정대로라면 그는 지금 수도에 머물러 있어야 했다. 아버지가 맡긴 일을 처리하기 위해서 말이다.

그는 성에 도착한 지 얼마 안 된 듯 망토와 갑주 차림 그대로였다. '돌아오자마자 동굴로 내려온 건가?'

나는 놀란 마음을 누르며 리카엘에게 다가갔다.

"리카엘 오라버니! 제가 마중 나갔어야 했는데, 이렇게 일찍 오실 줄은 몰랐어요."

나는 살가운 표정으로 말을 붙였다. 놀란 마음을 제외하면 조금 반갑기는 했다. 근 이 주 만에 얼굴을 보는 것이었으니까.

"수도는 어떠셨나요? 저는 아버지와 급하게 내려온지라 조금 아쉬웠답니다."

몇 번이고 말을 걸었으나 대답을 들을 수는 없었다. 나는 기나긴 침묵에 그저 웃을 뿐이었다. 리카엘은 내가 가장 어려워하는 인물이었다. 원작에도 그에 대한 설명은 기본적인 것밖에 나와 있지 않았고, 늘 무표정한 얼굴로 아버지의 명령만을 수행하는 존재였다.

함께 자라났지만 속을 전혀 알 수 없는 사람. 나에게 리카엘은 적인지 아군인지 구분조차 어려운 사람이었다.

"저건가?"

"네?"

갑자기 무슨 말을 하는 거지. 나는 의아해하며 그의 눈을 쫓았다. 그 끝에는 카르텔이 있었다. 나와 아버지가 카르텔을 데려오는 동안, 리카엘은 다른 임무 때문에 카르텔을 보지 못했다.

'마수가 궁금해서 찾아온 건가?'

그렇다면 차라리 다행이었다. 나는 그에게 설명하려고 입을 열었다.

"아, 네. 이번에 황궁에서……."

"저 괴물과 결혼을 하겠다고?"

그는 단박에 말을 끊어 내고는 철창 가까이 다가갔다. 괴물이라니. 리카엘이 이렇게 반응하는 건 처음 보았다. 워낙 냉정한 성격에 그 또한 이종족이었으니 삿된 표현을 삼갔기 때문이다.

"괴물이 아니라, 레오플론의 황태자예요. 곧 제 남편이 될 거고요."

나는 리카엘 앞을 슬그머니 막아섰다. 이제 막 도착한 것 같은데, 결혼에 관한 이야기는 어디서 듣고 왔는지 모를 일이다. 아직 공식적으로 발표하지 않았기에 더욱 의아했다.

"어디를 보나 짐승 따위가 아닌가. 거기다 이런 크기라니."

리카엘의 눈은 차게 식어 있었다. 내 말은 아예 들리지도 않는 것인지 힐난만 가득했다. 그에게 관심이 없던 카르텔도 괴물이니 짐승이니 하는 소리에 몸을 일으켰다. 그러나 이를 드러내거나 포악하게 굴지는 않았다. 오히려…….

[참새 새끼가 겁대가리를 상실했군.]

나는 머릿속에 울리는 말에 놀라 리카엘을 살폈다. 그는 여전히 무표정하게 서 있었다. 카르텔의 말이 들리지 않는 모양이었다.

'참새 새끼라니!'

나는 카르텔을 마구 노려보았다. 그는 내 시선을 무시한 채 꼬리만 살랑거렸다.

리카엘은 조인족 혼혈이었다. 그것도 희귀하기로 이름 높은 은색 매 혈통이다. 리카엘이 조인족이라는 사실을 어떻게 알았는지는 모르겠지만, 그를 참새 취급한 자는 카르텔이 처음이었다.

"플로리아, 저 괴물과 몸을 섞기라도 하겠다는 거냐?"

그의 힐난은 나에게로 돌아왔다. 딱히 상처를 입지는 않았다. 오히려 리카엘이 이리도 감정적으로 구는 모습이 신기하게 여겨졌다.

"네, 인간으로 변하기만 한다면요."

덤덤한 내 말에 그의 눈동자가 일렁였다. 평소에도 대하기 어려운 사람이었지만 오늘은 특히 더 그랬다. 한 치 앞을 전혀 예상할 수가 없다.

"……그러면 변하기 전에 처리하면 되겠군."

챙—!

내가 그의 말을 이해하기도 전이었다. 리카엘은 날카로운 금속음을 내며 검을 빼 들었다. 잠잠하던 대기가 사납게 일렁였다. 날 선 바람이 그의 검을 둘러싸고 있었다.

"무슨! 죽이기라도 하겠다는 거예요?"

나는 황급히 카르텔 앞을 막아섰다. 리카엘은 바람을 다룰 수 있었다. 부드러운 순풍도 그의 손을 거치면 칼날보다 치명적인 무기로 변했다.

"바로 죽으면 좋겠지. 하지만 명줄이 질겨 보이는군."

리카엘은 진심이었다. 나는 이해할 수가 없었다. 묵묵히 충성하던 그가 갑자기 아버지의 컬렉션을 죽이겠다니. 그건 아버지에게 대항하는 것이나 마찬가지였다.

[바람에 날아가기라도 하겠어.]

한술 더 뜨듯 카르텔이 빈정거렸다. 검은 표범은 날카로운 송곳니를 드러내고 있었다. 철창이 없었다면 금방이라도 리카엘의 목을 물어뜯을 기세였다. 분위기는 점점 더 좋지 않은 방향으로 치닫고 있었다.

'어떻게 해야······.'

둘 중 하나라도 말려야만 했다. 나는 갈팡질팡하다가 소리를 질렀다.

"······카릴! 그만두지 못해?!"

카릴. 릴. 그만. 두. 못해······!

동굴 안에서 내 외침이 윙윙 울렸다. 그 메아리 같은 소리가 멈추니 정적이 찾아왔다. 아까와 같은 싸늘함과는 거리가 먼, 황당함이 깃든 그런 고요함이었다.

"이름까지 붙인 건가?"

"계속 마수라고 부를 수는 없으니까요."

나는 그의 물음에 간신히 답했다. '카르텔'이라고 진명을 부르기에는 꺼림칙스러웠다. 그래서 얼떨결에 나온 이름이 카릴이었다.

[그 암고양이 같은 이름은 대체 뭐야?]

어이가 없다는 듯 바람 섞인 음이 머릿속에서 울렸다. 카르텔은 귀여움이 섞인 이름 한방에 김이 빠진 듯 발톱을 넣어 버렸다. 잘된 일인가? 나는 그것을 판단할 수 없어 이마를 짚었다.

"······우선 올라가요. 리카엘 오라버니."

나는 한숨을 쉬며 그를 떠밀었다. 본래 이 정도로 친근한 사이는 아니었지만, 이렇게라도 하지 않으면 리카엘이 영영 동굴 안에 머물 것만 같았다.

'나중에 올게.'

나는 카르텔에게 눈짓으로 인사했다. 그는 마음에 들지 않는다는 표정을 짓고 있었지만, 얌전히 있어 주었다.

'다른 사람 앞에선 나에게 복종해.'

아까 내가 그에게 한 말이 머릿속에 맴돌았다. 일단은…… 내 말을 들어주기로 한 것 같았다.

리카엘의 표정은 여전히 굳어 있었다. 하지만 이번 일은 일단락된 것 같았다. 나는 최대한 긍정적으로 생각하며 계단을 올라갔다.

삐이이ㅡ!

지하를 빠져나와 복도를 거닐던 중이었다. 나는 익숙한 울음에 고개를 돌렸다. 창문 밖 하늘 위로 자그마한 점 같은 것이 맴돌고 있었다.

"파이?"

창문을 열어 주니 허공을 맴돌던 것이 빠르게 다가왔다. 안으로 들어온 것은 은빛 날개를 가진 매였다.

삐익ㅡ!

매는 자연스럽게 리카엘의 팔에 내려앉았다.

"파이. 오랜만이네."

파이는 리카엘이 부리는 매였다. 손을 뻗으니 파이가 내 손등에 머리를 비비며 애교를 부렸다. 파이의 등장에 리카엘과의 분위기가 조금 누그러진 듯했다.

대체 아까는 왜 그런 걸까. 이렇게 빨리 돌아온 건 어째서고. 나는 그렇게 생각하며 무심코 반대편을 바라보았다.

"어?"

창가 맞은편으로 성의 다른 건물 창이 보였다. 그 안에서 긴 녹색 머리칼이 언뜻 지나간 것 같았다.

'아르덴 오빠?'

하지만 워낙 순식간이라 확신할 수 없었다. 결혼 선언 후 아르덴을 본 적이 없었다.

'뭐, 오늘 저녁에는 만나게 되겠지만.'

장남인 리카엘이 귀환했으니 저녁에는 필히 가족 만찬이 열릴 것이다. 그때 얼굴이라도 봐 둘 생각이었다.

'우선은…….'

이 어색한 자리부터 빠져나가는 것이 순서다. 나는 리카엘을 올려다보며 말했다.

"카릴에게 해를 가하려 한 건 아버지에게 비밀로 할게요. 그러면 저녁에 뵈어요."

"……."

잘못 본 것일까. 리카엘의 눈가가 미묘하게 일그러진 것 같았다. 무언가를 참아 넘기는 듯한 얼굴. 그러나 금세 무표정으로 돌아온다. 언제 감정을 비치었느냐는 듯 얼음처럼 차가워 보였다. 정말이지 속을 알 수 없는 사람이었다.

나는 대답을 기다리다 지쳐 뒤로 돌아섰다. 내가 한참 복도를 걷는 와중에도 그의 발걸음 소리는 끝끝내 울리지 않았다.

* * *

날은 저물고 어느덧 저녁이 찾아왔다. 나는 시중인들의 손길을 받으며 치장을 하고 있었다.

"쉬릴."

"네, 아가씨!"

그중 쉬릴이라 불린 아이는 내 전담 시녀였다. 어느 남작 가문의 출신으로 교육이 잘되어 있는 편이었다.

"머리를 옆으로 넘기도록 해."

"네, 이렇게 하면 될까요?"

쉬릴은 눈치도 빠르고 치장 솜씨도 좋았다. 그녀는 내가 원하는 대로 머리칼을 옆으로 넘겨 고정해 주었다.

"음."

거울에 비친 여인은 무표정했다. 홍옥처럼 붉은 눈, 웨이브 져 옆으로 늘어트린 분홍빛 머리카락, 새하얀 피부를 가진 장미 같은 미인의 얼굴.

"혹 마음에 들지 않으세요?"

시녀 한 명과 하녀 넷은 귀족 영애의 기본 수족이었다. 그들은 내게 조금이라도 실수할까 잔뜩 긴장해 있었다.

"아니. 이만 내려가야겠어."

나는 고개를 끄덕이고는 자리에서 일어섰다. 여태껏 그들에게 패악을 떤 적은 없었다. 그런데도 저렇게 긴장하고 있다는 건, 그녀들이 다른 이를 두려워하기 때문이겠지.

성의 집사는 시중을 드는 모든 이들을 감시했다. 비밀이 많은 가문이니 입을 잘못 놀리면 그 즉시 갈아치워 진다.

나는 이런저런 생각을 하며 식당으로 향했다.

"모두 먼저 계셨네요."

나는 무표정한 얼굴에 미소를 걸며 안으로 들어갔다. 식당에는 리카엘, 아르덴이 순서대로 앉아 있었다. 본래 라쿠스도 참여해야 했지만, 그는 얼마 전 맡은 하수장 관리인이란 직책 때문에 만찬에 오지 못했다. 잘된 일이었다.

나는 그중 아르덴에게 눈인사를 건넸다. 분명 눈이 마주쳤을 텐데, 그는 전에 없이 표정을 굳히고 있었다.

'어쩔 수 없지.'

아끼는 동생이 짐승과 결혼이라니. 그의 입장에서 받아들이기 힘든 일일 것이다. 나는 그에게 말을 붙이지 않았다. 어색한 침묵이 식탁 위로 내려앉았다. 가만히 눈을 내리깔고 있었을까.

"다들 모였구나. 리카엘이 생각보다 일찍 귀환해서 말이지."

"오셨어요. 아버지."

미묘한 흐름은 아버지가 오고 나서야 멈췄다. 그가 상석에 앉자 기다렸다는 듯 음식이 나오기 시작했다. 신선한 샐러드와 스튜 등 가벼운 음식들이 올라왔다가 사라지길 반복했다. 식당 내부는 식기 소리 따위도 나지 않을 만큼 적막했다.

"'그건' 어떻게 되었느냐."

메인 요리가 상에 오른 때였다. 핏물로 흥건한 스테이크를 썰던 아버지가 리카엘을 보며 물었다.

"적응하는 걸 보고 오는 길입니다."

리카엘은 순순히 대답했다. 나는 저들의 이야기 중 '그것'이 무엇인지 알고 있었다. 아버지는 마수를 얻기 위해 그에 상응하는 것을 만들었다. 그리고 황가와 그것을 교환하여 카르텔을 얻었다.

유니콘.

유니콘은 아버지의 실험으로 만들어진 키메라였다. 기본적으로 순백색 말의 형태이나, 이마에 뿔이 돋아 있고 등에는 커다란 날개가 달려 있다. 신화 속 모습과 같았지만 신성함 따위는 없었다. 그저 뿔과 날개가 달린 변종일 뿐이다.

"그래. 그걸 만드느라 마물을 몇백 마리나 썼는지 몰라. 쉽게 죽으면 안 되지."

아버지는 만족스럽게 고개를 끄덕였다. 대륙에서 마물은 사특한 것으로 취급되었다. 그리고 그것은 유니콘의 재료가 되었다.

"신의 날에 공개할 예정이라고 하더군요."

황족은 신의 피를 이어받았다는 것을 제국민에게 각인시키고 싶어 했다. 유니콘은 신이 주신 선물이라 포장되어 만천하에 공개될 것이다.

'우습기도 하지.'

황가는 베논가 이상으로 썩어 있었다. 세대가 내려올수록 피는 옅어졌고, 반사적으로 그들이 누리는 힘도 줄어들었다. 현 황가는 자신들의 입지를 견고히 다지는 것에 혈안이 되어 있었다.

"고생해 주었다."

"아닙니다."

아버지는 리카엘에게 제법 다정하게 굴었다. 그가 가져온 성과가 만족스러운 듯했다.

"이렇게 빨리 돌아올 줄은 몰랐지만. 뭐, 잘 되었지."

두툼한 손이 리카엘의 어깨를 두드렸다.

아버지는 모레부터 한 주 간 성을 비울 예정이었다. 그는 공작이기 이전에 마도학자로, 마도탑의 간부 중 한 사람이었다. 매해 정기적으로 열리는 마도학회의 참여는 필수적이다. 그는 사람 좋은 미소를 지으며 말했다.

"리카엘, 집사를 붙여 주지. 내가 없는 동안 집무에 신경 쓰도록 해라."

아버지의 집사는 성의 관리뿐만 아니라 업무까지도 돕고 있었다. 그는 아버지의 훌륭한 손과 발이며 감시인이었다.

"예. 아버지."

리카엘은 감시를 붙이겠다는 말에도 표정 변화가 없었다. 아버지 앞에서의 그는 마치 잘 만들어진 인형처럼 보였다. 아버지는 장남의 태도에 매우 만족해했다. 이윽고 그의 눈길은 나에게로 향했다.

"플로리아. 네 결혼은 학회가 끝난 이후 언급될 거다."

"기뻐요. 아버지."

나는 곱게 미소 지었다. 생각보다 이른 결정이었다. 공식적으로 결혼이 선언되면 파티니 뭐니 하는 귀찮은 일이 훨씬 줄어들 것이다.

"……."

"……."

스테이크를 썰던 리카엘의 나이프가 허공에 멈추었다. 과일을 입에 넣던 아르덴의 손도 마찬가지였다. 밝은 내 표정과는 다르게 상반되는 행동이었다.

'……아르덴이야 그렇다 치지만 왜 리카엘까지?'

나는 의문을 가질 수밖에 없었다.

"그 후 진척을 듣도록 하지. 인간으로 변할 수 있게 만드는 건 빠르면 빠를수록 좋아."

"네. 최선을 다할게요."

쏠렸던 정신이 다시금 아버지에게로 돌아갔다. 나는 충실하게 답하는 것을 잊지 않았다.

"그럼 먼저 일어나지."

다행히도, 그는 별다른 지적 없이 자리에서 물러났다. 음식은 많이 남았지만, 더 들어갈 분위기가 아니었다. 나는 아버지가 완전히 사라지길 기다렸다가 이곳에서 벗어나려 했다.

"일어나지. 플로리아, 너는 나를 따라오도록 해."

"네?"

그저 빠져나갈 궁리를 하던 나는 리카엘의 말에 몸을 굳혔다. 나는 아르덴에게 도움을 요청했지만, 그는 오히려 부추기는 눈빛만을 보내왔다.

"네, 가요."

혼자만의 착각일까. 마치 둘이서 작당이라도 한 것처럼 느껴졌다.

나는 어쩔 수 없이 그의 뒤를 따랐다.

성안은 미로와 같았다. 식당을 나와 허리선 같은 계단을 오른 뒤 복도를 지났다. 우리가 걸을 때마다 등불이 피어나 어둠을 밝혀 주었다.

'여긴…….'

리카엘이 나를 데려온 곳은 공작성의 서재였다. 밤중이고, 돌아다니는 하인들도 없을 시각이라 서재 안은 적막하기만 했다.

'무슨 일이지?'

낮에 동굴에서 있었던 일이 자꾸만 신경 쓰였다. 혹 카르텔에 관한 일일까. 나는 긴장한 채 그가 말을 꺼내기만을 기다렸다.

"네가 참석해야 할 곳이 있다."

"이건……."

나는 당황한 기색으로 초대장을 건네받았다. 그 위에는 밀랍 인장으로 찍어 누른 가문의 문양이 찍혀 있었다. 내 임무 중에는 사교 활동에 참석하는 것도 포함되어 있었다. 다과회 따위의 초대장만 받으면, 타 가문에 드나드는 건 예삿일도 아니었다. 나는 여인들 사이에서 웃고 떠들며 필요한 정보를 손쉽게 빼내 왔다.

"에드벨 가문의 영애가 희귀한 이종족을 손에 넣었다더군. 그게 무엇인지 알아 오도록 해."

사교계에서는 이종족을 애완동물로 들이는 것이 하나의 유행으로 여겨졌다. 베논가가 눈여겨볼 정도라면 상당히 희귀한 품종이 틀림없었다.

'그렇지만 이상해.'

너무도 갑작스러운 명령이었다. 이렇게 밤늦게 따로 불러서 하는 말이 티파티 참석이라니.

"답신은 보내 놓았으니 삼 일 후 참석하도록 해."

대체 어느 틈에?

리카엘은 반박할 틈도 주지 않고 쐐기를 박아 넣었다. 결코 물리지 못한다는 듯, 그의 표정은 견고한 얼음 성처럼 싸늘했다.

* * *

마도파 중, 공작의 직위까지 오른 가문은 베논가가 유일했다. 다수의 신학파 귀족은 마도파 귀족을 은근히 배척하고 경멸했지만, 전쟁 무기를 생산해 제국에 큰 공을 세운 베논가에게만은 그럴 수 없었다.

그런 플로리아는 사교계의 이단적인 존재였으며, 동시에 꺾을 수 없는 꽃이었다. 영식들은 학파를 가리지 않고 그녀에게 구애했지만 싸늘한 거부를 받았다. 영애들은 마도학파이면서 높은 직위를 가진, 그리고 인간이라고 느껴지지 않을 정도의 아름다움에 그녀를 시기했다.

'그래서 불편하다는 거야.'

나는 한숨을 푹 내쉬었다. 플로리아가 처한 상황은 곧 나의 현실이다. 시에나 에드벨은 나를 싫어하는 무리의 선동자였다. 여왕 같은 성격의 그녀는 자신 외 다른 영애가 주목받는 것을 극도로 싫어하는 경향이 있었다.

시에나는 사교계에서 나를 깔아뭉개려 애를 썼다. 사람을 시켜 나에게 와인을 쏟게 하거나, 영식들에게 피를 먹는 마녀라 소문을 퍼트리는 등 갖은 방법을 다 동원했다. 물론 직접적으로 행한 건 모두 피했고, 헛소문 따위는 신경 쓰지 않았다.

'그렇게 나를 싫어하면서, 대체 왜 나한테 초대장을 보낸 거야?'

나는 불만스럽게 이불을 잡아당겼다. 시에나가 희귀한 이종족을 들였다고 했지. 얼마나 특별한 걸 주웠으면 나에게까지 자랑하려 안달인 걸까.

'별일 없겠지?'

시에나 자체는 두렵지 않았다. 그녀의 투기는 어린아이의 투정처럼 느껴졌으니까. 걸리는 게 있다면 그곳에서 벌어질 일이었다. 이 소설의 주인공은 내가 아니니 자세한 내막을 미리 알 수가 없었다.

'그렇지만 지금도 한 치 앞을 모르겠는걸.'

미래를 바꾸기로 한 이상 앞으로 벌어지는 일에 대해서는 당연히 알 수 없었다. 나는 침대에 누운 채 한 바퀴를 굴렀다.

[그대로 잠들지 그래.]

불퉁한 목소리가 귓가에 울렸다. 동굴 천장에서 눈길을 돌리니 카르텔과 바로 눈이 마주쳤다. 그의 눈동자에는 불만이 섞여 있었다.

나는 동굴 안의 침대에 누워 있던 참이었다. 고민거리가 있을 때면 익히 하는 습관 중 하나였다. 하지만 사람 아니, 맹수를 앞에 두고 너무 생각에만 잠겨 있었던 모양이다.

"미안."

나는 가볍게 사과를 건네고 몸을 일으켰다. 리카엘의 명을 받은 후 벌써 이틀이나 지났다. 너무 갑작스러운 명령이라며 철회해 달라 부탁했지만, 리카엘은 들은 척도 하지 않았다. 덕분에 내일은 꼼짝없이 공작가에 가게 생겼다. 잠깐이지만 카르텔을 두고 성을 비운다는 게 자꾸만 마음에 걸렸다.

'아버지가 성에 없어서 안심하던 차였는데.'

아버지가 없으니 마음 놓고 외출해도 되겠지만, 리카엘이 걸렸다. 나는 도리질로 잡생각을 쫓았다.

"내일은 아마 못 올 거 같아. 그러니 얌전히 기다리고 있어."

나는 혼잣말을 하듯 중얼거리며 그에게 다가갔다. 탈출을 위해서는 그의 목에 걸린 봉인구를 풀어야만 했다. 나는 그 방법을 찾기 위해 오랜 시간 연구를 해 왔다.

"이리 와서 고개 좀 내려 봐."

나는 어느새 우리 안으로 들어갔다. 검은 표범이 느릿하게 움직여 곁으로 다가왔다. 그는 여전히 거대했지만 무서움은 확실히 덜했다. 그리고 조금…… 고양이 같기도 하고. 하지만 이 말을 밖으로 낼 용기는 없었다.

[…….]

그는 내 말에 눈을 가늘게 뜨고는 머리를 숙여 주었다. 나는 협조적인 고양이를 속으로 칭찬하고는 봉인구에 손을 대었다.

'역시.'

나는 매끈한 표면에서 아주 작은 틈새를 발견했다. 견고해야 할 봉인구에 틈이라니. 확실히 이상했다. 나는 그 틈으로 약하게 마력을 흘려보냈다. 아주 미약하지만, 봉인구는 내 마력에 반응하고 있었다.

"마력을 줄 테니까 인간으로 변해 봐."

그가 인간으로 변한 후에도 틈이 그대로인지 살펴볼 필요가 있었다. 봉인구에 닿은 손에 정신을 집중하려던 순간이었다.

[초야를 보내긴 좀 이른 거 아닌가?]

"……뭐?"

나는 숨을 잘못 들이켜 한참 동안 기침을 해야만 했다. 초야라니. 그게 무슨 잡소리인가. 나는 따끔거리는 목을 부여잡고는 카르텔을 잔뜩 노려보았다.

[내가 인간으로 변하면 몸을 섞을 거라면서.]

그는 몹시도 느긋하게 굴었다. 머리에 울리는 목소리에는 유혹적인 교태마저 섞여 있다. 나는 그제야 며칠 전 리카엘 앞에서 했던 말을 기억해 냈다. 짐승과 몸이라도 섞을 생각이냐고 물었었지.

'그가 인간으로 변한 다면요.'

이것이 내 대답이었다. 물론 순간의 기지를 발휘한 헛소리였다.

"아니거든! 그런 건 왜 기억하고 난리야!"

소리를 내지른 탓에 동굴 벽이 웅웅 울렸다. 보지 않아도 얼굴에 열이 오른 게 느껴졌다. 놀리는 것도 정도껏 해야지. 나는 대충 손닿는 곳의 털을 쥐어뜯었다.

[아야.]

"그러니까 인간으로 변하기나 해!"

그는 조금 아픈 듯 눈가를 찌푸렸다. 하지만 더 장난을 이어 가지는 않을 모양이었다. 나는 다시 한번 정신을 집중해 마력을 불어 넣었다.

"……."

그렇게 한참이 흘렀다. 평소보다 배의 시간이 흐르고, 내 마력은 결국 다 짜내어졌다. 이상하다. 지금쯤이면 변하고도 남아야 하는데. 몸에 힘은 없고 불안감은 고조되었다.

[안 되는데.]

"뭐?"

터무니없이 시큰둥한 목소리가 내 귀에 내려앉았다. 당연한 듯 반문했으나 돌아오는 대답은 같았다.

[변화가…… 안 된다고.]

시간이 흐르면 마력은 자연히 차오른다. 나는 마력을 채우고 내뱉기를 반복했다. 그러길 수차례.

"더는 못 하겠어."

시야가 핑핑 돌았다. 나는 그의 거대한 몸을 침대 삼아 누워 버렸다. 다행인지 뭔지, 검은 표범의 몸은 최고급 침대보다 포근했다.

[저런.]

위에서 가엽다는 듯 달래는 목소리가 들렸다. 마치 자신과는 하나도 관계가 없다는 듯한 태도다.

'……가증스럽긴!'

나는 욕을 퍼부었다. 그것도 목소리에 힘이 없어 속으로만 겨우 내 뱉을 뿐이다.

'대체 왜 안 되는 거야…….'

며칠 전만 해도 내 마력을 쭉쭉 빨아먹으며 잘도 인간으로 변하던 그였다. 갑자기 변화되지 않는 이유를 알 수가 없었다.

"너, 사기 치는 거 아니야?"

그가 이상한 수작을 부린 것이 틀림없었다. 나는 의심스러운 눈초 리로 카르텔을 쏘아보았다. 그리곤 말이 끝나기 무섭게 양심의 가책 을 느껴야만 했다.

[이 빌어먹을 육체에서 벗어나고 싶은 건 바로 나야.]

카르텔의 몸에 기대어 있다 보니 그가 으르렁거리는 것이 온몸으 로 느껴졌다. 그래. 확실히 그렇겠지. 그의 말을 들으니 수긍할 수밖 에 없었다.

'뭐가 잘못된 거지.'

봉인구에 자아가 있을 리도 없는데 말이다. 별별 의심이 다 들어 머릿속이 어지러웠다. 고민해 보려 했지만 그럴 체력도 바닥난 지 오 래였다. 시야가 자꾸만 어둑히 가라앉았다.

"나…… 잠깐만…….”

그의 가슴팍에 기댄 몸이 자꾸만 허물어졌다. 도저히 몸을 가눌 수 가 없었다. '츳' 혀 차는 소리가 들린 건 내 착각일까. 나는 결국 검 은 털에 얼굴을 묻고 말았다.

* * *

새액, 색. 고른 숨소리가 가슴팍 아래에서 울리고 있었다. 카르텔은 기가 막혀 헛웃음을 토해 냈다.

[경계심도 없지.]

우리 안도 모자라 제 품에 기대어 잠이 들다니. 입을 조금만 벌리면 저 가는 목을 가벼이 짓씹을 수 있을 것이다.

검은 표범은 눈을 감은 여인을 가만히 내려다보았다. 그러나 송곳니를 세우는 일은 없었다. 그는 봉인구에 고인 마력을 서서히 풀어냈다.

"거기다……. 이상한 쪽으로 순진하고 말이야."

거대한 체구가 점점 줄어들었다. 순식간에 인간의 몸이 된 카르텔은 품에 안긴 여인을 고쳐 안았다.

"으음……."

웅얼거리며 뒤척였지만 깰 기미는 보이지 않았다. 꽤 깊이 잠든 모양이었다. 그는 턱을 괴고는 말간 얼굴을 쓰다듬었다. 나른하게 좁혀진 눈은 품에 안긴 여인을 훑고 있었다. 지루하다는 느낌은 전혀 들지 않았다.

그에게 플로리아는 흥미 그 이상의 존재였다. 카르텔은 그녀를 처음 만났던 시간을 떠올렸다. 그는 황성의 지하에서 플로리아를 처음 보았다. 그녀에 대한 첫인상은…….

'망할 여자라고 생각했지.'

당연했다. 자신은 그녀가 다루는 향기에 억지로 재워져야만 했으니까. 그렇게 정신을 차려 보니 어느새 달리는 마차 안이었다.

'처음부터 이상했어.'

그는 흐릿한 정신에도 기이한 감각을 알아차렸다. 그것은 평생을 옥죄고 있던 봉인구에서 일어난 일이었다. 꽃의 향기에 봉인구가 반응한 것이다. 고작 바늘 하나보다 작은 크기였지만 분명 틈이 생겨있었다. 믿기지 않는 일이었다. 지금까지 봉인구가 반응을 보였던 적은 없었다. 그리고 그건 봉인구를 풀어낼 수 있다는 의미나 다름없었다. 그는 그것을 알아차리자마자 플로리아를 이용하려 들었다. 하지만……

'카르텔, 나와 계약해.'

꽃은 짐승의 아가리에 스스로 뛰어들었다. 그것이 어떤 결과를 가져올지도 모르고서.

카르텔은 분홍빛 머리카락을 목덜미 뒤로 넘겨 보았다. 손끝에 닿는 피부가 녹아내릴 듯 부드럽게 감겨 왔다.

톡톡, 드레스의 뒷목 단추를 어깨뼈 아래까지 풀어냈을까. 눈이 부시도록 새하얀 등이 바깥으로 드러났다.

"그럼 그렇지."

픽. 예상했다는 듯 짧은 웃음이 뱉어졌다. 화인들은 '꽃의 축복'으로 단 하나의 진실을 본다.

그 능력을 쓴 후에는 날개 뼈 위로 꽃이 그림처럼 피어오른다. 하지만 그녀의 몸 어디에도 축복의 흔적은 없었다.

"어쩔까."

카르텔은 매끄러운 등을 손끝으로 톡톡 두드렸다. 자신의 이름을 어떻게 알아냈는지도, 봉인구가 왜 그녀의 마력에만 반응하는지도 몰랐다.

그는 꽃에게 속아 줄 작정이었다. 그리고 속은 만큼 속일 자신이 있었다. 그녀가 쏟은 마력은 봉인구에 그대로 고였다. 그것을 자신이 다시 사용하는 과정에서 봉인구의 틈새가 넓어져 갔다. 이 과정을 오래도록 반복한다면…… 봉인구는 결국 깨져 버릴 것이다. 그는 스산하게 미소 지었다.

"결혼이라……."

짐승의 모습을 보고도 결혼을 입에 올릴 줄은 몰랐다. 설령 그것이 거짓이라 할지라도 말이다. 그렇지만……

'두고 볼 일이지.'

사로잡은 먹이를 놓아주는 행위는 머저리나 하는 것이었다. 그는 분홍빛 머리카락에 입을 맞추었다. 다른 무엇의 향보다 가장 향기로운 것은 꽃이었다. 그것을 한창 음미할 때다. 누군가가 동굴로 내려오고 있었다.

"흐음."

샛노란 눈동자가 침입자를 주시한다. 노려지는 사내 또한 시선을 피하지 않았다. 플로리아를 안은 팔에 힘이 들어갔다. 카르텔은 짐승처럼 짙게 웃어 보였다.

* * *

'대체 무슨 정신이었담.'

에드벨 공작가로 가는 마차 안. 나는 완벽히 치장된 상태로 창밖을 바라보았다.

눈을 떠 동굴을 나왔을 때는 이미 새벽이었다. 아무리 그와 계약을 했다지만 그렇게 무방비하게 잠든 건 잘못이었다. 다시 떠올려도 대책이 없었다. 하지만……

'자는 모습은 처음 봤어.'

커다란 맹수도 자는 모습은 귀엽다더니.

일어나 보니 그는 자신을 품에 안고 잠들어 있었다. 부드러운 털로 둘러싸인 검은 배가 오르락내리락하는 모습은 동화에서나 나올 법한 것이었다. 정신없이 동굴을 빠져나오는 중에도 그 모습이 자꾸만 떠올랐을 정도다.

'그나저나 큰일이네.'

자신이 그렇게 잠들었던 까닭은 모든 기력을 소진했기 때문이다.

그럼에도 불구하고, 그가 인간으로 변하지 못한다는 사실이 마음에 걸렸다.

'이유가 뭘까.'

처음부터 변하는 게 불가능했다면 몰라도, 갑자기 막혀 버린 건 이상했다. 내 마력은 평소와 다름없었다. 그러니 카르텔에게 문제가 생겼을 확률이 높았다.

"저, 아가씨."

한참 생각에 빠져 있었을까. 나는 조심스러운 목소리에 고개를 돌렸다.

마차에는 나 혼자만 있는 것이 아니었다. 말을 모는 마부가 한 명, 양옆으로는 호위가 붙어 있다. 그리고 내부에는 시중을 들기 위한 시녀가 동석한다.

"무슨 일이지?"

나는 의아함을 감추며 되물었다. 쉬릴, 나의 시녀가 먼저 말을 붙여 오는 건 드문 일이었다.

"그게…… 어디 불편하신 건 아닌지 걱정이 되어서요."

망설이는 태도에 걱정이 묻어나 있었다. 그 정도로 내 표정이 좋지 않았던 모양이었다.

시녀는 하녀와 다르다. 시녀는 본디 높은 귀족 영애의 말벗이 되는 존재며, 항시 곁을 지키는 경우가 많다. 하지만 나와 쉬릴은 아니었다.

"나는 내게 먼저 말 거는 걸 허락하지 않았어. 그리고 불편한 게 있다면 당장 널 내쳤겠지."

싸늘한 언질에 쉬릴의 어깨가 굳었다. 그녀는 기어들어 가는 목소리로 사죄하고 눈을 내리깔았다. 나는 더 책망하지 않고 창밖으로 고개를 돌렸다.

본디 착한 성품의 아이다. 저 걱정도 진심이겠지. 하지만 나는 그녀에게 필요 이상의 정을 주어서는 안 되었다.

내 시녀는 지금까지 세 번이나 바뀌었다. 평민인 하녀도 아니고, 교육이 잘된 귀족 출신의 시녀가 갈아치워 지는 건 흔한 일이 아니었다. 두 명의 시녀는 집사가, 그리고 마지막 한 명은 내가 내쳤다. 그중 살아남은 건 내 손으로 내친 아이뿐이었다.

"도착했습니다."

과거의 죄책감에 사로잡히기 직전이었다. 천천히 속도를 줄이던 마차가 멈추더니 이윽고 문이 열렸다. 나는 문을 열어 준 호위의 등을 밟아 마차에서 내렸다. 쉬릴도 함께 내려 내 뒤를 쫓았다.

어느새 공작가의 정문을 통과했는지 커다란 저택과 귀족식 특유의 가든이 보였다.

'우선은, 눈앞의 일부터 해결하자.'

나는 안내인의 뒤를 따라 걸으며 마음을 다잡았다. 우선은 리카엘이 내린 명을 수행하는 것이 중요했다.

에드벨 가문의 초대를 받은 건 이번이 처음이었다. 더불어 이 안에서 벌어질 일들도 예상할 수 없었다. 나는 마음을 조금 가다듬었다.

"안으로 드시면 됩니다."

안내인이 허리를 굽히며 문을 열어 주었다. 도착한 곳은 유리로 지어진 거대한 온실이었다. 시에나의 유리 온실은 사교계에서도 유명했다. 도감에서나 보았을 법한 이국적인 꽃들, 높다랗게 뻗은 나무들 아래 희귀한 난초들이 흐드러지게 피어 있었다.

과연 소문만큼 대단히 사치스럽고 아름다운 곳이었다.

고아한 온실의 중심, 긴 테이블에는 이미 여러 영애가 둘러앉아 있었다. 그중 가장 상석에 앉은 금발의 미인이 나를 보더니 환히 웃어 보였다.

"어머나, 플로리아 영애."

시에나 에드벨, 티파티의 주인인 그녀가 아는 채를 해 왔다. 동시에 다른 영애들의 시선도 나에게로 향했다.

"오랜만이에요, 시에나 영애."

나는 적당히 대꾸하며 빈자리에 앉았다. 모인 영애 중 내 직위가 가장 높은 탓인지, 나는 시에나의 바로 옆자리에 앉을 수밖에 없었다.

"정말로 와 주었군요. 얼마나 기쁜지 몰라요."

그녀는 도도히 턱을 치켜들며 말했다. 기쁨보다는 거만한 자태였다.

"이곳에서 플로리아 영애를 뵙게 되다니. 정말 영광이에요."

"저도 늘 만나 뵙고 싶었답니다."

다른 영애들도 입을 모아 말하며 미소 지었다. 화사한 웃음이었지만 속은 뻔했다. 저들에게 나는 이질적인 존재이며, 동시에 감히 건드리지 못하는 여인이기도 했다.

"저 또한 시에나 영애의 초대를 받아 기뻤답니다. 과연 소문 이상으로 아름다운 온실이에요."

나는 가늘게 웃으며 온실을 칭찬했다. 빈말이 아니라 주변은 화사한 꽃들로 가득했다. 나는 꽃들이 건네는 인사를 느끼고 있었다.

"물론이죠. 제가 아주 공을 들인 곳이랍니다."

시에나는 내 칭찬이 무척이나 만족스러웠는지 턱을 치켜들었다.

금발에 벽안. 그녀는 분명 대단한 미인이었으나 사교계에서 늘 내 그림자에 가리어 빛을 보지 못했다. 하여 지금의 만족감이 대단한 듯했다.

"호호, 영애도 참."

"그래서 그 영식이 글쎄……!"

차와 함께 담소가 이어졌다. 보석과 남자, 다른 이의 추문.

모두 내 흥미를 끌지 못하는 것들이었다. 대신, 내 시선은 다른 곳에 머물러 있었다.

'이종족.'

영애들 뒤에는 각자의 시녀들이 서 있었다. 물론 시에나의 뒤에도 시녀 복장의 여인이 서 있기는 했다. 하지만 그녀는 보통 인간의 생김새와 달랐다.

"리리가 마음에 드시나요?"

내 시선을 알아챈 듯 시에나가 입술을 비틀었다. 리리라 불린 시녀에게는 고양이 귀와 꼬리가 달려 있었다.

"묘인족을 들이셨군요."

"네, 제 말을 무척 잘 따른답니다."

마치 애완 고양이라도 다루는 것 같은 태도였다. 묘인족은 고양이와 인간을 섞은 것 같은 모습으로, 인간과 비슷한 지능을 가진 종족이었다. 자존심이 높기로 소문이 자자한데, 그녀는 인형처럼 서 있을 뿐이었다.

'정신지배구를 썼구나.'

여인의 목에는 초커가 걸려 있었다. 끈에 달린 보석은 마력석으로 만든 정신지배구였다. 카르텔처럼 최상위급의 이종족에게는 쓰임이 불가하지만, 하급이나 중급 정도 되는 이종족의 정신을 지배할 수 있는 물건이었다. 덕분에 여인의 초점은 텅 비어 있었다. 나는 보란 듯 눈살을 찌푸렸다.

"그리 보기엔 길이 들지 않은 것 같은데요."

"성격이 조금 사나워서요. 다 안전을 위해서죠."

시에나의 미소에 일순간 금이 갔다. 그럼에도 불구하고 나는 물러서지 않았다.

정신지배구는 끔찍한 물건이었다. 착용한 자의 머리를 완전히 망가트리는 것이나 다름없어, 인간 노예에게도 사용이 금지될 정도다.

"무척 귀여운 동물이네요!"

"애완 이종족이라니, 너무 부러워요."

다른 영애들은 그저 리리가 신기한 듯했다. 어디서 사들였는지 묻는 이도 있었다. 꼭 우리 안에 갇힌 원숭이를 보는 것처럼 말이다.

"리리 외에 다른 이종족들도 키우고 있답니다. 귀여운 동물의 모습을 한 것들도 많이 데리고 있어요."

시에나는 뿌듯한 듯 그들의 질문에 친절히 답해 주었다.

이종족을 애완동물로 삼는 건 유행이었지만, 워낙 공급이 부족해 대단한 가문이 아니고서야 들일 수 없었다.

"플로리아 영애, 영애는 마도학파의 가문이니 이종족을 잘 아시겠지요?"

쏟아지는 관심에 자존심을 회복한 시에나가 나에게로 눈길을 돌렸다. 나는 특별할 것도 없다는 듯 대꾸했다.

"흔하게 보는 이들이니까요."

나만큼 많은 이종족을 본 이도 없을 것이다. 더군다나 나 자신이 혼혈인데 말해 무엇하겠는가.

그저 사실을 말했을 뿐이건만, 영애들은 놀랍다는 듯 손뼉을 쳤다.

"저택 한 채 값의 이종족이 흔하다니. 역시 베논 공작가군요."

"그러고 보니 영애께서는 티파티를 열지 않으시나요? 꼭 한번 초대받고 싶어요."

순식간에 모든 이목이 나에게로 집중되었다. 베논가의 성에는 그 누구도 초대받은 적이 없었다. 귀족들은 비밀에 둘러싸인 그곳을 언제나 궁금해했다.

내게로 기운 관심에 시에나의 얼굴이 구겨진 건 보지 않아도 느낄 수 있었다. 그녀는 애써 표정을 수습하며 말했다.

"사실, 제가 오늘 이렇게 영애를 초대한 건 개인적으로 부탁드리고 싶은 게 있어서랍니다."

드디어 본론이었다. 나는 짐짓 궁금하다는 눈빛을 내며 의아한 듯 물었다.

"제게요?"

"네, 그리고 모여 주신 분들에게 보여 드릴 것도 남아 있고요."

그녀는 슬며시 눈을 돌리며 웃었다. 개인적인 부탁이라더니. 무언가를 자랑하고 싶어 안달이 난 사람의 모습이었다.

"대신 오늘 본 건 비밀로 해 주셔야 한답니다."

"물론이죠, 영애."

시에나의 비밀스러운 태도에 영애들이 입을 모았다. 모두 호기심 가득한 눈빛이었다. 입 가벼운 여자들을 열둘이나 모아 놓고 저런 소릴 하다니. 제발 퍼트려 달라는 것이나 다름없는 말이었다.

"그러면 잠시 자리를 이동하도록 해요. 우리끼리만요."

시녀들까지 떼어 놓는 것을 보니 정말로 뭔가 있기는 한 모양이었다. 나를 포함한 모두는 자리에서 일어나 시에나의 뒤를 따랐다.

"사실 제가 특별히 들인 이종족이 있는데, 워낙 희귀한 종이라 다루는 데 애를 먹고 있어요."

시에나는 나와 나란히 걸으며 말을 붙여 왔다. 보통 이쯤 되면 시비를 걸어야 마땅하건만, 어지간히 자랑하고 싶은 것이 티가 났다.

"그렇군요."

그러든 말든, 나는 무엇인지나 알아내고 성으로 돌아가고 싶은 마음뿐이었다. 높낮이 없는 대답에 시에나의 미간이 살짝 찌푸려졌다. 하지만 금세 도도한 인상으로 바뀌었다. 마치 '이걸 보면 너도 놀라게 될 걸'하는 느낌이었다.

시에나는 온실 안 더 깊숙한 곳으로 우리를 안내했다. 나는 미미하게 달라지는 대기에 촉각을 곤두세웠다.

'습한…… 소금 냄새?'

축축한 공기가 피부에 달라붙었다. 코끝을 찌르는 건 분명 짠 냄새였다. 마치 바닷가 근처에 오기라도 한 것 같았다.

타악—!

"……?"

거대한 야자수를 돌아 나왔을 때다. 나는 허공을 가로지르는 물결에 놀라 눈을 깜빡였다. 다른 영애들도 마찬가지였다. 거대한 호수는 바닷물로 채워져 반짝였다. 그리고 푸른 결을 가로지르는 건 분명 사내였다. 하지만 하체는 오색의 비늘로 반짝였다.

시에나는 그런 반응이 만족스러운 듯 턱을 치켜들었다.

"동쪽에서 어렵게 구한 것이랍니다. 인어인 오르카라고 해요."

과연, 베논 공작의 딸인 나를 두고 콧대를 높일 만했다. 인어라니. 이건 아버지도 구하지 못했던 것이다.

그때였다. 머릿속에서 울림이 들렸다.

[오르카가 아니야.]

나는 놀라 흠칫 몸을 물렸다. 영애는 계속해서 떠들고 있었고 다른 여인들도 그녀의 말에 집중하고 있었다. 잘못 들은 것일까. 이에 반증이라도 하듯 다시 한번 머릿속으로 울림이 밀려왔다.

[내 이름은 아실리드. 바다의 인어지.]

일렁이는 물보라 사이로 푸른빛 미소가 번졌다. 푸른 색깔의 고수머리, 구슬 같은 눈은 에메랄드빛으로 영롱했다. 새하얀 피부의 인어는 상체만 물 밖으로 느긋이 내어놓았다.

"세상에, 인어라니. 실제로 존재할 줄은 몰랐어요!"

"대단해요. 시에나 영애!"

곳곳에서 감탄 어린 목소리가 터져 나왔다. 시에나는 그 찬사를 한껏 즐기며 입꼬리를 말아 올렸다.

"오늘은 오르카가 기분이 좋은가 봐요. 평소엔 모습도 잘 보여 주지 않거든요."

그리고는 자신의 인어를 자랑하기 시작했다.

그녀의 아버지인 에드벨 공작은 제국의 외교를 주관하고 있었다. 덕분에 교역을 위해서는 에드벨 공작가를 거치는 것이 관례라 할 정도다.

"루가의 상인이 우리 가문에 바친 것이랍니다. 아버지가 저에게 선물로 주셨어요."

그렇다 보니 공작가에는 선물 명목으로 들어오는 뇌물이 끊이질 않았다.

루가 상단이라면 얼마 전 대서양에서 배가 좌초된 이들이었다. 에드벨 공작의 배를 만나 목숨을 건지고, 그 인연으로 황실에 물자를 대는 대상단으로 임명되었다는 소문이 파다했다.

'그럼 그렇지.'

소상단과 공작의 인연이라니. 분명 뭔가가 있을 것이라고는 생각했지만 그게 '인어'일 줄이야.

인어는 바다의 수호를 받는 일족이었다. 무장한 함선도 인어가 만들어 낸 소용돌이에 좌초되기 일쑤였다. 덕분에 그들의 영역은 인간으로부터 유일하게 안전했다.

[듣고 있어? 모른 척하지 말라고.]

내가 반응을 하지 않자 인어는 계속 음을 전해 왔다. 눈을 마주치니 청량한 눈웃음이 닿았다. 설화에 따르면, 인어는 제 생각을 상대에게 전할 수 있는 능력이 있었다.

"어머, 오르카가 웃고 있어요!"

영애들은 인어의 미소에 정신이 나가 있었다. 반응을 보니 그는 나에게만 생각을 전하고 있는 것 같았다.

[나는 저 이름이 마음에 들지 않아. 인어는 태어날 때부터 정해진

이름이 있다고.]

아실리드는 자신을 오르카라 부르는 영애를 보며 미간을 찌푸렸다. 오색의 비늘로 덮인 꼬리가 수면을 내려치며 물방울을 튀겼다.

"……그러게요."

나는 아실리드의 말을 못 들은 척, 영애들의 말에 맞장구쳤다. 괜히 말대꾸를 해 주었다가는 다른 이들에게 이상한 취급을 당할 것이 분명했다.

"플로리아 영애, 인어도 본 적이 있나요?"

시에나는 한껏 우쭐해져 있었다. 너희 가문에도 이런 건 없지? 하는 꼴이 꼭 어린아이 같았다. 나는 순순히 기분을 맞춰 주었다.

"아니요, 이번이 처음이에요."

실제로도 그랬다. 아버지는 몇 번 본 적이 있다고 했지만 결국 사로잡아 데려오지는 못했으니까.

"아아, 인어에 대해 조금이라도 아는 것이 없으신가요?"

그녀는 진심으로 안타깝다는 듯 목소리를 끌었다. 마도로 손꼽히는 공작 가문도 모르는 것이 있군요. 하고 중얼거리면서.

"무슨 문제라도 있나요?"

나는 고개를 조금 기울이며 물었다.

마도학 가문의 영애도 아무나 하는 것이 아니다. 마도학과 이종족에 대한 이상적 지식이 수준 이상이어야 하며, 정기적으로 마도탑에서 시험을 받는다.

"그게…… 물고기도 먹지 않고."

"……아."

인어에게 물고기라니. 나는 침음으로 겨우 웃음을 참아 넘겼다. 시에나는 내 반응을 알아차리지 못한 채 부채로 입가를 가리며 말했다.

"좀 더 가까이서 보셔야 알 거예요."

적극적으로 권하는 꼴이 몹시 수상쩍다. 학문의 가장 기본적인 것은 탐미였다. 희귀한 것을 보면 헤어 나오지 못할 정도로 빠질 수 있어야 했다. 시에나는 나 또한 그러리라 믿어 의심치 않고 있었다.

"좋아요, 살펴보도록 하죠."

물론, 나는 그 미친 정신을 혐오하는 편이었다. 하지만 겉으로는 시에나의 유혹을 떨쳐 내지 말아야 한다. 리카엘의 명령을 수행하기 위해서도 말이다.

[응, 어서.]

아실리드는 환영이라도 하는 듯 웃고 있었다. 천천히 걸음 하니 호수가 가까워졌다. 수면 위로 꼬리 끝이 오르내리고 있었다. 물고기의 하체라고 생각되기보다는 실크나 비단 같이 영롱했다.

"……다쳤구나."

연한 꼬리 끝이 찢어져 있었다. 마른 뺨과 창백한 눈가는 그가 정상이 아니라는 걸 말해 주었다.

[인간들에게 다친 게 아니야. 정신을 차렸더니 이곳이던데.]

나는 루가 상단이 어떻게 아실리드를 사로잡았는지 알 수 있었다. 우연히도 상처 입은 인어를 사로잡은 것. 그들에게는 행운이, 아실리드에게는 악몽이 되었을 것이다.

"다쳤는데 먹이도 먹지 않고, 갈수록 말라 가서 정말 걱정이랍니다."

어느새 내 옆에는 시에나가 다가와 있었다. 그녀의 정신은 어린아이와 같았다. 인어가 무엇을 먹는지도 모르고, 상처를 치료해 줄 수도 없으면서 가지려고만 하는 심리. 살아 있는 것을 망가트리는 가장 빠른 방법이었다.

"인어는 물고기를 먹지 않아요."

나는 보란 듯 한숨을 쉬며 그녀를 지나쳤다. 매서운 눈길이 따라붙었지만 가볍게 무시했다. 시에나를 도와줄 마음은 들지 않았다. 다만 아실리드가 자유를 빼앗기고 죽어 가는 것에 마음이 쓰였을 뿐이었다.

내가 발길을 멈춘 곳은 어느 영애의 앞이었다. 아콘 백작가의 딸이라지. 순한 인상의 그녀는 놀라 눈만 깜빡거렸다.

"디이라스 영애, 진주 귀걸이가 정말 예쁘네요."

"고, 고마워요……."

그녀는 수줍은 듯 제 귓불을 매만졌다. 영문을 모르는 시선들이 나와 영애를 주목하고 있었다. 나는 부드러운 투로 디이라스를 대했다.

"혹 괜찮다면, 그 귀걸이를 빌릴 수 있을까요?"

눈을 곱게 접어 웃어 보이자 뺨을 붉힌다. 신학파 모두가 나를 싫어하는 것은 아니었다. 오히려 기이한 호감을 품은 이들이 많았다. 디이라스도 그들 중 한 명인 듯했다.

"여기…… 여기요."

영애는 고개를 숙인 채 진주 귀걸이를 빼서 건네주었다. 나는 감사의 표시로 내게 있던 루비 목걸이를 손에 쥐어 주었다. 아벤타 광산의 루비는 진주와 비교할 수 없을 만큼 값진 물건이었다.

"고마워요, 이건 답례로 받아 주세요."

자신보다 높은 위치의 영애에게 장신구를 받는다는 것은 명예와 마찬가지다. 디이라스는 기뻐 어쩔 줄 모르며 내가 준 목걸이를 만지작거렸다.

"갑자기 뭐 하시는 건가요?"

시에나가 미간을 찌푸리며 물었다. 해결 방법이 없으니 남의 귀걸이라도 탐났느냐는 말이었다. 물론 나에게 쓸 것은 아니었다. 나는 기이한 시선들을 무시한 채 호숫가로 다가갔다.

[나를 보러 오는 거야?]

그는 내가 가까이 오는 것이 기쁜 듯 볼우물을 패고 있었다.

"인어는 진주를 먹고 산답니다."

나는 받아 온 진주 귀걸이를 손바닥에 올려 내밀었다. 아실리드는 눈을 감고 진주 표면을 핥았다. 혀가 얼핏얼핏 피부에 닿아 간지러운 느낌이 들었다.

[맛있어.]

새하얀 진주는 그의 혀가 닿을 때마다 빛이 바래 결국은 평범한 돌이 되어 버렸다. 그는 약간의 포만감을 느꼈는지, 강아지처럼 내 손가락을 살짝 깨물며 애교를 부렸다.

"생선 같은 걸 먹이라고 주었으니 이렇게 야윌 수밖에요."

나는 손을 떼고는 천연덕스럽게 웃었다. 실제로 보지 못하였다고 해서 지식이 전무한 것은 아니었다. 그들의 습성 정도는 파악하고 있는 게 기본 중 기본이다.

"⋯⋯생각도 못 했어요."

시에나는 몸을 부들부들 떨고 있었다. 아실리드가 나에게 애교를 부린 것이 크나큰 충격으로 다가온 것 같았다.

"역시 베눈가네요."

시에나는 억지로 웃으며 부채를 팔랑였다. 일렁이는 손짓에 묘한 느낌이 들었다. 나는 부채 안으로 붉은 입꼬리가 올라가는 모습을 보았다.

"어머!"

작달막한 비명이 먼저였다. 시에나의 손에서 부채가 떨어지며 바닥을 나뒹굴었다.

퍼억-!

"웃!"

그 순간 잔디 아래에서 무언가가 튀어 올라 내 등을 떠밀고 수풀로 사라졌다. 잔영을 보니 작은 동물인 것 같았다. 이곳에 들어와 있으니 분명 시에나의 애완동물이겠지.

'이러려고 호수 쪽으로 데려왔구나.'

나는 입술을 깨물며 시야가 호수로 가까워지는 것을 지켜보아야만 했다. 이대로 가다간 물벼락이다. 인어도 당황한 듯 팔을 뻗어 왔다. 하지만 그보다 내가 아래로 기우는 게 빨랐다.

휘익—!

"......?"

그때였다. 불시에 내 앞으로 검은 잔영이 피어났다. 그것은 안개 같기도, 타오르는 불꽃 같기도 한 형상으로 나를 호수에서 지상으로 떠밀어 냈다.

'뭐지?'

황급히 주변을 둘러보았지만, 그것은 사라지고 난 뒤였다. 마치 환영을 본 것 같은 기분이었다.

"인어가 플로리아 영애를 구해 줬어요!"

"로맨틱해라!"

뒤에서는 아실리드가 나를 구한 것으로 보였을 것이다. 영애들이 뺨을 붉히며 손뼉을 쳤다. 마치 로맨스 연극이라도 본 듯 말이다. 그중 시에나만이 표정을 구기고 있었다.

"저 인어는 제가 더 마음에 드는가 보네요."

나는 당황하지 않은 척 입꼬리를 끌어 올렸다. 그저 봐주고 있었더니 일을 크게 만드는 것이 몹시 성가셨다.

"저는 충분히 도움을 드린 것 같군요. 이만 성으로 돌아가 봐야겠어요."

평범한 사람을 대상으로 화인의 능력을 쓴 적은 없었다. 하지만 이 정도 심술은 부려도 괜찮겠지. 나는 시에나를 지나치며 아주 미약한 향기를 불어넣었다. 이 향에 취하면 잠시 동안 꿈을 꾸듯 환각을 보게 된다.

"······네. 조심히, 가시길."

시에나는 혼이 빠진 듯 예쁜 말로 나를 배웅했다. 하지만 그녀의 몸은 나와 반대로 가고 있었다.

"시에나 영애!"

높다란 비명이 들린 순간, 풍덩! 하고 뭔가가 물에 빠지는 소리가 들렸다. 뒤를 돌아볼 필요는 없었다. 앞서 걸어 나가니 시녀들의 틈 사이로 쉬릴이 쪼르르 따라붙었다.

리카엘이 준 임무는 완료했다. 하지만 아까 그 검은 불꽃의 정체는 알 수 없었다. 나는 기묘한 기분을 감춘 채 마차에 올라탔다.

'이상해.'

통쾌함보다는 의아한 느낌이 들었다. 나를 물에 빠트리려 했던 시에나보다, 그 안에 있던 인어보다도 검게 타오르는 그것이 내내 내 정신을 사로잡았다.

'검은······ 불꽃?'

원작 속 카르텔은 검은 불꽃을 다루었다. 내가 온실 안에서 본 것은 그 원작 속 묘사를 떠오르게 했다.

"······말도 안 돼."

카르텔은 봉인구를 풀지 못한 상태였다. 그러니 본연의 능력도 쓸 수 없을 것이다. 나는 괜한 생각을 떨쳐 내려 고개를 저었다. 하지만 쉬이 사라지지 않을 망상이었다.

공작성에 도착하니 어느새 해가 저물고 있었다. 나는 곧장 보고하려 리카엘에게 향했다. 지금쯤이라면 서재에 있을 시간이었다. 서재의 문은 반쯤 열려 있었다. 나는 그 틈으로 몸을 밀어 넣었다. 고서들로 빼곡한 책장 사이에 은색 머리칼이 보였다. 리카엘은 번지는 노을빛을 받으며 책을 읽고 있었다.

"보고하도록."

리카엘은 책에서 눈길을 떼지 않고 말했다. 조용히 다가갔다고 생각했는데 인기척을 들킨 것 같았다. 매의 혼혈답게 대기의 흐름에 민감한 모습이었다.

"……루가 상단이 걸려 있었어요. 그들이 상처 입은 인어를 공작가에 바치고 대가를 받은 모양이에요."

나는 조금 긴장한 상태에서 오늘 보고 온 것들을 말하기 시작했다.

"인어라, 확실히 떠들고 다닐 만하군."

리카엘은 책을 덮으며 말했다. 나는 그의 말에 동의하듯 고개를 끄덕였다.

"데려올 방법은?"

"아무래도 물 밖에 오래 있지 못하니 까다로울 것 같아요. 벨루스도 공작성을 벗어나 있고요."

가문의 막내인 벨루스는 노예 상인과 접촉하기 위해 국경 끝에 가 있었다. 그는 상인들이 데려온 이종족과 희귀한 마물들을 공작성으로 데리고 오는 역할을 했다. 그리고 타 가문에서 무언가를 훔쳐 오는 일도 그 아이의 몫이었다.

'슬슬 올 때가 되었지.'

떠난 지 이 주 정도 되었으니 다음 주 내로는 귀환할 것이다.

리카엘은 말끝을 흐리는 나를 물끄러미 보더니 이내 답을 내놓았다.

"조금 늦더라도 죽진 않겠지. 벨루스가 돌아오는 그 주에 함께 가져오도록 해."

"저도요?"

당황한 내 물음에도 그는 결코 물리지 않겠다는 듯 표정을 굳히고 있었다. 아마 벨루스와 함께 갈 시 며칠은 공작성을 떠나 있어야 할 것이다. 그사이에 무슨 일이 벌어질지는 알 수 없었다.

"그리고 너."

리카엘은 미묘한 표정을 짓고 있었다. 늘 무표정한 얼굴과는 사뭇 다른 표정이었다. 그의 앞에 서 있자니 뭔가를 들키기라도 한 듯 심장이 두근거렸다.

"……아니. 그만 가 보도록 해."

리카엘이 말을 흐린 것은 처음이었다. 무슨 말을 하려던 걸까. 궁금한 점이 한두 가지가 아니었지만, 나는 가장 걸리는 것을 물어보기로 했다.

"저를 보내는 건, 아버지가 명하신 건가요?"

"……."

그는 나를 바라보기만 할 뿐, 끝내 대답을 해 주지 않았다. 침묵은 길었다. 결국, 나는 아무것도 듣지 못한 채 서재를 빠져나와야만 했다.

이미 저녁 시간은 지났다. 하지만 나는 곧장 내 방으로 돌아가지 않았다.

'잠깐이라도 들러야겠어.'

가문의 피와 마력이 있는 자라면 누구든 카르텔이 있는 지하 동굴로 들어갈 수 있었다. 혹여나 오빠들이 그 안으로 드나들었다면 곤란하다. 일을 그르치게 될지도 모르니까. 동굴로 가는 발걸음이 빨라졌다. 나는 드레스를 갈아입을 생각도 하지 못한 채 동굴로 내려갔다.

"카르텔?"

나는 자연스럽게 그의 이름을 불렀다. 하지만 철창 안에 있는 짐승은 몸을 웅크리고 있을 뿐이었다. 자세히 보니 숨조차 오르내리지 않았다.

"……카르텔!"

심장이 내려앉는 듯했다. 나는 지체할 것 없이 철창 안으로 몸을 밀어 넣었다. 카르텔은 여전히 미동도 없었다.

설마. 죽이고 말겠노라 선언한 리카엘의 말이 머릿속에 윙윙 울려 퍼졌다. 계획이 틀려졌다는 생각은 하지도 못했다. 왜 이런 기분이 드는 지도 이해할 수 없었다.

"왜…… 제발."

파르르, 그에게 뻗어 가는 손끝이 마구 떨리고 있었다. 비로소 검은 털에 손을 대었을 때다. 손바닥에서 느껴지는 건 분명 살아 있는 것의 온기였다.

"아……."

그 온기에 마구 떨리던 심장이 조금씩 안정되기 시작했다. 나는 그를 깨우기 위해 다시 한번 목소리를 울렸다.

"카르……!"

그때였다. 미동도 없던 짐승이 순식간에 몸을 일으켰다. 그는 순식간에 내 위를 점령해 버렸다.

"아픈 게 아니었……!"

[아프지.]

카르텔은 느릿한 어조로 내 말을 잘라먹었다. 샛노란 금안이 오늘 따라 흉흉한 빛으로 번뜩인다. 당장에라도 나를 찢어발길 것 같았다. 하지만…….

"너……!"

내 위로 올라탄 짐승은 천천히 체구를 줄여 나갔다. 도무지 무슨 상황인지 믿어지지 않았다. 놀란 눈을 몇 차례 깜빡였을까.

"마음이 아파. 내 것에 비린내가 묻어왔거든."

그는 완전한 남자의 모습으로 내 뺨을 어루만지고 있었다.

"그게 무슨 소리……. 그것보다 분명 변하지 못한다고……!"

도무지 무엇부터 지적해야 하는지 알 수가 없었다. 내가 멍청하게 말을 더듬는 동안 그의 엄지가 내 입술 끝을 쓸고 지나갔다.

"그랬던가?"

퍽 놀랍다는 듯한 대답이었다. 농담조인 말투에도 불구하고, 그의 얼굴은 무표정에 가까웠다.

카르텔의 반응에 기가 막힌 건 나였다. 공작가를 나서는 순간부터 종일 그 걱정만 했었으니까. 항의하려 입술을 달싹였지만, 어쩐지 큰 목소리를 낼 수가 없었다.

"……너, 어떻게 된 거야."

긴장은 좀처럼 풀리지 않았다. 나는 겨우 한마디를 던질 수 있었다. 헐벗은 몸으로 내 위에 올라탄 그는 무심한 듯, 샅샅이 나를 훑는 데 주력하고 있었다.

"그건 네가 알아봐야지. 나도 변화가 마음대로 되지 않아서 짜증이 나던 중이었거든."

가만히 중얼거리던 카르텔이 내 목에 손을 댔다. 옷을 갈아입지 않아 티파티에 참석한 차림이었다. 드레스는 쇄골 아래로 파여 가슴을 은근히 드러냈다.

"예쁘네."

그의 행동은 모호했다. 그러면서도 나른하게 움직이는 손끝은 한없이 유혹적이다. 예쁘다, 아름답다는 소리는 질리도록 들었지만 처음 들은 것처럼 얼굴이 붉어졌다.

"……내 말에 대답이나 해."

그의 눈을 마주 볼 수가 없었다. 나는 고개를 옆으로 돌리며 딱딱하게 굴었다. 변화가 마음대로 되지 않는다더니. 카르텔이 한 발언은 분명 말도 안 되는 거짓말이었다. 머리로는 그렇게 생각하면서도, 흐려진 판단력은 '저 말이 진짜인가?' 하고 고민하는 중이다. 갈대 같은 정신에 스스로도 어이가 없어졌다.

"말했잖아. 내 마음대로 되지 않는다고."

카르텔은 별것 아니라는 듯 툭 하니 내뱉었다. 그리고는 내 손을
들어 올렸다. 손등에 가만히 얼굴을 대는 모습이 꼭 다른 흔적을 탐
색하는 짐승처럼 보였다.

"읏……! 아파!"

갑작스레 느껴지는 통증에 눈가가 찌푸려진다. 그가 잇새로 내 손
가락을 깨물고 있었다.

"……훗."

그러나 고통은 순간이었다. 습기를 머금은 것이 잇자국 난 손가락
을 핥아 올렸다. 뜨거운 점막에 빨리는 감각이 몹시도 선연했다. 현
실이 아득해지는 듯한 촉감은 말을 잃게 만들었다.

"다른 새끼 냄새 달고 오지 마. 불쾌하니까."

그는 짜증이 섞인 목소리로 으르렁거렸다. 그 음성이 한참을 빨린
손가락에 열기를 높였다. 뜨거운 감각과 함께 흔들리던 정신이 곧추
섰다. 나는 그의 손에 잡힌 내 손을 확 하고 빼냈다.

"무슨 소리야!"

달아오른 것은 손만이 아니었다. 나는 붉어진 얼굴을 감추지 못하
고 소리만 버럭 질렀다. 숄을 주워들어 카르텔의 하체에 던진 것도
동시였다.

"네가 개도 아니고……!"

네가 개도 아니고 손은 왜 핥느냐고 말하려던 참이었다. 하지만 이
번에도 그가 먼저 선수를 쳤다.

"개는 아니지만 냄새는 잘 맡지."

그가 무표정한 표정을 거두고 입술을 비틀어 웃었다. 불만이 깃든
미소와 함께 확신의 말이 뒤따랐다.

"물비린내."

나는 그 말에 멍하니 입을 벌렸다. 그것이 사실이라 대꾸할 말이

없었다. 손에 혀가 닿은 건 오늘로 두 번째였다. 손가락을 핥아 올리던 인어의 차가운 감촉이 떠올랐다. 움찔, 절로 손마디가 굽어들었다.

'아실리드를 말하는 거였구나.'

비로소 그가 주장하는 비린내의 정체를 깨달을 수 있었다. 카르텔은 그 누구보다도 오감이 뛰어났다. 그러니 조금이라도 냄새가 남아 있다면 맡을 수 있었을 테지.

"······오늘 나갔다 올 일이 있었어. 그곳의 인어와 조금 닿았을 뿐이야."

정확히는 먹이를 주다가 애교를 받은 것이다. 나는 슬그머니 손을 등 뒤로 감추었다. 사실을 말했을 뿐인데, 어쩐지 거짓말을 하는 기분이 들었다.

"흐음."

눈을 가늘게 뜨는 것이 주인을 추궁하는 고양이 같았다. 기분은 조금 풀어진 듯, 아까와 같이 냉한 느낌은 없었다. 어쩐지 한숨이 나왔다. 그것에는 안도와 황당함이 적절하게 섞여 있었다.

"······변화가 조절되지 않는다니. 곤란하네."

이성이 돌아오니 또 다른 고민거리가 생겨났다. 변화가 오락가락한다는 건 봉인구 내 마력의 흐름이 일정하지 않다는 뜻이다. 하지만 좋은 것인지 나쁜 것인지 섣부른 판단은 불가능했다. 추측은 두 가지였다. 첫 번째는 작은 틈이 생겨 봉인구 안의 마력이 빠져나가고 있다는 것. 두 번째는 봉인구가 스스로 내 마력을 먹어 치우고 있다는 것.

'첫 번째라면 좋을 텐데.'

미약한 틈이라도 그곳은 허점이 된다. 봉인구의 마력과 내 마력이 서로 충돌한다면 틈은 더 벌어질 것이다. 그렇다면 봉인구를 깨기가 더욱 쉬워지겠지.

"방법을 찾아볼게. 아버지가 돌아오기 전까지."

아버지가 카르텔의 변화된 모습을 본다면 그것만큼 곤란한 일이 없었다. 적어도 아직은 들켜선 안 되었다.

"뭐, 좋아."

카르텔은 시큰둥하게 대답했다. 그는 하체를 감싼 숄이 거추장스러운 듯했다. 나는 그가 숄을 들어 올리지 못하도록 눈을 부라렸다.

"쯧, 그러면 안 돼."

나도 모르게 동물을 혼내는 소리가 나왔다. 하, 카르텔은 어처구니없다는 듯 헛웃음을 짓고 있었다. 아차, 하는 마음에 변명을 내뱉으려던 순간이었다.

"짐승을 훈련하려면 상을 줘야지."

"……뭐?"

동물 취급했다고 화를 낼 줄 알았는데, 그가 꺼낸 말은 내 얼이 빠지기에 충분한 것이었다. 카르텔은 그것으로 그치지 않고 말을 이었다.

"네 말대로 착하게 기다리고 있었잖아? 거추장스러운 걸 얌전히 덮기까지 했는데 말이야."

응. 너무 얌전히 있어서 죽은 줄 알았지. 나는 그 말을 속으로 간신히 삼켰다.

카르텔은 제 할 말을 끝내고는 가만히 나를 기다리고 있었다. 아니, 정확히 말하자면 내가 줄 상을 말이다. 무슨 상을 달라는 거야. 그가 정말 개나 고양이였다면 간식이라도 주었을 것이다.

어려운 과제라도 내려진 느낌이었다. 그렇다고 다음에 주겠다고 말할 엄두는 나지 않았다.

"응? 어서."

카르텔의 눈이 기대로 빛나고 있었다. 조르는 모습이 어쩐지 순진해 보이기까지 해 나는 무심코 손을 뻗었다.

"잘했어, 착해."

내 손은 그의 머리 위에 닿아 있었다. 어색한 손길로 검은 머리칼을 한참이고 쓰다듬었다. 짐승의 털과는 다른 감촉. 결 좋은 머리칼은 부들거리기까지 했다.

"……정말."

얼마나 매만지고 있었을까. 감촉에 취한 나를 깨운 건 김빠진 한숨이었다.

"겨우 이거야?"

그는 허탈하다는 듯 고개를 저었다. 말은 그렇게 해도 손길이 나쁘지 않은 듯, 희미한 미소가 걸려 있었다.

'칭찬을 해 줘도 난리야.'

말과 행동이 다른 모습에 괜한 심술이 났다. 나는 괜히 눈을 치켜뜨며 그를 추궁했다.

"정말로 얌전히 있었던 거 맞아?"

"물론."

망설임도 없는 대답이었다. 그런데도 의심스러운 건 단순히 기분 탓일까. 나는 찝찝한 마음을 감추고 자리에서 일어났다.

"아무도 못 들어오게 할게. 적어도 새벽엔 변화가 풀리겠지."

여기 더 머물다가는 정신이 이상해질 것 같았다. 사실, 지금 이 순간에도 기분이 들쑥날쑥했다. 평정을 유지하는 건 기본이었는데. 상대가 만만찮은 것도 있었지만, 기묘한 기시감이 나를 흔들어 놓고 있었다. 나는 그것에 흔들리지 말아야 했다.

그의 대답도 듣지 않고 올라가는 길, 혼란으로 어지러워진 머릿속은 결국 그대로였다.

홀로 남은 동굴 안, 작은 소음 하나 없는 공간은 적막하기만 했다.

그는 플로리아의 걸음 소리를 음악처럼 감상하다 그녀의 소리가 들리지 않을 때쯤 눈을 떴다.

"상이 너무 약한데."

휘어진 입술에는 아쉬움이 담겨 있었다. 나른하게 편 몸은 구속되고, 붙잡혀 있는 사람이라고 보기에 너무도 여유로웠다.

"작은 걸 내어 주다가 어느새 삼켜지는 것도 모르겠지."

카르텔은 그리 중얼거리며 봉인구를 손끝으로 톡톡 두드렸다. 이 빌어먹을 것은 언제고 가루로 만들고 싶었다. 이것도 머지않아 실행될 계획이었다. 봉인구에 틈이 생겨 빠져나간 마력은 모두 자신에게 고이고 있었다.

그의 힘을 봉인시킨 봉인구의 원리는 사실 간단했다. 몸에 있는 마력을 차단하는 것. 하지만 그 마력 중 오직 플로리아의 것은 예외였다. 그녀의 마력은 차단되기는커녕 봉인구에 그대로 쌓이고 있었다. 물론 이것을 말해 줄 생각은 없었다.

"흐음."

그는 손을 들어 마력을 끌어 올렸다. 검은 불꽃이 손바닥 위에서 춤을 추듯 일렁였다. 카르텔은 불꽃의 움직임을 가만히 바라보다가 주먹을 쥐어 그것을 소멸시켰다.

플로리아의 마력을 써 인간의 모습을 취할수록, 자신의 마력도 되살아났다. 그 마력은 미약했지만 그것을 운용해 누군가의 곁에 붙여 놓는 건 가능했다. 그랬기에 그녀가 호수로 빠지려는 걸 구할 수 있었다.

"얌전히는 있었는데."

적어도 내 기준에서는 말이야.

플로리아의 손에 남아 있던 냄새를 지운 것이 만족스러웠다. 하지만 불만이 끓어오르기도 했다. 지극히 이중적인 기분이었다. 단순히 마음대로 움직이지 못한다는 것에서 나온 답답함이리라.

그는 그렇게 단정 지으며 눈을 감았다. 가만히 누워 있으니 제 품에서 세상모르고 잠들었던 플로리아가 떠올랐다.

짙은 붉은빛을 가진, 영악한 척을 하는 아름다운 꽃.

"그러니 주변에 벌레가 붙어 있지."

멋모르고 살기를 내비치던 그놈은 플로리아의 곁에 붙어 있는 벌새였다.

'내 동생에게서 떨어져라.'

플로리아가 쓰러지듯 품에 안겨 잠든 그 날 밤, 동굴 아래로 내려온 것은 은빛의 매였다.

* * *

카르텔은 플로리아를 안아 든 팔에 힘을 주었다.

그녀는 으음, 하는 작은 신음을 내며 편하게 몸을 기대어 왔다.

"……"

리카엘의 미간이 구겨지는 건 한순간이었다.

그의 손끝에서 대기가 일렁였다. 날카로운 바람이 날을 대신해 섬뜩한 흉기로 변모했다.

"내 동생에게서 떨어져라."

그는 뚝뚝 끊어지는 말투로 경고를 표했다.

리카엘의 분노는 상상 이상이었다. 우리 안에 있어야 할 것은 검은 짐승이어야 했다. 하지만 짐승은 온데간데없었다. 그곳엔 그저 플로리아를 안고 있는 사내뿐이었다. 냉정한 이성이 바닥을 드러냈다. 손에 고인 바람이 사납게 휘몰아쳤다.

"쉬이. 내 것이 깨잖아."

그러나 철창 안의 사내는 몹시도 태연했다. 품 안의 여인을 소중히 안으며 자신의 입술에 손가락을 붙여 보였다. 쉿, 하고 상대를 채근하는 모습은 지극히 연극적이었다.

"……빌어먹을 짐승 새끼가!"

리카엘은 평소 담지도 않는 욕설을 내뱉었다. 당장이라도 저 새카만 사내새끼의 목을 갈라 버리고 싶은 욕구가 치밀었다. 하지만 섣불리 움직이기에는 놈과 플로리아가 너무 가까웠다.

"그래. 너희가 데려온 짐승 새끼가 바로 나지."

철창 안의 사내는 짙은 웃음을 흘렸다. 그러나 섬뜩하게 번뜩이는 금안에 달가움 따위는 없었다.

리카엘은 사내의 말에 깨닫고 말았다. 저 남자는 자신들이 가져온 마수였다.

'그저 한낱 실험체인 줄 알았건만.'

자신 또한 황가에서 마수를 빼내는 데 협조했다. 황제에게 유니콘을 넘기고, 그 대가로 봉인된 방의 열쇠를 얻었으니까. 맡은 임무가 달라 직접 보지는 못했지만, 그것이 공작성의 이 지하에 갇히게 될 것이라는 건 알고 있었다.

홀로 수도에 남아 유니콘을 적응시키고 있을 때였다. 자신의 매인 파이가 편지를 가지고 오지 않았더라면, 공작성에 내려오는 것은 한참 뒤의 일이었다.

그것은 아르덴이 보내온 편지였다. 편지는 읽히자마자 받는 이에 의해 산산조각으로 찢기고 말았다.

"플로리아에게 무슨 짓거리를 한 거냐."

결혼이라니. 그것도 황가에서 버린 쓰레기와 말이다. 이건 말도 안 되는 일이었다. 분명 저놈이 헛된 수작질을 부렸을 게 분명했다.

"글쎄. 먼저 나에게 청해 온 건 꽃이었는데."

사내는 플로리아의 머리칼을 매만지며 말했다. 마치 이 자리에 리카엘 따위는 없다는 듯, 시선조차 주지 않는 태도로 분홍빛 머리카락에 입을 맞출 뿐이었다.

"죽여 버리겠어."

리카엘은 동생의 머리칼에 보란 듯 입을 맞추는 그를 보고 눈이 돌아갔다. 씹어 내뱉는 말에 살기가 담겼다. 얼마 남지 않은 이성의 끈이 끊어지는 건 한순간이었다.

쒜엑—!

예기를 담은 바람이 허공을 갈랐다. 분노로 점철된 상황에서도 대기를 다루는 능력은 탁월했다. 칼날 같은 바람은 플로리아의 위를 지나쳐 저놈의 머리통을 반으로 갈라놓을 것이다.

"새 새끼가 재미있는 짓을 하는군."

그러나 예상은 빗나갔다.

화아악—!

철창 밖으로 새카만 불꽃이 솟구쳐 올랐다. 대기를 가르던 바람은 섬뜩한 불꽃에 먹혀 흔적도 없이 사라지고 말았다. 검은 불꽃은 바람을 먹어 치우고도 사라지지 않았다. 마치 철창 안을 보호하는 듯, 살아 있는 것처럼 몸집을 불리며 제 앞의 적을 겁박했다.

"……이건."

바람을 다루는 손이 허공에서 멈추었다. 그는 믿을 수 없다는 듯 검은 불꽃을 노려보았다. 이것은 마수의 능력이었다. 원소를 다룬다며 기껏 물줄기 따위나 만들어 내는 황실의 능력과는 차원이 달랐다.

'어떻게, 분명 봉인구는 풀어지지 않았다.'

그는 이성을 찾으려 노력하며 불꽃 너머를 보았다.

수인족 중 매 혈통은 누구보다 시력이 뛰어났다. 이는 겉모습뿐만 아니라 본질을 볼 수 있음을 뜻했다. 매서운 시각이 형태 너머를 꿰뚫었다. 남자의 등 너머로 거대한 잔영이 보였다. 마수의 진짜 모습인 검은 범이다. 목에는 봉인구가 여전히 채워져 있었다. 하지만…….

'……틈이.'

겉으로는 보이지 않는다. 봉인구의 안쪽, 그곳에 희미하게 갈라진 틈이 있었다. 마치 거대한 수통에 작은 구멍이 뚫린 것과 같았다. 갇혀 있는 마수의 마력이 그 틈으로 새어 나오려 발버둥 쳤다.

"플로리아는 나와 계약했어."

불꽃 안의 남자는 나른한 목소리를 내었다. 그러나 그것은 분명 경고였다. 이미 늦었으니, 함부로 설치고 다니지 말라는 경고.

'황실은 뭘 가두고 있었던 거지?'

리카엘은 열쇠를 넘기던 황제의 말을 떠올렸다.

그저 짐승과 다를 바 없다지.

마력도, 자아도, 원소를 다루는 능력도 아무것도 없다 하였다. 분명 제 씨에서 태어났음에도 혈연의 취급은 조금도 하지 않는 모습, 그러니 실험체로 팔아넘겼겠지.

그러나 실상은 다르다. 리카엘은 손을 고쳐 쥐었다. 저 괴물이 목줄을 풀어 버리기 전에 죽여야 했다.

'리카엘 오라버니.'

자신의 무릎에도 오지 않을 정도로 작았던 플로리아가 떠올랐다. 옛 기억은 늘 그를 괴롭히고, 또 애증의 족쇄가 되었다.

그가 각오를 바로 하는 순간이었다.

"나를 죽이면 플로리아가 슬퍼할 텐데."

흥얼거리듯 가벼운 말투다. 그는 리카엘이 무엇을 생각하고 있는지 모두 알고 있는 눈치였다.

"붙잡혀 있는 개 주제에 잘도 짖는군."

"짖는 것 말고도 할 줄 아는 게 많지. 나는 집 지키는 애완견이 아니거든."

마수는 이종족 중에서도 극상의 혈통이다. 저것이 바깥으로 나간다면, 아니 자신의 동생에게 함부로 손을 댄다면……

"네가 플로리아를 위하고 있다 생각하나?"

머리가 빠르게 굴러가던 중이었다. 카르텔의 한마디에 리카엘의 얼굴이 눈에 띄게 굳어졌다. 물론, 그는 자신의 동생을 위하고 있었다. 그 누구보다도 더.

"너는 그녀에게 방해만 될 뿐이야. 꽃은 스스로 길을 만들고 있으니까."

계약, 플로리아와 계약했다는 그 말이 머릿속에 맴돌았다. 동생이 저 괴물에게 무엇을 요구했나. 어째서 결혼이라는 걸 입에 올렸을까.

'저 괴물을 죽여야만 한다.'

그러나 결심과는 다르게 자꾸만 사고가 다른 방향으로 튀었다. 휘둘리지 말아야 한다. 그렇게 스스로를 다잡았을 때였다.

"으음……."

작달막한 신음과 함께 플로리아가 몸을 웅크렸다. 그리고는 카르텔의 목덜미에 머리를 파묻었다.

"……."

동굴의 냉기가 시린 듯 바짝 안겨 드는 작은 몸. 가면을 쓴 듯 늘 웃는 표정과 달리, 그녀의 잠든 얼굴은 가장 순수했다. 그 모습에 절로 몸이 굳는다.

자신은 어렸던 동생을 지켜 주지 못했다. 그리고 결국에는 그 작은 몸을 스스로 지키게 만들었다.

"……무슨 계약을 한 거지?"

이성이 냉정함을 되찾았다. 그는 아까보다 차분해진 목소리로 물었다.

"이리로 와."

그 모습에 검은 불꽃이 철창으로 가는 길을 터 주었다. 짐승에게 안겨 있는 플로리아의 모습을 보면 여전히 몸이 떨렸다. 그는 주먹을 말아 쥐고 불꽃이 튼 길을 따라 철창 앞에 섰다.

"모든 일에는 대가가 있기 마련이야."

남자의 금안이 사냥감을 물어뜯기 직전처럼 번뜩였다. 하지만 리카엘은 물러서지 않았다. 동생을 위해서라면, 자신은 무엇이든 바칠 각오가 되어 있으니까. 그것은 소년이었던 시절부터 품어 왔던 결심이었다.

* * *

시에나의 티파티에 다녀온 지 며칠이 지났다. 리카엘은 그 뒤로 별다른 말이 없었다. 어쩌면 벨루스가 돌아올 때까지 기다릴 생각인지도 몰랐다.

'동생이 먼저 올까, 아니면 아버지가 먼저 도착할까.'

둘 다 불안하기는 매한가지였다. 아버지는 카르텔의 상태를 확인하려 할 테고, 동생이 도착하면 인어를 데리러 가야 하니까.

동생이 무사히 돌아오기를 바라는 한편, 아버지와 동시에 도착하는 것만큼은 피하고 싶었다.

나는 머릿속으로 여러 가정을 굴려 보았다.

'카르텔의 마력은 아직도 불안정하고.'

봉인구는 여전히 내 마력을 쭉쭉 빨아먹고 있었다. 하지만 인간으로의 변화는 여전히 들쭉날쭉했다.

카르텔은 매번 나를 곤란하게 만들었다. 생각지도 못한 순간 인간으로 변화를 해 대니 놀랄 수밖에 없었다.

'옷이라도 입고 변하면 좋겠는데.'

역시 무리겠지.

유려한 목선과 넓은 어깨, 군살 없이 매끈한 근육은 표범의 외양을 그대로 닮아 있었다. 그의 몸은 언제 보아도 근사했지만, 그래서 더 보기가 힘들었다. 특히 아래쪽은……

"플로리아?"

"……!"

나쁜 짓을 하다 걸린 아이처럼 심장이 뛰었다. 부드러운 바람 같은 목소리, 익숙하지만 최근에는 듣지 못했던 이의 것이었다.

"……아르덴 오빠."

긴 녹색 머리칼이 순풍에 흔들렸다. 이곳은 정원으로 나가는 통로였다. 엉뚱한 생각을 하느라 사람이 다가오는 것도 모르고 있었다.

"그래, 꼭 오랜만에 얼굴을 보는 것 같은 기분이 드네."

그는 입꼬리를 올려 웃었다. 어딘가 힘이 없는 미소였다. 내가 벌인 일 때문에 신경을 쓴 탓일까. 묘하게 수척한 아르덴의 얼굴이 마음에 걸렸다. 하지만 깊이 묻기에는 지은 죄가 컸다. 나는 슬그머니 말을 돌렸다.

"정원에 가려는 거야?"

"아니, 집사가 임무를 전달해 줬어. 그걸 해결하러 가."

아, 나는 더 말을 잇지 못했다. 집사는 아버지 대신으로 우리에게 임무를 전해 주는 경우가 많았다.

그중, 아르덴은 배신자를 속출하는 역할을 했다. 나무의 말을 들을 수 있는 능력 탓이었다. 아르덴이 나무에게 물으면 나무는 제가 본 모든 일을 전달했다. 이종족을 빼돌리거나 가문의 비밀을 유출하려는 것들. 그렇게 잡아낸 배신자는 실험탑 지하의 감옥에 가둬진다. 그들에게는 차라리 죽여 달라 빌 정도의 고문만이 기다리고 있었다.

"……그렇구나."

나는 말끝을 흐렸다. 그와 동시에 화가 났다. 아르덴이 그런 일을 해야 한다는 것이, 그가 반항하지 않고 임무를 수행하는 것이 나 때문이라는 사실에.

눈을 내리까니 늘 걸고 있는 목걸이가 보였다. 붉은 루비는 지독한 족쇄였다.

"플로리아."

아랫입술을 짓씹고 있을 때였다. 엄지가 잇새 사이로 들어와 입술을 물지 못하게 만들었다.

2. 관계의 정의

나는 그의 손가락을 뺄 생각도 하지 못한 채 아르덴을 올려다보았다.

"다치는 짓은 하면 안 돼."

"하나도 안 아픈걸."

다정하게 어르는 말에 나는 괜스레 눈을 피했다. 하지만 아르덴은 그마저도 귀엽다는 듯 웃었다. 그런 그의 시선에는 쓸쓸함이 섞여 있었다.

"네 마음을 알지 못하니 답답해."

그가 꺼낸 말은 의외의 것이었다. 하지만 그 마음은 충분히 이해할 수 있었다. 속내를 절대 보여 주지 않는 사람, 그게 나였으니까.

나는 아무 말도 하지 못했다. 약점을 들킨 것만 같아 나는 뒤로 한 걸음 물러섰다.

"임무는 얼마든 수행할 수 있어, 너를 위해서라면."

거짓말. 나는 그의 손끝이 떨리고 있는 걸 보았다. 그는 살생을 무엇보다 두려워하는 사람이었다.

"그러니까……."

그는 말을 덧붙이려 했다. 하지만 내가 먼저였다. 나는 그의 손을 양손으로 감싸 쥐었다.

"아르덴 오빠."

그의 손끝처럼 떨리는 마음을 꾹 참아 넘긴다. 나는 부드럽게 미소 지어 보였다.

"오빠는 언제나 내 오빠야. 내가 무엇을 하든, 어디에 있든. 그것만큼은 변하지 않을 거야. 그렇지?"

나는 가늘고 곧게 뻗은 손가락을 매만지며 말했다. 거짓으로 가득 찬 이곳에서, 그것은 몇 안 되는 진실이었다.

"……그래."

아르덴은 몇 번이고 망설이다 고개를 끄덕였다. 그의 마음이 고마웠다. 나 또한 고개를 끄덕이며 마주 보았다.

"그러니 나를 믿어 줘."

오랜만에 마주 본 시선은 끝을 알 수 없을 만큼 깊었다. 나는 천천히 그의 손을 놓고 뒤를 돌아 화원으로 걸어 들어갔다.

아르덴은 곧장 명령을 수행하러 갔을 것이다. 그에게 호언장담하며 말했지만, 마음이 무거웠다.

그렇게 얼마나 화원에 머물렀을까. 노을이 지고 깊은 어둠이 가라앉은 시각, 동생 벨루스가 돌아왔다.

"플로리아는 어디 있어?"

잿빛을 머금은 긴 생머리. 작달막한 키의 아이는 다급히 목소리를 높였다. 보석 같은 눈동자는 빛에 따라 자색과 보랏빛을 오가며 아이를 더욱 신비롭게 했다.

"리아는 어디 갔느냐니까?"

고개를 갸웃거리던 벨루스가 제자리에서 발을 동동 굴렀다.

"플로리아 아가씨는 지금 화원에 계십니다. 벨루스 님."

벨루스는 주변의 하녀들을 실컷 채근하다가 마음에 드는 답을 얻었는지 만족스러운 표정을 지었다.

"아, 맞다."

벨루스는 곧장 화원으로 뛰어가려다 걸음을 멈췄다.

"뒤에 있는 건 너희가 알아서 처리해. 여기까지 가져오느라 힘들어 죽는 줄 알았으니까."

"네. 벨루스 님."

벨루스의 뒤로 인파와 각종 동물이 붐볐다. 여러 수인족, 그리고 희귀한 종들은 모두 손발에 족쇄를 차고 있었다. 벨루스가 노예상에게 받아와 국경에서부터 끌고 온 것들이었다.

벨루스는 드디어 해방이라는 듯 커다랗게 기지개를 켜고는 화원을 향해 달려가려 했다.

"수인족의 수치 같으니!"

경멸 섞인 포효가 터져 나왔다. 이는 늑대 수인에게서 나온 것이었다. 신이 나 뛰어가려던 벨루스의 걸음이 뚝, 하고 멈췄다.

"뭐라고?"

인형처럼 어여쁜 얼굴이 가로 기울어졌다. 표정은 순진했으나 보랏빛 눈동자의 동공은 세로로 좁혀져 있었다.

"인간의 편을 드는 배반자라고 했다!"

하아, 오밀조밀 작은 입술에서 한숨이 새어 나왔다.

"정말, 짜증 나게 하네."

그와 동시에 작은 손에서 긴 손톱이 칼처럼 모습을 드러냈다.

벨루스는 늑대 수인의 혼혈이다. 작은 몸집이지만, 엄청난 괴력과 속도를 겸비하고 있었다.

아이는 더 말하지 않고 땅을 박찼다. 감히 자신에게 입을 함부로 놀린 놈을 가만두지 않을 작정이었다.

"벨루스."

"어?"

나직한 음에 벨루스의 몸이 멈췄다. 돌아가는 고개에 잿빛 머리칼이 찰랑거렸다. 조금 전 섬뜩한 표정과는 다르게, 벨루스는 불러 준 상대를 보며 환하게 웃어 보였다.

"플로리아!"

포옥! 수인족을 향해 내달리던 벨루스는 어느새 내 품에 안겨 들었다. 날카로운 발톱은 안으로 쏙 들어간 지 오래였다.

"돌아왔구나."

"응! 너무 힘들었어!"

어리광 섞인 목소리가 또래의 아이 같았다. 피바람이 불기 직전이었다는 걸 믿기 힘들 정도로 말이다.

'……어쩐지 소란스럽더라니.'

서둘러 온 것이 천만다행이다. 나는 두근거리는 심장을 쓸어내렸다. 성은 늘 적막했다. 조금이라도 소란스럽다면 즉각 의심해 보는 게 옳았다.

"고생했어."

나는 그것에 안도하면서 벨루스의 머리를 한참이고 쓰다듬었다. 이에 아이가 환하게 웃으며 품으로 파고들었다. 나는 벨루스를 마주 안아 주며 작은 체구를 은근슬쩍 내 몸으로 가려 버렸다. 잡담을 나누며 앞으로 걸어가니 건물 안으로 들어가는 것도 금방이다. 벨루스는 금방 수인족들을 잊어버린 것 같았다.

"......"

나는 잠시 뒤를 돌아보았다. 다 해진 옷자락, 피와 굳은살, 고름이 나오는 피부까지. 벨루스에게 반항하던 늑대 수인 외, 모든 이종족의 시선이 나를 겨누고 있었다.

"뭐해? 들어가자. 리아."

"......응. 그러자."

벨루스의 관심이 다시 그들에게 돌아가서는 안 되었다. 나는 곧장 앞을 보고는 벨루스를 어르며 안으로 들어갔다.

"나 씻고 싶은데, 조금 부끄러워."

아이는 정말로 부끄러운 듯 뺨을 붉히고 있었다. 먼 길을 다녀온 동생은 온통 흙먼지로 엉망이었다. 거기다 중간중간 튀어 있는 피는 오는 도중 있었던 일을 말해 주고 있었다.

"그래, 우선 씻고 와."

"씻고 오면 머리 말려 줄 거지?"

"그럼."

나는 고개를 끄덕이고는 벨루스에게 하녀를 붙여 주었다. 떨어지기 싫다는 아이를 토닥이며 욕실에 밀어 넣었더니 진이 다 빠졌다.

'이렇게 갑자기 돌아올 줄은.'

조만간이라고 염두에 두고 있었으나 그래도 갑작스러운 등장이었다. 나는 한숨을 쉬고는 벽에 등을 기대었다.

원작에도 나와 있듯, 벨루스는 어여쁜 아이의 모습을 갖추고 있었다. 하지만 그 성격은 원작의 플로리아를 뛰어넘을 만큼 잔혹하다. 날 때부터 가해진 실험 탓에 육체적 한계는 수인족의 몇 배를 뛰어넘었다. 어린아이의 모습을 보고 방심했다가 아예 목숨이 끊긴 이들도 부지기수였다. 그러나 나에게만큼은 착하게 굴었다.

'그렇긴 하지만……'

지나치게 말을 잘 듣는 것도 곤란했다. 내가 지나가는 말로 '나비가 예쁘다'라고 하면 벨루스는 하루가 지나지도 않아 산에서 나비를 수백 마리 잡아 왔다. 차라리 이건 애교 수준이었다.

벨루스는 식사 자리에서 나에게 실수한 하녀의 목을 즉각 날려 버렸다. 피가 튄 얼굴로 '나 잘했지'하고 웃는 얼굴이 얼마나 섬뜩했던지. 다시는 그러지 말라 타일렀지만, 지금 떠올려도 간담이 서늘했다.

"다 씻고 왔어!"

십여 분이나 지났을까. 벨루스는 머리의 물기도 닦지 않은 채로 나에게 뛰어왔다. 나는 벨루스를 토닥이며, 안절부절못하는 하녀들에게 수건을 받아 들었다.

"머리는 말려야지. 가족들한테 인사도 하고."

푸르르 물기를 터는 모습이 꼭 물에 젖은 강아지 같았다. 나는 긴 머리칼을 말려 주며 차분히 다독였다.

"플로리아만 있으면 돼."

벨루스는 내가 하는 소리를 한 귀로 흘려듣고는 허리를 꼬옥 안아 왔다.

'그럼 그렇지.'

집안의 막내는 제 형제들을 모두 싫어했다. 만나기만 하면 원수를 만난 것처럼 으르렁거리니, 한숨이 나올 일이 늘어날 뿐이었다.

"나 멀리서 오느라 너무 힘들었어. 오늘 같이 자 줄 거지?"

내 속도 모르고 벨루스는 마냥 어리광을 부리기 바빴다. 그 모습이 또 예뻐 보이는 건 어쩔 수 없었다.

"알겠어. 오늘만이야."

나는 어쩔 수 없다는 듯 고개를 끄덕였다.

아무래도 오늘은 꼼짝없이 벨루스에게 묶여 있어야 할 것 같았다.

벨루스에게 잡혀 오후 내를 시달렸더니 벌써 밤이었다. 나는 카르텔에게 내려가는 걸 포기하고 일찍 잠자리에 들어야만 했다.

"플로리아. 너무 좋아."

나와 벨루스는 편한 옷으로 갈아입고 함께 침대에 누웠다. 내 가슴까지 오는 작은 체구가 폭 하고 안기며 얼굴을 비벼 왔다.

'이렇게만 굴면 정말로 천사나 다름없는데.'

나는 속으로 생각하며 잿빛 머리칼을 가만가만 쓰다듬었다. 슈미즈를 입고 있는 나와 달리, 벨루스는 셔츠와 바지로 된 잠옷을 입고 있었다.

늑대족은 성별 없이 태어난다. 그리고 성장기를 겪은 후 여체와 남체로 구분되어 성인의 몸을 가지게 된다.

벨루스 역시 무성이었다. 날 때부터 인형 같은 생김새라 호적상으로는 여아로 올라가 있다. 하지만 앞으로는 어떻게 될지 모르는 일이었다.

"아, 임무가 하나 더 떨어졌어."

나는 문득 생각난 것을 입에 올렸다. 리카엘도 벨루스가 온 걸 알고 있을 것이다. 조만간 명령이 떨어질 테니 벨루스도 미리 알아 두는 게 좋을 것 같았다.

"또? 들어온 지 얼마나 되었다고."

벨루스가 보란 듯 불만을 토해 냈다. 국경에서 많은 수인족을 끌고 온 지 하루도 안 되었으니 이 같은 투덜거림은 당연했다.

"당장은 아니고, 아마도 이번 주 안일 거야. 이번엔 나랑 같이 갈 거고."

"……리아는 왜?"

벨루스는 짐짓 심각하게 내 애칭을 불렀다.

"글쎄. 그건 나도 잘 모르겠어."

정말로 이유를 몰라 순순히 말하니, 벨루스의 눈이 희번덕거렸다. 꼭 어둠 속에서 빛나는 고양이의 눈초리처럼.

"따질 거야."

"벨."

나는 황급히 벨루스의 어깨를 잡아 내렸다. 작은 골격 위로 자리 잡은 근육은 야생의 그것처럼 단단했다.

"위험한 일은 내가 하면 되는걸. 리아는 안 돼."

어린아이의 입에서 나온 것 같지 않게 진지한 말이었다. 빛에 반사된 자색 눈동자가 차분하게 가라앉아 나를 주시하고 있었다.

나는 조금 당황하고 말았다. 오히려 함께 간다며 신나 할 줄 알았는데, 그런 철없는 모습은 전혀 볼 수 없었다.

"이번만 같이 가자. 그렇게 위험한 일은 아니야."

나는 달래듯 벨루스의 등을 토닥토닥 쓸어 주었다. 하지만 벨루스의 표정은 풀리지 않았다. 하는 수 없지. 나는 강수를 두기로 결심했다.

"벨이 날 지켜 줄 거잖아. 그렇지?"

마주친 눈동자가 크게 열렸다. 나는 상냥한 미소를 덧붙이며 '아니야?'하고 물었다.

"당연하지! 내가 지켜 줄 거야!"

부드럽고 하얀 뺨이 새빨갛게 달아오르는 모습은 장관이었다. 그와 동시에 잿빛 머리칼 사이로 불쑥, 삼각형 귀가 솟아올랐다. 풍성한 꼬리까지 바지 위로 퐁! 하고 튀어 오른다. 벨루스는 몹시 기쁘거나 흥분하면 반인반수의 모습을 취했다.

"고마워."

나는 뾰족하게 솟은 귀가 귀여워 그 옆을 한참이고 긁어 주었다.

"나는 플로리아랑 꼭 결혼할 거야."

그르릉, 그르릉. 기분 좋게 목을 울리는 소리가 방 안 가득 울렸다. 나는 강아지를 안은 것 같은 기분으로 등을 토닥거렸다.

"가족끼리는 결혼 못 해."

"그래도 할 거야."

여전히 막무가내였다. 다섯 살 때부터 나와 결혼하겠다고 쫄랑쫄랑 따라다니던 아이였다. 그것은 지금도 변함이 없었다. 나는 어쩔 수 없다는 듯 웃으며 수면 등을 껐다.

"이제 자야지."

"응……. 리아도 잘 자."

어둠 속에서 봉긋하게 솟은 꼬리가 양옆으로 흔들렸다. 내가 결혼한다는 사실을 알면 뒤로 넘어가려 할 텐데, 그것이 걱정이었다. 우선은 비밀로 해 두어야지.

불안한 마음 반, 벨루스가 무사히 돌아와 기쁜 마음 반이었다. 내일은 벨루스를 잠깐이라도 떼어 놓아야 할 텐데.

'그게 가능할까…….'

벨루스 때문인지 오늘따라 품속이 유난히 따뜻했다. 나는 조금 지친 채로 잠이 들었다.

＊ ＊ ＊

"나도 같이 가."

역시나. 다음 날 아침, 나는 어제의 걱정이 씨가 되는 것을 보아야만 했다.

아침부터 점심까지 벨루스는 나를 놓아줄 생각을 하지 않았다. 무언가를 같이 먹는 것은 기본이고, 내가 어딜 가든 전부 따라왔다. 그렇다고 내칠 수도 없었다. 울며 뛰어가다가 무엇을 박살 내고 죽일지 감도 잡히지 않았기 때문이다.

"잠시만 갔다 올게. 지하에 있는 건 예민해서 안 돼."

나는 벨루스를 어르고 달랬다. 그러길 한참, 벨루스는 울먹이는 표정으로 겨우 고개를 끄덕였다.

"빨리 와야 해."

"응. 금방 올게."

그러니 제발 얌전히 있도록 하렴. 나는 소원을 빌 듯 속으로 중얼거리며 길을 나섰다. 등 뒤로 주인 잃은 강아지의 시선이 따라붙었지만, 겨우 모른 척했다.

그렇게 플로리아가 동굴로 내려가는 순간이었다.

"뭐야."

벨루스는 어린 강아지의 표정을 당장에 집어치워 버렸다. 무표정한 얼굴의 아이는 플로리아가 사라진 방향을 한참이고 주시했다.

"왜 감추는 거지?"

벨루스는 감이 좋았다. 늑대 혼혈답게 오감도 남달랐다. 플로리아는 분명 무언가를 감추고 있었다.

그렇게 얼마나 서 있었을까. 벨루스는 저 멀리서 걸어오는 발걸음 소리에 촉각을 세웠다.

한번 들은 소리는 결코 잊지 않는다. 소리의 주인도 자신을 피할 수 없었다. 은빛을 가진 남자는 무표정으로 복도에 멈춰 섰다. 서로 다른 높이에서 시선이 얽혀 들었다.

"아래에 뭐가 있는 거야?"

벨루스는 껄렁한 태도로 물었다. 플로리아를 대할 때와는 말투부터

가 달랐다. 리카엘은 그런 막내를 보고 미간을 찌푸렸다. 둘은 사이가 좋지 않았다.

벨루스는 리카엘을 싫어했고, 아르덴은 노인네 취급하기 일쑤였다. 리카엘은 익숙하다는 듯 벨루스를 지나쳐 갔다. 차갑고 무심한 어조가 벨루스의 머리 위로 툭 떨어져 내렸다.

"너는 임무나 완수하도록 해."

필시 아랫것을 취급하는 태도다. 크르르, 벨루스의 입가에서 날카로운 송곳니가 튀어나왔다.

"내가 성체가 되면 너부터 밟아 버리겠어."

흉흉한 음성이 짐승의 것처럼 깔렸다. 리카엘이 버릇없는 동생에게 단 한마디로 응수했다.

"얼마든지."

* * *

"휴우."

겨우 벨루스를 떼어 놓고 동굴로 내려서는 길.

그 아래에서 카르텔은 여전히 인간의 형태로 나를 바라보고 있었다. 엊그제 놓고 간 하얀 셔츠가 그의 상체를 덮고, 길게 뻗은 다리를 검은 바지가 감쌌다. 나른하게 누워 턱을 괸 그는 미남자, 아니 그 이상으로 보였다.

"……이제는 잘 입네."

"네가 훈련 시켰으니까."

그래. 저 말이 맞았다. 매번 때를 가리지 않고 변화하는 카르텔 때문에 곤란한 건 나였다. 덕분에 옷을 여러 벌 가져다 놓고 입는 법을 가르쳤었다.

"잘했어."

옷을 입고 있다니 얼마나 다행인지 모른다. 그렇게 민망한 상황을 피할 수 있게 되었다고 안심하던 찰나였다.

"그럼 상을 줘."

그는 이제 아주 당연하다는 듯 보상을 바라고 있었다. 이것 때문에 옷 입히는 걸 가르치는데 얼마나 힘들었는지. 지나간 고생들을 생각하니 절로 이마를 짚게 된다.

머리를 쓰다듬어 달라거나, 혹은 뺨을 만지게 해 달라거나. 카르텔이 말하는 상은 각양각색으로 변모했다. 이번엔 또 무언지, 나는 고개를 가로저으며 철창 안으로 들어갔다.

"자, 됐지?"

나는 그가 먼저 요구하기 전에 대뜸 손을 내밀었다. 검은 머리카락의 감촉이 부드럽게 손에 감겼다. 머리를 쓰다듬는 정도라면 얼마든지 해 줄 수 있었다.

"아니."

"뭐가 아니……!"

시야가 앞으로 쏠리며 바닥이 가까워졌다. 그런 나를 받아 든 건 카르텔이었다.

"놀랐잖아!"

얼떨결에 짚은 건 카르텔의 어깨였다. 겨우 몸을 세우며 소리를 지르니 짓궂은 웃음이 귓가로 흘러들었다.

"그건 상이 아니야, 당연한 거지."

내가 네 머리를 쓰다듬는 게 당연한 거라고? 황당함을 감추지 못해 절로 입이 벌어졌다. 그는 그것을 따라 하듯 제 입술을 살짝 벌리며 웃어 보였다.

나는 그를 버팀목 삼아 안겨 있는 꼴이었다. 거리가 지나치게 가깝다. 몸을 비틀어 빠져나오려 했지만 억센 손아귀는 나를 놓아주지 않았다.

"······내가 원하는 상은."

붉은 입술이 점점 더 가까워진다.

금빛 눈. 저 눈은 사람을 옭아매기도, 유혹하기도 하는 무서운 것이었다. 그것을 바라보고 있자니 파르르 눈꺼풀이 떨렸다. 나도 모르게 눈을 감아 버리고 싶었다.

얇으면서 꼬리가 휘어진 입술은 선정적이기까지 했다. 입술이 지척이었다. 그의 열기가 바로 앞에서 느껴졌다.

"나중에 받지."

닿았을까. 아니면 닿지 않았을까. 달아오른 온도 때문에 알 수 없었다. 나는 있는 힘껏 카르텔을 밀어냈다. 분명 내 힘으로는 어림도 없었을 텐데, 그는 자연스럽게 멀어져 있었다.

'네 짝은 따로 있다고.'

그렇게 말하고 싶었지만, 입술을 꾹 다물었다. 빠르게 뛰는 심장은 숨길 수 없었다. 하지만 머릿속은 저 생각만으로 이성을 찾아갔다.

그저 장난이겠지. 나는 짓궂게 웃는 카르텔을 쏘아보았다. 그렇게 생각하니 차오른 흥분이 조금이나마 가라앉는다.

그의 목에는 여전히 봉인구가 걸려 있었다.

'······평생을 혼자 갇혀 지냈다고 했지.'

냉정해진 머리는 문득 새로운 의문을 떠올렸다.

"너는 억울하지 않아?"

무심코 뱉은 말이었다. 덕분에 밖으로 꺼낸 순간 아차 싶었다. 하지만 이미 엎질러진 물은 주워 담을 수 없었다.

"뭐가?"

그는 뜬금없는 질문에도 태연했다. 이왕 이렇게 된 거 나는 궁금했던 것들을 모두 물어보기로 결심했다.

"인간의 형상으로 태어나기만 했다면…… 넌 모든 걸 누릴 수 있었을 텐데."

카르텔은 단지 짐승의 형태로 태어났을 뿐이었다. 그런 그를 황실은 용납하지 않았다. 자신들의 치부를 들킬까 봐. 한 사람의 인생을 송두리째 빼앗아 버렸다.

"그런 걸 억울해 해 봤자 달라지는 건 없어."

덤덤한 말투였다. 화가 나지도, 그렇다고 슬프지도 않는다는 듯이.

"나는 태아 때의 기억이 있어. 내 어미가 보고 듣고 느끼는 모든 것이 나에게 전해져 왔지."

배 속에 있을 때부터의 기억이라니.

그는 화인에 대해서도, 베논가에 대해서도 알고 있었다. 나는 그제야 카르텔이 어디서 지식을 학습하고, 또 습득했는지 이해할 수 있었다.

"그러면……."

"다만 우두머리의 목을 물어뜯고 싶을 뿐이야. 내가 그렇듯 내 어미 또한 죄가 없으니까."

그는 황후를 이야기하고 있었다. 자신을 낳고, 아무런 죄도 없이 아이를 빼앗기고, 결국은 유폐당해 죽음에 이른 그 여인을.

"……여기서 나가게 되면 네 마음대로 해."

원작에서도 황가는 무너진다. 그리고 새로운 세상이 펼쳐졌다.

카르텔이 여자 주인공을 만나게 되면 모든 걸 이룰 수 있을 것이다. 그리고 나도 자유롭게 살아갈 수 있겠지.

"그만 나가 봐야겠어."

분명 성공적인 미래였다. 하지만 그것을 떠올리니 갑작스레 입안에 쓴맛이 돌았다. 나는 며칠 동안 이곳을 방문하지 못할 거라고 말하지 않았다. 잊은 것도 아니면서 끝끝내 입을 다물고야 말았다.

* * *

아버지에게서 서신이 도착했다. 그는 아직 마도탑에 머물러 있었다. 정기적인 회의는 끝이 났지만, 그 밖의 자잘한 문제가 그의 발목을 붙잡는 모양이었다.

'다행이야.'

적어도 아버지가 혼자서 카르텔을 대면할 일은 없을 테니까. 그리고 벨루스가 내 결혼에 대해 알게 되는 것도 미룰 수 있으니 일거양득이었다.

"리아, 가자."

짙고 검은 밤, 리카엘은 날을 골라 우리를 바깥으로 내보냈다. 가는 초승달이 뜬 밤이다. 나는 벨루스의 부름에 밤하늘에서 고개를 떼었다.

"그래."

늘 정보를 빼 오기만 했지, 누군가를 데려오는 일은 처음이라 긴장이 되었다. 그때 보았던 인어의 모습이 괜히 아른거렸다.

우리는 미리 에드벨 공작가 근처에 와 있었다. 대귀족의 저택답게 주변에는 병사들이 깔려 있었다. 우리는 병사들의 교대 시간을 노렸다.

"내가 먼저 갈게. 리아는 따라만 와."

벨루스는 호기롭게 말하며 먼저 발을 내디뎠다. 높게 묶어 올린 머리가 꼭 늑대의 꼬리를 연상시켰다. 토독. 톡. 작은 발이 어둠을 밟아 나갔다.

벨루스는 신체만 강한 게 아니었다. 그는 검은 늑대족의 혼혈로,

어둠과 그림자를 다루는 능력이 있었다.

나는 어둠에 남은 벨루스의 발자국을 밟아 나갔다. 따라 걸을 때마다 발자국에서 검은 그림자가 피어올랐다. 그것은 내 몸을 감싸 어둠에 녹아들게 할 것이다.

"어이. 수고하라고."

"나중에 보세."

병사들의 교대 시간. 그들이 오가는 작은 샛문이 열렸다 벨루스와 나는 열린 문틈으로 몸을 밀어 넣었다. 병사들을 비롯한 시중인들이 사방에 깔려 있었지만, 그 누구도 우리를 보지 못했다.

"리아가 말한 건 어디에 있어?"

"유리 온실 안에. 저쪽이야."

어둠으로 몸을 가린 우리는 수풀 속으로 걸어 들어갔다. 미리 와 본 곳이라 수월하게 길을 찾을 수 있었다.

빛을 받지 못한 유리 온실은 낮보다 아름답지 않았다. 그저 검은 것으로 덮여 돔의 형태인 것만 알아볼 수 있었다.

"들어가……! 이건 뭐야!"

벨루스는 유리 온실 안으로 들어가려다 화들짝 놀라 뒷걸음질 쳤다. 혹 감시자가 있는 걸까. 나 또한 긴장하여 벨루스의 시선이 머문 곳으로 눈길을 돌렸다.

"……."

어둠 속에서 빛나는 안광이 보였다. 하지만 아무런 움직임이 없었다. 나는 의아해하며 그것의 근처로 가까이 다가갔다.

"리아, 가까이 가지 마."

"괜찮아, 위험하지 않아."

나는 머지않아 그것의 정체를 알 수 있었다. 빛나는 눈을 가진 이는 적이 아니었다.

"그때 봤었던 묘인족······."

리리. 시에나 뒤에 시녀 대신 서 있었던 그 묘인족이 틀림없었다. 그녀는 눈도 깜빡이지 않은 채 유리 온실의 한구석에 기대어 있었다. 시녀 복장은 더러워졌고 여기저기 흙이 묻어 있다.

'버려졌구나.'

나는 묘인족이 왜 이곳에 있는지 알아차리고 말았다. 시에나는 자신의 손에 들어온 것에 집착하고 아꼈다. 그러나 한 번 눈 밖에 난 것은 이렇게 버려지고 만다. 그리고 두 번 다시 찾지 않았다.

"리아. 그냥 가자."

"······잠깐만."

적이 아니라는 사실을 깨달았는지 벨루스가 서두르자며 조르기 시작했다. 하지만 그냥 지나칠 수가 없었다.

나는 그녀의 곁으로 다가갔다. 목에는 정신지배구가 씌워져 있었다. 이것은 이종족들의 손에는 풀리지 않는다. 인간의 피가 도는 이들만 풀 수 있게 설계되어 있기 때문이다. 인간 노예에게 사용이 금지된 것은 머리를 완전히 망가트리는 것뿐만 아니라 이러한 이유 때문이기도 했다.

"풀어 줄게."

손을 가져다 대니 딸각, 하는 소리와 함께 지배구가 떨어져 나갔다. 이렇게 쉬운 것을.

그녀는 정신이 모두 망가질 때까지 이것을 벗지 못했다.

나는 조심스럽게 향기를 불어넣었다. 보랏빛으로 퍼지는 것은 달콤한 라벤더의 향이었다.

묘인족은 고양이로 변할 수 있었다. 본래의 지성이나 정신을 찾기는 힘들겠지만, 고양이로서 자유를 얻기에는 무리가 없을 것이다.

"아으······."

리리는 옅은 신음을 뱉으며 몸서리쳤다. 갑작스러운 변화는 고통이 따른다. 라벤더 향기에 의해 리리의 몸이 점점 더 허물어졌다. 나는 그녀를 달래듯 말했다.

"네가 가고 싶은 곳으로 가."

비로소 그녀가 자그마한 고양이로 변화했을 때, 나는 천천히 향기를 거두었다. 고양이 특유의 눈동자가 가만히 나를 살핀다. 리리, 묘인족인 작은 고양이는 내 발치에 몸을 비비고는 어둠 속으로 사라졌다.

"이제 가자."

나는 리리의 긴 꼬리가 완전히 보이지 않을 때까지 기다렸다가 발걸음을 옮겼다.

캄캄한 시야 속에서도 벨루스의 얼굴은 잘 보였다. 예쁘장한 입술은 심술궂게 내밀어져 있었다.

"치."

누가 봐도 '나 삐졌어요.' 하고 시위하는 모습이었다. 묘인족에게 관심을 줬던 게 질투가 났던 건지. 나는 이 철없는 아이의 머리를 쓰다듬을 수밖에 없었다.

"거의 다 왔어."

낮과 밤은 다르다. 환한 낮에 왔을 때는 이렇게 깊이 들어가지 않았던 것 같은데, 검은 것은 사람의 감각을 멀어지게 만들었다.

차르르-!

익숙한 바다 냄새, 물이 튀기는 소리. 나는 홀린 듯 나무를 둘러 앞으로 나아갔다. 달빛이 유리 온실을 투과해 바다로 채워진 호수를 잔잔하게 비추고 있었다.

"아."

나도 모르게 감탄사가 터져 나왔다. 그 울림은 호수의 주인을 불러들였다.

[나를 보러 온 거야?]

푸른 머리칼, 여름빛을 닮은 청량한 외모. 달빛을 한 몸에 받은 아실리드는 초승달처럼 눈을 휘었다.

[와 줘서 기뻐.]

달이 비친 호수 사이를 가르며 유연히 움직이던 몸은 나에게로 다가왔다. 사르르, 달콤한 미소가 솜사탕처럼 녹아내렸다. 그는 나를 다시 만난 것이 몹시 기쁜 듯 물속에서 꼬리를 살랑였다.

"굶지는 않은 모양이네."

나는 그렇게 말하며 자세를 낮추었다. 가까이서 본 아실리드는 처음 보았던 것보다 살이 붙어 있었다. 다행히 그 뒤론 생선 대신 진주를 주었던 모양이다.

[응. 하지만 네가 준 게 제일 맛있었어.]

그는 가늘게 눈웃음을 치며 내 귀를 바라보았다. 한쪽 귀에는 진주 귀걸이가 끼워져 있었다. 혹시 그가 또 굶고 있을지 몰라 가져온 것이었다.

"이 생선이 리아한테 뭐라는 거야?"

이번에도 역시나다. 호수 근처에 마력석을 설치하던 벨루스가 인상을 찌푸리며 다가왔다.

아실리드는 나에게만 말을 전해 오고 있었다. 하지만 감이 좋은 벨루스는 그것을 단번에 잡아냈다.

"벨. 그러면 못 써. 어서 준비해."

나는 가볍게 벨루스를 다그쳤다. 인어를 두고 생선이라고 말하는 건 분명 모욕이었다.

뚝. 가벼운 타박이었을 뿐인데, 부산스럽게 준비하던 벨루스의 움직임이 멈추었다.

"리아가 생선 편을 들었어……!"

울먹울먹. 큰 충격이라도 받은 듯 달빛을 받은 자색 눈망울에 눈물
이 차올랐다.

"……그게 아닌 거 알잖아. 얼른 가서 벨이랑 코 자고 싶어서 그래."

나는 빠르게 말을 고쳤다. 정말……?이라고 말하는 벨루스의 눈물
을 정성스레 닦아 주면서 다정한 미소를 보이는 것도 잊지 않았다.

"그럼, 돌아가면 같이 꼭 안고 자자."

"응!"

아이는 환하게 웃으며 마력석이 있는 자리로 뛰어갔다. 나는 잿빛
머리칼 위로 귀가 솟는 것을 보며 간신히 한숨 돌렸다. 혹여 아실리
드에게 폭력을 행사한다면 그거야말로 큰일이었다.

[아기 늑대구나. 난 괜찮아.]

그는 성인답게 아이의 무례를 웃으며 넘겨 주었다.

새하얀 팔에 턱을 괸 아실리드는 검은 밤과 잘 어울렸다. 달빛을
받아 일렁이는 물길 사이로 꼬리가 하늘거린다. 여전히 끝은 찢어져
있었다. 단순히 잘 먹는 것으로는 나을 수 없는 듯했다.

"……상처는 영원히 안 낫는 거야?"

내 뒤에서는 벨루스가 포르르 거리며 쏘다니고 있었다. 나는 그 애
에게 들리지 않도록 최대한 목소리를 낮추며 물었다.

[바다로 돌아가면 나을 수 있어. 그럴 수 있을지 모르겠지만.]

노래를 부르듯 가벼운 어조였다. 그러나 그 안에 담긴 뜻은 무겁기
만 했다.

에메랄드빛 눈동자가 나를 직시했다.

[네가 아니, 너희 가문이 무슨 일을 하는지 알아. 내 주인 행세를
하는 여자가 매일 같이 찾아와 떠들어 댔거든.]

아실리드는 여전히 웃고 있었다. 하지만 나는 그 미소에 동조할 수
없었다. 시에나가 무슨 말을 했을지는 뻔했다.

[나도 실험체야?]

그는 얼굴을 기울이며 물었다. 어린아이처럼 순진한 표정이었다. 그 작은 행위는 내 심장을 떨어지게 하기에 충분했다.

아실리드는 나와 벨루스가 무슨 짓을 하려는지 모두 알고 있었다. 나는 그의 물음에 답을 내어 주지 못했다. 그런데도 왜 이렇게 태연할까. 어째서 반항하지 않아? 묻고 싶은 말이 목구멍 끝까지 차올랐다. 하지만 끝끝내 내뱉지 못할 말이다.

이건 악어의 눈물이다. 아니, 그것보다 더한 가식이었다.

"준비 다 됐어. 데리고 나가기만 하면 돼."

딱딱하게 굳어 있던 나를 깨운 건 종달새 같은 벨루스의 목소리였다. 차가워진 손끝에 피가 돌았다. 나는 입술을 깨물며 자리에서 일어났다.

"······그래."

내가 할 수 있는 것은 아버지에게 복종하는 것뿐이다. 그 사실을 상기하니 찌르르 위가 아파 왔다. 나는 내색하지 않으며 벨루스에게 다가갔다.

인어는 물 밖에서 오래 있지 못한다. 덕분에 우리는 인어를 죽지 않게 데려갈 방법을 강구해야만 했다.

"룬(rune)."

벨루스가 주문을 마치자 각 위치에 고정된 마력석이 호수에 차 있는 물을 끌어들였다. 동시에 아실리드도 물결에 둘러싸여 마력석 중앙으로 이끌려 왔다.

[인간들은 이런 것도 사용하는구나.]

아실리드는 마력석으로 고정된 물결을 몸에 감고 있었다. 호수의 절반을 응고시킨 것이니 공작성에 도착할 때까지 아무런 문제가 없을 것이다.

"다리가……."

그의 전신을 본 것은 처음이었다.

물로 감쌌다고 해서 육지에 오르지 않는 것은 아니었다.

바닥에 늘어진 인어의 반신이 느릿하게 변화하며 희고 매끄러운 다리가 드러났다. 그 위를 감은 물 때문인지 아실리드는 바다의 요정처럼 신비로웠다.

"리아, 가자. 곧 있으면 새벽이야. 그림자를 사용하기 어려워져."

그림자는 짙을수록 완벽한 법이다. 푸르름이 섞이면 어둠에 가려진 몸이 희미하게 드러나 버린다.

벨루스는 그렇게 말하며 아실리드를 안아 들었다. 얼굴에는 '싫어 죽겠다'라는 다섯 자가 박혀 있었지만 그를 데리고 가기 위해서는 이 방법밖에 없었다.

"움직이자."

나는 벨루스가 흘린 그림자를 밟으며 몸을 숨겼다. 병사와 기름등을 갈기 위해 나온 하인들을 피해 돌아가다 보니 어느덧 시간이 많이 흘렀다.

그러나 다행스럽게도, 우리는 새벽이 내리기 전에 저택을 빠져나올 수 있었다. 저택 뒤의 숲에는 미리 준비해 둔 마차가 대기 중이었다.

"그 생선이 리아한테 이상한 짓 하는 거 아냐……?"

아실리드를 마차 안에 넣은 뒤, 말고삐를 잡은 벨루스가 의심 가득한 음성으로 중얼거렸다. 적어도 한 사람은 마차를 몰아야 하니 안에 들어갈 수 있는 건 나와 아실리드 뿐이었다.

"제대로 움직이지도 못하는걸. 걱정하지 마."

나는 마부석에 앉은 벨루스를 달래며 부드러운 뺨을 쓰다듬었다. 벨루스는 그것만으로도 좋은지 밝게 웃고는 나를 끌어안았다.

"얼른 갈게. 빨리 도착해서 리아랑 놀아야 하니까."

"천천히, 다치지 않게만 몰아 줘."

벨루스가 흥분해서 마차를 몰면 답이 없다. 적어도 나무 몇 그루는 박살이 날 테니까. 나는 천천히 갈 것을 거듭 강조하며 마차 안으로 들어갔다.

도르르, 내가 올라타자마자 마차의 바퀴가 굴러가기 시작했다. 다행히 내 경고를 알아들은 듯, 마차는 적당한 속도로 부드럽게 굴러갔다.

"……"

마차 안에 남은 건 오직 둘 뿐이다.

진한 물에 둘러싸인 아실리드는 내내 순순했다. 공작성에 들어가는 그 순간부터 나는 그를 보호해 줄 수 없었다. 카르텔이야 명확한 구실이 있었지만, 아실리드는 틀림없이 실험체로 사용될 것이다.

[네게 안겨서 왔으면 좋았을 텐데.]

그가 마차 안에서 꺼낸 첫마디는 다소 엉뚱한 것이었다. 나는 무어라 대꾸할지 몰랐다. 무슨 말을 하든지 나는 죄인에 불과했으니까. 고개를 들 자신이 없었다. 가만히 눈을 내리까니 괜찮다는 듯 부드러운 목소리가 와닿는다.

[그런 표정 하지 마. 나는 어차피 오래 살지 못할 테니까.]

"그게 무슨 소리야?"

내리깐 눈이 절로 떠졌다. 되묻는 시선 끝에 바다 같은 미소가 떠올랐다. 그는 하얗지만 보기 좋을 정도의 안색을 유지하고 있었다. 그가 말하는 건 단순히 먹이 문제가 아닐 것이다.

[인어는 바다와 멀어질수록 생명을 빼앗기게 되거든. 거기다 다친 몸이니.]

호수는 바닷물로 차 있었으나 그것은 진짜 바다가 아니었다. 바다의 자식들은 광활한 축복을 받아야만 한다. 그저 흉내만 낸 환경에서 산다는 건 불가능했다.

"그래서 따라온 거야?"

내 말에 아실리드가 웃음을 터트렸다. 긴 팔이 누워 있던 상체를 일으켰다. 그는 여린 사슴처럼 순하게 시선을 붙여 왔다.

[너를 조금 더 보고 싶었거든.]

왜, 라고 묻기 전이었다. 그가 내 손등을 감싸 천천히 들어 올렸다. 가는 손가락이 내 손가락을 잡아 왔다. 그는 내 목덜미에 코끝을 대며 물었다.

[나를 거두어 줄래?]

나는 그 말을 이해하지 못했다. 그를 거두다니. 그만한 상황도, 그럴 능력도 되지 않았다.

혹여 숨겨 달라는 걸까. 하지만 그런다고 해도 아실리드는 육지에서 오래 버티지 못했다. 수도와 가까운 이곳은 바다와 멀리 떨어져 있었다. 마차로 달려도 이 주는 걸린다.

나는 그를 성안으로 데려가고 싶지 않았다. 비명과 피, 절규가 난무하는 그곳으로 아무도 밀어 넣고 싶지 않았다.

[혼란스러워하지 마. 괜찮을 거야. 너도, 그리고 나도.]

복잡한 심경이 표정에 그대로 드러난 탓일까. 그는 나를 위로하듯 머리칼을 뒤로 넘겨 주었다. 인어 특유의 차갑고 촉촉한 피부가 내 뺨을 스치고 지나갔다.

이건 분명한 위로였다. 나는 더욱 아실리드를 이해할 수가 없었다. 포식자의 눈물을 흘리더라도 그를 안아 줘야 할 사람은 나였으니까.

"내가…… 어떻게 하면 돼?"

기묘하고도 슬픈 위로가 조금씩 나를 잠식해 갔다. 어쩌면 그에게 홀린 것일지도 모른다.

에메랄드빛 눈동자가 흔들리는 나를 투영했다. 나는 얌전히 그의 말을 기다렸다.

[나와도 계약하면 돼.]

나와도? 나는 그의 말에 의문점을 느꼈다. 그는 마치 내가 한 계약에 대해 알고 있는 듯 굴었다. 카르텔, 그와 한 첫 번째 계약 말이다. 혼란스러운 기류를 따라 얽힌 손가락에 힘이 들어갔다. 그는 내 손을 자신의 심장 부근에 대었다.

[나와, 해 줄래?]

기울이는 고개에 푸른 고수머리가 흔들려 눈 위를 덮었다. 물로 덮인 그의 몸은 차갑기보다는 청량했다. 나는 홀린 듯 고개를 끄덕일 수밖에 없었다.

"……할게."

나직하게 입술이 열렸다. 그는 진심으로 기쁜 듯, 물결에 비친 햇살과 같은 미소를 보여 주었다.

[나의 계약자, 지상의 꽃 플로리아.]

가늘게 휘어진 눈이 느릿하게 열렸다. 그는 내 목덜미에 입을 맞추었다. 서늘한 감촉이 어깨를 움츠리게 만들었다. 그러나 몸은 달아오르고 말았다. 이것이 차가운지, 뜨거운지 알 수 없을 정도로.

"웃!"

목에 닿은 입술은 피부를 따라 귓불을 살짝 깨물었다. 귓바퀴를 핥아 올리는 혀의 감촉은 척추를 저릿하게 만든다. 귓가에 한참 머물던 입술은 살에 박힌 진주 위로 올라갔다. 진주의 표면과 입술이 서로 마주친 순간이었다.

"빛이……."

에메랄드빛이 섞인 푸른 기류가 마차 안에 번져 나갔다. 마치 바다 안에 있는 것 같았다. 나는 신기루 같은 그것을 멍하니 바라보았다.

[모두, 네가 이끄는 방향으로 나아갈 거야.]

뜻 모를 말이 심장에 박혀 왔다. 그 말을 끝으로, 아실리드의 형체가 흐려지기 시작했다.

나는 문득 인어를 다룬 고서를 떠올렸다. 바다 신의 눈물인 진주, 과거와 미래를 보는 그의 자식들.

"잠깐만……!"

나는 서둘러 아실리드를 불렀다. 그러나 그의 몸은 이미 푸른빛에 잠식되어 있었다. 그 기류는 내가 긴 진주 귀걸이 위로 흡수되었다.

[조금 이따가 봐, 어여쁜 꽃.]

달콤한 것이 묻어난 미소였다. 그는 마치 예언 같은 말만을 남기고 진주 속으로 사라졌다. 나는 황급히 귀에서 진주 귀걸이를 빼내었다. 푸른빛을 모두 흡수한 진주는 전보다 영롱한 빛을 띠었다. 빛의 각도에 따라 푸른빛과 초록빛으로 일렁이는 그것은 마치 오팔과 같았다.

"……이게 대체."

눈으로 보고도 믿어지지 않는 일이었다. 마차 안에 아실리드의 모습은 없었다. 그저 진주 귀걸이를 살피는 나만이 작은 공간을 차지하고 있을 뿐이다.

끼이익-!

부드럽게 구르던 바퀴가 멈췄다. 작은 창문을 통해 본 바깥에서는 붉은 해가 뜨고 있었다. 익숙한 영지 그리고 숲, 나는 공작성에 도착했다.

"……."

리카엘의 차가운 눈초리가 나를 훑었다. 내 앞을 벨루스가 잔뜩 으르렁거리며 막아섰다. 나는 막내의 어깨를 잡아 내 뒤로 이끌었다.

"죄송해요, 제 실수였어요."

나는 고개를 숙이며 바닥으로 눈을 내리깔았다.

마차가 공작성에 도착하고 벨루스가 마차의 문을 열었을 때, 그 안엔 오직 나 혼자뿐이었다.

벨루스에게도, 리카엘에게도 진실을 말할 수는 없었다.

내 귓불에는 여전히 진주 귀걸이가 걸려 있었다. 이것에 인어가 깃들었다니. 자신도 믿기지 않는 일을 어떻게 토로하겠는가.

"아니야, 마차는 내가 몰았잖아. 내 잘못이야."

벨루스는 리카엘 앞에서 변명하기 시작했다. 리카엘을 그렇게 싫어하면서도 자신이 마차를 잘못 몰아 인어를 강에 빠트렸다는 말도 안 되는 소리까지 지어내었다.

벨루스도 황당하기는 마찬가지일 것이다. 단 한 번도 마차를 세운 적이 없었는데 인어가 사라지다니, 심지어 마차의 문은 밖에서만 열 수 있는 구조였다.

나는 앞으로 나오려는 벨루스의 어깨를 눌렀다.

"모두 제 실수예요. 그러니 아버지에게 올릴 보고에는 제 이름만 표기해 주세요."

나는 주어질 고통을 각오하며 말했다. 아마 단순한 벌로는 끝나지 않을 것이다. 그러나 마음만은 편안했다. 적어도 아실리드를 지옥의 아가리에 밀어 넣지는 않았다. 나에게는 그것이 대단한 위로로 여겨졌다.

"……."

깊은 침묵이 장내를 무겁게 눌러 왔다. 차라리 이 자리에 아버지가 있는 것이 낫겠다는 생각이 들 정도였다. 그는 희귀종을 무척 귀하게 여겼으니 이성을 잃을 정도로 화를 냈을 것이다. 정신보다는 육체의 고통이 나았다. 나는 길고 긴 침묵의 시간을 견디려 주먹을 말아 쥐었다.

"……인어에 대해서, 아버지는 모르고 계신다."

나는 그 말에 고개를 들어 올렸다. 당황스러움에 절로 눈이 깜빡여졌다. 필시 아버지에게서 내려온 명령이라 생각했는데, 그가 모르고 있는 일이었다니.

"너는 어제부터 지금까지 벨루스와 시찰을 다녀온 거야."

리카엘은 시찰이라는 것을 강조하며 말했다. 나는 그의 말을 이제 야 이해했다. 리카엘은 내 실수를 감싸주겠다 말하고 있었다. 착각일 까. 그의 시선이 미묘하게 내 귀에 걸려 있는 것 같았다.

"그럼……."

"집사도 그렇게 알고 있을 거다. 그러니 이만 돌아가도록 해."

그는 내가 더 묻기 전에 말을 끊어 냈다. 리카엘이 곧장 뒤로 돈 터라 더 말을 붙일 수도 없었다.

나는 그 자리에 멈춰서 고민에 빠졌다. 아버지가 모르는 명령이라 니. 그렇다면 인어를 빼내 오는 건 순전히 리카엘이 내린 임무라는 뜻이 되었다. 그렇다면 어째서? 나는 의문에서 헤어 나오지 못했다.

"리아, 리아."

"아, 응."

나는 내 손을 잡고 흔드는 벨루스 덕에 정신을 차렸다. 벨루스는 걱정 어린 눈망울로 나를 올려다보고 있었다.

"대체 어떻게 된 거야? 조류도 사라졌으니까, 나한테는 말해 줄 수 있잖아."

리카엘을 조류라 칭하는 벨루스를 지적할 여유도 없었다. 나는 손 을 잡고 매달리는 벨루스의 머리를 쓰다듬어 주었다.

"정말 나도 모르겠어. 인어가…… 눈앞에서 사라져 버린걸."

나는 멍하니 중얼거렸다. 벨루스와 내가 벌을 받지 않게 된 것은 다행이었다. 하지만 아실리드의 일은 도무지 말로 표현하기가 어려웠 다. 그저 눈앞에서 사라져 버렸다는 것, 그뿐이었다.

"……일단 들어가자. 나 졸려."

가만히 나를 바라보던 벨루스는 투정을 부리듯 품으로 파고들었다. 어리광 같았지만 더 묻지 않기 위해 배려하는 것이리라.

"그래, 가자."

나는 눈을 비비는 아이의 손을 잡고는 함께 침실로 향했다. 걸어가는 와중에도 내 머릿속은 몹시 어지러웠다.

진주 속으로 스며든 아실리드와 아버지의 명도 아닌데 나를 내보낸 리카엘까지. 의문은 사라지지 않았다.

해가 완전히 떠올랐을 때, 나는 벨루스를 안고 깊은 잠에 빠져들었다.

* * *

금실과 검은 천, 그리고 붉은색은 레오플론 황실의 상징이었다. 붉은 융단이 깔린 상단 위에는 금과 보석으로 치장된 왕좌가 위엄을 보인다.

그 위에 올라 있는 자.

새카만 머리칼의 중년 남자는 대제국 레오플론의 황제였다. 17대 황제인 리 산트쿠스 드 레오플론은 짙은 금안으로 아래를 굽어보았다. 왕좌의 계단 아래 머리를 조아린 이들은 모두 그의 손과 발이 되는 수뇌부들이었다. 충신인 그들은 황가와 존속을 같이 하는 자들이었다.

"그것은 어찌 지내고 있는가."

한 제국의 지배자답게 묵직한 힘이 담긴 목소리였다.

산트쿠스의 말에 '그것'을 담당하는 인시데 백작이 공손하게 예를 올리며 답했다.

"베논가의 장자가 떠난 이후에도 무척이나 건강하옵니다. 그날까지 아무런 문제가 없을 것으로 사료 되옵니다."

턱을 문지르던 산트쿠스 황제는 그 말에 만족한 듯 고개를 끄덕였다.

'그것.'

베논가와의 거래로 받은 유니콘은 황실의 깊은 곳에서 소중하게 길러지는 중이었다.

"신의 날까지 신중을 기하도록 하여라."

"예. 폐하."

산트쿠스 황제는 제 신하가 고개를 숙이는 것을 보며 턱을 괴었다.

유니콘은 황실의 치부를 팔아 얻은 것치고는 제법 값나가는 것이었다.

'죽이지 않길 잘했어.'

그는 오래전 기억을 떠올렸다. 자신의 첫 황후였던 레티아의 산통. 그러나 그녀가 낳은 것은 괴물, 황가의 수치 그 자체였다. 검고 작은 짐승 새끼는 징그럽게 몸을 꿈틀거리며 살아 있다 주장해 왔다.

'그래도 제가 낳은 것이라고.'

그는 울며 매달리는 황후 레티아의 품에서 그것을 빼앗았다. 그리곤 곧바로 황성 깊숙한 곳에 처박아 두었다.

'징그럽기도 하지.'

그것을 아이라고 낳아 놓다니. 떠올리는 것만으로도 미간이 절로 찌푸려졌다.

황후는 조작한 증거로 인해 금방 폐위되었다. 황제는 탑에 갇힌 레티아가 죽기도 전 새 황후를 들였다. 다행스럽게도, 두 번째 황후가 잉태해 낳은 씨는 건강한 사내아이였다. 괴물과 한 살 터울의 아이는 잘 자라 주어 제국의 황태자로 자리 잡았다.

모든 일이 순조롭게 굴러갔다. 그는 과거의 치부를 덮어 두고는 입을 열었다.

"에드벨 공작."

"……예. 폐하."

단 하나, 그는 자신의 심기를 건드린 자를 지목했다. 그 또한 제
죄를 잘 알고 있는 듯 고개도 들지 못했다.

"황실에 물자를 가져오는 상단을 대었다지."

황실에 물자를 대는 상단은 손에 꼽았다. 그들은 대상단이라 불리
며 준 귀족과 같은 삶을 영위하였다.

"그렇습니다. 폐하."

에드벨 공작은 시선을 내린 채 이를 악물었다.

'루가 상단.'

자신에게 인어를 바쳤던 이들이었다. 딸아이가 세상이 떠나갈 듯
기뻐하는 모습에 황실과 루가 상단을 연결해 주었다. 그런데 그 은혜
를 이렇게 갚을 줄은 생각도 하지 못하였다.

"마약을 들여왔다던데."

에드벨 공작은 황제의 말에 더더욱 허리를 굽혔다.

레오플론은 신성 제국에 가까웠다. 그렇기에 마약은 가장 금기시되
는 목록으로 꼽혔다.

"……송구하옵니다. 제……아아악!"

황제는 고작 손을 들어 올렸을 뿐이었다. 모인 귀족들 모두가 비명
에 고개를 돌렸다.

에드벨 공작은 바닥에 몸을 붙인 채 바들바들 떨고 있었다. 비명은
더욱더 높아졌다. 그러나 아무도 그쪽으로 시선을 두지 않았다.

산트쿠스 황제는 중력을 다룰 수 있었다. 그의 힘은 사람의 장기를
뭉개 버릴 수 있을 정도로 강력했다.

그는 몇 분의 시간 끝에 손을 내렸다. 에드벨 공작을 지면으로 무

자비하게 끌어당기던 힘은 순식간에 사라졌다.

"한 번의 기회를 주지, 서둘러 처리하도록 해라."

"……허억, 예. 폐하……. 넓은, 아량에 감사드리옵니다……."

에드벨 공작은 겨우 몸을 추스르면서도 감사의 예를 잊지 않았다.

황제는 잔혹하고 자비 한 톨 없는 성격이었다. 그가 직접 나선다면 자신의 가문에도 영향이 미칠 수밖에 없었다. 그렇게 되면 더 큰 것을 잃게 된다. 그는 황제가 준 기회를 진실로 소중하게 여겼다.

"모두 물러가라."

신학파의 수뇌부로만 모인 소회의가 끝이 났다. 홀로 남은 황제는 왕좌에 몸을 기대며 눈을 감았다. 그는 오래도록 자신을 괴롭히고 있는 고민을 상기시켰다.

'곤란한 일이야.'

레오플론 황가가 칭송받는 이유는 특별한 힘 때문이었다. 황족들은 마력석을 쓰지 않고도 자연을 다룰 수 있었다. 그 덕분에 신의 혈통이라 불리게 된 것이다. 하지만 진실은 달랐다. 그들의 힘의 원천은 마수에게서 나오는 것이다. 대를 이어 피를 계승해 왔고, 그것은 자신도 마찬가지였다.

'점점 능력이 약해지고 있다.'

대를 이음에 따라 마수의 힘은 점점 더 약해졌다. 황실의 윗대는 홍수를 일으키거나 수도 전체를 태울 정도로 강력한 원소를 다루었다. 하지만 자신에게 내려진 힘은 겨우 사람 몇을 지면에 꿇릴 뿐이다. 제 아들인 현 황태자가 가진 능력은 더욱 미미했다.

'황실의 권력을 잃어서는 아니 된다.'

신민의 지지는 강력하고, 귀족들 또한 황실을 중심으로 움직이고 있었다. 그 정점에 있는 건 바로 산트쿠스 황제 자신이었다.

'황권은 언제나 절대적이어야 한다.'

그는 그것을 위해 연극도 불사했다. 유니콘이 바로 그것이었다. 신의 날이 머지않았다. 신전은 황실의 부소속 기관이나 마찬가지였다.

'신이 황제에게 내린 선물.'

연극의 판은 제국 전체였다. 신민들은 신이 주신 선물에 환호할 것이며 황가에 대한 지지는 대폭으로 상승할 것이다. 그의 입가에 비틀린 미소가 감돌았다. 이것이야말로 일거양득이었다.

'괴물로 태어난 것은 실험이나 당하다 죽어 버리라지.'

그러면 황실의 치부도 영원히 사라질 것이다.

황족이야말로 신의 정점이다. 검은 권력은 은혜요, 은총이었다.

* * *

인어가 사라진 사건 이후, 바깥은 소란스러웠다. 시에나가 자신의 것이 없어졌다며 난리를 피웠던 것이다. 하지만 그 밖에도 일은 많았다. 에드벨 공작가의 지지를 받던 루가 상단이 완전히 몰락했다는 소식이 그중 하나였다. 그들은 과한 권력에 취해 국고로 들어가는 세금에 손을 대었다고 한다. 나라의 제물에 침을 바르는 것은 죄 중의 대죄. 루가 상단은 수뇌부터 아랫것들까지 모두 목이 잘려 성문에 걸어졌다.

'아버지는 아직도 마도탑에 계시고.'

나는 꽃망울을 톡 건드리며 생각에 잠겼다. 무슨 일인지는 모르겠지만, 아버지는 그곳에 완전히 발이 묶여 버린 것 같았다.

물론 성안에 아버지가 없다는 건 좋은 일이었다. 벨루스가 여전히 달라붙고, 리카엘이 무슨 생각을 하는지는 모르겠지만 말이다.

'하지만 이상해.'

내가 건드린 꽃망울이 활짝 피어났다. 나는 그것에서 향기를 채취하며 머릿속을 정리했다. 카르텔을 보자마자 죽이려 들었던 리카엘은 그 뒤로 아무런 말이 없었다.

인어가 없어진 걸 덮어 준 것도 이상했다. 아니, 아버지의 명도 아닌데 나를 움직인 것부터가 수상쩍었다.

거기다 진주 속으로 들어간 아실리드까지. 그날 이후, 진주 귀걸이는 내 귀에서 빠지지 않았다. 아무리 용을 써도 그대로였다.

무엇부터 거슬러 올라가야 할지 모를 일이었다. 나는 향기를 채취하는 일에 몰두하며 고민에 잠겼다.

"리아! 리아!"

조용하던 화원에 높다란 목소리가 울려 퍼졌다. 나는 꽃에서 손을 떼고는 뒤를 돌아보았다. 벨루스가 다급히 화원 안으로 달려오고 있었다.

"벨, 여긴 들어오면 안 돼."

나는 달려오는 동생을 입구에서 멈추게 했다. 가능하면 벨루스를 화원 안으로 들이고 싶지 않았다. 아이가 한 번 흥분하면 남아나는 것이 없기 때문이다.

"리아. 리아⋯⋯."

"무슨 일이야?"

벨루스의 목소리에 울음이 고여 있었다. 나는 아이의 고개를 들게 하고는 눈을 마주 보았다. 보라색 눈동자에는 금방이라도 떨어질 듯 굵은 눈물방울이 아롱거렸다.

무슨 일인가 싶어 벨루스를 살피던 중 그의 손에 들린 편지가 눈에 들어왔다. 그 위에 찍힌 것은 황가의 문양이었다.

"리아가⋯⋯ 결혼한다고 하잖아. 거짓말이지?"

3. 투기

    나는 서럽게 울먹이는 아이의 손에서 편지를 가져왔다. 그리고는 구겨진 편지를 간신히 펴 제국어를 읽어 나갔다. 황가의 윤허를 뜻하는 지장까지 확인한바, 나는 할 말을 잃고 말았다.

    이건 내 결혼 허가서였다.

    "……."

    "잘 못 온 거지? 응?"

    하필이면, 이것이 왜 벨루스의 손에 들어갔는지 모를 일이었다. 조금 더 숨길 수 있을 줄 알았는데.

    나는 속으로 깊은 한숨을 쉬며 매달려 오는 아이를 끌어안았다. 그러는 와중에도 머리는 착실하게 굴러가고 있었다. 이 사태를 어떻게 넘길지에 대해서.

"응, 내 것 맞아."

"리아!"

나는 무릎을 세워 앉으며 벨루스와 시선을 맞추었다. 원래도 하얀 얼굴이 백지장처럼 핏기 하나 보이지 않았다. 그렇게 충격이었던 걸까. 다 자라면 내 결혼 소식에 울며불며 달려온 것이 몹시도 부끄럽게 여겨질 것이다. 나는 그 말을 삼키면서 아이의 눈에 고인 눈물을 닦아 주었다.

"벨, 나도 언젠가 결혼을 해야 해. 그러면 이곳을 영영 떠나게 되겠지."

"안 해도 되잖아! 가지 마!"

벨루스는 막무가내였다. 나는 진지하게 표정을 굳히며 벨루스의 어깨를 잡아 시선을 맞추었다.

"그렇기 때문에 이 결혼을 하는 거야. 결혼했다는 서류로 난 계속 여기 머물 수 있으니까."

"그게 무슨 소리야?"

눈물로 범벅이 된 벨루스는 훌쩍이면서도 내 말에 집중했다. 나는 조금이나마 안도하며 말을 이었다.

"내 결혼 상대는 바다 건너에 있어."

"그럼 죽일 수가 없잖아!"

죽일 생각이었니……? 나는 순간 할 말을 잃어버리고 말았다. 농담이라 치부하기에는 벨루스의 표정이 너무도 진심이었다.

"……잘 들어 봐. 이건 서류상의 결혼일 뿐이야."

나는 간신히 이성을 되찾고는 이 일을 설명하기 위해 최선을 다했다. 물론, 동굴에 있는 카르텔에 관한 이야기는 쏙 빼놓고 말이다.

"이게 있으면 여기서 벨과 오래오래 같이 있을 수 있어. 내가 다른 가문에 가지 않아도 된다는 소리야."

"정말?"

한참 훌쩍이던 벨루스가 울음을 멈췄다. 벨루스는 물기가 고인 눈으로 나를 올려다보았다. 순하고 예쁜 얼굴이 미묘한 죄책감을 불러일으켰다. 물론, 나는 그것을 전부 무시했다.

"그러면…… 나랑 같이 있고 싶어서 그런 거야?"

"그럼 다른 이유가 있겠어?"

나는 다정하게 말하며 손수건으로 벨루스의 얼굴을 닦아 주었다. 감정이 과하여 튀어나온 귀와 꼬리는 슬픔으로 추욱 처져 있었다.

"나는 벨이랑 떨어지고 싶지 않아. 그건 벨도 마찬가지지?"

"응."

고집스럽게 다물려 있던 아이의 입술이 오물거렸다. 나는 벨루스를 안아 올리고는 몇 번이고 등을 쓸어 주었다.

몇 년 전만 해도 가벼웠는데. 아이는 이제 묵직하다는 느낌이 들 정도로 성장해 있었다. 그것이 못내 뿌듯했다.

"그래도 리아의 남편 자리를 뺏기는 건 싫어."

그렇게 얼마의 시간이 흘렀을까. 지극히 아이다운 말이 나를 웃게 만들었다. 요 조그만 꼬마를 어쩌면 좋을지 모르겠다. 나는 벨루스를 안은 채 침실로 향했다. 그곳에 아이를 눕힌 후 열이 오른 이마와 뺨을 물수건으로 닦아 주었다.

"……가면 안 돼. 여기 계속 있을 거지?"

벨루스는 울다가 지쳐 쌔액, 쌕 거친 숨을 내쉬었다. 이렇게 될 때까지 울다니. 나는 어쩔 수 없다는 듯 웃으며 고개를 끄덕였다.

"응, 있을게."

네가 잠들 때까지만. 나는 벨루스가 잠들 때까지 내내 머리를 쓰다듬었다.

지쳤을 법도 한데, 내가 떠날까 봐 억지로 눈을 뜨려 애쓰는 모습이 안쓰러웠다. 하지만 몰려오는 수마는 아이가 버티기에는 너무도 무거운 것이었다.

"……가지……마아."

내 손을 꼭 쥐고 있던 벨루스의 손에서 힘이 빠졌다. 나는 잠든 얼굴을 가만히 내려다보았다. 숨결을 내쉬는 벨루스는 어린 천사 같았다. 나만 따르는, 그러면서도 순진하고 잔혹한 성정의 천사.

"……."

아이를 살피던 나는 여린 목덜미에 걸려 있는 목걸이를 바라보았다. 나와 같은 목줄, 아버지가 친히 내린 지배받는 자의 상징. 그것을 보고 있자니 다시 한번 본래의 목적을 상기하게 된다. 나는 나를 사랑하는, 그리고 내가 사랑하는 이들을 데리고 이 성을 나가야만 한다.

잠든 아이를 얼마나 내려다보았을까.

나는 조용히 자리에서 일어났다. 벨루스가 깨지 않도록, 살금살금 소리를 죽인다. 이윽고 방을 완전히 나섰을 때야 한숨 돌릴 수 있었다.

몰래 방을 나온 내 손에는 결혼 허가서가 들려 있었다. 이것과 각 가문의 서류만 있으면 결혼은 정식으로 인정된다.

'아마 내일이면 온 수도에 소문이 깔리겠지.'

황실에서 보낸 편지가 이미 공작성에 도착했으니 가까운 시일 내 결혼에 관한 이야기가 떠오를 것이다.

'잘 되었어.'

마도탑에 발목을 잡힌 아버지가 할 일은 제대로 해 주고 있었다.

'……카르텔에게 가 볼까?'

아이를 보며 떠오른 다짐 탓일까. 나는 계약자인 카르텔을 떠올렸다. 하지만 중앙 복도를 걷던 걸음이 망설여진다.

인어를 만난 이후로 카르텔에게 가지 않았다. 왜인지는 모르겠다. 이유 없이 목에 가시가 걸린 것처럼 그를 떠올리기만 해도 껄끄러워지는 기분이었다.

'그래도, 계약은 계약이니까.'

그도 일이 진행되는 과정을 알아야 한다는 생각이 들었다. 그렇게 생각하니 겸연쩍은 기분을 지울 수 있었다. 마음을 먹은 나는 동굴로 향했다.

"……."

며칠 전까지만 해도 매일같이 드나들던 곳이었다. 나는 무언지 모를 낯섦을 느끼며 계단 아래로 내려갔다. 동굴의 습기가 피부에 와닿았다. 그리고 정면을 보았을 때, 나는 금빛 눈동자와 시선이 마주쳤다.

"흐음."

낮은음이 공간을 울렸다. 그는 내가 내려오는 것을 미리 알아차린 듯 입구 쪽을 바라보고 있었다.

"……나 왔어."

나는 몹시도 어색한 인사를 건네고는 속으로 몸부림쳤다. 할 말이 그것밖에 없어, 플로리아? 하고 스스로를 타박할 정도였다.

"가까이 와."

그는 내 부재를 탓하지 않았다. 그저 가까이 오라며 손을 뻗어 왔을 뿐이다. 나는 어색한 걸음으로 철창 가까이 다가갔다.

어째서일까. 안으로 들어가기가 망설여졌다. 그는 평소와 다름없는 표정을 짓고 있었다. 나른한 입가, 나를 바라보는 눈빛까지 그대로였다.

'나는 이렇게도 혼란스러운데.'

태연하게 반응하는 그에게 화가 났다. 순간적으로 욱하는 마음은 나를 움직이게 만들었다. 성큼, 나는 단번에 철창 안으로 들어섰다.

"……."

잠시간 대치가 이어졌다. 동굴 안의 공기가 오늘따라 더욱 서늘했다. 습기에 젖은 시선이 몇 번이나 오갔을까. 먼저 침묵을 끊어 낸 것은 카르텔이었다.

"그건 뭐지?"

"아……"

나는 그의 시선을 따라 고개를 내렸다. 그것은 내 손에 들린 편지였다. 그러니까, 결혼 허가서 말이다.

"……황실에서 결혼 허가서가 내려왔어. 너도 알고 있는 게 좋을 것 같아서."

나는 시선을 피하면서 그것을 내밀었다. 그래, 이건 단순히 계약에 의한 것일 뿐이다. 그러니 계약상의 파트너한테도 알리는 것이 마땅하다. 그렇게 생각하며 건넸다.

"……"

"……안 받아?"

내 손은 허공에 멈춰 있었다. 나는 시선을 바닥에 두고 있었기에 그의 표정을 볼 수 없었다. 겨우 이것을 전하려 내려왔느냐는 뜻일까. 어쩌면 나를 비웃고 있을지도 모른다. 그렇게 생각하니 손에서 힘이 빠져나갔다. 그냥 말만 전해 주면 될 것을, 나는 편지를 거두어 가려 했다.

탁-!

"……?"

그때였다. 뼈마디가 굵은 손이 내 손목을 붙잡아 당겼다. 나는 비명도 지르지 못하고 그의 품에 안겨 들었다.

"어……!"

놀란 탓에 손에서 서류가 빠져나갔다. 하지만 그는 나뒹구는 그것에 눈길조차 주지 않았다. 그것을 주워 들려 했지만 이미 그의 품 안에 구속된 상태였다.

나는 카르텔을 쏘아보려 고개를 들었다. 그러나 그의 입술에서 나온 말은 내 모든 행동을 멈추게 하기에 충분했다.

"정말로 부부가 되었군."

"뭐, 뭐……!"

나는 크게 떠진 눈과 함께 입을 벌렸다. 분명 바보 같아 보일 것이 분명한데도, 그것을 제어할 정신이 없었다.

"내 아내."

그 한 마디에 내 얼굴은 새빨갛게 달아올랐다. 그를 밀어내려 했지만, 자꾸만 손에서 힘이 빠져나갔다. 눈에 들어온 그의 금안이 너무도 또렷했다.

눈은 마음의 창이라 하였던가. 그의 눈빛에서 아까와 같은 느긋함은 전혀 찾아볼 수 없었다.

'오히려.'

금안에서 일렁이는 것은 시리도록 차가운 불꽃이었다. 어째서일까, 나는 그가 조금 화난 것처럼 보였다.

"훗……!"

그와 시선을 맞추고 있을 때였다. 굳은살 박인 손이 내 귓바퀴를 쓸어내렸다. 귀 끝을 긁어내리는 손톱에 몸이 바짝 굳어진다. 그저 훑는 것뿐인데도 닿는 곳마다 홧홧하게 달아올랐다. 아니, 귀뿐만이 아니었다. 온몸이 그의 손짓 하나하나에 반응하고 있었다.

"그런데 왜 이런 것이 붙어 있을까."

뜨거운 열기와 달리, 카르텔의 목소리는 낮고도 싸늘했다. 그의 손가락은 내 귓불에 걸려 있는 진주를 건드리고 있었다.

"……이건."

나는 황급히 한쪽 귀를 가렸다. 잘못한 것도 없는데 괜히 마음 한 구석이 바늘로 찔린 듯 따끔거린다. 내가 당황한 기색을 보이는 게 마음에 들지 않았는지, 카르텔의 표정은 조금 더 굳었다.

"그냥…… 귀걸이일 뿐인걸."

웅얼거리는 목소리밖에 나오지 않았다. 그러면서도 심장이 마구 방망이질 친다. 그가 아실리드에 관한 일을 알 리가 없었다. 임무를 함께 한 벨루스조차 귀걸이에 관한 비밀을 모른다. 그런데 어떻게…….

"바다의 것이 장난질을 제대로 쳤군."

춧, 낮게 혀를 차는 소리가 귓가에 울리는 순간 시야가 반전되며 내 머리는 어느새 바닥에 뉘어 있었다.

바다의 것, 나는 숨을 멈추고야 말았다. 그는 나에게 무슨 일이 일어났는지 정확히 알고 있었다.

"어……떻게?"

"내 암컷에게 생긴 일 정도는 알고 있어야지."

카르텔은 꼭 진주에 아실리드가 들어 있는 걸 아는 사람처럼 굴었다. 짐승의 육감일까. 아니면 진주에서 바다 내음이라도 맡은 걸까. 도통 그것을 짐작할 수가 없었다. 거기다 암컷 운운이라니. 대체 뭐란 말인가.

"카르텔!"

내가 질문도, 항변도 하기 전 카르텔은 내 위에 올라타 귀를 만지작거리고 있었다. 내가 얼이 빠지건 말건 그의 신경은 온통 귀걸이에 머문 채다.

"뺄 수도 없게 되어 버려서는."

그가 으르렁거리며 진주를 노려보았다. 하지만 그 무형의 대상은 아무런 움직임도 없이 반짝일 뿐이었다.

"그럼 계속 끼고 있어야 한단 말이야?"

나는 조심스럽게 입을 열었다. 그의 말대로, 아실리드를 품은 진주는 내 귀에서 떨어질 생각을 하지 않았다. 아무리 빼 보려 노력을 해도 엄한 내 살만 부어올랐다.

"살을 자르면 가능하지."

……뭐라고? 나는 멍하니 눈을 깜빡였다. 잘 못 들은 거겠지. 그러나 내 귓불을 은근히 문지르는 손길은 이것이 현실이라는 걸 말해 주고 있었다.

"다른 사내에게 쉬이도 정을 건네주어서는, 나는 이렇게 얌전히……."

그는 나직하게 말끝을 흐렸다. 사뭇 부드러운 말투이건만, 내 등줄기에는 소름이 전율처럼 일었다. 꿀처럼 질척하게 녹아 흐르는 금안이 나를 단단히 옭아매었다.

"너만을 기다리고 있었는데, 아주 착하게 말이야."

착각이 아니었다. 그는 단단히 화가 나 있었다. 나는 며칠 동안이나 그를 의도적으로 피했고, 그사이에도 카르텔은 충실하게 내가 오기만을 기다렸다. 오로지, 나만을.

그 사실을 깨닫자마자 입술이 말라 왔다. 카르텔은 그런 나를 가만히 내려다보고 있었다. 무표정한, 나에게만 보여 주던 미소까지도 모두 거둔 채로.

"이걸 자르면 넌 아파하겠지."

그는 내 머리칼을 귀 뒤로 느릿하게 넘겨 주었다. 무언가를 곰곰이 생각하는 것도 같았다. 그게 무엇이든 내 귀를 자르려는 궁리만 아니었으면. 하지만 언제나 예측은 빗나가지 않았다.

"네가 나 때문에 우는 것도 나쁘지 않을 것 같아."

"그게 무슨."

카르텔은 내 목소리도 들리지 않는 듯 굴었다. 왜 몰랐을까. 그의 눈동자는 이미 광기로 번들거리고 있었다. 내가 짐작하기 훨씬 전부터 아니, 내가 동굴에 내려왔을 때부터 그의 이성은 날아간 상태였다.

"아니, 좀 보고 싶기도 하고."

고민에 잠긴 듯 고개가 옆으로 기울어진다. 검은 머리칼과 그늘진 눈가가 퇴폐적인 미를 더했다.

"얼마나 예쁠지."

끝이 말려 올라간 얇은 입술이 붉은 호선을 그렸다. 바쁘게 뛰던 심장이 순간 멈춰 버린 것 같은 착각이 들 정도로 관능적인 미소였다.

먹힐 것 같다. 머리부터 발끝까지 삼켜질 것만 같았다. 귀의 작은 살점 정도라면, 잘려도 되지 않을까. 최면이라도 걸린 것 같았다. 말도 안 되는 생각이 내 머릿속에 녹아들었다.

안 된다. 나는 입안의 살을 강하게 깨물었다. 미약한 고통은 나에게 이성을 되찾아 주었다.

'정신 차리자.'

작 중, 카르텔은 여자 주인공에게 집착하기는 했지만 이렇게 잔혹한 면모를 보이지는 않았다. 여자 주인공은 제 몸에 상처가 나는 것도 아랑곳하지 않으며 이 커다란 짐승을 길들이는 데 성공했다. 하지만 이미 내 몸은 통제할 수 없을 정도로 떨리고 있었다. 나는 이를 악물었다.

"……내려와."

내 목소리에 그의 동공이 얼핏 커졌다가, 다시금 줄어들었다. 아까처럼 무시하는 반응은 아니었다. 나는 다시 한번 목소리에 힘을 주어 말했다.

"내 위에서 내려와. 카르텔."

금색 눈동자가 눈에 띌 정도로 흔들렸다. 나는 엄히 표정을 굳히고 그의 뺨을 감쌌다. 천천히, 아주 천천히. 나는 그가 스스로 움직일 때까지 언제까지고 기다려 주었다.

"……"

시간이 얼마나 흘렀을까. 내 어깨를 붙잡은 손의 힘이 점차 빠져나 갔다. 그리고는 아주 느리게 내 몸 위에서 내려왔다.

이제는 바닥에서 몸을 일으킬 수 있을 정도로 거리가 벌어졌다. 나 는 그 틈을 놓치지 않고 자리에서 일어났다.

그는 내게서 멀어지고도 아무런 움직임이 없었다. 그것이 마치 내 말만을 기다리는 짐승 같아 보였다.

"기다리게 했지, 미안해."

나는 진심을 담아 사과했다. 이 순간만큼은 화인의 향기도 쓰지 않 았다. 나는 손을 뻗어 카르텔이 다가오기만을 기다렸다. 그는 내밀어 진 손을 가만히 보더니 천천히 뺨을 붙여 왔다. 나는 잘했다는 의미 로 그의 뺨을 부드럽게 어루만져 주었다.

"얌전히 기다렸으니 상을 줄게."

나는 비어 있는 손을 마저 뻗어 그의 목에 팔을 둘렀다. 카르텔은 유순한 짐승처럼 나에게 얌전히 안겨 왔다. 아까와 같은 강제성은 없 었다. 그는 제 머리를 쓰다듬는 손길을 즐기며 내 목덜미에 코를 문 었다. 코끝이 닿은 피부가 간지러웠다. 그는 한참 숨을 들이마시다가 쇄골에 입술을 붙였다.

"응……."

예민한 뼈마디에 뜨거운 것이 닿으니 절로 나른한 한숨이 터져 나 왔다. 야릇한 감각이 목덜미부터 등줄기까지 전신으로 퍼져 나갔다. 참지 못하고 몸을 비트니 그의 팔이 내 허리를 감아 왔다.

"잠깐만, 읏……!"

뜨거운 혀가 목덜미를 핥아 올렸다. 맛을 보는 것처럼 느리게, 탐 미는 번져 흘러 짐승의 흥분을 고조시켰다.

송곳니가 여린 피부를 깨문다. 동시에 따끔한 감각이 전신에 퍼져 나갔다. 그는 핥고 빨아올리기를 반복하며 자신의 흔적을 내 몸에 새겨 넣었다.

"……아!"

열기에 잠식당할 것 같았다. 목덜미에 닿는 숨이 점점 더 거칠어지는 것이 느껴졌다. 커다란 등이 무언가를 참아 내는 듯 들썩였다.

마침내 그가 목에서 떨어져 나갔다. 동굴의 차가운 피부에 노출된 목덜미가 화끈거렸다. 보이지 않아도 알 수 있었다. 내 목에는 붉은 표식이 남아 있을 것이다.

"하……."

길게 토해 낸 숨이 노골적이다. 그는 으르렁거리며 나에게 몸을 붙여 왔다. 헐떡이는 숨에 타들어 가는 애가 느껴졌다.

나는 그가 입술을 겹쳐 올 것을 알았다. 그리고 한 번 넘은 선은 결코 돌이키지 못하리라는 것도 내 예상 안이었다. 나는 단단한 가슴팍 위로 손을 대 그를 부드럽게 밀어냈다.

"쉬이, 아직은 안 돼."

작은 짐승을 어르는 투. 나 또한 숨을 헐떡이고 있었으나 그것을 내색하지는 않았다. 길들이지 않으면 먹힌다. 나는 그것을 본능적으로 깨달았다.

"제길."

그는 내가 원하는 방향대로 밀려났다. 떨어지고 나서도 반쯤 홀린 표정이다. 하지만 얼마 가지 않았다.

카르텔은 거친 욕설을 내뱉으며 미간을 찌푸렸다. 자신이 왜 내 말을 따르고 있는지 모르겠다는 표정이었다.

그사이, 나는 바닥에서 나뒹구는 종이를 주워 들었다. 이미 찢기고 너덜거리는 종이는 나와 그의 결혼 허가서였다.

"이건 결혼 허가서일 뿐이야. 아직 정식으로 기재된 건 아니라고."

나는 최대한 덤덤한 목소리를 내었다.

결혼 허가서가 내려오면 양 가문에서 정식으로 결혼을 요청하는 서류를 보낸다. 그리고 내명부를 관리하는 황후의 손을 거쳐, 황제의 직인을 받는다. 아래의 귀족들은 해당하지 않지만, 백작가 이상의 신분을 가진 이들에게 결혼 절차는 상당히 까다로운 것이었다.

황가는 큰 세력이 합쳐지는 것을 달가워하지 않았다. 특히 신학파가 아닌 마도학파 가문끼리의 교류는 늘 경계했다.

"아마 다른 가문들보다는 빨리 처리될 거야."

황제는 내 결혼을 달갑게 받아들일 것이다. 같은 마도학파의 가문도 아니고, 저 멀리 바다 건너 왕족과 오가는 결혼이다. 세력을 합치지도 못하고, 그렇다고 가문의 재력을 부풀리는 교합도 아니니 이보다 좋을 수는 없었다.

"……그러니까, 이건 그때."

나는 살포시 눈을 내리깔았다. 뻗어 나간 손가락은 그의 입술을 매만지고 있었다. 엄지 아래로 닿은 온도가 데일 듯 뜨거웠다. 가슴 안쪽이 깃털로 문지르는 것처럼 간질거렸다.

"……미치겠군."

그는 소리 없는 불만을 토해 내고 있었다. 하지만 전처럼 거칠게 다가오지는 않았다. 으르렁거리는 목 울림이 가까이 다가왔다.

"그래 줄 거지?"

이제는 그가 나에게 함부로 굴지 않을 거란 사실을 알았다. 나는 얼굴을 붙여 오는 그의 행위에도 피하거나 뒤로 물러서지 않았다. 그는 나를 살피는 듯했다. 입술이 닿기 직전일까.

쾅!

"……?!"

나는 굉음에 깜짝 놀라 몸을 비틀었다. 그런 나를 끌어안아 자신의 등 뒤로 숨긴 건 카르텔이었다.

"거짓말쟁이."

아이의 목소리에는 울분이 섞여 있었다. 침입자는 너무도 익숙한 얼굴이었다. 나는 딱딱하게 굳고 말았다.

"벨······루스."

나는 멍하니 아이의 이름을 불렀다. 분명 침대에서 곤히 자고 있어야 할 아이가 왜 여기에 있는 건지. 환영이라도 본 것처럼 믿기지 않았다.

"리아. 나에게 했던 말, 다 거짓말이지?"

벨루스는 여느 때처럼 울지도, 떼를 쓰지도 않았다. 그저 차분한 말투로 내게 물었을 뿐이었다. 다만, 그 표정이 문제였다. 아이는 당장 사람 한 명, 아니 일백 명은 족히 찢어 죽일 수 있을 것 같은 얼굴을 하고 있었다.

"······그게 아니라."

대체 언제부터 있었던 거지. 벨루스가 어디서부터 어디까지 본 것인지 몰라 변명조차 꺼낼 수 없었다. 아마 카르텔도 아이가 동굴로 내려온 것을 느끼지 못했을 것이다. 벨루스의 특기는 은신이었으니 말이다.

"리아 나빠. 나, 처음으로······."

아이의 목소리에 물기가 고였다. 그러나 싸늘하게 죽어 버린 표정만큼은 변함이 없었다.

"리아가 미워졌어."

보랏빛 눈동자에 시퍼런 독기가 어린다. 고사리 같은 손가락 아래로 날카로운 발톱이 빠져나왔다.

"벨!"

다급하게 아이를 불렀으나 이미 상대는 땅을 박차고 돌진한 뒤였다.

끼이익-!

마력석으로 강도를 높인 철창이 끔찍한 비명을 질렀다. 벨루스의 손톱은 강철도 두부 자르듯 한다. 몇 번의 휘두름 끝에 힘을 이기지 못한 철창이 잘려 나가 그 쓰임새를 다하고 말았다.

"아, 이 새끼만 죽이면 되는 거지? 바다 건너에 있지 않아 다행이야."

오히려 잘 된 거 같아. 멀리 갈 필요도 없으니까.

작고 오밀조밀한 입술이 미소를 띠었다. 하지만 눈은 전혀 웃고 있지 않았다.

산 넘어 산이라더니. 나는 이 일을 어떻게 해결해야 할지 몰라 발만 동동 굴렀다. 겨우 한 마리를 진정시키니 다른 한 마리가 거품을 물고 날뛰는 꼴이었다.

"……나쁘지 않은 기분이었는데."

내 눈길을 돌린 것은 나직한 목소리였다. 카르텔은 내 앞을 막아서고 있었다. 넓고 단단한 등은 이런 상황에서도 나를 안심시켜 주었다.

"늑대 새끼가 분수를 모르는군."

잘려 나간 철창 사이로 카르텔과 벨루스가 직면했다. 내가 예상하지 못했던 경우의 수 중, 이토록 최악이 있었던가.

나는 카르텔의 도발에 하얗게 질렸다. 그의 목에 채워진 봉인구는 마력뿐 아니라 육체의 힘까지 제어한다. 그것을 달고 있는 카르텔로서는 벨루스를 상대하지 못할 것이다.

"주제도 모르는 실험체가!"

"벨! 그만해!"

카르텔의 도발이 한 가닥 걸려 있던 벨루스의 이성을 끊어 냈다. 벨루스는 손톱을 꺼낸 채 그에게 달려들었다. 나는 그들 사이로 끼어들려 했으나, 막아선 카르텔 때문에 뒤로 밀려나야만 했다.

나는 다급하게 향을 불러냈다. 대기를 움직여 벨루스에게 마비를 일으키는 피어리스의 향을 덮었다.

'……향이!'

발톱이 만들어 낸 바람이 초록빛 향을 가르더니 그것을 분산시켰다. 미미한 향이 벨루스에게 닿았을 것이나, 저 아이는 보통 사람들과 달랐다. 기본적으로 독에 대한 면역력이 누구보다 뛰어난 아이였으니 저 정도의 마비향 가지고는 어림도 없을 것이다.

나는 그 누구도 다치지 않기를 바랐다. 하지만 벨루스는 카르텔을 죽이기 전까지 폭주를 멈추지 않을 것이 분명했다.

"제발……!"

여전히 나를 밀어내는 손길 탓에 한 걸음도 내딛지 못한 채 울음 섞인 비명만을 내질렀다.

시야에 잡히는 모든 것이 느리게 움직이는 듯 느껴졌다. 벨루스의 긴 손톱이 허공을 가르고, 카르텔의 목을 노리려 살벌하게 번뜩이는 장면이 모두 느리게 보였다.

콰앙-!

아직 남아 있는 철창의 잔재가 긴 발톱에 부딪히며 굉음을 냈다. 먼지바람에 절로 눈이 감겼다. 나는 둘의 상태를 확인하기 위해 눈을 비볐다. 모래가 들어갔는지 눈 안쪽이 따가웠다. 그러한 아픔에도 신경 쓸 겨를이 없다.

"……카르텔?!"

내 앞에는 여전히 단단한 등이 버티고 서 있었다. 그 옆으로 벨루스의 긴 손톱이 삐져나왔다. 손톱은 코앞의 적에게 상처를 내려 들썩거린다. 하지만 날카로운 흉기는 그의 몸에 닿을 수 없었다.

나는 카르텔이 심하게 다칠 것이라 예상했다. 그러나 결과는 판이했다.

"늑대 새끼가 짖기는 잘하지."

"큭! 커억……!"

작은 몸이 허공에 떠 있었다. 카르텔은 벨루스의 목을 쥐고 공중으로 들어 올렸다.

기이한 광경이었다. 벨루스는 여태껏 누군가에게 힘으로 밀린 적이 단 한 번도 없었다. 거대한 덩치를 자랑하는 마물들조차도 저 아이에게는 심심함을 달래는 장난감에 지나지 않았다.

끼릭-!

적에게 닿지 못한 손톱이 서로 엇갈려 부딪혔다. 작은 몸이 무력하게 버둥거린다. 목을 조르는 힘이 거세졌는지 아이의 얼굴이 고통으로 물들어 갔다.

"카르텔! 놔 줘!"

나는 창백하게 질려 가는 벨루스를 보고 황급히 카르텔의 팔에 매달렸다. 무심한 금빛 눈이 나를 내려다보았다.

"어서 놔!"

나는 지지 않고 그를 쏘아보았다. 여차하면 능력을 쓸 생각도 불사했다.

"……좋아."

퍼억-! 탕-!

"커억! 욱!"

그는 잠깐 뜸을 들인 끝에 벨루스를 놓아주었다. 아니, 그냥 손에 힘을 푼 것이 아니라 목을 쥔 손을 그대로 바닥에 내리꽂았다. 커다란 굉음과 함께 아이의 몸이 단단한 지면에 박혔다가 튕겨 저만치 굴러갔다.

"벨루스!"

나는 아이의 이름을 부르며 벨루스에게 달려갔다. 동굴은 단단한 석회암으로 이루어져 있었다. 내쳐질 때의 반동이 컸던지 아이는 옆으로 누워 피를 토했다.

"컥, 리아……."

"벨! 정신 놓치 마!"

나는 황급히 벨루스를 품에 안고 고통을 덜어 주는 향기를 불어넣었다. 하지만 이상했다. 아이에게 치유의 향은 통하지 않았다. 오히려 통증이 더해 가는 듯 경련을 일으키며 사지를 뒤틀었다.

"진정해. 한 번에 제압하지 않았다면 동굴이 그대로 무너졌을걸. 너도, 그리고 저 늑대도 다 돌에 깔려 죽었을 거라고."

그는 봉인구 때문에 가까이 오지 못했다. 순간 그의 평온함에 화가 치솟았다. 하지만 우선은 벨루스부터 살리는 것이 먼저였다. 아이가 죽을까 봐 두려웠다.

나는 떨리는 손으로 벨루스를 안아 들려 했다.

"……커윽! 크아악!"

그러나 시도는 실패했다. 벨루스는 안아 옮길 수도 없을 만큼 심한 발작을 일으키고 있었다. 아니, 발작 수준이 아니라 온몸의 뼈가 뒤틀리고 있는 것 같았다. 아무리 바닥에 심하게 부딪혔다고 해도 저렇게까지 될 수는 없었다. 당황으로 머릿속이 새하얗게 변했다.

"저놈은 죽어 가는 게 아니야. 성장기에 접어든 것뿐이야."

"……성장기?"

벨루스를 향해 뻗었던 손이 허공에서 멈추었다. 나는 고개를 돌려 카르텔을 바라보았다.

"그래, 성장기. 수인족들은 심정적으로 큰 자극을 받으면 갑작스럽게 성장기를 겪기도 해. 너도 알고 있지 않나?"

물론, 나도 익히 알고 있는 사실이었다. 성장기를 겪는 수인족들은 많다. 특히 늑대족은 성장기를 거친 후 성별이 결정되기 때문에 몸 전체가 새로 조립되고, 새로운 기관이 자리 잡는다. 거의 다시 태어

나는 것이나 마찬가지였다.

"……그러면."

"우선 잠이 들게 도와줘. 한동안은 계속 저럴 테니까."

한 달 정도 저렇게 발작하는 것이 보통이었다. 늑대족은 성장기를 겪는 아이들을 각각 다른 동굴에 넣어 돌로 입구를 막았다. 어른들이 도와줄 수 있는 것은 없다. 그 안에서 아이들은 먹지도, 제대로 자지도 못하고 홀로 성장통을 겪는다. 오로지 스스로 겪어야만 비로소 완전한 성인의 몸을 갖출 수 있었다.

"벨루스……"

나는 발작하는 아이의 이름을 부르며 화인의 능력을 끌어올렸다. 독에 강한 내성을 지닌 몸이었으니, 보통의 수면향으로는 잠들게 할 수 없었다. 나는 향기를 한계치로 끌어올려 벨루스의 몸을 감쌌다.

"……리……아."

괴기하게 뒤틀리던 움직임이 점차 줄어든다. 벨루스는 독하디 독한 수면향에 취하면서도 내 이름을 불렀다. 그리고는 이내 깊은 잠에 빠져들었다.

"나에게 달려들기 전부터 뼈가 조금씩 뒤틀려 있던걸. 성장통이 시작되기 직전이었을 텐데도, 제정신이 아니어서 고통을 느끼지 못한 모양이야."

"……그런."

나는 수많은 수인족을 접해 왔다. 덕분에 그들이 성장기 직전에 느끼는 고통을 누구보다 가까이서 봐 왔다.

"방 아니, 감옥 같은 튼튼한 곳에 가두어 둬. 저 성질머리로 봐서는, 사람 목 몇을 따는 건 일도 아닐 테니까."

수인들이 성장통을 겪는 아이를 가두어 두는 또 다른 이유였다. 그들은 고통을 견디지 못하고 날뛰다가 무엇이든 부수고 죽이려 들었다.

"……알겠어."

그가 벨루스를 단번에 제압하지 못했다면 더 큰 일이 일어났을 것이다. 나는 천천히 고개를 끄덕이고는 벨루스를 안아 들었다. 축 처진 몸이 오늘따라 더욱 무겁게만 느껴졌다.

"나를 피하려고 하지 마."

"……."

아이를 안고 등을 돌리려던 때였다. 카르텔의 목소리가 내 심장을 파고들었다.

이상했다. 나는 아무 말도 하지 않았는데, 그는 모든 것을 알고 있는 사람처럼 굴었다. 자꾸만 마음이 울컥거렸다. 어쩐지 울음이 나올 것만 같은 기분을, 나는 마른침과 함께 삼켜 버렸다.

"……응."

나는 아주, 아주 작은 목소리로 대답했다. 그가 들을 수 없을 정도로. 성으로 올라가는 계단을 내딛는 발걸음은 내 기분만큼 무거웠다.

그날 이후, 벨루스는 빈 탑의 지하에 넣어졌다. 내가 해 줄 수 있는 것이라고는 들어가는 아이의 머리를 몇 번이고 쓰다듬어 주는 것뿐이었다.

그러길 며칠째였다. 아버지는 여전히 탑에 머무르고 있었다. 그가 공작성을 오래 비우는 건 주로 비슷한 권위의 자들과 공동 연구를 할 때였다. 또 연구에 발동이 걸려 그것에 목을 매달고 있는 모양이었다. 그 와중에 황궁으로 서편을 보냈으니 장하다고 해야 할 지경이다.

'이미 수도에는 내 결혼 소식이 퍼졌어.'

소문은 명마보다 빠르다. 그리고 귀족들의 가십거리는 신분이 높은 이가 주인공일수록 재미있는 법이었다.

그들은 내가 불임이라서, 혹은 치명적인 결함이 있어서 서류상만의 결혼을 이행하는 것이라 떠들어 대고 있었다.

'마음대로들 하라지.'

나는 그들이 피워 낸 연기에는 관심이 없었다. 애초에 헛소문 따위 신경 쓸 시간조차 없다.

나는 화원으로 향하는 발걸음을 분주히 했다. 벨루스를 잠재운 이후, 모아 놓은 향기가 거의 바닥까지 내려갔다. 대형 동물 세 마리를 재울 수 있는 양이 벨루스에게 쓰였다. 그것으로나마 겨우 재울 수 있어 차라리 다행이기는 했다.

화원에 있을수록, 꽃과 함께할수록 내 힘과 마력은 빠르게 회복되었다. 그래서 나는 매일 잠깐이라도 화원에 들르려 노력했다.

'나를 피하려 하지 마.'

결혼 허가서를 가지고 내려간 날, 카르텔이 고했던 그 한마디는 내 가슴에 비수로 다가와 꽂히고 말았다.

내가 고의로 피하려 한 사실을 그는 알고 있었다. 그 말을 하는 카르텔의 얼굴은 싸늘했다. 하지만 나는 일렁이는 금안 사이로 얼핏 보인 안을 들여다볼 수 있었다.

'평생…… 혼자서.'

왜 이제야 깨닫게 된 걸까. 그는 일생을 홀로 감금되어 살았다. 정신이 온전한 것이 기적일 정도였다.

그의 평생을 통틀어 제대로 된 교류를 나눈 이는 단 한 명, 그건 바로 나였다.

나는 그가 왜 나에게 집착하는지 깨달을 수 있었다. 눈을 떠 처음 바라보는 대상을 어미로 각인하는 새처럼, 그저 그런 것일 뿐이다. 그리고 어린 새는 언젠가 어미의 품을 벗어나 독립한다. 그것은 카르텔도 마찬가지일 것이다.

'……조금만 쉬고 내려가자.'

나는 내 소임을 다하여야만 했다. 허튼 생각만 하지 않는다면 계획은 성공할 수 있었다.

나는 그를 보며 이유 없는 불안을 느끼곤 했다. 하지만 더는 그를 피하지 않을 것이다. 그건 책임을 회피하는 짓이었다. 그렇게 마음을 다잡으니 흔들리던 마음이 조금은 진정되었다.

이 모퉁이만 돌면 곧장 화원으로 가는 길이 나왔다. 나는 헛된 생각을 털어 내려 고개를 젓고는 길목을 돌아 나섰다.

"아르덴 오빠?"

나는 친숙한 에메랄드빛 눈동자에 시선을 맞췄다. 그도 나를 마주친 것에 놀란 듯 곤란한 기색이 역력해 보였다.

평소라면 달가운 만남이었을 것이다. 그러나 애석하게도, 아르덴의 옆에는 다른 한 사람이 더 서 있었다.

"이런, 플로리아 아가씨."

외안경을 낀 남자는 나를 보고 상냥히 말을 걸어왔다. 그는 언제나 눈동자가 거의 보이지 않을 정도로 눈웃음을 지었다.

어깨까지 내려오는 긴 금발, 은회색 눈동자의 젊은, 아니 나이를 추측하기 어려운 남자는 이 성의 집사, 클로디온 밀턴이었다.

"……오랜만이군요. 집사."

내가 이 성에서 가장 마주치기 싫어하는 사람을 단 한 사람 꼽으라면, 집사 클로디온을 선택할 것이다. 차라리 하수구 처리장에 처박아 놓은 라쿠스와 부딪히는 게 나았다. 그놈은 멍청하기라도 했으니까.

그러나 집사는 달랐다. 그는 신출귀몰한 남자였고, 언제 어디서 마주치게 될지 모르는 이였다. 아버지의 오른팔로서 우리에게 임무를 대신 전달해 주는 사람도 집사인 클로디온이었다.

"……플로리아, 화원에 가는 길이지? 어서 꽃들을 돌보러 가도록 하렴."

아르덴은 억지로 웃는 얼굴을 만들어 내며 말했다. 그는 나를 클로디온으로부터 멀어지게 하려 애를 쓰고 있었다. 우리 모두에게 집사는 입안의 칼날처럼 껄끄러운 존재였다. 아르덴은 제발 빨리 지나가 달라는 듯 애처로운 눈빛을 보냈다.

"……그래, 그럼 이야기 나누도록 하세요."

나는 아르덴이 왜 저런 눈빛을 하는지 알고 있었다. 내가 그를 지나쳐 가려 하니 아르덴이 눈에 띄게 안도했다.

"아가씨, 바쁘신 도중 죄송합니다만."

하지만 클로디온은 나를 그냥 보내 줄 생각이 없는 듯했다. 이때 그를 무시하거나 그냥 지나친다면 추후 이보다 더 좋지 않은 일이 일어난다. 나는 그것을 직접 경험해 보았다.

"뭔가요?"

나는 걸음을 옮기려다 멈춰 서, 싸늘한 눈길로 그를 올려다보았다. 그는 내 차가운 반응에도 마냥 살가운 웃음을 건넸다.

"아아, 다름이 아니라 벨루스 님과 함께 다녀오셨던 정찰은 어떠셨나 해서요."

클로디온은 눈꼬리를 접으며 물었다. 나는 저게 뱀의 미소라는 걸 알았다.

어릴 적, 나는 어린 시녀와 동무로 자라났다. 늘 외롭고, 이곳에서의 적응이 힘들었던 나에게 그 시녀는 너무도 소중한 존재였다.

'아가씨, 아랫것과 너무 가까이하시면 안 됩니다.'

그때도 클로디온은 이 성의 집사였다. 그는 저 한 마디를 남기고는 어린 시녀를 데리고 갔다. 그 이후, 나는 그 아이를 다시는 볼 수 없었다.

두 번째 시녀는 그 아이가 없어진 후 바로 들어왔다. 나는 두 번째 시녀와 너무 가깝지도, 멀지도 않게 지냈다. 이 시녀도 사라진 아이처럼 될까 봐 두려웠기 때문이다.

그렇게 삼 년이 지난 어느 날이었다. 나는 시녀에게 무심코 쿠키를 건넸다. 쿠키를 보고 눈을 반짝이는 걸 그냥 보고 있기가 어려워서였다.

'감히 아가씨의 음식을 탐하다니. 교육이 덜된 시녀로군요.'

그는 그날처럼 두 번째 시녀를 데려갔다. 나는 본능적으로 그 뒤를 쫓았다. 그리고는 보고야 말았다. 클로디온이 시녀를 고문하는 광경을.

공작성의 사용인들은 자주 바뀌었다. 그리고 나는 그 이유를 깨달을 수 있었다.

클로디온은 사람을 고문하는 걸 즐겼다. 그리고 자신의 취미를 위해 저택에서 일하는 이들의 흠을 잡아내었다.

나는 그 뒤로 사용인들과 그 어떠한 접점도 만들지 않았다.

"리카엘 오라버니가 보고서를 전달해 주었을 텐데요?"

나는 클로디온의 질문이 성가시다는 듯 대꾸했다. 하지만 그의 질문은 나를 불안하게 했다. 그러나 티를 내서는 안 되었다.

"죄송합니다, 리카엘 도련님이 주신 보고서는 분명 감사히 받았습니다만."

그는 순순히 사과하며 머리를 조아렸다. 하지만 시린 눈은 내 속을 훑어보려 번들거리고 있었다.

"가끔 엉뚱한 일도, 일어나는 법이니까요."

의미를 알 수 없는 말이었다. 리카엘은 아버지도, 그리고 집사도 그날 밤 벌어진 일에 대해 모르고 있다고 했다. 그런데 왜 하필 그 일을 물어보는 걸까.

나는 의심을 감출 수가 없었다. 클로디온은 더 캐묻지 않겠다는 듯 한걸음 물러섰다. 나는 그의 얼굴을 바라보았다. 기묘하게도, 그는 옛 얼굴 그대로를 유지하고 있었다.

"아. 이 말을 잊을 뻔했군요."

그는 내 어린 시절의 기억과 변함없는 표정으로 말했다.

"결혼 축하드립니다."

4. 소문의 시작

원작에서 베논가의 끝은 정해져 있다. 그 뒤로는 주인공들이 모든 전개를 이끌어 나간다.

그 이야기에 나는 없었다. 카르텔은 자신의 짝인 여자 주인공을 만나 그녀에게 종속될 것이다. 그리고 영원한 행복을 손에 넣게 될 운명이었다. 내가 미래를 바꾼다 하더라도, 그것만큼은 변하지 않을 진실이다.

"플로리아 영애, 이렇게 와 주셔서 정말 감사드려요."

사교계에서 보기 쉽지 않은 순박한 얼굴이 내 앞에 서 있었다. 나는 꽃다발처럼 환한 표정의 여인을 보며 예의상 미소를 지어 주었다.

"아니에요. 저야말로 초대해 주어 고마워요. 생일 축하해요. 디이라스 영애."

아콘 백작가의 저택, 그 중앙에 위치한 홀은 초대받은 손님들로 붐볐다. 내 인사에 오늘의 주인공인 디이라스는 무척이나 수줍어하며 뺨을 붉혔다.

그녀는 시에나의 티파티에서 나에게 진주를 주었던 여인이었다. 내참석을 달가워하듯, 하얀 목에는 진주와 맞바꾼 루비 목걸이가 걸려 있었다.

"……저, 결혼 축하드려요. 진심으로요."

그녀는 한참을 머뭇거리다 내 결혼을 입에 올렸다. 그 순간, 아주 잠깐이나마 웅성거리던 주변에 정적이 내렸다. 온도가 내려갔다고 느낄 만큼 싸늘한 고요였다. 하지만 빠르게 소란을 되찾는다. 그러한 변화를 축하 인사를 건넨 디이라스만 모르는 듯했다.

"고마워요, 축하 인사는 처음 받네요."

"정말요? 제가 처음이라니 영광이에요.

나는 부드럽게 마주 웃어 주었다.

디이라스는 제가 첫 축하를 건넨 사람이라는 말에 진심으로 기뻐했다. 그리고는 몇 번이고 선물을 보내겠다며 소란을 떨었다.

디이라스 영애는 그 순진한 얼굴만큼 성품이 고왔다. 좋게 말하자면 착한 것이고, 나쁘게 말하자면 눈치가 심하게 없었다.

"기대할게요."

다른 귀족들이 부채 사이로 디이라스와 나를 힐끔거렸다. 나는 그것을 모르는 척하며 그저 웃어 줄 뿐이었다.

이제 수도에서 내 결혼을 모르는 이는 없었다. 서류상의 결혼, 먼 바다 건너의 얼굴도 모르는 남편. 공작의 딸인, 뭐 하나 부족한 것 없는 이가 할 법한 결혼은 아니었다. 그러니 수군거리는 것도 이해는 갔다.

"디이라스 영애!"

"아, 네! 플로리아 영애. 잠시만요!"

갈팡질팡하던 디이라스는 여기서 잠시만 기다리라며 신신당부를 했다. 나는 고개를 끄덕였지만 그녀가 뒤를 도는 즉시 구석으로 자리를 옮겼다.

'이번이 몇 번째인지.'

나는 깊이 터져 나오려는 한숨을 속으로 눌러 참았다. 이제 겨우 사흘밖에 되지 않았는데 벌써 숨이 막혔다. 다과회, 생일 파티, 무도회, 수많은 가문의 뜻 모를 기념일까지. 나는 이번 주, 적어도 다음 주까지 다양한 사교 행사에 참여해야만 했다. 물론 자의는 아니었다. 이건 계획에도 없는 일이었으니까.

나를 공작성 바깥으로 내몬 사람은 다름 아닌 리카엘이었다. 황실에서 결혼 허가서가 내려오고 벨루스가 지하에 갇힌 직후, 그는 나를 따로 불러내어 말했다.

'하나도 빠트리지 말고 참석하도록 해.'

리카엘이 내게 내민 건 수많은 초대장으로 만들어진 다발이었다. 나는 그냥 보아도 묵직해 보이는 편지들을 보고 할 말을 잃어버리고 말았다.

아버지나 리카엘이 나에게로 온 편지들을 관리하는 건 익숙한 일이었다. 그 안에서 필요하다고 판단되는 것들만 추려져 나에게 전하곤 했으니까.

'……알아내야 할 정보라도 있나요? 갑자기 왜 이렇게나 많이…….'

하지만 이렇게 많은 양은 처음이었다. 나는 그 뭉치들을 받아 들지 않고 항변에 가까운 질문을 했다. 그러나 다음의 말에 내 항의는 재가 되어 날아가 버리고 말았다.

'귀중한 것을 잃어버린 값은 치러야지.'

감정이라고는 느껴지지 않는 목소리. 연 하늘빛 눈동자는 저 먼 설원의 빙산처럼 싸늘하게 얼어 있었다. 나는 변명조차 하지 못하고 그것을 받아 들었다.

그가 말하는 귀중한 것은 인어를 뜻했다. 아실리드, 내 한쪽 귀에 달린 보석에 잠들어 있는 바로 그것 말이다.

그러니 아실리드 덕분이었다. 나는 아무런 반항도 하지 못하고 하루에 몇 번이나 이 저택, 저 저택을 전전하며 얼굴을 비추어야 했다. 당연하게도, 귀족들은 그런 나를 괴이한 시선으로 바라보기 일쑤였다.

'얌전히 자중하고 있어도 모자랄 판에 말이지…….'

사람들을 지나치던 내 귀에 꽂힌 말이었다. 이뿐만이 아니었다.

준 귀족도 하지 않을 계약 결혼을 한 사교계의 꽃.

임신하지 못한다는 소문은 차라리 나았다. 파티에 얼굴을 비출수록 괴소문은 크기를 불려 나갔다. 이제는 내가 밤만 되면 괴물로 변한다는 헛말까지 돌고 있었다.

'리카엘은 대체 무슨 정보를 얻어 오라는 걸까.'

힐끗거리는 눈초리들에 짜증이 났지만 그건 중요한 일이 아니었다. 리카엘이 뭉치로 건넨 초대장들은 딱히 중요해 보이지 않는 것 태반이었다. 순진한 영애의 생일 파티 안에 무슨 큰 비밀이 있겠는가.

그는 딱히 무엇을 알아 오라 지정해 주지도 않았다. 꼭 사람을 일부러 밖으로 내돌리는 것처럼.

'덕분에 성으로 돌아가면 내내 자기만 하지.'

집사가 한 말의 의미도, 벨루스에 대한 걱정도 제대로 하지 못했다. 그럼에도 불구하고 나는 매일 카르텔을 만나러 가는 것을 잊지 않았다. 하지만 겨우 인사를 하는 게 다였다. 그마저도 쓰러져 잠들기 일쑤였으니까. 그리고 눈을 뜨면 카르텔의 품 안이었다. 하지만 그는 불만을 표시하지 않았다. 그런 점이 오히려 내 의심을 부추겼다. 내가 없을 때의 그는 무엇을 하고 지내는 건지 묻고 싶었다.

"……오랜만에 뵙습니다, 플로리아 영애."

"……?"

괜히 죄 없는 아니, 죄 많은 진주 귀걸이를 매만지던 차였다. 나는 희미하게 떨리는 목소리에 시선을 돌렸다. 그곳에는 남색의 연미복 차림을 한 영식이 서 있었다. 어린 티를 갓 벗어난 남자는 긴장한 기색이 역력해 보였다. 내가 별다른 반응을 보이지 않자 민망했는지, 영식은 헛기침을 해 가며 자신의 소개를 했다.

"큼, 전에 황궁 무도회에서 한 번 뵈었지요. 오벨론 백작가의 영식인 리젠이라고……."

황궁 무도회라면 수도의 모든 귀족이 모이는 거대한 사교 행사다. 그곳에서 스쳐 지나간 이들이 한 둘이던가. 나는 눈앞의 영식을 떠올려 보려는 노력조차 하지 않은 채 말했다.

"아, 리젠 영식이군요. 오랜만에 뵈어요."

그저 평범한 인사말이었다. 고작 그것만으로, 리젠이라는 영식의 얼굴은 붉게 달아올랐다. 이내 일대가 술렁거렸다. 주로 젊은 영식들이 모여 있는 곳이었다. 헛소문이 여태껏 나를 보호해 주었지만 그것도 오늘까지인 모양이다.

현재 내 위치는 미묘했다. 공식적으로 결혼이 알려졌지만, 황제의 승인은 받지 못한 상태. 쉽게 말하자면 약혼을 한 상태였다.

현재 베논가가 소유한 함선이 바다를 건너오는 중이었다. 증거가 완벽해야 했으니, 배가 도착하기 전까지는 황후와 황제에게 증서를 낼 수 없었다.

"여기서 또 뵙습니다. 영애."

"전에 아슈리트 후작가에서 뵈었던……!"

한 명이 용기를 내니 다른 이들이 모여드는 것은 순식간이었다. 모두 한참을 참아 넘기다 접근한 것인 듯, 내 결혼에 대해서는 입도 뻥 끗하지 않았다.

오히려 예전보다 더한 관심이다. 동시에 다른 영애들의 질투 어린 시선이 섞이어 들었다. 이토록 지루한 풍경은 너무도 오랜만에 겪는 것이었다.

"플로리아 영애의 유명세는 여전하네요."

웅성거리는 관중들 사이로 앙칼진 목소리가 쏘아 올려졌다. 칼을 문 듯 날카로운 말에 내 주위로 몰려들었던 남자들이 홍해처럼 갈라 졌다.

"……시에나 영애, 이런 곳에서 또 뵙는군요."

그 사이로 등장한 인파는 낯설지 않았다. 시에나와 그녀를 따르는 신학파 가문의 영애들이었다. 사납게 치켜올린 눈들이 내게로 향하고 있었다.

"그러게요, 저도 이곳에서 영애를 다시 뵙게 될 줄은 꿈에도 몰랐 답니다."

시에나는 부채를 살랑이며 눈을 흘겼다.

인어가 사라진 이후, 시에나는 밤낮을 가리지 않고 울며 소리 지르 기를 반복했다고 한다. 결국에는 찾지 못한 인어가 얼마나 아깝고 서 러웠던지, 화장 아래로 가린 얼굴은 오늘까지도 꼴이 말이 아니었다.

"디이라스 영애의 생일인걸요. 방문해 축하드려야지요."

하지만 싸늘한 분위기도 나를 죽일 수는 없었다. 나는 디이라스와 깊은 친분이라도 있는 사람처럼 굴었다. 내 미소에 약이 올랐는지 시 에나는 픽, 노골적으로 입술을 비틀었다.

"으음, 그렇군요. 오늘따라 축하받아야 할 분들이 많은 것 같아요."

빙 둘러 가며 한 말이었으나, 귀족식 어법을 알아듣지 못한 자는 이 자리에 없었다.

나와 같은 직위의 공작 영애가 입을 여니 모여드는 족속들이 하나 둘 늘기 시작했다. 여태껏 조용하던 것이 놀라울 정도로.

"시에나 영애 말이 맞아요. 플로리아 영애도 축하받아야 마땅한 걸요."

"그럼요. 결혼 축하드려요. 영애."

그녀들은 교묘하게 웃으며 내게 축하를 건넸다. 디이라스 영애처럼 순진한 느낌은 아니었다. 물에 빠진 사람을 더 깊은 곳으로 끌어당기는 그것처럼, 그들은 작정하고 독니를 치켜들었다.

"저도 축하드려요. 선물은 공작성으로 전해 드려야겠군요. 음, 루이벨 열매는 어떠신가요?"

어머, 어머나.

시에나의 말을 끝으로 그녀의 뒤에서 꺄르르 웃음이 터져 나왔다. 루이벨 열매는 약재 중에서도 몹시 귀한 것에 속했다. 주로 자궁 쪽에 문제가 있는 귀부인들이 몰래 수소문하여 구하는 것으로 손가락 두 마디의 양이 금 백 냥의 가치와 맞먹었다.

그들은 미리 준비라도 한 듯 나를 폄하했다. 귀족의 세계에서 여인이 아이를 낳지 못한다는 건 죄와 같았으니까.

"……걱정해 주셔서 감사합니다만, 제 몸은 아주 건강하답니다."

나는 부드럽게 그것을 거절했다. 하지만 시에나는 이미 내 몸이 비정상이라고 확신하는 듯했다. 그녀는 가엾어 어쩔 줄 모르겠다는 듯 굴었다.

"사양하지 않으셔도 괜찮아요. 우리는 모두 친구잖아요?"

"맞아요, 너무 감추려고 하지 않아도 되어요. 저희가 힘이 되어 드릴게요."

영애들이 앞다투어 거들고 나섰다. 모두 신학파 가문의 이들이었다. 마도학파 가문에는 여인이 귀했다. 나는 자연스럽게 소수로 몰릴 수밖에 없었다.

'하아.'

슬슬 짜증이 차올랐다. 눈앞의 이들 때문이 아니라, 근 이틀간과 지금 흐르는 시간이 낭비되는 것에 대한 화였다. 나는 눈앞의 것들을 치워 버리기로 마음먹었다.

"……다들, 이렇게나 저를 위해 주시는 줄은 몰랐어요."

나는 진정 감동한 듯 눈을 빛냈다. 가슴 쪽으로 모은 두 손은 자비를 구하는 어린 양과 같았다.

"……그, 그럼요. 영애."

시에나의 무리 중 한 명이 당황해 대답했다. 모욕당했다며 길길이 날뛸 모습을 기대했겠지. 퍽 우스운 기대였다. 나는 살포시 눈을 내리깔았다.

"하지만……."

나는 교묘히 말을 늘어트렸다. 흐르는 시간에 따라 저들의 기대치가 높아지는 것이 느껴졌다.

어서 화를 내. 너 스스로 가치를 깎아내리란 말이야.

무음의 환호성이 날뛴다. 나는 그것에 찬물을 뒤집어씌웠다.

"설령 제 몸이 좋지 않더라도, 영애들의 걱정과 비난을 받아야 할 문제는 아니랍니다."

나는 눈앞의 이들 하나하나를 똑똑히 훑어보았다. 이 자리에서 나를 깔아뭉개려는 시에나, 그녀의 무리. 주변을 맴도는 남자들과 구경꾼들까지 모두.

"……."

장내가 싸늘히 가라앉았다. 감히, 그 누구도 함부로 입을 놀릴 수 없었다. 그들은 내가 누구인지 다시 한번 깨달을 필요가 있었다.

마도의 정점이라 불리는 베논 공작가의 장미. 지식의 보고라는 마도탑에서 자신의 능력을 인정받은 젊은 마도학자. 그것이 나의 신분이었다.

"혹 괜한 걱정을 계속할 분들을 위해 말씀드리자면……. 이 결혼은 제 주도하에 이루어진 것이랍니다."

"……예?"

부드러운 미소에 얼어붙은 분위기가 풀어졌다. 의아한 음이 곳곳에서 터져 나왔다. 그러나 제법 머리를 쓰는 이들은 아, 하고 감탄을 터트렸다. 내 결혼의 이유를 짐작한 것이다. 여성의 몸으로서 학자의 길을 걷기 위한 방편, 실상은 달랐지만 이렇게만 생각해도 충분했다.

"결혼을 축하해 준 건 고마워요. 제가 바라 마지않던 결혼이니, 당연히 축하받아야지요."

결혼은 결코 내 가치를 떨어트릴 수 없다. 그것이 귀족 사회의 불문율이라고 하여도 말이다. 나는 관중을 향하여 환하게 웃어 보였다. 지루한 극을 멈출 시간이었다.

"다들 이토록 제 몸을 걱정해 주시니, 이만 쉬러 가 봐야겠어요. 디이라스 영애, 이해 부탁드려요."

"……네, 네! 조심히 가세요……!"

자신이 주인공임에도 불구하고, 아무런 말도 하지 못하고 있던 디이라스는 황급히 나를 배웅했다.

나는 반쯤 얼빠진 표정의 시에나를 바라보았다. 전에는 향기를 썼지만, 오늘은 그럴 필요도 없었다.

"……시에나 영애는, 부리를 조심하는 게 좋겠어요."

그렇지 않으면 부리부터 날개깃까지 모두 뽑혀 나갈 테니까.

겨우 지척에서나 들릴 정도로 작은 목소리였다. 나는 사납게 구겨지는 시에나의 얼굴을 보며 영문을 모르는 척, 고개만 갸웃거리며 그녀를 스쳐 지나갔다.

'돌아가면 따지고 말 거야.'

나는 성으로 돌아가자마자 리카엘에게 대들기로 마음먹었다. 하다 못해 내가 이런 자리에 나돌아야 하는 이유라도 들어야 속이 풀릴 것 같다.

"아, 그리고……."

인파가 열어 준 길을 가로지르던 나는 비음 섞인 목소리와 함께 멈춰 섰다. 한 가지 마무리를 짓지 못한 탓이다. 나는 장식처럼 서 있는 이들을 향해 말했다.

"영식분들, 저는 외도할 만큼 한가한 몸이 아니랍니다."

내 남편이 바다 건너에 있건, 사막 건너에 있건 저들에게 돌아갈 기회는 없다. 헛물이나 켜 귀찮게 하지 말라는 경고였다.

'그런데 왜…….'

그들 사이를 빠르게 지나던 나는 의아할 수밖에 없었다. 신학파도, 마도학파도 아닌 귀족 영애들이 뺨을 붉히고 있었다. 어린 영식들도 마찬가지였다. 나는 의문을 가진 채로 백작가의 생일 파티에서 퇴장했다.

그녀가 퇴장한 후로도, 장내에는 오래 정적이 머물렀다. 그러나 영원히 굳어 있을 분위기는 아니었다. 어느 백작이 흘린 웃음과 함께 홀의 분위기는 다시금 이전으로 돌아가기 시작했다.

"……하하. 그래서 말이지요."

"어쩜. 그랬군요. 그러면 제가……."

그 누구도 플로리아를 언급하지 않았다.

시에나의 무리 중, 급이 낮은 영애는 혹 자신의 가문에 칼이 날아들까 긴장한 기색까지 보였다. 남은 이들은 냉기가 도는 분위기를 애써 웃음으로 감추고 있었다. 디이라스는 웃지도, 울지도 못하는 표정으로 기묘한 생일 파티를 즐겨야만 했다.

"신기한 아가씨군."

파티장의 구석, 석고 기둥의 뒤로 짙은 그림자가 깔려 있었다. 기둥 뒤에 기대어 있던 사내가 슬며시 몸을 일으켰다. 인파들은 저들끼리 모여 웃고 떠들 뿐, 사내에게 일절 눈길도 주지 않았다. 사내는 기척을 없애며 유유히 그곳을 빠져나갔다.

이윽고, 파티의 소음이 멀게 들려오는 정원에 도착했을 때다.

"와 보길 잘했어."

그는 나무 아래에서 갈색 가발을 벗어 던졌다. 윤이 흐르는 검은 머리칼이 노을빛을 품은 바람에 흔들렸다. 이윽고 얼굴에 붙인 인조 가면까지 떼어 내니 사내는 완전히 다른 형상이 되었다.

단정한 콧대와 시원한 생김새의 이목구비. 누구나 뒤를 돌아볼 정도로 호감을 일으키는 얼굴의 남자는 가벼운 어조로 말했다.

"마도학파의 여인이라, 생각 이상으로 별식인데."

그렇게 중얼거린 사내는 기분 좋게 흥얼거렸다. 그 뒤로 기다렸다는 듯 무장한 사내들이 따라붙었다.

"모시겠습니다."

호위를 받는 행위가 익숙한 듯, 앞서 나가는 사내는 대꾸조차 하지 않았다. 그저 오늘 보았던 당돌한 미인을 떠올릴 뿐이다. 붉은 눈동자에 호기심이 감돌았다. 하늘의 태양은 그것을 못 본 척, 느릿하게 산등성 뒤로 넘어가 버렸다.

* * *

"발 아파."

일찍 자리를 빠져나왔는데도 불구하고 공작성에는 늦은 오후에나

도착할 수 있었다. 나는 아픈 발을 간신히 마차 아래로 끌어 내렸다.

다른 가문까지 가서 얻은 것이 욱신거리는 발뿐이라니. 아예 다음부터는 높은 굽도 신지 말아야겠다.

그렇게 다짐하는 사이, 나는 하인들이 열어 주는 문 안으로 들어갈 수 있었다.

'조용하네.'

성 내부는 쥐 죽은 듯이 조용했다. 플로리아! 하면서 반겨 오는 벨루스도 없었다. 조금 귀찮게 여겨졌던 것들이 아예 사라지니 문득 아쉬움이 감돌았다.

'잘 견디고 있을까.'

이종족의 성장은 상상 이상으로 고통스럽다. 나는 벨루스가 가두어진 곳으로 가볼까 하다 고개를 저었다.

고통은 이성을 좀먹는다. 자신을 학대하느라 여념이 없을 아이에게 다가갔다가는 더 큰 상처를 주고 말 것이다.

'카르텔에게 가야겠지.'

리카엘에게 따지러 가는 건 차후의 일이었다.

정신을 차리고 보니, 나는 카르텔을 홀로 두지 않기로 다짐한 상태였다.

딱, 그 정도만. 나는 괜한 것을 속으로 되뇌며 걸음을 옮겼다. 딱히 신경 쓰지 않아도 몸은 카르텔이 있는 곳으로 향하고 있었다.

조용한 복도, 이곳만 지나면 동굴 아래로 내려가는 입구가 나왔다. 무의식적으로 모퉁이를 돌던 차다.

끼익-!

'무슨 소리지?'

그 순간 잠금장치가 해제되면서 문이 열렸다. 지척에 다가가지도, 주문을 말한 것도 아니었다.

"……!"

누군가가 동굴 안에서 나오고 있었다. 나는 재빨리 모퉁이 뒤로 몸을 숨겼다. 동굴 아래로 들어갈 수 있는 사람은 베논가의 피가 흐르는 자들뿐이었다.

쿵, 쿵. 불안함에 심장이 방망이질 쳤다. 설마 아버지가 돌아왔나? 나는 어쩔 줄 몰라 하며 벽에 바짝 붙어 섰다. 누군지 모르니 모습을 드러낼 수도 없었다.

그렇게 호흡까지 멈춘 상태로 얼마의 시간이 흘렀을까. 복도 옆에 달린 브래킷 조명에 은빛 머리칼이 반짝거렸다.

'리카엘?'

은색 머리칼에 언 듯한 하늘색 눈, 무표정한 얼굴의 미남자. 동굴의 문에서 나온 건 분명 리카엘이었다.

'왜 그가 저기서?'

이유를 알 수가 없었다. 저 안에 드나드는 건 오직 나 혼자여야만 한다. 그건 공공연한 약속이나 다름없었다. 그렇게 생각하는 순간, 섬뜩한 상상이 내 숨통을 조여 왔다.

'설마 카르텔을!'

리카엘은 카르텔을 마음에 들어 하지 않았다. 아니, 그 정도가 아니라 죽여 없애고 싶어 안달이었다. 이유는 몰랐다. 하지만 지금 그 이유 따위가 중요하던가.

"거기, 누구냐."

초조함에 입술을 깨물었을 뿐이었다. 싸늘한 목소리가 지척으로 다가왔다. 벽 뒤로 몸을 숨겼어도, 리카엘의 시선이 나를 향하고 있다는 걸 알 수 있었다.

"나오지 않으면 죽이겠다."

복도에 고여 있던 공기가 그의 손끝에서 일렁였다.

바람은 대기와 같다. 그것을 다루는 리카엘이었으니 기척에 민감할 수밖에 없었다. 나는 더 버티지 않고 벽을 둘러 나왔다.

"저예요. 리카엘 오라버니."

"……."

나를 보는 눈동자가 일순간 흔들렸다. 당황했겠지. 본래라면 나는 생일 파티가 모두 끝난 뒤, 밤늦게 돌아와야 했으니까.

"생각보다 일찍 돌아오게 되었어요. 그런데……."

슬며시 말을 흐리는 동시에 시선을 그의 뒤에 두었다. 정확히는 동굴과 연결된 붉은 문으로.

"여기서 무얼 하시는 건가요?"

나는 아무렇지 않은 척 물었다. 하지만 미소 지은 얼굴 뒤에는 불안이 휘몰아쳤다. 아래에서 무슨 일이 있었던 걸까. 카르텔은 괜찮은 걸까? 그와의 대치가 길어질수록 입안이 바짝 말라 왔다. 그런 내 속도 모른 채, 하늘색 눈동자는 무심하기 짝이 없었다.

"네가 알 바 아니다. 한데……. 분명 파티의 마무리까지 있다 오라고 했는데 왜 이렇게 일찍 돌아온 거지?"

……지금 뭐라고? 기가 막혀서.

나는 어이가 없어 돌아온 말에 반문할 뻔했다. 그는 일방적으로 내이야기는 무시한 채 책망으로 질문을 돌리고 있었다.

희미하게나마 붙들고 있던 이성이 끊어져 내렸다. 나는 싸늘하게 눈을 빛냈다.

"알 바 아니긴요. 동굴에 있는 건 제 남편인걸요. 아내가 되어서 남편의 일을 모르다니. 그런 경우가 어디에 있나요."

한 걸음, 내딛는 발걸음에 힘이 실렸다. 나는 리카엘의 코앞까지 다가갔다. 움찔, 내 행동에 그가 미세하게 움직였다. 어린 시절을 제외하고 이렇게 가까이 마주한 적은 처음이었다.

"그보다는 내가 내린 명령이……."

"아니죠, 아니에요. 저는 제 남편이 더 중요하거든요."

그리고 그의 말을 끊어 버린 것도 이번이 처음이다.

피로와 불안으로 범벅이 된 신경에 날이 섰다. 내가 코앞까지 다가 갔음에도 그는 문 앞에서 비킬 생각이 없어 보였다.

눈가가 가늘게 떨렸다. 나는 더 참지 못하고 성질을 내 버렸다.

"오라버니에게 묻고 싶은 것도 정말 많았지만, 동생 된 입장에서 쭉 참아 넘겼답니다."

"무얼 말하는 거지?"

눈을 마주치기에는 키 차이가 상당했다. 덕분에 나는 그를 올려 볼 수밖에 없었다. 나는 구슬픈 듯, 눈꺼풀을 느릿하게 깜빡였다.

"사교계에 제 소문이 어떻게 번져 있는지…… 이미 알고 계실 거라 생각해요."

"……."

그는 내 말에 대답하지 않았다. 침묵은 긍정을 뜻했다. 수도에 사는 귀족이라면 내 소문을 모를 리 없다. 하물며 같은 피가 통하는 이인데, 그것을 모른다는 건 말도 안 되었다.

"오늘은 재미있는 일이 있었어요. 시에나 영애가 제 결혼을 축하해 주었거든요. 모든 귀족이 모여 있는 앞에서요."

함부로 입을 놀린 대가로 흠씬 밟아 주었지만, 내뱉은 말만 보자면 꼭 나만 괴롭힘을 당한 것처럼 들릴 것이다.

"오라버니는…… 제가 그런 취급을 받길 원해서, 일부러 바깥으로 내모는 건가요?"

눈물방울이라도 매달면 명을 거두어 줄까. 그렇게 연기를 고민하던 참이었다.

파스스-!

"……?!"

어디선가 부스러지는 듯한 소리가 들렸다. 무심코 고개를 돌린 나는 기함을 토해야만 했다.

공기 중 퍼지는 돌먼지, 그것은 내 뒤의 벽면이 으스러지며 만들어진 것이었다.

"그 계집이 감히."

나는 무언가가 잘못 돌아가는 것을 느꼈다. 주변의 바람이 소리 없이 모여들기 시작했다. 대기가 리카엘의 감정에 동조하듯 거칠게 움직이고 있었다. 그토록 침착하던 리카엘이 화를 내다니, 나는 그의 분노를 이해할 수가 없었다.

"저어, 오라버니……?"

나는 조심스럽게 리카엘을 불러 보았다. 착각일까. 내 부름에 칼이 되던 바람이 슬몃슬몃 부드럽게 퍼져 나갔다. 그것은 봄날의 순풍처럼 내 머리카락을 스치고 지나갔다.

"……."

새파란 불길이 번진 듯한 눈동자가 아차, 하며 떨렸다. 리카엘은 화를 누르는 듯 미간을 찌푸렸다. 그런데도 조절이 되지 않는지, 그는 내 양어깨를 붙잡았다.

'대체 왜.'

나는 그의 손길에 당황하고 말았다. 어깨가 아프지는 않았다. 거의 힘이 들어가지 않은, 그마저도 떨리는 손끝이었으니까.

성인이 되어서는 옷깃도 스쳐본 적이 없는 오라버니. 남과 비슷한 상하 관계의 그가 내 앞에서 감정을 드러내고 있었다.

"그러면……."

물에 젖은 듯, 평소보다 흠뻑 가라앉은 목소리였다. 나는 잠자코 그의 말을 기다렸다.

"그러면 결혼을 취소하면 되지 않나."

마주 보는 눈동자가 낯설기 그지없었다. 여태껏 내가 알고 있던 사람이 아닌 것 같다. 껍질이 벗겨진 느낌, 나는 그 속내를 들여다본 것만 같았다.

"지금이라도 늦지 않았어."

그는 진심이었다. 나는 섬뜩한 눈빛에 압도되었다. 그러나 내 이성을 붙잡은 건 리카엘이 아닌, 저 동굴 아래서 나를 기다리고 있을 카르텔이었다.

"……무엇 때문에 그러시는지는 모르겠지만, 그건 불가능해요."

나는 한 걸음 뒤로 물러섰다. 양어깨를 쥔 손이 힘없이 풀려나갔다. 왜일까. 잘못한 것 하나 없는데 리카엘에게 미안한 감정이 들었다. 그렇지만 말을 멈추지는 않았다.

"제 편을 들어 달라고 한 말은 아니에요. 저를 사용하시는 건 좋아요. 다만 그럴 가치가 있는 일이었으면 좋겠다는 뜻이었어요."

그는 굳은 듯 대답하지 않았다. 나는 그의 옆을 스쳐 지나가느라 리카엘의 표정을 보지 못했다. 그저 이것으로 나를 더 밖으로 내돌리지 않았으면 좋겠단 생각을 했을 뿐이었다.

"그리고 결혼은 아버지께서도 허락하신 일이에요."

"……."

나는 더 말이 나오지 않길 바라며 일침을 가했다.

"저를 방해할 생각은 하지 말아 주세요."

오직 내 발걸음 소리만 울리는 공간, 마음을 다잡은 나는 한 걸음 앞으로 나아갔다.

"플로리아 베논. 학구의 피를 이어받은 자의 이름으로."

드르륵-!

내 목소리에 반응한 마력석이 잠금을 해제하며 검은 아가리를 벌렸다.

"……너는."

내가 그 안으로 몸을 밀어 넣고 난 직후였다. 너는? 나는 의아해하며 뒤를 돌았다. 시선이 마주치기 직전, 문은 나를 삼킨 채 닫히고 말았다.

'뭐였지?'

나는 야광석에 의지해 계단을 밟아 내려갔다. 고민해 보았지만 답은 내려지지 않았다. 그런 고민마저도 금세 사라지고 말았다.

탁-! 타닥-!

발걸음은 점점 더 빨라졌다. 이제는 아예 뛰는 모양새가 되고 말았다. 나는 내가 뛰고 있는 것도 몰랐다. 머릿속에는 카르텔, 온통 그에 대한 걱정뿐이었다.

"카르텔!"

뜀박질로 시야가 부옇게 변하고 호흡이 가빠졌다. 어느새 내 발은 동굴 지면에 닿아 있었다. 나는 그것으로도 안심하지 못하고 달리는 속력을 높였다.

"아……?!"

창살은 더 이상 존재하지 않았다. 벨루스가 부순 이후 아예 치워 버렸으니까. 숨이 벅차오르게 뛰어 본 것이 언제였는지.

두 발은 주인의 명에 적응하지 못하고 서로 엇갈리고 말았다. 멍청한 발, 바보 같은 몸. 나는 누가 들으면 비웃음당할 비난을 하며 앞으로 넘어졌다.

"안기고 싶으면 말을 하지 그랬어."

새카만 암막처럼 느른한 목소리, 그것에 섞여 든 웃음. 포옥, 그런 나를 받아 든 건 단단한 가슴팍이었다. 그는 단단한 팔로 나를 일으켜 세우고는 아예 제 품 안으로 넣어 버렸다.

'이게 뭐지……?'

나는 상황을 파악하지 못해 눈을 깜빡였다. 혹시나 리카엘이 그에게 '무슨 짓을 하진 않았을까. 크게 다치진 않았을까.' 하는 걱정만이 나를 지배하고 있었다. 그러나 눈앞의 그는 멀쩡했다. 머리부터 발끝까지 전부.

"……그런 거 아니야!"

숨 가쁜 뜀박질로 희게 멀어진 시야가 되돌아왔다. 나는 상황을 파악하고 카르텔을 밀쳐 내려 했다. 그는 바지만 입고 있을 뿐, 상의는 입지 않았다.

"안 되지. 이렇게 품으로 뛰어 들어와 놓고는."

손바닥 아래의 뜨거운 살결이 지독히도 생생했다. 그 감촉에 절로 힘이 빠져나갔다. 안절부절, 나는 이러지도 못하고 저러지도 못한 채 몸을 비틀었다. 그렇게 얼마나 시간이 흘렀다.

"괜찮은 거야?"

"뭐가?"

조심스러운 물음에도 그는 태연하기만 했다. 그러나 그 한마디에 긴장이 풀린다. 나는 더 버티지 못하고 그의 품에 기대고 말았다.

'이상해.'

뜨거운 체온에 기묘한 감각이 들끓었다. 그러한 감각과 더불어 이러한 상황이 괴이하다며 이성이 경보를 울렸다.

리카엘이 카르텔을 만난 건 분명했다. 그가 청소나 하려고 동굴에 내려온 것은 아니었을 테니까. 나는 카르텔의 눈을 정면으로 마주 보며 말했다.

"리카엘을 만났지?"

"음. 글쎄."

그는 내 직설적인 물음에 비음 섞인 말을 흘렸다. 그리고는 나를 끌어안은 팔에 힘을 주었다. 그는 이 상황이 몹시도 만족스러운 듯 배부른 고양이처럼 그르릉 목을 울려 댔다. 그 모습에 울화가 치밀었다. 나는 힘을 주어 그의 어깨를 꽉 잡았다.

"⋯⋯너, 뭔가 속이고 있는 게 있다면 지금 말해."

우리는 서로를 속이지 않기로 했다. 그것은 계약 아래에 있는 조항이나 마찬가지였다.

"나는 너를 속이고 있는 게 아니야."

그 순간 카르텔의 동공이 가늘어졌다. 샛노란, 황금빛으로 빛나는 눈동자는 나를 포박하듯 전신을 사로잡았다.

"네가 알아차리지 못하고 있을 뿐."

끝끝내 기묘한 말이었다. 그를 속이고 있는 건 나인데 어째서 속고 있는 기분이 드는 건지 모를 노릇이다.

등을 쓰는 손길에 등줄기가 찌르르 울리며 소름이 돋았다.

"그래도 경고 정도는 하는 게 좋겠지."

나른한 음성에는 달콤한 독이 섞여 있었다.

"그에게 전해, 계약을 어기면 재미없을 줄 알라고."

* * *

계약이라니.

그날, 나는 비척거리며 동굴을 빠져나왔다. 방으로 돌아와서도 나는 그가 말한 계약이 무엇인지 짐작조차 할 수 없었다.

'카르텔과⋯⋯ 리카엘이?'

도저히 말이 되지 않는 조합이다. 첫 만남부터 칼부림한 사이인데, 사이좋게 계약 따위를 할 겨를이 대체 어디 있었겠는가. 하지만⋯⋯.

'정말로 둘 사이에 뭔가가 오고 갔다면.'

그게 뭔지 알아내야 했다. 나는 드레스 자락을 손으로 말아 쥐었다. 그 후로도 리카엘이 카르텔을 만나고 나오는 것을 몇 차례나 더 볼 수 있었다. 리카엘은 나와 마주쳐도 더 이상 당황하지 않았다. 오히려 무시하는 수준으로, 아는 척도 하지 않고 내 반대편으로 걸어 나가기 일쑤였다.

'대체 뭘 하고 있는 거야?'

그를 따라가 추궁해 보았지만 모르는 척의 연속이었다. 집무실까지 찾아가 보았지만 마찬가지였다. 그렇다고 카르텔이 나에게 협조를 해 주는 것도 아니었다.

'갑자기 내가 좋아졌나 보지.'

내가 캐물을 때마다 이런 헛소리만 늘어놓으니, 김이 빠져 더는 무언가를 물어볼 자신이 없어졌다.

결론적으로 카르텔도, 리카엘도 나에게 계약에 대해 알려 줄 확률은 없었다.

"머리 아파."

몸을 조금이라도 움직이면 실마리를 푸는 데 도움이 되겠지. 나는 두통이 이는 것을 느끼며 천천히 자리에서 일어났다.

"그래도 더 이상 파티에 나가지 않아도 되니 다행이야."

아예 얻은 것이 없는 것은 아니었다. 리카엘이 파티에 더 나가지 않아도 된다고 못을 박아 주었으니까. 그 덕분에 나는 성안에서 돌아가는 일을 지켜볼 수 있었다. 리카엘에게 무시를 당하고 있기는 했지만 오히려 그게 더 나았다. 그가 나에게 관심을 가지는 것이 더 이상하고 낯설게만 느껴졌다.

"꽃들이나 보러 가자."

나는 고개를 절레절레 저으며 방 밖으로 나갔다. 내 방에서 화원은 제법 거리가 있었다. 아치형으로 이어진 복도는 정원과 섞여 들었다.

그렇게 하나하나 생각을 정리하며 걷던 순간이다. 순풍에 휘날리는 녹색 머리카락이 내 시야에 들어왔다.

"아르덴 오빠."

내 목소리에 먼 곳을 바라보던 그의 시선이 나에게로 향했다.

"……플로리아, 구나."

그가 희미한 미소를 지으며 화답했다. 비 오는 날을 담아낸 수채화처럼 아득한 미소였다. 조금 더 가까이서 본 그의 뺨은 전보다 말라 있었다.

'집사 때문이구나.'

나는 어렵지 않게 추측할 수 있었다. 근래 성을 비우지 않았는데도 아르덴의 얼굴을 쉽게 볼 수 없었다. 집사 클로디온이 아르덴에게 내린 명령 때문이었다.

베논 공작가는 간접적으로 이종족 노예 상단의 뒤를 봐주고 있었다. 그런데 최근 그쪽에서 이종족을 빼돌린 배신자가 나온 모양이었다. 아르덴은 상단이 지나간 숲으로 가 나무들에게 그들의 행방을 물었을 것이다. 상단의 배신자를 찾기 위해서.

"응. 여기서 뭐하고 있었어?"

나는 그것을 모르는 척, 아르덴의 옆에 섰다. 괜한 말이 그에게 더 큰 상처를 가져다주리란 걸 알고 있었기 때문이다.

"그냥, 잠시 쉬고 있었지."

나는 그의 옆에서 시야를 함께했다. 공작성의 정원은 녹음이 우거져 있었다. 성안의 일과는 다르게 몹시도 평화롭고 아름다운 풍경이었다.

"나무나 풀만 있는 것도 예쁘네."

"그렇지?"

내 물음에 그가 밝은 목소리를 내었다. 그는 꽃보다는 나무와 훨씬 가까웠으니 내 말이 꽤 달가웠을 것이다. 나는 그의 안색이 아까보다 나아진 것을 보며 속으로 안도했다.

"응. 오래 보고 있었던 거면 화원으로 같이 갈까? 내 꽃들도 보면 좋잖아."

나는 마침 가는 길이었다며 그에게 권유했다. 아르덴은 조금 망설이는 듯하더니 고개를 끄덕였다.

"그래, 가자."

이에 나는 걱정스러운 마음을 덜 수 있었다. 정말로 상태가 좋지 않았더라면 내 제안마저도 거절했을 테니까. 누구보다도 아르덴과 오랜 시간을 보내온 나였기에 그를 파악하는 건 일도 아니었다.

"오늘은 관리만 하러 온 거야. 편하게 있어."

나는 그렇게 말하며 함께 화원 안으로 들어갔다. 꽃들이 일제히 나를 반겨 주었다. 남을 달갑게 여기지 않는 예민한 꽃들이 아르덴을 주시하는 것이 느껴졌다. 하지만 흘기는 것 같던 꽃들도 이내 마음을 푼다. 그는 나무와 가까웠지만 자연의 모든 것에게 인기가 있었다.

"나는 신경 쓰지 않아도 괜찮아. 이곳에 함께 있는 것만으로도 좋으니까."

아르덴은 보라색 꽃을 향해 손을 뻗었다. 얼핏 보면 흔한 제비꽃으로 보이겠지만, 그건 뿌리에 독을 품어 심성이 예민한 투구꽃이었다.

보랏빛 꽃잎은 순순히 그의 손가락에 몸을 맡겼다. 아르덴에게 저 정도의 독은 통하지 않을 테지만, 투구꽃은 애써 자신의 독을 감추려 노력하고 있었다.

'꽃도 아르덴도 이상할 정도로 귀엽단 말이야.'

나는 그 장면을 보며 애써 번지는 웃음을 삼켰다. 리카엘의 무시와 카르텔의 능글맞음에 치이다 저런 장면을 보니 마음이 안정되었다.

"……편하다."

"응?"

몰래 훔쳐보던 것도 아니었는데, 나는 아르덴의 중얼거림에 놀라 버렸다.

"그냥…… . 오랜만에 동생과 함께 시간을 보내니 참 좋네."

그는 꽃에서 눈길을 떼고 나를 보며 환히 웃어 보였다. 부드럽고 단정한 느낌의 얼굴에 피어난 웃음은 따스한 봄볕처럼 보였다.

"……낯간지럽기는."

나는 괜히 시선을 돌리며 중얼거렸다. 그는 저렇게 낯간지러운 말을 자주 하고는 했다. 그럴 때마다 투덜거렸지만, 그의 솔직함은 언제나 나를 포근하게 만들어 주었다.

"좋은 걸 좋다고 하지 어떡하니. 예쁜 내 동생."

그는 내 핀잔에도 아랑곳하지 않고 빙그레 웃었다. 어쩌면 나보다 그가 더 꽃과 잘 어울리지 않을까. 나는 꽃밭을 배경으로 둔 그를 보며 뜬금없는 생각을 했다.

그를 등지고 가만가만 꽃들을 돌봤다. 마른 헝겊으로 잎을 닦고, 개체에 맞게 물을 주기를 반복한다. 홀로 쉬기에는 마음이 불편했는지, 아르덴이 옆에서 나를 도왔다. 그렇게 말없이 일을 반복하니 머릿속이 차분해지는 듯했다.

'……그러고 보니 아르덴도 내 결혼을 반대했었지.'

처음에는 짐승이라는 이유로 아버지에게 대들었고, 리카엘이 수도에서 돌아온 이후론 한동안 나를 멀리하기까지 했다.

아르덴과 리카엘의 사이는 가깝지 않았다. 그러나 모종의 이유로 무언가 오가는 것이 있지 않았을까. 나는 의심의 싹을 틔우고야 말았다.

"아르덴 오빠."

"음? 왜 그러니."

그는 잎사귀를 닦으며 나를 보았다. 순수하게까지 보이는 얼굴에 말을 꺼내기가 사뭇 망설여졌다.

"최근에 리카엘 오라버니가 나를 자꾸 피하더라고, 말을 붙여도 그냥 지나가 버리고."

하지만 묻지 않을 수는 없었다. 나는 슬며시 운을 띄웠다.

"……그러니?"

멈칫, 짧은 순간이었지만 잎을 닦던 손길이 멈추었다. 그는 모르는 척, 화초를 손질하는 데 열을 올렸다.

뭔가 있다. 나는 그것을 모르는 척, 섭섭하다는 목소리를 내었다.

"응. 왜 그러는지 모르겠어. 차갑기는 해도 나를 무시하지는 않았는데."

짤막한 한숨까지 곁들이니 그의 표정이 단번에 굳어졌다. 그 어설픔이라니. 웃음이 나오려는 것을 간신히 삼켜 냈다.

"……나는 한동안 성을 비웠잖니. 형님의 심경을 알 리가 없지."

그의 말은 반은 맞고 반은 틀렸다. 그가 상단의 배신자를 알아내려 한동안 성을 비운 건 사실이었다. 하지만 그사이에 교류가 오갔었다면?

"그러게, 오빠 말이 맞아. 파이라도 있으면 좀 나을 텐데. 요즘 파이도 바쁘게 움직이는 것 같더라고."

파이는 리카엘이 부리는 매였다. 일반적으로 훈련받은 매보다 몇 배는 더 영특한 아이였다. 편지를 배달하는 것이야 그 애에게는 식은 죽 먹기일 것이다.

"……뭔가 바쁜 일이 있나 보구나."

그는 감정 표현을 곧잘 하는 만큼 속을 숨기지 못해 몹시도 투명한 사람이었다. 나는 아르덴의 말이 어눌해진 것을 놓치지 않았다. 아르덴은 공범이었다. 리카엘도, 카르텔도. 세 사람이 아는 일을 나만 모른다.

"응, 그런데 그 바쁜 일이 뭘까? 파이는 웬만해선 리카엘 오라버니 곁을 잘 떠나지 않는걸."

나는 고개를 기울이며 물었다. 그도 이쯤 되니 내가 무슨 이야기를 하고 싶은지 알아차린 모양이었다.

"……."

그가 무어라 말을 하려다가 입술을 닫았다. 허를 찔린 듯 새싹 빛의 동공이 흔들리고 있었다. 기회였다.

"오빠, 나는 좀 속상해. 오빠는 한 번도 나에게 비밀을 만들지 않았잖아."

실제로도 조금 마음이 상했다. 그가 나 몰래 감추고 있는 일이 있다는 사실이. 그렇다고 해서 그를 상대로 화인의 능력을 쓰고 싶지는 않았다. 비슷한 자연계이니 능력이 잘 통하지도 않겠지만, 그는 내 가족이니까. 나는 그를 올려다보며 얼굴에 서운함을 한껏 드러내었다.

"……그건."

내 말은 그의 마음을 쉽게 흔들어 놓았다. 미안하지만 조금만 더. 그를 몰아세우면 뭔가를 알 수 있을 것 같았다. 나를 제외한, 세 남자가 가지고 있는 비밀을 말이다.

"그러니까, 나는……."

앞으로 한 번만 더, 내가 그를 자극할 물음을 떠올릴 때였다.

"……아가씨."

응? 나는 갑작스러운 호칭에 놀라 눈을 깜빡였다. 아르덴의 표정도 이상하기는 마찬가지였다.

"플로리아 아가씨!"

이번에는 목소리가 좀 더 확실하게 들렸다. 그건 화원의 바깥에서 나를 부르는 소리였다.

이상했다. 화원 근처까지 나를 찾아올 이는 없었다. 내가 답이 없자 밖에서 안절부절못하는 소리가 전해져 왔다.

'하필이면 이런 타이밍에.'

나는 아르덴을 보며 잠시 망설이다가 마지못해 화원 밖으로 몸을 돌렸다. 그는 눈에 띄게 안도한 표정이었다. 그렇겠지. 하지만 더 추궁할 수는 없었다. 화원까지 와 나를 찾는다는 건 분명 그만큼 급한 일이라는 뜻이니까.

"무슨 일이지?"

나는 무표정한 얼굴로 하인을 바라보았다. 당연하게도 내 기분은 좋지 않았다. 다 잡은 먹이를 놓친 것이나 다름없었으니까.

"송구합니다. 하지만 워낙 급한 일이어서……."

하인이 내 심기를 읽었는지 머리를 조아렸다. 그 모습에 한 번 더 김이 빠졌다.

"되었고, 무슨 일인지나 말하도록 해."

하지만 괜히 다른 이에게 신경질을 내고 싶지는 않았다. 나는 짧게 한숨을 내쉬며 물었다.

"사실 지금 벨르하트 대공의 시종이 아가씨를 기다리고 있습니다."

"……벨르하트의?"

하인의 말에 내 눈이 가늘어졌다. 벨르하트 대공은 황제의 이복동생으로 현재 대공이라는 직함을 하사받아 비옥한 영지를 다스리는 황족이었다.

'그의 시종이 왜 이곳까지?'

그의 신분을 보자면 더더욱 나와는 접점이 없는 사람이었다. 언젠가 짧게 인사를 나눈 기억은 있지만, 이렇게 직접 사람을 보내온 일은 이번이 처음이다.

"예, 꼭 아가씨께 직접 전해야 한다고……."

그것이 무언지는 모르겠지만, 벨르하트 대공이 보낸 시종을 오래

기다리게 할 수는 없었다. 그는 황제가 황위에 오르기 전, 자신의 형제들을 학살할 때 유일하게 살려 둔 황족이었다. 대공의 직함을 받아 궁에서 나왔다고 해서 그가 황족이 아닌 건 아니었다.

"무슨 일이야?"

어느새 아르덴이 내 뒤에 서 있었다. 말이 길어지니 무슨 일인가 걱정이 된 모양이었다.

"잠깐 볼일이 생겼어. 혼자 가도 괜찮으니까 오빠는 좀 더 쉬고 있어."

나는 아무것도 아니라는 투로 말하며 하인에게 턱짓했다. 그것을 본 하인이 서둘러 나를 안내했다.

종종걸음을 하는 하인의 뒤를 따르자니, 홀로 화원에 두고 온 아르덴이 떠올랐다.

'……조금 차갑게 굴었나?'

하인의 목소리를 들은 순간부터 그에게 더 물어보는 건 포기했었다. 내가 신경 쓰이는 건, 그가 무슨 일이냐 물었을 때 뒤도 돌아보지 않은 것이다.

'일부러 그런 건 아니었는데.'

괜히 그리 굴었던 것이 미안하게 여겨졌다.

우선 벨르하트 대공의 일이 먼저이니, 무엇인지 확인하고 곧장 화원으로 돌아가 봐야지. 그리 생각하며 걸음 하니 어느새 시종이 기다리고 있다는 곳에 도착해 있었다.

나는 하인이 열어 주는 문 안으로 들어섰다.

"이리 다급히 찾아뵈어 송구합니다. 플로리아 영애. 저는 벨르하트 대공님의 직속 시종인 루벤 알트라고 합니다."

나를 발견했는지 자리에 앉아 있던 남자가 몸을 일으켰다. 그는 사람 좋은 미소를 지으며 나에게 예법을 다해 인사를 건넸다.

"플로리아 베논이네. 자리에 앉지."

직속 시종이라면 대공의 가장 가까이에서 일하는 자를 뜻했다. 나는 그가 찾아온 이유를 더더욱 알 수 없어졌다.

"무례를 용서해 주셔서 감사합니다. 대공님의 지시가 있어 이리 영애를 뵙게 되었습니다."

"벨르하트 대공님이 직접 사람을 보내실 만한 일이라니."

나는 시간 끌지 말라는 신호를 보냈다. 눈치 좋은 시종은 더 늘리지 않고 본론을 꺼내 놓았다.

"다름이 아니라, 다음 주에 벨르하트 대공님이 직접 주최하시는 파티가 있습니다. 그곳에 꼭 참석해 주셨으면 한다는 당부가 있으셨습니다."

시종은 그리 말하며 품속의 초대장을 공손히 내밀었다. 나는 그것을 받아 들었다.

밀랍 인장을 벗긴 뒤 서신을 읽었다. 정말로 별다른 것은 없었다. 고급스러운 종이 위에는 여름밤 파티가 열린다는 내용과 내 이름이 하단에 적혀 있을 뿐이었다.

"……그렇군."

벨르하트 대공은 파티나 무도회를 즐기지 않는 자로도 유명했다. 대공비 또한 고위 귀족답지 않게 소탈하고 소란스러운 것을 싫어하는 성격이었다.

"참석하시겠다는 답신을 받아오라는 명도 있으셨지요."

퍼져 있던 소문과는 다른 자인지, 그는 시종을 내세워 질기게도 물고 늘어졌다.

파티에는 늘 명분이 있다. 나는 늘 이 점을 염두에 두고 있었다. 여타 귀족도 아니고 황실에 적을 둔 자이니 무시는 어려웠다. 나는 대기하던 하인에게 펜과 종이를 가져오라 일렀다.

"여기 있네."

"배려에 감사합니다. 영애."

시종은 고개를 숙이고는 내 답신을 소중히 갈무리했다. 하얀 봉투가 온전히 사라졌을 때 내 기분은 낮게 가라앉았다.

"더는 볼 일이 없을 테지. 이만 가 보도록 해."

"그러면 물러가도록 하겠습니다."

일방적인 축객에도 불구하고, 시종은 웃는 얼굴을 유지하며 자리에서 물러났다. 홀로 응접실에 남은 나는 소파에 푹 늘어졌다.

'사방에서 못 잡아먹어서 안달이네.'

정말로 그랬다. 겨우 안면만 있는 이가 나를 이리도 들볶을 줄은 몰랐으니까. 그자에 대해 아는 것이 적어 속셈을 짐작할 수가 없었다. 안으로도 밖으로도 모르는 것투성이다.

"이래서야……."

나는 목에 걸린 목걸이를 매만졌다. 구속되어 있는 건 카르텔뿐만이 아니었다. 내가 사랑하는 이들 모두가 자유를 찾기 위해서는 아버지가 내린 목줄을 끊어 버려야만 한다.

'반지를 빼앗아야만 해.'

나는 아버지의 손에 끼워져 있는 루비 반지를 떠올렸다. 그것은 마법의 매개체로서 목걸이를 건 상대에게 벌을 내릴 수 있었다. 피가 역류하고 근육이 찢겨 나가는 듯한 고통을 말이다. 그러나 반지가 아버지의 손에서 벗어나는 일은 없었다. 하인들에게 듣자 하니 취침 중이나 목욕할 때도 결코 빼는 일이 없다고 했다. 그와 반지는 한 몸이나 다름없었다.

'우선은, 알아봐야겠어.'

아버지가 마도탑에서 무엇을 하고 있는지, 그리고 언제쯤 성으로 귀환할지도.

[그래서, 정확히 언제라고?]

카르텔을 만나기 위해 내려온 동굴 안, 그는 오랜만에 흑표범의 형상을 하고 있었다. 나는 그것을 왜 또 묻는 건지 의아해하면서도 대답해 주었다.

"닷새 후."

카르텔에게 대공의 파티에 초대받았다 이야기한 게 이틀 전이었다. 그랬더니 매일 같이 저렇게 날짜를 물어본다. 분명 기억하고 있을 텐데 말이다.

[흐음.]

묘한 비음이었다. 겨우 고개를 들어 보니 짐승 특유의 눈동자가 맞닿아 왔다. 나는 그 속에 장난기가 섞여 있는 것을 알아차렸다.

"······너 지금 나쁜 생각 하고 있지?"

[응. 아주 파렴치한 생각 중이지.]

순순히 동의하니 할 말을 잃어버리게 된다. 내가 입을 다무니 그는 그르렁거리는 소리를 내며 웃었다.

[말을 해 줘도 왜 그런 표정이야.]

"아니야."

나는 입술을 달싹이다 말고 고개를 저었다. 실랑이를 해 봤자 얻을 수 있는 게 없다는 걸 알아서였다. 이것저것 신경 쓸 게 여럿이었으니 사사로운 일에도 피곤했다. 가만히 눈을 감고 있으려니 느릿한 목소리가 귀를 감아 왔다.

[기대어도 괜찮아.]

그 말에 눈을 뜨니 카르텔은 보란 듯 옆으로 몸을 누이고 있었다. 반지르르 윤이 도는 검은 털이 내 시선을 사로잡았다. 만져 본 경험이 있었기에 그의 몸이 얼마나 부드럽고 따스한지 잘 알고 있었다.

"아니, 난 괜찮……."

[어서.]

망설이는 것을 알아차렸는지 가벼운 채근으로 말을 잘라 냈다. 강압적이지 않은 태도는 나로 하여금 고민에 잠기게 했다. 카르텔은 더 재촉하지 않고 충분히 기다려 주었다. 그건 나를 움직이게 하는 또 다른 계기가 되었다. 조심스럽게 다가가니 앞발을 거둔 카르텔이 내가 누울 자리를 마련해 주었다.

"……."

여전히 기대는 것이 망설여졌다. 손 먼저 뻗어 보니 부드러운 털이 녹아들 듯 피부에 감겨 왔다.

"아!"

따스한 촉감에 취해 있으려니 긴 꼬리가 내 허리를 감아 왔다. 꼬리는 꽤 친절하게 움직여 나를 그의 허리에 눕혀 주었다. 조금 어색했지만 몸의 주인이 기대기 편하게 자리를 잡아 주어 곧 아늑함만이 느껴졌다.

긴장을 풀어내니 흑표범의 몸은 최고급 침대 그 이상으로 안락하고 포근하며, 또 부드러웠다. 나는 무심코 검은 털에 뺨을 비볐다. 인간의 모습을 한 카르텔은 내게 늘 낯설었다. 괜히 긴장되고 대하기가 어려웠다. 하지만 흑표범일 때는 어쩐지 안심이 된다. 인간의 형태보다 동굴만큼 큰 덩치의 짐승에게 안심하다니, 우스운 일이었다.

[넌 내 이 모습을 더 마음에 들어 하는 것 같군.]

"……음."

나는 긍정도 부정도 하지 않았다. 짐승이건, 인간이건 둘 다 그였으니 어떤 모습이 더 좋다는 생각은 해 본 적이 없었다. 다만 긴장을 하느냐 마느냐의 문제였다.

"그래도 꼭 따지자면……."

편한 곳에 기대어 있으니 머릿속이 몽글몽글해지는 것 같았다.

가끔 있지 않은가, 이게 쓸데없는 생각이라는 걸 알지만 그래서 더욱 고민하게 되는 것들 말이다.

"음, 흑표범은 크고 편안하고……. 인간인 쪽은……."

"인간인 쪽은 뭐?"

어쩐지 기대고 있는 뺨이 뜨거웠다. 털 보다는…… 좀 더 단단하고 매끄러운 느낌. 하지만 이런 감촉도 나쁘지 않게 느껴졌다. 나는 그렇게 멍하니 생각하다가, 자세를 바꾸기 위해 고개를 돌렸다. 그 순간…….

"꺄악!"

카르텔의 얼굴이 보인 순간, 나는 높다란 비명을 지르고 말았다. 동굴 안에 내 목소리가 메아리처럼 울려 퍼졌다.

"갑자기 소리는 왜 지르고 그래."

그는 눈가를 살짝 찌푸리면서 귀를 매만졌다. 나는 놀란 심장을 제대로 수습하지도 못하고 입을 벌렸다.

"……옷! 옷 입어, 당장!"

내가 소리 지르는 걸 멈추지 않으니, 그는 귀찮은 티를 내며 옷이 있는 곳으로 손을 뻗었다. 나는 그의 맨몸을 보지 않기 위해 서둘러 뒤로 돌았다. 옷자락이 부딪히는 소리가 여러 차례 들렸다. 그는 대강 차림을 갖춘 듯 설렁이며 나에게 다가왔다.

"내 마음대로 되는 게 아니라니까 그러네."

"……그건 알고 있지만."

이렇게 갑자기 변하면 놀랄 수밖에 없다. 가슴에 손을 올려 심장을 달래고자 애를 써도 놀란 마음은 쉽사리 가라앉질 않았다.

"그리고 어차피 봤던, 그리고 보게 될 몸인데. 뭐가 대수라고."

나른한 목소리를 끝으로, 뒤에서 팔이 뻗어 와 나를 끌어안았다. 목덜미에 높은 콧대가 닿는다. 향을 맡듯 들이마시는 숨결이 뜨거웠다. 나는 굳은 듯 움직일 수가 없었다.

그와의 스킨십은 점점 더 잦아지고 있었다. 이러면 안 된다고 생각해도 그건 머릿속에서뿐이었다. 어째서 짐승의 모습을 한 그가 더 안심되는지 알게 되는 대목이었다.

"빨리 닷새가 지나면 좋겠네."

그는 한참 자신의 얼굴을 내 목덜미에 비비더니 가벼운 투로 중얼거렸다. 갑자기 그 말이 왜 나오는 건지. 닷새 뒤면 내가 대공의 파티에 참석하는 날이 아닌가.

"……왜?"

그 말에 빠르게 뛰던 심장이 점차 제자리를 찾았다. 오히려 평소보다 더 느려진 듯한 착각이 들었다.

차갑게 식어 버린 내 표정을 보았을까. 그는 내 뺨을 다정하게 어루만지며 말했다.

"내가 나쁜 짓을 해야 하는 날이거든."

5. 나쁜 짓

시간은 빠르게 흘러갔다.

닷새 동안, 나는 동굴 앞에서 리카엘과 더욱 자주 마주쳤다.

'......'

'......'

이젠 나도 그에게 아는 척을 하지 않았다. 서로를 무시한 채 지나칠 뿐이었다. 이상하게도 리카엘과는 동굴 안에서 마주치지 않았다.

'카르텔이 미리 알려 주는 거겠지.'

맹수 이상의 청각을 지닌 그다. 먼 곳에서도 내가 오는 것을 쉬이 알아차렸을 것이다. 나는 둘의 사이를 의심할 수밖에 없었다.

'어떻게 알아낼 방법이 없을까?'

입술을 잘근거리며 묘안을 찾아보려 해도 떠오르는 것이 없었다.

리카엘은 따로 시종을 두지 않았다. 그는 거의 모든 것을 직접 해결하기 때문에 하인을 매수하여도 알아낼 수 있는 것은 없다.

'아르덴도 마찬가지고.'

리카엘과 비등하게 수상쩍었지만, 결국 캐내지 못했다. 그가 대공의 시종 때문에 운 좋게 빠져나간 이후, 아르덴은 나를 피해 열렬하게 도망 다니기 시작했다. 우연히 마주치기라도 하면 사색이 된 얼굴로 뒷걸음치기 일쑤였다. 나는 초원 위의 사자라도 된 듯한 기분을 맛보아야만 했다. 그는 사슴 따위의 연약한 초식동물이고 말이다.

"하아."

이런 상황에서 성 밖으로 나가는 것도 문제였다. 대공의 초대를 무시할 수도 없으니까.

세 명의 남자는 작당 모의를 하고 있었다. 그것도 나에게 철저히 숨겨 가면서.

"아가씨, 준비하실 시간이 되었어요."

깊은 한숨을 내쉬던 차, 나는 밖에서 들려오는 목소리에 고개를 돌렸다. 시녀인 쉬릴이 나를 부르고 있었다. 슬슬 치장 준비를 해야 늦지 않을 것이다.

"들어와."

어쩔 수 없이 내린 허락과 함께 문이 열렸다. 쉬릴과 하녀들이 드레스와 구두, 보석함을 한 아름 안아 들고 안으로 쏟아져 들어왔다.

"드레스는 붉은 것으로, 구두는 이걸로 해. 귀걸이는 되었고 장신구는 머리에만."

"예, 아가씨."

나는 그들이 펼쳐 놓은 것들을 눈대중으로 훑어본 뒤 빠르게 선택했다.

치장을 길게 끄는 것은 질색이었다. 내 성미를 아는 하녀들은 군말

없이 내가 고른 것들을 가져왔다.

"화장은 너무 두껍지 않게 해."

나는 바쁘게 오가는 손길을 느끼며 눈을 감았다. 대공을 만나기 전 생각을 정리하기 위함이었다.

그는 유독 비밀이 많은 이였다. 필수로 참석해야 하는 연회가 아니라면 얼굴도 보기 힘들었고, 추문 같은 것도 일절 존재하지 않았다. 다만⋯⋯.

'피의 밤에서 살아남았다는 것.'

현 황제는 살육으로 왕좌를 거머쥔 이였다. 황녀들은 신학과 가문들의 신붓감으로 내어 주었고, 계승권이 있는 황자들은 모두 죽여 없앴다. 그것도 단 하룻밤 만에.

귀족들은 그날을 피의 밤이라고 불렀다. 그날 유일하게 살아남은 자는 현 대공, 당시의 2황자였던 벨르하트 뿐이었다. 황제가 벨르하트를 살려 둔 이유는 아무도 몰랐다. 그저 수많은 추측이 오갔을 뿐이었다.

'그런 자가 왜⋯⋯.'

직속 시종까지 보내 가며 나를 초대했단 말인가.

어쨌거나 그는 황제의 사람이었으니, 마도학파인 나와는 연이 없을 이였다. 혹여 대공이 거래를 청하기라도 한다면 곤란해지는 건 나였다. 까딱 잘못 했다가는 황제의 눈에 거슬릴 수도 있으니까.

'조심하자.'

나는 마음을 굳게 먹었다. 대공이 무엇을 청하건 거절해야만 했다. 물론 그의 심기도 거슬러서는 안 되었다.

"이제 그만. 마차는?"

나는 생각을 정리한 끝에 손을 들어 올렸다. 내 머리카락을 정리하던 쉬릴이 재빨리 손을 떼며 머리를 조아렸다.

"아래에 준비되어 있습니다."

"그래, 내려가지."

나는 그렇게 중얼거리며 자리에서 일어났다. 전신 거울 속에 비친 내 모습은 화려하게 핀 홍화와도 같았다. 웨이브 진 분홍빛 머리카락은 한쪽으로 늘어트려 다이아몬드 핀으로 고정했다. 아실리드가 스민 진주 귀걸이를 가리기 위해서였다.

어깨가 파이고 허리를 조이는 드레스는 가슴을 은근히 드러내는 화려한 디자인으로 붉은 눈동자와 잘 어울렸다. 그 아래에는 초커 형식의 장식과 길게 늘어진 루비 목걸이가 함께 걸려 있었다. 하나는 장식, 또 다른 하나는 일반인들의 눈에는 보이지 않는 아버지의 목줄이었다.

오늘 만날 이는 마력으로 원소를 다룰 수 있는 황족 출신이었다. 그도 평범한 존재는 아니니 이것을 볼 확률이 높았다. 그러니 단순한 장식으로 보이게 하는 것이 옳았다.

나는 거울에서 눈을 떼고 방 밖으로 빠져나갔다.

'나쁜 짓이라는 게 뭘 가리키는 걸까.'

계단을 내려가면서도 내 고민은 끝나지 않았다. 하필이면 그가 예고한 나쁜 짓이 오늘이었으니까. 장난스럽게 던진 말에 괜한 신경을 쓰는 것인지도 몰랐다. 그러나 쉬이 넘어가기에는 감이 좋지 않다. 마차에 올라타는 와중에도 그 생각은 변함이 없었다.

"출발하지."

신경을 기울이는 사이, 나를 태운 마차는 부드럽게 바퀴를 굴려 나갔다. 말을 탄 호위들이 익숙하게 대열을 맞추어 마차 곁을 지켰다.

대공가는 수도와 베논 공작가 사이에 있었다. 적어도 서너 시간은 달려야 하는 거리다.

'……복잡하네.'

나는 마차에 난 창문으로 풍경을 바라보았다. 하늘 위 떠 있는 해가 완전히 떨어질 때쯤 대공가에 도착해 있을 것이다.

다시금 도도한 귀족 영애의 가면을 쓸 시간이었다.

"거의 다 도착했습니다. 아가씨."

마부가 벽면을 통해 위치를 알렸다. 신분 검사를 마친 마차가 대공의 영지 안을 가로지르고 있었다.

황궁은 지독히도 화려한 곳이었다. 그러나 대공이 다스리는 영지의 풍경은 너무도 소박했다. 도무지 그 황제와 피가 섞였다는 생각이 들지 않을 정도였다.

'평화롭네.'

저녁 하늘 위로 집마다 식사를 준비하는지 연기가 모락모락 피어올랐다. 나는 고즈넉한 시골 풍경을 넋 놓고 바라보다가, 마차가 멈추고 나서야 정신을 차렸다.

이제 완전히 도착한 것 같았다. 나는 마부가 열어 주는 마차에서 내리며 익숙한 미소를 덧씌웠다.

"……?"

땅에 발을 내딛는 순간이었다. 주변을 둘러보자마자 표정을 달리할 뻔했다.

'……왜 마차가 하나도 없지?'

내가 타고 온 마차를 제외하고는 타 가문의 것은 존재하지 않았다. 분명 대공가의 여름 파티에 초대한다고 하였다. 그렇다면 나 말고도 수십의 귀족들이 즐비해야 마땅한데, 주변은 너무도 고요하기만 했다.

"벨르하트 대공가에 오신 것을 진심으로 환영합니다. 플로리아 영애."

사람이라고는 나를 맞이하러 나온 대공가의 시중인들뿐이었다. 나는 당황스러운 표정을 갈무리하고 한 발자국 앞으로 걸어 나갔다. 대공가의 시중인 중, 희끗한 은발을 가진 중년이 칼 같은 예법을 취해 왔다.

"저는 벨르하트 대공가의 집사인 레카르도 알튼이라 합니다. 베논가의 장미를 모시게 되어 영광입니다."

"……반가워요. 레카르도."

나는 속내를 숨기고는 집사의 인사를 받았다. 이렇게 마중 나온 걸보면 날짜나 시간 따위를 착각한 것은 아닌 듯했다. 나는 그것을 모르는 척, 슬며시 말을 붙였다.

"혹 제가 시간이나 장소를 착각한 걸까요?"

"그럴 리가요. 알맞게 도착하셨습니다."

저렇게 당연하다는 듯 대답하니 오히려 캐묻는 것이 힘들어졌다. 나는 늦게나마 깨닫고 말았다.

'파티를 연 것이 아니구나.'

벨르하트 대공. 그는 여러 사람이 모이는 파티로 위장하여 나만을 초대한 것이었다. 그것을 알아차렸다 해도 이제 와 물리는 것은 불가능했다.

"성심을 다해 모시겠습니다. 그럼 이쪽으로……."

나는 그를 따라 안으로 들어갈 수밖에 없었다. 시골 같은 영지와는 다르게, 대공가의 성은 오랜 세월 지켜 온 유물처럼 우아했다. 그러나 아름다운 내부를 구경할 정신 따위는 없었다.

'함정이란 말이야?'

차분한 걸음걸이와는 다르게, 내 머릿속은 불이라도 난 마을처럼 혼비백산했다. 대공에게 꿍꿍이가 있겠거니 예상은 했었다. 하지만 겉을 포장한 채 나만을 부른 것인 줄은 전혀 눈치채지 못했다.

"드시지요, 손님께서 기다리고 계십니다."

손님이라니? 의아해할 틈도 없었다. 화려하게 조각된 양 문이 열리며 나를 맞이했다.

"……그러죠."

나는 알 수 없는 압박감을 느끼며 걸음을 내디뎠다. 내가 완전히 안으로 들어서자마자 기다렸다는 듯 문이 닫혔다. 꼭 갇힌 기분이 들었다. 그것도 정체를 알 수 없는 괴물의 방에 말이다.

"여기까지 걸음 하느라 고생하였군."

"……?"

샹들리에의 불빛에 눈살을 찌푸릴 때였다. 대공이라고 하기엔 지나치게 젊은 목소리였다. 나는 기시감을 느끼며 뒤를 돌았다.

"초대에 응해 주어 다행이야."

내 눈앞에 서 있는 건 벨르하트 대공이 아니었다. 그렇다고 아예 모르는 이도 아니다. 제국 레오플론의 귀족이라면 모를 리 없는 얼굴이었으니까.

"……전하?"

황실의 상징인 흑발과 황제와는 다른 붉은 눈, 시원스러운 이목구비가 곁들여진 미남.

제국의 적실, 인정받은 황태자. 레이븐 르 레오플론이었다.

"그대는 소개할 기회도 주지 않는군."

그는 장난스러운 미소를 짓고 있었다. 마치 자신이 이 자리에 있는 것이 당연하다는 듯 말이다. 그러나 네가 왜 여기 있냐 멱살을 잡을 수도 없었다. 나는 늦게나마 눈앞의 황족에게 예를 갖추었다.

"레오플론의 작은 태양을 뵙습니다."

"그래, 플로리아 영애."

레이븐은 대강 손을 저어 내 인사를 받아 냈다. 태도와 달리, 그의 눈동자에는 흥미가 가득 들어차 있었다.

"앉지, 나도 이곳까지 오느라 제법 고생했다고."

레이븐은 눈을 한차례 찡긋이고는 소파에 앉았다. 나는 그의 권유를 거절할 수 없어 맞은편에 자리해야만 했다.

'대체 황태자가 왜 이곳에.'

나는 도통 일이 어떻게 돌아가는지 알 수 없어졌다. 여긴 여름 파티가 이루어지는 홀도 아니었고, 나를 초대한 대공은 머리카락 한 올 보이지 않았다.

"······전하를 이곳에서 뵙게 될 줄은 몰랐답니다. 부디 저의 무례를 너그럽게 용서하세요."

레이븐을 처음 마주하는 것은 아니었다. 다만 그 장소가 황성이라는 곳으로 한정되어 있었으며, 이렇게 개인적으로 만난 적은 단 한 번도 없었다.

'······그리고.'

나는 눈앞의 이를 찬찬히 훑어보았다. 황제가 들인 두 번째 황후에게서 난 제국의 적통. 그 말인즉슨, 카르텔의 이복동생이라는 뜻이었다.

"그렇게 딱딱하게 굴지 않아도 괜찮아."

그는 설렁이는 태도로 웃었다.

레이븐 특유의 유들거리는 성격은 사교계에서도 유명했다. 근엄하고 체면을 중시하는 황제와는 더욱이 비교되는 성향이었다.

"배려에 감읍합니다, 전하."

나는 그것을 한귀로 흘려듣고는 고개를 숙여 보였다. 원작 속 황태자는 그리 큰 배역을 차지하는 인물이 아니었다. 그래서 나도 그에 대해 별다른 신경을 기울이지 않았다. 하지만······.

'그건 카르텔을 만나기 전의 이야기고.'

똑같은 씨에서 태어났지만 한 명은 버려졌고, 다른 한 명은 모든 부와 명예, 권력 전부를 거머쥐었다. 카르텔과 가까운 나로서는 그의 이복동생인 레이븐이 껄끄럽게 느껴질 수밖에 없었다.

"그러지 않아도 된다니까."

레이븐은 싱긋 미소 지으며 몸을 테이블 가까이 붙였다. 이렇게 가까이서 보니 카르텔과 조금은 닮은 구석이 있는 것 같았다. 하지만 그와는 달리 거부감이 일었다.

"아니요, 어찌 전하께 그럴 수 있겠습니까."

나는 마주 웃고는 딱 그가 다가온 만큼 몸을 뒤로 물렸다. 쾌활한 성격과 더불어, 그는 대단한 바람둥이로 유명했다.

'아침, 점심, 저녁. 하루 세 번 여자가 바뀐다지.'

시녀, 귀족 영애, 그리고 귀부인까지 취향도 가지각색이었다. 여태까지 사생아가 생기지 않은 것에 감탄이 나올 정도였다. 하지만 그 대상에 나까지 포함하지는 말았으면 했다. 나는 일부러 말을 돌리려는 마음 반, 진정 궁금한 마음 반을 담아 물었다.

"그런데…… 벨르하트 대공님께서는 성을 비우신 건지요?"

일을 이 지경으로 만들어 놓고는 코빼기도 비치지 않다니. 말도 섞어 보지 못한 이에게 진심으로 화가 나려고 했다.

"으응? 숙부님은 비와 함께 별장으로 떠나셨네. 금실이 좋은 분들이시거든."

레이븐은 별 이상한 걸 다 묻는다는 표정으로 찻잔을 기울였다. 이곳이 대공가가 아닌 황성이라고 착각할 정도의 태연한 태도였다. 욕이 나올 것만 같았다. 나는 입을 일자로 다물어 침묵을 지켰다.

"하하, 그렇게 싫은 내색을 하면 나도 상처받는다고."

"……그런 것이 아니오라."

이상하다. 표정은 흠잡을 곳 없이 숨겼을 텐데.

그렇게 생각하던 순간이었다. 레이븐은 상체를 숙이며 테이블에 몸을 가까이 붙였다. 재미있는 장난감을 보기라도 하는 듯, 그의 눈은 소년처럼 빛나고 있었다.

"그대를 부른 건 나야. 성에서 쉬이 나오지 않을 것 같아 숙부님께 부탁을 좀 드렸지."

역시나. 밀려오는 두통에 이마를 짚을 뻔했다.

머릿속으로 가정한 다양한 경우 중 어느 것도 맞아떨어지지 않았다. 예측할 수 없는 경우, 최악의 수가 현실이 되었다. 어떻게 이럴 수가 있지, 나는 침몰하는 정신을 가까스로 바로 잡았다.

"그러셨군요. 서신을 주셨다면 제가 준비해 찾아뵈었을 텐데. 괜히 번거롭게 해 드린 것은 아닌지 염려스럽습니다."

여자를 만나겠다고 작은아버지 집을 차지해? 뭐 이런 자식이 다 있담.

나는 기가 막히면서도 유순한 말투를 잊지 않았다. 그러나 머릿속은 부산스럽게 굴러갔다.

레이븐은 미남이었고, 명실상부한 제국의 후계자였다. 여자가 끊이지 않았음은 물론, 그의 침실로 숨어 들어가려다 잡힌 귀부인까지 있을 정도였다.

'그런데 왜 나를?'

황족은 마도학파 귀족을 멀리했다. 황궁에서 벌어지는 파티에 가더라도 물과 기름처럼 섞이지 않는 것이 정석이었다. 레이븐과 나도 마찬가지였다. 그가 수많은 여자를 건드리고 다녔어도 나에게만은 추파를 던지지 않았으니까.

"궁에서 만나면 귀찮아지거든. 폐하의 귀에 들어가지 않을 리가 없으니까."

폐하께서는 그대의 가문을 별로 좋아하지 않으시거든.

그는 세상 사람들이 다 아는 말을 퍽 비밀스럽게도 속삭였다. 어느새 레이븐의 얼굴은 지척까지 닿아 있었다.

"하지만 나는 달라."

분홍빛이 도는 머리카락이 그의 손에 느릿하게 감겼다. 카르텔과 조금은 닮은 얼굴, 그러나 눈동자 색은 확연히 달랐다.

그는 키스라도 하려는 듯 고개를 숙였다. 머리카락에 레이븐의 입술이 닿았는지는 알 수 없었다.

"흥미가 아주 많지. 특히…… 그대에게 말이야."

가벼운 듯 낮게 깔린 목소리는 유혹적이었다. 다른 여인이었다면 황송하다 못해 심장이 터질 것만 같은 기분을 느꼈을 것이다. 하지만 나는 그 무엇도 느끼지 못했다.

나는 내 머리카락을 감싼 손을 슬며시 겹쳐 쥐었다. 그러자 그의 눈에 빛이 돌았다. 나는 그의 손아귀에서 머리카락을 빼내고는 겸손히 눈을 내리깔았다.

"마도의 길을 걷는 학자로서 아직 미흡할 따름이랍니다. 전하께서 제 능력을 높이 사 주시니 몸 둘 바를 모르겠습니다."

레이븐은 나를 이성으로서 유혹하고 있었다. 그것을 모를 정도로 바보는 아니었다. 그러니 내 말은 우아한 거절쯤으로 보면 될 것이다.

내가 무지하여 알아듣지 못한 듯, 그리고 거절을 당한 이의 입장에서도 부끄럽지 않을 만한 태도였다.

"……그래, 그대의 능력도 인정하는 바이지. 마도탑의 최연소 학위자이기도 하니 말이야. 하지만 내 말은 그게 아니야."

그는 느릿하게 몸을 물렸다. 심기가 거슬렸을까 싶어 고개를 드니, 레이븐은 더욱 흥미롭다는 눈빛으로 나를 바라보고 있었다.

"곧 결혼을 한다지."

"그러하옵니다. 전하."

그걸 알면서도 이리 구는 것이 과연 제국 제일의 탕아다웠다. 아니면 내 소문을 듣고 없던 관심이라도 생긴 것일까. 그는 내 순순한 대답에 빙그레 미소를 지었다.

"그대를 살피기 위해 백작가의 파티에 참여했었지. 수도 전역, 그리고 황궁에서도 온통 그대에 대한 이야기들뿐이라 호기심이 동했거든."

"……그러셨군요."

내가 마지막으로 파투를 내고 온 생일 파티를 말하는 것일 테다. 그러나 홀 어디에서도 황태자의 모습은 보이지 않았었다.

"제법 당돌한 말을 할 줄 알더군. 남겨진 이들의 꼴이 볼만했어."

나는 레이븐의 말에 입을 다물었다. 내가 무슨 말을 하더라도 듣지 않을 것이 뻔했기 때문이다. 순간 그의 눈이 갸름해졌다. 토끼를 앞에 둔 뱀의 미소였다.

"돌리지 않고 말하지. 나는 그대에게 관심이 있어. 여성으로서도, 그리고 마도의 학문에 대해서도 말이야."

움찔, 그는 순간적으로 굳은 나를 보며 입꼬리를 끌어 올렸다. 지금껏 마도에 우호적인 황족은 없었다. 그들은 제국에서 신이나 마찬가지였으니까.

"……마도의 것은 감히 황실의 신학에 미치지 못하옵니다."

황족의 피는 대대로 옅어졌고, 마도학은 제국의 것이 아니었다. 그 어느 날 이국에서 흘러들어 왔으며, 그것은 제국의 번영에 실질적인 영향을 미쳤다.

"하지만 가장 실용적인 학문이며 발전 가능성이 농후한 것이지."

나는 그의 말에 대답하지 못했다. 저 말이 사실이라 하더라도 쉬이 입을 놀려서는 안 된다. 잘못 대답하였다가는 반역죄가 될 수 있을 만큼 위험한 발언이었다.

"아버지는 마도학파에 적대적이지만, 나는 좀 달라."

"전하."

다른 이도 아니고 황태자가 저런 말을 하다니. 말리려 입을 열었지만 그는 내 부름을 모르는 척했다.

"오히려 호의적이지. 나는 쓸모 있는 건 버리지 않는다는 주의라서 말이야."

나는 그 말에 그의 성향을 파악할 수 있었다. 제국의 탕아라 소문이 자자했지만, 그것은 레이븐의 수많은 모습 중 하나임을 이제야 알았다.

"하지만 지금 중요한 건 그게 아니야. 그러니까······."

그는 몸을 일으켜 상체를 기울였다. 몸을 뒤로 빼려 했지만 내 위의 그림자는 사라지지 않았다. 마치 사랑하는 여인에게 고백을 올리는 청년처럼, 레이븐은 내 손을 쥐고는 달콤한 어조로 속삭였다.

"그대를 가질 수 있게 해 주겠나?"

"······저는 곧 결혼할 몸입니다. 전하."

나는 차분한 어조로 답했다. 마도에 호의적이라는 말은 분명 놀랄 만한 것이었다. 하지만 그렇다고 해서 내가 그의 여인이 될 수는 없었다.

"남편이라는 것도 명목뿐인 것을, 그대가 학자의 길을 걷는 데 참견하지 않겠어. 무지한 영식들보다는 내가 훨씬 나은 재목일 거야. 그건 장담하지."

귀족들은 여인이 지식을 쌓는 것을 좋아하지 않았다. 춤과 예법, 수나 악기 정도를 다루는 것이 영애의 미덕이라 생각하는 사회였으니까. 그의 말은 학문을 배우는 여인에게 분명 유혹적인 것이었다.

"그리고 또 모르는 일 아닌가. 그사이에 내 아이를 잉태하게 된다면 그대와 나는 더욱더 특별한 관계가 될 거야."

어느새 그의 손은 내 턱 끝으로 옮겨 와 있었다. 억지로 눈을 맞추어야만 하는 행위에 기분이 가라앉았다.

'쓸모 있는 건 버리지 않는 주의라고 했지.'

그 말을 반대로 해석하자면, 쓸모없는 것은 가차 없이 버린다는 뜻이었다. 어차피 따르지 않을 것이었으나, 사실을 떠올리니 머릿속이 더욱 차분해졌다. 나는 턱 끝에 닿은 레이븐의 손을 떨어트렸다.

"무척 영광된 제안이오나, 저는 거절하겠습니다."

내 말에 그의 눈동자가 일순간 흔들렸다. 그리고는 이내 시원스러운 미소를 흘렸다.

"쉽게 넘어오지 않을 거라고 예상은 했지만……. 단호하게도 거부하는군. 이거, 제법 상처인걸."

레이븐은 쉬이 손을 거두며 자리에 앉았다. 정말로 상처 입은 남자의 모습이라기엔 몹시도 홀가분한 태도였다. 나로서는 다행이었다. 하지만 완전히 끝난 것은 아니었다.

"내가 그대의 결혼을 방해하겠다면?"

잘못 듣기라도 한 걸까. 내가 눈을 깜빡이자, 그는 다정하게도 같은 말을 다시 한번 읊어 주었다.

"내가 수를 쓴다면 그대도 쉽지 않을 거야. 어쩌면 제국 내 신학파의 귀족과 결혼해야 할 수도 있겠지."

초조한 마음이 들었던 건 저것을 예상했기 때문일까. 나는 입안의 살을 깨물었다. 황태자는 황제와 황후 다음으로 강력한 발언권을 가진 사람이었다. 그가 걸고넘어진다면 당연한 것도 길고 지루한 싸움으로 변하게 될 것이다.

"……협박하시는 건가요?"

"아니, 이건 권고야. 그대가 좀 더 나은 길을 택할 수 있게 도와주는 것이나 다름없으니까."

레이븐은 깍지를 끼며 부드럽게 웃어 보였다. 하지만 그의 눈동자는 싸늘하게 식어 있었다. 저런 눈빛으로 다정한 목소리를 내는 것도 재주라면 재주였다.

'미치겠네.'

일이 꼬여도 단단히 꼬였다. 그것도 예상치 못한 방향으로.

그가 다리를 꼬고는 식어 빠진 찻물을 홀짝였다. 얼마든지 기다려 준다는 태도가 나를 더 곤란하게 만들었다. 말을 잘해야 했다. 지금 당장은 빠져나갈 수 있되, 나중 일에 문제가 생기지 않도록.

"……저는."

말을 흘리면서도 입안이 바짝바짝 마르는 것이 느껴졌다.

"저는?"

잠시 다른 곳으로 향했던 눈동자가 나를 직시했다. 자라나면서 쌓아 온 그의 오만함이 몹시 불쾌했다. 카르텔과는 다른 종류의 것. 그를 떠올리며 말을 이으려 할 때였다.

"……곤란 합……! 멈추……."

나는 소리가 나는 방향으로 고개를 돌렸다. 그것은 이 방 문 너머에서 들리고 있었다.

"멈추십시오! 그곳은……!"

소란은 더욱 거세졌다. 묘하게 익숙한 목소리다. 분명 이곳까지 나를 안내했던 집사의 것이었다. 그는 누군가를 필사적으로 막고 있었다.

"뭣들 하느냐! 당장 막아라!"

그 말이 무색하게도, 집사의 노력은 상대를 무마시킬 수 없는 듯했다. 굳게 닫혀 있던 문이 열렸다. 그리고 문 앞에 서 있는 이는…….

"……카르텔?"

나는 홀린 듯 중얼거렸다. 지금 내가 꿈을 꾸고 있는 건가? 나는 무심결에 내 팔을 꼬집었다. 읏, 신음은 나오지 않았지만 분명 따가운 감각이 생생했다.

열린 문 사이에 서 있는 건 분명 카르텔이었다. 그는 유례없이 부드러운 미소를 짓고 있었다. 복장 또한 낯설기 짝이 없는 것이었다.

역삼각으로 파인 목깃, 손등을 덮는 긴 소매와 허리를 두른 붉은 끈. 그 아래로는 검은 천이 하의를 감싸고 있었다. 먼 동방에서나 볼 법한 이국적인 복식이다. 하지만 그와 놀랍도록 잘 어울렸다.

"이게 무슨 소란이냐."

나는 레이븐의 목소리에 정신을 차렸다. 검은 머리칼의 사내 둘이 서로를 마주 보고 있었다. 그것도 대공의 성에서.

맹세코, 나는 이런 일이 일어날 줄은 상상조차 하지 못했다. 카르텔은 베논가의 동굴에 묶여 있어야 했다. 그곳에서 탈출한 건가? 하지만 어떻게?

"실례했습니다. 제 반려가 이곳에 있다는 소리를 듣고 참을 수가 없어서."

내가 굳어 움직이지 못하는 동안이었다. 카르텔은 발을 내디뎌 방 안으로 들어왔다. 그리고는 양 옷소매에 손을 넣어 인사를 건넸다. 제국의 예법과는 전혀 다른 것이었지만, 이국적인 인사도 절도 있고 우아하게 느껴졌다.

"저는 플로리아 영애를 반려로 맞이할 바흐덴의 왕자, 카르텔이라 합니다."

"……반려?"

레이븐이 눈살을 찌푸리며 물었다. 그와 동시에 내 심장은 쿵, 하고 떨어졌다. 대체 이게 무슨 상황인지 모르겠다. 그러나 머리는 생각하기를 멈춘 듯 오로지 심장만 카르텔의 말에 충실히 반응하고 있었다.

"예, 서약서가 오가는 중이었지요. 하지만 더 참지 못하고 직접 이곳으로 오게 되었습니다."

바흐덴, 그 나라는 대서양 건너에 있는 동방의 소국이었다. 그리고 아버지가 꾸며 낸 서류에 등록된 가짜 남편의 나라이기도 했다.

"……제국어를 곧잘 하는군."

대륙과 동방의 언어는 그 뿌리부터 달랐다. 상당한 발음 차가 있는데도 불구하고, 카르텔은 그것을 능숙하게 해냈다.

"어릴 적부터 꾸준히 배워 온 것입니다. 이렇게 칭찬해 주시니 몸 둘 바를 모르겠습니다."

그렇게 말하면서 왜 내 쪽을 은근한 눈빛으로 바라보는 걸까. 확실히, 내가 듣기에도 카르텔의 발음은 완벽했다.

'당연하지! 여기서 나고 자랐는데!'

나는 소리 없는 아우성을 간신히 참아 냈다. 나는 카르텔이 표범인지 여우인지 고민해야만 했다.

"베논가에 도착했더니 성의 시종이 말해 주더군요. 리아가 대공님의 파티 때문에 자리를 비웠다고."

카르텔은 레이븐의 앞에서도 태연했다. 그는 유려한 태도로 지척까지 다가와 말을 이었다.

"제 나라인 바흐덴에서는 자신보다 높은 신분의 이에게 먼저 찾아가 인사를 하는 것이 예의이지요."

그 말을 끝으로 열린 문 뒤에서 서성이는 이들이 보였다. 대공가의 집사와 시종들이 눈치를 보며 어쩔 줄 모르고 있었다.

"이곳에서는 무례한 행동이었나 봅니다. 그래도 제 아내가 될 사람의 제국을 알기 위해 노력했는데, 실례했습니다."

사과마저도 자연스럽다. 나는 혼이 나간 채로도 굳어 가는 머리를 학대했다.

대공은 파티를 연 척 나를 이곳까지 불러내고 성을 비웠다. 그러는 와중, 내 남편이라는 자가 나를 찾아왔으니 집사와 시종들은 몹시 당황했을 것이다.

"······신분은 제대로 확인한 건가?"

"예, 예. 물론입니다."

레이븐의 물음에 집사가 서둘러 다가왔다. 카르텔은 안절부절못하는 집사를 보더니, 소맷자락 안에서 두루마기를 꺼내 펼쳐 보였다.

"······결혼서."

나는 멍하니 중얼거렸다. 저건 다음 달에나 도착해야 할 바흐덴의 결혼서였다. 저것이 있다면 황후와 황제에게 정식 허가를 받을 수 있었다.

"분명 응접실에서 기다리시라 부탁을 드렸는데 어떻게 이곳까지······."

집사는 송구하다는 듯 머리를 조아렸다. 역시 아까의 소란은 카르텔 때문이었다. 집사가 알려 주지 않았는데도 그는 스스로 나를 찾아 이곳까지 왔다.

"우선 물러가게."

레이븐은 벌레를 쫓듯 손을 휘휘 저었다. 머리를 쓸어 올리는 행동이 꼭 다 된 밥에 재가 뿌려졌다는 반응이다. 그의 짜증스러운 태도에 집사와 시종들은 뒷걸음으로 자리를 떴다.

문은 소리도 없이 닫혔다. 이제 셋만이 남았다. 분명 넓은 공간인데도 불구하고 한없이 좁게만 느껴졌다.

"······."

나는 아무 말도 하지 못했다. 어떻게 반응해야 할지 몰라서였다. 이제 카르텔의 시선은 나에게 닿아 있었다. 다정한 미소, 휘어진 눈매, 정중하면서도 굽히지 않는 태도.

'······쟤 카르텔 맞아?'

매일 반말이나 해 대던 능글맞은 모습은 대체 어디로 갔단 말인가.

아니면 숨겨진 쌍둥이라도 있는 건가? 얼굴은 분명 그인데 꼭 다른 사람을 마주하고 있는 듯한 기분이 들었다.

"드디어 만났군요."

그는 정중히, 어쩌면 첫사랑에 빠진 수줍은 남자처럼 내 손을 감싸 쥐었다. 카르텔 특유의 높은 체온이 느껴졌다. 환상이 아니었다. 그와의 작은 접촉만으로도 긴장이 반쯤 풀리는 듯했다.

"내 아내, 나의 리아."

이런 미친. 내 아내, 나의 리아라니. 내 얼굴은 잘 익은 사과보다 더 달아올랐다. 아내라는 말도 적응이 되지 않았지만, 그가 나를 리아라 부르는 것이 더욱 부끄럽게 느껴졌다.

그건 벨루스나 아르덴이 나를 부르는 애칭이었다. 머리가 핑핑 돌았다. 말도 안 되는 상황도, 그에게 곧장 반응하는 나도, 전부 황당하기 짝이 없었다.

"어릴 적 아버지를 따라 왔던 이국의 땅에서 리아를 처음 보았습니다."

그는 내 손을 잡은 채로 말을 이었다. 꿀을 바른 듯 달짝지근한 눈동자가 나에게 향했다. 시선을 견딜 자신이 없었다. 이놈을 차라리 때리고 싶었다. 나는 어쩔 줄 모르고 눈을 내리깔았다

"소년이었던 저는 그녀에게 첫눈에 반하고 말았지요."

맹세컨대, 그런 기억은 존재하지 않았다. 나는 어릴 적 성을 벗어난 적이 손에 꼽을 정도로 적었으니까. 거기다 원작을 알고 있는 유일한 사람이었다. 하지만 그의 연기는 나까지 오락가락하게 했다. 내가 기억하지 못하는 것인가, 말도 안 되는 생각까지 들 정도였다.

"어른이 되는 내내 리아를 잊지 못했습니다. 감히 베논가에 서신까지 보내었지요."

차분히 눈을 내리깐 카르텔은 부드러운 미소를 짓고 있었다. 손등

을 매만지는 손가락의 감촉이 지나치게 생생했다.

"답변이 올 줄은 몰랐습니다. 그렇게 서신을 주고받았을 때 내 마음은, 세상을 다 가진 듯 행복했습니다."

나는 그의 말에 사랑스러운 연인을 떠올렸다. 바다 너머에 사는 연인이 애절한 마음을 담아 서신을 주고받는다. 하루하루 상대의 답장이 오기를 간절히 기다리며, 보내온 서신들을 소중히 간직하는 그런 연인 말이다.

"내 청혼을 받아 준 그 날, 내가 어떤 기분이었는지 당신은 모를 겁니다."

머리가 띵했다. 이마를 부여잡고 있으니 온몸에 힘이 빠져나갔다. 그는 당연하다는 듯 나를 끌어안아 기대게 만들었다. 나는 두근거리는 심장을 모르는 척했다.

"그런데, 파티는 이미 끝이 났나 보군요."

내가 얌전히 그에게 안겨 있을 때였다. 카르텔의 시선이 레이븐에게 향했다. 그는 내가 파티에 참여하는 줄 알았으니 그런 질문을 하는 것도 당연했다.

"······그대가 오기 전에 끝났지."

레이븐이 느릿하게 답을 내어놓았다. 처음부터 파티는 존재하지도 않았는데. 나는 레이븐의 거짓말을 속으로 비웃었다.

"아쉽습니다. 레오플론 제국의 파티를 꼭 경험해 보고 싶었는데."

카르텔은 진정으로 아쉽다는 듯 목소리를 내리깔았다. 그의 반응에 레이븐은 무어라 답을 하려다 말고 말을 삼켜 냈다.

몰래 황성을 빠져나왔다면 문제가 될 것이다. 거기다 나를 속였다는 게 알려지면 그도 꽤 곤란해질 터였다. 그렇기에 아마도 말을 삼가는 것이리라.

'카르텔과 리카엘의 조합도 정말 이상하다고 생각했지만.'

나는 서로 말을 섞는 검은 머리 둘을 번갈아 보았다. 카르텔과 그의 배다른 동생 레이븐의 만남이라니. 당사자는 저렇게 태연한데, 나는 연극 같은 괴이함에 몸서리를 쳤다.

"기회는 또 있겠지요. 결혼 허가 뒤에도 저는 쭉 제국에 머물 테니까요."

이건 또 무슨 소리지? 나는 황급히 그를 올려다보았다. 가짜 결혼은 카르텔이 동굴에서 빠져나올 수 없기에 세운 계획이었다. 그런데 그가 밖으로 나올 수 있다면…….

"그럼 이만 제 아내와 함께 가 보겠습니다."

"……그래."

레이븐은 마지못해 승낙했다. 그는 불쾌한 표정을 그대로 내비치고 있었다. 한 방 먹인 것 같았지만 찝찝한 것은 왜일까. 하지만 지금은 이곳을 빠져나가는 것이 더 중요했다.

"……물러가겠습니다. 전하."

나는 기계처럼 예를 올렸다. 카르텔이 들어온 후, 내가 뱉은 말은 고작 이 한마디뿐이었다. 카르텔의 팔이 내 어깨를 감싸는 것도 몰랐다. 나는 얼빠진 표정으로 그의 움직임에 맞춰 걸어 나갔다.

무슨 정신으로 성을 빠져나왔는지 알 수 없었다. 나를 기다리고 있는 마부와 베논가의 마차가 보였다. 그 옆에는 검은 마차가 함께 대여져 있었다. 그 주변으로 동방의 옷차림을 한 이들이 가득했다.

'이래서 집사가 들여보내 주었던 거구나.'

혼자 왔더라면 말도 들어주지 않았겠지. 하지만 이만한 규모의 이국 사람들이 포진했다면 노련한 집사도 당황할 수밖에 없었을 것이다.

여러 생각을 하는 동안 마차 바로 앞에 도착했다. 그러는 와중에도 카르텔은 여전히 정중했다.

"리아, 당신의 마차를 함께 타지요. 제 마차는 급하게 빌려온 것이라 리아가 타기에는 불편할 수도 있습니다."

"그, 그래요."

아무리 들어도 적응이 되지 않는 어투다. 나는 얼빠진 표정으로 그의 태도를 따라 하며 고개를 끄덕였다.

"조심히."

"……아."

마부가 마차에 오를 수 있도록 발 받침대를 준비할 때였다. 카르텔이 내 허리를 끌어안아 가뿐히 들어 올렸다. 어느새 나는 높다란 마차 문 안에 들어 서 있었다.

나는 평소보다 높은 눈높이에서 밖을 보았다. 동방의 복식을 한 이들이 나에게 예를 보이고 있었다.

"저들은……."

"저의 식솔들이지요. 알아서 마차 뒤를 따라올 것이니 염려 마십시오."

그 말을 끝으로 카르텔 또한 마차에 올라탔다. 마차 소파에 앉으면서도 머리가 멍했다. 이쯤 돼서는 내가 다른 소설에 빙의한 것인가 싶은 생각도 들었다.

"출발하지."

그의 말에 마차의 문이 닫혔다. 마차는 부드럽게 움직이며 성의 문, 그리고 영지 밖으로 굴러 나갔다.

해가 완전히 진 밖은 육안으로 쉬이 식별할 수 없을 만큼 어둑했다. 그렇기에 우리를 볼 사람이 없다는 것을 알고 있었다. 하지만 나는 확 하고 커튼을 쳐 창을 가려 버렸다. 마차 안은 완연한 어둠 속에 잠겼다.

말을 많이 하지도 않았는데 입을 여니 잔뜩 쉰 목소리가 나왔다.

내 목소리를 듣고 옆에서 달그락거리는 소리가 났다. 등불조차 켜지 않은 마차 안은 아무것도 보이지 않았다.

"마셔."

이윽고 내 입술에 차갑고 매끄러운 것이 닿았다. 본능적으로 입을 벌리니 차가운 물이 내 입안을 적셨다. 그제야 목이 몹시 마르다는 걸 깨달았다. 나는 아예 잔을 받아 물 잔을 완전히 비워 냈다.

"더 줘?"

나는 고개를 저었다. 분명 아무것도 보이지 않을 텐데 그는 다시 권유하지 않았다. 나 또한 아무런 말도 하지 않았다. 언제 그랬냐는 듯, 카르텔은 내가 알던 모습으로 돌아와 있었다. 동시에 나도 꿈에서 현실로 끌어 내려진 기분이 들었다.

"……."

"……."

한동안 침묵이 흘렀다. 온몸의 긴장이 풀어져 손 하나 까딱하기가 힘들었다. 그러나 나는 어둠 속 보이지 않는 상대를 추궁해야 할 의무가 있었다.

"너, 나올 수 있었던 거야?"

질문할 것은 산더미였다. 하지만 나는 가장 중요한 것부터 물어보았다.

'봉인구가 풀린 건가?'

그의 목을 쥔 봉인구는 평범한 것이 아니었다. 레오플론 제국의 건국 때부터 내려져 왔던 것으로, 마력이 가장 풍부했던 황금시대의 유산 중 하나였다.

아주 약간의 틈새는 있었다. 하지만 고작 그 정도로 봉인구를 풀어 내는 것은 불가능했다. 그리 생각하니 속이 울렁거렸다. 마차 멀미 따위는 아니었다. 나는 그에게 배신감을 느끼고 있었다.

'왜 내게 말하지 않았어?'

벨르하트 대공가에서 그의 모습을 보았을 때, 나는 마치 꿈결과 같은 느낌을 받았다. 하지만 지금은 아니다. 구름 위의 기분은 진흙탕으로 처박혀 있었다.

"완전히 풀린 게 아니야."

그가 나를 속였다는 생각에 잠식되었을 때다. 어둠 속에서 그의 말이 낮게 울려 퍼졌다. 앞이 보이지 않으니 꼭 동굴 안에 있는 것 같은 착각이 들었다.

"……그러면?"

내 목소리에 불신이 섞여 있었다. 그가 혼자 힘으로 나올 수 있었다면 그동안 내가 한 노력은 무엇이란 말인가. 거기다 그는 나를 속인 것이 되었다. 그것도 완벽하게.

"손을 줘."

그는 나른한 한숨을 내뱉으며 말했다.

물은 말에 대답은 안 하고 손이나 달라니. 나는 무릎 위에 있는 손을 꾹 말아 쥐었다. 지금은 그의 말을 하나도 따르고 싶지 않았다.

"이걸 만져 봐."

내가 아무 반응도 하지 않자, 그가 다시금 말을 건넸다. 아무것도 보이지 않는데 뭘 만지라는 건지 알 수가 없었다. 차르르. 그 순간 기묘한 소리가 나를 굳게 만들었다. 쇠붙이 같은 것들이 절그럭거리며 부딪치는 소리였다. 그것은 길게 늘어져 있었다.

내게 있어 쇠의 소리는 낯선 것이 아니었다. 주먹 쥔 손이 무심코 풀어졌다. 내가 허공을 더듬으니 그의 손이 내 손을 붙잡아 원하는 것을 만지게 해 주었다.

"……어?"

분명 허공에는 아무것도 없었다. 나는 쇠붙이의 차가운 촉감에 놀라 눈을 깜빡였다. 그것을 조금 더 꽉 쥐니 형태가 그려졌다. 이건 쇠사슬이었다.

"느껴지지? 이건 성의 지하와 연결되어 있어."

대공가에서 쇠사슬은 보이지 않았다. 하지만 지금은 분명 느껴졌다. 그것을 더듬어 따라갔더니 창문에 손이 부딪혔다. 사슬은 물체를 통과하여 밖으로 뻗어 있었다.

나는 방향을 반대로 바꾸어 손을 움직였다. 차가운 쇠와 동시에 뜨거운 피부의 촉감이 느껴졌다. 봉인구는 그의 목에 걸려 있었다.

"이게…… 어떻게 된 거야?"

목소리가 절로 떨렸다. 동시에 그가 움직이는 것이 느껴졌다. 반대편에 앉아 있던 카르텔이 옆으로 다가와 내 양손을 감쌌다. 차갑게 얼어 있던 손끝이 그의 체온에 녹아내렸다.

"이건 진짜가 아니야."

그는 어린 짐승처럼 내 목덜미를 파고들며 나직하게 속삭였다.

'진짜가 아니라니?'

나는 그가 감싼 손을 움찔거렸다. 그사이 카르텔은 나를 완전히 끌어안아 품에 가두었다. 몸이 식은 탓인지 그의 체온이 더욱 뜨겁게 느껴졌다.

"만약 진짜로 봉인구를 풀어냈다면……."

낮게 깔린 목소리가 체온을 더욱 서늘하게 만들었다. 그의 손가락이 내 뺨을 느릿하게 쓰다듬고 있었다.

"그 새끼의 눈부터 도려냈겠지. 네게 닿은 곳, 닿지 않은 곳까지 모두 잘라 버렸을 거야."

그가 말하는 대상은 레이븐이었다. 자신의 이복동생이면서, 나를 유혹하려 했던 제국의 황태자.

나른하게 흘리듯 내뱉는 말투가 지독히도 차가웠다. 나는 무심코 몸을 움츠렸다. 머리를 숙이니 단단한 어깨에 이마가 닿았다.

'이게 다 가짜라고?'

진실과 거짓이 섞여 진창이 되어 버렸다. 모두 거짓이라는 카르텔의 말을 믿을 수가 없었다. 그의 목소리도, 뜨거운 체온도 모두 생생하게 느껴졌다. 그런데 어째서.

"츳."

어둠이 시야를 차단하니 청각이 예민해졌다. 나는 작게 혀를 차는 소리에 고개를 들어 올렸다.

"슬슬 시간이 되었군."

"……시간이 되었다니?"

나는 그의 중얼거림에 물음을 달았다. 하지만 이번에도 명확한 대답은 돌아오지 않았다.

"성으로 돌아오면 말해 줄게, 리아."

대공가에서 들었던, 꿀처럼 부드럽게 녹아내리는 목소리가 귓가에 울렸다. 가만가만 얼굴을 쓰다듬던 손이 내 턱을 감쌌다. 착각일까. 뜨겁고 말랑한 것이 일순간 내 뺨에 닿았다가 떨어졌다.

"다음 것은 잠시 후에."

이번에는 장난기가 섞여 있는 말투였다. 캄캄한 어둠 속에서 나는 더욱 종잡을 수가 없어졌다. 진짜인지 가짜인지 알 수 없었던 입맞춤 후, 그는 내 몸에서 완전히 떨어져 나갔다.

"잠깐만!"

아무것도 보이지 않는데 그의 촉감까지 느낄 수 없으니 불안해졌다. 나는 황급히 소파에서 일어나 허공을 더듬었다. 그러나 쇠사슬도, 그의 몸도 만져지지 않았다. 장님처럼 소파와 마찬 벽을 더듬길 한참이었다.

"아, 등불이……."

툭 하고 걸린 건 벽에 달린 등불이었다. 나는 스위치를 찾기 위해 고군분투했다.

달칵. 작은 소음과 함께 유리 안으로 화르르 불꽃이 올라왔다. 나는 갑작스러운 빛에 눈살을 찌푸리면서도 황급히 주위를 둘러보았다. 마차 안엔 나 혼자뿐이었다.

"……뭐야."

텅 빈 마차 안에서 내 목소리만이 허망하게 흩어졌다. 다리에 힘이 풀렸다. 나는 소파에 털썩 주저앉고 말았다. 멍하니 뺨을 더듬으니 옅은 온기가 그대로 남아 있다. 망령에 홀린 것 같은 기분이었다.

그렇게 가만히 그의 흔적을 더듬고 있을 때다. 작은 간이 테이블 위에 올라와 있는 손바닥만 한 도자기 잔이 내 시선을 사로잡았다.

"……물 잔."

나는 잔을 들어 그것을 살펴보았다. 겉에는 내가 입술에 바른 것과 같은 색의 자국이, 안은 방금까지 물이 차 있었던 것처럼 물방울이 촉촉하게 고여 있었다.

"환상이 아니야."

분명 카르텔은 방금 전까지 이곳에 머물러 있었다. 나는 작은 도자기 잔을 구명줄이라도 되는 듯 꽉 쥐었다. 이것마저 사라지면 아무것도 남아 있지 않을 것만 같은 기분이 들어 놓을 수가 없었다.

그렇게 넋을 놓고 얼마나 있었을까. 어둠을 가르며 달리던 마차가 어느덧 공작성에 도착해 있었다.

"……아가씨! 그러다 다치십니다!"

문이 열리는 순간이었다. 나는 참지 못하고 받침대도 없이 마차에서 뛰어내렸다. 놀란 마부가 나를 불렀지만 뜀박질을 멈출 수는 없었다.

'확인해야 해.'

내 머릿속은 온통 그 생각뿐이었다.

나를 맞이하러 나온 이들을 무시한 채 성안 복도를 가로질렀다. 숨이 넘어갈 것 같은 와중에도 동굴 아래로 내려가는 주문을 외웠다. 문이 다 열리기도 전, 나는 그 안을 비집고 넘어질 듯 계단을 밟아 내려갔다.

"허억······! 헉!"

무릎에 손을 대고 웅크린 채, 차오르는 숨을 골랐다. 그리고 고개를 들었을 때 나는 샛노란 눈동자와 마주할 수 있었다.

"카······르텔."

그는 마치 아무 일도 없었던 것처럼 가만히 나를 바라보았다. 목의 봉인구도, 연결된 사슬도 그대로였다.

'······아.'

순간 몸이 휘청일 뻔한 것을 가까스로 바로 잡았다. 그의 얼굴을 보며 사라지지 않았다는 사실에 안도하였다. 하지만 나는 그 감정을 모르는 척하고 싶어졌다. 나는 가만히 아랫입술을 깨물었다. 안도감은 좁아졌던 시야를 팽창시켰다. 동굴 안에는 카르텔만 있는 것이 아니었다.

"리카엘 오라버니······와 아르덴 오빠······?"

나는 색이 다른 두 쌍의 눈동자를 번갈아 바라보았다.

내 부름에 리카엘은 슬쩍 눈길을 돌려 버렸고, 아르덴은 죄라도 지은 사람처럼 고개를 푹 숙여 버렸다. 다시금 눈길을 돌리니 카르텔이 고양잇과의 동물처럼 고개를 기울이고 있었다. 그는 아무 말도 하지 않고 눈을 가느스름하게 뜬 채 웃어 보일 뿐이었다.

"정말이지, 이게······ 대체."

나를 포함해 사람이 넷이나 모여 있는데도 동굴 안은 한없이 조용하기만 했다. 파르르 몸이 떨렸다. 색색의 조합이 아주 기가 막혔다. 더 이상은 참을 수 없었다.

"말, 제대로들 해요. 이번엔 물러날 생각 없으니까."

입술에서 단어가 뚝뚝 끊어져 나갔다. 나는 그 누구도 동굴에서 벗어날 수 없도록 계단 앞에 서서 버텼다.

"그렇게 안 해도 알려 줄 생각이었어. 마차 안에서 말했잖아."

카르텔은 달래려는 듯 어르는 목소리를 내었다. 하지만 나는 서슬 퍼런 표정을 풀 생각이 없었다.

"무슨 말? 갑자기 사라져서 내가 얼마나……!"

"놀라게 해서 미안해."

쏘아붙이려는 입이 불시에 다물어졌다. 나는 내 귀를 의심해야만 했다. 그가 이토록 순순히 사과할 줄은 생각지도 못했다. 정말, 그는 오늘 나를 놀라게 하려고 단단히 작정한 모양이었다. 그렇지 않고서야 이럴 수는 없었다.

"……."

"변명처럼 들리겠지만, 그건 나도 의도한 바가 아니었어. 마력이 다 되어서 사라질 수밖에 없었거든."

입을 꾹 다물고 있자 그가 말을 이었다. 마력이 다 되다니?

나는 그의 목소리에 귀를 기울였다. 내 열이 조금 식은 것을 알아차린 걸까. 카르텔은 유순한 태도로 설명해 주었다.

"넌 동굴에 내려올 때마다 봉인구에 마력을 불어 넣었지."

그의 말이 맞았다. 나는 어서 계속하라는 듯 고갯짓으로 대답을 대신했다.

"너도 알고 있겠지만, 봉인구에는 작은 틈새가 있어. 그 사이를 통해 네 마력이 나에게 흘러들어 오더군."

금빛 눈동자가 한없이 진지해졌다. 그를 보고 있자니 예전의 기억이 떠올랐다. 아버지 없이 이곳에서 있었던 첫 번째 만남. 카르텔은 다짜고짜 사람으로 변할 수 있다며 나를 유혹했었다. 실제로도 사람의 모습을 보였으니 나를 속인 것은 아니었다.

'내 마력으로 변할 수 있었지.'

처음에는 그랬다. 그 이후에는 뭐가 잘못되었는지, 카르텔은 정해진 시간 없이 인간으로 변하거나, 표범으로 돌아가거나 했다. 하지만······.

'그게, 오류가 아니었다면?'

하나, 둘. 조각을 끼워 맞추려는 내 앞에 카르텔이 서 있었다. 그는 어느새 내 손을 잡아 올렸다. 흑표범 때의 카르텔이 그러하듯, 그는 내 손에 뺨을 비비며 말했다.

"그 마력은 처음부터 내 마음대로 다룰 수 있었어."

느릿한 어조는 나를 경악케 하기에 충분했다. 그는 놀란 내 모습은 아랑곳하지 않은 채 손의 감촉을 즐기기에 여념이 없었다.

'그게 가능하단 말이야?'

그저 변화하는 것으로 끝인 줄 알았다. 카르텔은 내 손을 놓아주더니 보란 듯 허공을 갈랐다. 검은 불길이 비어 있는 공간에서 짙게 타올랐다.

"검은 불꽃······."

나는 홀린 듯 중얼거렸다. 아실리드와 처음 만난 화원, 그곳에서 보았던 불길과 똑같았다.

"네 마력을 쓸수록 내 능력도 돌아오고 있어. 나는 그걸 이용한 거야."

내용과 맞지 않는 덤덤한 말투였다. 분명 변화를 조절할 수 없다고 했으면서······! 그것을 따지기 위해 주먹을 쥐었을 때였다.

"내 동생에게 그딴 걸 겨누다니, 당장 치우지 못해!"

나는 갑작스러운 호통에 놀라 눈을 동그랗게 떴다. 어느새 가까이 다가온 리카엘이 내 앞을 막아서고 있었다.

나와 아르덴 같은 식물계 이종족은 화마에 약했다. 하지만 카르텔이 공격한 것도 아니었는데. 나는 조금 곤란한 빛으로 리카엘의 등을 바라보았다.

"내가 내 꽃을 태우기라도 할까 봐?"

카르텔의 눈이 가느스름해졌다. 마음에 들지 않을 때 짓는 표정이었다. 그는 낮게 웃고는 리카엘의 어깨를 밀친 뒤 나에게 다가왔다. 카르텔이 뒤에서 나를 끌어안는 동시에 검은 불길이 홀씨처럼 흩어졌다가 다시 뭉쳐졌다. 꼭 재롱을 떠는 것 같았다.

"……뜨겁지 않아."

타오르는 불길이건만, 손을 가져다 대어도 전혀 뜨겁지 않았다. 내가 그렇게 말하자마자 등 뒤에서 그르릉, 하고 기분 좋은 울림이 들려왔다.

그의 손가락이 내 어깨를 톡, 하고 건든 순간이었다. 애교를 부리던 불꽃이 리카엘에게 달려들었다.

"……!"

리카엘은 사납게 타오르는 불꽃을 바람으로 몰아냈다. 하지만 완전히 피하지는 못했는지 소매 끝이 검게 타들어 가 있었다.

"덕분에 이 정도 잔재주는 부릴 수 있지."

카르텔의 목소리에 만족이 섞였다. 이런 상황에서도 장난이나 치다니. 역시 그다웠다. 덕분에 대공가에서의 '착하고 다정한 카르텔'을 완전히 떨쳐 낼 수 있었다.

"카르텔."

나는 사뭇 부드러운 어조로 그의 이름을 불렀다.

"음?"

그는 제법 유순한 태도로 답했다. 나는 그 비음 섞인 말을 들은 즉시, 굽으로 카르텔의 발을 찍었다.

"······윽!"

"나 장난칠 기분 아니니까, 입 다물고 있어."

가뿐히 카르텔의 품 안에서 빠져나온 나는 빙글 뒤로 돌았다. 일을 친 범인 셋이 아주 잘 보였다. 슬슬 시선을 피하는 꼴이 영 마음에 들지 않았다.

"지금부터 내가 물으면 대답만 하는 거예요. 알겠죠, 여러분?"

나는 무언가를 가르치는 사람처럼 또박또박 말했다. 조곤조곤한 목소리에 스산한 칼날이 섞여 있음은 물론이다.

"으응."

이럴 때만 눈치가 빠른 아르덴은 서둘러 고개를 끄덕였다. 나는 그것으로 만족하며 질의를 시작했다.

그 첫 타자는 당연히 카르텔이었다.

"그래서 내 마력을 모아 뒀다는 말이야?"

그게 사실이라면 더욱 괘씸했다. 카르텔은 이제 더 거리낄 것도 없다는 듯 슬렁거렸다. 죄지은 것 하나 없는 순진한 모습이었다.

"그래. 아주 숨길 생각은 없었지만······. 저 조인족이 거래를 해 왔거든."

카르텔은 턱짓으로 리카엘을 가리켰다. 자연히 내 시선도 그를 향해 돌아갔다. 눈길이 자신에게 모이는 것이 퍽 당황스러웠는지 리카엘이 인상을 찌푸렸다.

"별거 없어. 저놈은 필요한 정보를 얻어 갔을 뿐이고, 나는 나대로 네 마력을 가공하는 데 저놈을 쓴 것뿐이야."

카르텔은 리카엘이 자신을 죽일 듯 노려보건 말건 이야기를 계속했다. 그는 제 옷소매에 가려져 있던 것을 내게 보여 주었다.

"······흑요석?"

검고 반들거리는 그것은 새카만 유리 조각 같았다. 불순물이 섞이지 않은 극상품은 내 얼굴이 또렷하게 비추어질 정도로 반질거렸다.

"마력석과 흑요석을 섞어 가공한 거야. 조인족의 솜씨지."

"이게 마력석이라고?"

리카엘 쪽을 바라보니 그는 애써 나를 외면하고 있었다. 그도 나와 마찬가지로 마도탑에서 학문을 수료한 이였다. 더 나아가서는 연금술 쪽에도 두각을 보였었다. 비상한 머리들도 연금술이라면 치를 떨었다. 고대어와 수학, 괴이한 공식이 뒤죽박죽 얽혀 있어 나조차도 고개를 저을 정도였다.

'예전에 그만둔 줄 알았는데.'

연금술의 수재라는 명성도 아버지가 리카엘에게 일을 맡기기 전의 일이었다. 그가 아직도 연금술에 손을 대고 있는 줄은 몰랐다.

"네가 대공가에서 보았던 나는 환영과 비슷해. 진짜는 계속 동굴 안에 있었지."

돌을 받아 들어 자세히 살펴보던 나는 아, 하고 작은 감탄사를 터트렸다. 처음 본 것인데 이상할 정도로 친숙하더라니. 연금술로 다듬어진 돌 안에는 내 마력이 희미하게 일렁이고 있었다.

진짜와 같은 신기루라니. 이것을 마도탑이 알게 된다면 눈에 불을 켜고 달려들 것이 뻔했다.

'시간이 다 되었다는 게 이런 의미였구나.'

보석 안의 마력은 거의 바닥을 드러내고 있었다. 혹시나 하여 내 마력을 넣어 보았더니 배고픈 아귀처럼 잘도 흡수했다. 기가 찰 노릇이었다.

"이것 때문에 계속 동굴을 드나들었던 거예요?"

"······그래."

리카엘은 머뭇거리며 말문을 텄다. 그는 당장이라도 자리를 벗어나고 싶어 하는 눈치였다. 그러나 이대로 보내 주기에는 물어야 할 것이 너무 많았다.

"대체 왜요?"

카르텔에게 얻을 것이 뭐가 있다고. 자존심까지 굽혀 가며 이 같은 일을 저질렀는지 진심으로 이해가 되질 않았다.

"……네가."

리카엘은 몇 번이고 입술을 달싹였다. 한참을 머뭇거리는 그의 표정이 몹시 고통스러워 보였다.

"네가 왜 마수와 결혼하겠다고 나섰는지, 그 이유를 알아야만 했으니까."

"그게 다예요?"

얼이 빠져 되물었으나 그는 할 말을 다 했다는 듯 입을 꾹 다물어 버렸다. 리카엘은 아버지의 충성스러운 아들이었다. 나 따위가 뭐라고. 고작 이유 따위를 알아내겠다고 이런 위험한 짓을 감수한단 말인가.

나는 리카엘과 나 사이를 돌이켜 보았다. 아르덴이라면 몰라도, 그와 나는 그리 사이좋은 남매가 아니었다. 마땅히 떠오르는 것이 없으니 머리만 아파 왔다. 나는 아르덴에게로 시선을 돌렸다.

"오빠는?"

"……뭐, 뭐가……?"

지목당한 아르덴이 화들짝 놀라며 고개를 들었다. 에메랄드빛 동공이 사정없이 흔들린다. 나를 속인 것에 어지간히 죄책감이 든 듯했다.

"오빠는 카르텔과 무슨 사이야? 나한텐 왜 숨긴 거고."

"……나는, 네가 걱정되어서. 형님을 도운 것뿐이야."

아르덴은 조심스럽게 제가 숨기고 있던 것을 털어놓았다. 그는 리카엘의 명을 받아 동방의 사람들을 사들였다. 집사의 명령으로 성 밖을 자주 나갈 수 있었으니 가능한 일이었다.

'대공가에서 본 그 사람들이 다 아르덴의 작품이었구나.'

나는 몰려오는 두통에 이마를 쥐었다. 카르텔이 입고 있던 동방의 복식, 그 뒤를 따르던 사람들 모두 연극의 조연들이었다.

"대공이 너를 부르다니 이상하잖아. 조사를 해 보니 파티에 초대받은 귀족은 너뿐이고."

아르덴은 변명이라도 하듯 말을 덧붙였다.

"우리는 초대받지 못했으니 마수라도 보내는 게 옳다고 생각했단다. 마침······ 형님이 마력석도 완성했으니까."

대공가에서 파티를 주최한 이가 황태자일 줄은 몰랐지만.

작아지던 목소리가 완전히 멈추었다. 확실히, 카르텔이 오지 않았다면 나는 황태자로부터 벗어나기 힘들었을 것이다.

"하아."

깊은 한숨이 터져 나왔다. 그들끼리 무언가를 계획하고 있다는 건 알고 있었지만, 이 정도의 일일 줄은 몰랐다. 없던 배신감까지 마구 샘솟았다.

두 명의 오빠는 아직도 내 눈을 피하느라 바빴다. 범인 중 시선을 피하지 않는 사람은 카르텔, 내 가짜 남편뿐이었다.

"우선, 두 분 다 나가 주세요. 저는 제 남편과 대화를 좀 해야겠으니까요."

예의를 지킬 정신도 없었다. 나는 손을 가볍게 저으며 내쫓는 시늉을 했다. 두 오빠는 머뭇거리며 시선을 교환했다. 아까는 그렇게 나가고 싶어 안달을 하더니만.

"안 나가요?"

쌍심지를 켜니 그제야 느린 걸음을 옮긴다. 나는 두 공범이 동굴을 완전히 빠져나가기를 기다렸다.

"이제 우리 둘만 남았네."

조용해진 공간, 느른한 목소리가 귓가를 쓸어내렸다. 카르텔은 목줄의 길이만큼 나에게 다가와 있었다. 손을 뻗으면 나에게 닿을 거리였다.

"이게 네가 말한 나쁜 짓이었어?"

"그래."

더는 속이지 않겠다는 투였다. 나는 가까이 오라는 듯 내미는 손을 잡지 않았다. 그는 손을 거두지 않고 물었다.

"화났어?"

"……."

대답할 가치도 없었다. 서로 속이지 않기로 했으면서, 그는 당연하다는 듯 거짓말을 일삼았다. 하지만 내가 숨기고 있는 것들도 만만치 않았으니, 억울함을 토로할 자격은 없었다.

"내가 어떻게 해야 풀릴까."

이걸 비긴 걸로 둔다 쳐도 화가 나는 건 어쩔 수 없었다. 두 오빠까지 작당하여 나를 속였으니까.

"내 리아."

"……그렇게 부르지 마."

나는 웅얼거리듯 대답했다.

왜일까. 이제껏 숨기며 해 왔던 모든 일이 헛되게 느껴졌다.

"그놈들은 네가 아니었다면 절대 움직이지 않았을 거야."

달래듯 부드러운 어조였다. 카르텔의 말이 맞았다. 두 오빠는 나를 위해 벌인 일이었지만 껄끄러웠다. 아니, 정확히 말하자면 서운했다.

'이런 느낌이었을까?'

내가 무작정 카르텔과 결혼하겠다고 했을 때, 오빠들이 느낀 감정이 이와 같을지도 몰랐다. 나는 한 걸음을 내디딘 뒤 가만히 고개를 떨구었다.

"모든 건 너로부터 시작된 거니까."

기다렸다는 듯 커다란 손이 내 머리칼을 쓸어내렸다. 천천히 감아오는 팔에 몸을 맡긴다. 마차 안에서 느꼈던 감촉과 똑같았다. 어떻게 그게 허상일 수 있을까. 나는 슬며시 흑요석을 감싸 쥐었다.

"오직 너만이 풀어낼 수 있어."

사르르. 입안에서 솜사탕이 녹아내리듯 달콤하고 부드러운 음성이었다. 그는 비어 있는 내 손을 끌어당겨 사슬을 쥐게 했다.

구속구는 아직 풀리지 않았다. 나는 이기적이었다. 어서 빨리 이것을 풀고, 성을 빠져나가고 싶으면서도 그와 떨어지기는 싫었다. 없던 배신감이 생겨났던 이유가 이런 감정 때문이라니. 나는 실소하고 말았다.

"그러니 용서해 줘."

싸늘하게 식었던 감정이 일렁이며 차올랐다. 마음은 이렇게나 갑작스럽다. 지나치게 빠른 것은 싫었다. 하지만 좋기도 했다. 몸과 마음, 분명 내 것인데 통제가 되지 않는 것이 이렇게나 원망스러울 수가 없었다.

"응?"

흔들리는 마음을 알아차렸을까. 그가 내 손을 잡아 입술에 대었다. 뜨겁고 부드러운, 촉촉한 감촉의 혀가 손등의 얇은 피부를 핥아 올렸다. 잇새는 종종 피부를 잘근거렸다. 뾰족했지만 살살 물어 아프기보다는 간지러웠다.

그는 손등을 핥다 말고 나를 올려다보았다. 꿀이 섞인 것 같은 금색 눈동자가 오늘따라 유독 달아 보였다. 거대한 맹수가 애교를 부리는 것 같았다. 그 모습을 보고 있자니 이상하게 웃음이 나왔다.

나는 비어 있는 손으로 그의 턱을 긁어 주었다. 짐승을 대하듯 하여도 카르텔은 내 손길을 기분 좋게 받아들였다.

"······그런 건 다 어디에서 배웠어?"

길이 든 맹수처럼 유순한 모습을 보자니, 동방의 복식을 했던 그가 생각났다. 우아하면서도 부드러운 미남자라니. 천재적인 연기가 따로 없었다. 그와 똑 닮은 쌍둥이가 있었나 착각이 들 정도였으니까.

"엄마 배 속에서."

그녀가 동방의 서적들을 좋아했거든.

카르텔이 키득거리며 나를 끌어안았다. 어처구니가 없는, 하지만 진실일 대답에 결국 웃음이 터졌다. 그러나 끝이 식은 미소였다. 나는 교묘히 그것을 감추어 냈다.

황금빛 눈동자가 나를 담아낸다. 시선은 노골적이었다. 내 모든 것을 탐미하려는 듯 짙은 눈빛이었다. 고작 마주 보는 것뿐인데도 눈가가 뜨거워진다. 카르텔의 시선은 내게 크나큰 착각을 가져다주곤 했다.

'왜 그런 눈으로 나를 보는 거야?'

꼭, 나를 간절히 원하는 듯한, 달콤하고도 탐미적인 눈빛과 표정은 나를 어지럽게 만들었다. 그러나 그가 무슨 생각을 하는지, 어떤 마음을 품고 있는지는 알 수 없었다. 그건 이번 일로서 더욱 확실해졌다. 나는 흔들리는 내 마음만큼이나 그를 믿지 못했다.

* * *

성안의 분위기는 느릿하게 녹아내렸다. 그러나 그건 겉모습뿐이었다.

묵묵히 난초 잎을 닦아 나가던 나는 한층 차분해진 상태였다. 끝까지 나를 속였던 카르텔. 나는 맹수에게 홀린 나 자신을 반성했다. 폭풍을 만나 흔들리는 돛대처럼 갈피를 잡지 못한 마음. 그 대가를 치른 것이라는 생각이 들었다.

'바보 같기도 하지.'

더는 휘둘리는 일이 없어야만 한다. 이 극을 이끌어 나가는 건 나였다. 운명을 바꾸고, 원하는 바를 이루기 위해서 감정에 휘둘려서는 안 된다.

'정신 차리자.'

어차피 내 것이 아니다. 머지않아 그에게는 여자 주인공이라는 반려가 나타날 테니까.

내 목표는 내 사람들을 데리고 성을 탈출하는 것이다. 그 이상의 의미는 둘 필요가 없었다.

카르텔. 여러 차례 안겼던 품의 향기를 기억한다. 이에 길들면 안 되었다. 나는 티 내지 않으려 노력하며 홀로 감정을 굳혀 나갔다.

'성을 탈출할 때까지 만이야.'

밀어에 가까운 말들도, 겹쳐지는 피부의 감촉도 목적을 이루기 위한 전략이다. 나는 그 사실만을 상기하며 떠오른 무언가를 모르는 척 눌러 버렸다.

'······어떻게 이용할 수 있을지만 생각하자.'

나는 리카엘이 만들어 낸 보석을 떠올렸다. 내 마력을 채워 넣으면 카르텔이 밖으로 나올 수 있는 물건. 육체는 동굴에, 정신은 만들어진 환영에 깃든다. 그 후 마력이 떨어지면 환영은 허공으로 흩어지고 만다.

이건 새로운 루트였다. 잠깐이라도 사람들에게 모습을 드러내 놓는다면, 탈출하기 위한 방법을 여럿 마련할 수 있을 것이다.

'리카엘이 연금술을 그 정도까지 다룰 줄은 몰랐어.'

나는 카르텔을 도왔던 리카엘을 떠올렸다.

마도학은 마력석을 베이스로 하되 그 학문이 룬어, 생명학, 연금술로 나뉜다. 그중 아버지는 모든 학문의 꼭대기에 오른 권위자였으나 생명학에 특화했고, 나는 그 셋을 적절히 다룰 줄 알았다. 리카엘도 나와 마찬가진 줄 알았는데, 이번 계기로 생각이 완전히 달라졌다.

'그건 고위 연금술사도 할 수 없는 일이야.'

그 흑요석은 리카엘이 만들어 낸 것이다. 그 정도의 연금술은 마도탑의 권위자도 쉬이 창조해 낼 수 없었다. 거기다 마력을 다루는 룬어학까지 결합하다니.

'어쩌면······.'

리카엘은 아버지와 비슷한 수준의 마도학을 다룰 수 있는 건지도 몰랐다. 그렇게 생각하니 등줄기가 오싹했다. 나처럼 리카엘도 오랜 시간 비밀을 숨겨 왔을지도 몰랐다.

'아버지도 모르는 능력이야.'

알고 있었다면 써먹지 않을 리가 없었다. 하지만 그가 능력을 숨겼다는 것도 이상했다. 리카엘은 우리 중 아버지에게 가장 충성스러웠으니까. 그는 아버지의 명령이라면 감정 없는 기계처럼 그 어떤 더러운 일이든 가리지 않았다.

그건 어릴 적에도 마찬가지였다. 내가 능력을 깨우치기도 전, 이미 그는 아버지 아래에서 사사로운 일을 처리하고 있었다.

'그는······ 아버지의 사람일까?'

과거를 돌아보아도 그에 대한 기억은 손에 꼽았다. 성을 탈출한다고 하여도 나는 아르덴, 벨루스와 움직일 생각이었지, 거기에 리카엘까지 포함하지는 않았다. 하지만 최근 그가 보여 준 모습들은 내 생각을 혼란스럽게 하기에 충분했다.

혹 그 모습이 연기는 아닐까.

아버지가 돌아온 후 리카엘은 여태껏 있었던 일을 전부 말해 버릴지도 몰랐다. 나는 최악의 경우를 생각하다가 고개를 내저었다.

'쉽게 단정 짓지 말자.'

말할 거였다면 진즉 서신을 써 보냈을 것이다. 카르텔을 위한 흑요석도 만들지 않았겠지. 그러니 조금 더 지켜볼 필요가 있었다. 그리고 그사이, 리카엘이 진정 내 편인지 알아내야만 했다.

'……칼자루는 내가 쥐어야 해.'

나는 꽃잎을 손으로 쓸며 중얼거렸다. 이것이 체스 게임이라면, 나는 말이 아닌 지휘관이 되어야만 했다.

'아버지가 돌아오기 전까지, 계획을 세우자.'

아버지의 부재는 사뭇 달가운 일이었으나 그의 동태를 파악하지 못해서는 안 되었다.

'아버지가 실험을 숨기고 있어.'

그가 보내오는 서신을 통해 깨달은 사실이었다. 서너 통의 서신 그 어디에서도 마도탑에서 일어나는 일들은 단 한 줄도 적혀 있지 않았다. 그건 목줄을 건 이들에게도 알려 줄 수 없는 기밀이 있다는 뜻이다.

마도탑은 위로 갈수록 좁아지는 거대한 첨탑이었다. 하층에는 재료상부터 하급제자, 청소부까지 많은 이들이 드나들었다. 상층에는 간부들이, 탑의 지하에는 실험체를 보관한다.

나는 익명으로 그곳에 재료를 대는 상단 사람 몇을 고용했다. 모두 나라의 눈을 피해 불법으로 움직이는 이들이었다. 귀한 재료는 상인을 상층으로 직접 올려 물건이 맞는지 확인하게 한다.

나는 고용된 이들에게 사람들의 대화를 담아내는 녹음석을 보냈다. 마도탑에 흐르는 강한 마력은 기밀을 보호하는 역할을 한다. 최상급의 녹음석이었지만 그 안에 담긴 것은 별로 없었다. 그중에서도 알아들을 수 있는 단어는 손에 꼽을 정도였다.

'……붉은 구슬. 더 많은…….'

붉은 구슬이라니. 말 그대로 단순한 구슬은 아닐 것이다. 예를 들면, 어떤 것의 약칭이겠지.

상인에게 수거한 녹음석 외에도 떠도는 소문을 들을 수 있었다. 탑의 간부들이 내린 명령으로 내부는 분주했으며 지나치게 많은 재료와 실험체가 매일 반입 된다고 말이다.

마도탑도 황가의 지휘 아래 있었다. 마도 재료도, 실험체도 수의 제한을 받는다. 누군가가 마도탑을 도와 불법적으로 실험체를 대주고 있었다.

'뭔가 있어.'

아버지를 잡아끌 정도로 매력적인 실험이 마도탑에서 진행되고 있었다. 그가 계속 그곳에 머문다면 직접 탑을 방문하거나 성으로 불러들일 구실을 마련해야만 했다. 그리고 그때 우리를 지배하는 반지를 빼앗아야만 한다.

파삭-!

"음?"

그렇게 한참 생각에 잠겨 있던 순간이었다. 나는 이질적인 소리에 고개를 돌렸다. 평안하던 식물들도 예민하게 잎을 세우기 시작했다. 화원 안으로 불청객이 들어왔다는 뜻이었다.

"누구냐."

새로 온 하녀인가? 그렇다 해도 금지 구역에 대한 교육을 받았을 텐데.

"팔자가 아주 폈어."

"라쿠스?"

이물질이 긴 목소리에 눈살이 찌푸려진다. 화원에 난 길을 따라 들어온 건 라쿠스 베논이었다.

"누구는 잡종 계집 때문에 매일이 지옥인데 말이야."

나는 라쿠스가 풍기는 냄새에 미간을 찌푸렸다. 이건 하수장의 오물 냄새였다. 귀족 영식의 모습은 다 어디로 갔는지, 엉망으로 엉킨 머리칼과 충혈된 눈은 그를 광인으로 보이게 했다.

"지옥? 그런 사고를 치고도 머리가 떨어지지 않은 게 다행인 줄 알아."

나는 라쿠스를 노골적으로 비웃었다. 하수장 관리인 정도의 고생을 지옥이라 칭하다니. 진짜 고통을 느껴 보지 못한 어린애의 투정이었다.

"아버지가 날 죽이기라도 했을 것 같아?"

그는 다짜고짜 고함을 내질렀다. 피죽 한 그릇 얻어먹지 못한 꼴이면서 목청 하나는 우렁찼다.

"뭐, 죽이진 않으셨겠지. 아마 팔다리 정도 잘리지 않았을까?"

나는 느긋하게 대꾸했다. 아버지가 유난히 라쿠스를 싸고도는 건 사실이었다. 나와 혼혈들에게 준 목걸이도 그에게만큼은 채우지 않았다. 내가 진짜 플로리아가 아님에도, 혼혈과 인간의 차별을 상기하니 짜증이 치밀었다.

"닥치지 못해?!"

"윽!"

아까부터 느꼈지만 그의 눈은 맛이 가 있었다. 이성을 잃은 라쿠스가 내 목을 움켜쥐었다. 화원의 꽃들이 분노로 몸을 떨었다. 하지만 이런 것쯤은 언제든 풀 수 있다. 나는 그의 손목을 쥐고 힘겹게 웃어 보였다.

"라, 쿠스. 넌 너무 멍청해……. 쿨럭……!"

정말이지 지지리도 못난 놈이었다. 자신이 비호받고 있다는 사실도 모르고, 아버지에게 애정만을 갈구하는 애송이.

우리가 족쇄로 여기는 목걸이를 투기하는 얼간이가 바로 라쿠스였으니까.

"나는……! 네놈들 같은 괴물이 아니라 진짜 인간이라고!"

그럼 너도 혼혈이 되던가.

목을 조여 오는 힘이 강해 마지막 말을 내뱉지는 못했다.

어릴 적 아버지에게 겪었던 잔혹한 실험들이 떠올랐다. 끔찍한 기억, 진정한 지옥. 더 생각하고 싶지 않았다. 봐주는 것도 여기까지. 나는 마비 향을 풀어냈다.

"이, 이……!"

내 마력을 느낀 꽃들이 불청객을 향해 공격적으로 향을 내뱉었다. 여러 독이 섞인 향은 라쿠스의 숨을 타고 들어가 손쉽게 그를 무릎 꿇렸다.

"내 화원은 불결한 것을 싫어해. 그러니 이만 꺼져 줬으면 좋겠어."

원작의 플로리아는 라쿠스를 시기하고, 미워했다. 그가 받는 특별한 대우를 끔찍이도 싫어한 것이다. 하지만 나는 그가 싫지도, 좋지도 않았다.

없는 사람 취급하는 게 가장 속이 편했을 뿐이다. 하지만 이렇게 혼혈이니 괴물이니 들먹이며 나올 때는 나도 모르게 감정을 표출하게 된다.

살아남은 아버지의 자식 중 실험을 당하지 않은 이는 라쿠스 뿐이었다. 한 번도 제대로 된 고통을 맛본 적 없으면서 능력을 거론하는 태도에 목을 잘라 버리고 싶은 충동이 인다.

내가 지금까지 라쿠스를 봐주고 있었던 건 아주 약간의 동정심 때문이었다. 그토록 아버지의 관심을 끌려 했지만 단 한 번도 눈길을 받지 못했으니까. 그러나 이 순간만큼은 나도 원작의 플로리아 심정을 조금 알 것 같았다.

"……하, 하하!"

라쿠스는 실성한 듯 웃음만 터트렸다. 드디어 미친 건가? 사실 별로 궁금하지도 않았다. 이대로 놈을 기절시킨 뒤, 하인을 불러 끌고 나가게 할까. 진지하게 고민하던 차였다.

"마녀 같은 년. 이깟 거, 다 태워 버리면 그만이지!"

말릴 틈도 없이, 라쿠스는 품 안에서 유리병을 꺼내 던졌다. 바닥에 부딪혀 깨어진 것은 곧 거센 불길을 일으켰다.

"꽃들이……!"

그가 던진 건 마도탑에서 만들어진 화마의 병이었다. 던져 깨트리기만 하면 어디에서든 불을 지를 수 있었다.

'이럴 작정으로……!'

라쿠스는 타오르는 식물들을 보며 킬킬거렸다. 그리고는 얼마 가지 않아 바닥에 얼굴을 처박고 쓰러졌다. 마비의 향이 그를 잠식한 것이다.

화원은 나의 일부나 마찬가지였다. 내가 다루는 향기는 모두 품고 있는 것이 아니었다. 주기적으로 향기를 모아 저장하는 것이 나의 능력이었다. 그러니 이곳은 능력의 저장고나 마찬가지였다.

나에게 직접적인 해를 끼치지는 못하니 화원이라도 태워 버리려 작정한 것이다. 화원의 생명이 비명을 지르고 있었다. 불을, 불을 꺼야 하는데……! 나는 서둘러 물길로 다가갔다. 하지만 꽃에 물을 주는 용도였기에 양이 턱없이 부족했다.

"읏!"

나는 사납게 타오르는 불꽃에 몸을 움츠렸다. 나무 한 그루를 반쯤 잡아먹은 불길이 더욱 높게 치솟았다. 화인인 나에게도 불은 치명적이었다. 살갗이 익을 것처럼 뜨겁다. 하지만 화원을 포기할 수는 없었다.

[안녕.]

"······?!"

청량한 목소리가 귓가에 닿았다. 나는 무심코 귀에 손을 대었다. 화마의 한 가운데에서, 시냇물처럼 차가운 손길이 내 손등을 덮었다.

"아실리드?"

멍하니 생각난 이름을 부르니, 흐르는 듯 떠오른 물길이 차츰 형상을 갖췄다. 그는 고개를 숙여 나와 눈을 마주쳐 왔다. 반달처럼 곱게 휘어진 눈매가 사랑스럽다. 물을 휘감은 꼬리가 아니었더라면 나는 그를 천사로 착각했을지도 모른다.

[오랜만이야.]

자갈과 파도가 부딪히는, 아득한 바다의 소리가 아스라이 번졌다. 내 뺨을 어루만지던 손길이 느릿하게 떨어졌다.

아실리드는 서늘한 물길로 화마를 끌어안았다.

6. 본질

"아……."

불길의 먹이로 타들어 가던 나무가 물에 휩싸였다. 검은 재가 바닥을 물들였지만, 나무는 완전히 죽어 버리지 않았다. 시각적인 크기와 달리, 타 버린 식물은 드물었다. 그중 크기가 큰 것들은 잘 돌보면 살릴 수 있었다.

[네 아이들을 기르는 장소구나.]

아실리드가 나를 중심으로 원을 그리며 다가왔다. 긴 꼬리가 지나간 자리마다 이슬을 머금은 무지개가 영롱하게 빛났다.

[나, 잘했어?]

아실리드가 가늘게 눈웃음치며 물었다. 나는 그 천진난만한 미소에 홀린 듯 고개를 주억거렸다.

그는 마지막으로 본 모습과 조금 달라져 있었다. 그 전이 연약한 소년이었다면, 지금은 어린 티에서 벗어나려는 청년 같았다.

"너……."

마차 안에서 계약한 이후, 그는 단 한 번도 모습을 드러내지 않았다. 그렇다고 귀걸이를 뺄 수도 없어, 그 답답함은 고스란히 내 몫으로 돌아왔다.

[잠들었어. 상태가 그리 좋지 않았거든.]

확실히 전보다 생기 있어 보이는 움직임이었다. 하지만 이런 타이밍에 나타나다니. 어쩌면 진주 속에서 모두 지켜보고 있던 건 아닌지 의심이 드는 순간이었다.

"……."

나는 말없이 그를 노려보았다. 입안에 한숨이 감돈다. 그가 사라져 버린 이후에 생겼던 속앓이가 떠오른 탓이다.

그에 대한 걱정은 물론이요, 카르텔과 원치 않은 마찰을 벌여야만 했다. 그리고 아실리드의 존재는 카르텔이 나를 속인 것에 대해 반박할 수 없는 이유가 되고 말았다.

[화내지 마.]

아실리드는 몸을 굽혀 나를 올려다보았다. 긴 속눈썹이 물기 어린 에메랄드 눈동자 위로 파르르 떨렸다. 양손으로 내 손을 감싸 쥔 그는 고개를 옆으로 기울여 잘못을 이야기했다.

[응?]

물기 어린 눈동자가 아른거린다. 그것을 보고 있자니 세상에서 가장 여리고 가여운 것에게 해악을 끼친 것만 같았다.

하아. 나는 힘이 쭈욱 빠져나가는 것을 느끼며 한숨을 내쉬었다.

"알겠으니까……. 그런 표정 짓지 마."

[지상의 꽃은 다정하기도 하지.]

그는 금세 슬픔을 벗어 버리고 꼬리를 살랑거렸다. 촉촉이 젖은 눈동자가 휘어진 눈매에 감싸였다. 쏙 들어간 보조개가 그를 만개한 꽃처럼 보이게 했다.

고개를 설레설레 저으니 그가 내 몸을 중심 삼아 빙그르르 원을 그리며 돌았다. 비단 자락처럼 늘어진 하체가 눈앞에 드러났다. 그 끝을 본 나는 작게 입을 벌렸다.

"꼬리가……."

그를 살펴보던 나는 이질적인 부분에서 눈을 떼지 못했다. 깊게 갈라져 있었던 꼬리 끝이 미약하게나마 나아 있었다.

[네가 나를 받아 주었으니까.]

달콤하게 휘어진 눈꼬리에서 꿀이 떨어지는 듯했다. 차이를 발견해 준 것이 몹시 기쁜 듯 부산스러운 움직임이다. 분명 바다로 돌아가기 전까지는 낫지 않는다고 했었는데. 나는 그의 말을 떠올리며 입을 열었다.

"그거……. 어떻게 된 거야?"

[네 덕분이지. 계약자는 자신의 마력을 제공할 의무가 있으니까.]

상황에 휘말려 그와 계약을 진행하게 된 건 맞았다. 그러나 아실리드가 내 마력을 쓸 수 있게 된다는 건 전혀 들은 바가 없었다.

"그런 말 한 적 없잖아."

[이미 알고 있는 줄 알았는데. 내가 첫 계약자는 아니잖아?]

그의 말에 순간 몸이 굳었다. 추측은 성공적이었으나 아실리드가 카르텔을 언급할 줄은 몰랐다.

"……왜 그렇게 생각하는데?"

역시 진주 안에서 모든 상황을 보고 있었던 걸까. 아실리드는 내 미심쩍은 물음에 웃음을 더하여 답했다.

[너에게 다른 이의 마력이 묻어 있었으니까.]

그는 얼굴을 기울여 내 목덜미에 코를 댔다. 물기가 어린 찬 기운에 목을 움츠리게 된다. 옆으로 물러섰지만 따라오려는 기색은 없었다. 그는 꿈결에 젖은 듯 몽롱한 표정을 짓고 있었다.

[네 향기를 맡을 수 있는 이라면 어떻게 탐하지 않을 수 있겠어.]

의문스러운 말이었다. 그건 언젠가 카르텔에게 들었던 말을 떠올리게 했다.

'네 향기를 맡고 싶어.'

화인에게서는 속한 꽃의 향기가 흘러나왔다. 그러나 이 또한 나에게는 반만 해당하는 것이었다. 지나치게 여러 종류의 꽃을 다루다 보니 나 자체에서 나는 특유의 향기는 존재하지 않았다.

달콤하지만 모두 내 것이 아니다. 나는 이것을 잡스럽게 섞인 향이라 표현했다. 쭉 그렇게 생각해 왔기에 내 특유의 향을 거론하는 말들이 당혹스럽게 느껴졌다.

[네가 가진 꽃은 특별해.]

내 눈에 섞인 혼란을 읽은 탓일까. 그는 알 듯 모를 듯한 미소를 띠며 나와 마주 보았다. 그림자가 진 탓에 푸른 눈은 깊은 심해처럼 검어졌다. 말려 올라간 입술과는 달리 그의 눈은 웃지 않았다. 한층 성숙해진 얼굴과 바다를 머금은 눈동자는 선고를 내리는 사자처럼 엄숙해 보였다.

또 이 느낌이었다. 계약을 운운했던 마차에서처럼 내 화원은 바다에 가라앉은 듯 푸르렀다. 인어가 만들어 낸 환영이었다.

"뭐가 특별하다는 거야?"

그러나 나는 그때처럼 분위기에 잠식당하지 않았다. 내 물음에 바다의 환영이 거두어졌다.

인어는 목소리와 눈빛으로 사람을 홀린다 하였다. 아실리드는 의외라는 표정을 지으며 눈을 찡그렸다. 나를 홀리려던 게 맞는 듯했다.

[……오직 너만의 향기가.]

진주 속에 숨어든 것으로도 모자라 나를 홀리려던 것이 괘씸했다. 그러나 곧바로 이어진 말이 그것을 추궁할 틈도 없게 만들었다.

[나를 사로잡아.]

"착각이야. 여러 향기를 다루니 그게 섞여 좋아 보이는 거겠지."

[아니. 네 것이 아닌 향기를 말하는 게 아니야.]

한걸음 비켜나며 말하자 곧바로 대답이 따라붙었다. 그는 좀처럼 물러날 기색을 보이지 않았다.

[그리고 화인이라 해도 그렇게 다양한 향기를 다룰 수는 없어.]

그의 말은 맞았다. 화인들에게도 꽃의 종류에 따라 일족이 나뉘었다. 순혈의 화인들은 자신이 속한 꽃의 향기를 다루었고, 그에 인접한 향을 부가적으로 응용할 수 있었다.

장미의 일족이라면 장미 계열을, 독화에서 태어난 이들이라면 독에 관련한 향기를 다루는 식이다. 하지만 나는 계열도, 속성도 무관하게 여러 향을 다루었다. 그건 전적으로 아버지가 내게 가한 실험과 살기 위한 내 노력의 합작품이었다.

"혼혈이라 그런가 보지."

네 살 때의 나는 화인 혼혈로서 어떤 능력도 가지고 있지 않았다. 능력을 깨우기 위해 여러 실험을 당하고 있었을 뿐. 이후, 처음 향기를 다루게 되었을 때의 기억은 늘 나를 고통스럽게 만들었다.

'원작의 플로리아가 미쳐 버릴 만도 했지.'

그녀도 제 어미의 품에서 평범하게 자랐다면 사랑스럽고 착한 소녀가 되었을지도 모른다. 어쨌든 지금 이 순간 굳이 지옥 같았던 어린 시절까지 거론하고 싶지 않았다. 나는 내 능력을 모두 혼혈인 탓으로 돌려 말했다.

[그러면 네 어머니는?]

"뭐?"

나는 허를 찔린 사람처럼 질문에 되묻고 말았다. 어머니라니. 혀끝으로 굴리기에도 어색한 단어이지 않은가.

순혈인 화인. 플로리아의 어머니.

내가 플로리아에게 빙의 되었을 때 그녀는 이미 쇠약해질 대로 쇠약해진 상태였고, 아버지에게 거의 버려진 것이나 다름없었다.

'내 꽃망울.'

묻어 두었던 기억이 아릿하게 번져 나갔다. 단 한 번, 나는 그녀를 만난 적이 있었다. 내가 플로리아라는 사실도 자각하지 못했을 때의 일이었다. 색이 바랜 붉은 머리카락, 달빛을 머금은 피부, 뼈가 드러날 정도로 마른 몸을 가진 여인은 수척한 얼굴을 하고서도 아름다웠다.

작은 방에서 시들어 가던 꽃은 나를 꽃망울이라 불렀다. 그녀가 누군지도 모르면서, 달콤한 향이 나는 품에 안겨 한참이고 다정한 손길을 받았었다.

'사랑한다.'

책 밖의 나로서는 결코 듣지 못했을, 진정 가슴을 파고드는 말이었다.

따스한 품 안에서 까무룩 잠들었던 다음 날 아침. 사랑을 입술에 올렸던 여인은 숨을 거두고 말았다. 그녀는 이곳에서 내가 얻은 첫 온기였다.

아르덴과 벨루스, 그리고 백치가 된 공작부인의 애정이 여태껏 그 온기를 식지 않게 해 주었다. 그리고 그것은 내 목표의 주춧돌로 자리 잡혀 있었다.

"뭘 묻고 싶은 거야?"

목소리에 날이 섰다. 어쩐지 약점을 들킨 것만 같은 기분이었다. 그러면서도 연기에 익숙한 머리는 냉정을 찾으려 애를 썼다.

아실리드는 싸늘히 식은 내 표정을 보고도 물러나지 않았다. 그는 나를 직시하며 물었다.

[네 어머니인 화인은 어떤 꽃이었어?]

볕을 머금은 푸른 눈동자가 오색 구슬처럼 반질거렸다. 나는 굳은 듯 몸을 움직일 수가 없었다.

'모르겠어.'

나는 그녀가 어떤 꽃을 품은 화인인지 알지 못했다. 붉은 머리카락을 지녔으니 그저 화려한 종류의 꽃이겠거니 생각했을 뿐이었다.

그보다도 내가 그녀에 대해 깊이 알아내려고 하지 않았던 것이 컸다. 그날의 기억은 내게 보물이기도, 가장 깊숙이 묻어 두고 싶었던 비밀이기도 했으니까.

[그걸 먼저 알아야 네가 어떤 꽃인지 알 수 있겠지.]

아실리드는 어느새 전과 같이 유한 미소를 띠고 있었다. 수수께끼 같은 말만 던지고는 저 혼자 아무렇지도 않게 말이다.

"그게 중요해? 어차피 나는 실험당한 혼혈일 뿐인데."

지금껏 살아오면서 나는 내가 어떤 종의 꽃인지 궁금하지 않았다. 어차피 나는 혼혈이었고, 꽃의 축복도 내게는 해당되지 않으니까.

실험당해 비정상적으로 많은 향기를 다룰 수 있는 혼혈.

화인을 돌보는 여신도 내게는 손길을 내밀지 않을 것이다. 나를 설명하는 건 이 한 줄로도 충분했다.

[아니. 그건 아주 중요한 거야.]

아실리드는 날을 세운 나에게 짐짓 엄한 목소리를 내었다. 눈가를 접어 올린 모습과는 정반대로 진지한 얼굴을 보니 저도 모르게 몸이 굳었다.

[본질을 알지 못하면 무엇도 행할 수 없으니까.]

그의 말이 내 깊숙한 안쪽을 찔렀다.

본질. 물질의 겉껍질을 벗겨 낸 진짜 부분. 그건 내가 줄곧 외면해 왔던 부분이었다.

'사랑한다.'

진심 어린 말은 처음부터 나를 위한 것이 아니었다. 그건 베논 공작의 실험에 미쳐 갈 그녀의 딸. 이 소설의 악녀 플로리아를 위한 사랑의 조각이었다. 그러니 나는 최후의 애정을 가져간 것이나 다름없었다. 물론, 이것도 내가 플로리아의 몸속에 들어왔다는 걸 알게 된 이후에 깨달은 사실이었다.

'사랑한다. 그 말을 들었어도 플로리아는 악녀로 자랐겠지만.'

달라지는 것은 없었을 것이다. 진짜 플로리아가 그녀의 사랑을 받았다고 해도, 이후 그것은 아버지의 세뇌에 산산조각이 나 먼지조차 남지 않게 될 마음이었다.

내 목표의 본질은 그날 밤의 애정에 기댄 것이었다. 책 밖의 현실에서 받아 보지 못했던 진심 어린 사랑의 조각들. 나는 그것에 보답하기 위해서 카르텔, 그를 기다려 왔다.

[이 땅에서, 나는 네가 본질을 찾을 때까지 너를 수호할 거야.]

물기를 머금은 청량한 손끝이 뺨을 어루만졌다. 아실리드는 다시금 유순한 태도로 돌아왔다. 내가 감추어 두었던 것을 명확히 건드린 후의 일이었다.

나는 고개를 옆으로 돌려 내 어깨를 감싸 안았다. 서로가 진실 된 반려임을 확인하는 꽃의 축복은 성인식을 의미하기도 했다. 이후 각자의 날개 뼈 위에 자신의 탄생화가 문신처럼 떠오르기 때문이다. 그리고 그것은 죽어서도 지워지지 않았다.

물론 나에게는 불가능한 일이었다. 그러니 내 꽃을 확인하기 위해서는 한 가지 방법밖에 없었다. 플로리아의 어머니, 그녀가 어떤 화인이었는지 알아내야만 했다.

"······그 후에는?"

나는 나를 수호하겠다는 인어를 보며 물었다.

베논 공작가의 실험탑에는 방대한 자료가 모여 있는 문서실이 있었다. 그곳을 뒤지면 그녀에 대한 정보를 얻는 것도 어렵지 않을 것이다.

[너의 뜻대로.]

내 손을 들어 올린 아실리드는 손등에 입을 맞추었다. 순하게 내리깐 얼굴에는 순수한 복종이 엿보였다. 그는 진심이었다.

"······좋아."

인어의 수호라니, 그 누구도 받아 보지 못할 호사였다. 그도 내 마력을 이용한다니 위험할 때 도움을 받아도 상관없겠지. 나는 마음을 가볍게 먹으려 애썼다.

'그리고······.'

나는 북쪽으로 고개를 돌렸다. 화원의 창 때문에 보이지 않았지만, 그곳에는 높다란 첨탑이 세워져 있을 것이다.

실험탑, 연구 재료로 쓰일 이종족을 보관하고 실험을 재개하는 곳. 한동안 발을 들이지 않은 그곳은 지상 위에 있는 산지옥이었다.

* * *

장인의 손길이 닿은 벽면에는 신화의 조각이 깃들어 있다. 레오플론의 신화와 건국에 대한 역사를 그려낸 것이다.

많은 조각의 가운데에는 주신 디엘르가 창으로 마수를 찔러 죽이는 형상이 표현되어 있었다. 레오플론에서 마수는 지옥에서 올라온 악귀로 표현된다. 그 영광스러운 신의 피는 레오플론의 황가에 흐르고 있었다.

신전과 버금가는 황실의 회의장.

"……."

왕좌에 앉은 산트쿠스는 금으로 덮인 의자 팔걸이를 손가락으로 두드렸다. 깊은 고민에 잠긴 듯 눈가에 깊은 주름이 꿈틀거린다.

황제의 양옆에 앉은 황후 이자벨과 황태자인 레이븐도 함부로 입을 열지 못했다.

"그래. 베논 공작의 여식이 혼인이라고."

"예. 바흐덴이라 하는 동방 소국의 왕자라 하옵니다."

긴 침묵 끝에 산트쿠스가 한마디를 내뱉었다. 이에 눈치 빠른 신하가 서둘러 동조하였다.

매일 여러 종류의 회의가 진행되나 오늘의 안건은 그중에서도 특별했다. 마도학파의 머리라 할 수 있는 베논 공작가의 혼인이 바로 그것이다. 마도학파의 귀족들은 백작 이상의 계급부터 가문끼리의 합에 까다로운 제약을 받는다. 세력을 제한하기 위해서다.

"바흐덴이라, 같은 마도학파도 아니고 득도 없는 외국인이라니."

산트쿠스는 탁자 위에 올려진 서류를 보며 말했다. 그중 몇 장은 이국의 언어로 채워져 있었다.

베논 공작가의 영애라면 얼굴을 알고 있다. 마도탑에서 자격을 얻은 여자 마도학자라지. 굳이 제국법을 이용하여 외국인과 결혼하려는 까닭도 짐작이 갔다. 신학파 귀족과 결혼하면 더 이상 마도의 길을 걷지 못하기 때문이겠지.

"나쁘지는 않지만 갑작스러운 감이 있군."

"하지만 무언가 숨기려는 것일 수도 있겠지요."

산트쿠스는 신하가 아닌 목소리에 고개를 돌렸다. 황태자 레이븐이었다. 레이븐은 본래 회의에 참석할 필요가 없었다. 그의 고집으로 한 자리를 내어 준 것이다.

"그리 대단한 건 아니겠지요. 태자."

황후가 부드럽게 운을 떼었다. 그러나 돌아온 건 황제의 차가운 냉대뿐이었다.

"조용히. 태자는 그 말에 근거를 댈 수 있는가?"

이자벨의 말을 묵살한 황제가 레이븐에게 그 근거를 물었다. 이자벨은 가만히 눈을 내리깔았다. 그의 노골적인 무시에도 그녀는 아무런 항의도 할 수 없었다.

본래 신학파 후작가를 친정으로 두고 있었지만 그건 아무런 효력도 발휘하지 못했다. 신의 핏줄을 이은 황제와는 격이 달랐다. 그녀는 자신이 낳은 황태자 레이븐보다 아래였다.

결혼에 관한 것은 황후의 권한이었으니 그녀가 이 자리에 있는 것은 당연했다. 그러나 법규에 맞춘 것일 뿐 그녀가 주장할 수 있는 것은 아무것도 없었다.

"마도학파의 수뇌인 베논 공작의 여식이니 주의를 기울여야 하지 않겠습니까."

종이 인형 노릇을 하고 있는 이자벨은 서글픈 얼굴이었다. 레이븐은 제 어미가 받는 대접에 신경도 쓰지 않은 채 제 할 말만을 했다. 일부러 회의에 참석한 만큼 주장을 확실히 해야 했다.

'미리 포섭해야 한다.'

레이븐은 속으로 중얼거렸다.

그는 황제와 달랐다. 제 몸에 흐르는 피로 원소를 다룰 수 있는 건 특징일 뿐, 발전 가능성이 없었다.

마도학은 강력한 살상 무기를 만들어 내고, 인간으로서 불가능한 일들을 가능하게 했다.

강력한 권력은 가진 힘에 비례하는 편이다. 그는 제국의 주인이 될 그 날을 위해 마도파를 완전히 포섭할 계획이었다.

플로리아 베논, 그녀는 마도학파의 귀족 중 가장 탐스러운 먹잇감이었다. 마도탑의 수뇌부인 베논 공작의 딸이었고, 그녀 스스로 마도탑에 권한을 주장할 수 있었으니 안성맞춤이었다.

지나치게 정정한 황제는 모든 권력을 쥐고 자신을 짓눌렀다. 그는 수많은 위험 속에서 황제가 늙어 죽을 때까지 기다릴 생각이 없었다.

'그런데…….'

그는 대공의 영지에서 일어났던 일을 상기했다. 동방에서 왔다는 그 남자는 레이븐의 심기를 건드렸다. 정중한 말투에서 묻어 나오는 날을 그는 분명 느낄 수 있었다.

'석연치 않아.'

황실과 같은 새카만 머리카락과 짐승의 동공처럼 샛노란 눈. 검은 머리의 색목인은 분명 낯설었다. 그러나 기묘한 느낌의 동질감을 무시할 수 없었다.

"베논 공작이 결혼을 승낙한 것도 걸리기는 하는군."

산트쿠스는 레이븐의 말에 느릿하게 고개를 끄덕였다. 그러나 쉽게 결정할 수 없었다. 황가와 베논 공작가는 협약을 맺어 온 관계였다. 독단적으로 결정하기에는 꺼림칙한 감이 있었다. 산트쿠스는 잠시 고민하는 듯하더니 이내 결정을 내렸다.

"그렇다면 불러 보지."

"……그게 무슨 말씀이신지."

자리에 모여 있던 이들이 당혹스러운 표정을 지었다. 황제는 변함없는 얼굴로 명령했다.

"마침 바흐덴의 왕자가 제국 내에 있다지. 왕자와 플로리아 베논을 황궁으로 부르도록 해라."

* * *

차가운 쇠의 감촉과 높은 체온의 온도가 손아래에서 고스란히 느껴졌다. 나는 이질적인 감각을 참아 넘기며 내 마력을 그에게 전해 주었다.

"다 됐어."

어느 정도 마력을 불어 넣은 뒤 곧장 손을 떼어 냈다. 카르텔의 손이 닿지 않을 만큼 뒤로 물러나는 것도 잊지 않았다. 안에 고인 마력은 탈 없이 카르텔에게 전해질 것이다. 그리고 그가 운용한 만큼 카르텔 본연의 마력도 돌아오겠지.

"흐음."

그는 제 목에 걸린 봉인구를 더듬었다. 봉인구에 매달린 사슬이 소리를 내며 아래로 길게 늘어졌다.

"왜?"

나는 평소와는 다른 반응에 의아해하며 그에게 물었다. 내 마력이 봉인구를 깰 수 있다는 걸 알게 된 이후부터 꾸준히 행해 왔던 일이었다. 다른 날과 날라진 것은 없으니 잘못될 일도 없었다.

"이리와."

금에 가까운 노란 동공이 나를 주시했다. 나는 내밀어진 손을 물끄러미 바라보았다. 저 손을 잡으면 따스하다 못해 뜨거운 온기가 나에게 스밀 것이다. 하지만 나는 그것을 잡지 않았다.

"……이만 가 봐야 해."

눈을 살짝 내리까니 긴 눈꺼풀이 그의 시선을 가려 주었다. 이만 가 봐야 한다는 것은 거짓말이 아니다. 실험탑으로 가 자료를 뒤져야 했으니까.

"같이 가는 건?"

그는 내가 자료 정리를 한다고만 알고 있었다. 나는 천천히 고개를 내저으며 말했다.

"약속했잖아."

대공가에서 돌아온 이후, 그와 나는 몇 가지 약속을 했다.

첫 번째, 공작가 안에서는 인간의 환영을 사용하지 말 것. 성안에서 인간의 모습을 하고 돌아다닐 경우 집사에게 발견될 수 있었다. 카르텔은 이국의 왕자로 알려져 있었지만 집사의 의심을 사는 짓은 하고 싶지 않았다.

두 번째는 내 곁에 둔 검은 불꽃을 거둘 것. 검은 불꽃은 그의 눈이 되기도 했다. 그건 나를 감시하는 짓이나 마찬가지였다.

"그랬지."

그는 지금처럼 쉬이 승낙했었다. 나는 순순한 대답에 안도했다. 그날 이후 그는 내 말을 제법 잘 따라 주고 있었다.

"하지만 네가 허락한다면 가능해."

그의 목소리에는 유혹이 깃들어 있었다. 인어인 아실리드의 음성처럼 그의 저음 또한 녹아들 듯 매력적이었다.

내 시선은 내밀어진 손을 따라 그의 어깨로 올라갔다. 나는 저 품이 얼마나 단단하고 포근한지 알고 있었다.

"아니. 괜찮아."

나는 아무렇지 않은 척 말했다. 내 얼굴에는 익숙한 미소가 걸려 있을 것이다.

갑작스럽게 나타나 나를 몰아붙인 아실리드가 마음에 들지 않았다. 하지만 그 덕분에 한 가지 결심을 확실히 굳힐 수 있었다.

'목적만을 생각할 것.'

다른 곳에 신경을 기울이지 말아야 한다. 애써 기다려 온 기회를 놓친다면 여태 버텨 왔던 노력도 사라져 버릴 테니까. 나는 흔들리는 마음을 바로잡는 데 성공했다.

"반년이라고 했지?"

부드러이 입꼬리를 올려 웃으니 그의 미간이 살짝 찌푸려졌다. 나는 그것을 모른 척 응? 하고 대답을 채근했다.

"아마도."

반년이라. 짐작했던 것보다 빠른 속도였다. 우리는 봉인구가 끊어질 날을 기다리고 있었다. 나는 아버지가 돌아올 날과 봉인구가 제거되는 날을 어림짐작으로 비교해 보았다.

심어 두었던 상인들은 더 이상 정보를 얻지 못한다고 했다. 마도탑에서 어떤 실험을 하는지 알아보려면 다른 방법을 찾아야만 한다.

"리아."

리아. 그는 애칭을 입에 담은 그날부터 종종 나를 그리 불렀다. 절로 머뭇거리게 된다. 가족 이외의 자에게 불리는 애칭은 이다지도 낯설었다.

"왜?"

그렇지만 애칭으로 부르는 걸 금지하지는 않았다. 나는 의아한 척 눈을 깜빡였다. 그의 눈가가 가늘어졌다. 금안이 내 안 곳곳을 훑어내듯 움직였다. 내색하지 않으려 숨을 참았더니 카르텔의 입꼬리가 올라갔다. 그와 반대로 시선은 서늘하기 짝이 없었다.

"이제는 내가 쓸모없어졌어?"

"뭐?"

예상치 못한 질문에 당황한 건 나였다. 그와 내 관계는 전이나 다름없었다. 다만 한 가지. 불필요한 접촉이 없어진 것뿐.

언젠가부터 카르텔은 나를 억지로 끌어당기거나 하지 않았다. 내가 한 걸음 물러나면 손을 뻗지 않는 것이 공식처럼 정해져 있을 정도다.

"그 인어를 부릴 수 있게 되었으니."

그의 말에 나는 본능적으로 귀를 감쌌다. 아실리드가 들어 있는 진주가 있는 쪽이었다.

"……약속을 어긴 거야?"

나는 먼저 움직인 손을 내리며 물었다. 전처럼 검은 불꽃으로 감시했던 것일까. 그렇지 않고서야 아실리드가 깨어났다는 걸 그가 알 수 있을 리가 없었다.

내 얼굴을 살피던 카르텔이 헛웃음을 지었다. 뒷덜미를 느릿하게 주무르던 그는 형형한 눈으로 나를 바라보았다.

"물 냄새가 난다고 했잖아."

그는 심한 비린내를 맡은 사람처럼 미간을 찌푸렸다. 나는 얼떨결에 내 몸의 냄새를 맡아 보았으나 그가 말하는 물 냄새 따위는 나지 않았다.

"……계약을 하는 건 내 자유야."

서로 한 가지씩 숨겼으니 비긴 셈이다. 그도 리카엘과 계약을 했으니 나도 더 숨길 필요가 없었다.

"그렇지."

내 예상과 달리 그는 쉬이 수긍하는 듯한 반응을 보였다. 그 모습에 안도하는 것도 잠시, 뻗어 나온 손이 내 뺨을 감싸는 시늉을 했다. 닿을 듯 말 듯 한 거리에서 옅게 닿은 손가락 끝의 감촉. 아주 잠깐 느낀 것뿐인데도 불구하고 그의 열기가 피부에 옮겨붙는 듯했다.

나는 그 자리에서 움직이지 않았다. 카르텔도 봉인구 탓에 나를 붙잡지 못했다.

"……."

손톱만큼 붕 뜬 거리에 서로 다른 색의 눈빛이 얽혔다.

황궁에서 그를 처음 보았을 때가 생각났다. 살의가 가득했던 맹수의 눈동자는 아직도 선연하게 떠오른다.

지금과는 전혀 다른 시선이었다. 나는 그가 내 곁에서 달라졌음을 느꼈다. 하지만 더 이상은 내 몫이 아니었다. 나는 한 걸음 더 물러섰다.

"다녀올게."

나는 그 한 마디만을 남기고 동굴을 나섰다.

베논 공작가의 뒤편에는 나무가 우거진 숲이 있다. 나무가 만들어 낸 그림자 덕분에 숲은 한낮에도 해가 들지 않았다. 거기다 인위적으로 만든 안개까지 부옇게 끼어 있어 앞이 제대로 보이지 않을 정도였다.

베논가의 실험탑은 숲 음지의 깊숙한 안쪽에 존재했다. 처음에는 황실의 눈을 피해 실험을 진행할 목적으로 지어진 곳이었다. 그러나 다른 귀족들만 모를 뿐 아버지와 황제의 결탁 후, 눈 가리고 아웅 하는 격이나 다름없었다.

'언제 와도 기분 나쁜 곳이야.'

이곳에서 벌어지는 일을 아는 듯 나무들은 하나같이 음산한 기운을 뿜어냈다.

오랜만에 보는 숲은 여전히 스산했다. 나는 숲 안으로 걸어 들어갔다. 아실리드. 그가 물었던 말이 아니었다면 실험탑 근처에는 오지도 않았을 것이다. 내게는 그만큼 꺼려지는 곳이었다.

어둑한 그림자는 좋지 않은 기억을 끌어당겼다. 실험탑에 갇힌 이들은 재료로 사용될 이종족뿐만이 아니었다.

'오빠들과 벨루스, 그리고 나도…….'

아버지의 혼혈 자식이라면 모두 이곳에 갇혔던 과거가 있었다. 일정한 나이가 되면 능력 발현을 위해 실험탑에 넣어진다. 그리고 이종족의 특성을 이끌어 내기 위해 잔혹한 실험을 가한다.

능력을 발현하지 못한 형제·자매들은 모두 죽었다. 정확히 말하자면 실험의 고통을 이겨 내지 못하고 숨을 거둔 것이다.

'……이 년 후였지.'

내가 플로리아에 빙의되고 이 년이 지난 어느 날. 실험탑의 존재도 모르던 나를 데려가 가둔 이는 바로 리카엘이었다.

낯선 세계에서 애정이 필요했던 나는 아르덴을 따라다녔고, 그가 갑작스레 사라졌을 때는 울며불며 찾아 헤맸다. 나중에서야 안 사실이었지만, 아르덴은 그때 실험탑에 가두어졌고 그것을 몰랐던 나는 리카엘을 종종걸음으로 쫓아다녔다. 리카엘은 나에게 다정하게 굴어 주지 않았지만 그렇다고 내치지도 않았다.

그날도 그랬다. 그는 처음으로 나에게 함께 가자 말을 걸어 주었고, 그것에 신이 난 나는 무작정 뒤를 따랐다. 그것이 지옥으로 향하는 첫걸음이었다.

'그를 원망하는 건 아니지만.'

그 또한 실험을 당했고, 명령을 내린 건 아버지지 리카엘이 아니었다. 그러니 탓하지도, 미워하지도 않았다.

내가 실험탑에서 나온 이후에도 관계는 별반 달라지지 않았다. 그저 첫째 오라버니라며 따라다녔던 철없는 아이의 모습이 사라졌을 뿐이었다.

정작 지금 이해할 수 없는 건 따로 있었다. 그건 현재 나를 대하는 그의 태도였다.

'오히려 나를 냉대했을 때가 더 편했는데.'

그는 내게 명령하고, 나는 따르면 그만이었다. 그 사이에는 특별한 애정이 섞여 있지 않았다. 그건 나로 하여금 그를 가족의 범위에서 쉽게 포기하게 만드는 이유였다. 그러니 갑작스러운 애정은 늘 나를 어지럽게 만들었다.

"어려워."

내 목소리가 검은 숲에 윙윙 울렸다.

나는 한 번 감정 따위가 섞이면 쉬이 냉정해지지 못했다. 사랑에 굶주린 아이가 된 기분이었다. 물론 내가 이렇다는 걸 아는 사람은 없을 것이다. 그건 카르텔도 마찬가지여야 했다.

"아."

그렇게 볕도 들지 않는 숲을 얼마나 가로질렀을까. 눈가림을 위해 만들어진 숲은 그리 넓지 않아, 나는 오래 걷지 않고도 원하는 장소에 도착할 수 있었다. 가장 먼저 나를 반긴 것은 미간을 찌푸리게 할 정도의 지독한 냄새였다.

'썩은 내.'

사체와 실험으로 인한 하수장의 오물 냄새. 결코 익숙해지지 않을 냄새가 바람과 함께 훅 끼쳐 왔다. 나는 손바닥으로 코와 입을 가리고 나무의 틈을 빠져나왔다.

눈앞에 새카만 돌로 쌓아 올린 탑이 보였다. 그 앞에는 썩은 물이 흐르는 강과 다리가 놓여 있었다. 물길은 탑 뒤편의 하수장과 연결되어 있었다. 그곳에는 라쿠스의 거처가 마련되어 있을 테다.

'쯧.'

놈을 떠올리니 화원에서의 일이 생각났다. 마음 같아서는 거동도 하지 못하게 해 주고 싶었지만 그럴 가치도 없는 놈이다. 괜히 마주쳐서 시간을 낭비할 필요는 없으니 걸음만 빨리할 뿐이었다.

'여전히.'

얼마 가지 않아 누더기로 전신을 감싼 이들이 보였다. 혀가 잘렸다는 탑지기들은 나를 알아보고 소리 없이 허리를 굽혔다. 그들은 내가 실험탑의 존재를 알기 전부터 이곳을 지켜 왔던 존재들이다. 하지만 단 한 번도 누더기 안의 얼굴을 본 적은 없었다.

내가 아는 건 그들에게 이종족들을 누를 수 있는 비이상적인 힘이 있다는 것뿐이다. 그렇기에 그들은 성의 집사만큼이나 껄끄러운 존재였다.

"문을 열어."

군더더기 없는 명령에 탑지기들이 스르르, 유령처럼 움직였다. 굳게 닫혀 있던 문은 그들에 의해 열렸다. 나는 더 두고 볼 것 없이 안으로 들어갔다.

"따라오지 마. 연구 기록을 읽는 데 방해되니까."

나는 뒤에서 느껴지는 인기척에 짜증스러운 목소리를 내었다.

[……]

탑지기들이 움직임을 멈추었다. 그들은 아버지의 피에 반응하는 존재로, 탑을 드나드는 그의 자식들을 감시하는 역할도 했다.

"내 말 안 들려?"

즉, 반이나마 흐르는 피에도 어느 정도는 반응한다는 뜻이었다. 물론 탑을 지키는 존재들이었기에 이종족을 빼돌리거나 하는 건 불가능했다. 내 고함에 탑지기들이 소리 없는 걸음으로 물러났다.

"하아."

이윽고 문이 닫혔을 때, 나는 참았던 숨을 토해 내었다. 긴장이 풀렸을 뿐만 아니라, 썩은 물이 흐르는 강보다 먼지 냄새가 나는 탑 안의 공기가 차라리 달갑게 느껴졌던 탓이다.

아버지와 함께 오지 않아 탑지기에게 감시당할 것도 염두에 두었는데 다행이었다. 나는 찡그린 미간을 겨우 풀어내고는 홀을 둘러보았다. 사람의 흔적이 느껴지지 않는 내부는, 별다른 가구조차 놓지 않아 삭막하기 짝이 없었다. 보이는 것이라곤 지하로 내려가는 문과 탑 위로 오르는 계단뿐이다.

우우우-!

기이한 울음소리가 지상으로 올라왔다. 이종족을 보관하기 위한 지하는 개미굴처럼 깊고 복잡하다.

아버지가 없어 실험을 당하지는 않겠지만, 저 아래에 가두어진 것만으로 크나큰 고통이었다.

'경험해 봤으니까.'

내가 가두어져 있던 곳도 지하였다. 벨루스가 끌고 온 이들도 저 아래에 있을 것이다. 그러나 당장 손 쓸 방법은 없었다.

'탑지기들은 총 세 명.'

두 명은 문을, 대장 격인 한 명은 지하를 지킨다. 거기다 아래는 미로처럼 복잡해 자칫 길을 헤매기 일쑤였다. 혼자 힘으로 이종족을 구출하는 건 무리다. 아직은 때가 아니다. 나는 지하에서 애써 고개를 돌리며 시선을 거뒀다.

'자료실은……'

탑은 지하 공간을 제외하고 8층으로 이루어져 있었고, 층마다 용도가 분리되었다.

자료실은 그중 3층이다.

나선형으로 오르는 계단 벽면 곳곳에 핏자국이 말라붙어 있었다. 실험을 위해 끌려 올라간 이들의 흔적은 내 기분을 더욱 가라앉게 만들었다. 그것들을 모두 무시하고 올라가니 겨우 목적지에 도착할 수 있었다.

자료실은 도서관과 비슷한 형태였다. 하지만 책장에 꽂힌 것은 서적 따위가 아니었다. 연구 기록, 드나든 실험 물품, 다달이 들어오고 죽어 나간 이종족의 수까지.

'모든 기록은 여기에 보관되어 있어.'

그러니 플로리아의 어머니. 화인의 기록 또한 이곳 안에 있을 것이다. 나는 연도와 중요도로 구분된 책장을 손으로 더듬어 나갔다.

혼혈들을 만드는 건 심혈을 기울인 연구 중 하나였고, 아버지는 희귀한 이종족이 들어오면 꼭 프로필로 남겨 두는 버릇이 있었다.

'……찾았다.'

당장 그녀의 흔적을 찾은 것은 아니었다. 내가 발견한 것은 혼혈과 관련된 연구집을 모아 놓은 구간이었다. 나는 그 구간의 자료를 모두 꺼내어 바닥에 내려놓았다. 내 키 반만큼 쌓인 자료들은 십 년도 더 넘은 것들이었다.

한참 자료를 뒤적였을까. 나는 실험에 쓰인 이종족 여인들의 프로필을 발견할 수 있었다. 족히 수십 장은 될 것 같았다. 그건 희생당한 여인들의 수와 일치할 것이다.

"화인…… 화인……."

목인들과 수많은 수인족 여인들……. 다양한 인종의 프로필이 쏟아져 나왔다. 그중 화인도 여럿이었다.

'이상해.'

아르덴의 어머니는 떡갈나무의 목인이었고, 리카엘의 어머니는 은색 매 수인이었다. 벨루스에 관련한 자료도, 죽은 혼혈들을 낳은 여인들의 프로필도 모두 잘 보관되어 있었다.

종잇장을 뒤지는 손놀림이 다급해졌다. 다시 한번 살펴보아도 그녀에 관한 것만 쏙 빠져 있었다.

"……."

아버지는 자료를 수집하고 흔적으로 남기는 데 병적인 부분이 있는 사람이었다. 무엇보다 중요한 연구 자료를 하나라도 빠트렸을 리가 없다. 알 수 없는 불안감이 덮쳐 왔다.

서둘러 다른 쪽의 서류를 뒤질 때였다. 겹겹이 쌓여 묵직한 종이의 틈 사이로 유난히 빛바랜 한 장이 파르르 흘러내렸다.

"플로리아의……."

자료용으로 제작된 흑백 초상화는 분명 플로리아의 어머니를 담아내고 있었다. 그러나 클립으로 끼워진 뒷장들은 엉망이었다. 반은 찢겨 너덜거렸고, 함께 있던 나에 대한 정보는 물에 젖어 마른 후처럼 잉크가 온통 번져 흐렸다.

"왜 하필 이것만."

나는 못쓰게 되어 버린 자료들을 손에 쥐며 한탄했다. 가장 필요한 정보만 이런 상태라니. 누군가 고의로 그런 게 아닐까 하는 의심이 들기도 했다. 하지만 실험탑 내부엔 베논가의 일원들 외에는 아무도 들어올 수 없었다. 고의로 훼손할 만한 사람은 없었다. 물밀 듯 허무함이 덮쳐 왔다.

"······미리, 관심을 가졌다면 좋았을 텐데."

어릴 때라면 자료가 멀쩡했을 수도 있었다. 책장에 몸을 기대면서도 내 손에는 그녀의 초상화가 쥐어져 있었다.

"······."

흐트러진 서류 더미가 시야를 어지럽게 만든다. 그러나 초상화에 고정된 내 눈길을 사로잡을 수는 없었다. 흑백이라 그녀가 가진 특유의 색은 담겨 있지 않았다. 이름도, 나이도, 아무것도 모른다. 그러나 눈을 내리깐 여인의 모습은 나를 흔들어 놓기에 충분했다.

'사랑한다.'

나를 움직이게 만든 건 그녀의 애정이었다. 책 밖의 진짜 나는 부모에게 학대와 냉대를 받고 자란 볼품없는 여자였다.

모든 것에는 이유가 있다. 나는 주어진 환경을 당연하다 믿었다. 그러니 내가 책 속으로 들어온 것도 이유가 있지 않을까.

어린 플로리아의 몸에 들어온 나는 항상 고민했고, 그건 미쳐 버린 세계에서 나를 지탱할 수 있게 만들었다.

'······마음에 걸려.'

그녀의 초상화를 찾아냈지만 그것이 베논가에서의 탈출에 보탬이 되지는 않았다. 그러나 아실리드가 말한 본질이라는 것을 무시할 수 없었다.

'다른 방법이 있겠지.'

볼 수 있는 것이 없다면 겪은 이의 입을 통해 들으면 된다. 문제는 그 입이 아버지라는 것이지만.

"하아."

모든 문제의 끝에는 늘 아버지가 있었다. 잠깐이라도 아버지를 마도탑에서 나오게 해야 했다. 그곳은 아버지의 또 다른 성이자 미친놈들이 찬양해 마지않는 성지였다. 하나같이 아버지처럼 머리가 돌아 버린 작자들이었으니 마도탑으로 찾아가 시선을 끄는 건 좋지 않았다.

'그게 아니라면.'

나는 흑백의 초상화를 조심히 접어 주머니에 집어넣었다. 아주 희박하지만 이종족 중 여인의 얼굴을 아는 이가 있을 수도 있었다. 같은 화인이라면 그 확률이 조금이나마 올라가겠지. 혹시 모르니 이것이라도 가져갈 생각이었다.

"……돌아가자."

제대로 얻은 것은 없었지만 확신은 생겼다. 플로리아의 어머니, 그녀의 과거를 알아내야 했다.

나는 바닥에 쏟아진 서류들을 대강 자리로 돌려놓은 뒤 몸을 일으켰다. 허무한 마음을 다스리며 자료실에서 등을 돌릴 때였다.

"흐……."

멈칫. 내 발목을 붙든 것은 희미하게 들리는 신음이었다. 지하에서 올라온 절규라면 고개를 돌려 버렸을 것이다. 가 봤자 아래의 상황만 나쁘게 만들 뿐이니까. 그러나 이곳은 3층이었고, 끊어질 듯한 신음은 한 층 위에서 들리고 있었다.

'위는 실험실이 있는 곳인데.'

그곳이 어떤 곳인지 떠올린 나는 미간을 찌푸렸다. 탑의 실험실은 여러 층을 사용하고 있었고, 그중 4층은 샘플을 채취하는 곳이었다. 말이 실험실이지 본격적인 연구를 위한 고문실이나 다름없었다.

"지금은 비어 있을 텐데 왜……."

아버지가 없는 한 사용하지 않는 곳이다. 층간 사이에 서서 생각에 잠기니 다시금 거친 호흡이 들려왔다. 아주 작았지만 잘못 들은 것이 아니었다.

좋지 않은 예감이 들었다. 소리를 무시하지 못한 나는 결국 발길을 돌려 위로 향하기 시작했다.

층을 구분하는 철문이 주먹 하나 들어갈 크기만큼 열려 있었다. 문고리에 먼지조차 쌓이지 않은 걸 보니 최근까지도 누군가 드나들었던 모양이다.

'누구지?'

탑지기는 명령 외의 행동은 하지 않았다. 의아함에 문을 열어젖히니 피비린내가 '훅' 하고 끼쳐 왔다. 내 얼굴은 더욱 찌푸려졌다.

무수한 목숨이 잘려 나간 곳이다. 그들의 원한이 고여 있는 건 당연했다. 그러나 묵은 피비린내 위에 드리운 것은 새로운 희생양의 냄새였다.

내부는 1층의 홀만큼 넓었고, 그 안에는 사람을 묶을 수 있는 형벌대가 여럿 준비되어 있었다. 그 중심, 비어 있어야 할 형벌대에 사내가 고정되어 있었다. 그 아래로 피 웅덩이가 진득하게 고여 있다. 모두 남자의 몸에 있는 상처에서 흘러나온 것이었다.

사내의 머리에는 삼각형의 귀가 달려 있었다. 꼬리는 축 늘어져 있다. 이종족. 그들 중에서도 어디선가 본 적이 있는 자였다. 떠오를 듯 말 듯 기억이 아른거렸다.

"아."

거의 유일하다시피 피로 물들지 않은 귀 끝은 은색이었다. 그것을 본 나는 눈앞의 남자를 기억해 냈다.

'벨루스가 데려왔던…….'

국경 끝에 있던 벨루스가 이끌고 온 이종족들. 그중 벨루스에게 수인족의 수치라며 고함을 내질렀던 늑대 수인이었다.

"그런데 왜 여기에……."

그들이라면 하나도 빠짐없이 모두 탑의 지하에 넣어졌어야 했다.

탑지기들은 명령받은 일 외에는 움직이지 않았다. 별다른 계획이 잡혀 있지 않으니 그들의 소행은 아닐 것이다. 그렇다면 의심 가는 인물은 딱 하나였다. 하, 그 인물을 떠올리자 기가 막혀 헛웃음이 날 지경이었다.

"으윽……."

늑대 수인은 축 늘어트린 고개를 들지 못했다. 정신을 잃어 내가 안으로 들어온 것도 모르는 것 같았다.

저대로 두었다간 숨이 끊어질 것이다. 나는 서둘러 다가가 깊은 상처부터 지혈해 주었다. 몸에 천을 가져다 댈 때마다 수인의 입에서는 연신 신음이 터져 나왔다.

작고 큰 상처가 피부 전체를 뒤덮고 있었다. 오래된 것부터 하루이틀밖에 지나지 않은 것들까지. 그 종류도 다양해 성한 곳을 찾는 게 더 어려울 정도였다.

'이럴 줄 알았으면 병에 향을 담아 오는 건데.'

나는 속으로 혀를 찼다. 향을 모아 내 몸에 저장한다고 해서 자유로이 쓸 수 있는 것은 아니었다. 모은 향을 꺼내기 위해서는 그에 비견되는 마력이 필요했다. 대신 까다로운 방법으로 향을 액체화시켜 병에 담으면 내 마력을 쓰지 않고도 가능했다.

'어쩔 수 없지.'

향을 모아 챙겨 오지 않았고, 마력도 거의 바닥이었다. 최근 카르텔에게 매일 같이 모든 마력을 쏟아붓고 있었기 때문이다.

향을 다룰 일이 거의 없어 신경 쓰지 않았지만, 화인의 능력을 쓰는 데 제한이 생긴 건 어찌 보면 자연스러운 현상이었다. 나는 적은 양의 향이나마 끌어올려 그의 호흡기에 가져다 대었다.

"……크."

묶여 있는 몸이 움찔거린다. 코가 예민한 수인족답게 향에 곧바로 반응해 왔다. 굳게 닫혀 있던 눈이 뜨였다. 고통을 덜어 주는 마비향이 잃은 정신까지 되찾게 해 준 모양이었다.

"너는……."

쇠가 긁히는 듯한 목소리였다. 나를 담은 동공이 티가 날 만큼 커졌다. 벨루스를 막으며 딱 한 번 눈이 마주쳤을 뿐인데 나를 기억하고 있는 것인지 궁금했다.

"분명 지하에 있어야 하는데……."

나는 그것을 물어보는 대신 다른 말을 흘렸다. 그가 나를 알아보느냐 마느냐보다는 누가 이런 짓을 했는지 알아내는 게 더 중요했다.

"웃, 기는군……! 다 네놈들의 수작질인……!"

"실험이 없을 때는 재료에 손대지 않아요."

나는 눈에 핏발이 선 수인의 말을 가볍게 끊어 냈다.

재료. 나는 이종족을 그렇게 칭했다. 거기에 더하여 무표정으로 턱을 치켜들었다.

"헛수작 부리지 마라! 그놈과 한통속인 주제에!"

사지를 결박당한 수인이 울분을 토해 냈다.

한통속. 나는 그 말을 속으로 중얼거리고는 예상했던 것을 물어보았다.

"아, 혹시 갈색 머리에 푸른 눈을 가진…… 남자?"

"……이 빌어먹을 년이!"

겨우 인상착의를 물어봤을 뿐인데 수인의 눈이 뒤집혔다. 발작하듯 전신을 뒤트니 단단하게 고정된 형틀이 덜컹거렸다.

나는 겁을 먹는 대신 한숨을 터트렸다. 격한 반응을 보니 내 짐작이 맞아떨어졌음을 알 수 있었기 때문이다.

'라쿠스.'

나는 혐오에 가까운 이름을 떠올렸다. 치솟는 화를 이성으로 누르기 위해 잠시 눈을 감아야 할 정도였다.

놈은 더러운 취미를 가지고 있었다. 주로 작은 동물을 죽이거나 잡혀 온 수인족을 고문하는 일이었다. 한 번은 아버지에게 들켜 탑 밖으로 던져진 일이 있었다. 고작해야 팔이 부러진 정도였지만 제 몸을 다이아몬드처럼 아끼는 놈은 이후 제법 잠잠했었다.

"그놈이 뭘 어쨌길래요?"

"……다 알면서 뭘 캐묻는 거지? 그놈이 나를 골랐다."

지나치게 차분한 반응이 이상했던지, 그는 핏발을 세우면서도 그날의 일들을 말해 주었다.

탑으로 들어가기 직전, 라쿠스는 이종족 무리를 막아섰다. 그들을 인솔하던 기사들은 막무가내로 이종족을 요구하는 라쿠스를 거절하지 못했다. 이후는 뻔했다. 고문을 빙자한 화풀이의 연속이었겠지. 하지만 정도가 심했다.

'죽지 않은 게 용해.'

바닥은 피의 강처럼 젖어 있었다. 하지만 다행히 수인은 회복력이 빨랐다. 가벼운 상처는 쉬이 아물어 출혈도 적었다.

이제 그의 몸에 남아 있는 흔적은 가벼운 상처가 아니었다. 깊이 찔린 자상으로 보았을 때, 그가 인간이었다면 즉사할 수도 있을 정도의 깊이였다.

"내가 죽으면 아내를, 아내 다음에는 아들을 데려오겠다더군."

"……."

나는 순간 말을 잃었다. 늑대족은 무리와 그 가족을 목숨보다 더 중요시 여긴다.

라쿠스는 그를 이 지경으로 만들어 놓고 제대로 된 치료조차 해 주지 않았다. 그는 겨우 숨줄만 붙들고 있었다. 자신이 죽으면 고통당할 가족들을 지키기 위하여.

"그놈은 지하에 가지 못해요."

쉬이 떨어지지 않는 입술을 겨우 달싹였다. 그가 이종족을 빼돌려 쓸데없이 죽인다는 것을 안 아버지는 라쿠스의 지하 출입을 금지했다. 그 후로는 제법 잠잠했는데, 버릇을 고치지 못하고 이동 중인 이종족을 노릴 줄이야.

"……그걸 어떻게 믿지?"

그의 눈이 가늘어졌다. 내 말을 믿지 못하면서도 진실이길 바라는 눈빛이었다. 하지만 무엇이 되었건 나는 그들이 도살자라 부르는 자의 딸이었고, 남자는 가족을 지키려는 늑대였다.

나는 그의 말에 답을 해 주지 않았다.

"내려보내 드리죠."

지하는 끔찍했지만 불필요한 고문이나 굶겨 죽이는 행위 따위는 하지 않았다. 라쿠스에게서도 안전하겠지. 거기다 아래에는 그의 가족들이 있었다.

"그러니까 얌전히 있어요."

"뭐 하는……!"

대화하는 동안 마력이 조금이나마 돌아왔다. 나는 남자가 반항하지 못하도록 적절한 마비향을 흘렸다. 하지만 몸만 늘어질 뿐 정신은 그대로다. 나는 도르르 눈만 굴리는 남자에게 다가가 형벌대에 묶인 사지를 풀어 주었다.

바닥으로 떨어진 육신은 피 웅덩이에 늘어졌다. 저 상태로 내려보내는 것도 문제겠지. 가만히 고민하던 나는 누군가를 떠올렸다.

'이것도…… 되는 걸까?'

고민은 길지 않았다. 나는 조심스레 두 번째 계약자의 이름을 불렀다.

"아실리드."

[응.]

내 부름만을 기다렸다는 듯, 아실리드는 희미한 잔상으로 허공에 나타났다. 진주에 머무는 동안 그는 내 마력을 가져갈 수 있었다. 마력의 크기만큼 그의 형상에 반영이 되는 것 같았다.

"……!"

인어를 본 수인의 눈이 커다랗게 뜨였다. 나는 수인이 볼 수 있도록 입술에 검지를 대어 보이고는 아실리드에게 명했다.

"피를 지워 줘. 더 이상 상처가 덧나지 않게끔."

[네 뜻대로.]

느릿하게 몸을 움직이던 아실리드는 수인을 꼬리로 감싸듯 스쳐 지나갔다. 피로 물들었던 바닥이 청량한 푸른빛으로 젖었다. 그가 지나간 자리는 정화를 거친 것처럼 순결해졌다. 쓰러져 있던 수인의 몸도 깨끗하게 닦여 나갔다. 피딱지가 걷히자 흉이 더 잘 보이기는 했지만 아까의 몰골보다는 훨씬 나아 보였다.

"고마워."

[…….]

나는 주변을 맴도는 아실리드에게 감사를 표했다. 그가 무어라 말하듯 입술을 달싹였지만 제대로 들리지 않았다. 그가 가지고 있던 내 마력이 바닥남과 동시에 그의 잔영이 사라졌기 때문일 것이다.

"부축해 줄 테니 걸어요. 괜한 반항하지 말고요."

이쯤이면 몸을 움직일 정도로는 마비가 풀렸을 것이다. 나는 어안이 벙벙한 수인을 일으켜 세웠다. 그는 내 마력이 고갈된 줄 모르니 간단한 경고 정도는 해 두기로 했다. 어차피 가족이 붙잡혀 있어 제대로 반항하지 못할 테지만 말이다.

"너…… 인어를 부리는 건가?"

그를 부축해 계단을 내려가던 중이었다. 아실리드를 본 이후 수인은 부쩍 얌전해진 상태다. 하지만 나는 의아한 표정으로 고개를 기울일 뿐이었다.

"인어라니, 무슨 말을 하는 거죠?"

천연히 눈을 깜빡이니 그가 다시 한번 입을 열었다가, 아. 하고 다물어 버렸다.

이후로 어떠한 말도 오가지 않았다. 그가 다른 이들에게 내가 인어를 부린다 떠벌릴지언정, 그것을 믿어 주는 사람은 없을 것이다.

'말할 것 같지도 않지만.'

흘끗 그를 보았지만 눈도 마주치지 않으려 든다. 기본적으로 입이 무거운 성격인 듯했다. 그를 살피는 도중 홀에 도착했다. 나는 문을 열어 탑지기를 불러들였다.

"쓸데없이 죽이지 않도록 해."

나는 탑지기에게 수인을 넘기며 명령했다. 사실은 명을 가장한 당부나 마찬가지였다.

이종족을 관리하는 것도 탑지기의 일이었다. 죽이지 말라 일렀으니 적절한 치료 정도는 받을 수 있을 것이다.

나는 탑지기에게 수인을 넘긴 후 돌아섰다. 곧장 탑을 나가 라쿠스 놈에게 적절한 조치를 취해 주겠다 마음먹은 차였다.

"잠깐."

수인의 말에 걸음을 멈췄다. 순순히 내려갈 줄 알았는데, 그게 아니었던가. 의아함에 뒤를 돌아보니 곧장 눈이 마주쳤다.

"……."

혐오나 경멸이 섞이지 않은 진지한 눈빛. 증오라고는 찾아볼 수 없는 진중한 태도였다. 살려 달라거나 나가게 해 달라고 하면 바로 무시할 생각이었다. 나는 손을 들어 올려 탑지기에게 멈추라는 신호를 보냈다.

"뭐죠?"

일부러 성가시다는 표정을 지어 보이며 물었다. 나는 계속 그에게 적이어야 했다. 그러니 괜한 친절은 보이지 않는 게 옳았다.

마주 본 거리 사이로 정적이 흘렀다. 입술을 뻐끔거리는 것이 한참을 망설이는 듯했다. 무슨 말을 하려고 저리 시간을 끄는 걸까.

나는 더 기다리지 못하겠다는 듯 지루한 표정을 지어 보였다. 결국 뒤로 돌아 나가려는 태도까지 취하자 그가 입을 열었다.

"……너, 푸른 새를 아나?"

푸른 새? 완전히 돌리지 못한 몸이 멈추었다. 그게 뭐냐는 표정으로 고개를 기울이니 수인의 눈빛이 낮게 가라앉는다. 이번에는 지루하다는 표정도 성가시다는 표정도 지을 수 없었다. 그의 질문이 의아했기 때문이다.

피비린내 나는 이곳에서 갑자기 푸른 새라니. 그는 꼭 꿈에서 막 깨어난 것처럼 굴고 있었다.

"내가 잘못 물은 것 같군."

대답하지 않으니 그가 말을 잘라 냈다. 수인의 시선이 나를 비껴가자 옆을 지키던 탑지기가 그를 데리고 지하로 움직이기 시작했다. 그를 잡아 세우지 못한 채 뒷모습만 지켜보았다.

'푸른 새.'

그가 언급한 단어가 혀끝에 맴돌았다. 아픔에 취해 늘어놓은 헛소리라 취급하기에는 석연치 않았다.

'뭘 말하는 거지?'

혼자 홀에 남은 나는 탑을 나서지 못하고 제자리를 맴돌았다. 원작을 떠올려 보았지만 '푸른 새'라 불리는 것은 없었다. 뜬구름 잡는 소리도 아니고, 그저 색이 푸른 새를 지칭하는 것은 아닐 것이다.

'그런데…… 왜 늑대 수인이 잡힌 거지?'

나는 내 걸음을 붙잡았던 수인을 떠올렸다. 화인이나 목인보다는 아니었지만, 늑대 수인도 꽤 귀했다. 그들은 대륙의 최북단에 거주하며 집단 사냥을 하기에 산 채로 잡기가 힘들다. 이번에 벨루스가 만난 노예 상단은 소규모로 먼 북쪽까지 손을 뻗을 수 있는 이들이 아니었다.

'가끔 이동하는 무리가 있다고는 들었지만.'

늑대 수인이 세력 다툼으로 움직였다 해도 레오플론 제국과 최북단은 세 개의 나라를 넘어야만 도착하는 먼 거리였다. 영역을 빼앗기고 물러났다 하여 쉽게 이동해 올 수 있는 거리가 아니었다.

'개운하지가 않아.'

지하에 붙잡힌 이들을 구하는 건 나중 일이었다. 그를 아래로 내려보낸 것은 옳은 선택이지만, 제대로 묻지 않은 것에 후회가 되었다.

'곤란해.'

그렇다고 내려보낸 이를 다시 데려올 수는 없었다. 그게 뭐지. 생각을 거듭할수록 버릇처럼 아랫입술을 잘근거리게 된다.

푸른 새, 푸른 새라.

꾹. 단어를 반복하던 나는 무심코 이를 세워 입술을 깊게 깨물었다.

콰아아앙-!

"읏!"

탑이 흔들릴 만큼 거센 굉음이었다. 넘어지지 않기 위해 손으로 벽을 짚은 후에야 따끔한 아픔이 번졌다. 놀라며 입술을 깨물고 있던 이에 힘이 들어간 탓이다. 찢어진 입술 사이로 피가 맺혔지만 그것을 확인할 정신은 없었다.

쿵―!

방금 전보다는 작았지만 굉음은 꾸준히 이어졌다. 후두두, 천장에서 돌먼지가 떨어졌다. 꼭 지진이라도 난 것 같았다.

"대체 뭐야?"

이러다 탑이 무너지는 건 아닌지 걱정까지 들 정도였다.

나는 황급히 탑 밖으로 뛰쳐나갔다. 거센 진동과 함께 썩어 버린 강물이 출렁였다. 나는 강 위로 떠다니는 기분 나쁜 것들에게서 고개를 돌렸다.

"아무것도 없는······!"

쿵―!

굉음의 원인은 보이지 않았다. 그러나 진동은 계속되었다. 다시 쿵! 하는 울림과 함께 나무들이 흔들렸다. 성이 있는 방향이었다. 꽤 떨어진 거리인데 탑이 흔들릴 정도라니. 근원지는 어떻게 되었을지 짐작도 가지 않았다.

서둘러 다리를 건넌 나는 숲을 가로질렀다. 꼭 습격이라도 받은 것 같았다.

'······가만.'

한참을 내달리던 나는 갈수록 이상함을 느꼈다. 울림의 방향은 성을 조금 벗어난 곳에서 들려왔다. 그리고 그곳에는······.

"아!"

안개가 낀 숲을 겨우 빠져나왔을 때, 나는 폐허를 방불케 하는 현장을 목격했다. 뿌옇게 휘날리는 먼지. 성 뒤에 세워져 있던 건물은 돌조각이 되어 바닥에 허물어졌다. 공작가의 기사와 사병들까지 진을 치고 있으니 꼭 전쟁터 한가운데와 다를 바가 없었다.

"적당히 할 것이지."

거의 다져지다시피 한 현장을 보고 넋을 놓았을 때다. 나는 싸늘히 울리는 목소리에 고개를 돌렸다.

"리카엘 오라버니?"

그 또한 내 쪽으로 시선을 돌렸다. 그는 짜증이 난 듯 눈썹을 구기고 있었다. 나를 담아 낸 눈동자가 순간이나마 흔들렸다. 그러나 연이어 들리는 폭음에 내 고개는 금방 돌아갔다.

"......으!"

이미 조각난 건물을 아예 가루로 만들어 버릴 모양인지, 소음의 원인은 계속해서 주변을 부숴 나갔다.

희뿌연 흙먼지 탓에 앞이 제대로 보이지 않았다. 모래 때문에 눈이 따가웠다. 팔을 교차해 눈과 호흡기를 가릴 때였다.

"뒤로 물러나 있어라."

"......?"

차분한 목소리와 함께 내 뺨을 할퀴던 바람이 멈추었다. 끝난 건가? 나는 조심스럽게 손을 내렸다. 슬며시 눈까지 뜨니 내 앞에 보이는 건 넓은 등이었다.

"......오라버니."

언제 나에게 다가온 것인지, 그는 사나운 돌풍을 몸으로 막아서고 있었다. 모래와 돌조각이 그의 옆으로 휘몰아치며 바닥을 헤집었다. 리카엘의 바람은 날카로운 검이 되기도, 육신을 보호하는 방패가 되기도 했다.

"쯧."

그가 혀를 차며 끌어온 바람으로 얇은 막을 만들었다. 막 덕분에 귀가 따갑도록 들렸던 굉음이 차단되었다.

안심하며 고개를 든 나와는 달리, 기사들은 손을 올려 흙먼지를 막기 바빴다. 그들은 리카엘이 바람을 다룬다는 것을 알지 못했다.

"……."

내 앞에 선 리카엘은 주변의 바람을 다스리느라 여념이 없었다. 사방의 소란 속에서도 부드러운 순풍을 발견한 기분이었다.

'……괜히, 이상한 생각이 드네.'

엉뚱하게도, 그의 등을 바라보던 나는 어린 시절을 떠올렸다. 그가 나를 탑으로 데려갔던 그 날도 선명하게 기억할 수 있었다.

탑이 있는 숲으로 들어가기 전, 그날의 날씨와 바람, 햇빛. 그리고 왜인지 모르게 슬퍼 보였던, 무언가를 참는 듯한 리카엘의 표정까지도.

"깨어났으면 얌전히 굴 것이지."

"……아."

나는 리카엘이 짓씹듯 내뱉는 말에 과거의 회상 속에서 깨어났다. 그가 바람을 안정시키자 막 너머도 제법 잠잠해졌지만, 저 너머에 긴 희뿌연 먼지 탓에 사물이 제대로 보이지 않았다.

'그러니까 여기가…….'

그러나 시야가 흐리다고 해서 여기가 어딘지 모르지는 않았다. 숲에서 달려 나온 직후부터 떠오르는 이가 한 명 있었으니까.

"……거기 누구냐!"

포진해 있던 기사 중 하나가 소리를 질렀다. 희뿌연 먼지 속, 흐릿한 인형이 보였다. 언뜻 2미터에 가까워 보이는 그것은 누워 있는 건물 기둥을 짓밟으며 앞으로 다가왔다.

"기사들을 물려요. 오라버니."

돌을 부스러트리는 괴력에 거대한 체구라니.

나는 점차 선명해지는 인형을 보며 리카엘에게 말했다. 그도 동의

하는 듯 기사와 사병들에게 물러가라는 신호를 보냈다. 기사들은 머뭇거리면서도 리카엘의 명에 따랐다. 이윽고 사방을 메운 인파들이 하나둘 뒤로 빠지기 시작했다.

'진짜……란 말이야?'

사라지는 기사들에게 신경 쓸 겨를이 없었다. 그저 설마 하는 심정으로 저 먼 인형을 주시할 뿐이었다. 이윽고 나와 리카엘을 제외한 이들이 모두 물러났을 때, 나는 점점 더 가까워지는 그것을 조심스럽게 불러 보았다.

"……벨……이니?"

내 말이 끝나기를 기다린 걸까.

저 먼 숲 너머에서 불어온 바람이 허공의 먼지를 빠르게 쓸어내렸다. 맑은 하늘이 드러났을 때 느릿하게 움직이던 인형이 쿵, 소리를 내며 도약했다.

"……!"

놀란 나머지 뒤로 물러설 뻔했다. 위협적인 움직임에 리카엘이 나를 막아서려 했지만, 이미 인형의 얼굴을 확인한 나는 고개를 저으며 한 발자국 앞으로 나아갔다.

"리아!"

'포옥' 하는 환청이 들릴 만큼 강한 힘이었다. 물론, 품에 안긴 것은 달려온 이가 아닌 나였다.

나보다 머리 두 개가 더 큰 탓에 내 얼굴이 닿은 곳은 근육으로 덮인 단단한 가슴팍이었다. 길고 굵은 뼈대를 가진 팔이 나를 꽉 안아 왔다. 반가움 탓인지, 변화된 몸 탓인지는 모르겠지만 까딱하다가는 몸이 으스러질 것 같았다.

눈앞에, 그것도 나를 안고 있는 남자가 벨루스라니. 도무지 믿기지 않았다.

"······웃, 벨!"

"아, 미안. 리아. 아, 어쩌지. 리아. 리아."

"응. 나야."

아프다는 시늉을 하니 나를 안고 있던 팔이 조금 풀어졌다. 그렇다 해도 품에 갇힌 건 여전했지만, 퍽 미안한 투라 고개를 끄덕여 주었다. 그러나 충격은 가면 갈수록 더했다.

'목소리가······.'

소녀인지 소년인지 모를 미성이 아닌, 굵으면서도 낮은 울림을 가진 남성의 목소리. 흥분에 가득 차 있었지만 몹시도 매력적인 저음이었다. 그러나 아무리 멋들어진 목소리라 해도 좀처럼 적응이 되지 않았다.

나는 벨루스의 가슴과 내 얼굴에 난 작은 틈으로 힘겹게나마 고개를 들었다.

"그, 저기 벨······."

몹시도 가까운 곳에서 나의 천사, 귀여운 동생이 보였다.

선이 굵은 얼굴, 새카맣고 숱이 진한 머리칼과 눈썹. 그리고 날카롭게 올라간 눈매는 나에게 향한 순간 어린 강아지의 눈웃음처럼 잔뜩 휘어진다. 그 속에 든 자색 눈동자는 유난히 신비로워 보였다.

"······정말, 많이 컸네."

"응. 많이 컸어. 정말로."

벨루스는 신중히 말을 고르는 나에게 환히도 웃어 보였다. 잔뜩 흥분한 탓인지 삼각 귀가 느릿하게 솟아났다. 성인이 돼서인지 꼬리는 쉽게 보이지 않았지만 귀는 어쩔 수 없는 듯했다.

늑대 족은 청년기가 없었다. 성장기에 접어들어 성별이 드러나고 곧바로 어른의 몸을 가지게 된다.

'알고 있긴 했지만.'

그 차이가 이렇게 심할 줄이야. 나는 장성한 동생을 보며 소리 없이 감탄했다. 탑까지 울린 진동도 벨루스의 소행이었다.

지하 아래에 가둔 뒤 나오지 못하도록 묵직한 것들로 문을 막아 놓았으니, 그로서는 모두 부수는 방법밖에 없었을 것이다.

'아직 한 달을 다 채우지도 않았는데.'

성장기는 짧으면 한 달, 길면 두 달까지도 이어진다. 벨루스는 생각했던 한 달에서 사흘이나 빨리 육체를 구성해 냈다는 뜻이다.

'다행이야.'

기간이야 어쨌든 벨루스가 무사히 성장을 마친 것에 안도감이 들었다. 나는 손을 올려 남자다운 얼굴을 감싸 쥐었다.

"리아 손 좋아."

벨루스는 어릴 때와 마찬가지로 내 손에 뺨을 비벼 왔다. 어린아이 같은 말투였지만 그때와는 전혀 다른 느낌이었다.

'안심이 되기는 하지만.'

무사히 성장을 마쳐서 다행이라는 생각이 드는 반면, 조금은 아쉽기도 한 게 사실이었다. 워낙 선이 얇고 예뻤던 동생이었으니, 나도 모르게 여자로 성장할 것이란 기대감이 있었나 보다.

"이젠 남동생이네. 혼자 고생 많았어."

뚜렷한 키 차이에 머리를 쓰다듬어 주기도 쉽지 않다. 내가 아쉽다는 듯 웃으니 벨루스가 장난스레 웃으며 고개를 숙여 주었다.

순수한 미소는 아이 때와 똑같았다. 그것을 보고 있자니 더는 낯설게 느껴지지 않았다. 나는 부드럽게 감겨드는 머리칼을 가만가만 쓰다듬어 주었다. 어여쁜 천사에서 강인한 전사가 되었지만 벨은 여전히 나의 사랑스러운 동생이었다.

나는 진심을 담아 성인이 된 벨루스를 축복했다. 벨루스는 한참이나 내 손길을 즐겼다. 옆에 서 있는 리카엘은 안중에도 없는 눈치였다.

"리아."

"응?"

슬슬 팔이 아파 손을 내리던 차다. 가만히 그를 올려다보니 하얀 뺨이 장밋빛으로 물들어 있었다. 장성한 남자의 모습이었지만, 워낙 미형인 탓에 그마저도 잘 어울렸다.

'그래도 어릴 적 얼굴이 완전히 없어진 건 아니구나.'

내가 그런 단순한 생각에 빠져 있을 때다. 한참을 망설이던 벨루스가 커다란 덩치로 우물쭈물, 말을 꺼냈다.

"저기, 나 이제 남자야."

"……그렇지? 여동생은 아니니까."

겨우 꺼낸 말이 '나 남자야.'라니. 내 고개가 의아함에 옆으로 기울어졌다. 눈이 있다면 벨루스를 여자로 착각하는 사람은 없을 것이다. 혹 성별이 남자로 고정된 게 부끄럽기라도 한 걸까. 그렇더라도 이미 고정된 신체를 바꿀 수는 없었다.

'이 몸만 큰 아이를 어떻게 달래야 하나.'

나는 벨루스를 칭찬하기 위한 문장들을 머릿속에 차곡차곡 쌓았다. 그러는 와중에도 동생의 얼굴은 점점 더 붉어졌다. 이제는 하얀 부분을 찾기가 어려워질 정도다. 이러다 울기라도 하면 달래기 더 힘들어지는데.

건물 두어 채가 날아간 주변은 이미 폐허였다. 나는 더 곤란한 상황을 만들지 않기 위해 입을 열었다.

"벨, 남자가 되었어도 넌 정말이지 예쁘고 근사……."

"그러니까 나랑 결혼해."

……뭐?

동생을 칭찬하려던 내 노력은 깔끔하게 반 토막이 났다. 잘못 들은 것이기를 간절히 바랐지만, 남자가 된 벨루스의 눈빛은 너무도 진지했다.

"그……. 저기, 벨?"

지적할 것이 넘쳐 나 무슨 말부터 꺼내야 할지 고민이 될 정도였다. 그렇지만 한 달여간 홀로 아픔을 견뎌 낸 동생에게 당장 상처를 주고 싶지는 않았다.

뭐라고 말하면 좋을까. 내가 사랑스러운 동생에게 해 줄 말을 신중히 고를 때였다.

"몸만 컸지 머리는 성장하지 못했나 보군. 생각하는 게 여전히 모자라."

차게 식은 목소리가 어색한 공기를 단번에 갈라놓았다. 그와 동시에 보기 좋게 물들었던 벨루스의 얼굴이 섬뜩하게 변했다.

"너한텐 관심 없으니까 저리 꺼져."

"벨루스!"

제 형에게 하는 말치고 지나치게 버릇이 없었다. 벨루스는 내 주의에도 아랑곳하지 않고 으르르, 날카로운 송곳니를 드러냈다.

"네 누이를 곤란하게 하지 말란 말이다."

리카엘도 아랑곳하지 않고 한마디를 더 덧붙였다. 그러나 벨을 대하는 리카엘의 행동이나 말투에서는 조금의 흥분도 느껴지지 않았다. 빙하를 닮은 색의 눈은 꼭 모자란 것을 보는 듯 한심한 빛까지 띄운 채였다.

"그런 적 없어!"

예전부터 자신을 무시하는 리카엘의 눈빛을 견디지 못했던 아이다. 완전한 늑대가 된 벨루스는 제 기백을 과시하듯 앞으로 나섰다. 성장한 벨루스는 리카엘을 내려다볼 정도로 컸다.

"정말이지, 철이라고는 찾아볼 수가 없군."

"……다 자라 나오면 네놈부터 죽여 버리겠다고 말했었지."

이를 가는 듯 으득거리는 소리가 살벌하다. 서로 다른 말을 하고 있지만 적대감만은 통하는 듯 보였다.

그들의 가운데에 선 나만 난감해졌다. 리카엘이 굳이 도발하지 않아도 나와 벨루스는 맺어질 수 없었다. 마음도 없을 뿐만 아니라 친동생과 결혼이라니 말도 안 되었다. 거기다 나는 조만간……

"아직 잠이 덜 깨 상황 판단이 안 되나 보군. 네 누이는 곧 다른 남자와 결혼하지 않느냐."

"……!"

나는 상처가 다 낫지도 않은 입술을 깨물었다. 결혼, 리카엘은 지금 내가 가장 말하기 꺼리는 주제를 아무렇지도 않게 내뱉고 있었다.

"오라버니, 그건."

나는 리카엘의 팔을 붙잡았다. 차게 식은 눈이 내게 향한 순간 흔들렸다. 워낙 당황해 그와 가까운 사이가 아니란 것도 잊고 한 행동이었다.

"……둘러말하면 고집이나 더 부릴 놈이다."

갑작스럽게 집힌 팔이 어색했던지 리카엘은 곧장 고개를 돌렸다. 그러나 손을 뿌리치지는 않았다. 그러는 와중에도 당황스러운 건 한둘이 아니었다. 결혼을 반대하던 그가 카르텔을 직접 언급할 줄은 몰랐을 뿐만 아니라, 내게 붙잡혀 있는 것에 불쾌한 내색을 비추지 않았다.

잔잔한 마음에 다시금 파동이 인다. 리카엘의 낯선 행동은 자꾸만 나를 혼란스럽게 만들었다.

"그래, 그 새끼. 기억났어."

"……벨."

스산한 목소리가 나를 현실로 돌아오게 했다. 벨루스는 한층 차분해 보였다. 아니, 차분해진 것이 아니다. 아이의 자색 눈동자는 극점의 불꽃처럼 새파랗게 타오르고 있었다.

"리아. 그 새끼 어디 있어?"

"벨, 그만해."

기겁하며 주의를 주었지만 그는 아랑곳하지 않았다. 나는 리카엘의 팔을 놓고 벨루스에게 다가갔다. 눈이 돌아 버린 것으로 보아 당장이라도 사고를 칠 것 같았다.

"아, 어차피 묶여 있는 놈이니. 아직 거기 있겠구나."

자문자답이었다. 내 말이 들리지 않는 듯 벨루스는 아이처럼 깨끗하게 웃어 보였다.

"그만두라고 했어. 벨루스."

그렇다 해도 나는 벨루스를 막아서는 것을 포기하지 않았다. 싸늘하게 경고를 하면서도 내가 다룰 수 있는 마력을 가늠했다.

'아직 반절도 차지 않았네.'

마력은 대기와 자연에서 얻는다. 화원에 머물면 충만해지는 이유가 바로 그것이었다. 오염된 것이 넘쳐 나는 탑에서 막 나온 탓인지 마력을 회복하는 속도가 더뎠다.

성장하기 전에도 보통의 수인보다 서너 배는 강한 육체를 가지고 있던 아이인데, 지금 다룰 수 있는 향기로 벨루스를 제압할 수 있을지 의문이었다.

"플로리아, 뒤로 물러나라."

성인이 된 벨루스의 힘을 추측해 보고 있을 때였다. 곧게 뻗은 손이 내 앞을 막아섰다. 차분하게 가라앉았던 대기가 울렁거린다. 리카엘이 바람을 불러들이고 있었다.

"오라버니, 잠시만 기다려 주세요."

앞에 있는 그의 팔을 붙잡는 데는 많은 머뭇거림이 필요했다. 나는 용기를 내 그의 손목을 잡았다. 아까처럼 당황해서가 아니라 내 의지로 말이다.

"……."

이번에도 그는 내 손을 뿌리치지 않았다.

마력은 시전자의 정신력에 의해 좌우된다. 그의 손끝으로 몰려들던 바람이 미세하게 흐트러지고 있었다.

그가 나선다면 성인이 된 벨루스라도 굴복할 수밖에 없을 것이다. 그러나 그도 결코 멀쩡할 수는 없을 테다.

"누구든 좋아. 죽이면 그만이니까."

내가 그를 말리는 도중이었다. 벨루스는 검은 밤의 짐승처럼 눈을 희번덕거리며 중얼거렸다. 누구라도 좋으니 사지를 찢어 버리고 싶다는 듯, 그의 얼굴 위에는 짙은 살기가 끼여 있었다.

'뭔가 이상해.'

나는 그 모습을 보며 무언가 기이한 점을 느꼈다. 어떨 때는 아이, 또 어떨 때는 완전한 성인, 그다음에는 이성을 상실한 짐승의 성미. 벨루스의 정신은 꼭 시시각각 변하고 있는 것처럼 보였다.

"막 성장한 수인은 제 감정을 다루지 못해. 어린아이와 같지."

내가 벨루스의 상태를 살피고 있을 때였다. 차분하고 단정한 느낌의, 겨울에 내리는 눈과 같은 목소리가 내 귓가에 살포시 내려앉았다.

"지금 뭐라 해도 듣지 못할 테니 눌러 주는 게 나을 거다."

"……아."

나는 그의 말에 작게 입을 벌렸다.

수인을 다룬 책에서 본 적이 있는 말이었다. 막 신체를 구성한 수인의 정신은 극도로 예민하여 격한 감정을 제어하기 힘들다고 했다. 며칠은 홀로 두어 육체에 적응할 시간을 주어야 한다는 게 책의 내용이었다.

"……리아. 내가 다 죽일게."

내가 리카엘과 실랑이를 하는 사이에도 벨루스는 살기 가득한 말만을 중얼거리고 있었다. 흥분을 가라앉히기에는 이미 불가능한 상태였다.

"네가 뭘 걱정하는지 안다. 정신만 잃게 만들도록 하지."

붙잡은 리카엘의 손목이 위로 올라감과 동시에 내 시선도 함께 들렸다. 그는 내가 벨루스를 염려하고 있다는 걸 안다는 듯 차분히 눈을 내리깔았다. 어째서일까. 나를 바라보는 눈동자가 유난히도 따스해 보였다.

"……그게 아니에요."

울컥. 뭔가가 목구멍을 막기라도 한 듯 답답함이 번진다.

지금 벨루스의 상태라면 큰 상처 없이 제압이 가능할 것이다. 신체의 능력이 극도로 상승했지만 그것을 제어하는 힘이 부족할 테니까. 다행인 점이었다. 하지만 내 속을 젖게 만드는 건 벨루스가 아닌 리카엘의 태도였다. 그는 당연하다는 듯 내가 벨루스만을 위하고 있다 여기고 있었다.

"나는, 둘 다 걱정하고 있어요."

고개를 들어 그의 눈을 뚜렷하게 들여다보았다. 단단히 얼어붙은 호수처럼 차가워 보이지만, 손을 가져다 대면 금세 부스러져 녹아 버릴 겨울 같은 눈동자.

목이 막힌 와중에도 분명하게 말하고 싶었다. 내가 당신을 염두에 두고 있음을.

"……그래."

잘못 본 것일까. 늘 일자로 굳어 있던 그의 입술에 흐린 미소가 걸려 있었다. 사막에 피어난 꽃을 바라보는 기분이 이러할까. 내 시선은 신기루 같은 미소를 쫓았다. 그사이, 힘이 빠진 손아귀에서 그의 손목이 느릿하게 빠져나갔다.

그와 동시에 벨루스가 땅을 박차고 달려들었다. 나는 그 앞을 막는 리카엘의 등을 바라보아야만 했다. 힘은 벨루스가 전적으로 우세하나, 리카엘의 기교와 바람을 다루는 전술을 이기지는 못했다.

"커윽!"

결국 얼마 지나지 않아 바람의 막에 벨루스의 호흡이 막혀 버렸다. 그대로 정신을 잃기까지는 그리 오랜 시간이 걸리지 않았다.

"……들어가자."

나는 벨루스를 짊어지는 리카엘을 보며 고개를 끄덕였다. 내 바람대로 두 사람 다 큰 상처를 입지 않았다.

성으로 돌아가는 내내 우리는 아무런 말도 하지 않았다. 분명 얼마 전만 해도 둘이서 걸으면 어색함을 느꼈는데, 지금은 그렇지 않았다. 그는 나보다 두어 걸음 정도 더 앞에서 걷고 있었다. 일정한 보폭으로 그의 뒷모습이 보였다. 꼭 어린 시절로 돌아간 것만 같았다.

'오라버니는……'

진정 제 가족인가요? 카르텔을 돕는 이유가 뭔가요. 정말로, 나 때문인가요?

그리 묻고 싶었지만, 입술이 떨어지질 않는다. 나는 입안에 맴도는 말을 가만히 삼켜 버렸다.

* * *

의식을 잃은 벨루스는 손님용 침실로 옮겨졌다. 원래 쓰던 방의 가구가 모두 아이의 체구에 맞추어져 있었기에 어쩔 수 없는 선택이었다.

"하여간."

나는 고른 숨을 내쉬는 벨루스를 내려다보며 한숨을 내쉬었다. 깨어나자마자 거하게 사고를 치다니, 역시 이 아이답다고 해야 할지. 눈을 뜨면 단단히 혼을 내야지, 하고 속으로 다짐했지만 벨루스의 말 간 눈을 보면 금방 풀리고 말 화였다.

객실 안에는 나와 새근거리며 잠든 벨루스뿐이었다. 리카엘이 벨루스를 내려놓기가 무섭게 기사가 그를 다급히 찾았다. 업무 때문인지, 아니면 조금 전 사태를 수습하기 위함인지는 모르겠지만 바빠 보이는 그를 붙잡아 둘 수는 없었다.

'그가 조금 더 머물렀으면 좋았을 텐데.'

오늘따라 그의 뒷모습이 유달리 아쉽게 느껴졌다. 아니, 오히려 리카엘이 같이 있지 않아 다행이었다. 그가 있었더라면 나는 틀림없이 삼켰던 말을 뱉어 버리고 말았을 테니까. 물어볼 이가 없으므로 삼키지 않아도 될 질문이지만, 나는 더 깊이 눌러 내렸다. 나는 가만히 눈을 감고 그것들을 잊으려 노력했다.

"……리아, 있니?"

고요한 방 너머에서 들려온 나직한 목소리가 나를 깨웠다. 음은 문 밖에서 몹시 작게 들려왔지만, 나는 그가 누구인지 바로 알아차렸다.

"응, 들어와. 아르덴 오빠."

허락이 떨어졌음에도 불구하고 문은 아주 조심스럽게 열렸다. 문틈 사이로 녹색 머리카락이 찰랑거렸다. 천천히 고개를 내미는 모습을 보고 있자니 속이 간질거렸다.

지하에서의 삼자대면 이후, 나를 대하는 아르덴의 태도가 부쩍 조심스러워졌다. 그렇다고 저렇듯 소심하게 행동할 필요는 없는데. 이성에는 몸만 자란 벨루스 말고도 아이 하나가 더 있는 모양이었다. 나는 삐져나오는 웃음을 겨우 삼키고 의연한 척 고개를 들어 올렸다.

"뭐해, 얼른 들어오지 않고서."

"아, 으응."

그는 내 말에 서둘러 문을 닫고 들어왔다. 사람이 한 명 더 늘었어도 방 안은 여전히 조용하기만 하다.

아르덴은 제자리에서 가만히 눈을 내리깔고 있었다. 평소 거짓말한 번 하지 못하던 사람이 거하게 나를 속이더니, 그 죄책감에 잔뜩눌려 고개조차 들지 못한다.

내가 부르지 않는다면 벽장처럼 내내 서 있기만 하겠지. 나는 목소리를 조금 더 부드럽게 내어 그를 불러들였다.

"이리와. 벨도 봐야지."

"⋯⋯그래."

아르덴은 그제야 침대 쪽으로 다가왔다. 리카엘에게 벨루스의 소식을 듣고 온 것 같았다. 이 구실로 내 얼굴도 보려는 속내가 뻔히 보였지만, 넘어가 줄 수 있는 수준이었다.

"이젠 정말로 어른이 되었네. 예쁘게 잘 커서 기쁘다."

경직되어 있던 아르덴의 입꼬리가 부드럽게 말려 올라갔다. 이렇게 커다래 진 몸을 보고도 예쁘다 칭찬할 수 있는 이는 나와 아르덴뿐일 것이다.

아르덴은 벨루스를 막내 동생으로서 좋아하고 아꼈다. 막상 벨루스는 그를 노인네라며 비꼬아 댔지만, 아르덴은 그때마다 하하 웃으며넘길 뿐 쓴소리 한 번 내지 않았다.

모든 것을 사랑하지만 혈연에 유난히 약한 그다. 성별이나 크기 따위는 상관없었다. 아르덴의 눈에는 벨루스가 여전히 작고 사랑스러운자신의 막내 동생으로 보일 것이다.

"응. 무사히 성장해서 다행이야."

나에게도 벨루스는 그런 존재였으니, 아르덴이 어떤 마음일지는 짐작이 갔다. 그렇게 벨루스를 얼마나 내려다보았을까. 이번에도 말을붙인 것은 나였다.

"그때 이후로 처음이네."

"……."

내 말 한마디에 아르덴의 몸이 지나치게 경직되었다.

그를 탓할 생각은 없었다. 길이 다른 판단이었지만 나를 위한 행동이었음은 당연했다. 그래도 서운하기는 했는데, 이렇게 기가 죽어 있는 모습을 보니 그 마음마저도 사라지게 된다.

"오빠가 무슨 생각으로 그랬는지는 알아. 나를 못 믿어 줘서 그게 좀 서운하긴 했지만."

나는 먼저 그의 손을 잡고 가만히 토닥여 주었다. 오랫동안 연기했던 냉하고 잔혹한 성격도 가족 앞에서는 설탕 조각처럼 무너져 버린다. 아르덴이 내 앞에서 죄인처럼 굴길 바라지 않으니, 먼저 화해를 청하는 것도 내 몫이었다.

"……미안해. 내 동생."

따스하게 엉겨든 손 위로 겹쳐진 것은 서로를 위하는 마음의 온도였다. 내가 아무것도 말해 주지 않았으니 아르덴의 입장에서는 불안할 수밖에 없었겠지. 혼자서는 뭐라도 알아보기 어려울 테니 리카엘과 함께 움직였을 테고.

"괜찮아."

그가 더 죄책감을 느끼지 않았으면 했다. 이 일이 아니더라도 그의 어깨에 얹어진 무게는 작지 않았다. 나는 아르덴의 목에서 찰랑거리는 목걸이를 손바닥에 올려 보았다.

"……우리는 너무 오래 묶여 있었어."

붉은 루비는 피를 담아낸 수정처럼 아름다웠다. 이것은 우리를 인간 이하로 만들었고, 스스로 아버지의 개가 되게끔 했다.

카르텔과 리카엘이 거래를 했으니, 내가 어떤 일을 계획하고 있는지 두 사람 모두 알고 있을 것이다. 좋든 싫든 이제는 함께 움직일 수밖에 없었다. 이 아름다운 목줄로부터 해방되기 위하여.

"……."

아르덴은 내 말에 대답하지 않았다. 그는 나보다 먼저 실험탑에 가두어졌고, 능력이 발현된 후에야 지옥문 밖으로 나올 수 있었다. 같은 고통을 겪었으면서도 아르덴은 내가 그 탑에 갇혀 있었다는 것에 늘 미안해하며 극심한 죄책감을 느꼈다. 그 자신이 나를 몰아넣은 게 아니면서도 그렇게나 고통스러워했다.

'차라리 내가 네 몫만큼 더 갇혀 있었더라면 좋았을 텐데.'

피를 뒤집어쓴 채로 탑에서 나왔던 기억이 있다. 능력이 발현되던 날 바로 탑을 나올 수 있었으니까.

그런 나를 안아준 건 아르덴이었다. 그는 피가 묻는 것도 신경 쓰지 않고서 마른 몸으로 나를 힘껏 끌어안아 주었다. 나보다 먼저 탑에서 나온 그는 내가 안에 있다는 사실을 알자마자 먹지도, 자지도 않고 그 앞을 지켰다고 했다.

'……리카엘도 거기 있었지.'

과거의 기억은 또 다른 조각을 불러들인다. 아르덴의 품에 안겨 있던 나는 숲 너머에서 은빛 머리칼을 보았다. 금세 등을 돌리고 사라져 버렸지만, 그건 분명 리카엘이었다. 왜 그게 지금 생각난 걸까. 요즘 들어 잊고 있던 기억들이 하나둘 떠오르는 것 같았다.

똑똑―!

"……누가."

문을 두드리는 소리에 흐름이 끊어졌다. 흩어지는 기억에 살짝 눈을 찡그린 나는 문으로 시선을 돌렸다.

"무슨 일이지?"

생각을 방해받은 나 대신 아르덴이 벽 너머의 이에게 물었다. 문이 바로 열리지 않는 걸로 보아 하인이나 하녀인 듯했다.

"쉬시는 중 찾아 송구합니다. 리카엘 도련님께서 두 분을 모셔 오라 이르셨습니다."

공손한 목소리에 나와 아르덴의 눈이 마주쳤다. 리카엘이 나와 아르덴을 한꺼번에 찾는 일은 드물었다. 거기다 그는 조금 전 일을 처리하러 갔는데, 그사이 무슨 일이라도 생긴 것인지 의아했다.

"형님께서 급한 볼일이 있으신가 보구나."

"……우선 가 보도록 해요."

단순한 볼일은 아니겠지. 나는 그의 말에 동의하며 고개를 끄덕였다.

방을 나서기 전, 나는 잠시 뒤를 돌아보았다. 벨루스는 기척도 느끼지 못한 채 깊은 잠에 빠져 있었다. 그래도 하루 이틀 뒤에는 눈을 뜬다고 하니 다행이었다. 그때쯤이면 정신도 많이 안정되어 있을 테고 말이다. 나는 벨루스가 편히 쉬기를 바라며 객실을 빠져나왔다.

"……이건."

아르덴과 내가 도착한 곳은 리카엘의 집무실이었다. 내 시선은 테이블 위에 올려진 흰 봉투로 향했다. 금을 섞은 밀랍으로 찍어 낸 신비스러운 무늬는 신의 상징이자 황실의 문양이기도 했다.

"황제가 직접 보냈다더군. 신의 날을 알리는 연회장이다."

벌써 그렇게 되었나. 나는 양질의 편지를 내려다보며 생각에 잠겼다. 각 제국은 저마다의 신화를 가지며, 그 아래에서 자신의 제국이 창조되었다 믿는다.

신의 날은 레오플론의 가장 큰 기념일이자 건국일로써 나라를 돌보아 주는 주신을 기리는 행사다. 신의 날을 위한 의식은 열흘 동안 열리며, 그 기간에는 수도의 귀족 대부분이 기념일을 축하하기 위해 황궁에 모인다.

'실상은 황권을 위한 행사 치레지만.'

신의 피를 이었다는 황족의 권력은 절대적이다. 실제로 레오플론의 평민들은 자신들이 신민이라는 자부심을 가지고 있었다. 이에는 약간의 광기마저 섞여 신민이라는 칭호는 그들을 통제하는 훌륭한 수단이 되었다.

"한 달 뒤군요. 신경 쓸게 늘겠네요."

내 말에 아르덴이 고개를 끄덕였다. 이레 동안은 귀족을 위한 연회가 열리고, 하루를 쉰 다음 날에는 황족과 귀족이 퍼레이드를 펼치며 주신의 신전에 도착한 뒤 내내 제를 올린다.

그저 흘러가기만 한다면 소란스러울 신의 날이 이렇듯, 계획적으로 움직이니 공작가가 크게 신경 쓸 필요는 없었다. 하지만 베논 공작가는 상황이 달랐다.

'유니콘.'

카르텔과 맞바꿔 황실에 넘긴 키메라가 공개되기 때문이다. 유니콘을 다루던 리카엘이 공작가로 돌아왔지만, 황성의 관리자와는 계속 소식을 주고받고 있었다.

"수도 행진 때 참가하기로 했으니……. 유니콘 근처에서 상태를 지켜보아야 할 거다."

황제는 신의 날을 중요시했고 유니콘을 공개하는 데 신경을 기울였다. 그것을 만든 건 베논가였으니 이후까지 책임지라는 게 황제의 명이었다.

"계약상 오간 사항이니까요. 어쩔 수 없죠."

행진 때는 아버지와 공작가 일원이 참가하기로 되어 있다.

유니콘은 만들어진 생물이다. 관리가 까다롭고 성격이 예민해 능숙한 이들이 옆에 붙어 있는 것이 안전했다. 이것 또한 미리 염두에 두던 일이니 크게 놀랄 만한 부분은 아니었다.

나는 리카엘의 말에서 다른 부분을 상기하고 있었다.

'그럼 아버지도 마도탑에서 나올 수밖에 없어.'

나는 서신을 손끝으로 더듬었다. 아무리 아버지라 해도 황제의 부름을 무시할 수는 없다.

어떠한 일이 있더라도 신의 날에는 반드시 참석해야만 했다. 굳이 아버지를 탑 밖으로 빼내려 수를 쓰지 않아도 되었다. 서신의 끝부분이 내 손에서 살짝 구겨졌다.

"문제는……."

"네?"

서신에만 고정되어 있던 시선이 리카엘에게 향했다. 그의 표정이 낮게 가라앉아 있었다. 단순히 신의 날이 문제가 아닌 듯 보였다.

"카르텔, 네 남편이 될 타국인을 위한 초대장도 함께 왔다는 것이지."

그게 무슨. 테이블 위에 올려진 서신은 한 장뿐이었다. 리카엘이 품 안에서 다른 봉투를 꺼내 나에게 내밀었다.

"황실에서 카르텔이 묵고 있는 저택으로 따로 보냈더군."

나는 건네받은 편지를 보며 표정을 굳혔다.

이국의 왕자 카르텔, 현재 사교계는 그에 대한 소문으로 떠들썩했다.

오직 나에게 청혼하기 위하여 대양을 건너온 왕자. 그의 사랑은 동화에서나 나올 법한 꿈 같은 것이었으며, 그 달콤함은 도도하던 플로리아 영애의 마음까지 녹여 버렸다는 소문이었다.

'누가 퍼트렸는지는 안 봐도 뻔하지.'

카르텔이 제국에 있다는 걸 아는 이는 황태자뿐이었다. 그 덕분에 리카엘의 일이 늘어났다. 그는 수도에 있는 저택 중 하나를 단장하고 그 안에 동방인들을 들여놓았다. 상황을 맞추기 위해서였다.

귀족들은 현재 카르텔이 약혼자로서 베논가 소유의 저택에 머물고 있다고 알았다.

"황제가 직접 불러들일 줄은 몰랐는데요."

"뭔지 모를 것이 황제를 자극한 것 같더군. 아마도, 소문을 퍼트린 자의 소행이겠지."

레이븐 황태자, 제안을 거절하면 방해하겠다는 그의 말은 헛소리가 아니었다.

내가 타국인과 혼약을 맺으면 이득을 보는 것은 황가였다. 마도 세력과 결혼하는 것이 아니니 세력을 늘릴 수도 없을뿐더러, 타국인과 결혼한 후 생기는 재물은 일정한 비율로 황가에 바쳐야만 했다.

지참금이 없어 팔리듯 타국인과 결혼하는 영애들이라면 모를까, 고위 귀족의 여식이 이러한 결혼을 한다면 이후 상당한 제물이 국고에 귀속된다. 물론, 나와 카르텔의 결혼이 불발되면 이 모든 조건은 없어진다.

'그걸 포기하겠다고?'

법령이 걸려 있는 만큼 금전적인 부분을 감시하기도 한결 쉬워질 텐데. 이해가 되지 않았다.

이래저래 골칫거리인 작자다. 덕분에 터무니없는 문제가 생겼으니, 이러한 점을 노렸다면 제대로 성공했다고 봐야 한다.

"황제가 결혼을 막으려 들지는 않을 거예요."

그의 구미에 걸맞게끔 짠 틀이었다. 특별히 의심을 사지 않는다면 결혼은 무사히 진행될 것이다.

'문제는 카르텔이야.'

황제가 친히 보낸 초대장을 거절할 수는 없었다. 그럴 만한 명분도 없거니와 괜한 트집이 잡힌다면 이쪽에서 곤란했다.

레이븐 황태자는 이미 카르텔의 얼굴을 알고 있었다. 그러니 대역을 세우는 것도 불가능했다. 이렇게 된 이상 방법은 정면 돌파뿐이었다. 잠시 눈을 감고 어지러운 머릿속을 정비했다. 초를 센 후 눈을 뜬 나는 리카엘에게 물었다.

"그의 환영을 유지할 수 있는 시간이 얼마나 되죠?"

리카엘은 연금술의 숨겨진 귀재였다. 그가 만들어 낸 흑요석은 마력을 담아내 시전자의 환영을 만들어 냈으며, 그것은 본체와 똑같았다. 마도학자들이 안다면 학계 전체가 뒤집힐 만큼 대단한 발명품이다. 그러나 제약은 있었다. 담아낸 마력이 떨어지면 환영도 사라지고 만다.

"그에게 쓸 수 있는 건 네 마력뿐이니. 최대한 담아낸다면 일주일 정도는 버틸 수 있겠지."

일주일 정도면 황제를 속이기에는 충분한 기간이었다.

이상하게도 봉인구를 풀어내는 것, 환영을 만드는 것, 카르텔에게 쓰이는 모든 것에 내 마력만이 통하고 있었다.

'어째서지?'

내 마력이 그에게 통한다는 사실에 의문을 가져 본 적이 없었다. 이유를 따질 여유 따위는 없었으니까. 그러나 오직 내 마력뿐이라니. 리카엘과 아르덴의 마력으로도 시험해 보았지만 모두 통하지 않았다. 무엇보다.

'너밖에 없으니까.'

당사자도 말하지 않았던가. 자신에게 통하는 건 나밖에 없다고. 거듭된 사실 덕분에 그가 나를 어떻게 생각하는지 짐작할 수 있었다. 마력을 조달해 줄 수 있는 계약자. 달갑지 않은 진실이었으나 알게 되어 다행인 이유였다.

"황제의 초대를 무시할 수는 없어요."

그가 어떤 요량으로 카르텔을 초대했건 내 계획을 망가트릴 수는 없었다. 그러니 응해 주는 수밖에.

"준비해 주세요. 카르텔, 이국의 왕자가 나와 함께 황궁에 갈 수 있도록."

내 눈빛이 낮게 가라앉았다. 원작을 완벽하게 훼손할 시간이었다.

* * *

한 달은 촉박한 시간이었다. 그마저도 빠른 속도로 흘러가 겨우 보름만이 남았다.

그사이 리카엘은 가문의 업무와 황궁으로 갈 채비를, 아르덴은 카르텔이 머물고 있다고 소문이 난 저택을 오가며 위장을 한 동방인들을 관리했다. 내내 소식이 없던 아버지도 신의 날이 가까워지자 성으로 연락을 취해 왔다. 연회에 맞춰 마도탑에서 황성으로 출발한다는 내용이었다.

'아무리 아버지라 해도 황가를 대상으로 버틸 수는 없었겠지.'

혹여 이변이 생길까 내내 걱정했던 부분이 확정되어 다행이었다. 그러나 아버지가 보내온 서신에는 신의 날에 대해서만 적혀 있지 않았다.

'공작가에 보관된 실험체들을 모두 마도탑으로 보내라.'

나는 그 대목을 몇 번이고 읽어 내려갔다. 이미 마도탑은 수많은 실험체를 암암리에 들이고 있었다. 황가가 제한한 숫자는 이미 옛날에 넘겨 버렸을 정도다. 종도 가리지 않는 것인지 잡히는 대로 사들이는 듯했다.

'지나쳐.'

이상하다고는 생각했지만 과해도 너무 과했다. 이종족으로 이루어지는 실험은 다양했다. 하지만 이렇게까지 많은 수가 쓰이는 연구는 매우 드물었다.

'리카엘이나 아르덴도 마도탑의 정보는 캐낼 수 없다고 하고.'

실험체를 넘치게 사들이는 것도 암시장의 상단을 통해 겨우 알아낸 정보였다. 그 이상을 알아내려 시도해 보았지만 상인들이 몸을 사리는 탓에 캐낼 수 없었다.

"이종족과…… 붉은 구슬."

나는 녹음석에 담겨 있던 단어를 중얼거렸다. 마도학과 관련된 서적을 뒤져 보아도 그에 관한 것은 나오지 않았다.

'관련이 있는 것만은 확실해.'

지금으로서는 더 캐낼 수 있는 것이 없었다. 아버지를 만나게 되면 그때 뭔가를 들을 수도 있겠지. 그러니까 우선은 내가 할 수 있는 일에 집중해야 한다.

'흑요석과 카르텔에게 마력을 불어넣는 것.'

내 일과는 단순했다. 환영을 만들어 주는 흑요석과 카르텔의 봉인구에 마력을 채워 넣는다. 그 후에는 화원으로 가 고갈된 마력을 회복했다.

그동안 흑요석에 집중했던 터라 넣을 수 있는 마력은 모두 담은 상태였다. 카르텔이 환영으로서 별다른 능력을 쓰지 않는다면 이레 정도는 버텨 줄 양이었다. 앞으로 더 넣을 예정이니 그 이상도 가능할 것이다. 이제 내게 남은 일은 카르텔의 봉인구에 집중하는 것뿐이었다.

'……내려가자.'

익숙한 복도를 지나 문을 연 뒤 지하 계단을 내려간다.

자신이 쓸모없어졌냐는 카르텔의 물음 이후, 나는 지금껏 그 말에 답하지 않았다. 그저 이게 내 의무라는 듯 그에게 내 마력을 전해 주었을 뿐이다. 카르텔도 그날에 대해 캐묻거나 피하는 나에게 억지로 접촉하려 들지 않았다.

이후는 침묵의 연속이었다. 처음에는 아무런 대화가 없는 것이 어색했지만, 시간이 흐를수록 차라리 이것이 낫다 여기게 되었다.

"어서 와."

마지막 계단을 밟으며 아래로 발을 내디뎠다.

커다란 맹수의 그르렁거리는 듯한 목소리가 동굴 벽면을 타고 울려왔다. 마음을 들뜨게 하는 울림이다. 나는 일렁이는 무언가를 지그시 누르고 그를 바라보았다.

깊은 어둠을 닮은 머리칼, 그 아래에서 빛나는 금안은 나를 사로잡을 듯 훑고 있었다. 턱을 괴고 긴 몸을 나른하게 누인 카르텔의 모습은 아름다운 흑표범과 다를 바가 없었다.

"응. 시간이야."

나는 고개를 끄덕이며 그에게 다가갔다. 시간이야, 라는 말은 내가 카르텔에게 건네는 인사였다. 마력을 옮길 때라는 이야기였지만, 대화가 없어진 우리에게 현재로서 유일한 소통의 구멍이었다.

"……"

이제 그에게 오는 일은 어렵지 않았지만, 눈을 마주치는 건 여전히 힘들었다. 아니, 어쩌면 스스로에게 자신이 없어 그런 걸지도 몰랐다. 나는 아무런 말없이 카르텔의 목에 손을 댔다.

'차가워.'

피부에 닿는 봉인구의 차가운 촉감은 그에 대한 나의 감정만큼 익숙해지지 않는 것이었다. 내가 지닌 마력은 따스한 느낌이 강했다. 얼마나 더 해야 카르텔을 두르고 있는 이 차가움이 없어지는 걸까. 말이 없는 대신 쓸데없는 생각만 늘어 갔다. 나는 봉인구가 조금이라도 따뜻해지길 바라며 마력을 불어넣었다.

"리아."

멈칫.

봉인구 위에 올려놓았던 손이 미끄러지며 흐르던 마력이 흐트러졌다. 그가 내 이름을 부른 건 실험탑으로 가기 전, 그날이 마지막이었다. 오랜만이라 그럴 수도 있지만, 고작 이름을 들었다는 사실에 시간이 멈춘 것 같은 기분이 들었다.

"……왜? 문제라도 있어?"

지나치게 긴장한 탓일까. 나도 모르게 날이 선 말이 튀어나왔다.

카르텔은 내 물음에 곧장 답하지 않았다. 마치 줄다리기를 하는 것만 같았다. 결국 초조함을 이기지 못한 내가 고개를 들고 말았다.

'아.'

금안에 좁혀진 동공이 나를 담고 있었다. 고작 시선이 마주친 것뿐인데, 나는 목을 물린 짐승처럼 움직일 수가 없었다.

"문제라면, 방금 해결했지."

느슨했던 입꼬리가 고양이처럼 말려 올라갔다. 그는 모처럼 만족스러운 표정을 짓고 있었다. 그러나 눈은 아니었다. 그래. 오랫동안 굶어 허기진, 금방이라도 올라타 뼈 째 삼켜 버릴 것 같은 눈빛이었다.

"네가 나를 봐 주었으니까. 스스로 말이야."

노래를 부르는 듯한 어조였다. 화가 난 걸까. 그의 목에서 손을 떼었지만 그는 어떤 강압적인 행위도 하지 않았다.

"……보는 거라면 문제없어."

나는 시선을 돌리지 않으려 애를 썼다. 그와 눈을 마주하고 싶기도, 마주하고 싶지 않기도 했다. 쫓기는 먹잇감이 된 것처럼 심장이 빠르게 두근거렸다.

"기다렸어. 네가 언제 나에게 화를 낼지."

화를 내다니? 나는 영문을 몰라 눈을 깜빡였다. 보름만의 대화는 내가 전혀 예상하지 못한 방향으로 튀고 있었다.

"그게 무슨 말이야?"

엉뚱하게까지 들리는 그의 말에 긴장으로 굳은 몸이 풀릴 정도였다. 다시금 생각해 보려 노력했지만 그의 의도를 짐작조차 할 수 없었다. 내가 당황하는 것을 실컷 감상하던 그는 눈을 가늘게 접어 웃으며 말했다.

"내가 멋대로 군 것에 대한 화."

나는 그제야 카르텔이 무엇을 이야기하는지 알아차렸다. 이미 지난 일을 왜 다시 꺼내려고 하는 걸까. 거기다 나는 화를 내며 따져 들 자격이 없었다.

"……그건, 나도 마찬가지였으니까."

내가 모르는 척 넘어가려던 것은 아실리드에 관한 일뿐만이 아니었다. 내가 카르텔에게 접근한 이유 자체가 그를 이용하기 위함이었으니까.

처음부터 끝까지, 그리고 지금도. 나는 그를 속이고 있는 꼴이었다. 그런데도 불구하고 고작 한 번 속임 당했다는 것을 이유로 카르텔과 거리를 두었다. 그건 미래에 상처받을 나를 지키기 위해서였다.

"그래. 이제는 서로가 공평해졌지. 하지만 또 네가 나를 속이려 든다면 나도 똑같이 굴어 줄 수 있어."

"……그게 무슨."

나는 멍하니 입을 벌렸다. 그는 내게 손을 대지 않고도 나를 몰아붙이는 법을 알고 있었다.

"그러니 네가 가진 그 죄책감 따위 개 먹이로나 줘."

카르텔이 사납게 으르렁거렸다. 한껏 참아 왔던 듯 한껏 그을린 음성이었다.

'알고 있었구나.'

내가 무얼 숨기고 있는지는 모를 것이다.

내가 진짜 플로리아가 아니라는 것도, 이곳이 책 속이라는 것도,

언젠가 네게 진짜 짝이 생길 거라는 것도 그는 알지 못했다. 그러나 내가 가진 죄책감만은, 알아차리고 있었다.

"나에게 화를 내."

그는 얼이 빠진 나에게 달콤히 속삭였다. 커다란 비밀을 들켜 버린 아이처럼 나는 아무 말도 하지 못했다.

"네 것이 멋대로 굴었으니 나에게 벌을 내려."

그의 손이 내 뺨을 덮었다. 봉인구처럼 시린 감촉이 아닌, 데일 듯 뜨거운 감각이 여린 피부에 퍼졌다. 나는 그것을 떼어 내지 못했다.

"나를 쥐고 휘둘러."

귀가 녹아 버릴 것 같았다. 소리를 막고 움츠리고 싶었지만 마음대로 되지 않았다.

내가 망설이는 사이 그의 입술이 내 귓가에 닿고 말았다. 그는 내 손을 쥐어 제 목을 붙들게 했다. 얼음처럼 차가운 봉인구의 촉감과 그가 주는 열기는 상반된 것이다. 그 사이에서 정신을 차릴 수가 없었다. 결국, 이렇게 홀려 버릴 것을.

"나에게 너를 준 만큼, 너도 나를 가져."

카르텔이 내 허리를 당겨 안았다. 지나치게 가까워진 눈빛은 유혹이며 속박이었다.

"……그게 다 무슨 소린지 모르겠네."

눈을 내리까는 것도 힘겨웠다. 바짝 마른 입술 탓에 웅얼거리는 듯한 소리가 났다.

나는 카르텔을 밀쳐 내기 위해 그의 가슴팍에 손을 얹었다. 떨리는 손은 단단한 육체를 밀어내기는커녕 힘없이 아래로 미끄러졌다.

"……아."

카르텔이 아래로 내려간 팔목을 붙잡아 자신의 가슴 위에 올렸다. 쿵쿵, 내 것에 비해 훨씬 더 크고 묵직한 심장 소리가 손끝을 타고 전해져 왔다.

그의 체온이 나에게 옮겨붙을까 봐 겁이 났다.

"모르는 척하지 마. 이젠 한계니까."

뺨을 감싸 쥔 그의 손이 내 얼굴을 들어 올렸다. 악력이 없어 고개를 저으면 곧장 떨쳐 낼 수 있을 만큼 부드러운 손길이었다. 하지만 나는 그것을 뿌리칠 수 없었다.

'안 돼.'

이성적 판단이 외쳤다. 이 선을 넘어가게 되면 다시는 되돌아올 수 없을 거라고. 제대로 생각하라며, 결국 망가지게 될 사람은 너라며 종용했다.

"나를 만난 걸 후회해?"

속내를 읽기라도 한 것일까. 지독히도 낮은 목소리와 함께 턱이 다시 들어 올려졌다. 올려진 시선 끝에는 그의 민낯이 있었다.

사막의 열사처럼 메말라 버린 내면. 그곳에서 나만이 그가 가진 유일한 감정이었다.

'내가 모른 척하려던 것.'

어미를 따르는 어린 새, 목줄을 풀기 위한 열쇠. 그건 카르텔의 생각이 아닌 내가 만들어 낸 수단일 뿐이었다. 사실은 그게 아니라는 걸 알면서도.

그를 기다린 것도, 내가 품어 버린 감정도 사실은 후회한 적이 없었다.

"……아니."

나는 처음으로 솔직해져 보기로 했다.

"착해."

나른한 음성이었다. 칭찬하는 듯 끝이 단단한 검지가 내 입술을 쓰다듬었다. 그 순간, 카르텔의 입술이 내 입술에 겹쳐졌다. 쪼는 듯 몇 번이고 닿아 온 입술은 착각 따위가 아니었다.

"벌을 주지 않겠다면 상을 줘."

깨물린 아랫입술이 따끔거렸다. 미약한 통증은 곧 달콤한 무언가로 변모했다.

"흐……!"

뜨거운 혀가 입술 사이를 가르고 들어왔다. 틈 사이로 옅은 숨이 빠져나갔다. 카르텔은 그마저도 용납하지 않겠다는 듯 호흡까지 먹어 치웠다.

혀가 느릿하게 점막을 더듬고 지나갔다. 치열을 쓰다듬으며 연약한 입천장을 희롱한다. 혀를 뒤로 물리자 도망가는 사냥감을 쫓듯 단번에 낚아챈다. 격하면서도 느긋한 속박이 이어졌다. 얽힐수록 머릿속이 몽롱하게 녹아내렸다.

"……아."

눈꺼풀이 파르르 떨렸다. 잠시 떨어진 입술 대신 시선이 녹아들었다. 소유와 각인. 그리고 말하지 못할 단어의 감정이 황금색 눈동자 속에서 흘러넘쳤다.

그 안에 담긴 나는 오롯한 나로서 존재했다. 진짜 꽃이 나타날 때까지 카르텔은 내 것이었다.

'그때까지만.'

나는 다짐을 마음속 깊이 새겨 놓았다.

입술이 다시금 삼켜졌다. 옷자락을 쥐고 있던 손은 어느새 단단한 그의 목덜미를 안고 있었다.

카르텔은 응수하듯 예민하게 농익은 안쪽을 탐했다. 깊숙한 구석구석까지 정복당할수록 갈증이 인다. 이것이 영원히 해소되지 않을 욕구임을 알았다.

나는 몰려오는 파도에 몸을 내맡겼다.

* * *

황성으로 부름을 받기 이틀 전, 베논 공작가는 떠날 채비를 거의 다 마친 상태였다.

아르덴은 어제 카르텔이 머물고 있다고 알려진 저택으로 떠났다. 그는 황성까지 바흐덴 왕국인들로 위장한 인원들과 함께 올 예정이었다.

'카르텔은 이쪽에서 함께 움직이겠지만.'

카르텔은 우리와 함께 황성으로 올라가는 도중 아르덴 쪽으로 합류할 것이다. 그 후엔 함께 온 적이 없었다는 듯 나와 인사를 나누겠지. 계획된 시나리오였다.

'이번이 반지를 빼앗을 기회야.'

일정은 대략 잡혀 있었다.

우리와 바흐덴 왕국인이 황성에 도착한 다음 날, 아버지가 수도로 귀환한다. 그 이후 바로 재료를 마도탑에 보내라 한 것을 보면 그는 신의 날이 끝난 후에도 공작성으로 돌아오지 않을 것이다. 그러니 기회는 단 일주일뿐이다.

가장 바쁜 일정은 평민들을 대상으로 하는 퍼레이드였다. 유니콘을 돌보랴 행진하랴 혼이 쏙 빠져나갈 정도로 바쁠 터이니 반지를 빼앗기에는 가장 알맞을 것이다.

'그렇지만…… 뚜렷한 계획이 떠오르지 않아.'

아버지는 교활하고 짐승보다 감이 더 뛰어난 작자다. 이번 일에 조금이라도 의심을 산다면 다음 기회 따위는 없다. 어쩌면 목숨을 내놓아야 할지도 모르지. 그러니 확실한 방법이 필요했다.

"……어쩔까."

복도에 서 있던 나는 창가로 들어오는 햇살에 목걸이를 비추어 보았다.

아버지에게서 벗어나는 방법은 두 가지였다. 그의 반지를 빼앗거나, 아니면 스스로 목걸이를 파괴하는 방법을 찾거나.

'둘 다 비등비등하네.'

가는 한숨이 입술 틈으로 새어 나왔다.

목걸이는 마력석을 깎아 아버지의 피를 넣어 만들어졌다. 그 위로 피의 주인에게 복종하는 고대 수식을 걸어 놓았다. 오직 시전자만이 풀 수 있는 수식이다. 그 외에 아는 방법은 없었다.

'마력석이라.'

나는 붉은 보석을 엄지로 문질렀다. 이 안에는 마력석이 가진 마력뿐만 아니라, 다양한 이종족의 마력까지 섞여 있었다.

'안에 있는 마력이 다 떨어지면 또 모르겠네.'

그러면 더 이상 제어하지 못할 테니까. 고통을 주지 못하는 목줄은 아무짝에도 쓸모가 없었다.

'그렇지만······.'

다시 생각해 봐도 무리였다. 목걸이에 든 마력은 절대 고갈되지 않았다. 아니, 그보다는 쓰인 만큼 다시 차오른다고 하는 게 옳을 것이다. 아버지의 피를 심장부로 삼아 마력이 회복되는 구조였으니, 이건 자아 없는 키메라라고 보아야 옳았다.

"······분명 방법이 있을 거야."

나는 목걸이를 움켜쥐었다. 만드는 방법이 있다면 벗어나는 방법도 틀림없이 존재할 것이다.

삐익-!

"어?"

이미 문헌을 뒤져 보았지만 혹여나 싶어 도서관으로 발길을 돌리려던 차였다. 창 너머 보이는 저 먼 하늘 위로 은빛 매가 보였다. 눈처럼 아름다운 빛을 가진 매는 허공을 두어 번 맴돌다 내 쪽으로 하강했다.

"파이."

창문을 열어 주자 기다렸다는 듯 파이가 우아한 몸짓으로 문틈에 내려앉았다. 손을 내어 주니 보란 듯 머리를 비비며 애교를 부렸다. 나는 은빛 매를 기특해하며 그의 발목에 묶인 서신을 풀어냈다.

"아르덴 오빠구나."

작은 종이에는 모든 준비가 끝났다는 연락이 담겨 있었다. 슬슬 연락이 올 거라 생각했는데 적절한 타이밍이었다.

"파이, 고생했어. 배는 고프지 않고?"

은빛 매는 '삐이' 귀여운 목소리로 울며 손끝을 살짝 깨물었다.

파이는 훌륭한 전령새였다. 일반적으로 서신을 주고받는 데 쓰이는 새들과는 다르게 자아가 뚜렷하며 바람을 조종하는 능력도 갖추고 있었으니, 보안을 생각하면 이만한 아이가 없었다.

"괜찮다면 내 마력이라도 먹을래?"

파이는 보통 주인의 마력을 먹지만 마력을 운용하는 이라면 누구든 먹이를 줄 수 있었다.

삐익. 은빛 매는 기다렸다는 듯 내 손가락에 뺨을 붙여 왔다. 조금씩 마력을 흘려주자 기쁜 듯 푸르르 꽁지까지 털어 댄다. 배가 많이 고프기라도 했던 걸까. 잘 받아먹는 모습이 못내 흐뭇했다.

'전에도 종종 이렇게 먹이를 주고는 했었는데.'

리카엘이 성에 상주할 때는 이렇게 마력을 주고는 했었다. 아르덴이 옆에 있어도 늘 내 마력만을 원하곤 했었는데, 먹이를 달라 애교를 피우는 모습이 기억에 오래 남아 있다.

'마력마다 고유의 기운이 있기는 하지만.'

리카엘의 파이, 화원 속 마력을 먹이로 하는 꽃들, 그리고 카르텔까지. 마력을 먹이로 하는 생물들은 유난히 나를 따랐다. 이쯤 되니 각자가 가진 마력에 맛이라도 있는 것은 아닐까, 망상이 들 정도였다.

'플로리아의 어머니도 비슷했을까?'

나는 파이를 어루만지며 생각에 잠겼다.

플로리아의 어머니, 나는 여전히 그녀가 품은 꽃을 몰랐다. 그것을 알지 못하면 결국 본질도 찾지 못할 테다.

나는 가만히 눈을 내리깔았다.

아버지의 목걸이를 벗을 방법도, 그녀의 흔적도 찾지 못한 상태였다. 내가 무엇도 결정하지 못했음에도 시간은 야속하게 흘러갔다.

톡, 토독-!

"파이?"

스스로를 자책하던 중, 나는 가벼운 소음에 시선을 돌렸다. 마력을 배불리 먹은 파이가 목걸이를 쪼고 있었다. 적이라도 발견한 듯 보석을 죽일 기세로 쪼는 것이 꽤 사나워 보였다.

"또 이러네."

나는 그 모습에 웃음을 터트리고 말았다. 파이는 마력에 예민했다. 순수한 기운의 마력이 아니라면 늘 공격적인 반응을 보였다. 파이의 부리 짓에 목걸이가 깨진다면 얼마나 좋을까.

'그게 안 된다면 마력이라도…… 잠깐.'

불시에 떠오른 추측이 뇌리를 강타했다.

나는 파이가 쪼는 목걸이를 들어 올렸다. 보석은 피를 담아낸 것을 자랑하기라도 하듯 짙은 붉은빛이다. 나는 그 안에 담긴 마력의 기운을 읽어 냈다. 파이의 반응이 이상하지 않을 정도로 괴이한 느낌이었다.

'정말, 이게 될까?'

내가 생각했지만 말도 안 되는 공식이었다. 하지만 물불 가릴 상황이 아니었다. 뭐라도 시도는 해 봐야지. 나는 지푸라기라도 잡는 심정으로 내가 생각한 것을 실행해 보았다.

"……된다."

우웅―!

희미한 떨림이 손끝으로 전해진다. 보석의 모양과 색은 그대로였다. 하지만 분명 미약하게나마 반응이 왔다. 그렇다는 건, 내 가설이 이루어질 확률이 있다는 것이다.

"……파이, 어쩌면."

파이는 순진한 표정으로 머리를 갸웃거렸다. 나는 커다란 덩치의 매를 끌어안으며 중얼거렸다.

"벗어날 수 있을지도 몰라."

* * *

밤보다 어두운, 핏물보다 짙은 기운이 흐르는 마도탑의 상층부. 곡선으로 휜 벽면에는 일정한 간격으로 이종족이 장식품처럼 매달려 있다.

"끄윽……."

내부는 고통스러운 신음으로 가득했다. 걸려 있는 이종족들의 배에는 하나같이 호스가 꽂혀 방 가운데 있는 기둥과 연결되어 있다. 호스는 그들의 피를 천천히 빨아들여 기둥으로 옮겼다.

그들의 생명이 꺼질수록 기둥은 차올랐고, 꼭대기까지 가득 찼을 때는 작은 기관을 통해 아래로 내려가 뭉쳐졌다. 그것은 이윽고 붉은 구슬이 되어 유리관 안에 쌓여 갔다.

"느리군. 너무 느려."

재료를 확인하러 온 베논 공작은 기둥이 피를 빨아들이는 속도를 보며 혀를 찼다. 피를 뽑는 기계를 더 만들면 좋을 텐데. 하지만 그 랬다가는 실험을 들킬 수 있었다. 아직은 그 누구에게도 알려져서는 안 되는 실험이다. 신중을 기해야만 했다.

"조금만 참으십시오. 그래도 진척이 있지 않습니까."

그 뒤로 선 미남자가 외안경을 고쳐 쓰며 달래듯 말했다. 피가 낭 자한 곳과는 어울리지 않는 외모였지만, 잔혹한 현장에서도 그의 얼 굴은 태연하기만 했다.

"그래. 성공만 한다면 뭐든 좋아."

그의 한마디가 베논 공작의 심기를 가라앉혔다. 공작은 고개를 끄 덕이며 뒤로 돌았다. 그곳에는 공작성의 집사이자 자신의 오랜 조언 자 클로디온 밀턴이 서 있었다.

"실패란 없습니다. 앞으로 모일 수많은 실험체가 ……의 귀중한 재 료가 될 테니까요."

클로디온은 우아한 미소를 지으며 화답했다.

공작이 유일하게 믿는 이가 있다면 바로 클로디온일 것이다. 그가 말한 대로만 하면 실패란 없었다.

"한 생명 당 하나라는 게 아쉽긴 하군. 귀한 것을 더 쳐준다면 성 의 마수를 데려와도 좋을 텐데."

목소리에 불만이 묻어났다. 이에 클로디온은 잔잔한 미소를 유지하 며 말했다.

"누구든 목숨은 하나밖에 없는 것이니까요."

천한 것이건, 귀한 것이건 목숨은 하나밖에 없었다. 그러니 '이것' 을 만드는 데 이리 많은 목숨이 필요한 것이다.

"걱정 마십시오. 당신의 소원은 분명 이루어질 것입니다."

클로디온은 눈가를 휘며 웃었다. 상냥한 표정에도 불구하고, 그의 얼굴에는 지옥의 섬뜩함이 묻어 있었다.

* * *

"정말 나만 가야 해?"

황성으로 향하는 당일, 장신의 남자는 나를 향해 굵은 목소리로 투정을 부렸다. 나는 고개를 들어 올려 벨루스와 눈을 맞췄다. 덩치가 무색하게도 자색 보석 같은 눈은 유난히 어리게만 보였다.

"벨. 너만이 할 수 있는 일이야."

나는 이틀 내내 반복했던 말을 또 다시 내뱉었다. 붙잡은 손은 워낙 커 내 두 손으로도 감싸지지 않았다. 나는 벨루스의 손가락을 붙잡으며 부탁했다.

"들어줄 거지?"

"……알겠어."

벨루스가 마지못해 고개를 끄덕였다. 이틀 전만 해도 황성행이 예정되었던 아이였다. 하지만 급작스러운 내 부탁으로 벨루스는 마도탑으로 가게 되었다. 아버지가 명한 실험탑의 이종족들을 이끌고서 말이다.

"고마워, 내 동생. 내가 말했던 거 다 기억하지?"

"응."

벨루스는 투정을 부리듯 고개를 끄덕였다. 워낙 똑똑한 아이니 한 번으로도 족한 설명이었다. 나는 내 불안을 해소하기 위해 그것을 수십 번이나 당부했다.

"부탁할게."

"응, 그런데 리아."

벨루스는 떠날 채비를 모두 마치고서도 머뭇거렸다. 동생도 나처럼 했던 말을 또 할 모양이다. 나는 알겠다는 뜻으로 까치발을 들어 그의 머리를 쓰다듬어 주었다.

"알겠어. 결혼 보류하는 거 생각해 볼게."

"정말이지?!"

내 말에 벨루스가 뛸 듯이 기뻐했다. 결혼을 취소하겠다는 것도 아니고, 보류일 뿐인데 저런 반응이라니. 나는 양심이 조금 따끔거리는 것을 느끼며 벨루스의 엉덩이를 토닥였다.

리카엘에게 패해 정신을 잃어버린 벨루스는 그 후 사흘이 지나고 나서야 깨어났다. 다행스럽게도, 일어나자마자 누구를 죽여 버리겠다니 하는 정신 나간 소리는 하지 않았다. 그저 침울한 목소리로 나를 찾을 뿐이었다.

카르텔에게도, 리카엘에게도 연이어 패배한 충격이 꽤 크게 다가온 모양인지, 일주일간은 시무룩한 상태였다.

'이후엔 카르텔과 싸우겠다며 난리를 치기는 했지만.'

그걸 막느라 꽤 애를 먹었었지. 나는 며칠 전 일을 떠올리며 벨루스의 등을 떠밀었다.

"응. 그러니까 얼른 출발해."

"알겠어, 리아. 다녀올게!"

제법 힘이 난 모양인지 벨루스가 기세 좋게 뛰쳐나갔다. 성 뒤에 대기하고 있을 이종족들에게로 향하는 것이다.

'늑대 수인도 같이 이동하는 거겠지?'

벨루스의 뒷모습을 눈으로 좇던 나는 문득 실험탑에서 마주한 이종족을 떠올렸다.

라쿠스에게 고문당한 이종족을 살려 지하로 내려보냈었지. 가족이 있는 방으로 안내되었을 테니 그나마 다행이라고 생각하는 한편, 그가 지하로 내려가기 전 했던 말이 머릿속에 떠올랐다.

'푸른 새라. 무슨 뜻일까.'

그냥 새를 이야기하는 건 아닐 텐데. 단어가 의미하는 뜻을 찾아보려 했지만 별달리 알아낸 것은 없었다.

"우리도 이만 가지."

"아, 네. 오라버니."

성 밖에 나와 벨루스를 마중하던 내 뒤로 리카엘이 다가왔다. 나는 그의 말에 생각을 접고 고개를 끄덕였다.

가까이서 본 그는 남색 정복 차림을 하고 있었다. 몸에 딱 맞는 정장이 그와 잘 어울린다고 생각하며, 문득 함께 있는 게 전보다 어색하지 않다는 걸 깨달았다.

'조금 익숙해진 건가?'

최근 리카엘이 보여 준 행동들은 나에게 한없이 낯설게만 다가왔다. 그런데 지금은 달랐다.

나를 마차까지 안내하는 태도도, 묘하게 다정한 눈빛도 모두 한결 편안하게 느껴진다. 이렇게 나란히 걷는 것만으로도 긴장이 풀리다니. 달라진 리카엘도, 그에 익숙해진 자신도 조금은 겸연쩍게 느껴졌다.

"씨발, 나 원 더러워서. 잡종들이 별짓을 다 하는군."

기분이 말랑거리며 풀어지려던 순간이다.

불결한 목소리에 고개를 돌리자 라쿠스가 움찔, 뒷걸음질 쳤다. 황성에 간다고 모처럼 차려입은 모습이다. 하수장 관리직에서 벗어난 몰골이 그나마 봐 줄만 한 상태였지만, 저 입에서는 여전히 쓰레기 냄새가 났다.

'모자란 놈.'

나는 상대도 하고 싶지 않은 이를 향해 환하게 웃어 주었다.

"라쿠스 오빠. 황성에 가는 대신 탑에 갇히고 싶지 않다면 얌전히 굴어야지."

"……이, 익……!"

나를 향해 고함을 지르려던 라쿠스는 스산하게 부는 바람에 입을 닫았다가 제 성질에 못 이겨 결국 고함을 내질렀다.

"아, 아버지가 아시면······!"

"아버지가 아시면 뭐?"

나는 그를 태연하게 바라보며 비웃었다. 그날 벨루스의 성장 탓에 정신이 없었지만, 나는 라쿠스의 잘못을 그냥 넘기지 않았다.

"저 미친 새끼가 나한테······!"

"너한테 뭘? 꼭 오라버니가 무슨 짓이라도 한 것처럼 말하네."

라쿠스가 실험탑에서 이종족을 고문했다는 사실은 당연하게도 리카엘의 귀에 들어갔다. 아버지는 자신이 나설 만큼 큰일이 아니라면 골칫덩이인 라쿠스의 처분을 그에게 맡겼다. 그게 저 멍청이가 리카엘을 두려워하는 이유였다.

라쿠스는 탑에서 멋대로 수인을 고문한 죄로 대가를 치렀다. 리카엘이 바람으로 만들어 낸 칼날을 이용해 피부를 얇게 썰어 내는 고문을 한 것이다. 리카엘은 혹여나 제 형제에게 흠이 남을까 최고급 치료 약을 아낌없이 쏟아부으며 체벌을 진행했다.

'저러고도 매번 기가 사니 어떤 면에서는 대단하다고 볼 수밖에.'

나는 한결 기가 죽은 라쿠스를 보며 고개를 가로 내저었다. 어떻게 보나 학습 능력이 길가의 개미보다 못한 놈이었다. 그런 주제에 가학적 취향에 욕심만 많아서는.

"오라버니, 늦겠어요."

"그래, 먼저 타도록 해."

나는 그의 말에 마차가 있는 방향으로 향했다.

준비된 마차는 세 대. 하나는 내가, 다른 하나는 리카엘과 라쿠스가 타고 갈 것, 마지막은 시녀와 시종들의 몫이었다.

내가 탈 마차 창문에는 커튼이 처져 있었다. 나는 기사의 도움을 받아 마차 안으로 들어섰다.

"……."

가려진 창으로 희미하게 들어오는 햇살만이 어둑한 공간을 비추었다. 아무렇지 않게 탄 마차였지만 안으로 드는 순간 피부가 저릿해지는 감각이 일었다.

"보류는 안 되는데."

내가 앉은 반대편, 어둠에 가려져 있던 얼굴이 앞으로 다가오며 말했다. 햇살에 반짝이는 먼지 사이로 카르텔이 보였다. 그의 입가에 맺힌 미소는 내 심장을 떨리게 했다.

"뭘 보류해?"

"결혼 말이야."

마차 안에서 나와 벨루스의 대화를 들었던 모양이었다.

그가 얄궂게 웃으며 내게 손을 내밀었다. 예전 같았으면 저 손을 모르는 척했을 텐데. 나는 그런 생각을 하며 그의 손바닥 위에 내 손을 얹었다.

카르텔이 내 손을 가볍게 당겼다. 의자에서 일어선 나는 어느새 그의 무릎 위에 앉아 있었다.

"뭐 하는 거야?"

"정말 보류할 생각인지 좀 들어 보려고."

내가 퉁명스럽게 말하는 동시에 마차가 잔잔한 진동을 내며 움직였다. 그는 마차가 출발하는 것 따위는 신경도 쓰이지 않는 듯 한쪽 팔로 내 허리를 끌어안았다.

"글쎄."

모르는 척 고개를 돌리니 목덜미에 그의 코끝이 닿았다. 카르텔은 한참이나 내 체향을 맛보았다. 그는 빠트릴 수 없는 의식처럼 늘 내 향을 맡았다. 이쯤 되니 내 몸에서 나는 향기가 궁금해졌다. 나는 내가 맡을 수 없는 향기에 대해 물었다.

"무슨 향이 나?"

"글쎄. 못된 말을 하는 애인한테는 알려 주고 싶지 않아서."

애인이라니. 그의 말에 내 뺨이 확 달아올랐다.

몸을 비틀어 카르텔을 뿌리치려 했지만 머리 위로 잔잔한 웃음만 들릴 뿐, 그의 품에서 벗어날 수 없었다.

"장난치지 말고……!"

순간 나도 모르게 높아진 목소리에 놀라 입을 다물었다. 마차에는 나 혼자 탄 것으로 되어 있었다. 방음이 어느 정도는 되지만 마차는 마차다. 소란을 부린다면 마부나 호위 기사들의 오해를 살 수도 있었다.

"무슨 향기가 나냐고 물었지."

"읏!"

버둥거림이 계속되자 카르텔이 내 귓가에 입술을 붙였다. 귓불에 닿아 오는 뜨거운 온도에 몸이 굳었다.

서로의 민낯을 들여다본 그 날 이후, 나 스스로 만들었던 방어막이 허물어져 버렸다. 더 이상 나 자신을 속이기도, 그의 감정을 헛된 것으로 취급하기도 싫었다.

"봄과 햇살, 벌꿀과 석류, 아카시아와 체리……. 그것들과 비교도 할 수 없을 만큼 달콤하고 부드러운 냄새가 나."

카르텔의 목소리는 음률을 타고 시를 낭송하는 것만 같았다. 내 몸에서 무슨 향기가 나냐고 물었지, 찬양하라고 한 건 아니었는데. 덕분에 내 얼굴은 식을 줄을 몰랐다.

"화인도 꽃에 따라 종류가 있다지."

그가 내 목덜미에 입을 맞추며 말했다. 나도 내가 어떤 종류의 꽃을 품고 있는지 몰라 대답은 해 줄 수 없었다.

"그런데 넌 모르겠어. 꽃도 과일도, 계절의 향기도 아니야."

그의 후각에 의존해 나에게서 어떤 종류의 꽃향기가 나는지 물어본 적이 있었다. 그때의 카르텔은 무엇도 대답해 주지 않았는데, 아무것도 떠오르지 않아 그랬던 건가. 나는 조금 가라앉은 기분으로 물었다.

"그러면?"

"유일하게 네가 가진 향기. 네 체향이지."

카르텔은 그렇게 속삭이며 뺨에 입을 맞췄다. 가장 소중하고 진귀한 것을 대하듯, 부드럽고 달콤한 버드키스가 그르릉, 낮은 목 울림과 함께 이어졌다.

"네가 어떤 꽃을 품고 있든 간에 관계없이 말이야."

그의 말 한마디에 내 안에서 봄볕이 일었다. 꼭 내가 누구든 상관없다는 것처럼 들려 가슴이 아릿해진다. 따스한 위로였다. 나도 카르텔의 뺨에 입을 맞추었다.

"……그래, 넌 내 짐승이고."

툭 하니 뱉은 말에 낮은 웃음이 들려왔다. 그것을 듣고 있자니 눈이 감겨 왔다. 나는 넓은 어깨에 이마를 대었다.

"여부가 있겠어."

장난스러운 목소리가 귓가를 간지럽혔다. 마차 안 가득히 차오른 다정함은 한순간이나마 향하는 목적지를 잊게 만들었다.

"이제 얼마 안 남았어."

황궁에 도착하기까지 걸리는 시간은 하루.

나는 잠에 빠져들지 않기 위해 일부러 중얼거렸다. 오랜 시간 고민했지만 제대로 계획을 짠 시간은 고작 이틀이었다. 두 번의 기회는 오지 않는다. 그러니까.

"알고 있어. 하지만 지금은 아니야."

부드러운 음색과 함께 머리를 쓰다듬는 손길이 애써 다잡았던 긴장을 녹였다. 그는 가벼운 키스와 함께 커다란 손으로 내 눈을 덮었다.

"그러니 잠들어도 괜찮아. 나의 리아."

7. 신의 날

　단정하게 정돈된 회색빛 길. 대리석으로 만들어진 새하얀 건물들은 신전을 연상시켰다.

　길목 여기저기 움직이는 사람들과 상인들의 차림새는 깔끔했고 곳곳에는 치안대가 배치되어 있었다.

　제국의 수도인 에브론은 대륙에서도 가장 아름다운 도시로 손꼽혔다. 지하로 수로를 만들어 거리에는 오물 한 점 없이 깨끗했으며 수도 안은 검증된 사람들만이 드나들 수 있었다.

　수도에 머무는 주민들 또한 평민 중에서도 부를 이룬 자들이다. 이곳에서는 평민들도 기본적인 교양을 갖추지 않으면 무시당한다.

　구걸하는 거지도, 좀도둑도, 몸이 불편한 이들이나 길가를 떠도는 개, 고양이도 없다.

소름이 끼칠 정도로 정돈된 도시였다. 먼지 하나 없는 거리를 보자니 이질적인 느낌이 들었다. 차라리 마차 천장을 보고 있는 게 더 즐거울 것이다. 그렇게 생각한 나는 창에서 고개를 돌려 버렸다.

'신민이라니. 모두 말도 안 되는 걸 믿고 있어.'

황가는 제국을 대표하는 수도에 많은 공을 들였다. 덕분에 그 너머의 지방은 귀족들의 손에 떨어졌다.

영지를 가진 귀족들은 각자의 향락을 즐기느라 평민들을 돌보기는커녕 쥐어짜 내는 경우가 허다했다. 결국 수도 외 평민들은 의료나 기본적인 안전권도 보장받지 못했다.

만들어진 도시와 평민조차 교양을 갖춘 수도, 버려진 영지와 버림받다시피 한 사람들.

황가의 보여 주기식 정치는 언제 봐도 치가 떨렸다.

'곧 도착하겠네.'

마차는 아까부터 직선으로 달리고 있었다. 그건 황성이 가까워졌다는 걸 의미한다.

황성은 웅장한 신전이나 금은보화를 적절히 섞어 놓은 소국처럼 보였다. 평민들의 거주지가 이 정도이니 황성의 화려함은 말도 못 할 정도다

'아르덴과 카르텔은 잘 오고 있을까.'

수도에 닿기 전, 마차는 숲의 중간 지점에서 잠시 쉬었다. 카르텔은 그 틈을 타 홀로 마차를 빠져나갔다. 그는 미리 지정된 곳에서 아르덴과 합류했을 것이다. 숲의 지도를 통째로 외울 만큼 머리가 좋지만, 그래도 소식을 알지 못하니 걱정이 되었다.

얼마 지나지 않아 마차가 멈췄다. 황성 안으로 들어가기 위한 검문이 이루어지고 있었다.

'그도 이곳을 통과하겠지.'

카르텔의 입장에서 황성은 평생 갇혀 있었던 감옥, 그 이상도 그 이하도 아닐 것이다. 그 감옥 같은 곳으로 돌아온 그의 기분은 짐작조차 할 수 없다. 떠올리는 것만으로도 입안이 썼다.

검문이 끝났는지 다시금 마차가 움직였다. 문을 통과했지만 궁전들이 있는 곳까지는 아직 한참이나 남았다.

'지금 그는…… 무슨 생각을 하고 있을까.'

마차에서 내리기 전, 아르덴에게 향하려던 카르텔은 내 이마에 입을 맞추었다. 가벼운 스킨십에 불과했으나 그 안에는 나를 안심시키는 힘이 있었다.

그와 나눈 온기는 떨어진 지금도 내 안에 머물러 있다. 지우려고 해도 불가피한 것이었다. 감정을 인정한 후부터 내 머릿속은 온통 카르텔, 그로 가득 차 있었다.

"아직은…… 내 것이니까."

드레스 자락을 움켜쥐며 뱉은 말에서 쇠 비린내가 나는 것 같았다. 달콤함 뒤에는 쓰디쓴 맛이 있기 마련이다. 나는 그것을 기꺼이 즐기기로 마음먹었다.

드르륵, 마차가 정돈된 길 위에 멈춰 섰다. 이윽고 열리는 문틈으로 따가운 햇볕이 드리웠다. 새하얀 궁 곳곳에 박힌 다이아몬드와 루비, 백금이 빛을 반사하고 있었다.

나는 고귀함으로 위장한 권력의 정점, 황성에 도착했다.

황성은 본궁과 열두 개의 부궁, 일곱 개의 별궁과 삼십사 개의 건물로 이루어져 있다. 부궁 중 하나인 사파이어 궁은 고위 귀족들이 묵어가는 용도로 쓰였다.

나와 리카엘, 라쿠스는 사파이어궁 안에 있는 객실을 각자 하나씩 배정받았다. 후작 이상의 직위만 머물 수 있는 곳이라 내부가 남달랐다. 하지만 수도에 도착한 후부터 이미 화려함에 질려 버린 나는 방을 구경할 생각도 하지 않은 채 침대에 걸터앉았다.

'라쿠스는 리카엘의 객실 벽장에나 박아 두면 좋을 텐데.'

따로 방을 배정받았다며 우쭐거리기 전에 그 입을 틀어막아야 할 것을. 그러지 못하는 것이 아쉽기만 했다.

내일부터 이레 동안은 신의 날을 기념하는 연회가 이어진다. 베논 공작가와 카르텔은 황제의 초대장 덕분에 머물 곳을 배정받아 하루 먼저 도착한 것이었다.

내일이면 수도의 모든 귀족이 황성에 모인다. 물론 아버지도 빠지지 않을 것이다. 이후에는 황제와 알현까지 해야만 한다.

'위가 아파.'

내일을 떠올리니 절로 긴장되어 속이 아파졌다. 카르텔과 있을 때는 이상할 정도로 편안했는데, 중대한 일을 앞두고 있으니 위가 아픈 게 어쩌면 당연한 반응이었다.

'저녁 안으로는 도착하겠지.'

일부러 시간을 두고 움직였지만, 아르덴과 카르텔도 늦은 밤중이 되기 전 황성에 다다를 것이다.

하늘에 떠 있는 해는 아직 절반도 기울지 않았다. 무거운 눈꺼풀은 긴장으로 범벅이 된 속을 무시한 채 자꾸만 감겨 왔다.

나는 침대 위로 몸을 기울였다. 시녀 아이는 따로 내보냈으니 방해되는 이는 없다. 내일이 오는 건 부담으로 다가왔지만 오늘의 해가 떨어지는 것은 바라고 있었다.

'그래야 만날 수 있을 테니까.'

나는 그 생각을 끝으로 눈을 감았다.

"으음……."

얼마나 잠들었던 걸까. 잔뜩 웅크린 몸을 느릿하게 펴니 굳은 근육이 풀어졌다.

초를 켜 놓지 않은 방은 어둑했다. 창가로 들어오는 달빛만이 방 안을 은은히 비추고 있었다.

'밤이구나.'

나는 천천히 몸을 일으켜 창으로 다가갔다. 넓은 유리창을 여니 밤바람이 안으로 스몄다. 바람이 몰고 온 꽃향기와 섞인 월광은 이곳이 황궁임을 잊게 만들었다.

"도착했겠지?"

이렇게 깊이 잠들 줄은 몰랐는데.

지금쯤이면 황성에 들어와 짐까지 풀고도 남을 시간이었다.

'나가 볼까.'

지금 나가 봤자 그를 만날 확률은 적었다. 본궁만큼은 아니었지만 사파이어 궁도 넓었다. 그리고 이곳의 지리도 제대로 파악하지 못한 상태였다. 하물며 카르텔이 배정받은 곳도 모르지 않는가.

그저 달빛이 좋으니 밤 산책을 하고자 몸을 움직였다. 숄만을 챙겨 든 나는 조용히 문을 열고 밖으로 나갔다. 등이 걸린 복도를 걸어 나가길 한참이다. 멀지 않은 곳에 밖으로 이어진 넝쿨 지붕이 보였다. 그곳을 따라 나가니 황성의 정원이 나왔다.

'안녕.'

화려하게 핀 꽃들이 나에게 인사를 건넸다. 아름답게 핀 꽃들은 언제, 어디서든 나를 반갑게 맞이해 주었다. 나는 그들에게 화답하며 이슬에 젖은 길을 밟아 나갔다.

물소리가 나는 것을 보니 근처에 호수가 있는 것 같았다. 나는 그곳으로 향했다.

걸을 때마다 스미는 밤공기가 달가웠지만 반대로 내 기분은 점점 가라앉았다. 카르텔을 만날 수 있지 않을까 미약한 기대를 했는데, 생각보다 감정이 더 앞섰던 모양이다. 그렇게 기분을 추슬러 물가까지 다가갔을 때였다

"……."

흐드러진 꽃나무 아래, 달빛을 머금은 호수 위의 다리 넘어 카르텔의 얼굴이 보였다.

동방식 복장을 한 그는 당연하다는 듯 나에게로 다가왔다. 그를 바라본 순간부터 가라앉았던 기분은 온데간데없이 사라졌다. 하지만 반대로 입술이 쉽게 떼어지지 않았다.

"방에 가 보니 네가 없길래."

먼저 입을 연 건 카르텔이었다.

방에 오다니? 그의 말에 눈을 깜빡이자 낮은 웃음이 허공을 잔잔하게 울렸다.

"네 냄새를 따라갔지. 이곳도 너를 쫓아온 거고."

그는 당연하다는 듯 내 허리를 감아 왔다. 나보다 높은 체온의 단단한 감촉이 엉긴다. 나는 카르텔의 뺨을 매만지다 턱 아래를 쓰다듬었다.

"뭐야. 고양이 취급은."

"칭찬이야."

내 기대에 보답한 칭찬.

나는 뒷말을 몰래 삼켜 버리고는 그의 턱밑과 뺨, 더 나아가서는 발꿈치를 들어 머리카락까지 매만졌다. 내 손길이 나쁘지 않은 듯, 카르텔은 눈을 가늘게 뜨며 웃었다. 그리고는 손목을 잡아 스스로 뺨을 비벼 온다.

내 것의 애교는 늘 사랑스러웠다. 걱정과는 다르게 그는 평소와 같았다. 그러나 감추고 있을지도 모를 일이다. 나는 조심스러운 어조로

물었다.

"……황성에 온 게 싫지 않아?"

화려하고도 아름다운 황성은 그의 지옥이었다. 어쩔 수 없이, 그리고 계획의 일부로서 카르텔 또한 이곳에 오게 되었지만 내 마음은 내 내 좋지 않았다.

카르텔은 내 질문이 사뭇 의아하다는 듯 고개를 기울였다. 그러나 금방 의도를 이해하고는 입술을 말아 올렸다.

"이렇게 성을 돌아다니는 건 처음이라, 내가 있던 곳이라는 생각 자체가 없어."

수풀과 아름다운 꽃밭, 숨을 쉬는 나무들, 벌레의 소리까지. 황성 깊숙이 가두어져 있던 그에게는 하나도 닿지 않았을 것들이다.

그 말을 끝으로 카르텔은 내 입술에 입을 맞추었다. 뺨과 코, 이마와 눈가까지 그의 입술이 닿지 않은 곳이 없었다. 짐승은 부드러운 입맞춤으로 나를 안심시키고 있었다. 하지만 지나치게 무덤덤한 표정이다.

'너는 왜 늘 아무렇지 않게 굴지?'

문득 묻고 싶어졌다. 나는 아직도 실험탑을 떠올리면 고통스러웠다. 살이 패이고 채혈 당하며, 알 수 없는 약물이 주입되는 기억은 절대 잊을 수 없다.

그에게는 황성과 황제가 그럴 터였다.

마수는 태어날 때부터 어린아이 이상의 자아를 가진다. 그 정도 지성을 가진 이가 빛 한 줌 들어오지 않는 곳에서 이십여 년 가까이 갇혀 있었다. 미치지 않은 게 이상한 일이었다.

나는 괴로움을 표현하지 못하는 그가 안타까웠다.

"……그래. 이번에는 꼭, 벗어나자."

이건 내가 해 줄 수 있는 유일한 위로였다. 카르텔은 그것을 알고 있다는 듯 내 목덜미에 입술을 묻었다.

나는 그의 목에 팔을 감았다. 보이지는 않았지만 그의 목에는 여전히 봉인구가 걸려 있다. 나는 이것을 무슨 일이 있어도 풀어 주어야만 했다.

"이런."

"……?"

나도 카르델도 아닌 다른 이의 목소리가 호수 위에 울렸다. 소리가 난 방향으로 시선을 돌리자 짙은 미소를 띤 사내가 서 있었다. 황실의 상징 카르델과 똑같은 흑발, 그와는 다른 붉은 눈동자의 레이븐이 우리를 바라보고 있었다.

"내가 밀애를 방해했군."

레이븐은 제 스스로를 불청객이라 칭하면서도 호수의 다리 가까이 다가왔다.

황족, 그것도 황태자를 무시할 수는 없었다. 나는 조용히 예를 갖추었다.

"……레오플론의 작은 태양을 뵙습니다."

"그날 이후 처음 보는군."

레이븐은 아무런 거리낌 없이 대공저에서의 만남을 언급했다.

대화의 시작이 좋지 않다. 나는 부드러이 웃으며 그의 말을 돌리려 했다.

"황성에서 뵈니 더욱 기쁠 따름입니다."

"글쎄. 바흐덴의 왕자께서는 그렇지 않은 것 같은데."

그러나 쉬이 넘어가 줄 자가 아니었다. 레이븐은 웃는 얼굴로 카르델을 지목했다.

"그럴 리가요. 다시 뵙습니다. 황태자님."

바흐덴 왕자의 가면을 쓴 카르델이 이에 응수했다. 하지만 그의 눈은 웃고 있지 않았다.

"……그래. 본인이 그렇다는데야."

레이븐의 목소리가 덩달아 낮게 가라앉았다. 마수의 피를 이은 레이븐이 그것을 알아보지 못할 리가 없었다.

서늘한 밤공기 속, 짐승들의 신경전이 오간다. 그러나 잠시뿐, 다시금 입가에 미소를 건 그는 카르텔을 스쳐 지나갔다.

"두고 보도록 하지."

* * *

파티의 시작은 검은 밤이 내려올 무렵이었다.

거대한 원형의 홀. 화려하게 빛나는 샹들리에.

신의 날을 기념하는 황성 연회에 귀족들이 삼삼오오 모여들었다. 화려하기로 이름 높은 황궁의 파티였지만, 오늘은 기존과 비교할 수 없을 만큼 성대한 규모였다.

평소 얼굴을 보기 힘든 고위 귀족들도 눈에 보였다.

신의 날을 기념하는 연회는 귀한 신분의 이와 줄을 댈 수 있는 기회의 장이기도 했다.

화려하게 치장한 이들이 웃고 떠들며 값비싼 샴페인을 기울였다.

"그래서 말이지요."

"하하, 그런 일이 있었습……."

흥을 높이려던 귀족의 말이 끊겼다. 그의 시선은 연회장 입구로 향하고 있었다. 안으로 들어오는 자들은 모든 귀족의 시선을 한 번에 사로잡았다.

검은 정장으로 몸을 감싼 중년 남성이 선두였다.

날카로운 눈을 가진 이는 마도학파의 우두머리인 베논 공작이었다.

마도학파의 세력이 적다고는 하나, 그가 세운 업적은 그 누구도 무시하지 못했다. 그 뒤로 베논 공작가의 일원들이 열에 맞추어 안으로 들어선다.

"장남 리카엘과 라쿠스, 아르덴까지. 공작가의 남자들이 한자리에 다 모였군."

귀족 중 하나가 중얼거렸다.

공작가의 기사단장직을 겸하고 있는 리카엘은 은의 기사라는 칭호를 가지고 있기도 했다. 하얀 예복에 금선이 들어간 예복은 차가운 빛을 지닌 리카엘에게 잘 어울렸다. 귀공자의 자태를 간직한 그에게로 수많은 영애의 시선이 쏟아졌다.

삼남인 아르덴은 또 어떤가. 신비로운 초록빛 머리칼과 부드러운 인상의 미남에게는 바라만 보아도 가슴을 울리게 하는 무언가가 있다.

그 뒤에 있는 베논가의 이남 라쿠스는 귀족들의 시선이 자신에게 쏠렸다 착각하며 턱을 오만하게 치켜들었다.

"그리고……."

베논가의 형제들 사이로 분홍 장밋빛이 눈에 아른거렸다.

옆으로 모아 자연스레 늘어트린 머리칼. 어깨를 완전히 드러내는 순백의 머메이드 드레스는 여인의 굴곡을 완벽하게 드러냈다. 작은 다이아몬드와 루비가 밤하늘에 박힌 별처럼 드레스에 총총히 박혀 있다.

'사교계의 붉은 장미.'

모두가 한마음으로 속닥거렸다.

붉은 입술에 도도한 눈빛을 가진 제국 제일의 미인은 남자의 에스코트를 받으며 등장했다. 그녀를 이끄는 이는 베논가의 사내가 아니었다.

"저자가 소문의……."

중얼거린 영애 쪽으로 사내의 눈길이 돌아갔다. 몰래 소곤거리던 영애의 뺨이 순식간에 달아올랐다.

밤하늘과 새벽빛의 경계를 닮은 머리칼, 날카로운 눈빛과 금안은 야생의 짐승을 떠올리게 했다. 사납고 강인한 인상을 부드럽게 휜 입꼬리가 녹여 주고 있었다.

'바흐덴의 왕자 카르텔.'

동화 같은 사랑 이야기로 사교계를 들끓게 했던 플로리아 베논의 약혼자, 바로 그였다.

그들이 안으로 들어서자 시치미를 떼듯 귀족들의 고개가 하나둘 돌아갔다.

"저자가 소문의 주인공이로군."

"폐하께서 친히 연회에 초대하셨다지?"

아무렇지 않은 척 굴고 있었지만 모두 베논 일가와 이국의 왕자에 대해 떠들고 있었다. 귀족들은 입을 바삐 놀리면서도 느릿하게 자리에서 움직였다.

보이지 않는 선을 중심으로 신학파와 마도파가 나누어졌다. 마도학파는 수적으로 열세였으나 그들 특유의 기운 때문에 약세로 보이진 않았다.

"하여간, 언제나 떠벌리기를 좋아하는 작자들이에요. 그렇죠, 아버지?"

나는 아버지를 향해 눈가를 접어 웃어 보였다.

특유의 뱀 같은 시선이 나에게로 향했다. 몇 개월간 얼굴을 보지 못했지만 변함없는 얼굴이었다.

"하는 것 없는 백돼지들이 어디 달라지겠느냐."

백돼지라는 단어는 마도학파가 신학파를 비하하는 은어였다.

나는 그의 말에 옹호하며 카르텔의 팔을 끌어안았다. 카르텔 또한 내 어깨를 감싸며 다정한 미소를 띠었다.

"잘도 이런 것을 구했군."

아버지의 시선이 카르텔에게 닿았다. 물건 취급 같은 말이었지만 아무도 불쾌한 기색을 드러내지 않았다.

나는 아버지에게 카르텔을 동방의 몰락 귀족 출신 노예라 소개했다. 황제의 의심을 살까 만들어 낸 대역으로 말이다.

연회장 바깥에서 만난 아버지는 그를 훑어볼 뿐 큰 관심을 두지 않았다. 내심 불안했는데 다행이었다. 그러나 아무리 생각해 봐도 이상했다.

'조금이라도 따져 물었어야 하는데.'

그는 모든 일에 대강 넘어가는 성미가 아니다. 아버지의 겉모습은 변하지 않았으나 무언가 달라졌다는 느낌을 지울 수 없었다. 그는 마치 한 가지 목적에만 고정된 사람 같았다.

'연회가 끝나면 조금이나마 알 수 있겠지.'

명할 것도, 물을 것도 많을 터이니 분명 따로 자리를 마련할 것이다. 나는 그때를 기다리기로 했다.

"레오플론의 태양, 리 산트쿠스 드 레오플론께서 드십니다."

내가 아버지를 관찰하고 있을 때였다.

시종장의 목소리가 확성석을 통해 홀 전체에 울려 퍼졌다. 나를 포함한 모든 귀족이 단상을 향해 머리를 조아렸다.

자리의 이들이 예를 표한 끝에 황제 산트쿠스가 황좌에 앉았다. 차례로 황후 이자벨과 황태자 레이븐, 이후 황족으로 인정되는 자들이 모두 나온 끝에야 고개를 들 수 있었다.

"이다지도 고귀한 날 내 신민인 그대들이 모여 주어 기쁘기 그지없군."

산트쿠스의 말이 웅장하게 울려 퍼졌다.

나는 그의 말에 속으로 비웃음을 삼켜야만 했다. 저 자신을 지상의 신으로 포장하는 모습이 더없이 우스웠기 때문이다.

황가가 신의 혼혈이 아닌 마수의 후손이라는 것을 알게 된 건 아버지가 발견한 고문서 덕분이었다. 어디서 구했는지 모를 그것은 황가의 혈통에 관한 진실을 담고 있었다. 아버지는 그것을 폭로하는 대신 황가와 손을 잡아 마도탑을 키우고 연구의 폭을 늘리는 데 성공했다.

나는 우스운 연극을 감상하는 대신 고개를 들어 카르텔을 바라보았다.

"……"

황제를 바라보는 그의 눈은 영하의 극점처럼 싸늘하게 식어 있었다. 산트쿠스는 카르텔의 아버지이자 결코 용서하지 못할 적이기도 했다. 나는 그의 팔을 끌어안지 않은 손으로 커다란 손을 감싸 쥐었다.

"오늘은 특히 영광스러운 날이야. 주신께서 신의 자손인 내 기도에 응답해 주셨다네."

황제는 엄숙한 표정으로 팔을 좌우로 벌려 하늘을 가리켰다.

나는 곧 이어질 연극이 무엇인지 알고 있었다.

"주신이 황실에 내린 신의 사자일세."

그의 말이 신호탄인 듯 황실 기사단이 홀 안으로 들어왔다. 은빛 갑옷을 두른 그들의 사이로 순백의 말이 보였다. 푸르르. 백마는 가벼운 투레질을 하며 몸을 들썩였다. 백마의 이마에는 회색빛 긴 뿔이 달려 있었다.

"저것은……"

귀족들이 믿지 못하겠다는 듯 기함을 토해 냈다. 그러나 놀랄만한 건 이뿐만이 아니다. 백마의 등 옆에는 한 쌍의 날개가 달려 있었다.

"날개가 아닌가."

순백의 날개는 말이 움직일 때마다 우아한 자태를 뽐내었다.

"레오플론 제국의 상징인 유니콘이라네. 주신이 실존하신다는 걸 당신의 자식들에게 증명하시었어."

빛의 신을 주신으로 모시는 레오플론의 신성 동물은 유니콘이었다. 꼬아진 뿔과 커다란 날개, 온몸이 하얀 백마의 형태를 가진 동물로서 주신의 명을 전달하는 사신으로 알려지기도 했다.

"맙소사, 신이 응답하셨다."

"주신께서 우리의 태양에게 축복을 내려 주셨다!"

신학파 귀족들의 외침이 울려 퍼졌다. 황제의 최측근들로부터 시작된 찬양은 모든 이들을 휩쓸기 시작했다.

"신의 피를 가진 황제에게 경배를!"

"경배를!"

홀을 장악한 목소리에서는 기이한 광기마저 느껴졌다. 유일하게 휘둘리지 않는 이들은 진실을 알고 있는 베논가와 카르텔뿐이었다.

연극의 주인공인 산트쿠스 황제는 귀족들의 반응에 몹시 만족한 표정이었다. 귀족들이 이 정도인데, 평민들의 환호성은 또 어떠할 것인가.

'결국 만들어진 생물일 뿐인데.'

날 수 있다는 것 외에는 평범한 말과 똑같았다.

나는 소리를 내지르는 귀족들 대신 유니콘 쪽으로 고개를 돌렸다. 유니콘을 다루는 기사들이 한참 애를 먹고 있었다. 결국 기사 중 한 명이 먹이인 마력석을 몰래 넣어 주니 그나마 잠잠해진다. 그들은 성을 내는 유니콘을 데리고 홀을 빠져나갔다.

"모두 영광스러운 자리를 마음껏 즐기도록 하게."

기분이 한껏 풀어진 황제는 관대한 표정으로 축배를 들었다.

때아닌 신성 동물의 등장에 연회 분위기는 몇 배로 들떠 있었다. 짜여진 쇼를 직접 목격하니 기분이 가라앉았다. 이는 리카엘도, 아르덴도 마찬가지인 듯했다.

주변을 살피던 나는 내가 잡은 팔이 경직되었음을 느꼈다.

"카르텔?"

그를 불러 보았지만 대답은 없었다. 카르텔의 시리도록 차가운 시선 끝에는 황제가 걸려 있었다.

"……."

그의 시선을 느낀 듯 황제 또한 카르텔을 바라보고 있다. 똑같은 금안과 검은 머리칼을 가진 두 남자의 눈빛이 공중에서 부딪혔다.

잠시 후, 황제는 고개를 돌려 시종장에게 무어라 말을 전했다. 채 몇 분이 지나지 않아 황실의 시종이 내 앞으로 다가왔다.

"폐하께서 두 분을 모셔 오라 하셨습니다."

"……안내하게."

예상보다 이른 부름이었다. 나는 더욱 환하게 웃으며 카르텔의 팔을 끌어안았다. 아르덴이 눈에 띄게 불안한 표정을 지었다.

"아버지. 다녀올게요."

나는 카르텔을 눈짓으로 달랜 후 뒤로 돌아섰다. 마도파가 있는 곳과 황제의 단상은 그리 멀지 않았다.

우리는 잠시 후 무도회장이 될 중앙을 건너 황좌에 도착했다.

"레오플론의 태양을 뵙습니다."

"오랜만에 보는군. 플로리아 베논 영애."

황제는 인자한 목소리로 말하며 나를 내려다보았다. 그에게 카르텔이 가둬진 곳의 열쇠를 받은 후 처음 있는 만남이었다.

"친히 초대해 주신 아량에 몸 둘 바를 몰랐답니다."

"베논 공작가라면 내 비호를 받을 자격이 충분하지. 그래. 자네 옆에 있는 사내가 바로 동방에서 온 왕자로군."

귀족들이 이쪽을 주시하는 것이 느껴졌다.

레오플론의 황제와 이국의 왕자가 같은 머리카락 색에 같은 눈동자 색을 가지고 있다니. 호기심이 생기지 않을 수 없는 일이었다.

"그러합니다. 이렇게 초대해 주셔서 감읍할 따름입니다. 폐하."

카르텔은 제국식 예법을 완벽하게 소화해 냈다.

내 얼굴은 미소를 띠고 있었으나, 그 속은 말이 아니었다.

카르텔이 황제와 제대로 된 대화를 나눈 건 이번이 처음이었다. 그것도 아들과 아버지로서가 아닌 완벽한 타인으로.

"베논가의 여식과 혼인 기약을 맺은 사내를 내 꼭 한번 보고 싶었다네."

황제는 인자한 미소를 짓고 있었다. 하지만 그의 눈은 카르텔을 샅샅이 살피는 중이었다. 그 시선에 담긴 것은 흥미일 뿐, 특별한 살기나 적개심은 없었다.

내 옆에 있는 남자가 이십여 년 전 제가 버렸던 친자인 줄은 생각지도 못하는 눈치였다.

"그런데 어쩌면 좋은가."

기본적인 탐색이 끝난 것일까. 황제의 목소리에는 장난기가 서려 있었다.

"짐의 아들도 그대의 약혼녀를 탐내고 있는데 말이야."

'그게 무슨.'

황제의 뒤에 있던 레이븐과 눈이 마주쳤다. 그는 부드러운 미소를 짓고 있었지만 그 속에 담긴 본성은 전혀 다른 것이었다.

"그렇습니다. 폐하. 오래전부터 담아 두었던 마음이지요."

레이븐은 진정 안타깝다는 듯 쓸쓸한 눈빛을 머금었다.

"달콤한 농이로군요. 제게 태자 전하는 너무 과분한 분이시지요."

나는 감읍하다는 듯 무릎을 굽혀 보였다. 아무렇지 않은 척하고 있었지만 속은 당황한 채였다.

주변에 있던 귀족들이 술렁거렸다.

황태자의 구애라니. 그것도 공개된 장소에서 가장 배척해야 할 베논가의 여식에게 말이다. 더군다나 그 여인의 옆에는 결혼이 예정된 약혼자가 서 있었다.

'결혼을 방해하겠다는 헛소리를 하더니.'

나는 대공가에서 있었던 일을 떠올렸다.

선한 얼굴의 황태자는 황제 이상의 욕심을 가지고 있었다. 신학파는 그대로 유지하면서 나를 이용해 마도학까지 끌어들여 세력을 넓히려는 것이다.

"참으로 난감한지고."

황제는 턱을 괴고 사태를 느긋하게 관람했다. 그도 황태자가 순수한 마음으로 한 발언이 아니라는 것을 잘 알고 있을 것이다.

'말도 안 되는 짓을.'

나는 입 안쪽의 살을 깨물며 주변을 살폈다. 이목이 지나치게 집중되어 있었다. 레이븐은 그것 보라는 듯 눈을 휘었다.

어젯밤 정원에서 두고 보자고 했던 것이 바로 이 뜻이었나.

"설령 황태자 전하라 하여도 제 여인을 내어 줄 수는 없지요."

어떻게든 말을 돌리기 위해 입술을 달싹이던 순간이었다. 단단한 팔이 내 어깨를 감싸 품으로 끌어당겼다. 부드러운 목소리에 깃든 것은 분명한 소유욕이었다.

"흐음."

황제의 눈가가 가늘어졌다. 서로의 이익을 위해 눈감아 주는 관계이나 베논가는 황가의 감시 대상이었다.

황태자의 첨언에 얼굴이나 보아 두는 게 좋겠다는 생각이 들어 불러들였던 것이다. 그런데 카르텔의 외모가 황제의 심기를 건드렸다. 어딘가 모르게 낯설지 않은 모습은 그의 감을 언짢게 만들고 있었다.

"좋아. 연회에 유희 거리가 빠져서는 아니 되지."

황제는 웃는 낯이었지만 탁한 금안은 낮게 가라앉아 있었다.

"연회 넷째 날 밤, 이 자리에서 검술로 결판을 내는 건 어떠한가."

연회는 무도회뿐만 아니라 다양한 볼거리로 채워진다. 한 여인을 두고 검을 드는 대련은 가장 큰 호응을 불러일으킨다.

대련이 실제로 결혼을 좌지우지하는 것은 아니었지만, 아름다운 여인과 자신의 자존심을 내건 결투였으니 참가하는 사내들은 최선을 다해 상대방을 쓰러트리려 했다.

"좋습니다."

"호오. 제법 자신이 있나 보군."

먼저 대련을 승낙한 자는 카르텔이었다. 곤란한 마음에 그의 팔을 잡아당겼지만 돌아오는 건 '제가 못 미덥습니까?'라는 짓궂은 말뿐이었다.

"영애의 관심을 돌릴 기회를 만들어 주셔서 감사합니다. 폐하."

한쪽이 먼저 승낙한 대련에 걸음을 빼는 것은 패배나 마찬가지였다. 레이븐마저 기세 좋게 고개를 끄덕이니 상황은 걷잡을 수 없어졌다.

"잘 부탁하지."

단상에서 내려온 레이븐은 카르텔에게 손을 내밀었다. 맞잡은 손에 힘줄이 돋아난다.

귀족들은 갑작스레 벌어진 신경전에 눈을 떼지 못했다.

소문이 자자한 플로리아의 약혼자와 레오플론의 황태자라니. 단순한 유희 거리로 소비되기에는 지나치게 큰 판이었다.

"그러면 내 기대하도록 하겠네."

황제는 카르텔을 보며 말했다.

다른 이들이 보기엔 한 여자를 둔 두 남자의 신경전으로 비칠지 모르겠으나, 이건 황제가 만든 극이었다.

마냥 가벼운 이미지를 가진 레이븐이지만, 그 또한 검사로서의 조예가 깊었다.

황제는 제 아들을 이용해 카르텔을 시험해 볼 요량이었다.

"플로리아. 그대가 황실에 입적할 수 있을지 자못 궁금해지는군."

연회장을 떠날 모양인지 황제가 자리에서 일어났다. 그는 나를 향해 나직이 말을 던지고는 시종들을 꼬리처럼 단 채 육신을 움직였다.

'말도 안 되는 소리.'

황실의 입적을 거론하는 것은 명백한 비웃음이었다. 그는 마도학을 이용하고 있었지만 그 속에는 혐오와 배척이 존재했다. 황실의 혈통에 마도학자의 피가 섞이는 걸 눈 뜨고 볼 자가 아니었다.

"우리도 그만 가도록 해요."

나는 애써 미소 지으며 붙잡은 팔을 이끌었다. 황제가 공표한 자리이니 무르는 것은 불가했다.

다시 자리로 돌아가니 아버지가 먼저 등을 돌렸다. 연회는 계속되고 있었지만 나를 비롯한 베논가의 이들은 모두 홀에서 빠져나왔다.

사파이어 궁으로 돌아가는 복도는 서늘했다. 아버지는 걸음을 멈추지 않은 채 물었다.

"너, 황태자와 연이 있었느냐"

"그럴 리가요. 아버지."

나는 아버지의 곁에 붙어 대답했다. 자신에게 오라는 헛소리를 들은 적이 있었지만 인연 따위는 없었다.

"황가 쪽에서 지나치게 이득을 보는 결혼이니 괜히 의심을 하는 것 같아요."

"……흠."

그는 탁한 음을 내뱉으며 카르텔을 훑었다. 이국의 노예가 베논가를 망신시키지는 않을지 재 보는 것이다. 혹여 카르텔이 살기를 드러내지는 않을까 걱정했지만, 그는 인형처럼 아버지의 품평을 흘려보냈다.

"귀족 태생이라 했으니 검은 쥘 줄 알겠지. 원숭이 쇼에 불과하니 준비시켜서 내보내도록 해라."

"네. 아버지."

그는 황태자와 카르텔의 대련을 짐승의 쇼 따위로 취급했다.

이윽고 도착한 궁은 적막했다. 공작 이상의 직위를 가진 가문은 머무는 곳이 겹치지 않았다. 이대로 각자의 방으로 돌아가는 걸까. 생각하던 순간 아버지의 목소리가 나를 붙들었다.

"플로리아. 너는 나를 따라오너라."

혹여 부름을 받더라도 리카엘 다음이라 생각했던 나는 천천히 눈을 깜빡였다. 오랜만에 하는 충실한 딸 연기에 영 속이 좋지 않았다. 나는 그런 마음을 숨긴 채 몹시 기쁘다는 듯 환히 웃어 보였다.

"나머지는 들어가도록. 리카엘과 아르덴은 차후 부를 것이다."

"알겠습니다."

리카엘은 무표정하게 명을 받아들였다. 아르덴도 마찬가지였다. 이 자리에서 유일하게 감정을 표출하는 자는 단 한 명뿐이었다.

"그, 아버지. 저는……."

라쿠스는 아빠를 찾는 어린애처럼 말을 더듬었다. 자신만 호명 받지 못하여 몹시 억울한 눈치였다.

"……."

그 즉시 아버지의 걸음이 멈추었다. 아버지가 라쿠스를 부르지 않는 건 당연했다. 그가 맡고 있는 하수도 일은 친히 보고를 받을 정도로 대단한 것이 아니었기 때문이다.

이러다 큰 소란이 나는 것은 아닐까. 앞으로 나서 말려야 하나 고민하던 중이었다. 큭. 아버지의 입에서 가래가 낀 것 같은 웃음이 터져 나왔다.

"그래. 너에게도 볼일이 있지."

"여, 역시, 그렇지요?"

의외의 말은 나를 당황하게 했다. 그는 입버릇처럼 라쿠스를 멍청한 놈, 머저리라며 비하할 뿐 따로 부른 적은 단 한 번도 없었다.

처음 듣는 말에 라쿠스는 보물 상자라도 발견한 아이처럼 눈을 빛냈다. 내가 지금까지 본 라쿠스의 모습 중 가장 순수해 보이기까지 한 얼굴이었다.

"그러니 기다려라. 플로리아, 가자."

얼마나 기쁜지 라쿠스는 아버지가 나를 부르는 데도 신경 쓰지 않았다. 나는 기묘한 기분으로 아버지의 뒤를 따랐다.

"그래. 오랜만에 보는구나."

아버지의 방과 연결된 응접실로 향했다. 자리에 앉은 그는 진짜 아비 흉내라도 내는 듯 사뭇 다정했다.

"오랫동안 돌아오지 않으셔서 서운했어요."

그가 자리를 비워 준 덕에 많은 계획을 세울 수 있었다.

나는 진짜 플로리아가 했을 법한 말을 골라내며 눈을 촉촉이 적셨다. 아버지는 내 태도에 흡족한 얼굴을 하며 소파에 등을 기댔다.

"마수의 상태는 어떠하냐."

"제법 진전이 있어요. 제 마력을 받아들이기 시작했거든요."

역시 그가 제일 먼저 물어본 건 카르텔의 상태였다. 마수가 바로 옆에 있다는 것도 모르고 그런 질문을 하는 아버지가 재미있었다.

"그래. 너는 역시 쓸모 있는 딸이다."

나에게 꼬리가 있다면 연기를 들켰을지도 모른다는 생각이 들었다. 살랑거리기는커녕 빳빳하게 치솟았을 터이니. 나는 아버지의 칭찬에 비릿한 웃음을 삼켜 냈다.

"그럼요. 걱정하지 마세요. 아버지."

턱을 괸 아버지의 검지에서 붉은 반지가 유혹적인 빛을 냈다. 나는 일부러 그쪽으로 시선을 두지 않으려 노력하며, 그가 듣고 싶어 할 만한 것들을 알아서 쏟아 냈다.

"닷새 후쯤에는 벨루스가 마도탑에 도착할 거예요. 아버지께서 말씀하신 실험체들을 모두 데리고요."

"한 마리도 빠짐없이 보냈겠지?"

"물론이죠."

내 말에 아버지가 느릿하게 고개를 끄덕였다. 나는 그의 말, 동작 하나하나를 놓치지 않고 쫓았다.

'머릿수가 중요한 건가?'

공작성에 있던 이종족 중 대단히 희귀하다 꼽히는 종은 없었다. 단지 실험을 주도할 자가 돌아오지 않아 수가 늘었을 뿐이다.

"그리고……."

그가 드물게 말을 늘어트렸다. 조용히 머리를 굴리던 나는 아버지를 주목했다.

"라쿠스를 마도탑으로 보내도록 해라."

"……라쿠스를요?"

아버지의 명에 좀처럼 토를 달지 않는 나였지만, 이번만큼은 되물을 수밖에 없었다.

'갑자기 왜?'

라쿠스는 그의 자식 중 유일하게 마도 시험을 통과하지 못했다. 아버지는 라쿠스를 기본도 하지 못하는 천치라며 마도탑에 머리카락 한 올 비추지 못하게 했다.

"그래. 두 달 뒤가 좋을 것 같군."

내 반응에도 불구하고, 그는 태연하게 명령을 이었다.

황궁에서 아버지를 만난 후부터 지금까지 이상하지 않은 것이 없었다. 그러나 티를 내지는 않는다.

진짜 플로리아라면 무슨 이유건 아버지의 명령에 절대복종할 테니까. 고개를 끄덕인 나는 한껏 서운한 척을 해 보였다.

"그런데 아버지, 성은 계속 비워 두실 건가요? 제가 도울 일은……."

"필요 없다."

칼로 베듯 냉담한 반응이었다. 덕분에 마도탑에 관한 이야기는 꺼내지도 못했다.

"그만 돌아가 보도록 해라."

수확은 없었지만 기뻤다. 나는 처음으로 가식이 아닌, 진짜 내 미소로 웃어 보였다.

"네. 아버지. 안녕히 주무세요."

뱀 같은 시선이 등 뒤에 달라붙었음에도 내 발걸음은 가볍기만 했다. 이유야 어찌 되었든 내가 라쿠스를 마도탑으로 보내는 일은 없을 것이다. 그가 원하는 이종족들까지도 말이다.

나는 목걸이를 소중히 어루만지며 복도를 걸어 나갔다.

* * *

연회 참석은 첫날만 의무적으로 진행된다. 그래서인지 둘째 날과 어제는 인파가 확연히 줄었었다.

연회 넷째 날.

"베논가의 약혼자와 태자 전하의 결투라니."

"이런 구경을 놓칠 수는 없지 않겠나."

수많은 귀족의 입에서 공통된 주제가 오르내리고 있었다. 한산해야 할 연회장은 첫째 날 이상으로 북적거렸다.

사람들은 너나 할 것 없이 플로리아를 힐끗거렸다. 오늘 결투의 승자가 누구이건 간에, 그들에게는 큰 즐거움을 가져다줄 것이다.

아름다운 연회장은 흥분으로 들끓고 있었다.

"레오플론의 태양이 드십니다."

모두가 한마음으로 세기의 결투를 기다릴 때였다.

오늘은 무려 황제가 결투의 심판을 맡는다 하였다. 왕좌에 착석한 황제는 모인 이들을 굽어보다 입을 열었다.

"황가가 여는 결투 규칙은 모두 알고 있겠지."

귀족 중 그것을 모르는 이는 없을 것이다.

결투의 규칙은 간단했다. 검을 놓치거나 더 이상 결투를 이어 나갈 수 없을 때, 혹은 스스로 패배를 인정할 때 승패가 결정된다.

상대를 죽이는 살검은 금지되며, 공평성을 위해 양측 모두 라피에르를 결투용 검으로 사용했다.

오늘의 무대는 홀 중앙이다.

나는 인파와 함께 원형의 끝자락에 서 있었다. 잔뜩 들떠 있는 사람들과 달리, 내 기분은 썩 좋지 않은 상태였다.

'황제가 괜한 짓을 벌였어.'

그 속내를 모르는 것은 아니었다. 아무리 동대륙인이라지만, 자신과 같은 검은 머리와 금색 눈을 가졌으니 괜한 호기심과 의심이 동하였을 것이다. 그 적개심이 황태자의 첨언과 합쳐진 결과가 바로 이것이었다.

카르텔은 지나치게 눈에 띄어서도, 그렇다고 평균 수준에 모자라서도 안 되었다.

내가 어떻게 할 것이냐 물었지만 그는 웃으며 서책만을 읽을 뿐 아무런 말도 해 주지 않았다.

"아, 결투를 시작하기 전에."

황제는 잊고 있었던 것을 떠올린 것처럼 말했다. 귀족들의 수런거림을 눈요기하던 그가 말을 이었다.

"카르텔. 동방의 왕자가 결투에서 승리할 경우, 이 자리에서 바로 베논가와 그의 결혼을 허하도록 하겠네."

"……!"

갑작스러운 제안이었다. 황제의 말에 가장 당황한 건 나였다. 하지만 그것을 티 내기도 전에 황제의 손이 들어 올려졌다.

"그럼 시작하도록 하지."

확성석을 통해 황제의 목소리가 울려 퍼졌다. 그와 동시에 중앙을 기준으로 양쪽의 문이 열렸다. 왼쪽에서는 검은 갑주를 걸친 카르텔이, 오른쪽에서는 은색 플레이트 아머를 두른 레이븐이 중앙을 향해 걸어 나왔다.

"각자 자리에 서게."

두 사람은 일정한 거리를 두고 서로를 향해 섰다. 나는 흑백처럼 대조적인 그들을 보며 마른침을 삼켰다. 이건 배다른 형제의 결투였으며, 그들의 아버지에 의해 주도된 판이었다. 엇갈린 운명이 서로 맞부딪치고 있었다. 나는 습관처럼 입술을 깨물었다.

"신의 이름으로 정당한 대결을 펼치길 바라는 바네."

황제의 말에 떠들썩하던 홀이 순식간에 조용해졌다. 가라앉은 공기 사이로 무언의 흥분이 고조되었다.

"그럼 시작하지."

뿌우우-!

우렁찬 뿔 나팔 소리가 결투의 시작을 알렸다.

지정선에 발끝을 댄 둘은 라피에르를 뽑아 들었다. 검 날을 일직선으로 세우는 것은 결투를 시작하기 전 상대방에 대한 예우였다.

"태자 전하께선 검술도 발군이시지 않나."

"문제는 저 왕자인데, 실력은 잘 모르겠지만 아무래도 제국의 검술이 우위이지 않겠어."

두 기사를 구경하던 귀족들이 하나둘 입을 뗐다. 대부분 황태자가 승리할 것이라 믿고 있는 듯했다.

'곧 알게 되겠지.'

새벽빛에 일어났던 나는 카르텔이 정원에서 검을 다루고 있는 것을 보았다. 검을 처음 잡아 보았을 텐데도 불구하고, 휘두르는 동작은 물 흐르듯 어색함이 없었다. 몇 분도 지나지 않아 그에게 들켜 버려 끝까지 보지는 못했지만 말이다.

'하지만……'

고작 한 장면을 본 것만으로도 나는 그가 다치지 않을 것이라 확신했다.

내가 그를 회상하는 동안 검의 예우가 끝났다. 카르텔과 레이븐은 서로를 탐색하듯 원을 그리며 느릿하게 움직였다.

라피에르의 면이 빛을 반사하는 순간이었다.

챙-!

"……!"

금속이 부딪히는 소리가 터져 나왔다. 먼저 검을 휘두른 자는 레이븐이었다. 그는 가벼운 발돋움으로 카르텔의 검을 내려쳤다.

"허어!"

"검을 꽤 다루신다는 소문을 들었지만, 이거 상상 이상이군요."

귀족들은 레이븐의 움직임에 감탄사를 내뱉었다. 분명 눈을 떼지 않았는데 동작을 예측할 수 없을 만큼 빠른 속도였다.

채앵-! 챙-!

레이븐은 감탄에 부응이라도 하듯 다각도로 검을 내려치며 카르텔을 밀어붙였다. 황성의 정예 기사와 붙어도 손색이 없는 실력이었다.

"역시, 상대가 못 되는군."

"이러다 베논가의 약혼자가 태자 전하로 바뀔……."

헛소리를 하던 귀족이 나를 발견하고는 서둘러 입을 다물었다. 나는 그들을 신경 쓰지 않고 결투를 응시했다. 확실히 카르텔이 밀리고 있었다.

'……상관없어.'

그가 다치지만 않으면 된다. 그거면 되었다.

결투의 의미도 그러했다. 유흥적인 면이 강한 판이니만큼, 황태자가 승기를 잡는다 하여 내가 그와 당장 맺어지는 것은 아니었다. 그래도 결투의 승자였으니 적어도 한 번은 나와 개인적인 시간을 보낼 것이다.

'어쩌면 그게 나을지도 몰라.'

황태자는 그때를 노려 나를 다시 설득할 것이다. 그 정도야 감수할 수 있는 부분이었다. 그러나 내가 염려하는 건 다른 것이었다. 카르텔이 이번 결투에서 이기게 된다면 나와 그는 정식으로 혼인한다. 법에 따라 부부로 등재되는 것이다.

'……그건 곤란해.'

계획은 앞당겨졌고, 나와 카르텔은 결혼할 필요가 없게 되었다. 진짜 여자 주인공이 등장할 때까지 우리의 관계는 연인으로 족했다. 결혼보다 가볍고 헤어지면 족한 그런 관계. 내가 만족할 수 있는, 그리고 끊어 내기 용이한 임계점이었다.

"호오."

"왕자도 제법이로군."

잠시 생각에 잠겨 있었을까. 나는 귀족들의 대화에 황급히 고개를 들어 올렸다.

채앵—!

맑은 울림을 시작으로 수세에 몰려 있던 카르텔이 발을 앞으로 내디뎠다.

레이븐의 검술은 레오플론 제국의 정석이었다. 군더더기가 없으며 강약을 조절해 상대를 궁지로 밀어붙이는 것이 대표적이다.

"……!"

"저 검술은 뭐지?"

그러나 카르텔의 검술은 이와 반대였다. 그의 검은 흐르는 공기처럼 유연하고 부드러웠다. 부딪칠 때 밀려나는 듯하면서도 느릿하게 상대의 검을 밀어내었다. 우아하면서도 독특하다. 그리고 섬세했다. 그가 보여 주는 검술은 대륙 어디에서도 존재하지 않는 것이었다.

'동방의 검술.'

나는 그가 사용하고 있는 검술이 무엇인지 깨달았다. 어디서 얻어 온 것인지, 카르텔은 지난 며칠 내내 책을 읽는 데 대부분의 시간을 소비했다.

나는 그가 무엇을 읽는지 어깨너머로만 보았다. 이상한 그림과 처음 보는 언어가 적혀 있어 그것이 무엇인지 도통 알 수 없었는데, 검술 관련 책이었다니.

결투 전 시일은 고작 사흘이었다. 그런데 지금 카르텔이 보여 주는 동작은 완벽을 넘어 하나의 예술을 보는 듯한 착각까지 들게 했다.

"크윽!"

중앙에서 날카로운 신음이 터져 나왔다. 이제 뒤로 내몰리는 자는 카르텔이 아닌 황태자였다. 그는 결투장임을 표시하는 선 근처까지 내몰려 있었다. 저 선 밖으로 몸이 나가게 되면 패배로 간주한다.

뒤로 한 발자국만 더 밀리면 황태자의 패배다. 모두가 마른침을 삼키며 그들을 주시할 때였다.

"윽!"

"눈이……!"

갑작스러운 섬광이 중앙에서 터져 나왔다. 빛이 번진 기간은 짧았지만 파급력은 컸다. 사람들은 미간을 찌푸리며 눈을 감았다.

'힘을 사용하다니!'

황태자가 가진 힘은 빛이었다. 저렇게 섬광을 터트릴 수도 있었고, 빛으로 구를 만들 수도 있어 그가 가진 힘은 신의 것에 가장 가깝다 칭송받았다. 하지만 검만으로 승부를 겨루는 결투에서 원소의 힘을 쓰다니. 결코 정당한 행위라고는 볼 수 없었다.

"카르텔!"

묵묵히 지켜만 보던 나는 서둘러 앞을 헤치며 나아갔다. 겨우 눈을 떴지만 시야가 흐려 앞이 잘 보이지 않았다.

'미친 자식이……!'

얇은 검이라고 해도 날붙이는 날붙이다. 잘못 맞았다가는 큰 상처를 입을 수도 있었다. 사람들을 모두 가르고 나왔을 때야 겨우 앞이 보이기 시작했다.

"위험하지 않습니까."

"……어?"

뻗어 온 팔이 내 허리를 끌어당겼다. 긴 팔은 나를 그대로 안아 올려 조금 떨어진 곳에 내려놓았다. 놀라 아래를 내려다보니 바닥에는 결투의 영역을 구분 짓는 붉은 선이 그어져 있었다.

"빛 때문에 놀랐나 보군요."

카르텔의 존댓말은 아직도 익숙하지 않았다. 그는 붉은 선 안에서 나를 바라보고 있었다. 상처 하나 없이, 오른쪽 손에는 검을 들고.

"검이……."

"보기에 좋지 않은 것입니다."

검 끝에는 옅게 피가 묻어 있었다. 카르텔은 자신의 등 뒤로 검을 숨기고는 자리에서 물러났다. 그가 비켜나자 황태자가 보였다. 목에는 옅게 베인 상처로 인해 피가 흐른다. 양손 모두 비어 있을 뿐만 아니라, 황태자의 검은 붉은 선을 넘어 바닥에 덩그러니 놓여 있었다.

"……결투가 끝났군."

적막한 가운데 황제의 목소리가 울렸다. 그는 왼손을 들어 카르텔이 서 있는 방향을 가리켰다.

"승자는 동방의 왕자, 카르텔일세."

승패가 결정 났음에도 불구하고 환호성 따위는 터져 나오지 않았다. 빛이 뿜어진 순간 무슨 일이 있었는지는 모른다. 그러나 황태자는 승패를 판단하는 세 가지 기준을 모두 넘었을 뿐만 아니라 황가의 힘을 사용하는 부정까지 저질렀다.

"좋은 대결이었습니다. 태자 전하."

카르텔은 제국식 예법으로 황태자에게 허리를 굽혔다. 승자가 예를 다했음에도 불구하고, 황태자는 얼이 빠진 얼굴로 서 있기만 했다.

"사람들을 피해 조금 안쪽으로 가도록 하지요."

카르텔은 더는 상대를 신경 쓰지 않고 나에게 다가왔다. 대체 어떻게 된 상황인지 몰라 아무 말도 할 수 없었다.

"태자를 궁지로 몰다니, 제법 검을 다룰 줄 아는군."

"과찬이십니다. 폐하."

황제는 제 자식이 패했음에도 기분이 나빠 보이지 않았다. 아니, 오히려 흡족한 표정을 짓고 있었다. 더군다나 대화는 카르텔과 하면서 그의 눈은 황태자에게 향해 있다. 나는 그 괴리감에 고개를 돌려 뒤를 바라보았다.

'좀 괜찮아진 것 같은데.'

황태자는 어느새 제정신을 찾은 듯싶었다. 그의 시선은 승자인 카르텔에게 닿아 있었다. 무언가 잘못 본 듯 새하얗게 질린 표정이었다. 그러길 잠깐, 제게 향하는 황제의 시선을 알아차린 듯 고개가 위로 향한다.

"……."

당장이라도 죽여 버리고 싶어 안달 난 얼굴. 호의나 애정 따위는 하나도 담겨 있지 않은 눈빛이었다. 이는 황제도 마찬가지였다. 그는 아예 시선을 떼 버리고 홀의 귀족들을 눈으로 훑었다.

"짐이 말한 바는 지켜야겠지."

말한 바? 멍하니 서 있던 나는 아, 하고 입을 벌렸다.

결혼. 그래. 그게 있었다.

"짐을 증인으로 이 자리에서 플로리아 베논 영애와 동방의 왕자 카르텔이 부부가 되었음을 공표하노라. 더불어 사흘간 달의 궁에 머무르는 것을 윤허하는 바이네."

황제의 목소리에 장내가 술렁거렸다.

달의 궁은 달이 뜬 밤에 가장 아름답다 하여 이름 붙여진 궁이다. 커다란 호숫가의 달맞이꽃, 희귀한 식물들로 이루어진 화원과 새하얀 대리석 장식. 평범해 보이지만 달빛을 받으면 마치 다른 세상처럼 변한다.

보고만 있어도 가슴을 설레게 하는 그곳은 황족만이 누릴 수 있는 곳이었다. 황실의 일원에게 하사하는 달의 궁은 현재 주인 없이 비어 있는 상태였다.

"폐하, 하지만 그곳은 황족만이……."

"결혼식 전, 등재부터 된 마당인데 내 이 정도는 해 주어야지."

서둘러 황제를 말려 보려 했지만 불가능했다. 명색이 공작가의 결혼인데, 제대로 된 식도 치르지 못했다는 게 그 이유다.

"황공합니다. 폐하."

"그래. 동방의 검술은 그런 것이로군. 내 잘 보았네."

카르텔은 나와는 다르게 황제가 내리는 상을 거절하지 않았다. 순순한 태도에 만족한 듯 황제가 고개를 끄덕였다. 그러나 상을 내리는 자도, 받는 자도 냉엄한 표정이다. 서로를 탐색하는 시선을 보고 있자니 불안감이 엄습했다.

　"이렇게 귀한 선물을 주시다니, 감사할 따름입니다."

　나는 서둘러 황제의 시선을 내 쪽으로 당겼다.

　이미 일그러질 대로 일그러진 부자 관계다. 아비인 쪽이 알아보지 못하고 있다고는 하나, 아들 쪽의 사정은 그렇지 않다.

　"신의 날이 더욱 뜻깊어졌군. 모두 남은 연회를 즐기도록 하게."

　다행히도 황제는 카르텔을 더 붙잡지 않았다.

　그는 가벼운 축언을 끝으로 자리에서 일어났다. 마치 볼일을 다 보았다는 태도였다.

　'……그런데 왜.'

　나는 황제가 연회장을 빠져나가기 전까지 그를 관찰했다. 그러니 잘못 본 것이 아니다. 아주 짧은 순간이었지만, 미소를 거둔 황제의 얼굴은 영토를 지배하는 맹수 같았다.

　섬뜩한 시선이 카르텔을 스친 것이다. 제 영역을 차지하러 온 젊은 수컷을 압박하는 눈빛이었다. 그 시선을 마주 본 것이 아님에도, 내 몸은 사자를 앞에 둔 것처럼 굳어 버리고 말았다.

　"세상에, 축하드립니다."

　"축하드립니다. 영애. 아니, 이제 부인이 되겠군요."

　긴장을 풀 시간도 없었다. 황제가 떠난 뒤, 귀족들은 벌새처럼 나와 카르텔의 주변으로 모여들었다. 그들은 축하를 건네며 선물을 드리겠노라, 식을 열 예정이라면 꼭 초대장을 보내 달라 졸알거렸다. 그중 패배한 황태자의 이야기를 꺼내는 자는 아무도 없었다.

　"……감사하지만, 저는 황제께서 증언을 서 주신 것으로 충분하답니다."

나는 자연스럽게 그들을 거절하며 두리번거렸다. 황태자는 아직도 그 자리에 서 있었다.

내게 등을 돌린 채, 황제가 나간 입구를 바라보던 그는 연회장을 나가 버렸다.

'뭐지?'

황태자를 대하는 황제의 태도도, 반쯤 넋이 나간 황태자도 이해하기가 어려웠다.

현재 계승 서열 1위는 황태자다. 그는 황제를 제외한 황족 중 가장 강한 능력을 가지고 있을 뿐만 아니라, 명실상부한 황실의 적통이다. 그러니 계승권을 걱정할 필요도, 황제와의 관계도 무난해야 정상이었다.

"괜찮습니까?"

"……네."

따스한 팔이 내 어깨를 끌어안았다. 카르텔은 우리를 둘러싼 이들에게 양해를 구하며 인파를 헤쳐 나갔다.

나를 안은 팔이 차게 식은 몸을 문질렀다. 그러면서도 연기를 계속하려는 듯 가벼운 농을 곁들였다.

"아까 많이 놀랐나 보군요. 제가 걱정되었습니까?"

"빛 때문에 놀라서 그런 것뿐이에요."

물론 그를 걱정한 것은 맞았다. 황태자가 결투에 힘을 발현시킬 줄은 생각지도 못했으니까. 이럴 때만큼은 내가 그를 아는 만큼 그도 나를 알고 있다는 게 싫었다. 나는 일부러 쌀쌀맞게 굴며 고개를 돌렸다.

"아쉽군요. 우리도 이만 가도록 하지요."

카르텔은 내 차가운 태도에도 팔을 거두지 않았다. 한껏 스산해진 몸을 알기라도 하듯, 그는 걷는 내내 체온이 식은 내 몸을 감싸 안았다. 덕분에 몸을 굳게 했던 한기가 느리게나마 사라져 갔다.

갑작스럽게 진행된 법적 혼인, 이해할 수 없는 황제와 황태자의 태도까지. 머릿속이 엉망으로 꼬였다. 나는 카르텔의 품에 안긴 채 가만히 생각에 잠겼다.

'그 눈빛은 뭐지.'

카르텔이 제가 가두었던 아들이라는 사실을 알기라도 한 걸까. 그것을 떠나서 친자인 황태자를 대하는 태도도 차갑기 그지없었다.

"가자꾸나. 백돼지들 틈에 끼어 있는 것도 곤욕이군."

"……네. 아버지."

카르텔의 안내를 받으며 머리를 굴리는 동안, 나는 어느새 아버지의 곁에 도착해 있었다. 그를 마주하니 반사적으로 입가에 미소가 걸린다.

나는 뻣뻣한 근육을 당겨 자연스러운 가면을 만들고 아버지의 뒤를 따라 나갔다.

아직 퇴장하는 사람이 드물어 복도는 나와 카르텔, 그리고 베논 공작가의 일원들뿐이었다.

"노예가 제법 쓸 만하더구나."

조용한 복도, 아버지의 목소리가 울렸다. 아무렇지 않게 대답하려던 나는 순간 몸이 굳고 말았다. 아까 카르텔의 이름을 부르며 뛰쳐나갔던 장면이 떠올랐기 때문이다.

"그럼요. 제가 직접 고른 자인걸요."

빛에 놀란 나머지 아버지가 보고 있다는 사실을 잊었다. 평이하게 대꾸했지만 긴장으로 속이 쓰려 왔다.

"그렇게 체통 없이 뛰쳐나가다니, 정말 반하기라도 한 거냐?"

역시, 그것을 놓칠 이가 아니었다. 나는 그의 의심에 아무것도 모르는 척, 고개를 기울였다.

"그럴 리가요. 하지만 신중히 고른 인형이라 아까운걸요. 이만하면 데리고 다닐 만한데, 다시 고르기도 힘들잖아요."

투정 섞인 목소리였다. 카르텔은 누가 보더라도 단번에 눈길을 사로잡을 미남이었다. 원작의 플로리아도 예쁜 것을 좋아했으니 이만하면 대답이 되었을까.

아버지의 눈길은 잠시나마 내 목걸이에 머물렀다.

"노예치고 상급이긴 하지."

카르텔을 가만히 훑어보던 아버지는 되었다는 듯 고개를 돌렸다. 그는 지난날 내 행적과 목걸이의 힘을 믿고 있었다.

"네. 이것도 마수의 힘이 깨어난다면 버릴 물건이지만요."

평소보다 풀어진 그의 태도에 긴장하는 것도 잊을 뻔했다. 그의 반응에 만족한 나는 슬며시 아까 있었던 일에 대해 운을 뗴었다.

"그런데 아버지, 아까 보니 황제의 태도가 좀 이상하던데요."

"뭐가 말이냐."

내 물음에도 아버지의 표정은 그대로였다. 저건 질문이 그다지 거슬리지 않음을 의미했다. 나는 평소와 달리 풀어진 그의 틈을 파고들었다.

"황태자 말이에요. 고작 동방의 왕자에게 지고 말았는데, 황제라면 기분이 상해야 마땅한 것 아닌가요? 거기다 뭔가 묘하게……."

나는 말끝을 흐리며 물었다. 패배한 아들을 본 황제는 분명 웃고 있었다.

"큭, 기분 꽤 좋아 보이지 않더냐."

"……네. 맞아요."

아버지는 웃음이 드문 사람이었다. 나는 그의 비틀린 입꼬리를 보며 눈을 깜빡였다.

"황제는 자신을 제외한 누구도 권력을 잡길 원하지 않아."

누구도…… 라니. 아버지의 말을 입안에서 굴려 보던 나는 설마 하는 얼굴로 고개를 들었다.

"마수를 가둬 둔 것도 자신의 명예에 흠집이 나는 걸 염두에 둔 것이지. 그렇다고 현 황태자를 비호하는 것도 아니다. 오히려 눈엣가시인 셈이지."

나는 축약된 설명으로도 아버지가 말하는 바를 깨달았다. 황제는 황태자를 싫어했다. 더 정확히 말하자면 자신의 뒤를 이을 가능성이 있는 모두를 짓누르려는 사람이었다.

'그렇다면…….'

당시의 황후를 유폐시킨 것도, 새로운 황후를 들여 정통성 있는 아들을 낳게 한 것도 모두 자신을 비호하기 위함이란 말이 된다.

직접 결투 판을 깐 것도, 아버지가 이에 별반 신경을 쓰지 않은 것도 이제야 이해가 갔다.

카르텔이 지면 지는 대로 황가의 명예를 세워 줄 것이고, 레이븐이 패배한다면 공작가의 기세가 사는 동시에 황제의 심기를 만족시킬 수 있었다. 어떤 결과가 나와도 손해가 아니었다.

"욕심도 많아라. 어차피 언젠가는 죽을 텐데 우습네요."

나는 속으로 욕을 삼켜야만 했다. 첫 자식을 짐승이라 버린 놈에게 별반 기대는 없었지만, 내 생각보다 더했다.

어차피 황제가 죽으면 누가 되었든 그의 권력을 이을 자는 틀림없이 나타난다. 오직 자신을 중심으로 돌아가는 사람이라니. 구역질이 가시질 않았다.

"……그래. 황제도 언젠가 흙으로 돌아갈 테지."

아버지의 눈에 기묘한 활기가 들어왔다. 그 때문일까. 당연한 말을 들었을 뿐인데 묘한 불쾌감이 엄습했다.

"나는 할 일이 있으니 사흘간 찾지 말도록 해라. 리카엘, 너는 유니콘 근처에 있도록 하고."

"예. 알겠습니다."

아버지는 리카엘의 말에 고개를 끄덕이고는 그대로 몸을 돌렸다.

"원숭이들의 구경거리를 자처하다니. 과시욕도 정도가 있지. 행진이 끝나면 당장 이곳을 떠나겠다."

곧바로 품에서 수첩을 꺼내 보던 그는 짜증 어린 목소리를 내며 홀로 걸어갔다.

"우리도 그만 돌아가도록 하죠."

아버지의 뒷모습을 눈으로 좇고 있을 때였다. 카르텔의 목소리에 정신을 차린 나는 천천히 고개를 끄덕였다.

"그래요. 리카엘 오라버니와 아르덴 오빠도 어서 쉬어요."

이 자리에 라쿠스가 없는 것이 다행이었다. 그는 아버지에게 불려 간 후 방 밖으로 한 발자국도 나오지 않고 있었다. 무슨 소리를 들었는지는 모르겠지만 어차피 알 바 아니었다.

"⋯⋯오라버니들?"

지금 내게 필요한 건 휴식이었다. 얼른 들어가서 쉬고 싶었지만 나의 두 오빠는 시선을 피하기만 할 뿐, 자리에서 움직이지 않았다.

"계속 여기 서 있을 거예요?"

"하지만 플로리아⋯⋯."

내 재촉에 아르덴이 머뭇거리며 나를 불렀다. 불렀으면 말을 해야지. 시간을 주었음에도 그는 더듬거리기만 할 뿐 끝내는 고개를 숙여 버린다.

"아니다. 우린 그만 가 보도록 하지."

"형님."

그런 아르덴을 돌려세운 건 리카엘이었다. 아르덴이 무어라 항의를 하는 것 같았지만, 리카엘은 아무 말도 하지 않고 그를 끌고 사라졌다.

'왜들 저러는 거지?'

이제는 함께 움직이는 사이였지만, 두 오빠는 여전히 나에게 숨기고 싶은 것이 많은 것 같았다.

하루, 그것도 몇 시간 만에 일어난 일들이 너무 많아 머리가 어지러웠다. 이젠 쉴 수 있겠지. 나는 이마를 누르며 내 침실이 있는 방향으로 걸음을 내디뎠다.

"어디 가십니까."

그는 내가 손으로 누르던 이마에 입술을 맞추었다. 그 한 방에 몰려오던 잠기운이 단번에 날아갔다. 이제 둘밖에 남지 않았다고 이러는 건가. 그런데 연기는 왜 계속하고 있는 건지 모를 노릇이었다.

"물론 제 방이죠."

나는 그의 말을 장난으로 치부하기로 했다.

같이 존댓말로 응수하니 카르텔의 입꼬리가 올라갔다. 창으로 들어오는 달빛에 비친 붉은 입술이 오늘따라 요사스러웠다.

"아니죠. 폐하께서 친히 새로운 궁을 내려 주셨는데."

궁? 그의 입술을 홀린 듯 보고 있던 나는 '궁'이라는 단어에 정신을 차렸다.

"잠깐."

슬며시 몸을 뒤로 빼려 했지만, 내 몸은 이미 그의 품속 안이었다. 귀를 깨문 입술 탓에 전신으로 열이 올랐다. 그는 나직이 내 귓가에 속삭였다.

"초야를 치르러 가야지. 내 암컷."

지나치게 달콤한 목소리가 머릿속에 들쩍지근히 달라붙었다. 밀어낼 틈도 없이 뜨거운 숨결이 남은 이성마저 녹여 버렸다.

"그걸 잊어버리다니. 넌 가끔 나한테 정말 못되게 굴어."

"아……!"

그는 벌을 주듯 귓바퀴를 깨물었다. 귀를 깨문 입술은 곧장 아래로 내려가 목덜미를 문질렀다. 살짝 이를 세우며 피부를 긁어내리는 움직임은 수컷이 암컷의 목덜미를 무는 것처럼 노골적이었다.

"……안 잊어버렸어."

나는 변명처럼 중얼거렸다. 느닷없는 결혼에 당황했고, 그는 어떻게 반응할까 속으로 생각했었다. 하지만 이렇게 바로 밀어붙여 올 줄이야.

"그래? 정 그렇다면 믿어 보지."

그는 심술궂게 말하며 내 입술을 삼켜 버렸다. 열린 틈에 서로의 숨이 섞여 들었다. 그와 입을 맞춘 건 처음이 아니었다. 그러나 몸을 겹치고, 함께 체온을 나누는 건 꿈에나 나올 법한 일이라 생각했었다.

'내가 그걸…….'

은연중 떠오른 상상에 얼굴이 붉어졌다. 카르텔의 몸이 어떻게 생겼는지 알고 있다. 근육으로 뒤덮인 육체는 손가락으로 아무리 눌러도 자국 하나 남지 않을 테지.

그의 목덜미를 끌어안고 숨을 섞으며 서로의 피부에 흔적을 남길 것이다. 그것을 상상하는 동안 느릿하게 입술이 떨어졌다.

"무슨 생각을 하는 거지?"

"……아무, 생각도."

사나운 목소리에 달콤한 상상이 사라졌다. 키스하는 중에 그의 목소리를 삼켜 버린 것일까. 달구어진 돌을 삼킨 듯 뱃속이 아려 왔다. 내 반응을 알아차렸는지, 카르텔이 눈꼬리를 가늘게 휘었다.

"부끄럽습니까, 부인?"

"웃!"

흐르듯 움직인 입술이 쇄골을 깨물었다. 따끔한 느낌에 고개가 뒤로 젖혀지며 다리에 힘이 풀렸다. 그는 내 허리를 끌어안고 복도 벽에 기대게 만들었다.

"그렇게 부르는 건⋯⋯."

할 수 있는 말은 그뿐이었다.

아치형 창문으로 달빛이 스몄다. 나는 빛을 피하기 위해 고개를 돌렸다. 그렇지 않고서는 붉어진 얼굴을 들킬 것만 같았다.

"내 것을 부르는 호칭 정도는 내가 결정하고 싶은데."

그의 목소리에 웃음이 섞여 있었다.

어둠에 감각이 예민해진 탓일까. 피부를 부드럽게 매만지는 손길이 다른 느낌으로 다가왔다.

입고 있는 건 얇은 드레스가 고작이다. 그마저도 피부에 틈 없이 달라붙는 디자인이었다. 손길이 허리를 매만지고 등을 쓸어내릴 때마다 몸이 움찔거린다. 부드러운 자극에 앓는 소리를 낼 것만 같았다. 나는 입술을 꾹 깨물었다.

"훗⋯⋯ 카르⋯⋯."

"입 벌려."

그마저도 용인되지 않았다. 긴 손가락이 내 입술을 벌리고 안으로 들어왔다. 고여 있는 음이 밖으로 빠져나갔다. 입천장을 긁고 안을 누르던 손가락이 느리게 빠져나갔다.

"더 들려줘."

낮은 목소리에 깊은 소유욕이 묻어났다. 툭 튀어나온 목젖 위로 으르렁거리는 듯한 소음이 일었다.

"나는 인간보다는 짐승에 가까워."

그는 이로 아버지의 목걸이를 깨물고는 보이지 않게 뒤쪽으로 넘겨 버렸다.

예민한 피부에 붉은 자욱이 하나둘 피어난다. 쇄골부터 드레스 위로 봉긋하게 솟아오른 가슴까지. 결국에는 그가 피운 꽃으로 덮여 버렸다.

"사고가 인간과 같을 수는 없지. 그렇지만 네가 인간이니까."

내 몸 위에 그려진 화폭은 내 이성을 점멸시켰다. 그의 체온이 옮겨붙을수록 이곳이 어디인지 알 수 없어졌다.

"네가 원하는 대로 결혼은 성사되었어. 그러니 너를 내게 줘."

구름이 지나가고 미묘히 기운 달빛이 나와 카르텔을 환하게 비추었다. 어둠이 걷히자 그의 얼굴이 보였다. 그는 당장이라도 나를 전부 삼켜 버릴 것만 같았다.

나는 어색하게 흐르는 침묵을 참지 못하고 고개를 끄덕였다. 내 대답이 만족스러운 듯 기분 좋은 목 울림이 들려왔다.

"다른 새끼가 이런 순간을 결정지었다는 사실이 짜증 나긴 하지만."

사나운 말투와는 다르게 그의 목소리는 나를 유혹하듯 젖어 있었다. 카르텔이 말한 대로, 오늘의 그는 인간보다 짐승에 가까워 보였다.

"여기서 널 먹어 치울 순 없으니. 내일 데리러 오지."

달빛을 등에 진 카르텔이 내 입술에 입술을 문질렀다. 그의 표정은 무언가를 참는 듯 허기져 보였다. 포만의 욕구를 누르는 짐승은 나를 소중하게 어루만졌다.

"그러니까 말해. 너를 나에게 주겠다고."

카르텔은 내 입으로 사랑을 말하길 원하고 있었다. 나는 그가 바라는 것이 무언지 안다. 그건 내 몫이 아니라는 것도 안다. 그러나 내 욕심은 거기서 그칠 만한 것이 못 되었다.

"……좋아."

그의 말대로 나는 못돼먹은 여자였다. 나는 그의 목을 끌어내려 자그맣게 속삭였다.

"나를 줄게."

* * *

　연회의 밤이 끝난 시점의 황성은 고요했다.

　정예 기사들이 지키는 본궁의 가장 깊은 곳, 등이 빛나는 방 안으로 두 사람의 그림자가 일렁였다.

　"늘 네가 모자란 놈이라 생각했지만, 황가에 먹칠까지 할 정도로 머리가 빈 줄은 몰랐구나."

　"……송구합니다."

　레이븐은 황제 산트쿠스의 말에 묵묵히 머리를 조아렸다. 그로서도 변명할 거리가 없었다.

　"그냥 진 것도 모자라 신의 힘까지 사용해?"

　"……송, 구합니다."

　엄청난 압력이 레이븐의 어깨를 눌렀다. 그는 압력을 견디다 못해 바닥에 무릎을 꿇었다. 뼈가 어긋나고 속에서 피가 터지는 고통이었다. 레이븐은 제 무릎을 노려보며 이를 악물었다.

　'빌어먹을 황제.'

　욕설이 목 끝까지 넘어왔다.

　대외적으로 산트쿠스 황제는 성군으로 알려져 있었다. 그리고 아들에게 그 온화함을 물려주려 무던히 노력하는 아버지상이기도 했다. 하지만 그건 모두 연극일 뿐, 황제와 레이븐은 서로를 고문하는 관계였다.

　산트쿠스는 완벽주의자였다. 그는 제 주변에 있는 모든 것을 완벽하게 만들어 스스로를 빛나게 했다. 거기에 있어서 레이븐은 진짜배기 부속품이자, 언젠가 자신의 모든 것을 가져갈 기생충이었다.

　'저놈이 죽기를 기다렸다간 내가 먼저 죽을 것이다.'

　레이븐의 눈에 살의가 넘쳐흘렀다.

황제는 절대 제 손을 더럽히지 않았다. 그를 대신할 이들은 넘쳐흘렀다. 황비와 후궁이 낳은 자식들을 시켜 레이븐의 음식에 독을 탔으며 기사를 부려 실수처럼 그를 낙마시켰다. 사냥 대회에서는 화살이 머리 옆으로 지나가길 여러 번이었다.

모두 아슬아슬하게 목숨을 지킬 수 있었다.

살기 위해 황제에게 긴 것도 여러 번, 이제는 다른 힘이 필요했다. 그의 아래에서 숨만 쉬기보다, 그것에 대적할 만한 힘을.

'마도학.'

신의 제국에서 부정하다 하지만 다른 의미로 인정해야만 하는 강력한 힘. 마도학을 가져야만 했다. 그것도 황제의 눈을 피해서. 그러기 위해서는 마도학의 우두머리 베논 공작을 포섭해야만 했다. 직접적인 방법보다는 우회하는 게 좋았다. 그 대상이 바로 플로리아였다.

'그런데…….'

갑작스레 나타난 약혼자란 놈이 계획을 모두 망쳐 놓았다. 그러니 놈을 떼어 놓아야만 했다.

황제는 의심이 많으니 그 심리를 건드려 판을 벌이는 데까지는 성공했다.

결투를 가장하여 최소 놈을 불구로 만들면, 플로리아도 약혼을 무를 수밖에 없을 것이라 믿었다.

'겨우 소국의 혈통이 끼어들어서는.'

처음 만났을 때부터 평범한 자는 아니라고 판단했다. 하지만 기껏해야 작은 나라의 왕자. 결투에 임하기 전에는 자신이 수세에 몰릴지도, 신의 힘까지 사용하게 될 줄도 몰랐다.

검은 자신이 준비했고, 놈에게 준 검은 양쪽 다 날이 무뎌져 나뭇가지 하나 베기 어려운 것이었다.

아주 쉬운 판이었다. 그렇게 믿고 있었다.

놈이 독특한 검술을 사용해도 그저 보여 지는 수작이라고만 생각
했다.

'무딘 검으로 무엇을 할 수 있다고.'

그러나 상황은 금세 뒤집혔다. 자신이 든 검으로는 놈의 것을 부러
트릴 수 없었다. 뒤로 물러날수록 식은땀이 흘렀다. 조금만 더 뒤로
가면 결투장과 밖을 구분 짓는 선을 넘게 된다.

'그전에 밀어붙여야⋯⋯!'

힘을 쏟아부어 검을 밀쳐 내려던 순간, 놈과 눈이 마주쳤다.

'⋯⋯.'

섬뜩한 금안이 자신을 굽어보았다. 분명 제 앞에 있는 건 사람이건
만, 거대한 괴물을 앞둔 것 같은 착각이 들었다.

본능이 고했다. 저놈은 인간이 아니라고. 그 순간, 빛의 이능이 멋대
로 발현됐다. 살아야 한다는 본능이 이성을 앞선 것이다. 그리고 빛이
멎었을 때, 자신은 살아 있었다. 자존심과 승을 버린 보상이었다.

"행진 때는 실수가 없도록 해라."

"⋯⋯물론입니다."

어깨를 짓누르던 고통이 사라졌다. 레이븐은 숨을 헐떡이려던 것을
가까스로 참으며 고개를 조아렸다.

자신이 가진 이능은 힘보다는 보여 주기식 마법에 가까웠다. 빛의
원소는 신의 날에 가장 대우받았다. 밝고 아름다운 빛은 신의 것이라
하기에 부족함이 없었다. 하지만 자신의 힘이 어떤 혈통에서 나오는
지 알고 있기에 평민들의 반응이 우스울 뿐이었다.

"그만 물러가라."

축객과 다를 바가 없었다. 그러나 지금 나간다고 해도 그놈에 대해
서는 말해야만 했다.

"폐하, 그놈은……."

"이미 달의 궁에 감시를 붙여 놓았다."

답해 주기도 아깝다는 듯 싸늘한 말과 함께 꺼지라는 손짓이 붙었다. 그것을 본 이상 더 말을 붙일 수는 없었다. 레이븐은 뒤로 돌아 방을 빠져나왔다.

"빌어먹을!"

쨍그랑—!

간신히 분을 삼킨 채 자신의 궁으로 돌아온 레이븐은 주먹으로 창문을 내리찍었다. 피가 흐르고 유리 조각이 박혀 들었지만 고통도 그의 화를 식혀 주진 못했다.

"놈의 정체를 밝혀야 한다."

소국의 왕자? 말도 안 되는 헛소리였다. 플로리아, 그 계집이 작정하고 괴물을 데려온 것이 분명했다.

적막한 방 안이 살의로 넘실거렸다.

* * *

다섯 번째 연회 날.

저무는 태양 옆으로 희미한 모습의 달이 보였다. 조금만 있으면 남색 빛이 퍼져 하늘을 온통 검게 물들일 것이다. 그리고 밤의 주인인 달을 더욱 환하게 비추어 주겠지.

오늘 밤은 연회에 참석하지 않아도 되었다. 나는 시시각각으로 변하는 하늘을 보며 누군가를 기다리는 중이었다.

"아가씨, 궁 앞에 마차가 도착했어요."

"……그래."

그가 도착한 모양이었다.

나는 시녀의 말에 창턱에서 내려왔다. 시녀는 내 머리 위로 하얀 베일을 씌워 주었다. 섬세한 레이스와 알알이 박힌 다이아몬드는 새하얀 이브닝드레스와 잘 어울렸다.

한 걸음, 한 걸음을 내디딜 때마다 심장이 쿵쿵 뛰는 것이 느껴졌다. 최대한 느리게 걸었는데, 어느새 궁 입구가 보였다.

"……."

지는 노을을 배경으로 둔 거대한 마차. 그 앞에는 카르텔이 서 있었다.

"데리러 왔습니다."

내밀어진 손 위로 내 손을 올렸다.

'여기가 달의 궁이구나.'

검은 밤, 거대한 호수 중앙으로 인공섬이 떠 있었다. 다리를 건너 섬에 도착하면 새하얀 대리석으로 세워진 궁전을 만날 수 있었다.

궁 주변을 둘러싼 달맞이꽃이 바람에 따라 살랑거린다. 머리 위에 떠 있는 달은 아래를 내려다보는 듯 호수를 은은한 빛으로 물들였다.

나는 작은 감탄사를 터트렸다. 과연, 왜 이곳이 달의 궁이라 불리는지 알 것 같았다.

"이리와."

그는 손을 잡은 채 다리 위로 나를 안내했다. 느릿하게 움직이는 동안 나는 우리가 달빛 사이를 유영하는 것 같다고 생각했다. 조금은 터무니없는 상상에 웃음이 났다.

"여기가 마음에 들어?"

"응. 예쁜 곳이네."

황제가 내어 준 곳이라 긴장했던 것이 무색하게도, 달의 궁은 소문 이상으로 아름다웠다.

그는 내 웃음소리가 마음에 든 듯 잘게 따라 웃었다.

달을 품은 호수도, 은은하게 빛나는 달맞이꽃도 모두 꿈결 같았다.

"원래는 내 어미의 궁이었어."

"이곳이?"

그의 말에 걸음을 멈췄다.

레티아 황후는 우아한 외모와 고운 심성을 가진 여인이라 들었다. 특유의 지혜로움으로 수로 공사의 문제를 해결한 그녀의 일화는 모르는 사람이 없을 정도였다.

그녀가 이곳의 주인이었다니. 무척 잘 어울린다는 생각이 들었다.

"그래. 내가 태어난 후로는 아니지만……, 이곳의 기억은 어미에게 받았지."

그는 궁의 입구에 멈춰 섰다. 배 속에 있을 때의 일을 모두 기억한다고 했으니 이곳도 알고 있을 것이다.

나는 레티아 황후에 대한 것을 더 떠올려 보려고 애썼다. 카르텔은 생각하지 않아도 된다는 듯 내 이마에 입을 맞췄다. 그리고는 붙잡은 손안에 무언가를 쥐여 주었다.

"……이건."

금속의 느낌이 이질적이다. 금색 체인으로 연결된 목걸이에는 반투명한 보석이 걸려 있었다.

"월석이야. 어미가 늘 걸고 있던."

나는 손톱만 한 보석을 검지로 문질러 보았다.

월석은 수정에 달빛을 쬐어 만드는 희귀한 보석이다. 최소 십 년 이상 일정한 조건에 맞추어 달빛을 받게 해야 하기에 구하려 해도 쉬이 가질 수 없는 것이었다.

또한 월석에는 착용자를 수호하는 힘이 있었다. 어쩐지 가슴 안쪽이 간질거렸다. 나는 그것을 티 내지 않으려 다른 것을 물었다.

"여기서 찾은 거야?"

"기억이 났거든. 너한테 주고 싶었어."

그는 고개를 끄덕이며 목걸이를 다시 가져갔다. 내 목에 걸어 주려던 손이 허공에서 멈춘다. 이미 걸려 있는 아버지의 목걸이 탓이었다.

"……조금만 있으면 벗을 수 있겠지."

카르텔은 위로하듯 내 목덜미에 입을 맞추었다.

월석 목걸이는 내 손목에 채워졌다. 얇은 체인을 조절해 두어 번 감아 두니 처음부터 팔찌였던 것처럼 어색함이 없었다.

"응. 조금만, 조금만 있으면."

나는 그의 말을 따라 하며 손목을 문질렀다.

월석 목걸이는 걸려 있다는 느낌이 들지 않을 정도로 가벼웠다. 하지만 이에 담겨 있는 감정의 무게는 말로 표현할 수 있는 것이 아니었다.

그의 손이 하얀 베일을 벗겨 냈다. 나는 가만히 눈을 감고 그의 입술에 입을 맞추었다.

"……고마워."

가벼운 입맞춤의 끝은 짙었다. 아랫입술을 빨아 당긴 뒤, 틈을 가르고 들어온 혀가 안에 있는 모든 것을 맛봤다.

그는 입술을 떼지 않고 나를 안아 들었다. 눈을 감고 그의 입술을 받아들이느라 그가 어디로 가고 있는지 알 길이 없었다.

"아……."

카르텔이 나를 내려놓은 곳은 커다란 침대 위였다. 그의 등 뒤로 보이는 천장이 나를 사로잡았다. 거대한 유리 돔 안으로 스며든 달빛이 내 몸 위로 쏟아져 내렸다.

"이래서 달의 궁이라고 하더군."

카르텔은 놀란 얼굴이 재미있다는 듯 내 뺨에 입을 맞추었다. 그는 나른한 짐승처럼 느긋해 보였다. 월석이 걸린 내 손목을 깨물고 꽃잎 자국을 내는 움직임까지도 느릿했다. 나는 그것이 태연함을 가장한 소유욕이라는 것을 알았다.

"참지 않아도 괜찮아."

내가 이런 말을 하게 되다니. 어쩐지 웃음을 참을 수가 없었다. 나는 짐승을 어루만지듯 그의 머리카락을 가만가만 쓰다듬었다.

"……내 부인은 먹이를 줄 때를 너무 잘 알아."

그는 단번에 단정한 신사의 가면을 집어던졌다. 선명한 금안이 정욕으로 들끓고 있었다. 이래야 내 짐승이지. 나는 작게 키득대며 그의 목을 끌어안았다.

입술이 조급하게 닿아 왔다. 이브닝드레스의 어깨 부분이 팔 아래로 떨어졌다.

"예뻐. 미쳐 버릴 정도로."

그는 짓씹듯 말하며 부드러운 피부를 쓰다듬었다. 분명 참지 않아도 된다고 했는데. 사납게 으르렁거리면서도 손길만은 다정했다. 긴 손가락은 내 뼈마디 하나하나를 섬세하게 매만졌다. 온몸이 악기가 된 기분이었다.

매끄러운 목덜미와 쇄골, 봉긋한 가슴 아래로 오목한 배가 드러났다. 이브닝드레스는 어느새 침대 위에 나뒹굴고 있었다.

달빛에 하얀 살결이 반사됐다. 나만 보여 주는 것이 억울해 손을 뻗으니 낮은 웃음소리가 들렸다.

카르텔은 셔츠의 단추가 거추장스러운 듯 옷을 뜯어내다시피 했다. 단추가 사방으로 튕겼지만 덕분에 그의 상체가 고스란히 드러났다. 군살 하나 없는 상체는 그 자체로 아름다운 조각품 같았다. 나는 팔을 뻗어 그의 가슴에 손을 올렸다. 뜨거운 체온 밑으로 심장 박동이 거칠게 뛰는 것이 느껴졌다.

'나와 같아.'

뜨거운 체온, 똑같은 체향과 피부의 감촉까지. 현실의 그와 다를 바가 없다. 아찔한 충족감이 폐부 깊숙이 스며들었다.

카르텔을 가졌다는 사실에 심장이 견딜 수 없을 만큼 뛰었다. 어떻게든 이 감정을 숨기려 안달했던 지난날이 떠올랐다. 반대로, 지금은 이 떨림을 그가 알아주길 원했다.

"자극하지 마."

짐승이 으르렁거리며 위협을 가했다. 그의 혀가 내 목덜미를 길게 핥았다. 간지러운 느낌보다는 뜨거워 몸을 비틀게 된다. 이미 진득하게 남긴 꽃 점이 지워질세라, 하나하나 세기는 모습이 신중하다.

"훗······!"

그의 손아귀가 봉긋한 가슴을 잡아 쥐었다. 그것은 말캉한 가슴을 살살 주무르면서도 오뚝하게 올라온 유두를 손가락 사이에 쥐어 비비기도 했다.

허리가 저절로 들리며 비틀렸다. 입술이 토해 내는 신음은 곧 그의 입안으로 삼켜지고 말았다. 나는 파르르 떨리는 눈꺼풀 아래로 그를 보았다. 정욕으로 젖은 눈가에 내가 깃들어 있는 것이 좋았다. 나는 옅게 웃음 짓고 말았다.

커다란 손이 갈비뼈 아래를 누르고 허리선을 타 아래로 내려갔다. 부드러운 움직임에 취해 있던 몸이 딱딱하게 긴장한다.

목덜미를 지분거리던 입술이 가슴을 지나 장골에 머물렀다. 붉은빛이 도는 수풀이 신비롭다는 듯 그가 숨을 내뱉었다. 움찔, 다리가 모아졌다. 뜨거운 숨결이 가장 예민한 곳을 스친 탓이다.

두 손이 겹쳐진 무릎을 열었다. 허벅지가 느릿하게 벌어진다. 빈틈을 노린 카르텔이 다리 가운데 몸을 밀어 넣었다.

날카로운 콧대가 수풀에 닿았다. 부드럽게 비비던 그것은 아래로 내려갔다. 콧대가 주름을 열고 들어왔다. 레이스를 닮은 주름이 벌어지며 고여 있던 액이 흘러내렸다.

"흐읏······!"

"달아."

흐르는 액을 혀로 받아먹었다. 고양잇과 특유의 도돌도돌한 혓바닥이 가장 예민한 곳을 문지르고 있었다. 추읍, 액을 빨아 먹는 소리가 요란하다. 입구가 뻐끔거리며 젖어 들었다. 그건 마르지 않는 샘이었다.

"······아!"

유려하게 뻗은 손가락의 끝이 입구를 문질렀다. 이내 한 마디가 입구를 찔러 들었다. 느릿하게 진입한 손가락이 굽어졌다. 하나 그리고 둘. 젖은 안쪽을 유영하던 손가락이 기어코 도톰하게 부푼 지점을 찔렀다.

"······흐, 읏! 아, 카르······!"

한순간 머릿속에 섬광이 스치고 지나갔다. 나는 카르텔의 어깨를 꽉 쥐며 도리질 쳤다. 그러나 이제 시작이었다. 녹진하게 풀어진 안을 두 손가락이 가위질하듯 벌리며 빠져나갔다.

어느새 내 몸 위에는 카르텔이 올라와 있었다. 끌러진 바지 안쪽에서 뜨거운 것이 퉁 하고 튀어나왔다. 검붉은 색의 그것은 흉흉하게 부풀어 있었다.

그는 괜찮다는 듯 곳곳에 입술을 문질렀다. 위는 상냥했으나 질 주름을 비비는 그것의 움직임은 아니었다.

모든 게 처음인 행위였다. 머릿속이 핑글핑글 도는 것만 같았다.

하지만 이것이 끝이 아니라는 것을 안다. 멈추고 싶지 않았다. 나는 그의 목을 감은 팔에 힘을 주었다.

"······정말, 넌 나를 조련하는데 타고났어."

그는 제 목에 감긴 감각이 어처구니없다는 듯 웃음을 터트렸다. 그 웃음이 무색하게도, 그는 곧이어 내 목을 강하게 깨물었다.

"잠, 깐⋯⋯!"

"분명 자극하지 말라고 했지."

질구를 비비며 문지르던 끄트머리가 안으로 파고들었다. 뭔가에 걸리기라도 한 듯 진입이 어려웠다. 고였던 눈물이 뺨을 타고 흘렀다. 그 순간 폭, 일련의 소음과 함께 귀두가 안으로 박혔다.

상냥한 가면은 없었다. 지독한 독점욕과 정염으로 가득 찬 맹수만이 내 위를 지배하고 있을 뿐이다.

허리가 저릿거리는 동시에 아래가 열렸다. 그건 길이었다. 수컷을 품어 내기 위한 품 안의 길.

잠시간 숨을 멈추었다가 허덕이며 공기를 갈구했다.

카르텔은 천천히, 아주 천천히 안으로 밀고 들어왔다. 느릿한 결합에 시간이 멈춘 듯했다. 분명 고통스러웠다. 그러나 고통 이상으로 내 몸을 잠식하는 것은 용광로와 같은 뜨거움이었다. 배 안이 빠듯하게 들어찬 것 같았다.

"흐윽⋯⋯! 아, 응!"

잠시 멈추어 있던 것이 뒤로 물러났다. 귀두가 입구에 걸림과 동시에 다시 안으로 치고 들어온다. 신음이 입 밖으로 튀었다. 장기가 위로 밀려 올라가는 듯했다. 그러나 그 안에서도 쾌락의 빛은 천둥처럼 번뜩이고 있었다.

"⋯⋯미치겠군."

"아, 카르⋯⋯ 으, 흐윽⋯⋯!"

신음과 울음이 뒤섞였다. 난장이었다.

카르텔이 거친 숨을 토해 냈다. 나는 묵직한 고통에 눈가를 적시면서도 그의 뺨을 쓸어내렸다.

둔통과 함께 뜨거운 액체가 거친 파도처럼 밀려들었다. 자꾸만 힘이 풀려 그를 안은 팔이 아래로 떨어졌다. 카르텔은 내 손목을 훑어 올리고는 두 손을 포개어 침대 위로 고정했다.

모든 것이 태초로 돌아가고 있었다. 이 순간만큼은 아무것도 생각하고 싶지 않았다. 마침내 그 끝에 다다른 순간, 우리는 완전한 하나가 되었다.

"……리아."

그는 머리카락을 넘겨 주며 다정하게 내 이름을 불렀다. 나는 아무 말도 하지 않고 뜨거운 품을 파고들었다. 달이 기울고 별이 지며 아름다운 새벽빛이 하늘을 적셨음에도 우리는 떨어지지 않았다.

남의 것을 빼앗은 계집애라 손가락질당해도 좋았다.

그의 가슴에 뺨을 대니 두근거리는 울림이 전해져 왔다. 계속, 계속 듣고 싶었다.

"……카르텔."

나른하게 그의 이름을 토해 낸 나는 천천히 눈을 감았다.

* * *

"……카르, 텔."

"응. 리아."

하루가 어떻게 흘러갔는지 기억나지 않았다. 눈을 뜨면 그가 있었고, 그는 내가 깨어나는 것을 기다렸다가 곧장 입을 맞추어 왔다.

방 문은 카르텔에 의해서 하루 세 번 열렸고, 방 밖에 준비된 음식을 들인 후 곧장 닫혔다.

나는 흐린 정신으로 그가 입에 대주는 음식을 받아먹었다. 요 며칠간 바닥에 발을 디디지도 못했다. 대부분은 침대 위에 있었고, 욕실로 이동할 때도 나는 그에게 안겨 있었다. 물론 몸만 씻지 않았다.

"······조금만, 쉬어."

내 목소리는 잔뜩 갈라져 있었다.

'안 아픈 곳이 없다는 게 이런 거구나.'

나는 움직이지도 못하고 몸을 축 늘어뜨렸다. 카르텔은 그마저도 좋은 듯 내 목에 입을 맞추기 바빴다. 그르릉. 그릉. 기분 좋게 목을 울리는 그는 한 마리의 짐승이었다.

"······."

그 울림을 듣고 있으면 아픈 몸이 나른하게 풀어지는 것 같았다. 나는 조심스레 고개를 돌려 내 짐승의 머리카락을 가만가만 쓰다듬었다. 그리고는 암전.

내가 정신을 차렸을 때는 행진이 이틀 남은 밤중이었다.

"아직 이틀이나 남았는데."

"준해야지."

내가 옷을 입은 게 불만인지, 카르텔이 뒤에서 나를 안아 왔다.

말이 이틀이지, 아버지에게 불려 갈 가능성이나 준비를 생각한다면 내일부터는 정신을 차리고 있어야 했다.

가장 문제인 건 욱신거리는 몸과 낙인처럼 찍힌 붉은 자국이었다. 목덜미나 팔 등 가릴 수 없는 곳까지 빼곡했기에, 지우려면 약초를 써야 할 것 같았다.

"아쉽게."

"뭐가."

내가 꽃 점을 문지르니 그가 더 달라붙어 왔다. 눈치 빠른 짐승은 자신이 만들어 놓은 자국을 지우러 간다는 걸 알아차렸다.

나는 가볍게 몸을 틀어 그의 품에서 벗어났다.

"잠시 나갔다 올게."

한창 달이 뜬 시각이었다. 달맞이꽃들을 빌어 몸을 어느 정도 회복해 놓아야 할 것 같았다. 그는 불만에 차 있었지만 쉬이 보내 주려는 듯 팔을 거두었다. 지은 죄가 있으니 당연히 그래야지, 하고 밖으로 나가려던 차다.

"잠깐만."

그의 부름에 고개를 돌렸을 때는 이미 카르텔의 품속 안이었다.

"금방 나갔다가 온다……."

투정을 부리려는 건가 싶어 돌아본 그의 표정은 싸늘하게 식어 있었다. 그는 감각을 예민하게 세운 채 주변을 훑고 있었다. 뭔가가 있는 건가? 덩달아 긴장하던 순간, 빛이 들지 않는 곳에서 그림자가 갈라졌다.

"흠. 늑대 새끼군."

"뭐?"

작게 중얼거린 카르텔은 혀를 차며 나를 놓아주었다.

늑대 새끼라니, 설마…….

"리아!"

어둠을 찢고 나온 벨루스가 환히 웃었다. 곧이어 그의 뒤로 다른 사내가 마저 빠져나왔다. 언제 그랬냐는 듯, 그림자는 다시 평범한 어둠으로 돌아갔다.

"……벨루스? 여긴 어떻게."

나는 헛것이라도 본 듯 눈을 깜빡였다. 벨루스는 큰 덩치로도 쪼르르 달려와 나를 품에 끌어안았다. 얼마나 반가웠는지 꼬리까지 살랑이는 통에 나는 몸만 큰 아이를 마주 안아 줄 수밖에 없었다.

"밤이잖아. 그림자를 통해서 몰래 들어왔지."

어둠을 다루는 벨루스의 능력은 수준급이었다.

아무리 그래도 그렇지. 내가 어디 있는지도 모르면서 이렇게 깊숙한 곳까지 찾아올 줄은 몰랐다.

"······가만, 이 새끼는 왜 여기 있는 거야?"

그의 등장에 당황한 순간이었다. 뒤늦게 카르텔을 발견한 벨루스가 눈에 불을 켜고 그를 노려보았다. 으르르르, 늑대 특유의 송곳니가 날카롭게 튀어나와 상대를 위협했다.

"벨루스. 그만해야지."

"하지만······."

엄히 말하니 금방 꼬리를 축 늘어트리고 만다. 커다란 덩치로도 이러는 통에 좀처럼 화를 낼 수가 없었다. 그나마 바로 덤비지 않은 게 다행이라고 해야 할까.

"······."

잠시 카르텔을 돌아보니 화가 난 얼굴은 아니었다. 그저 강아지 정도로 취급한 것 같았다.

'다행히······ 잠깐.'

안심하며 고개를 돌리려던 나는 불현듯 떠오른 기억에 목을 가렸다. 내 몸에는 그가 남긴 흔적들이 가득했다. 아무리 성인이 된 지 얼마 안 되었더라도 붉은 자국이 무언지 모르지 않을 것이다.

"리아, 왜 그래? 목이 아파?"

"아, 아니. 그냥 좀 쌀쌀해서."

다급히 지어냈지만 통하지 않을 변명이었다. 목만 가린다고 해서 될 것이 아니었다.

나는 벨루스가 폭주할 것을 대비해 미리 마력을 끌어올렸다. 그러나 벨루스는 잠잠했다.

"리아? 오늘 좀 이상해. 혹시 저 새끼가 무슨 짓 했어?"

"······쓥, 그러지 말랬지."

반사적으로 꾸짖으니 끼잉, 소리를 낸다. 평소와 다름없는 모습이었다.

'혹시, 안 보이는 건가?'

나는 조심스럽게 목을 감쌌던 손을 내렸다. 벨루스는 나에게 혼이 날까 봐 손만 꼼지락거릴 뿐, 전과 달라지지 않았다.

이게 어떻게 된 거지. 슬그머니 눈만 돌리니 카르텔이 키득거리고 있는 것이 보였다. 뭔지는 몰라도 벨루스의 눈에는 보이지 않게 해 둔 것 같았다.

"······안 혼낼게."

미리 말이라도 해 주면 좀 좋을까. 나는 한숨을 내쉬고는 벨루스의 머리를 쓰다듬었다. 아이는 고작 그것만으로도 기뻐하며 고개를 치켜 들었다.

"벨루스. 이종족들은 다 어쩌고 온 거야?"

"걱정 마. 숲에 있어. 아무도 건드리지 못하게 술식까지 걸어 놓고 왔다고."

벨루스는 자신만만하게 대답했다. 마력석으로 술식을 짜는 기술은 벨루스만큼 뛰어난 이를 보기 힘들었다.

이렇게까지 말하는데 믿어도 되겠지. 나는 이종족들이 무사한 것에 안심하며 질문을 던졌다.

"무슨 일이라도 있는 줄 알았잖아. 그리고 저 늑대족은 왜······."

나는 그림자에 서 있는 늑대족을 향해 고개를 돌렸다.

커다란 키에 무뚝뚝한 얼굴, 라쿠스에 의해 고문당했던 사내는 가만히 나를 지켜보고 있었다.

"······저놈이 리아한테 전할 말이 있다고 난리를 쳤단 말이야! 만나지 못하면 자살해 버리겠다고 막······."

벨루스는 억울함이 뚝뚝 떨어지는 얼굴로 호소했다. 평소라면 죽든지 말든지 내버려 두었을 테지만, 이종족들을 반드시 지켜 내라는 내 명령 때문에 애를 먹은 듯싶었다.

'자살이라니.'

나는 어이가 없는 말에 늑대족을 노려보았다. 다시 보아도 표정 없는 얼굴은 그런 협박을 할 이로 보이지 않았다. 대체 무슨 할 말이 있기에 죽어 버린다는 말까지 했단 말인가.

"저, 늑대족……이라고 계속 부르기엔 좀 그러네요. 이름이 뭔가요?"

"……아카노르다."

그림자에 가려져 있던 사내가 나를 향해 다가왔다. 여기저기 상처가 있고 옷이 넝마에 가깝기는 했지만, 실험탑에서 봤던 모습보다는 나아 보였다.

아카노르는 가족을 지켜야 한다며 그 모진 고문을 견뎌 냈다. 그런 자가 고작 나를 만나겠다고 목숨을 걸다니. 우선 이야기를 들어 봐야 할 것 같았다.

"그래요. 아카노르. 할 말이 뭐죠?"

나는 탑에서처럼 팔짱을 끼고 물었다. 그는 계획 외의 사람이었으니, 상냥하게 굴 필요는 없었다.

"너, 우릴 죽일 생각이 없더군."

"……."

아카노르는 강한 확신을 품고 있었다.

썩 좋지 않은 자리에서 만난 것이 이번을 포함해 벌써 세 번째였다. 그에게 실험탑에서 약간의 도움을 베풀긴 했지만 그것만으로 확신을 품을 수는 없을 텐데, 왜 저런 생각을 하는 걸까 의문이 들었다.

"그게 무슨 소리인가요?"

"나는 마도탑으로 가는 길을 안다. 거기 들어가기 직전에 탈출했었으니까. 뭐, 다른 놈에게 잡혀 이상한 곳으로 끌려가기는 했지만."

아카노르의 말에 내 눈이 커다랗게 뜨였다. 마도탑에 들어간 실험체는 죽기 전까지 빠져나올 수 없다. 하지만 아직 들어가기 전이라면 승산이 있다. 아주 극한의 확률이기는 하지만.

그는 내 표정을 보며 눈을 부드럽게 굽혔다. 그 변화는 나를 더욱 놀라게 만들었다.

"처음엔 마도탑으로 가는 줄 알았지. 그런데 점점 엉뚱한 곳으로 빠지더니, 아예 우리를 숨겨 버리더군."

"……재미있는 말씀을 하시네요."

태연한 척 대꾸했지만 사실은 그의 말이 맞았다. 나는 벨루스와 이종족들을 실험탑으로 보내지 않았다. 대신 깊숙한 숲속에 몸을 숨기게 했을 뿐이다.

이종족들은 그런 사실을 모르고 벨루스의 뒤를 따랐을 것이다. 나 역시 그것을 알아차릴 이가 나올 줄은 생각지 못했다.

"정말 아니라면 고작 죽는시늉을 한 정도로 나를 여기까지 데려오지는 않았겠지."

그렇게까지 말하니 더는 할 말이 없었다. 나는 표정을 풀어내고 눈을 마주치며 물었다.

"그래서요? 다 아는 판에 거기 가만히 있으면 되었을 텐데요."

정말로 죽이지 않을 거란 확신이 있다면 얌전히 머물러 있는 게 옳았다. 괜히 이곳저곳 찌르고 다니다가 잘못될 수도 있으니까.

내 말에 잠시 머뭇거리던 그는 결심한 듯 입을 열었다.

"……전에 내가 푸른 새를 아느냐고 물었었지."

"그랬죠."

그 뜻이 궁금해 여러 서적을 뒤져 보았지만 별 소득은 없었다. 뭔가 중요한 뜻 같기는 했는데, 그 뜻을 알 수 없어 마음에 남았던 참이었다.

"나는 낙원으로 가기 위해 왔다."

"낙원……이라뇨?"

아카노르는 진지한 얼굴로 동화 같은 이야기를 아무렇지 않게 했다.

"내 고향은 대륙의 북쪽이다. 십 년 전만 해도 사람의 손길이 닿지 않았지만, 지금은 아니지."

나는 가만히 그의 말을 들었다.

마도학으로 강한 추위를 견딜 수 있게 된 인간들은 빈번히 늑대족의 마을을 침입했다. 그로 인해 터전을 잃고 목숨을 부지한 이들은 떠돌이 생활로 목숨을 연명한다고 한다.

여기까지는 다른 이종족들과 비슷한 결말이었다.

"떠돌던 중 만난 이종족이 있었다. 낙원과 푸른 새에 대해 그가 알려 주었어."

낙원, 그곳은 인간들이 절대 침입하지 못하는 이종족의 세계.

낙원에서는 노예로 부려지지도 않고, 실험을 당할 일도 없이 행복한 삶을 이어 간다고 설명했다.

낙원으로 가는 문은 레오플론이라는 인간들의 제국 안에 있으며, 그곳에서 문지기인 푸른 새를 찾아야 한다는 말로 끝을 맺었다.

"……그런 곳이 있을 리가."

꿈처럼 허무맹랑한 이야기였다. 레오플론은 이종족을 가장 먼저 노예화한 제국이다. 결코 같은 지적 생명체로서 취급하지 않았으며, 그들의 위치는 애완견, 혹은 실험용 쥐 수준이었다. 그런 지옥 안에 낙원이 있을 리가 없다.

"아니. 낙원은 있어."

아카노르는 확신에 차 있었다. 늑대족은 영민했다. 그러니 가족을 이끌고 마도탑을 벗어날 수 있었겠지. 하지만 낙원에 대해서는 신뢰가 가지 않았다.

"그래서 바라는 게 뭔가요?"

"우리를 풀어 줄 생각이겠지. 그렇다면 나를 낙원에 데려다 다오."

나는 그를 비웃을 수도, 그런 건 없다고 일침을 놓을 수도 없었다. 그의 표정은 강한 믿음으로 차 있었으며 어떤 의미로는 애절해 보이기까지 했다.

"리아. 곧 새벽이야. 궁이 넓어서 지금 빠져나가야 해."

내가 침묵으로 일관할 때였다. 벨루스가 조급한 얼굴로 어둑한 창밖을 가리키고 있었다. 확실히 지금 움직이지 않으면 내내 숨어 있다 밤이 되기를 기다려야 할지도 몰랐다. 나는 허락으로 고개를 끄덕였다.

"그래. 이만 가도록 해."

"……잠깐만!"

아카노르가 다급하게 나를 잡으려 했지만, 이미 벨루스에게 막힌 뒤였다. 성년식 전의 벨도 감당하지 못했는데, 지금의 벨루스를 이길 수 있을 리 없다.

"그건 내가 결정할 일이니 그만 돌아가도록 해요. 벨루스. 고생했어. 조금 이따가 보자."

"응! 나중에 봐! 그리고 너, 리아한테 손대면 가만 안 둘 줄 알아."

벨루스는 카르텔에게 살벌한 경고를 던지고 그림자 속으로 뛰어들었다. 시간이 촉박해 다행이다. 카르텔이 비웃는 걸 보지 못하고 갔으니까.

"……낙원이라니."

마치 폭풍우가 한바탕 몰아친 것 같았다.

나는 뒤에서 뻗어 오는 팔에 완전히 몸을 기대었다.

'푸른 새'라는 게 문지기를 뜻하는 것이었다니. 거기다 레오플론에 이종족 낙원이 있다고? 상상도 하지 못했던 이야기들이 머릿속에서 팽글거리며 돌았다.

"마음 같아서는 침실이지만, 정원으로 가도록 하지."

그렇게 중얼거린 카르텔은 나를 안아 들고 궁 밖으로 나갔다. 아직은 밤이라고 불러도 좋을 만한 시간대라, 하늘에 떠 있는 달이 정원을 환하게 비추고 있었다.

"이쯤이면 되겠지."

"응."

카르텔은 나를 달맞이꽃밭 한가운데 내려놓았다. 달빛을 받은 꽃들이 살랑이며 나에게 자신들의 기운을 조금씩 나누어 주었다.

"카르텔, 어떻게 생각해?"

"뭐가."

"낙원 말이야."

아카노르의 절박한 얼굴이 자꾸만 떠올랐다. 분명 말도 안 되는 일이라 확신하지만 그의 반응이 자꾸만 걸렸다.

"글쎄, 낙원이라."

카르텔은 그렇게 말하며 내 목덜미에 이마를 비볐다. 아까 벨루스가 나에게 안길 때 턱을 기대었던 곳이었다.

"간지러워."

나는 목을 조금 비틀며 웃었다.

하긴, 오랜 시간 갇혀 있었던 카르텔이 그런 것을 알고 있을 리 없다. 푸른 새 그리고 낙원. 정말로 낙원이란 게 존재한다면 아카노르만 알고 있는 게 아닐 것이다. 나는 이 문제를 조금 더 파보기로 했다.

"그보다."

"뭐?"

아예 내 몸에서 벨루스의 냄새를 지워 버리려는 건지, 목을 잘근거리던 그가 나긋하게 속삭였다.

"착하지 않아? 나는 내 표식을 가리는 걸 좋아하지 않거든."

"……정말."

무슨 말을 하려나 했는데, 카르텔은 아까 벨루스의 시야를 가려 준 것을 칭찬해 달라 주장하고 있었다.

어이가 없어 긴장이 혹 풀어졌다.

하긴, 내일이면 행진을 준비하느라 정신없이 움직일 예정이었다. 아마도, 오늘이 그와 보내는 마지막 밤이 되겠지. 그렇게 생각하니 가슴 한구석이 서늘해졌다.

나는 번져 나가는 차가움을 지우기 위해 그를 끌어안았다. 그리고는 그대로 달맞이꽃 사이로 몸을 뉘었다.

"좋아. 이리 와."

* * *

푸르른 새벽빛이 비치는 침실.

카르텔은 곤히 잠든 플로리아의 입술에 입을 맞추고 조용히 침대를 빠져나왔다. 그녀를 안는 동안 느꼈던 기척이 그의 심기를 거슬리게 한 탓이었다.

'살려 둬선 안 되는 버러지들.'

하나, 둘. 총 일곱 명의 첩자들이 카르텔의 손에 죽음을 맞이했다. 곧바로 목을 꺾어 버린 탓에 그들은 마지막 비명조차 지르지 못했다. 원래라면 한 명을 살려 심문한 뒤 보낸 자를 알아내야 했지만 그럴 필요는 없었다. 이미 알고 있으니까.

'귀찮게.'

그저 밀애를 방해받아 짜증이 솟을 뿐이다. 흐르는 물에 피를 씻어 낸 그는 서둘러 발걸음을 옮겼다. 어서 그녀의 품으로 돌아가야만 했다.

* * *

밀애의 시간은 빠르게 지나갔다.

달의 궁에 머무르는 마지막 날, 대부분의 시간을 행진 준비로 소모했다.

그리고 대망의 당일.

리카엘은 지금껏 돌보던 유니콘을 유리 돔 밖으로 끌고 나왔다. 유니콘은 고삐가 채워진 머리를 푸르르 거칠게 털어 댔다.

"성질은 여전하네요. 담당했던 이들이 애를 꽤 먹었겠어요."

유니콘은 내 말을 알아듣는 양 검은 눈으로 사납게 노려보았다.

그래 봤자 자아가 없는 키메라였다. 말과 새를 기본으로 이것저것 워낙 많이 섞었기 때문에 오만한 성미에 예민한 기질까지 좋지 않은 것은 고루 다 갖추고 있었다.

"그것도 어차피 오늘로써 끝이지."

고삐를 푼 리카엘은 거대한 크리스털 우리에 유니콘을 밀어 넣었다. 놈은 들어가지 않으려 거칠게 반항했지만 리카엘과 눈이 마주치자마자 얌전해졌다. 유니콘의 장점이 있다면 자신보다 강한 자를 바로 알아본다는 것이다.

이제 황궁에서 준비한 행진 대열로 향하기만 하면 되었다.

나는 잠시 눈을 감았다. 카르텔로부터 시작된 시간이 머릿속을 스치고 지나갔다.

'낙원이라.'

내게 존재했던 낙원은 지난 사흘이었을 것이다.

나는 아카노르가 주장했던 이종족의 낙원을 떠올렸다. 정말로 그런 곳이 존재한다면 얼마나 좋을까. 낙원에 있는 이들은 더 이상 고통으로 괴로워하지 않아도 될 것이다.

가만히 눈을 뜬 나는 리카엘을 보며 물었다.

"오라버니는 낙원에 대해 아시나요?"

이렇게 이야기할 것이 아닌데, 나도 모르게 홀린 듯 내뱉어 버렸다. 당연하게도 그는 아무 말도 하지 않았다. 이렇게 중요한 순간을 앞두고 낙원이라니. 갑자기 무슨 소리인가 싶었을 것이다.

"제가 엉뚱한 걸 물었네요. 미안해요."

"……아니다."

그는 괜찮다는 듯 슬며시 고개를 돌렸다.

리카엘은 여전히 무뚝뚝했지만 나는 그가 더 이상 불편하지 않았다. 그저 같은 곳을 바라보기만 해도 편안한 느낌이었다.

나는 그가 바라보고 있는 곳으로 눈길을 돌렸다. 저 먼 하늘에서 파이가 맴돌고 있는 것이 보였다.

"기회는 단 한 번뿐이에요."

파이는 우리에게 신호탄이 되어 줄 것이다.

만에 하나 실패한다면 우리는 모두 죽는다. 아니, 죽음보다 더한 고통을 겪다 사지가 찢겨 나갈지도 모르지. 그렇다고 해서 계획을 포기할 생각은 없었다.

나는 리카엘에게 가까이 다가갔다.

"궁에 들어온 후, 아버지가 벌을 준 적이 있나요?"

"아니."

나는 그의 목걸이를 매만졌다. 붉은빛이 도는 안쪽에는 피가 고여 있어, 그것이 찰랑거릴 때마다 마치 목걸이가 살아 있는 듯 움직였다.

"그래도 될 거예요. 확실하니까."

나는 그의 목걸이를 놓아주고 한걸음 물러섰다.

목걸이를 매만진 손끝이 가늘게 떨렸다. 확신이 있다 하여 두렵지 않은 것은 아니다. 다만 이 길밖에 없었다. 내가 손가락을 가리려 주먹을 줄 때였다.

"나는……."

하얗고 단정한 손끝이 눈앞에 아른거렸다. 망설이는 듯 허공에서 움찔거리던 손은 아주 느리게, 조심스럽게 다가와 내 손을 쥐었다.

서늘한 체온이 피부 위에 닿았다. 떨림을 감싸주려 한 것일까. 그러나 리카엘의 손도 나만치 떨리고 있었다.

"……나는 너를 믿는다."

나직한 고백이었다.

리카엘은 바닥에 시선을 두고 있었다. 차마 눈을 마주칠 자신이 없는 듯, 아래로 내리깐 속눈썹이 파르르 흔들렸다.

무어라 말해야 할까.

나는 처음으로 리카엘의 내면을 마주 본 것만 같았다. 그는 절대 강인한 사람이 아니었다. 혹여나 내게 거부당할까, 차가운 손이 뻣뻣하게 굳어 있었다.

"……."

나는 바로 대답하지 못해 몇 번이고 입안을 쓸어내리길 반복했다. 다물려 버린 입과는 달리, 내 마음속 한편에는 리카엘이 완전히 자리 잡고 있었다.

"……미안하다."

무엇에 대한 미안함일까. 내가 반응하지 않자, 그는 자신 때문에 화가 났다고 생각한 듯 손을 빼내려 했다. 나는 감싸올 때와는 달리 빠르게 떨어져 나가는 손을 붙잡았다.

"고마워요. 믿어 줘서."

그의 내면은 얼음으로 만들어진 겨울의 궁이었다.

나는 처음으로 그의 호의를 의심 없이 받아들였다.

"하지만…… 믿어 주는 게 당연한걸요."

그 속을 들여다보았는데, 어떻게 서로 믿지 못할 수 있겠는가.

리카엘은 진심으로 나를 아끼고 있었다.

"우리는 가족이니까요."

성인이 되어 처음으로 맞잡아 본 손이었다.

나는 얼음 안쪽에서 느껴지는 희미한 봄의 온기를 맛보았다.

"……그래."

그는 한참이나 뜸을 들이다 겨우 한 마디를 내뱉었다. 그것만으로도 만족스럽다. 나는 어린아이가 된 것처럼 그의 손을 잡아당겼다.

"시간이 됐어요. 가요. 오라버니."

유니콘 우리를 실은 말이 수레를 끌며 움직였다. 나와 리카엘도 각자의 말에 올라탔다.

행진은 성 내부에서부터 시작되며, 황성 문밖으로 나가 수도의 중앙까지 나아간다. 그곳을 돌아 주신의 신전에 도착하면 퍼레이드는 끝이 난다.

"왔구나."

멀리서 새하얀 백마를 탄 아르덴이 우리를 향해 다가왔다. 그 뒤로 흑마를 탄 카르텔이 보였다. 유순해 보이는 아르덴의 말과는 달리, 카르텔의 흑마는 잔뜩 겁에 질려 기도 제대로 펴지 못했다.

"타는 데 성공은 했구나."

나는 가엽게 떠는 흑마를 보며 쓰게 웃고 말았다. 말은 황성의 마구간에서 다 함께 고른 것이었다. 내가 탄 회색빛 말은 순한 성격의 중형종이었지만, 저 흑마는 마구간의 최고 우두머리인 대형종이다.

그가 흑마를 고른 것은 마음에 들어서가 아니라 저것밖에 고를 수 없었기 때문이다. 지금이야 벌벌 떨고 있지만, 저 흑마는 카르텔을 보고도 유일하게 오줌을 지리지 않은 말이었다.

"화려하네요."

나는 길게 늘어선 행렬을 눈으로 훑었다.

황족이 직접 나서고 고위 귀족이 참석한 행렬이니만큼, 그들을 지키기 위한 기사단과 시종, 시녀들, 다양한 종류의 마차들이 성문이 열리기만을 기다리고 있었다.

우리 자리는 황제와 그를 호위하는 황실 기사단의 바로 뒷자리였다. 선두에는 아버지가, 뒤에는 나와 카르텔, 리카엘과 아르덴이 유니콘을 감싸는 대열이었다.

"……."

나는 아버지의 뒷모습을 조용히 지켜보았다.

그의 재킷은 귀족의 것이라기에는 통이 넓었다. 저 안에는 육신을 보호하기 위한 마도 도구가 들어 있을 것이다.

나는 옷 위로 언뜻 보이는 둥근 구체를 보며 미소 지었다.

"문을 열어라!"

커다란 나팔 소리와 함께 도르래 돌리는 소리가 사방에 울려 퍼졌다. 10미터가 넘는 거대한 문이 양쪽으로 천천히 갈라지고 있었다.

"플로리아."

"……?"

나는 희미한 부름에 아버지에게서 눈을 뗐다.

사방이 소음으로 요란했다. 잘못 들은 건 아닐까. 고개를 두리번거리자 리카엘과 시선이 마주쳤다.

그가 무어라 이야기했지만 입 모양만 보일 뿐 내용을 알아들을 수가 없었다. 그런 상황을 눈치챈 리카엘이 말을 조종해 내게 가까이 다가와 속삭였다.

"낙원은 존재한다."

"……오라버니?"

낙원이라면 내가 아까 물었던 것이 아닌가. 그런데 갑자기 왜?

그를 붙잡아 이유를 물으려 했지만, 바깥에서 터져 나오는 굉음에 실패하고 말았다.

와아아아!

황성의 문이 양쪽으로 활짝 열렸다. 기사들이 만든 길 바깥으로 수많은 신민이 깃발을 흔들고 환호성을 내질렀다. 그들은 우레와 같은 함성으로 수도를 가득 채우고 있었다.

"레오플론의 태양, 신의 아들!"

"성스러운 신의 혈통이시여!"

황제를 향한 민심이 사방에서 터져 나왔다.

수많은 기사와 병사들이 동원되어 평민들을 막아내고 있었지만, 그들은 광기 어린 눈으로 어떻게든 행렬에 한 발짝 더 다가서려 애를 썼다.

"나의 신민들이여."

확성석으로 황제의 목소리가 사방에 울렸다.

환한 태양 아래 거대한 백마를 탄 황제가 골을 뒤흔드는 환영을 즐기고 있었다. 그는 제국의 문양이 새겨진 갑주를 입고 당당한 자세로 말을 이었다.

"이토록 특별한 신의 날, 신민들에게 신이 주신 선물을 공개하도록 하겠네."

그때를 맞춰 아버지를 비롯한 베논가가 성문 밖으로 나왔다. 우리는 천천히 말을 몰면서 우리에 담긴 유니콘을 공개했다.

"신께서 기도에 응답해 내려 주신 제국의 신수, 유니콘이오."

아버지가 우리에 담긴 것을 그들에게 소개했다. 그의 말이 끝나자마자, 아까와는 비교도 되지 않는 함성이 고막을 찢을 듯 울려왔다.

"신이, 신이 응답하셨다!"

"우리의 황제시여! 레오플론 제국에 영광을!"

그들은 거의 울부짖으며 황제를 향해 손을 뻗었다.

수도에서는 귀족뿐만 아니라 평민을 위한 학교가 존재했다. 아이들은 여섯 살이 되면 학교에 입학해 신학과 제국의 역사를 배운다.

이것은 비단 수도뿐만이 아니었다. 제국 전역에서는 영주들의 관리하에 평민들을 세뇌한다. 신의 혈통인 황제에게 절대복종을 맹세하도록 말이다.

'시작됐어.'

넓게 난 길로 행진에 참가한 이들이 황제를 따라 천천히 이동했다. 황성에서 시작된 행진은 길을 따라 수도 중앙을 한 바퀴 돈 뒤에 주신의 신전으로 이동한다. 워낙 느린 걸음으로 움직이기에 신전까지는 적어도 세 시간이 넘게 걸렸다.

'아직 아니야.'

우리는 묵묵히 소음을 견디며 말을 몰았다.

슬슬 행렬의 중간 지점이었다. 어느덧 해는 정중앙에 떠 있었다. 눈을 뜨지 못할 정도로 쨍한 하늘 위에서 아주 작은 그림자가 내려왔다. 눈동자만을 움직인 나는 활강하는 파이를 발견할 수 있었다.

'지금!'

그것은 우리가 표기한 첫 신호였다. 나와 눈이 마주친 리카엘이 고개를 끄덕였다.

쨰앵-!

그 순간, 근방의 소음을 멈출 정도로 거대한 파열음이 행렬에서 터져 나왔다.

산산이 부서진 조각이 빛을 받아 반짝이며 사방으로 튀었다.

"……!"

기사들과 마도학자들은 서둘러 황제를 보호하는 인공물을 발동시켰다.

"이게 무슨! 대체 어느 놈이!"

"살수인가? 아니면…… 잠깐, 유니콘이!"

무기로 변한 조각들은 유니콘을 둘러싸고 있던 크리스털 우리였다.

소음으로 잔뜩 흥분한 유니콘이 상체를 세워 말발굽을 거칠게 휘둘렀다.

히이잉-!

"뭣들 하느냐! 신수를 보호해라!"

갑작스러운 상황에 진노한 황제가 고함을 터트렸다. 말이 보호였지, 사실은 유니콘이 도망가지 못하도록 포획하라는 뜻이다.

"당장 잡아라!"

흥분한 것은 황제뿐만이 아니었다. 아버지는 새빨갛게 달아오른 얼굴로 우리에게 소리를 질렀다. 우리는 크게 당황한 척 서둘러 말을 몰았다.

"오라버니! 잡아 주세요!"

내 목소리에 리카엘이 손을 들어 올렸다. 그가 다루는 바람이 사슬이 되어 유니콘을 붙잡으려는 순간.

히이잉-!

검은 불길이 유니콘을 감싸 안으며 리카엘의 바람을 뿌리쳤다. 구속이 풀린 유니콘은 거칠게 날갯짓하며 허공으로 제 몸을 띄웠다. 거대한 날개가 광풍을 일으키며 치솟는 검은 불길을 밀어냈다. 잔뜩 흥분한 유니콘은 허공에 발돋움하며 하늘 높이 날아올랐다.

"불이! 당장 불을 꺼라!"

"신수를 붙잡아!"

타오르는 검은 불꽃, 우왕좌왕하는 병사들과 평민들.

기사들은 황제와 귀족들을 보호하기 위해 바삐 움직였다. 화려한 행진이 벌어지던 수도는 그야말로 아수라장이 되었다.

"지원은 아직 멀었나! 빨리빨리 움직여!"

"불길이 잡히질 않습니다!"

발 빠른 이들이 물을 끼얹고 모래를 뒤집어씌워도 검은 불꽃은 꺼질 생각을 하지 않았다. 오히려 조롱하듯 사방으로 퍼져 나갔다.

그것을 지켜보던 평민들의 눈이 불안으로 흔들렸다. 새카만 불길은 듣지도, 보지도 못한 것이다. 꼭 신화에나 나오는 지옥 불 같았다.

"신의, 신의 분노다! 저 불길한 검은 불꽃을 봐!"

결국 목소리가 터져 나왔다.

신에 취해 있던 이들에게 신벌은 절대적인 두려움을 가져왔다. 광기는 곧 공포가 되었고 결국 그 주장은 모든 이들에게 확산되었다.

"주신이 우리에게 벌을 내리셨어!"

"신수가 황제 폐하를 등지고……!"

안 그래도 혼란스럽던 광장이다. 충격에 빠져 난동을 부리는 이들 때문에 사건은 더 걷잡을 수 없어졌다. 그리고 그들의 목소리는 하나도 빠짐없이 황제의 귀에 들어갔다.

"……이, 이, 감히……!"

마도학자들이 친 막 뒤에서 보호받던 황제는 치솟는 분노로 몸을 떨었다. 절대 일어나서는 안 되는 일이 벌어지고 있었다. 그것도 황제가 가장 고대하던 신의 날에.

기사들이 나서 평민들을 제압하기 시작했지만, 한번 퍼진 불신과 공포는 쉽게 가라앉지 않았다.

"당장 불길을 잡아라! 베논 공작은 신수를 데려오지 않고 무얼 하는 건가?!"

이성을 잃은 황제는 핏대를 세우며 고함을 질러 댔다. 그 말을 들은 나는 간신히 웃음을 참아 넘겼다. 저건 우리가 가장 손꼽아 기다리던 반응이었다.

"서둘러 보호하도록 하겠습니다. 폐하."

분노에 휩싸인 이는 비단 황제뿐만이 아니었다.

황제에게 예를 취한 아버지는 곧장 돌아섰다. 그는 당장이라도 사람을 찢어발길 것 같은 표정을 하고 있었다.

"너희들은 망할 말 새끼를 찾은 후 보자꾸나."

핏발이 선 눈은 흉흉하기 짝이 없었다. 나는 대역죄를 지은 사람처럼 고개를 떨어트리고 아버지의 뒤를 따랐다. 리카엘과 아르덴도 마찬가지였다.

나는 슬며시 카르텔에게 눈짓을 주었다. 미리 이야기해 놓았던 대로 그는 제자리에 머물렀다.

'다녀올게.'

나는 마음으로 말을 전하며 고개를 돌렸다.

아버지는 베논가의 병력만을 따로 추슬러 유니콘이 날아간 방향으로 보냈다. 황가의 병사들 또한 사라져 버린 신수를 찾기 위해 혈안이 되어 있었다.

"빌어먹을 것들, 대체 어떻게 된 일이냐!"

광장에서 얼마나 달려왔을까. 인적이 드문 곳에 멈춰 선 아버지는 대로하며 리카엘의 뺨을 내려쳤다.

"죄송합니다. 갑자기 우리가 부서지면서……."

"그러니까 멀쩡하던 우리가 왜 터져 버렸냐는 말이야!"

리카엘은 신음 한 번 내지 않고 아버지의 구타를 참아 냈다. 아버지가 직접 손을 드는 것은 드문 일이었다. 그는 리카엘의 얼굴에 피가 비칠 정도가 돼서야 씩씩거리며 말에 올라탔다.

"유니콘이 어느 곳으로 날아갔더냐."

지금은 범인보다 도망친 유니콘을 찾는 게 먼저였다. 리카엘은 베논 공작의 닦달에 고개를 들쳐 올렸다.

"지금 하늘에서 파이가 찾고 있습니다."

말이 끝나자마자 하늘에서 '삐이이' 새의 울음이 들려왔다. 창공을 맴돌던 은색 매는 리카엘의 팔에 내려앉았다. 파이는 '삐이' 고개를 까닥거렸다. 매의 말을 알아들은 리카엘이 고개를 들어 그것을 해석했다.

"……남쪽의 벨루타 숲에 있습니다. 더 날지 않고 숲을 헤매고 있는 듯합니다."

"쯧, 벌써 거기까지 갔단 말이냐?"

리카엘의 말에 아버지가 혀를 차며 짜증을 내뱉었다.

수도에서 떨어진 남쪽에는 벨루타라 부르는 숲이 있었다. 안쪽으로 조금만 들어가도 방향을 찾기 어려우며, 중심에 있는 산봉우리는 깎아지를 듯 높아 사람의 왕래가 드문 곳이었다.

"상처 없이 포획해야 한다."

유니콘의 위치를 확인한 아버지는 서둘러 말의 고삐를 잡았다.

무려 황제와 맺은 거래였다. 거래 내역에는 유니콘을 넘겨주는 것뿐만 아니라, 신의 날 유니콘을 무사히 보호하는 일까지 포함되어 있었다.

행진은 이미 돌이킬 수 없는 상태였다. 이런 와중에 유니콘까지 잃어버린다면 황제의 진노는 감당할 수 없는 경지에 다다를 것이다.

아버지는 드물게 이성이 나가 있었다. 그만큼 상황이 급박했다.

"매를 보내 제대로 된 위치를 파악해라!"

아버지는 다급하게 말을 몰며 명을 내렸다. 그 즉시 리카엘의 곁을 맴돌던 파이가 창공으로 날아올랐다.

벨루타 숲까지는 전력으로 말을 몰면 두 시간 거리였다.

그렇게 숨 돌릴 틈 없이 수도를 빠져나가 초원을 달렸다. 말을 심하게 채찍질하며 도착한 곳에는 울창한 숲이 있었다. 아버지는 욕설을 섞어 가며 숲 안으로 들어섰다.

"그러게 세뇌를 걸어야 한다고 몇 번을 말했거늘."

세뇌를 걸어야 한다는 주장에 반대한 건 황제였다.

세뇌는 정신지배구와 비슷한 역할을 했다. 순순히 말은 듣겠지만 그뿐, 껍데기뿐인 인형처럼 생기가 없었다. 황제는 미약한 확률의 위험보다 자신을 빛내 주는 완벽함을 택했다. 그 결과가 이것이다.

"위치는 찾았느냐?"

"아직 입니다. 조금 더 안으로 들어가야 할 것 같습니다."

아버지는 틈틈이 말을 멈추어 리카엘에게 유니콘의 위치를 닦달했다. 그럴 때마다 리카엘은 숲속으로 더 들어가야 한다는 말뿐, 정확한 위치를 찾지 못했노라 일렀다.

"……가만……."

그렇게 숲속 깊은 곳까지 한참을 내달렸을까. 아버지의 말이 속도를 줄이더니 결국에는 멈춰 섰다. 분노로 잔뜩 일그러진 얼굴이 서서히 평정을 되찾고 있었다.

"검은 불꽃이라고?"

그는 아까의 아수라장을 떠올리며 중얼거렸다. 아까 불꽃은 평범한 것이 아니었다. 황족과 이종족 중에서 검은 불꽃을 다루는 이는 없었다. 거기다 크리스틸로 만들어진 우리가 터져 버리다니. 강화한 크리스틸은 평범한 강도로 깨트릴 수 있는 물건이 아니었다.

삐이이-!

창공에서는 파이가 우리 주위를 맴돌고 있었다. 그것을 확인한 아버지는 리카엘을 돌아보았다. 싸늘한 정적이 숲속으로 내려앉았다.

"너……."

"……."

뱀 같은 시선이 리카엘을 훑었다. 리카엘은 무표정한 얼굴로 그에 응수했다. 우리 중 가장 먼저 아버지를 따랐으며, 장자인 라쿠스까지 밀어낸 베논 공작가의 명실상부 후계자.

"……감히, 네가?"

아버지는 기가 막힌다는 듯 이마를 짚었다. 헛웃음이 적막한 숲에 울려 퍼졌다. 그는 제 손가락의 반지를 어루만지며 리카엘과 아르덴, 그리고 나를 하나하나 눈으로 짚었다.

"미친 게로구나."

아버지의 눈이 싸늘하게 식었다. 감정 하나 들어 있지 않은, 이종 족을 대상으로 한 실험에서나 볼 수 있는 얼굴이었다. 그것을 가만히 지켜보던 나는 그의 앞으로 다가갔다. 그리고는 아주 다정하게 웃어 보였다.

"미친 건 아버지죠. 오래전부터 정신이 나가 계셨잖아요."

얼마나 이 말이 하고 싶었던지. 목구멍에서 올라온 말이 입천장을 짜릿하게 만들었다.

"……지금, 이 내게 뭐라고?"

아버지는 잘못 들었다는 듯한 얼굴로 내게 묻고 있었다. 저런 얼굴 이라면 몇 번이고 다시 말해 줄 의양이 있었다.

나는 상냥하게, 그리고 어린아이도 알아들을 수 있도록 조곤조곤 같은 말을 뱉었다.

"아버지 머리는 이미 옛날에 썩어 버렸다구요. 제 말 이해되세요?"

"이런 미친년이!"

화를 이기지 못한 아버지가 손을 치켜올렸다. 그 순간 검을 빼든 리카엘이 내 앞을 막아섰다.

"너희들이 감히……!"

제국에서 마도의 정점에 오른 후 이런 모욕은 들어 보지 못했을 것이다. 분노에 몸을 떠는 아버지의 모습이 퍽 재미있었다. 더욱 우스운 것은 그의 얼굴에 드리운 배신감이었다. 나는 픽 입꼬리를 비틀었다.

"……잡종들이 은혜도 모르고!"

"은혜. 아, 그래요. 실험탑에 처박혀 원치 않는 능력을 가지게 된 거 말이죠?"

퍽이나 고마운 사랑이었다.

그는 만들어 낸 자식들을 보며 만족해했다. 딸, 아들로서가 아닌, 스스로 창조한 작품으로써 말이다.

"우린 원하지 않았어요."

내 표정이 사납게 일그러졌다. 나와 나의 사람들과 우리를 낳아 준 이종족 여인들. 말도 못 하는 아이 때 죽임당하고, 실험탑에서 살아 나오지 못했던 혈연들까지. 그 누구도 원하지 않은 운명이었다.

"나는……."

꾹 깨문 아랫입술이 아릿했다. 알싸한 피 맛과 함께 울컥, 눈물이 터져 나올 것 같았다. 하지만 나는 울지 않았다. 오히려 웃고 있었다.

"나와 내 사람들은 당신의 소유물이 아니에요."

강요당한 과거를 되찾을 수는 없었다. 그래도 남은 미래는 바꿀 수 있지 않을까. 나는 운명을 건 이 도박에 조금도 후회하지 않았다.

"하, 하하하!"

그는 폭소하듯 배를 움켜쥐었다. 아버지는 눈물까지 닦아 내며 다시금 짜증스러운 표정으로 돌아왔다.

"무슨 말을 지껄이나 기다려 주었더니, 아주 병신 같은 말만 골라 하는구나. 내 딸아."

"……."

나는 그가 하는 양을 가만히 지켜보았다.

"내가 아니었다면 너희들이 이렇게 위대한 발명품이 될 수 있었을 것 같으냐? 자기가 가진 능력이 얼마나 대단한 건지도 모르면서, 창조주인 나에게 칼을 들이대?"

그는 나를 비웃으며 소매를 걷어 올렸다. 신경질적인 행동 후 마른 팔과 함께 내밀어진 손이 보인다. 그의 손가락에 걸린 반지가 붉은빛으로 반짝거렸다.

"이를 드러낸 개는 필요 없다."

아버지는 진득하게 웃어 보였다. 분명 푸른빛인 그의 눈이 수많은 원혼에 물든 듯 한없이 붉게만 보였다. 나는 그들을 하나하나 떠올리며 아버지를 향해 다가갔다.

"필요 없으면, 어쩌실 건데요?"

나는 고개를 기울이며 순진한 표정을 지어 보였다.

내게는 몸이 찢기는 고통도, 흉부를 터트리는 듯한 압박감도 전해지지 않았다.

"⋯⋯무슨⋯⋯."

아버지는 퍽 당황한 듯 반지를 문질렀다. 나를 노려보던 그의 시선은 리카엘과 아르덴에게 돌아갔다. 그 누구도 고통에 괴로워하지 않았다.

"너⋯⋯. 무슨 짓을 한 거냐."

그의 말에 내 붉은 입술이 가는 호선을 그렸다.

"제 마력은 어디든 쉽게 동화하거든요."

그건 우연치 않게 얻은 결과였다.

내 마력은 어떤 것과도 융화할 수 있었다. 이유는 알 수 없었지만 카르텔로 인해 알게 된 사실이었다.

'그렇다면⋯⋯ 목걸이의 주인도 바꿀 수 있지 않을까?'

체내에 흐르는 마력은 생명력과 같다. 심장에서 피와 함께 재생되며 몸 구석구석까지 퍼져 나가는 것이다.

목걸이가 반지를 주인으로 여기는 이유는 마력석 안에 있는 아버지의 피 때문이었다. 고여 있는 핏물은 심장의 역할을 하여 마력을 마르지 않게 한다.

가설을 떠올린 그 날, 나는 내 손가락을 찔러 핏방울을 목걸이에 떨어트렸다. 처음은 실패였다. 핏방울은 평범한 액체처럼 목걸이 옆으로 흘러내렸으니까.

"그래서 소량의 피에 내 마력 전부를 담았죠. 목걸이가 나를 주인으로 생각하도록."

카르텔의 봉인구에 그러했던 것처럼, 나는 작은 핏방울에 마력을 끊임없이 쏟아부었다. 그리고 그것을 목걸이가 흡수하게끔 했다.

"고맙게도, 나를 받아 주더라구요."

목걸이는 걸신들린 듯 마력이 담긴 피를 먹어 치웠다. 마력석에서는 두 피가 일렁이며 상위를 선점하기 위해 싸우고 또 싸웠다. 마침내 아버지의 마력을 내 것으로 동화시켰을 때, 나를 속박하던 보이지 않는 끈이 끊어졌다.

내 목걸이에 그랬던 것처럼, 리카엘, 아르덴, 벨루스의 것에도 똑같은 방법을 썼다.

"이제 풀어도 괜찮아요."

내 말을 끝으로 리카엘과 아르덴이 각자의 목을 더듬었다. 오래도록 우리를 구속했던 목줄은 마치 평범한 장신구처럼 쉽게 풀어졌다.

"답답했죠. 이리 주세요."

"괜찮아. 풀 수 있었으니까."

리카엘과 아르덴은 각자의 목걸이를 내 손에 쥐여 주었다. 두 개의 목걸이는 얌전하게 내 손안으로 들어왔다. 벨루스의 것까지 가지고 있었으니 총 네 개가 된 셈이다. 이제는 내가 모든 목걸이의 주인이었다.

"……정말로, 없어졌어."

아르덴이 휑해진 목을 쓸어내렸다. 아무것도 걸리지 않는 게 이상하다는 행동이었다. 하지만 그의 표정은 누구보다 홀가분했다. 크게 내색하지는 않았지만, 리카엘의 눈빛 또한 달라져 있었다.

"어쩌죠, 아버지. 목줄이 풀려 버렸는데."

나는 방긋 웃으며 내 목걸이를 잡아 뜯어 버렸다. 금색의 줄은 아주 연약한 것인 양 쉬이도 끊어졌다.

"……그걸 없앤다고 해서 네놈들이 무사할 거라 생각하느냐!"

아버지는 당황한 기색을 감추지 못하고 한 걸음, 뒤로 물러섰다. 이렇게까지 수세에 몰린 적은 처음일 것이다. 그것도 자신의 손바닥 안에 있다 믿었던 우리에게 당할 줄은 상상도 못 했겠지.

"오라버니. 아버지의 반지도 저한테 내어 주실래요?"

"그러지."

나긋한 부탁에 리카엘이 아버지에게 다가갔다. 그 움직임에 아버지는 천천히 뒷걸음질 쳤다. 그러면서 승마용 재킷 안으로 손을 집어넣는 것이 보였다. 불이나 물, 공격에 효과적인 마도 물품을 꺼내려는 것이겠지. 뻔하디 뻔했다. 나는 픽 웃음 지으며 내게로 날아오는 병을 피해 냈다.

"어머, 이게 뭔가요?"

바닥에 떨어진 유리병은 쨍그랑 작은 파열음을 내며 품고 있던 액체를 쏟아 냈다. 물론, 흙에 스며든 액체는 아무런 효과도 발휘하지 못했다.

"이게 왜……."

아버지는 필사적으로 옷을 털어 마도 물품을 모두 끄집어냈다. 그 중 되는 건 하나도 없었다.

"재미있네요. 아버지."

"……너, 설마."

나는 눈꼬리를 가늘게 휘었다.

아버지가 황궁에 온 뒤로 혼자 행동했다 하여도 시중을 들어줄 사람까지 내칠 수는 없었다. 나는 몰락 귀족을 매수해 황실의 시종으로 꾸미고 아버지 방에 들여보냈다. 저택 한 채를 사들일 정도의 돈을 받은 그는 아버지의 옷에 있는 병의 내용물을 모두 물로 교체했다.

"오라버니."

리카엘은 내 부름에 대답하는 대신, 허공을 향해 손을 내저었다. 넘실거리던 바람은 속박의 사슬이 되어 그를 나무 기둥에 고정해 버렸다.

"이 개 같은 년이! 나는 네 아버지다! 부모라고!"

그는 보이지 않는 끈에 묶인 채 핏대를 세우고 팔다리를 버둥거렸다. 꼭 박제하기 직전, 핀으로 고정해 놓은 벌레 같은 모양새였다.

저런 자가 부모의 정을 운운하다니. 우습지도 않았다. 그가 욕지거리를 내뱉든 말든, 나무로 다가간 리카엘은 그의 손가락에서 반지를 빼내어 내게 가져왔다.

"고마워요."

묵직한 반지 속에 우리의 고통이 담겨 있는 것만 같았다.

리카엘이 검으로 손을 가져다 댔다. 날카로운 날은 내 검지를 베어내어 붉은 피를 보게 했다.

'이것도, 내 것으로.'

나는 흐르는 피를 모아 내 마력을 담아냈다. 이제 막 마력을 스미게 한 것뿐인데 아버지의 반지는 붉은빛을 탐욕스럽게 깜빡거렸다. 꼭 오랫동안 굶주린 짐승이 진수성찬을 앞에 둔 반응이었다.

'……이제 확실히 알겠어.'

마력을 가진 것들은 나에게 이끌린다. 어떻게든 닿으려 하는 것도 모자라 홀린 듯 자신을 내어 주게 되는 것이다.

'본질 때문이겠지.'

그것이 뭔지는 모르겠지만 연관이 있다는 걸 부정할 수 없었다. 나는 그 사실을 상기하며 마력을 머금은 피를 반지 위로 흘려주었다. 반지의 마력석은 원주인을 죽여 버릴 피를 잘도 받아먹었다.

"잘 받았어요. 아버지."

반지는 기분 좋은 듯 느릿하고 부드러운 빛을 내며 나에게 순종했다. 그것을 검지에 끼우니 큰 치수의 반지가 내 손가락에 맞춰 줄어들었다.

'얻은 건 이것뿐만이 아니지만.'

목걸이를 풀 수 있는 방법을 알아채지 못했다면 이렇게 빨리 아버지에게서 벗어날 수 없었을 것이다.

나는 가만히 반지를 매만지다 고개를 들었다. 나무에 묶인 그는 미친 사람처럼 발광하고 있었다.

"……리아."

위로하는 듯 부드러운 목소리다.

어느새 곁으로 다가온 아르덴이 내 어깨에 손을 올렸다. 그를 살려 두어서는 안 된다. 그의 손에는 너무나 많은 피가 묻었고, 그를 뒤따르는 건 수천의 원혼이었다.

'그냥 둔다면 또 다른 희생양이 생기겠지.'

마도탑 안에 이미 수많은 이종족들이 갇혀 있었다. 더 이상 그로 하여금 죽는 이가 없어야 했다.

"망할 년……. 그때 리카엘 놈의 말 따위 듣지 않았어야 했는데."

내가 결정을 내리려 할 때였다. 나는 의아한 말에 고개를 돌렸다. 아버지는 아귀 같은 얼굴로 나를 죽일 듯 노려보고 있었다.

리카엘의 말이라니. 영문을 몰라 리카엘을 바라보니 그는 느릿하게 눈을 내리깔 뿐, 아무런 말도 해 주지 않았다.

"그게 무슨 말인가요?"

"너에게 능력을 주지 말고 애새끼 때 진즉 죽여 버렸어야 했다는 말이다!"

아버지는 제대로 된 설명 대신 상스러운 말만을 끊임없이 내뱉었다. 얼마나 흥분했는지, 그는 자신이 무슨 소리를 하는 지도 모르는 듯했다. 향으로라도 진정시켜야 할까.

내가 아버지에게 손을 뻗을 때였다.

"······플로리아. 내 뒤로 와라."

눈을 피하던 리카엘이 나를 자신의 뒤로 끌었다. 그가 이런 반응을 보인다는 건 한 가지 이유뿐이었다.

"······누가 오고 있나요?"

자그마한 목소리로 물으니 그가 고개를 끄덕였다.

고요하던 숲이 술렁거린다. 식물들이 몸을 움츠리고 동물들은 제 모습을 감추었다. 마도의 존재들인가? 그게 아니라면······.

"내 수상하다 했더니만."

엄중한 목소리가 나무 사이로 울려 퍼졌다. 검은 머리칼의 중년은 턱을 치켜들며 말을 몰아왔다. 수많은 정예 기사들이 그의 뒤를 따랐다. 비단 호위를 위한 병력뿐만이 아니었다. 어느새 다가왔는지, 황궁의 병사들이 원을 그리며 안으로 좁혀 오고 있었다.

"······황제."

검은 머리칼에 금안은 카르텔을 연상시켰다. 하지만 전혀 다른 얼굴이다. 카르텔의 눈동자는 저렇게 탁하지도, 스스로를 지배자라 여기는 오만에도 물들지 않았다.

"나의 날을 망쳐 놓더니 꼴좋군. 베논 공작."

"……망친 것이 아니오라, 이놈들이!"

황제는 아버지의 발악을 차가운 눈으로 지켜보았다. 그에게 있어서 오늘의 행진은 제국의 계엄령보다 더 중요한 것이었을 테다. 그런 날을 망쳐 놓았으니, 황제가 아버지를 용서할 리 없었다. 그래서 애초 계획은 황궁에 아버지를 넘기고 도망칠 생각이었다.

"다 자네가 제대로 다스리지 못한 탓이 아닌가. 변명은 필요 없다."

아버지도, 황제도 모두 같은 부류의 이들이었다. 극도로 오만하여 자신을 제외한 모든 것들을 먼지만도 못하게 여긴다. 또한 제게 필요하다고 판단한 일이라면 그 어떤 잔혹한 짓도 서슴지 않았다.

"플로리아 영애. 아니지, 이제는 부인이라고 불러 주어야 하나?"

"……그리 불러 주시니 영광이로군요."

나는 황제의 시선을 피하지 않았다. 오히려 고개를 뻣뻣하게 치켜들며 그를 마주했다.

"내가 베푼 은혜에 이런 식으로 보답할 줄은 몰랐군."

"어떤 은혜를 말씀하시는 건지 모르겠군요."

나는 부드럽게 말을 돌리며 머리를 굴렸다. 황제에게 발각된 이상 능력을 숨길 필요는 없었다.

'다만……. 이미 마력을 너무 많이 소모했어.'

반지에 마력을 붓느라 내 힘은 장정 서넛 정도를 재울까 말까였다. 아실리드도 내 마력을 운용하니 그를 불러내는 것도 한계가 있었다. 아르덴이 검을 다룰 수 있지만 여의치 않을 것이고, 남은 건 리카엘뿐이었다.

"그래. 순순히 굴지 않을 거라 이미 예상했지."

황제는 온화하게 미소 지었으나 두 눈은 새카만 분노로 타들어 가고 있었다. 그는 손을 뻗어 손바닥을 아래로 짓누르듯 내렸다.

"아윽!"

거대한 중력이 뼈와 장기를 으스러트릴 듯 지면으로 당겼다. 아버지의 반지보다 더한 고통에 정신까지 좀먹힐 것 같았다.

"리아!"

리카엘이 나를 부르며 다급히 바람의 막으로 압을 밀어냈다. 투명한 막이 감싸니 폐부를 구기던 고통도 금세 사라졌다. 잔뜩 몸을 웅크렸던 나는 가쁜 숨을 내쉬었다.

"호오."

황제가 재미있다는 듯 눈을 가늘게 떴다. 곧이어 짓누르는 힘이 더욱 가중되었다. 강력한 중력에 바람의 막이 금방이라도 깨질 듯 위태롭게 흔들렸다. 황제가 중력을 다룬다는 건 익히 알고 있었지만 이정도로 강력할 줄은 몰랐다.

'어떡하지.'

카르텔의 힘도 빌릴 수 없었다. 아버지를 징벌하는 모습을 보여 주기 싫어 그에게 남아 달라 부탁했었으니까.

"윽!"

"오라버니!"

황제의 손이 땅과 가까워질수록 중력은 더욱 높아졌다. 그것을 막아내던 바람이 눈에 보일 정도로 일렁이고 있었다. 장막을 만들어 내던 리카엘이 순간적으로 비틀거리자, 중력은 기다렸다는 듯 아래로 침투해 왔다.

화아악—!

"……?!"

그 순간, 검은 밤을 닮은 불꽃이 우리를 둘러쌌다. 거대한 장벽처럼 치솟은 그것은 황제를 덮치고 있었다. 황제는 불길을 피해 뒤로 물러났다. 그 순간 무겁게 짓눌러 오던 중력이 거짓말처럼 사라졌다.

검은 불꽃의 주인은 단 한 명뿐이었다.

"카르텔?"

내 부름을 기다렸다는 듯, 숲 그림자 속에서 그의 모습이 드러났다. 카르텔은 범처럼 느릿하게 걸어와 제 것임을 표시하듯 내 뺨을 문질렀다.

"늙은 수컷 따위가 네 뒤를 쫓게 둘 수는 없지."

내게 태연히 속삭이던 그는 황제 쪽으로 고개를 돌렸다. 두 사람의 시선이 허공에서 부딪혔다. 인자함을 흉내 내던 황제의 표정이 사납게 일그러졌다.

"네가 불꽃을 부리는 놈이로군."

카르텔의 불꽃은 행진을 망친 주역이었다. 갑작스레 신수를 둘러싼 검은 불꽃이라니, 신에 취한 평민들에게 손가락질당하기 아주 좋은 상황이었다.

"동방에는 술사가 있다고 하던데, 너도 그런 과인가?"

황제는 당장이라도 카르텔의 목을 쳐버리고 싶다는 눈빛으로 물었다. 그러나 다 잡은 먹이라고 생각한 것인지, 제법 여유를 부리는 모습이었다.

'동방? 아직도 그걸 믿는 건가?'

나는 황제의 말에 헛웃음을 터트릴 뻔했다. 검은 머리칼은 레오플론 황실의 상징이었다. 거기다 똑같은 금안까지.

황제에게 순진함을 느끼게 될 줄은 추호도 몰랐다. 아니면 끝까지 카르텔을 동방인이라 믿고 싶은 걸지도 모른다. 그는 자신의 죄악을 인정하는 사람이 아니었으니까.

"땅의 지배자가 너 같은 늙은이라니. 지배받는 이들이 통곡할 노릇이로군."

"뭐라?"

황제는 믿기 어려운 말이라도 들은 듯 눈을 치켜떴다. 그의 반응에도 카르텔은 말을 물리지 않았다. 오히려 우습다는 듯 멍청한 표정의 황제에게 일침을 가했다.

"아니면, 아비라고 불러드려야 할까?"

카르텔에게 씨가 되는 자. 그러나 절대 혈연으로 인정받지 못할 죄인. 이제 황제는 자신이 벌인 죄악을 마주해야만 했다.

"……지금, 무슨 헛소리를 하는 거냐."

황제의 두 눈이 충격으로 물들었다. 그런데도 인정하고 싶지 않은 듯 카르텔의 말을 헛소리로 치부했다.

우리를 둘러싸고 있던 병력이 소리 없이 웅성거렸다. 그들이 보기에도 황제와 카르텔은 많은 부분이 닮아 있었다.

"감히 신의 핏줄을 사칭하다니, 목을 잘라 성벽에 걸어 둘 대역죄로다!"

황제는 병력의 술렁거림에 핏대를 세웠다. 그는 끝까지 자신이 만든 세계를 포기하지 않았다. 카르텔은 홀로 연극에 취한 황제를 싸늘하게 응수했다.

"내 어미를 죽이고 나를 가두었다 하여 모든 일을 덮을 수 있으리라 생각했나?"

그리 말하는 카르텔의 표정은 무감각했다. 그 얼굴을 보고 있자니 예전에 카르텔이 내게 말해 주었던 이야기가 떠올랐다.

짐승처럼 가두어진 것, 그리고 죄 없는 자신의 어미를 죽여 버린 황제……. 모든 분노가 느껴졌다.

"너는 레티아의 죗값을 치를 것이다."

카르텔은 예언하듯 선고했다. 이 자리에 있는 모두가 죽음을 맞이했던 첫 번째 황후를 떠올렸다.

황후 레티아, 그녀는 백작가 출신으로 황후가 된 후에도 특유의 고운 성품과 다정함으로 많은 이들의 지지를 받았다. 레티아의 회임 소식에 기뻐한 평민들은 한 달 내도록 축제를 벌일 정도였다.

'황후 레티아를 황족 살해 죄로 폐위한다.'

그녀의 죄가 공표된 것은 그로부터 일 년이 채 지나지 않아서였다. 레티아가 배 속의 씨를 죽이기 위해 낙태약을 먹었다는 증거가 곳곳에서 터져 나왔다.

그녀를 믿었던 이들은 속속들이 나오는 증거에 등을 돌렸고, 절대 그럴 리가 없다며 호소하던 시녀들은 제 주인의 결백을 증명하려 목을 매달았다.

"······감히 짐에게 그따위 헛소리를 지껄이다니. 간이 배 밖으로 나온 게 틀림없어."

탁한 금색 눈이 기묘하게 번들거렸다. 황제는 끝까지, 카르텔을 제가 가두고 끝내 팔아넘긴 아들이라 인정하지 않았다.

"저놈들을 당장 잡아들여라!"

"······조, 존명!"

눈앞의 상황에 당황하던 기사들은 금세 대열을 바로 잡았다. 숲 일대를 포위하던 병력이 중앙으로 점차 거리를 좁혀 오고 있었다.

'빠져나가야 해.'

아직 해야 할 일이 남아 있었다.

내가 주변을 경계하듯, 리카엘과 아르덴 또한 마찬가지였다. 두 사람이 검을 빼 들었을 때였다.

"먼저 가 있어."

어느새 내 옆으로 다가온 카르텔은 가벼이 뺨에 입을 맞추고 뒤로 돌았다.

화아악-!

"으아악! 불······! 불이!"

검은 불길이 다시금 치솟아 기사들을 밀어냈다. 원형으로 이어진 불꽃은 곧이어 두 개의 선을 만들어 숲 밖으로 향하는 길을 냈다.

"모두 전진하지 못하겠느냐!"

기사 단장의 호통에도 불구하고, 병사들은 불꽃에 쉬이 다가가지 못했다. 벌써 검은 불꽃에 닿으면 저주를 받는다는 소문이 수도 전역에 퍼져 있었다. 대륙에서 가장 성스럽다는 레오플론 제국의 기사들은 검은 불꽃에 닿기를 끝까지 거부했다.

"카르텔."

이걸로 시간은 벌었다. 하지만 그만을 두고 간다는 게 내키지 않았다.

"어차피 조금 있으면 사라질 몸이야. 그러니 내 부인이 먼저 움직여 주셔야지."

카르텔은 상황에 맞지 않게 장난스러운 눈짓을 했다. 그의 말은 사실이었다. 카르텔이 능력을 사용할 때마다 흑요석의 마력이 빠져나간다. 담긴 마력이 모두 떨어지면 그의 몸은 연기처럼 사라질 것이다.

"……성에서 봐."

나는 그 말을 남기고 말에 올랐다. 리카엘과 아르덴의 시선 또한 카르텔에게 향했다. 그는 고갯짓으로 인사를 대신하고는 황제를 향해 몸을 돌렸다.

"……."

말을 몰기 전, 나는 나무에서 풀려난 아버지를 보았다. 다시는 보고 싶지 않을 혈연은 오늘로써야 끊어질 것이다.

"달려요!"

내 눈은 다시 카르텔이 만든 길로 향했다. 거친 말발굽 소리와 함께 희뿌연 흙먼지가 휘날렸다. 나는 가장 중요한 일을 이행해야만 했다.

"어찌 짐의 기사들이 그따위 미신을 신봉한단 말인가!"

기사들은 황제의 호통에 겨우 정신을 차린 듯 대열을 다시 정비했다. 하지만 베논 공작가의 이들은 이미 자리를 벗어난 후였다. 그들의 눈앞에 있는 것은 카르텔, 이제는 정체 모를 남자뿐이었다.

황제가 중력을 사용하려 할 때마다 카르텔의 불꽃이 조롱하듯 그를 덮쳤다. 그가 다루는 힘은 움직임이 있을 경우 발현되지 못했다.

"저 죄인을 잡아들여라! 팔다리를 잘라도 상관없다!"

이능을 발현하지 못하게 된 황제는 체통도 잊고 고함을 질러 댔다.

저놈을 처음 마주한 순간, 잊고 있었던 기시감이 머리를 들었다. 하지만 제가 생각한 것이 현실이 될 확률은 없었다. 아니, 없다고 믿었다.

'……송구합니다. 전원 전멸했습니다.'

달의 궁에 보낸 감시자들이 모두 시체가 되어 돌아왔다. 군더더기 없이 급소만 베어진 시체는 마치 살아 있는 것만 같았다. 도저히 눈앞에 벌어진 일을 믿을 수가 없었다.

'이런 말도 안 되는 일이.'

그것은 분명 짐승이었고 앞으로도 영영 그러해야만 했다. 인간으로 변해 자신의 앞에 돌아다니는 건, 마수의 힘을 그대로 사용하는 건, 절대 있어서는 안 되는 일이었다.

"팔을 잘라 내는 자에게는 포상을, 목을 베어 오는 자에게는 백작 직위를 하사하겠노라!"

황제는 그들이 꿈꾸지 못할 포상을 걸며 카르텔을 죽이라 재촉했다. 포상에 눈이 먼 기사들이 포위를 좁혔지만 용암처럼 뜨거운 불꽃에 삼켜질 뿐, 카르텔에게는 상처 하나 남기지 못했다.

"어이가 없군."

그 중심에 선 카르텔은 지겹다는 듯 한숨을 내쉬었다. 본체였다면 당장에 저 늙은 짐승의 목을 자르고 사지를 불태워 버렸을 것이다.

안타깝게도, 그것을 실행할 수 없는 육신은 흑요석의 마력이 다해 감에 따라 힘을 잃어 갔다.

'지금쯤이면 대강 거리가 벌어졌겠지.'

플로리아와 두 사내놈을 보낸 후, 곧바로 나가는 입구를 막아 버린 상태였다. 마력도 바닥이었고, 더 이상은 불꽃을 유지하기가 힘들었다.

"이제 만나러 갈 차례로군."

카르텔은 그 한마디를 남기고 육신과 연결된 환영을 끊어 냈다. 느릿하게 줄어 가는 불꽃처럼, 그의 모습도 흐려지다 결국 사라져 버렸다. 그를 잡으려고 달려가던 기사들은 갑자기 사라진 인형에 우왕좌왕했다.

"사라졌다?"

이는 황제도 마찬가지였다. 분명 사라졌다. 그것도 자신이 보고 있는 앞에서.

"찾아라! 무슨 일이 있어도 죽이도록 해!"

"존명!"

그의 윽박지름에 병력이 일제히 흩어져 숲을 뒤지기 시작했다. 황제는 핏발이 그득하게 선 눈으로 놈이 서 있던 자리에 시선을 고정했다.

'반드시, 반드시 죽여야 한다.'

저놈이 그때의 짐승 놈이라면, 절대 살려 두어서는 안 된다. 오랜 세월 황가가 지켜 왔던 기밀이 공개될 것이며 신민들은 더 이상 자신을 따르지 않게 될 터였다.

'악마를 죽여야 한다.'

그래. 저놈은 악마였다. 신의 제국을 망가트리려 지옥에서 기어 올라온 끔찍한 악마. 그러니 처리해야만 했다. 이건 신의 계시와도 같았다. 화마로 뒤덮였던 이성이 점차 제자리를 찾았다. 산트쿠스의 눈동자가 깊은 수렁처럼 가라앉았다.

얼마나 내달렸을까. 멀리 공작성이 보였다. 나와 베논가의 영식들을 알아본 성의 기사들이 당황하며 문을 열어 주었다.

"무슨 일이라도 있으신……."

말을 몰며 오는 동안 마력이 조금이나마 회복되어 있었다. 나는 향기를 끌어 올려 기사와 경비병들을 모두 잠재웠다.

"여기 계세요. 혹시 벨루스가 신호를 보내올지도 모르니까요."

"……그래."

리카엘과 아르덴 모두 지금부터 내가 무엇을 할지 알고 있었다. 그들을 성문 앞에 세워 놓은 나는 홀로 안으로 들어갔다. 성안은 적막했다. 계획을 이행하기 전, 나는 성안에 있을 또 다른 내 사람을 찾았다.

"아가씨? 이렇게 빨리, 어쩐 일로……."

나는 황성에 쉬릴을 데리고 가지 않았다. 그녀는 홀로 떠나는 나를 만류했으나, 나는 평소처럼 차가운 기세로 쉬릴을 공작성에 못 박아 두었다. 이는 미래의 계획을 위해서였다.

나는 쉬릴의 어깨를 잡고 말했다.

"내 말 잘 들어. 조금 있으면 성이 무너질 거야. 그 전에 공작부인을 모시고 나가."

그렇게 말하며 미리 준비한 금화 주머니를 그녀에게 안겨 주었다. 얼떨결에 그것을 받아 든 쉬릴은 어쩔 줄 몰라 했다.

"이 정도면 시녀 일을 하지 않아도 살아갈 수 있을 거야. 뭐든 하고 싶은 걸 해. 대신 부인을 잘 모셔 줘."

내가 쉬릴에게 건넨 돈은 저택 한 채를 사들이고도 남는 금액이었다. 옷 만드는 일을 좋아했으니 살롱을 차려도 좋겠지. 마음이 다정한 아이니 부인을 버릴 일도 없을 것이다. 나는 쉬릴의 어깨를 토닥였다.

"성 뒤편으로 가면 기다리는 이들이 있을 거다. 그들을 따라가면 돼."

고용한 이들은 제법 믿을 만한 길드에 소속되어 있었다. 그들이 쉬릴과 공작부인을 제국 밖으로 나갈 수 있게끔 도와줄 것이다. 비록 낯선 땅에서 살아가게 되겠지만, 제국에 있다가는 목숨이 위험할 수 있었다.

"그동안 차갑게 굴어서 미안하다. 쉬릴. 잘 지내렴."

내내 하고 싶었던 말을 이제야 전할 수 있었다. 나는 쉬릴의 머리를 한 차례 쓰다듬어 주었다.

"아가씨!"

"어서 가!"

나는 표정을 굳히고 쉬릴을 향해 소리 질렀다. 그녀는 움찔거리며 뒷걸음질 쳤다. 커다란 두 눈에 걸린 눈물이 안쓰러웠다.

언제나 다정했던 쉬릴도, 어릴 적 나를 안아 주었던 공작부인도 아마 다시는 보지 못할 것이다. 나는 더 망설이지 않고 뒤를 돌았다.

"……."

내 앞에는 지하로 내려가는 문이 있었다. 나는 그 위로 손을 올렸다.

"플로리아 베논. 학구의 피를 이어받은 자의 이름으로"

나는 입구에 들어서자마자 계단을 뛰어 내려갔다.

'돌아왔을까?'

흑요석을 사용해 만든 환영은 정신체와 같다. 한 번 환영이 만들어지면 그의 육체는 빈껍데기로 남는다.

정신체라도 환영에 손상을 입으면 육체로 돌아간 뒤 그 흔적이 선명하게 떠오른다. 수많은 병력과 황제의 앞에 홀로 두고 왔으니 마음이 편할 리 없었다.

"카르텔?"

이제는 너무나 익숙해져 버린 동굴의 안쪽. 흑요석으로 모자라 제가 가진 마력을 모두 소모한 듯, 카르텔은 거대한 범의 모습으로 웅크려 있었다.

"돌아왔어?"

[……음.]

지나치게 마력을 끌어다 쓰면 정신이 몽롱할 때가 있다. 지금의 카르텔이 그런 상태인 듯, 그는 느릿하게 머리를 들어 내 어깨에 턱을 기대어 왔다.

"……괜찮은 거야?"

[물론. 조금 아쉽기는 하지만.]

평소보다 더 낮은 목소리였지만 육체에는 이상이 없는 것 같았다. 안심한 나는 그의 목덜미를 끌어안았다. 차가운 봉인구가 뺨에 닿았지만 상관없었다.

'아쉽다는 건, 황제를 말하는 걸까.'

내가 아버지를 증오하는 만큼 카르텔 또한 그러할 것이다. 어쩌면 더할 수도 있겠지. 둘 다 처리해야 할 대상을 놓고 돌아왔지만 지금은 그것보다 더 중요한 일이 있었다.

나는 그의 목을 옥죄는 봉인구를 매만지고는 뒤로 물러났다.

"풀어 줄게."

내 목줄을 끊었듯, 그의 봉인구도 깨트려야 한다. 나는 허리춤에 매달린 주머니를 풀어 바닥에 내려놓았다. 차례로 꺼낸 것은 주인이 바뀐 네 개의 목걸이였다. 거기에 끼고 있던 반지까지 내려놓으니 내 앞에는 다섯 개의 마력석이 반짝이고 있었다.

"……."

몇 번이고 각오를 다져 왔던 일이지만 막상 눈앞에 두니 망설이게 된다. 카르텔은 괜찮다는 듯 내 손등을 부드럽게 핥아 주었다.

[나는 괜찮을 거야. 물론 내 아내도.]

그 무엇보다 따스한 위안이었다.

내가 하려는 행위에는 위험이 따랐다. 그것이 내가 망설이는 첫 번째 이유였다. 두 번째 이유는 오직 나만 알고 있었다.

나는 바닥에 놓인 마력석 위로 손을 가져다 대었다.

우웅.

전보다 훨씬 더 밝고 깨끗한 붉은빛이 가벼운 울림과 함께 반짝거렸다. 새 주인을 맞이한 마력석들이 내 마력에 기쁘게 반응해 왔다.

실험을 시작하기 전, 나는 그의 목에 걸린 봉인구를 눈에 담았다. 내내 풀리기를 간절히 바랐던 목줄이다. 그런데 지금은 두려운 감정이 더 컸다.

봉인구가 풀어지면 계약도 종료된다. 그의 감정을 의심하지는 않았다. 다만, 시간이 흐르며 원작대로 진행되는 것이 두려울 뿐이었다.

'……하지만 그래도 괜찮아.'

나는 흔들리는 마음을 다잡았다. 욕심은 이미 한가득 채우고 있었다. 내 감정 때문에 시간을 지체하는 짓만큼 멍청한 것이 없다.

'마력은…… 이 정도.'

나는 몸 상태를 확인했다. 체내의 마력은 아직 절반도 회복되지 않은 상태였다. 봉인구에 쏟아부어 봤자 금이 가지도 않을 양이다.

'대신 이것들이 있지.'

나는 목줄의 역할을 한 봉인석들을 천천히 훑어보았다. 안에 담긴 피는 심장 역할을 하여 끊임없이 마력을 만들어 낸다. 그것에 내 마력을 합쳐 이용할 계획이다.

우웅―!

마력석은 내 손에 반응해 화려한 빛을 뿜어냈다. 이건 마력석이 가지고 있는 마력이었다. 거기다 내 피는 마력석이 품고 있는 힘의 증폭제가 되어 고여 있는 마력을 몇십 배로 증가시켜 주었다.

'카르텔 덕분에 알았지.'

봉인구에 내 마력을 불어넣으면 미약한 틈이 벌어진다. 그리고 그 마력은 카르텔에게 전달되어 봉인된 힘을 깨워 주었다.

'……사실 봉인구를 깨트리는 건 내 마력 가지고는 어림도 없는 일이었어.'

늦게나마 안 사실이지만, 봉인된 힘의 반절을 깨우려면 그보다 서너 배의 마력이 더 필요했다. 덕분에 봉인구에 마력을 넣으며 몇 번이고 실험해야만 했다. 어째서 내 마력으로 그의 힘을 깨울 수 있는지 말이다.

답은 증폭에 있었다. 내 마력은 다른 마력과 섞이면 몇 배, 양에 따라서는 수십 배로 불어났다.

"시작할게."

착하지. 내 짐승.

나는 뒷말을 삼키고 한 손은 마력석에, 그리고 다른 한 손은 봉인구에 가져다 댔다. 마력석에 있는 마력을 모두 봉인구로 옮긴다. 나는 그 사이의 중간 다리 역할이었다.

"……."

천천히 마력석에 있는 힘부터 끌어당겼다. 그것은 나를 통해 봉인구로 스며들었다. 느리게 움직이던 마력은 점차 속도를 높여갔다.

봉인구를 완벽하게 깨트리기 위해서는 타이밍이 중요했다. 나는 제멋대로 움직이려는 마력의 가닥을 잡아 다스리며 때를 기다렸다.

[……지금.]

그도 자신에게 스미는 마력을 느끼고 있었다.

눈으로 보이지 않던 균열이 뚜렷하게 드러났다. 진짜 위험한 과정은 지금부터였다. 나는 마력석의 힘을 체내에 모두 흡수한 뒤 카르텔에게 바짝 안겨 들었다. 그리고 단번에 모든 마력을 봉인구에 쏟아 넣었다.

쩌억, 억-!

"읏!"

환한 빛과 함께 거목이 쪼개지는 듯한 소리가 귀를 때렸다. 봉인구를 쥔 손이 타들어 갈 듯 아파 왔다. 내 손이 망가지더라도 나는 이것을 놓을 생각이 없었다.

반대편 손으로 붙잡은 범의 목덜미가 점점 줄어들었다.

눈도 뜨지 못할 만큼 환한 빛이 동굴을 가득 채웠다. 그와 동시에 긴 팔이 나를 감싸 안았다. 그는 한 손으로 내 귀를 막고 다른 손으로 봉인구를 감쌌다.

콰아앙-!

폭발음이 동굴 전체를 강타했다. 천장과 벽이 부서지면서 돌이 후두두 떨어져 내렸다. 내가 짐작했던 문제가 현실로 다가왔다. 강력한 힘으로 단번에 봉인을 깨부순 여파였다.

"괜찮아."

귀를 막은 채 몸을 웅크린 내 위로 카르텔의 목소리가 내려앉았다. 동굴이 부서지며 성의 잔재가 아래로 떨어지는 상황임에도 불구하고, 그의 목소리는 내게 안정을 되찾아 주었다.

나는 매달리듯 그의 품 안으로 파고들었다. 따스한 품에 안겨 있기를 한참일까. 귀를 때리는 폭음도, 성의 잔재도 더 이상 떨어지지 않았다. 나는 슬그머니 고개를 들었다.

"드디어."

낮은 목소리가 만족감에 차올라 있었다.

단단한 목은 툭 튀어나온 목울대와 함께 유려한 선을 그대로 드러내고 있었다. 내내 그의 목을 옥죄던 봉인구는 흔적도 찾아볼 수 없었다. 가슴 속 깊숙한 곳에서 벅찬 감동이 샘솟았다.

"……끊어졌어."

아버지가 건 목걸이를 풀어낼 때는 그것을 끊어 냈다는 쾌감이 더컸다. 그런데 지금은 아까 망설이던 것이 무색하게도, 충만한 행복감이 나를 지배했다.

"봉인이 풀린다는 건 이런 느낌이군."

그는 제 육신이 신기한 듯 주먹을 쥐었다 펴며 곳곳을 살폈다. 겉은 예전과 다를 바가 없었지만, 조여 있던 마력이 돌아온 감각은 오직 그만이 알 것이다.

"마력이 풀리니 네 향기가 더 짙게 느껴져."

제 몸을 살피던 건 잠깐일 뿐이다. 그는 내 목덜미에 코를 박아 내가 모르는 향기를 들이마셨다. 뜨거운 숨과 고스란히 드러난 상체의 열기가 또렷하게 다가왔다. 잠시 후, 그가 몸을 굽혀 나를 안아 올렸다.

"잠, 깐만!"

갑작스럽게 들어 올려진 나는 팔을 버둥거리다 그의 목을 끌어안았다. 나를 안은 것이 퍽 만족스러운 듯, 그의 목울대가 보기 좋게 울렸다.

"위험하니까."

아래를 내려다본 나는 그의 말을 이해할 수 있었다. 부서지고 바스러진 암석들과 그 위에 있던 성의 일부가 허물어져 폭격이라도 맞은 것 같았다.

카르텔은 날카로운 것을 적당히 피하며 바위를 밟아 지상으로 올라갔다. 겨우 하늘을 볼 수 있는 곳까지 올라왔을 때, 공작성은 이미 제 모습이 아니었다.

'피해가 있을 거라곤 생각했지만.'

예상보다 더했다. 탑 하나 정도가 부서질 것이라고 생각했는데, 주위를 보니 성이 반절 이상 허물어져 있었다.

"다치지 않은 게 다행이네."

이 난리 통에 상처 하나 입지 않은 게 기적이었다. 밖으로 나오니 긴장이 절로 풀어졌다. 마력석에 담긴 마력뿐만 아니라, 내 안의 것까지 모두 사용했으니 힘 또한 빠졌다.

조금 기대도 될까. 나는 그의 맨 가슴에 뺨을 기대려, 소스라치게 놀라고 말았다.

"너, 잠깐…… 아."

슬쩍 본 그의 아래는 검었다. 내 반응이 민망하게도, 긴 바지가 그의 하체를 감싸고 있었다. 검은 범에서 인간화하면 맨몸이었으니, 이번에도 당연히 그러리라 예상했던 것이다.

"너, 바지가……."

"아아, 이거."

그는 무성의하게 대답하며 바위를 디뎠다. 바지를 성가시게 여기고 있는 것이 눈에 보일 정도였다.

"흑요석을 이용할 때처럼 머리를 좀 굴렸지."

그 말은 마력으로 바지를 만들었다는 뜻이었다. 마력을 이렇게 이용할 수 있으면서 왜 동굴에 있을 때는 헐벗었는지 모를 일이었다.

"이런 곳에서 맨몸으로 돌아다니면 네가 질투할 테니까."

그의 얼굴을 빤히 보니 무슨 생각을 하는 줄 알겠다는 듯 짓궂은 웃음이 돌아왔다. 하, 기가 막혀 그의 말을 부정하려 하기 직전이었다.

"플로리아!"

저 멀리서 들려오는 목소리는 아르덴의 것이었다. 얼마 지나지 않아 노을이 드리운 초록빛 머리카락이 시야에 들어왔다. 그 옆에는 리카엘이 함께 서 있었다.

"아르덴 오빠! 리카엘 오라버니!"

성이 무너졌지만 둘 다 피해를 입지 않아 다행이었다. 목소리를 높여 그들을 부르니, '츳'하고 머리 위에서 혀 차는 소리가 들렸다. 모르는 척 그를 올려다보니 불만에 찬 표정이다.

'……정말.'

지금 질투하고 있는 게 누구인 건지. 나는 속으로 웃음을 삼켜 내고는 그의 품에서 내려왔다.

"……아."

발을 땅에 디디며 뒤를 돌아볼 때였다. 저 멀리서 나이든 중년을 부축하고 있는 여인이 보였다.

공작부인과 나의 시녀였던 쉬릴이었다. 부인은 여전히 아무것도 느끼지 못하는 듯 쉬릴의 어깨에 기대어 있었다.

'내 부탁을 들어줬구나.'

나는 부인이 제정신이 아닐지언정 성을 탈출했다는 사실에 안도했다. 그들의 뒤로는 내가 고용한 길드원들이 마차와 함께 대기하고 있었다. 슬슬 출발하지 않으면 위험할 것이다. 나는 울먹거리는 쉬릴을 향해 웃어 주고는 고개를 돌렸다.

정말로, 지옥에서 벗어났다는 실감이 들었다.

"리아. 성공한 거니?"

노을을 등에 진 아르덴이 가까이 다가왔다.

예전부터 지금까지, 아르덴은 카르텔에게 직접 말을 거는 것을 꺼렸다. 그러나 심성이 다정한 이답게 그를 걱정하고 있다는 건 느낄 수 있었다.

"네. 생각보다 요란했지만……. 봉인구는 부서졌어요."

누군가에게 얽매여 있던 우리는 모두 해방되었다. 순수한 기쁨이 충만하게 차올랐다. 이 자리에 있는 누구도 본인을 타인에게 저당 잡히지 않았다.

이제는 홀로 고생하고 있을 동생을 찾으러 갈 시간이었다.

삐이이-!

저 하늘 높은 곳, 붉은 노을에서도 뚜렷하게 보이는 은빛 매가 주인을 발견하고 곧장 아래로 내려왔다.

우리에게 신호를 주느라 파이도 고생했겠지. 내가 리카엘의 팔에 앉은 파이를 대견하게 바라보는 동안, 그의 표정이 빠르게 굳어졌다.

"오라버니? 무슨 일이에요?"

"……벨루스가 기사단에 쫓기고 있다."

그의 어조가 사뭇 심각했다. 계속해서 매의 말에 귀를 기울이던 리카엘은 곧장 파이를 하늘로 날려 보냈다.

기사단이라니. 황제가 부리는?

"지금…… 지금, 어디에 있나요? 다친 건 아니겠죠?"

아이가 쫓기고 있을 것을 상상하니 심장이 쿵, 하고 내려앉았다.

벨루스는 공작성에서 떨어진 동쪽 숲에 몸을 숨기고 있었다. 그곳에는 밀수업자들만 아는 동굴이 있었다. 작은 마을로 연결된 길은 관문을 거치지 않고도 수도 밖으로 빠져나갈 수 있게 해 주는 유일한 통로였다.

'그래서 벨을 그곳에 두었는데.'

밀수업자들이 몰래 드나드는 곳이니만큼 몸을 숨기기 안성맞춤이었다. 안전하다고 여겨 홀로 보냈던 아이가 위험에 처하다니. 희게 질린 손안으로 식은땀이 고였다. 나는 한순간이나마 숨을 쉴 수가 없었다.

"다친 건 아니야. 이종족 아이 하나가 몰래 무리를 이탈하다 근위 병에게 붙잡혔어. 벨루스는 아이를 구하다가 위치를 들킨 거고."

리카엘은 진정하라는 듯 내 어깨를 다독였다. 그는 내 탓이 아니라는 듯 에둘러 말하고 있었다.

"그럼 지금은요?"

"숲 주위를 돌면서 기사단을 따돌리고 있어. 다행히 벨루스의 외모가…… 많이 변했다 보니 단순히 노예 사냥꾼으로 보고 있는 모양이야."

하아, 나는 리카엘의 말을 끝까지 듣자마자 깊은 한숨을 토했다. 황제의 지시가 떨어진 상황이니, 기사들은 우리뿐만 아니라 벨루스까지 찾고 있을 것이다. 어린 동생이 성년식을 거친 게 이렇게 다행일 수가 없었다.

"지금 바로 움직여야겠어. 다수의 이종족을 눈에 띄지 않게 데리고 돌아다니는 것도 고역이니까."

"네. 지금 출발해요."

나는 서둘러 고개를 끄덕였다. 어느새 아르덴이 성 밖에 묶여 있던 말을 끌고 왔다.

"……벨을 데리러 가자."

카르텔은 대답 대신 나를 말안장에 올려 주었다. 말 위에서는 내가 그를 내려다보게 된다.

그의 목에 아무것도 걸려 있지 않다는 사실이 나를 안도하게 했다. 나는 그의 이마에 입을 맞추고 말을 움직였다.

* * *

반 폐허가 된 공작성을 돌아 얼마나 달렸을까. 벨루스가 숨어 있는 숲에 닿았을 때는 이미 해가 저문 뒤였다.

"아르덴 오빠. 뭔가 읽혀요?"

"이 근방은 아니야. 꽤 안쪽으로 들어간 것 같은데."

나무에 손을 얹은 아르덴이 미간을 찌푸렸다. 인적을 발견하지 못한 나무들이 다른 나무에게 물어보고 있기는 했지만, 그걸 기다리고 있을 틈이 없었다.

파이에게서 연락을 받은 지 시간이 제법 지나 있었다. 그 이후의 소식은 듣지 못했으니 자꾸만 속이 타들어 갔다.

"그럼 안쪽으로 들어가야……."

"기다려."

성급히 말고삐를 당길 때였다. 카르텔이 흑마를 움직여 나를 막아섰다. 그는 초조함에 몸을 들썩이는 나를 앞에 두고 사방으로 마력을 불러냈다.

"이건……."

거대한 마력은 잘게 쪼개져 검은 불꽃이 되었다. 나는 이것이 뭔지 알고 있었다. 아실리드가 있는 호수에서 나를 구해 주었던 검은 불꽃. 수정 구슬만 한 크기의 불꽃은 카르텔의 눈과 귀가 되어 주는 사역마 같은 존재였다.

"안쪽도 상당히 넓어 보이니. 이것들을 푸는 게 더 빠를 거야."

새카만 숲속, 수백의 검은 불꽃이 순식간에 떠올랐다. 흑막에 핀 검은 불길은 희미한 푸른빛으로 타오르며 주변을 은근하게 밝혔다.

"가라."

밤의 요정처럼 신비로운 광경이었다. 반딧불처럼 춤을 추던 불꽃들은 카르텔의 명령에 일사불란하게 숲 안으로 흩어졌다.

밀수업자들이 길로 택할 만큼 숲 안은 넓고 복잡했다. 거기다 날카로운 돌산까지 군데군데 솟아나 있어 직접 들어가는 것보다 훨씬 현명한 방법이었다.

'찾아야 하는데.'

그래도 직접 몸을 움직이지 않으니 초조함이 가시질 않는다.

원래 일당백을 하는 아이다. 그러나 황제에게 들켜 버린다면 능력을 떠나 위험해질 수 있었다.

풀벌레 소리만 찌르르 울리는 숲속.

"찾았다."

가만히 숲 너머를 응시하던 카르델이 입을 열었다. 초조하게 바닥을 보던 나는 그 말에 재빨리 고개를 들어 올렸다.

"여기서 꽤 멀어. 쫓기고 있는 것 같진 않은데. 바위 뒤에 숨어 있군."

"……다행이야."

밤이 깊어 기사들이 모두 돌아간 모양이었다. 아니면 노예 상단 따위는 포기하고, 황제의 명에 따라 하사를 받기 위해 우리를 찾으러 간 것일지도 몰랐다. 아무래도 좋으니 동생만 무사하면 됐다.

나는 카르델의 뒤를 따라 검은 숲 안으로 내달렸다.

"이 근처인데……."

카르델의 불꽃이 둥둥 떠다녔다. 뿔뿔이 흩어졌던 것들이 목표를 발견한 것이다. 한참을 달려온 곳은 숲 안에 있는 돌무덤이었다. 커다랗고 날카로운 바위산이 많아 몸을 숨기기에 안성맞춤으로 보였다.

어디 있는 걸까. 가는 불빛에 의지해 주변을 살피던 나는 조심스럽게 동생의 이름을 불러 보았다.

"……벨루스?"

고요한 숲속, 내 목소리가 작게 울려 퍼질 때였다.

파악-!

무언가가 수풀을 헤치며 달려왔다. 황제의 기사거나 숲속에 사는 동물일 가능성이 컸다.

나는 제자리에 못 박힌 듯 움직이지 않았다. 땅을 박차는 소리와 함께 커다란 그림자가 내 위로 드리워졌다.

"리아!"

내가 기다리던 밝은 목소리. 나는 나를 끌어안아 오는 벨루스를 마주 안아 주었다.

"혼자 둬서 미안해. 벨."

"리아는 나를 너무 어린애로 봐."

벨루스는 그렇게 말하면서도 내 어깨에 턱을 비벼 오는 걸 잊지 않았다. 나는 홀로 고생했을 동생의 어리광을 받아 주었다.

"좋은 냄새."

어려서부터 유달리 예민하고 신경질적인 동생이었다. 그런 아이가 내 품에만 안기면 놀라울 정도로 차분해진다. 그건 다 자라서도 마찬가지인지, 좀처럼 내 품을 벗어날 생각을 하지 않았다.

"그만."

"어?"

슬슬 곤란하던 차, 카르텔이 나와 벨루스를 떼어 냈다. 순식간에 벨루스의 얼굴이 야생 늑대처럼 사나워졌다. 카르텔은 모자란 강아지를 보듯 벨루스를 향해 혀를 찼다.

"리아에게 개 냄새가 옮는다."

"뭐? 개 냄새?!"

카르르르륵-!

그 단어에 벨루스가 더 참지 못하고 발톱을 빼 들었다. 성장기를 끝마치고 마지막 일주일을 더 지낸 벨루스는 이제 자신의 감정을 제법 잘 제어할 줄 알았다. 하지만 그것도 카르텔 앞에서는 아무 소용이 없는 모양이었다. 나는 벨루스를 진정시키기 위해 그들 사이로 끼어들었다.

"그만, 여기서 발톱을 빼 들면 어쩌……."

"형아?"

말을 다 끝마치기도 전이었다. 벨루스의 뒤로 밤톨만 한 머리통이 삐죽 튀어나왔다. 은색 머리칼에는 삼각 귀가 움찔거리고 있었다.

내 허리 아래까지나 자랐을까. 개인지, 늑대인지 모를 자그마한 아기 수인은 벨루스의 옷자락을 구명줄이라도 되는 것처럼 꼭 잡고 있었다.

"어어, 루루……!"

벨루스는 퍽 당황한 눈치로 서둘러 발톱을 집어넣었다. 나는 벨루스의 행동에 놀라 눈을 깜빡였다. 벨루스는 본디 잔인한 성정이었다. 그건 어린아이나 노인, 여자를 가리지 않았다.

지금껏 그런 동생을 통제할 수 있는 사람은 나뿐이었다. 그런데 스스로 손톱을 집어넣다니, 나는 그것을 눈앞에서 보고도 믿을 수 없었다. 혹시 벨루스가 구했다던 아이가…….

"아가?"

"……."

나는 무릎을 굽혀 아이와 눈을 마주했다. 조심스레 불러 보았지만 아이는 입술을 꼭 다물며 도리질 칠뿐이었다.

겁을 먹은 눈에 그렁그렁 눈물이 걸렸다. 가여운 모습이었지만 그 모습이 퍽 귀여워 웃지 않을 수가 없었다.

"……누나."

"안녕. 루루."

내가 웃었기 때문일까. 끝까지 입을 열지 않을 것 같던 아이가 친근한 호칭으로 나를 불렀다.

아까 벨루스가 이 아이를 루루라고 불렀었지. 생긴 것과 똑같이 몹시 귀여운 이름이었다.

"나 아가 아닌데."

"어……. 그래. 누나가 실수했네. 미안해."

루루는 볼까지 잔뜩 부풀리고 있었다. 저런 말이 나올 줄은 몰랐던지라, 조금 당황한 나는 순순히 사과했다.

아이는 빙그레 웃더니 쪼르르 뛰어와 내 품으로 파고들었다.

"이놈 봐라. 리아를 언제 봤다고……!"

아까의 상냥함은 다 어디로 갔는지. 아이 때문에 손톱까지 집어넣었던 벨루스가 내 품에서 루루를 떼어 내려 했다.

"벨루스. 어린애잖아."

"나도 어린……!"

버럭하면서도 양심이 찔리는지 얌전히 입을 다문다. 하여간에, 성장기를 한 번 더 맞이해야 하는 건 아닐는지 모르겠다. 여전히 철없는 동생의 모습에 고개를 내저을 때였다.

"루루……! 거기서 뭐 하는 거니!"

바위산 옆에서 여인의 목소리가 터져 나왔다. 은색 머리칼을 가진 중년의 여인은 황급히 뛰어와 아이를 데려갔다. 나를 바라보는 눈에 경계심이 가득했다.

"엄마, 저 누나한테서 좋은 냄새가 나."

"아가, 쉿!"

여인은 아이를 제품에 숨기고 작은 어깨를 바르르 떨었다. 오해를 받았다고 생각했지만 저 정도로 겁에 질린 모습을 보니 화가 나지 않았다.

"카라페."

이윽고, 은발의 사내가 여인을 끌어안으며 그녀를 안심시켰다. 아카노르, 나에게 낙원을 말했던 늑대 수인이었다.

"저 여자는 괜찮소. 그때 나를 풀어 준 자야."

나는 실험탑에서 가족을 지키려 목숨을 걸고 버텼던 그를 떠올렸다. 연약해 보이는 여인도, 사랑스러운 아들도 모두 그의 가족이었다.

그들의 등장으로 바위틈에서 색색의 머리들이 하나둘 올라왔다. 숨어 있던 다른 이종족들이었다.

"······정말 우리를 풀어 주러 온 건가?"

"인간은 믿을 수 없어."

의심 가득한 눈초리가 나를 비롯한 모두에게 돌아왔다. 어차피 예상했던 일이라 크게 신경 쓰지는 않았다. 나는 어둠 속에서 빛나는 수십 쌍의 눈을 천천히 훑어보았다.

'적어도 오십 명은 넘겠는데.'

아예 바위 뒤에서 나오지 않은 이들의 수를 감안하자면 예상했던 것보다 더 많을 것이다. 기사들에게 쫓기면서도 이렇게 많은 이종족들을 지켜 내다니. 새삼 내 동생이 자랑스러워지는 순간이었다.

"이제 동굴로 이동하자. 어두우니 눈에 잘 띄지 않을 거야."

나는 벨루스의 머리를 쓰다듬어 준 뒤 타고 온 말의 고삐를 풀어 주었다. 어차피 동굴에 말을 데리고 가는 것은 불가능하니 지금 보내 주는 것이 좋았다. 원래가 야생마 출신이었던 흑마는 잔뜩 흥분해 어둠 속으로 달려 나갔다. 말발굽 소리가 완전히 멀어졌을 때, 나는 리카엘에게 다가가 물었다.

"오라버니. 위치를 파악할 수 있을까요?"

"조금 돌아가야겠지만, 새벽 안에는 도착할 수 있겠어."

나는 그 말을 듣고 안도했다. 언제 또 기사들과 마주칠지 모른다. 이번에는 노예 상단인 척 정체를 숨기지 못할 것이다. 적어도 아침이 밝기 전 동굴에 도착하는 것이 안전했다.

"그럼 바로 가요. 벨루스. 부탁할게."

벨루스는 내 말에 고개를 끄덕이더니 중얼거리기 시작했다. 동생이

외우고 있는 것은 '룬어'로 언어에 마력을 담을 수 있는 특수한 고대 어였다.

말간 자색 눈동자가 허공을 훑었다. 보이지 않던 글자들이 하나둘 떠오르며 이종족의 곁을 맴돌다가 사라졌다.

"다 됐어."

벨루스가 그린 문자는 속박을 뜻하는 룬어였다. 뜻 그대로 대상을 시전자 곁에 묶어 두며 일정 거리 이상 떨어지면 자석처럼 돌아오게 한다. 대규모의 이종족을 이끌 때 알맞은 마법이었다.

"응. 고마워."

나는 동생의 머리를 가볍게 쓰다듬었다.

속박이 대상에게 고통을 주지는 않지만 불쾌할 뿐만 아니라 가축 취급을 당했다 느낄 수도 있었다.

'당장은 어쩔 수 없어.'

여기 있는 이종족들은 대부분 우리를 믿지 않았다. 이유야 이해가 되지만, 아무런 방책도 세우지 않았다가는 잡기 놀이를 하는 시간만 늘어날 것이다. 그러다 발각될지도 모르고 말이다.

바위 뒤에 숨어 있던 이종족들은 마력의 힘에 의해 하나둘 강제로 모여들었다. 그중에는 아카노르와 그의 가족들도 끼어 있었다.

"엄마, 나 저 누나랑 갈래."

"루루, 제발. 쉬잇……."

제 어미가 겁에 질려 있는 것과 달리, 루루는 마냥 천진난만했다. 사랑을 듬뿍 받고 자란 티가 났다. 내 과거에는 없었던 진짜 어린아이의 모습이었다.

"하지만 저 누나한테서 좋은 냄새가 난단 말이야."

루루는 아예 치맛자락을 잡아 늘이며 고집을 부리기 시작했다. 그렇다고 내가 아이에게 다가갈 수는 없었다. 어미의 눈에는 아이를 납치하는 것으로 보일 테니까.

"루루. 이리 와라. 아버지랑 같이 가 보자꾸나."

아카노르가 버둥거리는 아이를 한쪽 팔로 안아 들었다. 그는 아이의 어머니를 다독이고는 내 곁으로 다가왔다.

"이동하는 동안만 아이를 맡아 주겠나? 낯을 많이 가리는 아이인데, 이상한 일이군."

"……상관없긴 하지만."

나는 그의 뒤에 있는 여인을 넘어 보았다. 불안에 떠는 모습이 영 마음을 불편하게 했다.

이 아이는 내가 뭐 그리 좋다고 방금 만났음에도 이리 따르는 걸까? 아이의 고집 때문에 시간을 지체할 수는 없었다. 나는 하는 수 없이 대책을 내놓았다.

"그럼 아카노르 씨가 제 옆에서 아이를 안고 가 주세요."

"그러지."

내가 아이를 직접 데리고 가는 것이 아니니 그나마 안심되겠지.

그가 고개를 끄덕이는 것으로 이동이 시작되었다.

내 옆에는 루루를 안아 든 아카노르가, 반대편에는 카르텔이 함께 걷고 있었다. 루루는 자꾸만 나를 만지려 손을 뻗어 왔지만 짧고 통통한 팔은 내게 닿지 않았다.

"낯을 많이 가리는 아이인데, 이상하게 너를 잘 따르는군."

아카노르는 의아하다는 듯 루루의 머리를 쓰다듬었다.

아이의 어머니인 카라페도 내가 특별한 반응을 보이지 않으니 조금이나마 안심하는 눈치였다.

'낙원에 대한 이야기는…… 더 꺼내지 않네.'

혹시나 아카노르가 낙원에 대해 이야기를 꺼낼까 봐 일부러 날을 세우고 있던 참이었다. 하지만 한참을 걸어왔어도 그럴 기색은 보이지 않았다. 괜한 걱정이었다고 생각하는 한편, 나는 행진 전 리카엘의 말을 떠올렸다.

'낙원은 존재한다고…… 했었지.'

그가 어떤 의미로 그런 말을 했는지는 모른다. 그렇지만 이상하게도 여운이 남는 말이다. 자꾸만 리카엘의 말이 머리에 맴돌았다.

'나중에 한 번 더 물어봐야겠어.'

나는 그에 대한 생각을 애써 밀어 놓고 걸음을 재촉했다.

내가 걷고 있는 곳은 행렬의 중간 부분이었다. 내 앞뒤로는 이종족들이, 맨 끝은 리카엘이 지켰다. 가장 선두에는 벨루스와 아르덴이 있었는데, 벨루스는 이종족들을 감시하는 역할을 했고 아르덴은 안내를 맡았다.

'그나저나, 신기하네.'

나는 벨루스의 뒷모습을 눈여겨보았다. 예전이라면 노인네 따위는 싫다며 내게 뛰어와 안겼을 터였다. 그러나 내 예상과는 다르게 벨루스는 내게 달려오지도, 아르덴을 욕하지도 않았다.

'철이 들었나?'

내 바로 옆에 카르텔이 붙어 있는데도 큰 반응이 없다. 나는 그게 신기해 선두에 선 동생을 몇 번이고 힐끗거리다가, 잠든 루루를 안은 아카노르와 눈이 마주쳤다.

"이제 저놈이 너를 귀찮게 하지 않아 섭섭한가?"

나와 벨루스를 번갈아 보던 아카노르가 작게 웃었다. 그건 덜 자란 아이를 보는 어른의 미소였다.

"음, 그냥 철이 들었나 싶어서요."

섭섭한 것까지는 아니었지만, 성장한 동생의 모습을 보는 건 제법 이상한 기분이었다. 그도 벨루스가 나를 얼마나 잘 따르는지 알고 있을 것이다. 공작성에 처음 끌려와 본 것이 내 품으로 뛰어드는 벨이었을 테니까.

"어린 늑대들은 한 대상에게 집착하는 성향이 강해. 그 대상은 부모, 형제 혹은 친구가 될 수도 있겠지."

몰랐던 사실이었다. 나는 가만히 그의 말을 경청했다.

"일단 몸이 커지면 정신도 성장하기 마련이야. 상대에 대한 집착은 호의로 바뀌지. 그렇게 정신적인 독립을 한 뒤에 제 짝을 찾는 거야."

"……그렇군요."

그의 말이 맞는다면 이건 자연스러운 현상이었다.

나는 앞에서 걷고 있는 동생의 등을 바라보았다. 넓은 등을 보고 있자니 그동안 내가 너무 벨루스를 어리게만 보고 있었구나 싶었다.

'다행이야.'

동생이 무사히 성장을 마친 뒤 성을 떠나게 되어서. 그거 하나만큼은 정말로 다행이었다.

우리가 향하는 동굴은 작은 마을과 연결되어 있다. 거기서 더욱 인적이 드문 곳으로 이동해 국경을 넘어야 한다. 분명 쉽지 않은 길이 될 것이다. 새로운 환경에 적응하는 건 기본이고, 어쩌면 매일 쫓기는 생활이 반복될 수도 있다. 어둑한 밤하늘처럼 한 치 앞을 알 수가 없었다.

"……아."

가만히 밤하늘을 올려다보고 있을 때였다. 밤기운으로 차가워진 손에 따스한 기운이 엉겨들었다.

"카르텔."

내 손등을 어루만지던 그는 손가락을 얽어 깍지를 꼈다. 내 말을 듣지 못했다는 듯, 앞만 보고 걷는 모습에서 그가 연기했던 동방의 왕자가 비쳐 보였다.

가끔 카르텔은 이렇게 소리 없는 위로를 할 때가 있다. 나는 깍지

긴 손에 힘을 주었다.

"……."

무리와 함께 걷는 내내 대화는 오가지 않았다. 기분 좋게 불어온 밤바람이 우리를 둘러쌌다. 아주 짧은 순간이었다. 검푸른 밤, 달과 별이 등처럼 걸려 있는 숲에 오직 우리 둘만이 머물러 있는 기분이었다.

"거의 다 왔어."

잠시 걸음을 멈춘 아르덴이 옆에 있는 나무 기둥에 손을 얹었다. 그는 이전에도 이 숲에 와 본 적이 있었다.

목인 특유의 능력은 추적에 능했다. 아르덴은 이곳에 숨어든 배신자를 몇 번이고 잡아냈다.

"여기야."

"어, 그냥 나무 아닌가요?"

달이 제법 옆으로 기울어졌을 때였다. 앞서가던 아르덴이 큰 나무 앞에서 걸음을 멈췄다. 나무 중 유난히 커다랗고 오래되어 보였지만 별다른 특징은 없었다.

"응. 여기가 입구야. 인간들이 일부러 가려 놓았거든."

아르덴은 그렇게 말하며 나무뿌리를 더듬었다. 뿌리 사이에 걸려 있는 넝쿨과 이끼를 거둬 내니 구멍이 보였다.

양쪽에 세워진 암석이 나무뿌리를 받치고 있었다. 동굴은 언뜻 보기에도 깊었고, 사람이 들어가기에 무리가 없을 정도로 넓었다.

"이런 곳에 있었다니."

이 숲에 밀수업자들이 드나드는 동굴이 있다는 걸 나에게 알려 준 것도 아르덴이었다. 이렇게 나무 아래 감춰져 있을 거라고는 상상도 하지 못했지만 말이다.

"아무래도, 줄을 서서 들어가야겠네."

동굴 크기는 사람 두 명이 함께 들어가면 넉넉한 정도였다. 아무래도, 짝을 지어 들어가는 방법밖에 없어 보였다.

'더 불안해할 텐데.'

대부분의 이들은 좁고 어두운 곳을 두려워한다. 하물며 자신들이 어디로 가는지도 모르는 이들에게 저 안은 지옥문처럼 보일 수도 있었다.

'향기로 진정시켜야겠어.'

동굴 안에서 날뛰기라도 하면 제어가 힘들어진다. 미리 손을 쓰기로 결정한 나는 그대로 뒤를 돌아보려 했다. 그러나 뭘 어찌하기도 전.

"숙여."

"……?!"

카르텔이 내 머리를 안고 몸을 숙였다. 대기를 가르는 소리와 함께 푹, 내 옆의 나무에 화살이 박혀 들었다. 조금만 늦었더라면 화살촉은 나무가 아닌 내 머리를 꿰뚫었을 것이다.

"겨우 여기인가."

오만에 젖은 목소리가 숲에 울려 퍼졌다.

설마. 나는 카르텔의 손을 잡고 황급히 몸을 일으켰다.

"……둘러싸였군."

이종족들을 중앙으로 데려온 리카엘이 중얼거렸다. 곧이어 풀숲 너머에서 검은 로브를 입은 자들이 하나둘 모습을 드러냈다.

'황실의 마도학자들.'

검은 로브에는 황가의 문양이 금색으로 박혀 있었다. 그들은 황실에 소속된 마도술사들로, 마도탑에서 부정을 저질러 쫓겨난 존재들이었다.

마도탑에서 부정이라 인지하는 건, 제국 내 법도에서는 곧 사형을 의미했다. 그런데 황제는 그들에게 선택의 기로를 내려 주었다. 하나는 사형, 또 다른 하나는 인간이기를 포기하고 황실의 마도학자로서 순종하는 것. 그들 대부분은 후자를 택했다.

'이러니 기척을 느끼지 못할 수밖에.'

나는 그들의 손에 들려 있는 흑색 구슬을 눈으로 훑었다. 몇십 명의 마도학자들이 기척을 없애는 마도 물품을 사용하고 있었으니, 그동안 알아차리지 못한 게 당연했다.

"모를 줄 알았나? 하필 이럴 때 대규모로 이동하는 노예 상단이라니."

그 뒤로 백마를 탄 황제가 보였다. 그는 모여 있는 자들을 굽어보며 노골적인 비웃음을 머금었다.

'벨루스가 기사와 마주쳤다고 했었지.'

어쩌면 노예 상단이라 생각하고 쫓는 것을 포기한 것이 아닐지도 모른다. 황제는 수십, 아니 수백의 기사를 풀었을 것이고 조금이라도 의심되는 정황이 포착되면 보고를 올리라 하였을 것이다.

"베논 공작이 사라진 마당에 너희들까지 놓칠 수는 없지."

아버지가 사라져? 홀로 두고 왔으니 분명 황제에게 붙잡혔을 거라고 생각했다. 그런데 그가 사라지다니. 하지만 이유를 황제에게 물을 수는 없었다.

"짐은 너희들이 믿고 있는 구멍 또한 알고 있도다."

더 생각할 시간이 없었다. 황제의 말에 스산한 기운이 감돌았다. 믿고 있는 구멍이라는 건, 설마.

"안 돼!"

황제가 손을 들어 올렸다. 미처 대응하지 못한 순간.

으드득-!

커다란 나무가 동굴을 뭉개며 아래로 으스러졌다. 황제가 다루는 중력으로 동굴은 형체도 알아볼 수 없게 무너져 내렸다. 저 정도라면 주위를 치워도 내부가 모두 내려앉았거나 금이 가 들어가지 못하는 수준이었다.

수도에서 몰래 빠져나갈 수 있는 방법은 여기뿐이었는데.

'이제 어쩌지.'

무너진 동굴을 허망하게 지켜볼 틈도 없었다. 황제의 손과 발이 되는 건 황실 마도술사들 뿐만이 아니었다.

그의 등 뒤에는 수백의 기사와 병사, 전쟁용 마도 무기들이 포진하고 있었다. 이 자리에서 섬멸해 버리겠다는 황제의 의지가 느껴졌다.

"……죽을 거야."

"내 아이, 아이라도 보내 주세요!"

무기를 든 인간에게 둘러싸인 이종족들은 공포에 빠져 울부짖기 시작했다. 겁에 질린 그들을 진정시킬 방법은 없었다. 더군다나, 우리가 잡혀 버린다면 이종족의 목숨도 끝장이었다.

"시끄럽게. 방해되잖아."

벨루스는 짜증을 내면서도 바쁘게 술식을 치기 시작했다. 허공으로 그의 눈 색을 닮은 자색 글자가 떠오르다 빛을 터트리며 사라졌다. 방어를 담은 룬어는 곧 보이지 않는 벽이 되어 이종족들을 끌어안았다.

"리아."

식을 끝낸 벨루스가 내 곁으로 다가왔다. 넓게 식을 펼친 탓인지 이마에 식은땀이 맺혀 있었다. 룬어는 시전자의 마력을 먹어 치운다. 크기만큼 마력이 소모되니 아마 오래 버티지 못할 것이다.

"어떡할까."

동생은 결정을 내려 달라는 눈으로 나를 보고 있었다. 동굴이 망가져 버린 이상 수도 밖으로 나갈 방법은 정면 돌파뿐이다. 아니, 그전에 이곳을 빠져나가는 것이 먼저였다.

"길을 뚫어야 해."

내 말에 벨루스가 고개를 끄덕였다. 리카엘, 아르덴 또한 전투 준비를 끝냈다. 그리고 마지막.

"카르텔."

"나를 첫 번째로 봐 주면 좋았잖아?"

사방에 적들이 포진해 있는데도 전혀 신경 쓰지 않는 모습이었다. 오히려 장난스러운 기색으로 허공 가득 작은 불꽃들을 띄워 춤추게 했다.

"글쎄. 영 못 미더워서."

나는 내 곁을 맴도는 불꽃들을 손으로 대강 쳐 냈다. 이런 상황에서도 능글맞게 굴다니. 카르텔답다고 할까.

"흠, 그럼 믿게 해 줘야지."

그는 내 쌀쌀맞은 대답에 키스로 보답했다.

'……어?'

잘못 본 것일까. 그의 눈동자가 미묘하게 붉어 보였다. 하지만 그것을 신경 쓸 시간은 없었다. 등을 돌린 카르텔의 앞으로 황제와 마도술사 그리고 검을 빼든 기사들이 어두운 숲속에 빼곡히 늘어서 있었다.

"내 자비를 베풀어 모두 이 자리에서 죽여 주도록 하겠다."

모두에게 자비를 내리겠다는 황제의 시선은 카르텔에게만 고정되어 있었다. 당장이라도 죽여 없애고 싶다는 듯 고삐를 잡은 손이 떨렸다.

"아까부터 자비를 베풀겠다 하시는데. 대체 어떤 자비를 말씀하시는 건지 모르겠군요."

나는 부드러이 말하며 마비향을 풀어냈다. 향기는 마치 살아 있는 뱀처럼 움직여 마도술사들의 폐부로 스며들었다.

"흐……?"

뭔가 이상하다고 느꼈을 때는 이미 독향이 온몸으로 퍼진 다음이다. 그들은 달콤한 향기에 젖어 하나둘 바닥으로 쓰러졌다.

"자비라 하신다면 이 정도는 되어야죠. 폐하."

나는 눈을 느릿하게 깜빡였다. 긴 속눈썹이 우아하게 아래위로 흔들린다. 그를 흉내 내어 오만하게 턱을 치켜드니 황제의 얼굴이 단번에 일그러졌다.

"내 베논가를 그렇게나 아꼈건만! 사특한 악마까지 모자라 마녀라니!"

내가 마녀가 아니란 것쯤은 그도 알고 있을 것이다. 황족의 것이 아닌 힘은 모두 악으로 취급한다. 레오플론 제국이 가장 먼저 이종족을 노예화한 이유였다.

"저 악마들을 신의 이름으로 처단하라!"

"진격하라!"

황제의 말에 기사 단장이 칼을 치켜올렸다. 거대한 함성과 함께 기사들이 중앙으로 몰려들었다.

챙―!

투명한 막이 날카로운 검을 튕겨 냈다. 벨루스가 친 술식이 중심을 지켜 주고 있었다.

"읏!"

"벨, 괜찮아?"

벨루스가 몸을 웅크렸다. 룬어로 친 술식은 모든 타격이 시전자에게 돌아간다.

"괜찮아. 길만 뚫으면 되는 거니까. 야, 새대가리. 빨리 안 움직이냐?"

아무렇지도 않다는 듯 방긋 웃던 벨루스는 곧장 고개를 돌려 리카엘에게 소리 질렀다. 새대가리라니. 나는 그것을 혼낼 정신도 없이 리카엘에게 눈짓했다.

"원래 모자란 놈이니 신경 쓰지 마라. 리아."

화답한 리카엘이 바람을 움직였다. 그를 중심으로 휘몰아치던 바람은 술식을 너머 기사들에게 돌진했다.

촤악ㅡ!

"아아악!"

"이게, 무슨······! 악마가, 아윽······!"

칼날이 된 바람은 플레이트 아머를 가르고 기사들의 육신을 잘라 냈다. 가장 선두에 있던 기사들이 바닥으로 쓰러졌다. 눈앞의 참극에 남은 기사들이 주춤주춤 뒤로 물러났다.

바람은 눈에 보이지 않고 형태 조자 없다. 그러니 피하지도, 베어 없애는 것도 불가능했다.

"짐의 기사는 곧 신의 병사! 모두 물러나지 마라!"

황제의 고함에 기사들이 다시 검을 빼 들었다. 바람은 우리에게 다가오는 이들을 자르고, 베어 냈다. 그러나 수는 줄지 않았다. 어둠 속에 가려져 남은 기사가 몇인지도 알 수 없었다.

'이러다 마력이 바닥나겠어.'

벨루스는 벌써 숨을 헐떡이고 있었고, 리카엘은 기사들을 상대하느라 보호막을 펼치지 못한다. 나도 향을 퍼트려 기사들을 재우고 있었지만 그 수는 티도 나지 않았다.

"내 친히 도움을 주겠노라."

이에 황제까지 가세했다. 그가 손을 들어 올리자 술식 바깥의 바닥이 더 깊은 아래로 꺼지며 돌 부스러기가 튀었다. 나무를 가르고 바위를 박살 내는 중력이 보호막을 짓누르듯 아래로 당기고 있었다.

"큭!"

"벨!"

벨은 큰 타격을 받은 듯 피를 토해 냈다. 더 이상은 버티기 힘들다고 생각할 때였다.

째앵-!

"막이!"

유리창이 깨지는 소리와 함께 벨루스의 술식이 부서졌다. 이때를
틈타 기사들이 안으로 밀고 들어왔다. 리카엘이 황급히 막을 만들려
바람을 움직였다.

멀리서 황제가 다시 손을 들어 올리는 것이 보였다. 뒤에서 대기하
던 궁수들이 신호에 맞춰 화살대를 당겼다.

"읏!"

카르텔이 황급히 나를 끌어당겼다. 화살 하나가 아슬아슬하게 내
뺨을 스치고 지나갔다. 화살에 베이기라도 한 듯 뺨에서 피가 흘렀
다. 그 순간 리카엘이 장막을 완성했다.

"리아! 괜찮아?"

"리아!"

벨루스와 아르덴이 나를 향해 달려왔다. 뺨이 조금 따끔거릴 뿐,
큰 상처는 아니었다. 나는 고개를 끄덕이며 카르텔을 보았다.

"카르텔?"

내 부름에 카르텔의 시선이 조금 늦게 돌아왔다. 뭔가 이상한 느낌
이었다. 그는 내 턱을 잡고 볼에 난 상처를 이리저리 확인했다. 그리
고는 피에 젖은 뺨을 길게 핥아 내며 미소 지었다.

"잘됐어."

저 먼 심해처럼 낮은 울림이었다. 카르텔은 나를 지나쳐 바람의 장
막을 벗어나고 있었다.

"카르텔!"

놀라 소리 질렀지만 그는 뒤도 돌아보지 않고 장막을 넘어갔다. 사
람이 아닌 물건을 보는 듯 서늘한 시선. 나는 그 눈빛이 낯설게만 느

꺼졌다.

"놈이 나왔다!"

이윽고 그의 몸이 완전히 바깥으로 빠져나갔다. 술식 주변만 맴돌던 기사들은 기회라는 듯 카르텔에게 덤벼들었다. 그리고…….

눈앞에서 지옥이 펼쳐졌다.

"아아아아악!"

고막을 할퀴는 비명이 숲에 울려 퍼졌다. 새카만 불길이 기사들을 잡아먹고 있었다. 허공을 떠다니는 불꽃들은 꽃잎처럼 흩날려 먹잇감 위로 내려앉았다.

터트리고. 태우고. 녹여 버리고. 그것들은 마치 살아 있는 것처럼 각자의 사냥 방식으로 기사들을 재로 만들었다. 새까만 재 위로 녹아 버린 검의 잔재가 엉겨 붙었다.

카르텔은 만들어진 지옥을 보며 느긋하게 산책했다.

'……이상해.'

온몸에 소름이 돋는다. 저건 내가 아는 카르텔이 아니었다. 그는 알 수 없는 말을 중얼거리며 직선으로 나아갔다. 그 끝에는 황제가 있었다.

"모, 모두 황제 폐하를 보호하……!"

근위 대장이 몸을 떨며 칼을 빼 들었다. 그러나 그것이 마지막이었다. 카르텔은 성가신 벌레라도 만난 듯 가볍게 손날을 휘둘렀다. 분명 한낱 손짓에 불과했다. 그런데 날카로운 검에 베인 것처럼 근위 대장의 목에서 피 분수가 튀었다.

"……그래. 아쉽다고 생각했었지. 네 놈을 죽였어야 했는데."

바닥에 목이 구르고 처음으로 사방에 피가 튀었다. 그 참혹한 광경에 누구도 입을 열지 않았다. 덕분에 멀리 있는 내게도 그가 중얼거리는 말이 뚜렷하게 들려왔다.

"아까, 못 죽였었으니까."

날카로운 모서리로 쇠를 긁어내는 듯 섬뜩하고 고저 없는 음이다. 그의 시선은 황제에게 향하고 있었다. 맑았을 금안에 새카만 핏빛이 섞여 들었다.

'잠깐, 저건…….'

설마 했던 일이 현실로 드러났다. 그의 눈이 붉게 변했다는 건 폭주의 신호였다.

원작의 카르텔은 스스로 봉인구를 끊어 내고 곧장 폭주한다. 그건 힘의 반동과도 같았다. 갑작스럽게 터져 나온 힘은 제어가 불가능하다. 그것은 정신마저도 먹어 치워 몸의 주인을 살인 병기로 만들었다. 아군도, 적군도 없다. 살아 있는 것은 모두 죽여 버린다.

'안 돼.'

기사들을 태우던 불꽃은 어느새 숲에도 옮겨붙었다. 벨루스를 찾을 당시만 해도 무엇도 태우지 않던 불꽃이었다. 그러나 지금은 다르다. 사방은 불지옥으로 변하고 있었다.

"아, 악마를 죽여라!"

"죽여라!"

충격으로 머리가 돌아 버린 것인지, 기사들은 불씨에 뛰어드는 불나방처럼 카르텔에게 달려들었다. 그 끝은 누구 하나 할 것 없이 공평했다.

[크르르…….]

기사들이 바닥에 쓰러질수록 기묘한 짐승의 소리가 숲 전역에 울려 퍼졌다. 그가 본체로 돌아가려 하고 있었다.

카르텔이 인간의 형상을 유지하고 있다는 건 조금이나마 이성이 남아 있다는 뜻이다. 그러나 마수로 돌아간다면 그때는 정말로 걷잡을 수 없어진다.

"카르텔!"

목이 터져라 그의 이름을 불렀지만 카르텔은 돌아보지 않았다. 그에게 닿기 위해서는 가까이 다가가야 했다. 그 생각이 끝나기도 전에 몸이 먼저 움직였다.

"리아! 나가면 안 돼!"

"플로리아!"

나를 부르는 목소리가 발목을 붙잡았다. 그것을 뿌리치는 데는 잠깐의 망설임도 존재하지 않았다. 나는 리카엘의 장막을 통과해 그에게 달려갔다.

"저, 저년부터 잡아라!"

기사 중 한 명이 나를 향해 손가락질했다. 겨우 향으로 재웠지만 이미 놈의 목소리는 전역으로 퍼졌다. 카르텔에게 향해 있던 기사들이 나에게로 눈길을 돌렸다. 내가 미친 듯 달리고 있는 것처럼, 그들도 나를 죽이기 위해 돌격해 왔다. 고동치는 심장이, 내달리는 다리가 터져 버릴 것만 같았다. 손을 뻗으면 닿을 거리에 그가 있다. 나는 마지막 힘을 짜내어 그의 이름을 불렀다.

"카르텔!"

그가 내 부름에 대답하기도 전이었다. 나는 피에 젖은 등을 망설임 없이 끌어안았다.

"카르텔! 그만해!"

제발, 제발 그만해.

여기서 모두를 죽일 수는 없다. 제정신으로 돌아왔을 때 참담한 모습을 보게 될 너는 또 어떤가.

나는 간절하게 그의 등에 매달렸다. 그때였다. 끼익, 낡은 철문이 열리는 것처럼 그의 목이 움직였다. 기묘하게 꺾인 고개가 부자연스럽다. 붉게 적셔진 시선이 나를 훑는다. 그의 눈은 광기로 번들거리고 있었다.

"……꽃?"

이성이 돌아오기라도 한 걸까. 핏물로 젖은 그의 손이 내 뺨을 느릿하게 어루만졌다.

나는 금세 기대를 접었다. 내게로 오로지 닿지 않는 시선. 이건 내가 아는 카르텔이 아니었다.

피부를 문지르던 손이 목을 감싸 쥐었다. 이것을 먹어 치워도 될까. 고민하는 표정이었다. 늘 뜨거웠던 그의 품은 싸늘하게 식어 있었다. 온몸에 소름이 번졌다. 그가 영영 나를 알아보지 못할까 봐 두려웠다.

'그러지 마.'

닿지 않을 목소리가 입안에서 허물어졌다.

이상했다. 지금 당장 카르텔이 나를 죽일 수도 있다는 것보다, 나를 알아보지 못한다는 사실이 더 무서웠다. 나는 떨리는 손으로 내목을 쥔 그의 손을 감쌌다. 그는 호기심 어린 시선으로 내가 하는 모양을 바라보았다.

"정신 차려."

"……?"

목을 붙잡은 손을 쓸고 긴 팔을 따라 위로 향한다. 눈을 꾹 감고는 그의 얼굴을 끌어당겼다. 다물린 입술이 포개졌다. 나는 그의 아랫입술을 앙칼지게 깨물었다.

"……윽."

이를 세워 잔뜩 힘을 주니 얇은 입술 선에서 피가 흘렀다. 그가 얕은 신음을 터트리는 순간 나는 그의 입술을 갈라 혀를 얽었다.

내가 먼저 침입한 것은 이번이 처음이었다. 찬기를 머금은 입안이 내 어색한 움직임에 점점 달구어져 갔다. 피의 맛이 진득한 향기처럼 느껴졌다.

느릿하게 입술이 떨어지자 카르텔은 멍하게 눈을 깜빡였다. 그는 피를 닦을 생각도 하지 않고 그렇게 한참 나를 바라보았다.

"……리아?"

그의 입술에서 내 이름이 나온 순간, 눈물이 떨어질 것 같았다. 짐승의 울림이 아닌, 내가 알던 카르텔의 목소리였다.

"그래. 나야."

나는 울음을 꾹 참아 넘겼다. 그의 등을 안은 팔에 힘을 준다. 분명 단단한 육체인데 금방이라도 내 품에서 사라져 버릴 것만 같았다.

"……리아. 플로리아."

그는 여러 번 내 이름을 부르며 가까이 오는 기사들을 태워 죽였다. 그러면서도 제 몸을 붙든 나에게는 아무런 해를 입히지 않았다.

"카르텔."

나는 그의 뺨을 붙잡아 눈을 마주쳤다. 핏빛으로 물들었던 눈이 점차 제 색을 찾고 있었다. 탁한 느낌이기는 했지만, 분명 금색이었다. 나를 품은 시선이 거칠게 흔들렸다.

"……리아!"

맑아진 금안으로 돌아온 그가 나를 품에 끌어안았다.

그때, 카르텔의 뒤에서 새하얀 불꽃이 번졌다. 그 중심으로 황제의 뒷모습이 보였다. 그는 말을 몰아 이 자리를 빠져나가고 있었다. 굉음이 터져 나온 것은 그와 동시였다. 세상이 하얗게 물드는 것만 같았다. 순결해 보이는 빛은 그 무엇보다도 잔혹했다. 빛은 남겨진 기사들을 태우고 근방의 모든 나무를 먹어 치운 뒤에야 사라졌다.

"……."

어두운 밤에 새벽빛이 드리웠다. 주변은 풀벌레 소리 없이 고요했다. 적막 속에서 그의 품에 얼마나 안겨 있었을까. 커다란 손이 내 고개를 들어 올렸다. 순결한 금안이 나를 담았다.

"리아."

나를 안심시키는, 낮고도 풍부한 울림의 목소리였다. 나는 아무 말 없이 그의 품으로 파고들었다.

카르텔의 폭주도, 황제의 습격도 일단락되었다.

잠시간 이성을 잃었던 그는 믿을 수 없다는 듯한 눈을 하고 있었다. 마수는 이성보다 본성이 더 강한 종족이다. 갑작스레 풀린 봉인의 여파를 생각하지 못한 탓도 컸다. 복수할 대상까지 만났으니 마력이 그의 이성을 먹어 치운 것이다.

"……우선, 이동하자."

사방은 피와 재 그리고 녹아내린 무언가로 뒤덮여 있었다.

루루는 제 아버지의 품에 얼굴을 묻은 상태였다. 여기 더 있어서 좋을 것이 없다.

숲의 삼 분의 일이 훼손되었지만 나머지는 남아 있었다. 우리는 녹아 버린 덩어리들이 보이지 않을 때까지 숲 안쪽으로 들어갔다.

"아르덴 오빠, 혹시 수도를 나가는 다른 입구는 없을까?"

"아까부터 나무들한테 물어보고 있기는 한데, 거기뿐인 것 같아."

역시나. 나는 새로운 길에 대한 기대를 접었다.

황제로부터 등을 돌린 이상 우리는 공공의 적이었다. 한시라도 빨리 제국을 빠져나가야만 했다.

"그래. 상황을 봐야겠어."

내 말에 다들 고개를 끄덕였다.

짧은 시간이라도 우리에겐 분명 휴식이 필요했다. 나는 다른 이들과 떨어져 생각에 잠겼다.

'그건 뭐였지?'

숲을 반절 이상 날려 버린 비이상적인 빛.

황제는 모든 것을 녹여 버리는 빛을 두고 저 멀리 달아났다. 그게 무엇인지는 모르겠지만 중요한 것은 황제가 살아 있다는 사실이었다. 분명 빠른 시간 내 병력을 이끌고 돌아올 것이다.

'그 병력을 다시 받아 내는 건 불가능해.'

나를 비롯한 모두가 지쳐 있었다. 마력을 회복하는 데만 오랜 시간이 걸릴 것이다. 그렇다고 이곳에 계속 머무를 수도 없다. 다른 방안을 찾아야만……

꽈악.

"웃, 카르텔?"

"……아."

폭주를 잠재운 후부터, 카르텔은 내 손을 놓지 않았다. 그가 지나치게 힘을 준 탓인지 잡힌 손이 저렸다. 내 신음에 반응한 카르텔이 천천히 손을 떼어 냈다. 내 손등 위로 붉은 손자국이 남았다.

광기는 완전히 멈췄지만, 그는 방금 전의 여파에서 헤어나지 못하고 있었다.

'폭주를 염두에 두지 못했어.'

모든 생명을 죽이고 베어 버리던 카르텔이 떠올랐다. 나를 알아보지도 못하던, 본능에 잠식되어 버린 짐승은 두려움을 불러일으켰다. 하지만 왜 몰랐을까. 그 자신도 두려웠을 거란 사실을.

원작에서 카르텔의 폭주는 봉인구를 부수면서 시작되었다. 단시간에 봉인구를 제거하며 그 여파를 생각하지 못했다. 원작을 알고 있으면서도 말이다.

"너는……"

그는 망설이듯 작은 목소리로 나를 불렀다. 눈빛은 원래대로 돌아왔지만, 그의 동공은 불안정하게 떨리고 있었다. 나는 가만히 카르텔의 말을 기다려 주었다.

"왜 피하지 않았지?"

"……그게 무슨 소리야?"

한참 뒤에 나온 말은 의외의 것이었다. 무슨 말인지 모르겠다는 듯 눈을 깜빡임과 동시에 그의 표정이 싸늘하게 식었다.

"내가 널 죽일 수도 있었어."

짓씹듯 말을 내뱉는 카르텔은 지독히도 고통스러워 보였다. 그는 자신의 손으로 나를 상처 입힐까 봐 두려워하고 있었다.

물론 나도 두려웠다. 그는 분명 내 목을 조르려 했다. 그 서늘한 감촉은 아직도 목덜미에 남아 있었다. 하지만…….

"감히 어떻게."

나는 그의 손을 쥐어 내게 가져왔다. 그리고 이성을 잃었을 때의 카르텔이 그랬듯, 내 목을 감싸 쥐게 했다. 그는 질색하며 손을 떼어 내려 했지만 나는 양손으로 커다란 손을 구속했다.

"네가 어떻게 나를 죽일 수 있겠어."

내 목소리에 그의 눈이 커다랗게 뜨였다.

봉인구가 풀어져 내 마력이 필요치 않은 그에게 처음으로 부리는 오만이었지만, 나쁘지 않은 기분이었다. 다시 그런 상황이 와도 카르텔이 나를 죽일 것이란 생각은 들지 않았다.

"……그래. 감히 어떻게."

그는 내가 했던 말을 몇 번이고 중얼거렸다. 그리고는 낮은 웃음을 흘렸다. 그 목소리에는 수십 가지의 감정이 섞여 있었다.

"그럴 수 없지. 혹여 너에게 죽임당한다고 해도."

카르텔은 자신의 손을 쥔 내 손을 그대로 들어 올렸다. 그리고 고개를 숙인 그는 복종하듯 손등에 입술을 대었다.

"절대로."

* * *

숨 돌릴 시간은 짧았다. 이종족들을 옆에 둔 우리는 가야 할 길에 대해 논의해야만 했다.

"우선 수도를 벗어나야 하는데."

그것부터가 이미 난관이었다. 파이를 시켜 살펴본 결과, 수도로 이어진 모든 길이 닫혀 있었다. 검문을 강화한 것도 아닌 완벽한 폐쇄령이었다.

인원이 너무 많은 것도 문제였다. 아까의 지옥을 눈으로 본 이종족들은 상당히 얌전해진 상태였다. 아니, 그전보다 더욱 겁에 질렸다고 보는 게 옳았다.

'카르텔 때문이겠지.'

희귀한 이종족 중에서도 저런 힘을 사용하는 이는 이제 대륙에 남아 있지 않다. 그들은 두려워하면서도 호기심 어린 눈빛으로 카르텔을 힐끗거렸다.

'잘 따라 주는 건 다행이지만.'

마력이 다한 벨루스가 술식을 거두어들인 현재에도 누구 하나 도망갈 생각을 하지 않았다. 하지만 그것만으로는 부족했다.

"정해진 길이 없어졌나 보군."

무리에 섞여 있던 아카노르가 퍽 껄끄러운 말을 하며 내게 다가왔다. 그는 폭주 직전의 카르텔을 보고도 두려워하지 않은 유일한 수인이었다.

"그렇다고 버리고 가진 않을 거예요."

아카노르를 마주한 나는 단호히 말했다. 궁지에 몰렸다고 해서 이들을 두고 가지는 않을 것이다. 그건 나를 외면하는 짓이나 다름없었다.

"그럼 이제 어쩔 작정이지?"

나는 그의 말에 대답하지 못했다. 그러면서도 아카노르가 왜 나에게 다가왔는지 곧장 깨달았다.

낙원. 그리고 푸른 새.

달라진 내 눈빛에 아카노르가 고개를 끄덕였다. 나는 아직도 그의 말을 믿을 수 없었다. 그런 곳이 레오플론 제국에 존재할 리 없다고 생각했다.

'낙원은 존재한다.'

왜 이 순간 리카엘의 말이 떠오른 걸까. 우연이라고 넘기기에는, 리카엘 또한 나를 바라보고 있었다.

아카노르를 등진 나는 리카엘에게 다가갔다. 오늘따라 그의 눈이 새벽의 하늘빛만큼 푸르게만 보였다. 리카엘이 입을 열었다.

"······푸른 새가 이종족을 그들의 낙원으로 데려가 준다고들 하지."

푸른 새. 낯선 단어가 입안에서 맴돌았다.

"그래서 많은 이종족이 레오플론으로 몰려드는 거다. 노예나 실험체가 될 각오를 하고서라도."

푸른 새가 레오플론에 있다.

마치 불나방 같은 말이었다. 나는 비밀을 알려 주는 듯 눈을 내리깐 그에게 물었다.

"오라버니는 푸른 새가 있는 곳을 알고 계세요?"

"······그래."

조심스러운 태도와는 다르게 쉬운 긍정이다. 그러면서도 내가 자신을 믿지 못할까 봐 더 말을 잇지는 않는다.

행진으로 문이 열리던 날, 나는 그에게 낙원에 대해 물었지 푸른 새를 말한 적은 없었다. 그런데 지금 그는 푸른 새의 존재를 내게 말하고 있다.

"오라버니를 믿어요."

나는 기억을 회상하면서 고개를 끄덕였다. 그는 내 말에 안도한 것 같기도, 더욱 불안해하는 것 같기도 했다.

어차피 동굴은 사용하지 못한다. 도박을 하는 심정이었다. 우리는 리카엘이 안내하는 길로 향했다.

바위산이 섞인 숲을 지나고, 작은 강을 넘으니 또 다른 숲이 나왔다. 근처의 산 아래로 들어온 것 같기는 한데, 이제는 여기가 어디인지 감이 잡히지 않았다. 자꾸만 같은 자리를 빙글빙글 도는 것 같은 느낌이 들었다.

해가 지고 달이 뜨길 두 차례. 워낙 깊은 곳으로 들어온지라 사람 자체를 만난 적이 없었다. 그런데도 나는 리카엘에게 이곳이 맞냐 묻지도, 그를 의심하지도 않았다.

"여기다."

이윽고 도착한 곳은 어느 숲속의 공터였다. 특이한 점이 있다면, 오래전 건물이 존재했던 듯 곳곳에 기둥과 바닥의 잔재가 깔려 있다는 것이었다.

"……푸른 새가 이곳에 있나요?"

그저 오래된 폐허로 보이는 곳이다.

리카엘은 내 말 대신 공터의 중심으로 다가갔다. 그곳에는 둥근 홈이 있었다. 그는 무언가를 꺼내 홈 안으로 끼워 넣었다.

우우웅-!

그 순간, 바닥 위로 고대의 룬어들이 문양처럼 떠올랐다. 진을 발동시킨 리카엘은 문양이 내뿜는 푸른빛에 젖어 있었다.

"……푸른 새."

리카엘을 바라보던 나는 홀린 듯 중얼거렸다. 곧이어 거대한 지진이 바닥을 흔들었다. 카르텔이 뒤에서 나를 안아 들었다.

룬어를 머금은 도형들이 번뜩거리다 아래로 완전히 가라앉는다. 그러자 공터 전체가 반으로 갈라졌다.

"······?!"

나는 본능적으로 카르텔의 목을 끌어안았다. 우리는 아래로 떨어지고 있었다.

리카엘 외전

폐부를 절이는 피비린내, 사방에서 난무하는 절규가 고막을 찢는다. 고통이 학습되고 감정을 소각시키며 인간다움을 완벽하게 짓이기는 곳. 실험탑은 리카엘, 그의 유년 시절을 간직한 곳이었다.

나는 실험탑의 지하에서 태어났으며 그곳에서 길러졌다. 어미는 나를 낳다 죽어 얼굴도 알 수 없었다. 내 첫 번째 기억은 탑지기에 의해 고문당하는 이종족들의 모습이었다.

그 안에서의 나는 배운 것 없는 짐승이었다. 그저 살기 위해 탑지기가 던져 주는 모든 것을 받아먹었다. 어떤 날은 물을 흘려주었고 그마저도 주지 않는 날도 있었다.

일상은 쳇바퀴처럼 돌아갔다. 잠, 먹을 것, 그리고 실험.

탑지기들은 정체를 알 수 없는 액을 주입하고 피와 살점을 잘라 가 보관했다. 다른 아이들도 사정은 동일했다. 반은 굶어 죽었고, 나머지 반은 실험을 당하던 중 죽었다.

나를 살게 한 건 지독한 악뿐이었다.

그날도 평소와 같았다. 탑지기는 느릿하게 움직이며 창살 안으로 고기 조각 같은 것을 던져 주었다. 겨우 손가락 두 마디 정도 되는 양이었다.

등이 굽을 정도로 굶고 난 뒤에 받은 것이 겨우 저것이다.

나는 이성을 잃었고 창살을 미친 듯 흔들었다. 그때 처음으로 바람이 보였다. 불투명하게 대기를 떠도는 실오라기 같은 것들.

나는 내 손끝에 달라붙은 바람을 탑지기를 향해 내던졌다.

콰앙─!

악을 담은 바람은 창살을 부수고 탑지기의 옷자락을 베었다. 처음으로 다룬 마력 탓에 머리가 핑 돌았다. 아마도 기절한 것 같았다. 지하 감옥에 대한 내 기억은 그것이 마지막이었다.

정신을 차렸을 때, 나는 부드러운 침대에 누워 있었다. 깨끗하게 씻겨진 것은 물론이요, 넓고 좋은 향기가 나는 방 안에서는 피비린내도, 누군가가 울부짖는 소리도 들리지 않았다.

매일 시종들이 음식을 날랐고, 거추장스러운 것들을 입혔다. 또 어느 날은 다른 인간들이 들어와 기이한 것들을 따라 하라며 가르쳤다.

낮과 밤이 바뀌는 것도 그곳에서 처음 보았다.

나는 단 한 번도 반항하지 않았다. 본능적으로 이곳이 내가 있던 지옥보다 낫다는 것을 깨달았기 때문이다.

'너로구나.'

그렇게 꽤 많은 날이 흐른 후, 중년의 남자가 나를 찾아왔다. 내 아비라는 사내는 나를 지옥에서 끌어 올려 준 이였다.

나는 당시 말을 알아듣지 못했다. 하지만 그가 꺼낸 말은 지금까지도 똑똑히 기억한다.

'쓸모 있는 아들이 되려무나. 살고 싶다면 말이지.'

이후에는 배움의 연속이었다. 글과 예의범절, 태도를 배웠으며 바람을 제어하는 방법까지 익혔다.

나는 차차 짐승에서 인간의 모습이 되어 갔다. 내 아버지인 베논 공작은 매우 만족해했다. 그렇게 몸과 머리가 컸고, 바람을 능숙히 다룰 수 있게 되었을 때 첫 임무를 맡았다. 생명을 베어 넘기는 데는 아무런 거부감을 느끼지 못했다.

'끌어 올린 보람이 있어. 넌 이제부터 내 아들이다.'

사람으로서 인정받은 후에는 좀 더 배울 것이 늘어났다. 이종족들을 데려오는 것부터 그들을 고문하는 법, 어떤 부위가 실험의 재료가 되는지, 또 숨을 붙여 놓은 채 육신을 자르는 법 등이었다.

'악마 새끼!'

이종족들은 나를 악마 새끼, 혹은 도살자의 아들이라 불렀다. 나를 모욕하고 비난하는 말이라는 걸 알았지만 감흥은 없었다. 슬프지도, 고통스럽지도 않았다. 나는 그때까지도 감정이라는 것을 몰랐다. 그 아이가 나타나기 전까지는.

'오라버니.'

고작해야 내 무릎까지밖에 오지 않는 작은 키. 체리 같은 눈과 말간 얼굴이 나를 올려다보고 있었다.

바람을 부릴 필요 없이 손 하나 까딱하는 것만으로도 죽일 수 있을 작은 생명체가 종종걸음으로 나를 잘도 따라다녔다. 아버지는 그것을 신경 쓰지 않았고, 나도 마찬가지였다.

하루가 지나고 이틀, 사흘 그리고 밤낮이 수백 번 바뀌었을 때. 나는 아이의 존재를 인식하기 시작했다.

'저도 같이 가요. 오라버니.'

늘 몸에 밴 피비린내 탓에 작은 것들은 내 근처에 오지 않았다. 그런데 이것은 다르다. 나를 보며 늘 환하게 웃어 보였고 어떻게든 내게 닿아 보려 안달이었다.

어느 날은 나에게 꽃을 선물해 주었고, 또 어느 날은 날이 좋다며 정원을 산책하자 졸라 댔다. 나에게 애정을 갈구하는 존재가 낯설었다. 낯설다. 그 감정도 이 아이에게 처음 배웠다.

플로리아.

평소처럼 아버지에게 보고를 올리러 간 날이었다. 아버지 옆에는 그 아이가 서 있었다. 플로리아. 아버지는 아이를 그렇게 불렀다.

무수한 이종족 여인들에게서 태어난 아이 중 하나. 내 동생이었으며 지하가 아닌 지상에서 자라난 존재.

'오라버니.'

아이는 나를 보자마자 환하게도 웃어 보였다. 아버지는 아이가 웃든 말든 관심을 주지 않고 다른 것에만 집중했다.

'츳. 얼굴은 반반한데 마력석에는 반응하지 않는군.'

나는 움직이지 않은 채 아버지의 중얼거림을 들었다. 나처럼 이종족의 힘을 빌려 쓸 수 있는 자들은 마력석을 빛나게 할 수 있었다. 그러나 아이에게는 잠재된 힘이 없는 듯, 마력석을 들고도 자그마한 빛 하나 띄우지 못했다.

문득 의문이 들었다. 나는 태어나서부터 밖으로 끌어 올려지기 전까지 모든 유년 시절을 지하 감옥에서 보냈다. 그런데 왜 저 아이는?

그곳을 경험해 보지 못했기에 저리 환히 웃을 수 있는 것이다. 지하를 한 번이라도 경험해 보았다면 나를 따르지도, 우연히 지나가는 다람쥐 따위를 보고 행복해하지도 않았을 것이었다.

'그렇다고 죽이기에는 아깝고. 조금 더 기다려 볼까.'

아버지는 아이를 바깥으로 내보낸 뒤 중얼거렸다. 능력이 각성하는 시기는 저마다 달랐고, 종족에 따라 실험 조건도 차이가 났다.

사실은 알고 있었다. 내가 지하에서 태어난 것이 저 아이의 잘못이 아니라는 걸.

얼마 전, 마력석 반응을 성공시킨 목인이 실험탑으로 끌려가는 것을 보았다. 뒤늦게 싹이 보이는 이들은 능력을 제대로 끌어올리기 위해 지하 감옥에서 다양한 실험을 받는다.

'그럼 미리 실험탑에 넣어 보는 게 좋지 않겠습니까. 혹시 각성이 될지도 모르니까요.'

걷잡을 수 없는 말이 내 입 밖으로 튀어 나간 것은 그때였다. 자꾸만 쓸데없는 감정을 불러일으키는 아이에게 심술이 일었다. 네까짓 게 뭐길래 나를 흔들어 놓는가. 뭐가 그리 행복하다고 늘 웃고 있지?

나는 아이에게서 두 번째 감정을 배웠다. 그건 질투였다.

'우리 지금 어디 가는 거예요?'

처음으로 내 손을 잡은 아이는 행복으로 가득 차 있었다. 나는 아무 말도 하지 않고 아이를 데리고 움직였다. 실험탑에 가까워질수록 발걸음이 느려졌다. 양 발목에 철갑이라도 단 것 같았다. 이러면 안 된다는 걸 알고 있었다. 당장이라도 아이를 안아 들고 달아나고 싶었다.

'이 아이다.'

나는 탑지기에게 아이를 넘기고 뒤돌아섰다. 뒤에서 오라버니? 하는 순진한 부름이 들려왔다. 뒤를 돌아보면 안 될 것 같았다. 나는 달아나듯 그 자리에서 벗어났다.

아이를 탑으로 몰아넣고서야 알았다. 내가 그 아이를 얼마나 소중하게 생각했는지. 내가 아이에게 배운 세 번째 감정. 후회였다.

하지만 위와 같은 감정들은 부수적인 것에 지나지 않았다. 나는 아이로 인해 햇볕이 아름답다는 걸 알았고, 산새의 지저귐은 또 어떠한

지. 새벽에 젖은 이슬이 얼마나 맑은지에 대해 깨달았다. 뚝, 뚝. 뺨을 타고 흐른 눈물이 바닥을 적셨다.

아이는 나에게 있어 구원이었다. 나는 나의 구원을 지옥의 끝으로 밀어 넣어 버렸다.

나는 죄책감에 미쳐 있었고, 그것을 이기기 위해 아버지의 아래에서 정신없이 명을 수행했다. 그렇게 시간이 흘러갔다.

플로리아를 다시 보게 된 건 일 년 후였다. 아이는 나를 원망하지 않았다. 차라리 죽여 버리겠다 달려들면 좋았을 것을.

아이가 아무 감정도 담기지 않은 눈으로 나를 보았을 때, 내 심장은 미어지고 말았다.

'안녕하세요. 오라버니.'

가면과도 같은 얼굴이었다. 오월의 봄볕 같았던 미소는 찾아볼 수 없었다. 내가 바랐던, 내가 가장 바라지 않았던 결과였다.

아이는 나와 같은 것을 배웠고, 더 많은 향을 다루었으며 아버지의 명을 수행하는 데 익숙해져 갔다.

나는 아이에게 다가갈 수도, 손을 내밀 수도 없었다. 그렇게 죄인의 시간이 흘러갔다.

'움직여라.'

지금은 벨루스의 담당이지만 그때 이종족을 끌고 오는 건 내 일이었다.

손이 묶인 수십의 이종족이 숲속을 이동하고 있었다. 그 끝에 작달막한 아이가 보였다. 플로리아와 같은, 화인의 아이였다. 그 아이는 자연스레 내 죄를 건드렸다.

'저 아이라도 풀어 준다면.'

심장을 짓누르는 죄책감이 조금은 덜어질까. 문득 든 생각에 잠겨 있을 때였다.

'그 아이를 풀어 준 뒤엔 뭘 어쩔 셈이지?'

낯선 목소리에 정신이 들었다. 나이 든 부엉이 수인은 분명 나를 향해 말하고 있었다. 세월을 담은 지혜의 눈이 죄인을 굽어보듯 느릿하게 껌뻑였다.

'풀어 주면, 아이 혼자 살아남을 수 있으리라 생각하나?'

연이어 말한 수인은 내가 무슨 생각을 하는지 알고 있었다. 그 생각이 터무니없다는 것도.

멍청하게 굳은 나는 아무 말도 하지 못했다. 수인은 그런 나에게 엄히 물었다.

'죄를 씻고 싶은가?'

나의 죄. 그것은 결코 지워지지 않을 낙인이었다. 죄를 씻는다는 게 불가능하다는 걸 안다. 이중적인 마음은 그걸 알면서도 용서를 바랐다. 나는 홀린 듯 고개를 끄덕였다.

코르칸, 노예 상단에서 나에게 넘겨진 이는 부엉이 수인의 족장이었다. 그는 족장으로서 예언의 능력을 지니고 있었다. 그날 코르칸은 일부러 상단에 잡혔고, 나와 만났다.

'예언의 수순이지.'

그리 말한 코르칸은 나에게 지하의 낙원을 보여 주었다. 그곳에서는 어떠한 이종족도 고통받지 않았다.

내게 이곳을 보여 주는 까닭은 속죄 때문이라 했다.

'이종족들을 낙원으로 데려오는 푸른 새가 되어 너의 죄를 닦아 나가라.'

그것 또한 예언의 일부일까. 어쩌면 나를 다루기 위한 거짓말이었을지도 모른다.

그날부터 나는 아버지의 눈을 피해 몇몇 이종족을 낙원으로 빼돌렸다.

　얼마의 시간이 흐르자 푸른 새에 대한 소문이 이종족들 사이에서 은밀하게 퍼져 나갔다. 하지만 내가 아무리 노력해도 플로리아는 달라지지 않았다. 그럼에도 나는 이종족을 낙원으로 보내는 걸 멈출 수 없었다.

　'언젠가는……'

　플로리아에게 걸려 있는 목걸이를 풀어 줄 것이다. 내 죄로서 나락에 떨어진 동생에게 낙원을 안겨 주어야만 했다.

　오랫동안 그 다짐을 품고 살아올 때였다.

　'너의 꽃은 검은 짐승에게 삼켜질 것이다.'

　일 년에 한 번 보름달이 뜨는 밤, 나와 코르칸은 낙원의 문 앞에서 만났다. 나를 감시하기 위한 명목이라 생각했다. 그러나 그날은 달랐다.

　'검은 짐승이 꽃을 삼킬 것이다.'

　나를 바라보던 코르칸의 눈동자가 까뒤집어졌다. 검은 짐승, 꽃. 나는 은연중 이것이 예언임을 알았다. 내 동생, 플로리아의.

　'삼켜진 꽃은 짐승을 지배할 것이다.'

8. 낙원의 이면

"······여긴."

나는 카르텔의 품에 안겨 주변을 둘러보았다. 부드러운 이끼가 우리를 다치지 않게 받쳐 주고 있었다.

입구는 '우우웅' 부드러운 소리를 내며 입을 닫았다. 빼곡하게 새겨진 룬어에서 잔잔한 빛이 뿜어지다 이내 사라졌다.

"흔히들 낙원이라 부르는 곳의 진입로지."

주변을 둘러보던 나는 낯선 목소리에 고개를 돌렸다. 희끗한 머리칼이 세월의 깊이를 짐작케 한다. 먼 곳을 내다보는 듯, 오랜 지혜가 담겨 있는 주황빛 눈동자가 나를 바라보고 있었다.

"나는 코르칸이라 하네. 이곳을 돌보고 있는 변변찮은 늙은이지."

그는 로브 자락을 길게 늘어트리며 웃었다. 하지만 나는 자신을 소개하는 코르칸의 말에도 아무런 대답을 하지 못했다.

낙원이 정녕 실존한단 말인가. 사실 리카엘을 따라가면서도 그의 말을 완벽하게 믿을 수는 없었다. 그저 내 사람이라는 믿음에 몸을 맡겼을 뿐이다.

"결국 이렇게 되었군."

"……오랜만에 뵙습니다. 코르칸."

코르칸의 인자한 미소에 리카엘이 고개를 숙여 화답했다. 첫 만남이라고 볼 수 없는 인사였다. 나는 리카엘을 보며 푸른 새를 떠올렸다. 새파란 빛에 휩싸여 낙원의 문을 열던 그의 모습을.

'리카엘이 푸른 새라고?'

이종족을 낙원으로 이끌어 준다는 푸른 새. 실존한다는 사실도 믿기지 않았지만, 그 푸른 새가 리카엘이었다니. 눈앞에서 벌어진 상황에 혼란스럽기만 했다. 나는 카르텔의 품에서 벗어나 그에게 다가갔다.

"오라버니?"

"……."

리카엘은 내 시선을 피하기만 할 뿐, 아무런 대답도 해 주지 않았다. 나와 그 사이로 미묘한 기류가 흘렀다.

"할 이야기가 많을 테니 자리를 옮기도록 하지."

그 흐름은 코르칸 덕분에 깨져 버렸다. 길을 안내하겠다며 돌아서는 통에, 우리는 그의 뒤를 따를 수밖에 없었다.

"낙원?"

"여기가 정말로 그……?"

뒤에서 이종족들의 수군거림이 들려왔다. 인간들에게만 퍼지지 않았을 뿐, 푸른 새와 낙원에 관한 이야기는 이종족들 사이에서 유명한 듯했다.

이곳이 진입로라 했으니 낙원은 아직 도착하지 않았다는 뜻이 된다. 동굴 같은 길은 어둑했다. 시야를 밝히기 위해서인지 길 곳곳에는 발광석이 놓여 있었다.

코르칸이 가장 선두에 섰다. 이종족들은 웅성거렸지만 나를 비롯한 이들은 적막하기만 했다. 특히 나와 리카엘이 그랬다.

나는 오랜 시간 동안 그에게 무심했고, 그도 마찬가지였다.

언제부터 푸른 새로 일해 왔던 걸까. 어째서 모두에게 비밀로 해 왔던 거지? 생각을 거듭할수록 혼란스럽기만 했다.

나를 피해 한발 앞선 리카엘의 뒷모습을 보며 걸을 때다.

"도착했다네."

거대한 문 앞에 선 코르칸이 우리를 돌아보았다. 그가 문에 손을 얹자, 문은 크기가 무색하게도 쉽게 뒤로 밀려났다.

"낙원에 온 것을 환영하네."

열린 문틈으로 따스한 햇볕이 새어 나왔다. 눈을 살짝 찌푸렸다 뜨니 코르칸의 미소가 보였다. 이내 문은 양쪽으로 크게 벌어졌다.

"……낙원."

나는 눈앞에 펼쳐진 광경에 넋을 잃고 말았다. 이곳은 단순한 지하가 아닌 또 하나의 세계였다.

거대한 공간을 아래에 둔 천장에는 드문드문 룬어가 새겨져 있었다. 따스한 빛은 인공적인 것이 아닌 룬어로부터 흘러 들어오는 진짜 햇살이었다.

중심을 두고 파인 내부는 독특한 지붕과 움직이는 이종족들이 곤충처럼 작게 보일 정도로 깊었다.

자연과 조화를 이룬다면 이런 느낌일까. 바닥부터 천장까지 거대하게 자라난 나무들이 기둥 역할을 해 주었으며 곳곳에는 작은 샘이 빛을 받아 반짝거렸다. 그야말로 낙원이라고밖에 표현할 수 없는 곳이었다.

"정말로, 정말로 우리가 낙원에 도착했어!"

"아아, 이제 고통받지 않아도 돼!"

지하의 천국을 맞이한 이종족들은 서로 얼싸안고 눈물을 흘렸다. 그 안에는 아카노르와 그의 가족들도 있었다.

"내려가지."

코르칸은 그들의 마음을 이해한다는 듯 잔잔한 미소를 흘렸다.

우리는 훌쩍이는 소리와는 상반되게 환희에 찬 웃음을 흘리며 계단 아래로 내려갔다. 바닥에 발을 디디니 마냥 환상 같았던 공간이 조금이나마 현실로 와닿았다.

토끼 수인, 너구리 수인, 표범 수인 등 다양한 수인과 이제는 멸종됐다 여기는 토인, 용암에서 태어난다는 염인 등 희귀한 이종족들이 자연스럽게 거리를 돌아다니고 있었다. 그들은 좌판에서 먹을거리를 사기도 하고 편히 산책을 하기도 했다. 아이들은 까르르 웃음을 터트리며 잡기 놀이에 한창이었다.

"다녀오셨어요. 장로님."

"장로님, 저희 집 뒤뜰에 있던 나무 열매가 잘 익었답니다. 조금 있다가 가져다드릴게요."

코르칸을 알아본 이들이 하나둘 인사를 건네 왔다. 친근하고도 일상적인 인사는 평범한 마을 주민과 장로처럼 보이게 했다.

"그래. 기대하고 있으마."

코르칸은 허허 웃으며 그들의 인사를 모두 받아 주었다.

낙원의 이종족들이 안으로 들어온 우리를 힐끔거렸다. 경계나 조롱이 아닌 안타까움과 안도가 고루 섞인 따뜻한 눈빛이었다.

오래 쳐다보지 않는 것이 처음 들어온 이들을 위한 예우인 듯, 금방 고개를 돌렸지만 모두 환영하고 있음을 느낄 수 있었다.

"환영 파티는 나중에 하도록 하고, 이곳까지 오느라 모두 지쳤을 테니 우선은 좀 쉬는 게 좋겠어."

코르칸은 광장에서 떨어진 숲까지 우리를 안내했다.

숲이라고 해야 할까, 아니면 주거 시설이라고 해야 할까. 일반적인 나무 사이에는 천장까지 뻗은 거목이 있었는데, 작은 구멍이 나 속은 빈 구조였다.

들어갈 수 있게 나선형의 계단까지 만들어 놓은 것이 안에서 생활할 수 있도록 되어 있는 것 같았다.

"코르칸. 오셨습니까."

꼭 동화에나 나올 법한 신비로운 풍경이었다.

우리가 감탄하며 그곳을 살필 때였다. 연둣빛 머리칼을 가진 사내가 나무를 돌아 나오고 있었다. 코르칸을 발견한 그는 정중히 예를 취했다.

"오르하스. 새로 온 주민들이라네. 편히 쉴 수 있도록 배려해 주게나."

"물론입니다."

광장의 분위기와는 다르게 위계가 잡혀 있는 모습이었다. 코르칸은 사내에게 일을 맡기고 나중에 보자며 뒤를 돌았다.

'……뭐지?'

착각일까. 등을 돌리기 전, 그의 시선은 카르텔에게 머물러 있었다. 혹 카르텔이 마수라는 걸 알아차리기라도 한 것일까. 내가 이러한 생각을 하고 있을 때, 인계를 맡은 사내가 자신을 소개해 왔다.

"낙원에 오신 걸 환영합니다. 여러분 저는 목인인 오르하스라고 합니다."

목인. 내 시선은 반사적으로 아르덴에게 향했다. 역시나. 아르덴은 오르하스라는 사내에게서 눈을 떼지 못하고 있었다.

화인과 마찬가지로, 목인도 대륙에서 거의 멸종 상태였다. 근 오년간은 아예 발견할 수 없었다. 아르덴은 목인의 혼혈이었으니 관심을 보이는 것이 당연했다.

"머무실 곳을 안내해 드리겠습니다. 가족 혹은 무리인 단위로 나눠 주십시오. 홀로 계신 분들은 왼편에 모여 계시면 됩니다."

그의 말에 모여 있던 이들이 알맞게 흩어졌다.

오르하스는 차분한 생김새만큼 일 처리에 군더더기가 없었다. 그는 인원과 나무의 크기에 맞게 머물 곳을 배정했다.

"그리고……."

대부분의 이들이 나무를 배정받고 우리만이 남았다. 들고 있던 책자에 인원을 기입하던 오르하스가 우리에게 다가왔다. 그는 리카엘과 가벼운 눈인사를 나누고 우리에게 물었다.

"남으신 분들이군요. 모두 일행이십니까?"

"이렇게는 따로."

카르텔이 내 어깨를 안고 옆으로 빠졌다. 기가 막혀 그를 노려보니 고양이 같은 미소가 돌아올 뿐이었다.

폭주할 뻔했던 그 날 이후, 카르텔은 내내 무언가를 생각하는 듯 조용하기만 했다.

'좀 나아진 걸까.'

원래의 모습으로 돌아온 것 같아 다행이었다. 나는 이번만 넘어가 주기로 했다.

"이 미친놈이! 리아한테서 떨어져!"

"옆에 계신 분과 일행이십니까?"

"여기 미친놈이 또 있네! 누가 이런 시커먼 놈들이랑 일행이야!"

오르하스가 가리킨 이는 아르덴이었다. 벨루스는 제 형제와 자신을 일행으로 묶은 오르하스에게 소리를 질러 댔다.

"그렇군요."

오르하스는 벨루스를 쳐다보지도 않았다. 그는 고개만 끄덕이고는 책자에 무언가 꾹꾹 눌러썼다. 귀가 아프지도 않은 모양이었다. 그 모습이 꼭 일만을 처리하는 기계 같았다.

"그러면 두 분은……."

오르하스의 시선이 카르텔에게 멈췄다. 또다. 아까 코르칸과 같은 반응이었다. 하지만 금세 사라져 버렸다.

"저쪽 나무를 이용해 주시기 바랍니다."

"그러지."

카르텔은 오르하스의 반응은 신경 쓰지도 않은 채 나를 데리고 나무 안으로 들어가 버렸다. 뒤에서 리아! 하고 나를 부르는 애절한 목소리가 들려왔지만, 나는 이번만 못 들은 척하기로 했다.

"신기하네."

나는 내부를 돌아보며 중얼거렸다. 커다란 나뭇잎으로 만들어진 침대, 돌을 깎아 만든 컵과 식기. 그 위로는 여러 종류의 과일이 올려져 있었다.

오른쪽에는 작은 문이 있었고, 그 안에는 나무 욕조에 이슬을 받을 수 있게끔 되어 있었다.

화려하지는 않지만 부족한 것도 없었다. 화인이나 목인이 이러한 생활을 한다고 들었지만, 공작성에서 내내 자라 왔기에 직접 보거나 경험해 본 적은 한 번도 없었다.

"이리 와."

어느 틈엔가 침대에 오른 카르텔이 내게 손을 뻗어 왔다. 나를 훔치듯 데려와서는 저리도 태연한 모습이라니. 아무렴, 이제 카르텔다웠다.

나는 그의 손을 잡고 침대에 올랐다. 나무 벽과 밧줄로 고정된 나뭇잎이 두 사람의 무게에 탄력 있게 흔들렸다.

'레오플론 제국 지하에 이런 곳이 숨겨져 있었다니.'

다시 생각해 보아도 믿기지 않는 일이다. 대체 언제부터 이런 곳이 존재한 걸까. 코르칸이라는 부엉이 수인이 이곳의 창시자일까? 의문이 눈덩이처럼 불어났다.

'그리고⋯⋯.'

리카엘, 죄인처럼 고개를 숙이고 있던 그의 모습이 자꾸만 마음에 걸렸다. 아무래도 대화를 나눠야 할 것 같았다.

"잠깐만 다녀와야겠어."

지금쯤이면 리카엘도 나무를 배정받았을 것이다. 무슨 말부터 꺼내야 할지는 알 수 없었다. 그저 잠깐이라도 그의 얼굴을 봐야겠다는 생각이 들었다.

"⋯⋯그래."

참 대답만 잘하는 생물이었다. 카르텔은 그리 말하고도 나를 놓아주지 않았다. 나는 결국 그의 손등을 앙칼지게 깨물어 버렸다.

"아야."

"아프지도 않으면서, 엄살 피우지 마."

엄한 말에 그가 웃음을 터트렸다. 졌다는 듯 풀리는 팔에 나는 그의 품에서 재빨리 빠져나왔다.

카르텔은 내가 어디로 갈지 알고 있다는 듯 가는 방향을 묻지 않았다. 나는 가만히 웃음을 흘리는 그를 향해 물었다.

"이제 괜찮아?"

"뭐가?"

그는 낙원으로 오는 길 내내 침묵을 지켰다. 그러면서도 내 손을 결코 놓지 않았다. 마치 어린아이처럼.

"아무것도 아니야."

억지로 부추겨 묻기는 싫었다. 검은 머리칼을 가만가만 쓰다듬으니 카르텔이 어린 짐승처럼 나에게 기대 왔다.

"너만 있으면 괜찮아. 나는."

심장이 흔들릴 만큼 아득한 말이다. 문득 묻고 싶어졌다.

과연 내가 너의 진짜일까.

* * *

카르텔을 등지고 나무 밖으로 나오는 길이다. 이어진 계단을 타고 바닥을 밟았지만 나는 몇 발자국 걷지 못했다.

'……그러고 보니 어디에 있는지 모르잖아.'

그가 나무를 배정받았을 거라 추측만 했을 뿐, 정작 어디에 있는지는 알지 못했다. 그렇다고 다시 들어가기에는 카르텔을 마주보기가 조금 껄끄럽다. 대단한 일이 있었던 건 아니지만, 이렇게 내 마음이 불안정하니 잠시라도 그와 거리를 두고 싶었다.

'어, 저 남자는……'

나와 카르텔이 묵고 있는 나무를 한 바퀴 돌았을 때였다. 멀리서 반짝이는 연둣빛 머리카락이 보였다. 아르덴인가 했지만, 그와는 미묘하게 색이 다르다. 꼭 짚어 말하자면 아르덴 쪽이 더 투명했다. 나는 서둘러 오르하스에게 다가갔다.

"저기요. 오르하스 씨?"

"……예?"

오르하스는 책자에 거의 머리를 박다시피 하고 있었다. 갑작스러운 기척에 놀랐는지 눈을 깜빡인다. 그 모습이 제법 기계가 아닌 살아 있는 이 같았다.

"혹시 아까 저와 같이 있던 무리 중 은색 머리칼을 가진 남자, 기억나시나요?"

"리카엘 님 말이군요."

생각났다는 듯 책자를 덮은 그가 손가락으로 저 끝을 가리켰다. 작은 나무들 사이로 푸른 리본을 단 거목이 보였다.

"저곳에 머무르고 계십니다."

"……알려 줘서 고마워요."

하긴, 아까 눈인사를 나누던데 인상착의로 물어보는 것도 우스운 일이었다.

오르하스는 감사 인사를 듣고도 별다른 말이 없었다. 그는 아까 카르텔을 보던 시선으로 나를 바라보고 있었다.

"왜 그러시죠?"

"아, 아닙니다. 기분 상하셨다면 사과드리겠습니다."

당연한 듯 사과하니 오히려 할 말이 없어졌다. 그저 외부인을 향한 시선이겠거니 생각하며 그대로 발걸음을 돌리려던 나는 멈칫, 움직임을 멈췄다. 물어보고 싶은 것이 떠올랐기 때문이다.

"괜찮아요. 그나저나, 여긴 정말 낙원 같은 곳이네요."

나는 주변을 둘러보며 말했다. 이종족이 마음껏 돌아다닐 수 있는 세상이라니. 지상에서는 꿈도 꾸지 못할 일이었다.

"네. 다 코르칸 님의 은덕이지요."

"그분께서 이곳을 만드셨나요?"

낙원을 관리하는 이라 소개하였는데, 그보다 더 뛰어난 이였나 보다. 내 말에 오르하스가 고개를 끄덕였다.

"예. 뛰어난 예지력으로 낙원을 번영시키셨습니다."

예지력이라. 부엉이 수인은 지혜로 유명한 종족이었다. 그중 극소수만이 예지 능력을 가진다고 전해진다. 그런 능력이라면 고난도 어렵지 않게 피해 갈 수 있으리라.

"오르하스. 괜찮다면 하나만 더 물어도 될까요?"

"제가 말씀드릴 수 있는 것이라면요."

그는 순종적인 태도로 눈을 내리깔았다. 조심스럽고 진중한 느낌. 아까 코르칸을 대할 때와 같았다.

"혹시 이곳에 화인도 있을까요?"

낙원에는 멸종당한 것으로 알려진 종족도 있었다. 이곳이라면 화인도 있지 않을까. 약간의 희망을 걸고 한 질문이었다.

"……화인은 없는 걸로 압니다."

"그런가요."

그의 말에 아쉬움이 남았다. 화인이라면 플로리아의 어머니에 대해 뭔가 알고 있을지도 몰랐다. 그런데 화인이 없다니 이것 또한 제자리걸음이었다.

"그럼 저는 이만 실례하겠습니다. 저녁에 환영 파티가 있으니 참석해 주시기 바랍니다."

그는 내가 살펴 가라고 말하기 전에 등을 돌렸다.

오르하스는 새로 온 인원을 관리하는 일 외에 다른 것들도 맡고 있는 듯했다. 그래서 바쁜 모양이지. 어쩐지 나를 피한다는 느낌이 드는 건 그저 착각일 것이다.

'우선, 가 보자.'

지금은 다른 것보다 리카엘이 먼저였다. 나는 푸른 리본이 묶인 거목을 향해 걸어갔다. 나무 옆으로는 계단이 나선형으로 이어져 있었다. 계단을 올라가던 나는 마지막 한 칸을 앞두고 발을 떼지 못했다.

그렇게 머뭇거리고 있을 때다. 입구의 발이 거두어지며 리카엘의 모습이 보였다. 그는 나 때문에 나온 것이 아닌 듯 퍽 당황한 얼굴이었다.

"……."

"……들어가도 될까요?"

이대로 가다가는 침묵만이 이어질 것 같았다. 리카엘은 내 말에 몸을 옆으로 비켜 주었다. 들어오라는 신호였다. 나는 거절할 것 없이 그의 공간 안으로 들어갔다.

볏짚이 든 침대와 나무 책상, 그 위에는 푸른 장미가 유리병에 꽂혀 있었다. 단정하고 차분한 곳이었지만 삶의 흔적이 조금씩 스며 있었다.

"이곳에 계셨던 거예요?"

"……가끔, 들렀었다."

그는 내 눈을 피하면서도 차를 내어 왔다. 따스한 김이 올라오는 로즈메리 차는 내가 좋아하는 것이었다. 찻잔을 들면서도 오가는 말은 없었다. 쉬이 입이 떨어지질 않는다.

그가 왜 자신이 푸른 새인 것을 숨겼는지에 대해서는 이해가 되었다. 비밀을 아는 이는 적을수록 좋다. 언제 아버지에게 들킬지 모르니, 홀로 품어 왔을 것이란 짐작이다.

"끝까지 말해 주지 않을 작정이었나요?"

"……그래."

하지만 성을 빠져나온 뒤라면 이야기가 다르다. 목걸이는 풀렸고 감시하는 이도 없다. 황제와 부딪히는 상황에서도 그는 아무것도 말해 주지 않았다.

"어째서요?"

모두가 위험한 상황에서도 숨길 필요가 있었던 걸까? 결국 목적지는 같았다. 수도에서 작은 마을로, 거기서 조금 더 안전한 곳으로. 시작이 어찌 되었든 그 종착지는 여기였을 것이다.

"……수도를 나와 마을로 이동하면, 거기서 나 대신 푸른 새의 역할을 해 줄 이가 기다리고 있었다."

리카엘은 허한 심정을 털어놓듯 말했다. 그는 미리 대역까지 세워 놓을 정도로 나에게 정체를 알리고 싶지 않았던 것이다.

"끝까지 속였다면 좋았겠지. 나는…… 혹시나."

몇 번이고 말을 얼버무리던 그는 결국 본심을 토해 냈다. 그의 목소리는 물기에 젖어 있었다.

"……네가 나를 좋은 사람이라 생각할까 봐, 그게 두려웠다."

어째서 이리도 두려워하는 걸까. 나는 리카엘을 이해할 수 없었다. 그는 내 곁에 다가오길 간절히 원하면서도 그것을 큰 죄인 양 두려워했다. 지금도 그랬다. 하지만…….

"나에게 오라버니가 좋은 사람이든 아니든 상관없어요. 우린 가족이니까."

그를 내 사람으로 인정한 이상 그런 건 아무래도 좋았다. 리카엘은 나에게 진심을 보여 주었다. 비록 아직 말하지 못한 일들이 있다고 하여도 그 마음만큼은 진짜였다.

"……그게, 그게 아니야."

그는 결국 고개를 떨구고 말았다. 날카로운 빙산이 빛에 녹아 허물어진다.

테이블 위로 떨어지는 것은 참회의 눈물이었다. 무엇 때문에 이리도 구슬피 우는지, 나는 여전히 모른다. 다만 떨리는 그의 어깨를 안아 주고 싶을 뿐이다.

"알잖아요. 우리의 잘못이 아니라는 걸."

우리는 모두 속죄를 구해야 하는 사람들이었다. 몇몇 이종족을 구해 냈다고 해도 그건 변하지 않을 것이다. 나는 자리에서 일어나 그를 끌어안았다.

"그러니까. 그게 뭐가 되었든 다 괜찮아요."

리카엘이 더 이상 나에게 죄스러워하지 않기를 바랐다. 설령 돌이킬 수 없는 죄를 지었을지언정, 그가 아니더라도 일어날 수밖에 없는 일이었을 것이다. 적어도 나는 이곳이 책 속이라는 것을 알기에.

"괜찮아요. 오라버니."

뜨거운 눈물이 내 어깨를 적셨다. 나는 가만히 그의 속죄를 받아들였다.

리카엘이 모든 응어리를 털어 내길 바라면서 나는 그가 머무는 곳에서 빠져나왔다. 상대의 가장 약한 부분을 목격한 뒤인지라 마음이 좋지 않았다. 하지만 반대로 후련하기도 했다. 적어도 리카엘은 더 이상 나를 피하거나 두려워하지 않을 것이다.

'이제 돌아가야지.'

카르텔이 기다리고 있을 것이다. 그를 생각하니 괜히 걸음이 빨라졌다.

'저녁에 환영 파티를 연다고 했었는데.'

천장에서 들어오는 햇살이 점점 사라지고 있었다. 지상에 뜬 해가 저물고 있음을 뜻했다.

그것에 대비하여 곳곳의 크리스털이 은은한 빛을 내었다. 낮 동안 크리스털에 햇빛을 저장해 밤에 사용하는 것이다.

'참 지혜로운 곳이야.'

분명 지하에 마련된 공간인데 전혀 답답하지 않았다. 오히려 울창한 숲 같은 느낌이 더 강했다. 빛이 들어오니 식물을 키우는 것이 가능하고, 동물의 울음소리가 들리는 것으로 보아 사육도 겸하고 있는 듯했다.

낙원의 문에서 아래를 내려다봤을 때 곳곳에 호수가 있었다. 아마도 지하수겠지. 의식주를 제대로 구축하고 있는 곳이었다.

'대단한 자야.'

이곳을 가꾸는 데만 해도 대단히 오랜 시간과 노력이 들어갔을 것이다. 거기다 이 정도 인원을 수용하는 것은 보통 일이 아니다. 그건 예지력으로도 충족할 수 없다.

"예지력이라……."

문득 그의 능력이 어디까지 닿는지 궁금해졌다. 혹시 카르텔과 내 미래도 예지할 수 있는 걸까.

"……저."

역시 한심한 생각이겠지, 하고 스스로 자조하고 있을 때였다. 새털같이 연약한 목소리가 내 발을 붙들었다.

"너는……."

워낙에 작은 음이라 바람 소리인 줄 알았다.

내가 돌아본 곳에는 작달막한 여자아이가 서 있었다. 새하얀 머리칼, 연보랏빛 눈. 남루한 행색이었지만 아이의 외모만으로도 충분히 빛이 났다.

달콤하고도 부드러운 향기가 코끝을 찔렀다. 이건 히아신스 꽃의 향기였다. 그것도 아이의 몸 자체에서 나고 있다. 설마…….

"너, 화인이니?"

내가 묻자 아이는 조심스레 고개를 끄덕였다. 분명 낙원에 화인은 없다고 들었는데. 혼란스러운 와중에도 아이의 존재가 달가웠다. 나 외의 화인을 본 건 이번이 처음이었다.

"……언니도 화인이죠?"

"반쪽짜리긴 하지만."

내가 쓸쓸하게 웃으니 아이가 그러지 말라는 듯 옷자락을 잡아 흔들었다. 지극히 아이다운 태도에 양 입꼬리가 사르르 올라갔다.

"나는 에이샤라고 해요. 당신은요?"

"플로리아."

간단한 통성명을 마친 것뿐인데도 한결 가까워진 기분이 들었다. 그와 동시에 아이의 상태가 신경 쓰였다.

낡은 옷에는 여기저기 구멍이 뚫려 있었다. 지나치게 마른 몸은 흙먼지가 묻어 지저분했다. 이곳에서 아이는 아무런 돌봄도 받지 못하는 것 같았다.

"에이샤. 혹시 이곳에 사는 이들이……."

"내 말 잘 들어요."

혹시나 학대를 당하는 것은 아닐까. 걱정되는 마음에 물어보려던 차, 아이가 먼저 내 말을 가로챘다. 에이샤는 반드시 지켜 달라는 듯 진지한 얼굴로 조언했다.

"저녁 만찬에서 아무것도 먹으면 안 돼요."

"……그게 무슨 말이야?"

의도를 알 수 없는 말이었다. 당장 오늘 밤엔 축제가 있었다. 술이며 음식이 빠지지 않을 텐데.

"……꼭, 꼭이요. 그리고…… 코르칸을 믿지 마세요."

"에이샤? 에이샤!"

겁에 질린 듯 주변을 두리번거리던 에이샤는 그 말만을 전하고 재빨리 도망쳐 버렸다. 저렇게 말랐는데도 얼마나 빠르게 뛰는지 따라잡을 수가 없었다.

코르칸을 믿지 말라니. 이곳 음식을 먹지 말라는 건 또 무슨 말이고.

'왜 그런 말을 한 걸까.'

아이가 떠난 뒤, 나는 카르텔이 기다릴 나무 앞에 서서 생각에 잠겼다. 장난이라고 받아들이기엔 에이샤의 표정이 너무 진지했다.

* * *

"다들 모여 주어 고맙네."

광장 곳곳에 빛을 담은 크리스털과 야광석이 어둠을 밝혀 주었다. 덕분에 단상에 선 코르칸의 모습이 아주 잘 보였다.

광장이라 불리는 낙원의 중심부에는 수많은 이종족이 모여 있었다. 아주 어린아이부터 나이를 먹은 노인까지. 다양한 종족과 넓은 나이대는 이곳이 진정 낙원이라는 사실을 다시 한번 깨닫게 만들었다.

"모두 새로운 주민이 된 이들을 축복해 주게나."

코르칸의 손짓에 따라 이종족들의 시선이 한곳으로 모였다. 그들은 환한 얼굴로 새로이 들어온 이들에게 꽃가루를 뿌려 주었다.

우리가 데리고 온 이종족들은 왈칵 눈물을 흘리기도, 서로를 부둥켜안기도 하며 기쁨과 안도를 만끽했다.

"새로 들어온 이들을 위해 다시 한번 설명하지."

코르칸은 그 광경을 흐뭇하게 바라보다 입을 열었다.

낙원은 광장을 중심으로 사방이 나누어져 있었다. 북쪽은 초식을 하거나 체구가 작은 종족끼리 모여 생활했고, 육식을 하는 이들은 서쪽, 남쪽은 새로 와 이곳에 적응하는 이들을 위한 공간이었다.

마지막으로 동쪽에는 코르칸의 집이 있었다. 그곳에는 코르칸의 수발을 드는 이들과 낙원을 직접 관리하는 자들이 거주한다.

"검은 바위 뒤는 위험하니 출입을 금하겠네."

검은 바위는 코르칸의 집을 기준으로 남쪽과 동쪽 사이에 있었다. 그 뒤편에 있는 작은 광산에서 유독 가스가 나오는 탓에 검은 바위를 기준으로 출입을 엄금한다고 했다.

"그러면 모두 축제를 즐겨 주게나."

"코르칸께 경배를, 아름다운 낙원에 축복을!"

그들은 앞다투어 잔을 올렸다. 곡주가 찰랑거리며 축제의 시작을 알렸다.

잘 구운 칠면조와 새끼 돼지 구이, 여러 종류의 새 구이. 체리와 사과, 귀한 청포도와 블루베리는 신선한 윤기를 자랑했다. 갓 구운 빵과 케이크까지 곳곳에 놓여 있으니, 축제를 즐기기에 부족함이 없었다.

그동안 우리를 따라오며 제대로 먹지 못했던 이종족들은 잘 차려진 음식에 손을 뻗었다. 고기의 육즙과 빵부스러기, 이곳저곳 흘린 꿀주로 바닥이 더러워졌다.

'만찬 음식은 먹지 말라고 했었지.'

나와 카르텔, 그리고 내 가족들만이 거기서 예외였다.

나는 에이샤의 말을 그냥 넘길 수 없었다. 그 아이는 분명 화인이었고, 낙원의 인원을 관리하는 오르하스는 에이샤의 존재를 부정했다. 찜찜한 심증만이 남았다.

이종족과 혼혈은 일주일 정도 먹지 않고 버틸 수 있었다. 나는 가까운 이들에게 아무것도 먹지 말라 경고해 둔 상태였다.

'그렇다고 계속 굶을 수는 없어.'

나는 이종족들이 부어라 마셔라 하는 것을 살폈다. 음식은 모두 평범해 보였고, 먹는 이들에게도 별다른 특이점이 보이지 않았다.

아이가 거짓말을 한 것일 수도 있다. 하지만 적어도 며칠간은 지켜보며 경계하기로 결심했다.

"함께 즐기도록 하지. 자네들도 고생하지 않았나."

"그래. 맞아요. 어서 들어요."

"누나! 이거 먹어 봐!"

음식에 손대지 않는 우리를 보며 아카노르 가족이 말을 걸어왔다. 아카노르 뿐만이 아니었다. 축제가 열린 이후 이종족들은 우리를 더 이상 경계하지 않고 있었다.

그들은 나와 아르덴을 중심으로 이것저것 권하기 시작했다. 그것을 거절하느라 진땀을 뺐다.

"화인은 처음이야. 거기다 목인이라니. 오르하스 님 이후로 두 번째 아닌가."

"모두 멸족되지 않아 정말 다행이야."

낙원의 주민들도 하나둘 우리에게 다가왔다. 적어도 그들의 환영만큼은 진심인 듯했다.

그런데 이상했다. 단순히 내 착각일까. 아니면 술이 있는 자리라 그런 것일까. 낙원 주민들의 눈이 묘하게 풀려 있었다.

분위기는 갈수록 무르익었다. 기우는 달이 없어 시간이 얼마나 흘렀는지 짐작이 가지 않았다. 상황을 즐기지 못하는 이들은 우리뿐이었다.

우리는 가장 먼저 광장을 빠져나왔다. 광장에 모여 있는 이들로 숲은 적막하기만 했다.

우리는 리카엘의 나무에 모여 이야기를 나누었다.

"뭔가, 콕 짚어서 말할 수는 없지만."

음식과 술도 멀쩡했고 들뜬 분위기도 축제에 걸맞았다. 정말로 크게 짚이는 부분은 없었다. 그나마 억지로 꼽자면 다들 지나치게 긴장이 풀려 있다는 정도였다.

"이상하긴 하다 이거지."

카르텔이 내 말에 맞장구를 쳤다. 그의 말 대로다.

낙원은 정말로 동화 속에 나올 것만 같은 곳이었다. 겨우 하루 머문 것뿐이지만 이곳은 지나치게 완벽했다. 그러기에 더욱 이상했다.

"음, 나도 조금 이상하다고 느끼기는 했어."

아르덴이 망설이다 고개를 끄덕였다. 이곳은 숲인지라 나무가 무성했고, 당연하게도 머물고 있는 나무 또한 살아 있었다.

"이것도 정확한 건 아니야. 지하라서 그런 걸지도 모르지만."

그는 나무들의 반응이 이상하다고 주장했다. '말을 걸면 우리는 행복하다', '낙원은 아름다운 곳이다' 같은 말만 반복할 뿐 그 외의 것은 들을 수 없다고 했다.

"일단 음식을 먹지 않은 건 잘한 것 같아."

에이샤가 알려 준 유일한 단서였다. 하지만 음식에서도 특별한 건 발견할 수 없었다. 독이 발라져 있는 것도 아니었고, 말 그대로 그냥 음식일 뿐이었으니까.

"오라버니. 그동안 이곳에서 수상한 점은 없었나요?"

리카엘은 푸른 새로서 오랫동안 낙원에 봉사해 왔다. 무언가 아는 것이 있지 않을까 싶었지만 그는 고개를 저을 뿐이었다.

"아주 잠깐 쉬어 갔을 뿐 이곳에 대해 자세히 알지는 못해."

리카엘은 아버지의 아래에서 정체를 숨긴 채 일해 왔고, 그만큼 위험을 감수해야만 했다. 그의 말대로 낙원에 오래 머물 여유 따위는 없었을 것이다.

'하지만…… 과연 만찬 음식뿐일까?'

나에게 간절히 매달리던 아이가 자꾸만 떠올랐다. 이상할 정도의 불안감에 쉬이 긴장을 풀 수 없었다.

"조금 더 알아봐야겠어요. 벨루스, 며칠 동안만 참을 수 있겠어?"

"물론. 난 먹보가 아니니까."

벨루스가 내 물음에 크게 고개를 끄덕였다. 늑대 수인이라면 누구나 먹성이 좋았다. 아무리 먹고 마시지 않아도 일주일을 버틸 수 있다지만, 말 그대로 버틸 수 있다는 것뿐이지 허기를 못 느끼는 건 아니었다.

"응. 조금만 기다려 줘."

나는 동생의 머리를 쓰다듬으며 생각에 잠겼다. 낙원이 수상하다 하여 당장 지상으로 올라갈 수는 없는 일이었다. 아버지는 행방이 묘

연했고 황제는 우리를 찾기 위해 사방을 쥐 잡듯 뒤지고 있을 것이
틀림없었다.

"내일은 이곳을 한 바퀴 둘러봐야겠어요."

"나도 도와줄게!"

내 손길에 기분이 좋아진 듯 벨루스가 활기차게 대답했다. 나는 동
생의 반응에 살짝 웃고는 자리에서 일어났다.

"그러면 다들 뭔가 발견하면 나한테 알려 주세요."

"알겠어."

우리는 리카엘의 나무에서 해산했다. 배정받은 공간으로 돌아오니
피로가 물밀 듯 밀려왔다. 이러는 와중에도 모든 게 수상하게만 여겨
졌다. 어지간히 신경이 곤두선 모양이었다.

"카르텔."

"왜."

그는 자꾸만 움직이려는 나를 품에 가뒀다. 이제는 눈 위에 손까지
올려놓은 채다. 따스한 어둠에 정신이 늘어졌다.

"아무런 결점 없이 완벽한 곳이 있을까?"

이곳이 바로 그랬다. 인간들의 핍박도, 날씨에 따른 재난도, 사
소한 다툼마저도 일어나지 않는 정말 명칭 그대로 낙원 같은 공간
이었다.

"그런 곳이 있을 리가."

카르텔은 단번에 부정하며 나를 안은 채 침대에 누웠다. 자연스레
그의 몸 위로 눕게 되었다. 그의 가슴팍에 뺨을 기댄 나는 기분 좋은
고동 소리를 들으며 고개를 끄덕였다.

"맞아."

세상에 완벽한 곳은 없다. 아주 약간의 결점이라도 존재하는 것이
세상의 이치였다.

'그래. 결점이 있기는 하지.'

에이샤, 나는 남루한 모습의 아이를 떠올렸다. 모든 게 완벽한 낙원에서 그 아이만이 홀로 겉돌고 있었다.

그 아이가 화인이라 다행이었다. 순혈 화인은 꽃의 기운을 주기적으로 얻으면 먹지 않아도 살아갈 수 있었다.

어둠 속에 혼자 웅크리고 있을 아이가 걱정되었다. 나는 에이샤가 있을 곳을 떠올리며 눈을 감았다.

* * *

"당장 끌어내!"

"낙원에 부정한 것이 들어오다니!"

피로에 젖은 눈이 묵직했다. 하지만 그것을 이겨낼 만큼 밖이 소란스러웠다. 나는 몸을 뒤척이며 잠에서 깨어났다.

"무슨 소리야?"

소란은 더욱 거세졌고 그칠 생각을 하지 않았다. 카르텔은 밖을 내다보려는 나를 저지했다.

"벌레들이 와서 짖고 있는데."

그리 말하는 카르텔의 음성이 못내 사나웠다. 그대로 잠이 든 듯, 나는 여전히 그의 품에 안겨 있었다.

나를 안고 있지 않았다면 당장 나무 밖으로 뛰쳐나갈 듯한 목소리였다.

밖을 내다보지 않아도 그들이 뭐라고 하는지 똑똑히 들려 왔다.

"감히 여기가 어디라고 인간의 피가 섞인 반쪽짜리가 들어와!"

퍼억! 하는 둔탁한 음이 들리는 것으로 보아 밖에서 돌을 던지는 모양이었다. 그래 봤자 상처를 입는 건 죄 없는 나무였다. 나는 카르텔을 밀어내고 나무 바깥으로 나갔다.

"나왔다!"

"역시 저년이 맞았어!"

아래에는 제법 많은 이종족이 모여 있었다. 그들은 내가 얼굴을 비추자마자 일제히 술렁이며 손가락질하기 시작했다.

고작 밤사이에 내가 혼혈이라는 소문이 퍼진 것 같았다. 그렇다고 해도 이렇게 몰려올 줄은 몰랐다.

"우리를 그렇게 핍박해 놓고 저리도 뻔뻔한 낯짝이라니!"

"어떻게 낙원에 들어올 생각을……!"

그들은 인간의 피가 섞인 내게 진심으로 분노하고 있었다. 꼭 지상에서와는 다르게 서열이 바뀐 것만 같았다.

"죽어라, 이 마녀야!"

여우 수인이 바닥에서 돌을 주워 들었다. 손을 떠나간 돌이 나를 노리며 날아왔다.

"어디 더 짖어 보지 그래."

파스스-!

내가 눈을 감기도 전이었다. 어느새 밖으로 나온 카르텔이 날아오는 돌을 잡아챘다. 그의 손아귀에서 가루가 된 돌은 흙먼지로 변해 형체도 남지 않게 되었다.

"그런……."

순식간에 소란이 멎었다. 카르텔은 나에게 돌을 던진 여우 수인을 훑고 있었다. 금방이라도 사냥감을 찢어 버릴 듯 그의 눈이 형형하게 타올랐다. 여우 수인은 그 시선을 받아 내는 것이 버거웠는지 뒷걸음질 치다 제 발에 걸려 넘어지고 말았다.

"너, 넌 뭐냐. 너도 혼혈이라 편을 드는 거냐?"

"그래. 같은 순혈이라면 혼혈 편을 들 리가 없지."

이종족들은 카르텔을 나와 같은 혼혈로 몰아가고 있었다. 조금 떨어진 뒤편으로는 우리가 데려왔던 이종족들이 모여 있었다. 그들은 이러지도, 저러지도 못한 채 우리를 향한 분노를 바라만 보았다.

"이게 무슨 소란인가!"

"······코르칸 님!"

그의 등장에 일대가 술렁였다. 소란에 단단히 화가 났는지, 코르칸은 엄중한 표정으로 모여 있는 이들에게 다가왔다. 숲속은 쥐죽은 듯 조용해졌다. 코르칸은 모여 있는 이들을 하나하나 훑으며 말을 이었다.

"평화로워야 할 낙원에 이 무슨 소란이냐 물었네."

"코르칸 님, 그것이······."

금방이라도 내가 있는 나무를 베어 버릴 듯 거창했던 기세가 꺾여 버린다. 그러나 몇몇은 억울한 기색으로 목소리를 내기 시작했다.

"저자들은 인간의 피가 섞인 혼혈입니다."

"거기다 그냥 인간들이 아닙니다. 무려 도살자의 핏줄들이란 말입니다!"

도살자, 아버지를 지칭하는 단어에 일대가 또 한 번 술렁였다. 도살자를 모르는 이종족은 없다. 수십, 수백의 이종족을 대상으로 피를 뽑고 살을 잘라 이어 붙인 반인륜적 학자. 그 아래에서 태어난 자식들도 이종족을 납치하는 데 가담했다.

이종족들의 눈이 증오로 물들었다. 가깝게는 그들의 형제, 부모. 그리고 멀게는 같은 일족들을 살해한 도살자의 자식들이 눈앞에 서 있었다.

"네 놈들도 죽어야 한다!"

"인간은 죗값을 치러야 해."

반기는 더욱 거세졌다. 이제 코르칸은 눈에 보이지도 않는지 무기나 손톱을 뽑아 드는 이들도 존재했다.

"진짜 낙원에 가고 싶은 모양이군."

"……카르텔."

그걸 눈 뜨고 볼 카르텔이 아니었다. 그는 재미있다는 듯 중얼거렸지만 얼굴은 전혀 웃고 있지 않았다. 저들이 나를 모욕했다 여기는 것이다. 하지만 이종족들의 말은 대게 사실이었다. 도살자의 자식에 이종족의 혼혈. 당장 목을 베어도 분이 삭지 않을 것이다. 내가 저들이었어도 그랬으리라.

"모두 조용!"

코르칸의 고함이 숲을 흔들었다. 그는 붉게 달아오른 얼굴로 이종족들의 앞을 막아섰다.

"자네들을 낙원으로 인도한 자는 누구인가."

"……푸른 새입니다."

반기를 들 때와는 달리 쥐꼬리만 한 목소리였다. 저들 대부분은 푸른 새인 리카엘의 도움을 받아 낙원으로 향할 수 있었다. 푸른 새라는 단어가 가진 효과는 대단했다. 많은 이들이 그에게 받은 은혜를 떠올렸는지 송곳니와 손톱을 집어넣고 있었다.

"그 또한 도살자의 핏줄로 태어났네. 그러면서도 죄를 씻기 위해 자네들을 구해 주지 않았는가."

"……그건, 저희도 몰랐습니다. 하지만 그 외의 이들은……."

표범 수인이 중얼거렸다. 물론, 리카엘이 베논가의 일원인 줄 모르고 도움을 받은 이들도 있었을 것이다. 또한, 리카엘을 제외한 이들은 죄를 씻기 위해 그 무엇도 하지 않았다 여기고 있을 테다.

"왜 자네들만 피해자라 생각하는 건가. 저들도 마찬가지일세."

코르칸은 이종족들을 엄히 꾸짖었다.

이종족을 노예로 부리는 곳은 비단 레오플론 제국뿐만이 아닌 대류 전역이었다. 황금시대가 끝난 후, 인간들은 부족해진 자원과 마력을 이종족에게서 얻으려 했다. 그 뒤로 이어진 역사는 당연한 관습으로 남았다.

그사이 혼혈로 태어나 양쪽에서 핍박을 받다 죽은 나와 같은 이들이 넘쳐 났음은 말할 필요도 없었다.

"그러니 돌아가도록 하게."

"하지만……!"

저리 말해도 그들의 원한은 사라지지 않을 것이었다.

그때 뒤의 무리에서 누군가가 걸어 나왔다. 은색 머리칼을 가진 늑대 수인, 아카노르였다.

"푸른 새를 포함해 저들에게 단 한 번이라도 도움을 받지 않은 자가 있는가?"

"……"

그들은 아무 말도 하지 못했다. 내가 공작성에서 데리고 나온 이종족들도 마찬가지였다.

"나 또한 저 여인에게 도움을 받았네. 고문을 받다가 내 가족들까지 모두 잃을 뻔한 걸 구해 주었지. 그리고 이곳까지 무사히 데려다 주었다네."

덤덤한 목소리가 내 마음을 찔렀다. 나는 실험탑에서 그를 구해 주지 못했다. 오히려 감옥으로 내려보냈었지. 그들을 이곳까지 이끈 것도 결국은 내 신념 탓이었다.

"그러니 내 은인을 해하려거든 나와 먼저 승부를 겨루어야 할 걸세."

"그래요. 저들은 우리 가족 모두의 은인이에요."

아카노르의 부인까지 이종족의 앞을 막아섰다. 제 엄마의 손을 잡고 나온 루루는 긴 꼬리를 바닥에 팡팡 내리치며 불만을 드러냈다.

"우리 누나 건드리지 마세요!"

작은 늑대까지 합세하니 더는 말이 나올 수 없었다. 그들은 한참 침묵하다가 하나둘 숲을 벗어났다.

"이거 미안하게 되었군."

남은 이들은 코르칸과 아카노르의 가족뿐이었다. 나는 코르칸의 사과에 가벼이 고개를 저으며 답했다.

"틀린 말을 한 것도 아닌걸요."

사실은 아주 예측하지 못했던 것도 아니었다. 모두 터전을 잃고 낙원으로 오게 된 이들이었다. 이 정도 비난은 당연한 것이라 여겼다.

"누나아."

그러지 말라는 듯, 루루가 어리광을 피우며 내게 달려왔다. 나는 내 품으로 뛰어 들어오는 아이를 안아 들었다. 묵직한 느낌이 꼭 어릴 적 벨루스를 떠올리게 했다.

"누나 편들어 줘서 고마워."

비난받을 줄은 알았지만, 호의로 나를 보호해 줄 이들이 있을 것이라고는 상상조차 하지 못했다.

나는 루루의 어머니인 늑대 수인과도 눈인사를 나누었다. 첫 만남 때의 겁에 질린 시선과는 달리, 그녀의 눈동자는 따스한 호의로 가득했다. 나는 루루를 그녀에게 넘겨주었다.

아카노르의 가족이 돌아간 뒤 숲에는 나와 카르텔, 코르칸만이 남았다.

"많이 놀랐겠군. 괜찮다면 내 집에 함께 가서 차라도 한잔 드는 게 어떻겠나."

부엉이 수인인 그의 눈은 투명할 정도로 맑았다.

코르칸은 부드러이 웃으며 나와 카르텔에게 권유했다. 소란은 지나갔고, 그의 시선은 호의로 넘쳐 났다. 하지만 걸리는 부분이 없어진 건 아니었다. 이번 기회에 에이샤에 대해 물어보는 것도 좋을 듯싶었다. 나는 고개를 끄덕였다.

"초대 감사합니다. 카르텔, 가자."

내가 움직이니 카르텔은 군말 없이 따랐다. 코르칸은 만족한 듯 앞장서 걸었다. 그의 집과 객의 숲은 그리 멀지 않은 곳에 있었다. 그의 뒤를 따르던 중, 나는 시선을 사로잡는 물체에 고개를 돌렸다.

'저게 그 바위인가?'

숲 중앙에 커다란 검은 바위가 세워져 있었다. 코르칸의 말에 따르면 저 뒤엔 가스가 나오는 광산이 있다. 유해한 것이라 접근을 금지했다고는 하지만 직접 보지 않고서야 모르는 일이었다.

'지금쯤이면 어느 정도는 훑어봤겠지.'

리카엘과 아르덴, 그리고 벨루스는 내 부탁대로 낙원 곳곳을 살펴보고 있을 것이다. 작은 마을 다섯 개 정도를 합쳐 놓은 크기였으니 지하에 있는 공간치고는 상당한 넓이였다. 이종족들이 나에게로 몰려왔으니 둘러보는데 한결 수월했겠지.

"이곳이라네."

내가 그들을 떠올릴 때였다. 코르칸은 도착했다는 듯 허름한 오두막을 가리켰다. 낙원의 주인이 사는 곳이라기엔 상당히 소박한 공간이었다.

"들지."

그는 금방 차를 우려내 테이블에 놓아 주었다. 카밀러 꽃향기가 오두막 안을 가득 채웠다. 이것을 들어도 될지 망설여졌다. 낙원에 와서 마지막으로 마신 것은 리카엘이 타 준 차였다. 그건 괜찮았던 걸까.

"차를 즐기지 않나?"

"……아니요. 그것보다는 여쭤볼 것이 있어서요."

나는 찻잔을 일부러 미루며 다른 화제를 꺼냈다. 그는 무엇이든 물어보라는 듯 인자한 표정으로 내 말을 기다려 주었다.

"낙원에 저 말고 다른 화인이 있을까요?"

하얀 머리칼에 유난히 마른 화인 아이는 도망치듯 숲속으로 달려갔다. 누군가에게 쫓기기라도 하듯이.

"흐음."

코르칸은 홀로 기울이던 찻잔을 내려놓았다. 그는 무언가를 생각하듯 테이블을 가볍게 두드리다 입을 열었다.

"에이샤를 만났나 보군."

"……."

그는 오르하스가 부정하던 존재를 입에 올렸다. 에이샤는 그저 어린아이일 뿐이었다. 그 작은 아이를 방치하는 이유가 뭔지 꼭 들어야만 했다.

"에이샤는 낙원의 유일한 화인이네. 아마 오르하스가 화인은 없다고 했겠지만……. 그건 나에 대한 충성심에서 비롯된 것일 테니 너무 미워 마시게."

"그 아이를 방치하는 이유가 뭔가요?"

충성심 때문이라니. 아무리 아이가 코르칸을 따르지 않는다 해도 너무한 처사였다. 코르칸은 날이 선 심경을 이해한다는 듯 씁쓸하게 웃었다.

"사고였지만…… 그 아이는 나 때문에 부모를 잃었다고 생각한다네."

몇 년 전까지만 해도 코르칸은 지상과 지하를 오가며 직접 이종족을 인솔했다고 한다. 그 과정에서 인간들과 부딪혀 두 화인을 잃었고, 에이샤만이 살아남았다.

"나를 미워하고 이곳 자체를 끔찍이 여기는 아이일세. 억지로라도 잡아 보려 했지만 쉽지 않더군."

그렇게 말하는 코르칸은 진심으로 아이를 위하는 것처럼 보였다. 그를 믿지 말라는 에이샤. 아이를 도와주고 싶다는 코르칸. 이쯤 돼서는 누구의 말이 진짜인지 모를 지경이었다.

"혹시 그 아이를 만나게 되면 먹을 것이라도 나눠 주게나. 자네가 준 것이라면 받을 수도 있으니까."

먹을 것. 그건 또 하나의 의문이었다. 나는 아이를 만나 직접 그것을 물어야 했다.

* * *

제국의 수도에서도, 그리고 작은 영지에서도 한참이나 떨어진 마을은 가까운 과거 극심한 역병이 돌았다. 혹여 병이 외부로 유출될까 아직도 발길을 엄금한 마을에는 인기척 하나 느껴지지 않았다.

한때는 화려했던, 높은 이들이 머물렀을 저택은 폐가가 되어 음산한 기운만을 내뿜었다.

쥐나 벌레밖에 다니지 않는 그곳에 작은 호롱불이 드리웠다. 인영에 따라 움직이던 그것은 몸을 숨기듯 서둘러 저택의 지하로 들어가 버렸다.

"감히 나를 배신하다니."

베논 공작은 이를 부득부득 갈며 지하 계단 아래로 내려갔다. 부옇게 쌓인 먼지와 끼익 거리며 비명을 지르는 건물은 결코 자신이 머물 만한 장소가 아니었다.

신경질적으로 지하에 내려간 그는 몇 가지 안 되는 실험 기구를 간이 탁자 위에 올려놓았다. 천장에 매달린 불 하나, 그 아래의 실험대엔 라쿠스가 눈을 감고 있었다.

'그래도 마지막 재료를 건질 수 있어서 다행이지. 그러지 않았더라면.'

그동안 해 온 모든 것이 종잇조각으로 변할 뻔했다. 베논 공작은 제 아들인 재료를 내려다보았다. 라쿠스를 훑는 눈동자에서 광기가 번득였다.

"이 실험만 성공한다면 누구든 발아래 둘 수 있으니 걱정하지 마십시오."

베논 공작은 타인의 목소리에 고개를 돌렸다. 불빛이 닿지 않는 그림자 아래, 클로디온이 단정한 얼굴을 드러냈다. 저자가 아니었다면 황제의 눈을 피해 이곳으로 숨어들 수도, 재료를 챙겨 올 수도 없었을 것이다. 베논 공작은 자신의 조언자에게 고개를 끄덕였다.

"그래. 조금만, 조금만 더 버티면 그만이야."

이 실험을 성공시키기 위해 얼마나 오랜 세월을 기다려 왔던가. 끝만 낸다면 마수도, 그리고 오만이 하늘에 닿은 황제까지도 내 발치에 무릎을 꿇으리라.

이런 수모도 감당할 수 있을 만큼 짜릿한 상상이었다. 베논 공작은 가래 섞인 웃음을 터트렸다.

* * *

소란이 인 후, 다시 평화가 찾아왔다. 사흘이 지났지만 특별한 변화는 없었다.

이종족이 많은 광장을 지나도, 홀로 숲을 산책해도 무언가가 날아오거나 혐오하는 눈길을 받지 않았다. 그래서 더 이상했다.

'지나치게 조용해.'

그 정도 규모의 항의가 이렇게 단시간에 식을 리 없었다. 아무리 코르칸이 규제했다고는 하지만 자잘한 시비 정도는 일어나는 게 정상이었다.

'거기다.'

벨루스와 아르덴 그리고 리카엘은 각자 구역을 맡아 낙원을 살폈다. 이종족들이나 우리 같은 객이 머무는 숲은 별다른 이상이 없었다. 문제는 출입이 엄금된 검은 바위 뒤였다.

'이상해.'

아르덴이 본 바에 따르면, 검은 바위 뒤에 광산이 있기는 했다. 다른 이의 출입을 막기 위해서인지 그 앞은 몇몇 이종족들이 교대로 돌아가며 지키고 있었다. 가죽으로 만든 방어구와 검까지 들고 있다니, 고작 출입을 막기 위한 것으로는 무장이 과했다.

"알아봐야겠는데."

그러기에는 보는 눈이 너무 많다. 코르칸은 무엇을 위해서, 또 뭘 감추기 위해서 그곳을 이용하는 걸까.

나는 그의 인자한 얼굴을 떠올렸다. 진한 주황빛 눈은 세월의 지혜를 그대로 담아낸 듯 한없이 맑았다. 거기다 작은 화인, 에이샤를 진심으로 걱정하는 모습까지 봤으니 더욱 혼란스러웠다.

'슬슬 한계이기도 하고.'

낙원에 머무른 지 닷새째. 음식을 먹지 않은 날짜도 그와 같다. 나와 목인인 아르덴은 괜찮았지만, 벨루스와 리카엘이 문제였다. 음식을 먹지 않고도 며칠은 더 버틸 수 있겠지만 그 이상은 무리다.

또한 이곳이 의심스럽다고 해서 당장 지상으로 올라갈 수도 없었다. 그곳은 낙원보다 더한 위험이 도사리고 있었다.

"어쩌면 좋을까."

나는 숲을 거닐며 꽃들에게 물었다. 그들은 답을 내어 주지 않았지만 분명 나를 위로하고 있었다. 나는 상냥한 기운들로 허기를 채

왔다.

"……어?"

생각보다 꽃밭이 길게 이어져 있었다. 그것을 따라 조금 깊은 곳까지 들어와 버렸다. 그때 저 먼 나무 뒤편으로 하얀 머리카락이 흩날리는 것이 보였다.

"에이샤?"

나는 아이의 이름을 조심스럽게 불러 보았다. 움찔, 바닥에 늘어진 그림자가 움직였다. 그리고 그와 동시에 멀어졌다. 에이샤가 숲 안쪽으로 달리고 있었다.

"에이샤! 잠깐만!"

미처 대화를 나눠 볼 틈도 없었다.

나는 에이샤의 뒤를 쫓아 숲을 내달렸다. 안이 제법 깊은지 뛰어도 뛰어도 끝이 없었다. 거기다 아이가 어찌나 재빠른지 도무지 잡을 수가 없다. 도무지 에이샤를 잡을 수 없었다던 코르칸의 말이 떠오른 순간이었다.

"에이샤!"

숲의 끝으로 환한 햇살이 들었다. 천장에 그려진 자그마한 룬어에서 들어오는 빛이었다. 그 아래에는 새하얀 히아신스 꽃들이 어여쁘게 피어 있었다. 에이샤는 그 틈에 서서 나를 바라보았다.

"플로리아."

에이샤는 일부러 나를 이곳까지 데려온 것 같았다. 반짝이는 보랏빛 눈동자는 어딘가 모르게 슬퍼 보였다. 나는 숨을 고르며 아이에게 다가갔다.

"응. 오랜만이네."

에이샤는 정확히 내가 다가간 걸음만큼 뒤로 물러났다. 아이가 다시 도망갈까 달래는 어조가 나왔다. 히아신스 꽃들도 마찬가지였다.

그들은 에이샤를 보호하려 안달이었다. 아이가 저 마른 몸으로도 재빨리 뛸 수 있었던 건 모두 꽃들이 나눠 준 기운 때문이었다.

"내 말 들어줬네요."

"무슨 말?"

"음식을 먹지 않는 거요."

에이샤는 꽃잎을 매만지며 웃었다. 어쩐지 울음이 나올 것 같은 미소였다. 내가 무언가를 입에 대지 않은 건 어떻게 알고 있는 걸까.

"왜 먹지 말라는 거야?"

"이상해지니까요. 그들처럼요."

과일이나 식수, 조리된 음식에서 별다른 점을 발견하지 못했다. 에이샤는 정말로 거짓말을 하고 있는 걸까.

"뭐가 이상해진다는······."

"플로리아. 나는 당신에 대해 알고 있었어요."

아이의 말에 순간적으로 몸이 굳었다. 그저 도살자의 딸로 알고 있겠거니 했지만, 에이샤의 눈에는 혐오나 두려움이 깃들어 있지 않았다.

"어른들에게 들은 적이 있어요. 아그노스 님을요."

"아그노스?"

나는 낯선 단어에 눈을 깜빡였다. 누군가의 이름인 걸까. 아무리 머리를 굴려 보아도 처음 들어보는 것이었다.

"아그노스 님을 몰라요?"

나는 아이의 반응에 더 당황했다. 내가 꼭 알고 있어야 하는 걸까?

"그게 누군데? 처음 들어보는 이름이라서."

"······당신의 어머니잖아요."

이상한 것을 보는 듯한 시선과 함께 내 심장이 바닥으로 처박혔다. 내가 그토록 찾아 헤맸던 플로리아의 어머니. 그녀는 아그노스라는 이름으로 불리고 있었다.

"……어린 시절의 기억은 거의 없어서."

어린 시절의 기억이라기보다 플로리아의 어머니에 대한 기억이 고작 단 하룻밤에 불과했다.

아그노스, 나는 그녀의 이름을 몇 번이고 곱씹었다. 창백할 정도로 흰 피부와 어둠 속에서도 반짝였던 붉은 머리칼. 그녀는 꼭 시들어 가는 장미를 연상케 했다.

"그럴 수도 있겠네요. 나쁜 사람한테 잡혀 있었잖아요."

에이샤는 이해한다는 듯 고개를 끄덕였다. 나쁜 사람이라니. 도살자라는 말만 들었지, 이렇게 가벼운 비난은 들어본 적이 없어 웃음이 났다.

"에이샤. 아그노스……에 대해서 좀 더 말해 줄래?"

"나도 자세히는 몰라요. 엄마는 알고 있을 텐데……."

잠깐 꺼낸 엄마라는 단어에 에이샤의 목소리가 줄어들었다. 이곳으로 오기 전 돌아가셨다고 했지. 충분히 그리워할 만했다. 내가 아이를 위로하려 손을 뻗었을 때였다.

"플로리아, 부탁해요. 제 부모님을 구해 주세요."

아이는 구명줄이라도 되는 양 내 손을 꼭 움켜쥐었다. 나는 에이샤의 말을 이해하지 못했다. 분명…….

"부모님은 돌아가셨다고……."

"하, 코르칸이 그렇게 말했나요?"

내 말에 에이샤가 기가 막힌다는 듯 코웃음을 쳤다. 그러더니 물기 어린 목소리로 말을 이었다.

"두 분 다 살아 계세요. 갇혀 계시기는 하지만……."

"그게 무슨."

코르칸에게 들었던 말과 완전히 반대되는 이야기였다. 당황한 나에게 에이샤는 더욱 간절히 매달렸다.

"검은 바위 뒤에 폐광산이 있어요. 코르칸은 그곳이 위험하다며 들어가지 못하게 하지만…….. 사실 자신을 따르지 않는 이종족을 가둬두고 있어요."

기함할 일에 미간이 찌푸려졌다. 대체 낙원이라 불리는 곳에서 무슨 일이 벌어지고 있는 걸까. 더 자세히 묻기 위해 입을 열었을 때다.

파스스—!

풀숲에 무언가가 부딪히는 소리가 들렸다. 나보다 한발 먼저 기척을 잡아낸 아이가 파르르 몸을 떨었다.

"플로리아. 제 부모님을 구해 주세요. 거기 갇혀 있는 다른 이들도요."

에이샤는 히아신스 꽃밭의 중앙으로 걸어갔다.

"꼭, 꼭이에요!"

간절하다 못해 절박한 목소리와 함께, 아이 주변으로 환한 빛이 터져 나왔다. 느릿하게 지워진 빈자리에는 아무도 없었다.

"……에이샤?"

당황해 아이의 이름을 부르니, 히아신스의 꽃들 사이로 미묘하게 다른 기운이 전해져 왔다.

'꽃으로 돌아갔구나.'

같은 꽃을 지닌 부모에게서 태어난 순혈은 이렇게 꽃의 모습으로 숨을 수 있었다. 아이가 아무리 발이 빠르다 해도 잡히지 않았다는 게 이상했다. 이런 이유였던가.

에이샤가 꽃 사이로 몸을 숨긴 직후, 내 뒤에서는 이종족들이 두리번거리며 수풀 속에서 빠져나왔다. 본 주민이 아닌 내가 이끌고 온 이종족이었다. 그들은 나를 보고 흠칫거리며 길을 되돌아갔다.

"……구해 줄게. 꼭."

나는 그들이 완전히 사라진 것을 확인한 후 자그마한 목소리로 속삭였다. 옅게 부는 바람과 함께 히아신스의 잎사귀가 흔들렸다.

* * *

지하 세계에서도 낮과 밤을 구분하는 경계는 있었다. 아침이 밝으면 룬어를 통해 햇빛이 들어오고, 지상의 태양이 지면 빛을 모아 놓은 크리스털과 야광석이 시야를 확보해 주었다. 여기서 시간이 지나면 크리스털과 야광석에도 천을 씌워 빛을 가렸다.

"움직이기 좋은 시간이네."

완연한 어둠에 벨루스가 콧노래를 흥얼거렸다. 나는 활동하기 좋은 옷을 입은 채로 동생의 옆에 섰다

"다녀올게."

"……그래."

카르텔은 팔짱을 낀 채 나를 내려다보고 있었다. 그의 시선은 나른하게 잠겨 있었지만 불만이 어렸다. 나만이 알아볼 수 있는 표정이었다.

에이샤를 만난 건 오늘 오후였다. 나는 지금 아이가 말한 것들을 확인하러 가는 길이었다. 검은 바위의 뒤, 이종족들이 갇혀 있다는 폐광산으로.

단순히 확인만 하러 가는 것이기에 많은 인원이 필요하지 않다. 벨루스가 부리는 어둠이 삼킬 수 있는 인원은 스스로를 포함해 두 명이 가장 적합했다.

"금방 다녀올 테니까."

나는 그의 뺨을 한차례 쓰다듬고는 손을 거두어들였다. 카르텔의 옆에는 리카엘과 아르덴이 서 있었다. 둘 다 걱정스러운 듯 표정을

굳히고 있다. 나는 걱정하지 말라는 듯 밝게 웃어 준 뒤 벨루스의 뒤를 따랐다.

"그럼 가자. 리아."

카르텔을 내게서 떼 놓은 것이 매우 만족스러운 듯, 벨루스는 환한 표정으로 그림자를 움직였다. 살아 있는 것처럼 꾸물거리던 어둠은 곧 우리를 집어삼켰다.

야광석이 가려질 시간이라 바깥은 완연한 어둠에 잠겨 있었다. 나는 아무런 말없이 벨루스가 디딘 발자국을 따라 걸었다.

'아그노스.'

나는 처음 알게 된 그녀의 이름을 혀로 굴려 보았다. 정말로 폐광산 안에 에이샤의 부모가 있다면, 아그노스에 대한 것들을 자세히 들을 수 있을지도 몰랐다.

그녀에 대한 이야기 속에서 내 본질도 찾을 수 있을까. 나는 무의식적으로 귀걸이를 매만졌다. 나를 복잡하게 만들었던, 아실리드가 담긴 진주는 지금도 평온하기만 했다.

"꽤 많이 몰려 있네."

온몸에 뒤집어쓴 그림자는 안의 소리마저도 차단해 주었다. 나는 벨루스가 가리킨 방향으로 시선을 돌렸다. 검은 아가리처럼 벌어진 동굴 앞. 열댓 명의 다양한 이종족들이 자리를 지키고 서 있었다. 제법 군기가 든 듯 잡담을 하는 법이 없었다. 나는 벨루스를 따라 그들 옆으로 지나가려 했다.

'……눈이.'

군기가 잡혀 있는 모습과는 다르게, 그들의 눈은 흐리게만 보였다. 저 먼 곳을 보는 듯 초점이 잡히지 않았다. 낮과는 전혀 다른 모습이었다.

에이샤가 말하던 '이상'이 저런 것일까. 감이 좋지 않았다. 그들의 상태를 살피던 나는 서둘러 폐광산 안으로 들어갔다.

희미한 등불이 띄엄띄엄 걸린 광산 안은 어둑하기만 했다. 나는 미리 가져온 필리아 잎을 벨루스에게 나눠 주었다. 혹여 있을 유독 가스를 막기 위한 조치였다. 나 또한 코와 입을 필리아 잎으로 가린 후 동생의 뒤를 따랐다.

'역시나.'

해로운 것은커녕 내부에 떠다니는 것은 희뿌연 먼지밖에 없었다. 거기다 폐광산치고는 지나치게 관리가 잘 되어 있다. 최근까지 다른 이들이 드나들었던 발자국도 선명하게 찍혀 있었다.

"……줘요."

"……?"

꽤 깊이 들어갔는데도 별다른 것이 발견되지 않았다. 얼마나 더 가야 할까. 고민이 드는 찰나, 나를 붙잡은 것은 실처럼 가는 목소리였다. 나보다 청각이 뛰어난 벨루스는 진즉 목소리를 들은 듯 발걸음을 빨리했다.

"……이건."

벨루스는 눈앞에 보이는 광경에 몸을 감쌌던 어둠을 거두어들였다. 길 양옆으로 나 있는 것은 수십 개의 철창이었다. 겨우 등불 몇 개에 의지한 그들은 굴처럼 생긴 감옥에 종별로 나뉜 채 갇혀 있었다. 공작성의 지하 감옥과 다를 바 없는 모습이었다.

"……누구. 외부인?"

"저기요! 저희 좀 꺼내 주세요!"

다급한 목소리가 동시다발적으로 터져 나왔다. 혹여 바깥에 들릴까, 나는 벨루스를 시켜 통로 한 면을 어둠의 막으로 막게 했다.

"바깥에 들릴 수 있어요. 다들 조용히……."

그들을 진정시키려던 참이다. 내 시선을 사로잡은 것은 저 먼 구석 철창 안의 이종족이었다. 새하얀 머리칼에 보랏빛 눈을 한, 한 쌍의 이종족. 나는 그들이 에이샤의 부모라는 것을 단번에 알아차렸다.

"혹시 에이샤의……."

"저, 저희 딸을 보셨나요?"

하얀 머리칼을 바닥까지 늘어트린 여인이 다급히 철창에 매달렸다. 머리와 눈의 색 외에도 에이샤와 꼭 닮은 외모였다.

동굴 감옥 안에서 희미하게나마 히아신스 특유의 향이 났다. 오랫동안 햇살과 꽃의 기운을 흡수하지 못한 탓에 향기가 많이 약해져 있었다.

"네. 에이샤가 당신들을 구해 달라고 제게 부탁했어요."

"아아, 내 딸……. 살아 있었구나."

비틀거리는 그녀를 남자 화인이 끌어안았다. 그는 제 부인이 걱정스러운 듯 몇 번이고 등을 어루만져 주었다.

"대체 어떻게 된 건가요?"

"……코르칸이, 그 부엉이 수인이 우리를 가둬 버렸소."

잔뜩 잠긴 목소리였다. 부인을 끌어안은 사내는 코르칸에게 분노하고 있었다.

에이샤의 말이 모두 맞았다. 문득 코르칸이 내게 보여 준 연기가 떠올라 전신에 소름이 돋았다.

"어째서요? 이유 없이 가둬 두었다기엔 말이 안 되는데."

"놈은…… 자신의 논리에 미친 자요. 인간을 극도로 증오해 이곳을 직접 만들어 냈지."

그는 쓸쓸하게 말을 이어 나갔다. 남자는 몹시 지쳐 있었다.

"처음엔 우리도 그를 믿고 따랐소. 그자가 어떤 신념을 가지고 있는지 알기 전까지는."

멸족 직전인 화인에게는 마을이 없었다. 그들은 뿔뿔이 흩어져 생을 연명하는 것이 고작이었다. 그러다 코르칸을 만났고, 낙원으로 향하게 되었다고 한다.

"이곳의 과일에는 환각 성분이 녹아 있소. 처음엔 우리도 몰랐지만...... 점점 생각이라는 것이 끊어지더군."

그것은 고대의 식물에서 채취한 무색무취의 독이었다. 코르칸이 오두막 주변에서 직접 재배하는 식물은 주마다 여는 만찬에 오른다. 그렇게 서너 번 그것을 섭취하다 보면 자연스레 독에 중독된다.

코르칸은 그렇게 녹진해진 자아를 가진 이들 앞에서 말한다. 우리를 지하까지 내몬 인간이 증오스럽지 않느냐고. 그들은 오랜 세월에 거쳐 쌓아 온 죄의 값을 치러야 한다고. 그렇게 세뇌당한 이들은 인간을 철저히 증오하게 된다. 코르칸에 대한 절대적인 충성은 자연스럽게 따라왔다.

"여기 갇힌 이들은 독에 내성이 있는 자들이오. 그것도 다 듣지 않는 것 않더군."

태어날 때부터 몇 가지 독에 내성을 가진 이들이 있었다. 화인들과 몇몇이 그런 경우인 것 같았다.

"낙원은 놈의 군사 양성지요. 인간들을 멸족시키기 위한 둥지란 말이요."

나는 코르칸의 말을 따르던 이종족들을 떠올렸다. 밤이 되어서는 눈이 반쯤 풀려 있던 그들의 모습까지도. 인종만 바뀌었을 뿐, 이종족들의 낙원은 황제가 다스리는 지상과 다를 바 없는 곳이었다.

"그에게 반발해 이곳에 갇혀 있는 거로군요."

"그렇소. 놈들이 먹인 것 때문에 능력 또한 막혀 있는 상태지. 딸이 살아 있다니...... 그 어린 것이 이곳에서 얼마나 힘들었을지."

철창을 쥔 손등에 힘줄이 드러났다. 얼마나 속을 끓였을까 짐작도 되지 않는다. 그런데 안타까운 한편, 의문이 솟았다.

"당신들은…… 인간이 밉지 않나요?"

이들이 낙원으로 향하게 된 것도 인간들의 핍박 때문이었을 것이다. 그런데도 코르칸에게 반발하다니.

"우리도 인간이 싫어요. 그들이 죗값을 물어야 한다는 쪽엔 동의합니다. 하지만 전쟁은 아니에요. 그런 것으로는 서로의 분노만 더 키울 뿐이죠."

사내의 품에 안긴 여인이 힘없이 말했다. 엉킨 실타래를 풀기 위해서는 각고의 노력이 필요하다. 불에 태우거나 자른다면 그걸로 끝, 더는 돌이킬 수 없게 된다.

여인은 보랏빛 눈 안에 은하수를 품고 있었다. 맑고 우아하게 반짝이는 눈동자는 예지력을 가지고 있다는 코르칸의 눈 그 이상으로 아름다웠다. 그건 이곳에 갇혀 있는 이종족들 모두가 마찬가지일 것이다.

"……그런데 아가씨는 화인인가요?"

여인이 고개를 기울이며 물었다. 순혈의 화인에게 그런 질문을 받으니 바른말을 하기가 조금 껄끄럽게 느껴졌다.

"혼혈이에요. 어머니가 화인이세요."

"그렇군요. 향기가 나서요."

내 우려에도 불구하고, 여인의 목소리에서 차별은 느껴지지 않았다. 그녀는 눈을 깜빡이더니 고개를 가까이 붙여 왔다.

"당신에게서…… 특별한, 향기가 나요."

여인의 얼굴은 몽롱하게 젖어 있었다. 꿀에 빠진 벌새나 나비 같은 얼굴이다. 화인에게까지 이런 말을 들을 줄은 몰랐다. 그녀는 취한 듯 말을 이었다.

"아그노스 님과 같은 향기가……."

"그녀를 알아요?"

꿈에서 깬 기분이었다. 나는 다급히 철창에 얼굴을 붙였다. 내 반응에 놀란 듯 여인이 눈을 깜빡였다.

"물론이죠. 화인 중 그녀를 모르는 이는 없어요."

그렇게 말하는 여인의 표정은 한없이 슬퍼 보였다.

"아그노스. 그녀는 꽃의 여왕인 에페놀리아의 하나밖에 없는 따님이시니까요."

강한 충격이 머릿속을 강타했다. 이종족들에게도 고귀한 피는 있다. 그들은 각 종족을 이끄는 자들로, 일반 종족보다 특별한 이능을 지닌다.

'꽃의 왕족.'

화인은 남체보다 여체가 더 강한 능력을 지니고 태어난다. 여왕이 낳은 아이는 대대로 여아로 대를 이어 고귀한 피를 승계했다.

'플로리아의 어머니가…… 여왕의 후계였다고?'

그저 아름다운 꽃을 간직한 여인이라고만 생각했었다. 그런데 왕족이었다니. 아버지는 그것을 알고 일을 벌인 것일까.

"마을이 침략당했을 때 인간들에게 납치당하셨어요. 어떻게든 구해 보려 했지만 도살자의 손에 넘어가……."

일순간 여인의 말이 뚝 하고 끊어졌다. 여왕이 흙으로 돌아가고 그녀의 후계마저 납치당했다. 그들은 합심하여 아그노스를 구하려 했으나 모두 실패로 돌아가고 말았다. 얻은 것은 그녀가 인간의 혼혈을 낳고 죽음을 맞이했다는 정보뿐이었다.

"당신. 혼혈이라고……."

여인은 떨리는 손으로 내 손목을 잡았다. 나는 차마 그녀의 말에 대답할 수 없었다. 나야말로 그들이 증오해야 마땅한 대상이었다. 납치당한 여왕의 후계. 강제로 취해진 증거가 바로 나였으니까. 심장이

목구멍으로 넘어올 것 같았다. 죄책감은 깊은 독처럼 빠르게 내 안에서 퍼져 나갔다.

"리아. 리아."

"......어?"

벨루스가 내 어깨를 흔들었다. 넋을 놓고 있던 나는 멍하니 동생을 올려다보았다.

"리아. 괜찮아? 놈들이 오고 있어."

벨루스는 걱정스러운 얼굴로 나를 살폈다. 그리고는 광산의 입구 쪽을 가리켰다.

어둠으로 막혀 있지만 저들이 안으로 들어오면 모습이 드러나고 만다. 다시 그림자를 끌어와 전신을 덮어야 할 때였다. 나는 정신을 반쯤 놓고 고개를 끄덕였다.

"......그래."

"이만 가도록 해요."

부드러운 목소리가 굳어 있던 나를 깨웠다. 분명 원망하리라 생각했는데, 여인은 모든 것을 알고도 다정한 눈빛을 보내고 있었다.

"코르칸을 조심해요. 당신의 생각보다 더 위험한 자예요."

그리고는 나를 걱정한다. 그에게 갇혀 있는 건 그녀였으면서 말이다. 여인과 같은 마음인 듯, 그녀를 안고 있던 사내 또한 정중히 고개를 숙여 보인다.

"만나 뵈어 기뻤습니다. 아그노스 님의 씨앗을 이은 분."

그 인사를 끝으로 벨루스가 내 몸에 어둠을 씌웠다. 이제 그들의 눈에는 내가 보이지 않을 것이다.

저벅ㅡ!

장막이 우리를 덮은 순간이었다. 여럿의 발걸음 소리가 폐광산에 울렸다. 곧이어 코르칸과 몇몇 이종족들이 모습을 드러냈다.

"아직도 갈피를 잡지 못했는가?"

"그럴 일은 없습니다."

코르칸과 이종족들의 실랑이가 이어졌다. 그들의 이야기를 조금 더 듣고 싶었지만 시간이 없었다.

나는 벨루스와 함께 폐광산 밖으로 빠져나왔다. 밖은 제법 어둑했지만 곧 아침 해가 뜰 시간이었다. 객의 숲으로 돌아온 우리는 벨루스가 묵는 나무에서 어둠을 벗었다.

"아슬아슬했어."

벨루스가 한숨을 내쉬었다. 동생은 어둠을 다루는 대신 밝아 오는 새벽에 예민했다. 나는 동생이 느꼈을 초조함은 생각지도 못한 채 정신없이 그곳을 빠져나왔다.

"리아, 정말 괜찮아?"

"……응. 조금 놀란 것뿐이야."

사실은 아직도 두근거림이 가라앉지 않았다. 아그노스, 그녀는 내 생각보다 훨씬 더 고귀한 존재로 화인 여왕의 마지막 대였다. 그녀가 나를 낳기는 했지만 고작해야 반쪽짜리. 그것도 인간 혼혈이다. 고귀한 피는 이제 없다.

"아까 그 꽃들이 했던 말 때문이야? 신경 쓰지 마. 리아는 리아잖아."

벨루스는 나를 끌어안고 등을 다독여 주었다. 꼭 벨루스가 어릴 적 내가 그를 위로하던 행동과 같았다. 언제 이렇게 컸을까. 나는 다 자란 동생의 머리를 가만가만 쓰다듬었다.

"고마워."

"응. 리아."

늑대 수인답게 뜨거운 체온이 새벽에 언 몸을 녹여 주었다. 그렇게 날이 밝기만을 기다렸다. 지상의 빛이 낙원까지 내려왔지만 차갑게 식어 버린 내 마음에는 들지 않을 온기였다.

* * *

날이 완전히 밝아 이종족들이 하나둘 활동하기 시작했다. 나는 그
틈을 타 자연스레 벨루스의 나무를 나섰다. 벨루스가 머무는 곳에서
나와 카르텔의 나무까지는 그리 멀지 않았다.

"다녀왔어."

나는 아침 산책이라도 다녀온 듯 자연스럽게 나무 안으로 들어갔
다. 비스듬히 누워 있던 카르텔이 몸을 일으켜 나에게 다가왔다. 그
는 팔을 뻗어 나를 안으려다, 내 목덜미에 코를 박고 쿵쿵거렸다.

"왜 그래?

"짐승 냄새."

카르텔은 인상까지 찌푸리고 있었다. 짐승 냄새라니. 뜬금없이 무
슨 말을 하는 걸까. 고개를 기울이던 나는 이곳에 오기 전, 벨루스의
포옹을 기억해 냈다.

"아, 그건 벨루스가."

"늑대 새끼?"

그의 목소리가 한층 더 낮아졌다. 엄밀히 따지면 그도 짐승이었으
니, 다른 이의 냄새가 배는 데 더 예민한 것일 수도 있었다.

"동생이잖아."

그래도 벨루스는 내 동생이었다. 거기다 오늘은 위로까지 받아 버
렸으니, 여러모로 누나의 체면이 서지 않는 날이었다. 나를 위로하던
벨루스를 떠올리니 자연히 폐광산에서 있었던 일들이 생각났다.

아그노스, 여왕의 마지막 후계자. 플로리아의 어머니가 그렇게 중
요한 존재였을 거라고는 상상조차 하지 못했다.

"무슨 일이 있었나 본데. 늑대 놈이 말썽을 부렸나?"

"벨루스는 아니야. 그냥……."

나는 가만히 눈을 감았다. 육체적인 피로보다 정신적인 타격이 더 컸다.

어느 일족이나 고귀한 혈통의 존재는 필수 불가결이다. 그들은 자신의 신에게 하사받은 특별한 힘으로 종족을 이끌고 보호하는 존재다. 예지력을 지닌 부엉이 족장인 코르칸이 그랬다.

'아버지가 그런 걸 염두에 두는 사람은 아니지만.'

그는 건드리지 말아야 할 것까지 무참히 짓밟았다. 고귀한 혈통이 끊어지면 그 일족은 점점 그 수가 줄어들고 결국은 멸족해 버린다. 신의 손길이 멀어지는 것이다. 그렇기 때문에 일족들은 고귀한 혈통을 최우선으로 숨기고 보호했다. 아직 멸족하지 않은 일족은 모두 어딘가에 고귀한 혈통을 보존하고 있기 때문이었다. 그런데…….

'……마지막으로 남은 게 나란 말이야?'

실험당한 화인 혼혈이 고귀한 피를 지닌 존재라고? 믿을 수 없었고, 있어서도 안 되는 일이었다. 나에게는 고귀한 혈통만이 가진다는 특수한 힘 따위는 없었고, 화인 고유의 능력인 꽃의 축복도 갖지 못했다. 그러니 고귀한 피는 아그노스의 대에서 끊긴 것이나 마찬가지다. 그렇다면 화인에게 미래는 없었다.

"흠."

낮은 음성이 생각에 파묻혀 있던 나를 깨웠다. 카르텔은 머리카락을 귀 뒤로 넘겨 주고는 내 구석구석을 살피다 말했다.

"기다려."

무엇을? 그는 내가 묻기도 전에 뒤를 돌았다. 카르텔이 향한 곳은 욕실이었다. 잠시 후 물 떨어지는 소리와 함께 문틈에서 하얀 연기가 모락모락 피어났다.

"들어와."

"뭔데?"

호기심에 안으로 들어가니 나무 욕조에 따뜻한 물이 한가득 담겨 있었다. 카르텔은 아무렇지도 않게 문을 닫더니 내 뺨에 입을 맞추었다.

"몸이 경직되어 있는 건 좋지 않으니까."

"벨루스 냄새 때문은 아니고?"

이걸 준비하기 위해 기다리라고 한 건가. 그의 배려에 속이 간질거렸다.

일부러 퉁명스럽게 대꾸하니, '뭐. 그런 것도 있고.'라는 대답이 돌아온다. 카르텔은 말을 받아치면서도 내 옷을 벗기고 있었다. 얼마 지나지 않아 내 몸엔 실오라기 하나 남지 않게 되었다. 그와 몸을 겹쳤다고는 하지만 부끄럽지 않은 것은 아니다. 등을 지고 서니 카르텔이 뒤에서부터 나를 안아 왔다.

"추워. 들어가."

사실은 물에서 피어난 온기 탓에 춥지 않았다. 하지만 그것을 말하지 않은 채, 나무 욕조에 몸을 담갔다. 물의 온도는 적당히 따스했다. 딱 긴장을 풀 수 있을 정도다. 어딘가에 장미가 있었는지 연기와 함께 은근한 장미 향이 났다.

"하아."

욕조의 턱에 머리를 기대니 나른한 한숨이 절로 나왔다. 카르텔은 물 밖에서 내 머리카락을 정돈해 주었다. 기분 좋은 고요함이 내 위로 내려앉았다.

"좋아?"

"……응."

대화는 간소했다. 그는 나에게 무슨 일이 있었는지 캐묻지 않았다.

그저 피로에 젖은 몸을 부드럽게 풀어 주려 노력할 뿐이다.

그는 종종 이런 배려를 아무렇지 않게 할 때가 있었다.

나는 배려를 받는 것이 익숙하지 않은 사람이었다. 카르텔은 꼭, 내 이런 틈을 알고 일부러 파고드는 것만 같았다. 나는 그가 들리지 않도록 속으로 중얼거렸다.

'있잖아, 카르텔. 가끔, 아주 가끔. 태어난 것 자체가 죄라는 생각이 들 때가 있어.'

진짜 나와 플로리아의 공통점이 있다면 바로 그것이 아닐까. 현실에서의 나는 그 누구도 원하지 않는 아이였다. 내 부모는 서로에게 나를 미루었고, 그것은 지속적인 학대로 이어졌다. 겨우 성인이 된 후로는 완벽한 혼자였다. 나는 누구에게나 원망받는 존재였다.

플로리아도 그랬다.

폐광산에 갇혀 있던 화인들이야 나를 비난하지 않았다지만, 글쎄. 다른 화인들도 그렇게 생각할까? 아버지가 죽어도 그들의 원한은 풀어지지 않을 것이며, 나는 그가 남긴 죄의 산물이나 마찬가지였다. 폐광산의 화인들 앞에서 몸이 굳어졌던 건 내 과거와 플로리아의 현실이 겹쳐 보였기 때문이었다.

"무슨 생각해."

"……아무것도."

그에게 구구절절 이야기를 늘어놓고 싶은 생각은 없었다. 네가 보는 건 내가 아니라는 말만큼 거한 헛소리도 없을 테니까. 지금은 그저 그가 곁을 지켜 주는 것으로 족했다.

나는 고개를 들어 카르텔과 눈을 마주했다. 내가 그의 팔을 잡고 욕조 안으로 당긴 것은 그와 동시였다.

풍덩-!

작은 울림과 함께 그의 상체가 물에 잠겼다. 낮은 웃음소리가 내 귓가를 간질였다. 길고 유려한 손가락이 악기를 연주하듯 내 갈비뼈를 누르고 지나갔다.

목덜미에 뜨거운 입술이 닿았다. 피부를 쓰다듬는 감촉에 아릿한 열꽃이 핀다.

그와 나의 움직임에 맞추어 물결이 함께 일렁이고 있었다. 작은 욕조에 몸 담았으나 저 깊은 심해에 들어와 있는 듯한 착각이 일었다.

그 누구도 접근할 수 없는, 깊고 아득한 어둠 속. 그 안에서 함께하는 지금은 무엇도 고민하지 않아도 된다. 우리는 서로의 품에 빠져 그 속을 유영했다.

* * *

잠이 들었었나. 정신을 차렸을 때는 욕조가 아닌 침대 위였다. 들어오는 빛을 보니 이미 오전은 지난 것 같았다. 카르텔은 나를 안고 잠에 취해 있었다.

조금 답답해 몸을 뒤척이니 단단한 팔이 더 강하게 안아 온다. 나는 움직이는 것을 포기하고 몸을 늘어트렸다. 덕분에 내가 할 수 있는 것이라곤 카르텔을 관찰하는 일뿐이었다. 그가 잠들어 있는 모습을 보는 건 오랜만이라 기분이 묘했다.

차게 식었던 속은 어느새 따스하게 데워져 있었다. 목욕 때문만은 아닐 것이다. 나는 아까보다 훨씬 진정된 상태로 새벽의 일을 떠올렸다.

'에이샤의 말이 맞았어.'

아이의 부모는 폐광산에 갇혀 있었고, 거기엔 코르칸에게 반발한 이종족들도 함께였다. 그들을 구해 내야만 했다.

'하지만……'

간혀 있는 이종족들보다 낙원의 주민 수가 몇십 배는 더 많았다. 그들을 풀어낸 뒤 낙원을 벗어나는 것도 무리였다. 지상에는 황제가 있다. 그와 인간들은 뭍으로 올라온 먹잇감을 절대로 놓치지 않을 것이다.

'냉정하게 생각해야 해.'

죄책감에 시달리는 것보다 앞으로의 일을 생각하는 게 옳았다. 이종족들의 낙원에서 그들을 탈출시켜야 한다는 현실에 속이 쓰리기는 했지만, 이대로 두어서는 안 된다.

"……기요."

"……?"

방법이 없는 걸까. 홀로 고민하던 중이다. 나보다 먼저 소리를 느꼈는지, 어느새 카르텔이 눈을 뜨고 있었다. 우리가 있는 나무 밖에서 계속 부르는 소리가 들렸다. 나는 카르텔의 팔을 풀어내고 나무 밖으로 몸을 내밀었다.

"아, 나왔다. 안녕하세요."

"네. 안녕하세요."

나를 부른 이는 토끼 수인이었다. 그녀는 밝은 미소를 지으며 반갑게 인사를 건넸다.

나는 어쩔 수 없이 계단 아래로 내려갔다. 가까이서 보아도 기억에 없는 얼굴이었다. 내가 데려온 이종족이 아닌 낙원의 주민 중 한 명일 터였다.

"다름이 아니라, 일전에 일을 사과하고 싶어서 왔어요."

그녀는 부끄러운 듯 몸을 살짝 꼬며 말했다. 일전의 일이라면, 낙원에서 혼혈을 몰아내야 한다며 난리를 피웠던 걸 말하는 걸까. 내가 지난 일을 떠올리는 동안, 토끼 수인은 제가 안고 있던 것을 나에게 내밀었다.

"직접 만든 파이에요. 안에 든 과일도 낙원에서 재배한 것이랍니다."

덮은 천을 들추니 그 안에는 노릇하게 구워진 애플파이가 접시에 담겨 있었다. 달콤한 사과 향기가 코를 찔렀다.

"그 일이라면 괜찮은데요."

폐광산을 확인한 뒤로 이곳의 음식은 더더욱 믿을 수 없게 되어 버렸다. 하물며 낙원의 주민이 직접 만든 파이라니. 절대 먹고 싶지 않았다.

"제 마음이 불편해서 그래요."

내가 거듭 사양해도 토끼 수인은 물러나지 않았다. 나는 어쩔 수 없이 그것을 받기로 마음먹었다. 어차피 두었다가 먹지 않으면 그만일 테니까.

"그럼, 감사히 받았다가 나중에 맛볼게요."

"드시는 걸 보고 싶어요."

이상했다. 정말로 호의라면 받아 주는 것으로 만족하고 돌아갔을 텐데, 먹는 걸 보고 싶다니. 꼭 확인이라도 하려는 듯이 말이다.

"한 입이라도 드셔 주세요. 네?"

내가 아무런 반응을 보이지 않으니 애원까지 한다. 토끼 수인의 눈엔 초점이 없었다. 어젯밤, 폐광산을 지키던 이들이 떠올랐다. 그들의 눈동자도 이 여인처럼 반쯤 풀려 있었다.

"먹어, 먹으란 말이야!"

"읏!"

갑작스럽게 달려든지라 방어하지 못했다. 내가 향기로 여인을 떨어트리려 할 때였다.

"뭐야."

"먹어! 아악!"

내 뒤에서 나타난 카르텔이 토끼 수인의 손목을 잡았다. 그 순간 여인의 눈에 초점이 돌아왔다. 그녀는 제 팔을 붙잡은 카르텔을 겁에 질린 눈으로 바라보다가 애플파이를 내던지고 저 멀리 달아나 버렸다.

"……이게 무슨."

한순간이었지만 여인에게 잡힌 어깨가 얼얼했다. 나는 그 위를 문지르며 바닥에 떨어진 애플파이와 여인의 뒷모습을 번갈아 보았다.

"뭘 잘못 처먹었나 본데."

카르텔이 짜증스럽다는 듯 중얼거렸다. 나는 그가 내 어깨를 살펴보는 동안에도 애플파이에서 눈을 떼지 못했다. 부스러진 조각들 사이로 기묘한 푸른 잎이 함께 섞여 있었다.

"이런, 소란이 일었군."

"코르칸."

코르칸은 보란 듯 내 앞에 나타났다. 그 뒤에는 오르하스가 서 있었다. 코르칸은 애플파이를 보고 무슨 일이냐는 듯 고개를 기울었다. 오늘따라 흑심 없이 맑아 보이는 부엉이의 눈동자에 소름이 돋았다.

"에이샤에 대해 할 말이 있어 찾아왔는데. 잠깐 시간이 되나?"

"……물론이요."

에이샤에 대한 것이 아니더라도 할 말은 아주 많았다. 나는 천천히 고개를 끄덕였다. 코르칸은 주름진 눈가를 굽히며 웃었다.

"그럼 잠시 실례하도록 하지."

코르칸과 오르하스는 당연하다는 듯 우리가 묵는 나무쪽으로 걸음을 옮겼다. 뭐가 되었든 정체불명의 애플파이가 있는 곳보다는 나았다. 우리는 계단을 밟아 나무 안으로 들어섰다.

"에이샤에게 문제가 있나요?"

꼭 일부러 노리고 찾아온 듯한 타이밍이다. 음식을 들고 나에게 접근한 수인도 제정신이 아닌 상태였다.

"있고말고. 그렇게 어린아이가 홀로 돌아다니고 있지 않나."

네 사람 사이로 냉랭한 기운이 감돌았다. 지난번 에이샤에 대해 이야기할 때와는 전혀 다른 느낌이었다. 일이 잘못 돌아가고 있다는 확신이 강하게 들었다.

"꼭 민들레 홀씨 같지. 바람 부는 데로 옮겨 다니면서 쓸데없는 말을 너무 많이 한단 말이야."

주홍빛 눈동자가 느릿하게 껌뻑거렸다. 코르칸은 오르하스에게 손을 내밀었다. 그러자 오르하스는 품을 뒤적여 그의 손에 무언가를 공손히 올려놓았다.

그것은 세로로 긴 유리병이었다. 입구를 막은 병 안에 든 것은 히아신스 꽃 한 송이. 나는 처연한 아름다움을 뿜어내는 저 꽃이 에이샤라는 걸 단번에 알아보았다.

"……그 아일 놔 줘요."

뒤쫓는 것을 완전히 포기한 것 같더니. 결국 꽃밭에 몸을 숨긴 아이를 붙잡는 데 성공했나 보다. 친히 찾아와 그것을 나에게 보여 주는 까닭은 더 이상 가면을 쓰지 않겠다는 거겠지. 나는 싸늘하게 표정을 굳혔다.

"그럴 순 없지. 같은 꽃들에게 둘러싸여 얼마나 찾기 힘들었는데."

그는 눈이 침침하다는 걸 보여 주기라도 하듯 손등으로 눈두덩을 문질렀다. 다정한 장로의 모습은 이제 찾아볼 수 없었다. 겨우 하룻밤 사이였다.

코르칸은 손바닥 뒤집듯 태도를 바꾸었다. 마치 무슨 일이 있었는지 알아차리기라도 한 듯이.

"어젯밤 폐광산에 들어왔었더군. 자네 덕분에 거기 있던 친구 몇의 마음을 돌릴 수 있었네."

나는 당황한 표정을 감추려 얼굴을 굳혔다. 벨루스의 어둠은 완벽했다. 기척까지 완전히 죽여 버리는 그것을 어떻게 간파한단 말인가.

"이런. 놀랐나 보군. 내 자네가 어찌 폐광산에 들어갈 수 있었는지는 몰라. 하지만······."

코르칸은 유리병을 문질렀다. 그가 당장이라도 병을 깨뜨려 버릴까봐 두려웠다. 저 꽃은 에이샤 자신이나 마찬가지였다. 꽃이 꺾이면 에이샤도 죽는다.

"안에 있던 친구들이 말해 주더군. 자신의 가족을 죽였던 도살자. 그의 아들, 딸이 들어왔다고."

"······."

아! 나는 그제야 일이 어떻게 된 건지 알아차렸다. 그 안에는 에이샤의 부모인 화인들만 있었던 게 아니다. 그들 말고도 수많은 이종족이 함께 갇혀 있었다.

아버지의 손에 부모, 형제를 잃은 이종족은 그 수를 다 세기 어렵다. 그들이 폐광산에 갇힌 이유는 인간들과의 전쟁을 반대했기 때문이다. 그러나 내 존재가 그들을 자극해 버리고 말았다. 나는 입술이 하얗게 질리도록 꽉 깨물었다 놓았다.

"자네의 오라비는 낙원을 위해 많은 수고를 해 주었어. 속죄를 빌가치가 있지."

"······우스운 말이군요. 누구에게 죄를 용서받는다는 말인가요?"

나는 그의 말을 매몰차게 받아쳤다. 꼭 자신이 리카엘의 죄를 사해줄 수 있다는 듯한 태도가 마음에 들지 않았다.

"도살자 때문에 얼마나 많은 이들이 희생당했는지 자네도 알고 있지 않나."

"알아요. 하지만 당신에게 용서를 빌 이유는 없는 것 같군요."

내 말에 코르칸이 허허, 사람 좋은 웃음을 뱉었다.

나는 다른 방법으로 내 죗값을 치를 것이다. 그건 이미 내가 결정한 운명이었다.

"이거야 원. 안 되겠군. 리카엘처럼 자네에게도 속죄의 기회를 주려고 했더니."

대꾸할 가치도 없는 말에 입을 다무니, 코르칸의 시선이 카르텔에게 넘어갔다. 처음 카르텔을 바라보던 그 눈빛이다. 경애해 마지않는, 신비로운 존재를 직접 만나 뵌 신도의 얼굴.

"아아, 카르텔 님. 제왕의 좌에 오르실 우리의 마수시여."

코르칸은 당장이라도 무릎을 꿇을 듯 자세를 낮추었다. 그는 당연하다는 듯 카르텔이 마수라는 사실을 알고 있었다. 나는 코르칸에게 예지 능력이 있다는 사실을 다시 한번 상기했다.

"너희의 마수였던 적은 없는데."

하지만 카르텔은 지루한 극을 앞둔 사람처럼 무심하게 대꾸했다. 얼음장처럼 싸늘한 목소리에도 코르칸의 경애는 시들지 않았다. 오히려 더 불이 붙은 듯, 그의 시선은 꿈결처럼 몽롱하게 젖어 있었다.

"위대한 순혈의 마수. 이 얼마나 고귀한 존재란 말입니까."

마수는 고대에서도 많은 이종족의 존경을 받았다. 그들은 개개인 모두 고결한 피를 타고났다. 각자가 완벽한 존재였기에 무리를 지을 필요도 없었다.

"예지로 보았지요. 폭주 직전의 카르텔 님을 말입니다."

"……."

나와 카르텔의 얼굴이 동시에 굳어졌다. 우리 사이에서 그날의 일은 금기나 마찬가지였다. 카르텔은 폭주 직전까지 간 스스로를 용서하지 못했다. 나는 그를 위해 그것을 내내 모르는 척했다. 그런데 그걸 감히 꺼내 들어?

"제어가 힘드시겠지요."

"입을 함부로 놀리는군."

카르텔이 처음으로 이를 드러냈다. 코르칸은 그의 사나운 반응까지도 모두 이해한다는 듯 인자하게 웃어 보였다.

"지금도 힘을 쓰지 않고 계시지 않습니까."

"……"

카르텔은 그의 말을 받아치지 못했다. 실제로도, 폭주 직전의 그날부터 검은 불꽃을 본 기억이 없었다. 나는 설마 하는 표정으로 카르텔을 올려다보았다. 하지만 그는 아무 말도 하지 않았다.

나는 카르텔이 폭주하지 않아 다행이라고만 생각했지, 그가 여전히 마력을 다루는 데 어려움을 겪고 있을 것이라고는 상상도 하지 못했다.

"그렇다고 아예 마력을 쓰지 않는 것도 곤란하지 않습니까. 당신의 마력은 늘 날뛰고 싶어 안달이 나 있으니까요."

코르칸의 음성이 달짝지근해졌다. 모든 걸 다 안다는 듯, 받아 주겠다는 듯 역겹게도 상냥하다. 강한 마력을 지니고 있을수록 그것을 제어하기가 어려운 건 사실이다. 누르지 못할 경우에는 무조건 폭주로 이어지고 만다.

"지상으로 올라가 그 능력을 써 주십시오."

코르칸은 양팔을 허공으로 치켜들었다. 눈이 회번덕거리고 입꼬리가 위로 쭉 올라간다. 더없이 희극적인 행위에는 광기마저 엿보였다.

"이번에 능력을 쓰면 자연스레 폭주가 진행될 것입니다. 적당히 마력을 털어 낸 후에는 그것들을 쉬이 부릴 수 있을 테지요."

"……!"

나는 코르칸의 목적을 깨닫고 말았다. 그는 인간의 종말을 원했다. 하지만 그가 손대기에 그들은 너무나 강력한 존재였다. 그러니 더한 이의 힘을 빌리지 않으면 안 되었다. 그것이 바로 지상의 마지막 마수, 카르텔이었다.

"말도 안 되는 소리를……. 카르텔이 폭주했다간 지상에 있는 이종
족들까지 모두 죽임당하고 말 텐데요."

나는 원작을 통해 카르텔의 폭주를 경험했다. 그가 디디는 땅의 모
든 생명체가 불타 없어지고 갈기갈기 찢겨 형체도 남지 않았다. 재와
살점, 뼈가 함께 뒹굴며 지상의 지옥을 만들어 냈다. 그런데 뭐? 폭
주해서 인간들을 죽여 달라고? 그야말로 미친 소리다.

나는 주먹을 꽉 눌러 쥐었다. 손톱이 살점을 눌러 따끔한 느낌이
든다. 하지만 그가 폭주한다면 이따위 아픔은 아무것도 아니게 될
터다.

"위대한 업적을 이루기 위해선 작은 희생 정도는 따르기 마련
이지."

"……미쳤군요."

코르칸은 내 신랄한 비난에도 아랑곳하지 않았다. 미친 말을 아
무렇지 않게 하면서도 그의 눈은 맑디맑았다. 그래서 더 소름이 끼
쳤다.

"대륙은 오염된 지 오래야. 모두 인간들 때문이란 걸 자네도 알지
않나. 이제는 이 땅을 정화해야 할 때네. 낙원은 새 시작을 위한 방
주이지."

결국 지상 위의 모든 생명을 죽여 버리겠다는 것이다.

"더는 못 들어주겠군."

카르텔이 고개를 저었다. 나는 그에 동의했다. 제정신이 아닌 이의
말을 더 들어주어 무엇 하겠는가. 내가 향기를 움직이려 할 때였다.

"오르하스."

코르칸의 부름에 오르하스가 한 걸음 앞으로 나섰다. 그 순간 집이
되어 주던 나무가 갈라졌다. 아니, 원래의 모습으로 돌아갔다는 말이

맞을 것이다.

"……!"

나무로 알고 있었던 그것은 사실 굵은 덩굴이 모여 만들어진 것이 었다. 덩굴이 갈라지니 자연히 바깥이 보였다. 이곳을 중심으로 낙원 의 주민이 모여들고 있었다. 하나같이 초점 없는 눈동자였다.

저 멀리 리카엘과 벨루스, 아르텐이 덩굴에 묶여 있는 것이 보였 다. 나무처럼 보였던 덩굴은 이리저리 움직이다가, 나를 낚아채 허공 에 옭아매었다.

"윽!"

"리아!"

그건 카르텔도 마찬가지였다. 나와 그는 서로의 반대 방향에 묶여 있었다. 향기를 다루려 마력을 끌어올리면 덩굴이 그것을 먹어 치웠 다. 나는 몸을 거칠게 버둥거리다 말고 오르하스를 노려보았다.

목인들은 나무의 목소리를 들을 수 있다. 그중 고귀한 피를 이어받 은 이들은 나무를 제 수족처럼 부릴 수 있다고 들었다.

"잘했다. 오르하스."

"아닙니다. 코르칸 님."

오르하스는 말 잘 듣는 인형처럼 대꾸한 뒤 물러났다. 어떻게 된 것인지 나무 덩굴은 카르텔도 끊어 낼 수 없을 정도로 단단했다.

"이 덩굴들은 모두 황금시대에 있었던 종들이네. 목인의 후계인 오 르하스가 가지고 있던 고대의 씨앗을 심어 키운 것들이지."

황금시대에는 나무나 식물들도 강한 마력을 지니고 있었다. 코르칸 이 어떻게 고대종의 식물을 가지고 있었는지, 이 낙원은 또 어떻게 만들어졌는지 이제 알 수 있었다. 그건 모두 오르하스의 능력 덕분이 었다.

"목인들의 고향은 인간들의 손에 불타 재가 되어 버렸지. 그곳에서 살아남은 건 몇몇 목인과 오르하스뿐이었다네."

코르칸은 그리 말하며 나에게 다가왔다. 그의 손에는 날카로운 단도가 들려 있었다.

"인간은 죽어 마땅하지. 그리고 혼혈들은 죄를 씻을 때까지 봉사해야만 한다네."

단도는 내 목을 향해 있었지만, 코르칸의 시선은 카르텔에게 닿아 있었다.

"그러니 마수시여. 당신의 꽃을 위해서라도 불꽃으로 지상을 정화하소서."

당장 지상으로 올라가 폭주하지 않으면 나를 찔러 죽이겠다는 말도 안 되는 협박이었다. 기가 막혀 말도 제대로 나오지 않았다.

"하."

짧은 조소가 터져 나왔다. 카르텔의 서늘한 시선이 코르칸에게 향하고 있었다. 그가 지닌 마력은 나와 비교도 되지 않을 만큼 월등했다. 마음만 먹는다면 이런 나무 덩굴쯤은 힘도 들이지 않고 태워 버리리라.

'하지만……'

만약 능력을 쓴 후 카르텔이 폭주해 버린다면? 이번에도 내가 그를 막을 수 있을까? 자신이 없다. 어쩌면 끝까지 나를 알아보지 못할 수도 있었다.

"좋아. 그러도록 하지."

"카르텔!"

경악해 그를 불렀지만, 카르텔은 말을 거두지 않았다. 완악한 발언에도 불구하고, 그의 눈빛은 더없이 차분했다.

"다만, 지상이 아닌 여기서."

카르텔의 눈동자가 형형히 타올랐다. 그를 묶고 있던 넝쿨에 불이 붙은 것도 그 순간이었다. 순결하리만치 검은 불꽃은 넝쿨을 태워 제 주인을 바닥에 내려놓았다.

"무, 무슨……! 이곳에서 폭주하면……!"

단도를 쥐고 있던 코르칸의 손이 떨렸다. 그는 카르텔에 대해서 세 가지 예지를 보았다.

꽃에게 지배받는 마수, 폭주 직전의 모습, 이후 능력을 사용했을 때 터져 버린 마력으로 이성을 잃어버리는 것까지 모두.

"네 둥지가 날아가게 되겠지."

태연히 바닥을 디딘 카르텔은 코르칸에게 다가가 그의 손에 들린 단도를 빼앗았다. 검은 불은 꺼지지 않은 상태였다. 타닥타닥. 불꽃은 반항이라도 하듯 주인의 몸에 옮겨붙어 거칠게 타올랐다.

"츳."

카르텔은 성가시다는 듯 팔에 붙은 불꽃을 털어 냈다. 하지만 불꽃은 또다시 생겨나고, 또 생겨났다. 내가 보기에도 그의 마력은 불안 정했다. 거대한 마력은 카르텔의 몸에서 빠져나가려 발버둥 치고 있었다.

저것은 갑작스레 봉인구를 풀어낸 부작용이었다. 강한 마력끼리 서로 부딪치며 봉인구가 깨져 버렸지만, 그 여파로 카르텔은 마력에 대한 통제력을 잃어버렸다.

"부, 불이. 낙원이 타고 있다!"

주인과 마력간의 위태로운 실랑이가 이어지는 사이, 몇 개의 불꽃이 나무 아래로 내려가 풀숲에 옮겨붙었다. 숲이 태워지는 건 눈을 깜빡거리는 것보다 더 빠른 시간이다. 순식간에 퍼지는 매캐한 냄새와 벌건 불길이 숲에 모여든 이종족들을 바깥으로 몰아냈다. 불이 붙은 가지와 불이 붙지 않은 나무 기둥이 나누어지며 낙원은 엉망이 되었다.

"카르텔!"

나는 걱정 가득한 얼굴로 그를 불렀다. 숲이 불타는 건 아무래도 좋았다. 당장이라도 그가 폭주할까 봐 두려웠다. 아니, 정확히는 나를 기억하지 못하던 금안을 다시는 보고 싶지 않았다.

"괜찮아."

고삐를 채우지 못한 마력이 제멋대로 날뛰고 있음에도 카르텔의 표정은 차분하기만 했다. 그는 코르칸에게서 빼앗은 단도를 문질렀다. 폭주한 마력이 반대편 팔에서 피부를 뚫고 나올 듯 맥박치고 있었다.

설마······.

단도와 제 팔을 번갈아 보던 그는 망설임 없이 팔뚝에 검을 박아 넣었다. 그대로 칼날을 뽑아내자 맥에서 피가 울컥거리며 튀어 올라왔다. 팔에도, 바닥에도 온통 그의 피로 낭자하다. 보고 싶지 않은 붉음이었다.

"카르텔!"

기함할 듯한 광경에 그의 이름을 부르자, 놀랍게도 여기저기 엉겨 붙었던 불꽃이 점차 크기를 줄이기 시작했다. 주인에게 반항하던 마력은 태도를 바꾸어 순종적으로 가라앉았다.

"괜찮다니까."

카르텔이 아무렇지 않은 얼굴로 어깨를 으쓱했다. 그는 옷소매를 찢어 팔의 피를 닦아 냈다. 회복력이 대단한 마수답게 자상이 벌써 아물고 있었다. 그러나 찔린 상처는 하나만이 아니다. 그의 팔 군데 군데 날카로운 것에 찔린 상처가 희미하게나마 남아 있었다.

폐광산에 다녀온 그 날, 함께 들어갔던 욕실에서는 보지 못했던 상처였다. 문득 그가 내내 옷을 입고 있었던 것이 기억났다. 그때는 이상하다 여기지 않았는데 이런 이유였을 줄이야. 나는 말을 잃어 버렸다.

"……왜, 왜 폭주하지 않는 겁니까!"

혹여나 자신이 만든 낙원이 파괴당할까, 넋을 놓고 있던 코르칸이 소리를 내질렀다. 그의 마력이 안정화된 걸 기뻐하지는 못할망정, 역시나 제정신이 아니었다. 저가 원하는 대로 이용할 수 없어졌다고 바락거리는 꼴이 참으로 비열했다.

카르텔은 코르칸의 말에 대답하지 않았다. 그는 한결 다루기 수월해진 불꽃으로 나를 묶고 있는 넝쿨을 끊어 냈다.

"……카르텔."

내 목소리는 내가 들어도 이상할 만큼 떨리고 있었다. 나는 서둘러 그에게 다가가 상처를 살폈다.

가까이서 본 그의 팔은 엉망이었다. 멀쩡한 곳을 찾아내기가 더 어려울 지경이다. 나는 그가 무엇을 위해서 자신을 학대했는지 깨닫고 말았다.

"……언제, 부터 이랬던 거야?"

"폭주 직전까지 갔던 그 날 밤부터. 계속."

카르텔은 무심히 대답하며 아예 윗옷을 벗어 그것으로 팔을 감았다. 분명 고통스러울 텐데 그의 얼굴은 평온하기만 했다. 그의 태연함에 내 속이 뒤틀렸다. 거친 말을 내뱉지 않으려 나도 모르게 아랫입술을 깨무니 입술 사이로 손가락이 박혀 들었다.

"너를 다치게 할 바엔 내가 죽는 게 나아."

그렇다고 두고 죽는 일도 없을 테지만. 그는 덤덤하게 말을 덧붙였다.

나는 떨리는 손을 꽉 쥐고 등 뒤로 숨겼다. 아무리 모르게 일을 벌였다지만, 눈치조차 채지 못한 나 자신이 미웠다. 어쩌면 이렇게 둔할 수 있을까. 옷에 스미는 핏방울처럼 내 속도 아픔으로 번져 갔다.

"······아니, 아니야. 이럴 리가 없는데. 분명 미래를 봤는데."

그때, 저만치 먼 곳에 털썩 주저앉은 코르칸이 허망한 듯 중얼거렸다. 그 옆에 선 오르하스는 우리를 사납게 노려보고 있었다. 이리저리 넝쿨을 움직여 보았지만 카르텔의 불꽃에 재가 될 뿐, 넝쿨은 그 누구에게도 닿지 못했다.

카르텔은 불꽃을 능숙히 다뤄 오르하스를 바깥으로 밀어냈다. 그는 낙원의 주민들과 같이 중앙에서부터 밀려났다. 남은 건 나와 카르텔, 그리고 낙원의 주인인 코르칸뿐이었다.

미래를 예지했었다는 허망한 중얼거림은 끊임없이 반복적으로 들려왔다. 코르칸은 배신이라도 당한 것 같은 표정을 짓고 있었다.

"미래는 여러 갈래가 있다는 걸, 당신도 알고 있지 않나요."

나는 카르텔의 팔을 끌어안으며 말했다. 그건 원작을 비틀어 버린 내가 할 수 있는 최대한의 조언이었다.

"으아악, 그럴 리가! 그럴 리가 없어!"

악귀처럼 표정을 일그러트린 코르칸이 소리를 지르며 나에게 달려들었다. 그러나 아무리 발광해 봤자, 불의 장벽에 막혀 몸이 그을릴 뿐이었다.

"당신이 본 건 그중 하나일 뿐이에요."

나는 담담하게 속삭였다. 그가 어떤 마음으로 낙원을 만들었는지, 인간을 얼마나 증오하는지 잘 알고 있었다.

마도탑에 머물던 시절, 나는 이종족들의 특성을 파악하기 위해 다양한 종족의 사례를 접했다.

부엉이 일족은 다른 이종족과 비교하자면 조금 더 특수한 부류였다. 그들은 유난히 아름다운 눈동자를 가지고 있었다. 인간들은 부엉이족을 빈번하게 학살했고, 눈알을 파내어 박제하거나 비싼 값에 거래했다.

남은 이는 고귀한 피를 지닌 코르칸뿐이다. 그는 일족의 마지막을 지켜보아야만 했다. 자신 외에는 아무도 없었으니, 부엉이족의 멸족은 확정되었다. 그러니 카르텔이 나온 미래에 더 집착했을지도 모른다. 황실이 마수의 피를 잇고 있다지만, 카르텔이 이 땅의 마지막 마수라는 사실은 변함이 없으니까.

"후회하게 될 것이다. 너도 인간들이 무슨 짓을 했는지 잘 알 텐데! 그들도 멸족의 아픔을 당해 봐야 해!"

구원을 잃은 코르칸의 눈에 핏줄이 터졌다. 현자와 같은 얼굴은 없었다. 마지막으로 남은 외톨이의 울부짖음이 숲을 울리고 있었다. 하지만 어찌해 줄 수가 없다. 그는 제멋대로 카르텔을 신으로 삼았고, 구원해 달라고 강요했다. 그에 대한 책임은 스스로 져야 한다.

나는 서늘한 음성으로 그에게 못을 박았다.

"그건 당신이 결정할 수 있는 게 아니에요."

그를 보는 것이 못내 괴로웠다. 나는 코르칸보다 더 많은 미래를 알고 있다. 가까운 미래에, 인간과 이종족들은 서로 공존할 것이다. 그리고 그때의 나는……

* * *

"에이샤!"

"엄마, 아빠!"

화인의 모습으로 돌아온 에이샤가 부모의 품에 안겼다. 폐광산에 갇혀 있던 이들도 모두 풀려났다.

독에 중독되었던 이들은 아르텐이 만든 해독제 덕분에 회복 중이었다. 그러나 모두가 바라던 결과는 아니었다.

코르칸이 저지른 짓을 떠나서, 인간의 멸종을 바라는 이종족들은 많았으니까. 그들은 인간뿐만 아니라 도살자의 자식까지 혐오했다. 폐광산에 갇혀 있는 코르칸을 풀어 달라 요구했으며, 혼혈들이 낙원에서 나가 주기를 바라고 있었다. 정도가 심한 이들은 혼혈이 계속해서 머물 경우 자신들이 낙원을 나가겠노라 선언했다.

코르칸의 부재로 낙원은 며칠을 버티지 못하고 엉망이 되었다. 낙원에 있는 이들을 제외한 모두를 죽여 버려야 한다던 미친 사상만 뺀다면 그는 꽤 훌륭한 지도자였다.

"우선 문을 닫아요. 나가겠다는 이들이 있어도 절대 열어 주지 마세요."

"응."

내 말에 리카엘이 고개를 끄덕였다. 반쯤은 협박성이었지만, 정말로 이곳을 나가려 한다면 막아야 했다. 지상은 이종족들을 위해 마련된 지옥이다. 그걸 알면서도 그들을 내보낼 수는 없었다. 거기다 몇몇을 내보냈다가 황제에게 이곳을 발각당할 수도 있었다.

"아르덴 오라버니는 두 시간 후에 광장으로 모두를 불러 주세요. 오늘에야말로 결판을 내야겠으니까."

"알겠어."

나는 근 이레 동안 낙원의 주민들과 실랑이를 해 왔다. 오늘은 종지부를 찍을 예정이었다.

"하아……."

머리가 아프다.

'해야 할 일이 왜 이렇게 많은 거야?'

코르칸의 계획을 무마시킨 것까지는 좋았다. 그러나 그가 지금까지 맡고 있던 모든 일을 내가 떠맡게 될 줄은 몰랐다. 거기다 하루에도 서너 번 반발하는 이종족들을 무마시켜야 했으니, 내 몸은 열 개라도 모자랄 지경이었다. 그마저도 카르텔과 벨루스가 이종족들을 막아 주어서 가능한 일이었다.

'잠시만 눕고 싶다.'

지금은 사치겠지만.

"리아."

"……쓱, 만지지 마."

나는 뒤에서 다가오는 기척을 느끼고 엄히 말했다. 나를 안으려던 카르텔은 팔을 거둘 수밖에 없었다.

"다 나았다니까."

"흉까지 전부 없어지기 전엔 안 돼."

그가 불만스레 중얼거렸지만 어림없었다. 카르텔이 자학한 상처는 이미 아문 상태로, 약간의 자국만이 남아 있었다. 하지만 나는 작은 자국조차 봐줄 마음이 없었다.

"내 것에 마음대로 흠집 낸 벌이야."

나는 뒤로 돌아 카르텔의 턱을 들어 올렸다. 낮은 웃음소리가 내 귓가를 파고들었다.

그가 자학하면서까지 마력을 제어하려 애썼다는 걸 알아차리지 못했다. 이건 지금 당장 그의 품에 안기고 싶은 나에게 내리는 벌이기도 했다.

"저, 리아."

"……어, 아르덴 오빠?"

이종족들에게 간 줄 알았는데, 나는 다시 돌아온 아르덴을 보며 고개를 기울였다. 그는 난감하다는 듯 입술을 달싹였다.

"그게, 이종족 몇이 너를 만나고 싶다고 찾아와서…….'

"보통은 그냥 돌려보냈잖아요?"

이종족들은 다양한 목적으로 나를 만나고 싶어 했다. 대부분 악감정을 가진 이들이기에 아르덴이나 벨루스의 선에서 끊어 냈던 것인데, 그가 저렇게 난감해하는 이유를 알 수 없었다.

"이번엔 만나 봐야 할 것 같아. 잠깐 나와 볼래?"

"……음, 알겠어요."

그가 저 정도까지 말하는 이유가 있겠지. 나는 고개를 끄덕였다. 이제는 아예 거처까지 코르칸의 오두막으로 옮긴 참이었다. 아르덴을 따라 밖으로 나가니, 그곳에는 열댓 명의 이종족들이 모여 나를 기다리고 있었다. 모두 낙원의 주민들이었다.

"무슨 일이죠?"

"그게……."

먼저 말을 붙인 이는 토끼 수인이었다. 나에게 독이 든 애플파이를 먹이려 했던 여인인지라 기억이 났다.

"그때는 죄송했어요. 제 의지가 아니었는데……."

"괜찮아요. 알고 있으니까."

오르하스가 기른 식물에서 채취한 독은 특정인을 맹목적으로 따르게 했다. 하지만 그것이 과하면 그 대상을 위해 필요 이상의 태도를 취한다. 독 잎이 섞인 애플파이가 바로 그것이었다. 그러니 여인이 나에게 사과할 필요는 없었다.

설마 이 말을 전하기 위해 온 건가? 그런 것 치고는 함께 온 이들의 수가 많았다. 나는 가만히 여인을 기다려 주었다. 토끼 수인은 내 태도에 용기가 난 듯 입을 열었다.

"저는…… 어렸을 때 도살자의 우리에 갇힌 적이 있어요. 여기 모인 이들 모두요."

그녀의 말에 내 몸이 절로 굳어졌다. 이종족들이 말하는 도살자의 우리는 공작성 내의 실험탑이었다. 그녀의 말이 사실이라면, 여인은 그곳을 탈출했다는 뜻이 된다. 하지만 내 기억으로는 탑을 살아 나간 실험체는 없었다. 탑지기들은 강력했고 그들의 감시는 엄중했다.

다만 실험체들을 이송할 때 사고가 난 적이 있었다. 이종족들을 다른 곳으로 데려가려 준비하던 중, 괴한이 침입해 공작성을 엉망으로 만든 것이다.

'그리고 괴한에게 사주한 이는⋯⋯.'

베논 공작부인. 이종족들을 탈출시키는 데 성공한, 발각되어 아버지에게 정신이 망가져 버린 여인이었다.

"그때, 도살자의⋯⋯ 아니지. 공작부인이라고 해야 할까요? 그분께서 저희를 도와주셨어요. 아직도 그분의 얼굴이 또렷하게 기억나요."

토끼 수인은 꿈을 꾸는 것처럼 중얼거렸다. 그랬다. 공작부인은 괴한이 침입한 틈을 타, 이종족들을 탈출시켰다.

"이게 그때 받은 거예요."

토끼 수인은 품을 뒤져 맑은 초록빛의 에메랄드 목걸이를 보여 주었다. 뒷면에는 공작부인의 친정 가문 문양이 찍혀 있었다. 나중에 알게 된 사실이었지만, 그녀는 제가 친정에서 가져온 패물을 모두 그들의 손에 쥐여 주었다.

"⋯⋯."

나는 공작부인의 마지막 모습을 떠올렸다. 그녀는 자신을 내던질 각오를 하고 몇십의 목숨을 구했다. 울컥하고 마음속 깊은 곳에서 무언가가 치밀었다.

"저희는 그때 입은 은혜를 잊지 않고 있습니다."

다른 이종족이 토끼 수인의 옆에 섰다. 그의 눈에는 혐오가 아닌 고마움이 깃들어 있었다. 그 뒤에 있는 이들도 마찬가지였다.

"그러니까 저희는 당신을 지지할 거예요. 그걸 말해 주고 싶었어요."

몇 시간 뒤에는 낙원의 모든 이종족이 광장에 모인다. 그들도 오늘 내가 어떤 식으로든 결정을 내리리란 사실을 알고 있을 것이다.

그리고 눈앞의 이들은, 미리 나를 찾아와 힘이 되어 주겠다 말하고 있었다.

"……고마워요."

그렇게 말할 수밖에 없었다. 뒤에서 뻗어 오는 인기척을 느꼈지만, 이번에는 거절하지 않았다. 나는 카르텔의 가슴에 얼굴을 묻었다.

잠시 후, 시간이 되었다.

나는 단상 위에, 카르텔과 내 사람들은 그 아래에서 이종족들을 통제하고 있었다. 나를 지키기 위함이다.

대부분의 이종족은 질서를 잘 유지했다. 몸을 해독했지만, 독에 잠식당했을 때의 기억이 없는 건 아니었다. 카르텔이 먹이사슬의 정점인 마수라는 것도, 강력했던 그의 불꽃까지도 모두 기억하고 있었다.

"모여 줘서 고마워요."

단상 아래에는 다양한 이종족이 모여 있었다. 어떤 이의 얼굴에는 두려움이, 또 다른 이의 얼굴에는 혐오가, 혹여나 무슨 짓을 당할까 봐 자신의 아이를 꼭 끌어안은 이들도 있었다.

수백 쌍의 눈이 나에게로 향했다. 긴장이 되지 않는 건 아니었다. 그러나 단상의 앞에는 내 사람들이, 이종족의 첫째 줄에는 나를 지지해 주는 이들이 있었다.

"갑자기 이런 일이 일어나 당황했을 거예요. 코르칸이 여러분에게 그런 짓을 했으리라곤 아무도 몰랐을 테니까요."

일대에 모인 이들은 잠잠히 내 목소리를 경청했다. 독 때문에 강제로 명령을 따른 이도, 정말로 코르칸의 사상에 동의하여 그를 따른 이들도 있을 것이다. 나는 그들 모두를 설득해야만 한다.

"지상의 인간들은 아직도 이종족을 핍박하고 있어요. 노예로 삼는 것, 실험체로 쓰는 것도 당연하게 생각하죠."

비단 레오플론 제국뿐만이 아니었다. 거의 대부분의 제국이나 왕국이 이종족을 인간 이하로 취급하고 있었다. 그리고 이것은 카르텔이 새로운 제국의 황제가 되면서 달라진다. 레오플론 제국은 역사에서 사라지게 되며, 그가 세운 신제국을 중심으로 대륙의 인식이 바뀐다. 이종족들은 더 이상 숨어 살지 않으며 인간과 함께 자유로이 어울릴 수 있게 된다.

"그러니 아직 위로 나가는 건 위험해요. 그렇다고 제가 여러분을 억압하지는 않을 거예요. 제가 아닌 당신들이 이곳의 주민이니까요."

오랜 시간 이곳에 터를 잡아 온 이들은 내가 아닌 이종족들이었다. 그렇기에 나는 지금 허락을 구하고 있었다.

"저는 이곳에 머물면서 지상의 이종족들을 구해 올 거예요. 제국이 나와 당신들을 억압하지 않을 때까지요."

그건 카르텔과 진짜 여자 주인공이 만나면서 시작될 미래였다. 그리고 내가 아는 원작의 마지막 장면이기도 했다.

"그러니 저에게 기회를 주세요. 오르하스."

"……."

군중들 사이로 녹색 빛 머리카락이 보였다. 오르하스, 코르칸의 수족이자 고귀한 혈통을 가진 목인의 후계자였다. 사상에 미친 코르칸은 가두어 둘 수밖에 없었지만, 오르하스는 다르다.

"왜 저에게 허락을 구하는 겁니까."

그는 싸늘한 어조로 물었다. 마력을 제어하는 팔찌를 채워 놓았기에 나무를 움직이는 능력은 사용할 수 없었다.

"이곳을 만든 건 당신이니까요."

모두 코르칸의 예지대로 이루어졌지만, 실질적으로 낙원을 만들고 가꾼 이는 오르하스였다. 그러니 다음 장로는 그여야만 했다.

"저는 인간을 증오합니다. 모두 말살시켜도 속이 풀리지 않을 정도로요."

"알아요. 그러니까 기회를 달라는 거예요."

다정하고 온화한 성품인 목인이 누군가를 증오하는 건 불가능에 가까웠다. 그는 자신의 성품을 누르고서라도 죽어 간 일족의 복수를 택했다.

"인간을 용서하라고 강요하진 않아요. 그저, 제가 어디까지 행할 수 있는지 지켜봐 주세요."

나는 반드시 원작의 끝을 이루고야 말 것이다. 거기까지가 내가 책임질 마지막 부분이었다.

"……."

오르하스는 아무 말도 하지 않을 것처럼 입을 꾹 다물었다. 오늘 결판을 내리라 다짐했지만, 당장 그에게 답을 받겠다고 기대하진 않았다. 그저 말하고 싶었다. 그래도 인간은…….

"오르하스 님."

"……?"

이만 모인 이들을 돌려보낼까 생각하던 중이었다. 나는 높다란 목소리에 고개를 돌렸다. 아까 나를 찾아왔던 토끼 수인이었다. 그녀는 오르하스를 향해 말하고 있었다.

"……저는 인간의 도움을 받은 적이 있어요. 편드는 말 같지만, 다 똑같은 인간만 있는 건 아니더라구요. 정말로요."

부끄러운 듯 토끼 수인의 뺨이 발갛게 달아올랐다. 하지만 제 주장을 멈추지는 않았다.

"아직도 지상에는 고통받는 이종족이 많아요. 그들을 구해야 해요."

단호한 음성이다. 하얀 뺨 위에 핀 홍조와는 달리, 그녀의 눈은 곧은 심지로 타오르고 있었다.

"그러니까 한 번만이라도, 저분을 믿어 주세요. 부탁드려요."

간절한 어조에 오르하스의 눈동자가 흔들렸다. 아마 그는 오랜 시간 고뇌했을 것이다. 코르칸의 명령에 따르면서도 이게 맞는지 몇 번이고 고민하며.

적막한 가운데, 오르하스가 입술을 떼었다.

"……알겠습니다. 당신을 지켜본다고 하여서 제 안의 증오가 사라지는 건 아니니까요."

긍정이었다. 내 입가에 잔잔한 미소가 맺혔다.

"고마워요. 오르하스."

광장의 분위기가 미묘하게 풀어졌다. 이리저리 모가 나 있던 이들도 한결 부드러워진 느낌이었다.

당장 행동을 달리하라고는 할 수 없다. 인간들은 분명 이들에게 용서받지 못할 죄를 저질렀으니까. 그저 조금만 기다려 주길 바랄 뿐이다.

낙원이 아닌 지하 세계에서, 지상으로 나갈 그 날을 위해.

* * *

신의 날, 황제를 대동한 행진이 중단되었다. 제국 역사상 처음으로 벌어진 일이었다.

제국의 신수 유니콘을 덮친 검은 불꽃은 이미 재앙의 상징이 되어 있었다. 가장 존귀해야 할 날에 일어난 불길은 신민들을 공포에 질리게 했다.

"찾았나?"

황성 가장 깊은 곳, 황제와 신학파의 수뇌부들만이 모인 회의 분위기는 칼날 위를 디디는 것처럼 살벌했다.

"아직입니…… 크억!"

황제의 징벌이 시작되었다. 뼈를 부수는 중력이 신하들을 압박했다. 하지만 신하들도 억울했다. 사방을 뒤져도 베논 공작과 그의 일가를 찾을 수 없었기 때문이다. 정말 하늘이나 땅으로 꺼진 것이 아닐까 싶을 정도로 그 어떤 흔적도 발견되지 않았다.

도망간 유니콘은 겨우 찾아 회수했지만, 이날만을 기다렸다는 듯 유니콘마저도 시름시름 앓더니 이제는 몸을 일으키지도 못했다.

"마도탑은 어떻게 되었느냐."

"그, 그것도……."

신하는 차마 아무것도 발견하지 못했다는 말을 할 수 없었다. 베논 공작이 모습을 감춘 이후 마도탑도 함께 사라졌다.

기이한 일이었다. 탑은 건재했으나 그 안은 텅텅 비어 있었다. 학자들도, 재료도, 이종족도 발견되지 않았다. 마치 처음부터 아무것도 없었다는 듯이.

"무슨 일이 있어도 놈들을 찾아내라. 이레의 시간을 주지. 작은 정보라도 가져오지 않으면 그대들의 머리가 대신 떨어질 것이다."

황제는 이를 부득부득 갈며 엄명했다.

다 잡은 먹잇감이라 생각했던 그 날, 황제는 수백의 병력을 잃고 홀로 살아남았다. 악마가 날뛰던 모습은 아직도 잊을 수 없다. 레이븐 황자의 이능을 담은 구슬이 없었다면 자신까지도 그 자리에서 명을 달리 했을 것이다.

'그놈만은 죽여야 한다.'

베논가는 그 후다. 마수라는 괴물을 죽이지 않으면 황가도, 그리고 자신의 존귀함도 모두 끝이었다.

"병력을 더 풀게. 평민들이 이용하는 길드와 정보상까지 모두 포섭하고. 어떤 수를 써도 좋아."

평소라면 거들떠보지도 않을 것들까지 끌어들일 만큼 상황은 급박했다. 신의 날 이후 신민들 사이에서 돌고 있는 소문이 심상치 않았다. 멸망의 징조라니. 그런 말도 안 되는 헛소리를.

황제의 금색 눈동자에 새카만 빛이 들었다.

"황가의 명예를 더럽힌, 저주받은 놈들의 목을 가져오게."

* * *

광장에서 있었던 부탁 이후, 오르하스는 잠잠히 자신의 업무를 이행해 나갔다. 그는 내 예상보다 더 낙원을 잘 이끌었다.

낙원 전체를 살피던 코르칸의 일까지 떠맡게 되어 무리가 있을 줄 알았는데, 그는 나나 리카엘의 도움 없이도 내부에서 벌어지는 크고 작은 문제들을 차근히 해결했다.

다른 이종족들도 마찬가지였다. 낙원을 나가겠다거나, 혼혈과 엮일 수 없다며 반발하던 무리가 확연히 적어졌다. 덕분에 나는 조용히 앞날을 고민할 수 있었다.

'지상으로 나가기는 해야 하는데.'

이곳에서 영원히 안주할 수는 없었다. 낙원을 나서는 것도 어렵지 않다. 문제는 지상으로 올라간 다음이었다. 지상은 사방이 적이었다. 황제뿐만 아니라 제국의 모든 이들이 우리를 찾으려 혈안이 되어 있을 것이다. 밖의 상황을 모르니 아버지나 마도파가 어떻게 되었는지도 알 수 없다.

'안전하게 머무를 곳이라도 있으면 한결 수월할 텐데.'

지상으로 올라갔다가 매번 이곳으로 돌아올 수는 없는 노릇이다. 무엇을 하든 머물 곳이 있어야 하는데, 이제는 누구의 도움도 받을 수 없으니 막막하기만 했다.

'마도탑의 이종족들이 신경 쓰여.'

아버지가 그리되었으니 마도파도 필시 영향을 받았을 것이다. 마도 탑에는 적어도 수백 명의 이종족들이 갇혀 있었다. 실험이 더 진행되지 않는다고 해도 그들의 안전은 보장되지 않았다. 오히려 황제의 개입으로 더 위험해졌을 수도 있다.

'구할 수 있을까.'

나는 공작성에서 자라며 수많은 이종족을 모르는 척해 왔다. 하지만 지금은 다르다. 내가 못 본 척했던 이들 이상으로 더 많은 이종족들을 구해 내고 싶었다.

카르텔이 황제가 되며 열리는 신제국, 그것이 도래하기까지는 아직 한참이나 남았다. 그때가 되면 모든 이종족들은 해방되겠지만, 그 사이에 목숨을 달리한 이들은 살릴 수 없게 된다.

"무슨 생각을 하길래 그런 표정일까."

나른한 음성이 뒤에서부터 나를 안아 왔다. 의자에 앉아 고개만 뒤로 돌리니 카르텔의 얼굴이 가까이서 보였다. 턱을 조금만 움직이면 곧장 입술이 닿을 만한 거리였다.

"……어쩌면 좋을까 해서."

이런 적이 한두 번이 아닌 데도 내 심장은 여전히 떨렸다. 그것을 모르는 척하고 다시 정면을 보려니 커다란 손이 내 뺨을 감싸 왔다.

"음……."

가벼운 버드키스를 지나 뜨거운 입술이 내 입술에 완전히 내려앉았다. 거칠어지는 호흡 속에 키스가 더욱 깊어진다. 그렇게 숨을 나누길 한참이다. 그는 내 아랫입술을 살짝 깨물고는 느릿하게 떨어져 나갔다.

"무엇이든 네가 원하는 대로."

키스만으로는 아쉬운 듯, 카르텔은 내 뺨에 몇 번이고 입을 맞추었다. 그의 속셈을 알 수 있는 행동이었다. 하지만 지금은 환한 낮이다.

창문으로는 지상으로부터 들어온 빛이 반짝인다. 이런 시간에 무얼 하겠다는 건가. 나는 카르텔의 코끝을 톡 하고 친 뒤 자리에서 일어났다.

똑똑!

막 의자에서 몸을 일으킬 때였다. 누군가가 문을 두드리고 있었다. 그러고 보니 오늘 오기로 되어 있었지. 나는 불만스러운 표정의 짐승을 밀어낸 뒤 기다리고 있을 이들을 위해 문을 열었다.

"플로리아!"

"에이샤. 어서 와."

나는 내 품으로 뛰어든 에이샤를 단번에 안아 들었다. 아이의 표정은 오월의 햇살처럼 맑디맑았다. 그런 아이의 뒤에서 새가 지저귀는 듯한 웃음이 흘러들었다. 에이샤의 모친이자 히아신스 꽃의 화인인 페르디아였다.

"들어와요. 페르디아."

"후후. 네, 실례할게요."

페르디아는 부드러이 웃으며 안으로 들어왔다. 폐광산에서 이야기를 나눴을 때와는 비교도 안 될 정도로 밝은 모습이다.

"어머, 마수께서 계셨군요. 제가 방해한 건 아닌가요?"

"아뇨. 때마침 잘 오셨어요."

나는 미안해하는 그녀에게 앉기를 권했다. 카르텔은 여전히 불만스러워 보였지만, 나를 위해서인지 페르디아에게는 별말을 하지 않았다.

낙원의 모두가 카르텔이 마수라는 사실을 알고 있었다. 그들의 역사적 지식은 인간이 가진 것보다 깊고, 또 넓었다. 코르칸의 계획이 까발려지고, 독에 중독되어 있던 모두가 검은 불꽃을 경험했다. 그토록 광범위한 이능을 부릴 수 있는 존재는 마수뿐이었다.

"카르텔."

"괜찮아. 이야기해."

카르텔은 내 뺨에 입을 맞추고는 밖으로 나섰다. 미리 페르디아와 이야기를 나눌 것이라 언질을 주었으니 그에 따른 배려였다. 나는 지금부터 페르디아와 나눌 이야기를 카르텔이 듣지 않기를 바랐다.

카르텔이 나간 뒤, 나는 간단한 차를 준비해 테이블 위에 올렸다. 따스하게 퍼진 향기가 분위기를 부드럽게 풀어 주었다.

"와 줘서 고마워요."

"뭘요. 감사 인사는 제가 해야죠. 플로리아가 아니었더라면, 전 평생 에이샤를 만날 수 없었을 거예요."

페르디아는 에이샤를 제 무릎에 앉히며 아이의 머리를 소중하게 쓰다듬었다. 그녀의 눈에는 따뜻한 모정이 깃들어 있었다. 페르디아와 에이샤 모두 그림에나 나올 것같이 아름다웠다. 나는 가슴이 따끔거리는 감각과 함께 그 모습을 한참이고 바라보았다.

"페르디아."

"네. 말씀하세요. 에이샤, 잠깐 밖에서 놀고 있을래?"

에이샤를 내보낸 후, 그녀의 시선이 나에게 향했다. 무엇이든 물어보라는 듯 차분한 기색은 안도감을 준다. 그럼에도 입안이 말랐다. 나는 굳은 혀를 몇 번이고 굴린 후에야 입을 열 수 있었다.

"저는…… 아그노스. 그러니까 제 어머니에 대해 잘 몰라요. 너무 어릴 적에 돌아가셨고, 같이 있던 시간도 손에 꼽을 정도여서."

단 하루, 그것이 그녀와의 처음이자 마지막이었다.

"그래서 이야기를 들을 시간도 없었어요. 아주 잠깐 함께했지만 나에게 뭔가를 알려 주지는 못하셨죠."

나를 품에 안았던 아그노스의 시선은 몹시도 지쳐 있었다. 당장이라도 삶을 놓아 버릴 것만 같은 눈빛. 그 안에 깃들어 있던 실오라기 같은 애정이 나를 살렸고, 그녀를 죽여 버렸다.

"아그노스 님은……."

페르디아는 쉬이 말하기 힘든 듯 차로 목을 축였다. 그리고는 한참 뒤에야 말을 이었다.

"햇살처럼 다정하신 분이었어요. 누구에게나 친절하고, 악의라고는 티끌만큼도 품지 못하는 분이셨죠."

그렇게 말한 페르디아는 달콤한 꿈이라도 꾸는 듯한 얼굴이었다. 하지만 그 꿈은 곧 악몽으로 바뀌었다.

"그분은 인간을 사랑했어요."

숲에서 길을 잃었던 사냥꾼은 화인족의 마을까지 흘러 들어왔고, 차마 내치지 못했던 아그노스의 배려로 그는 마을에 머무를 수 있었다.

화인 여왕의 하나뿐인 딸, 아그노스는 그 남자와 사랑에 빠지고 말았다. 아그노스가 인간 남자에게 반했다는 사실을 안 여왕은 몇 번이고 그녀를 설득했다. 그에게 꽃의 축복을 쓰라고. 하지만 아그노스는 그의 마음을 짓밟는 일이라며 진실을 들을 수 있는 능력을 쓰지 않았다.

"여왕님 또한 반대하셨죠. 하지만 아그노스 님은 그 남자와 함께 마을을 벗어날 거라고 제게 말해 주셨어요."

페르디아는 당시 아그노스의 시녀였다. 결국 정에 이끌려 그 일을 여왕께 보고하지 못했다. 그리고 그날 밤.

"마을이, 불탔어요. 수많은 인간이 쳐들어왔고……."

길을 잃은 사냥꾼이라 스스로를 소개했던 남자는 사실 유명한 노예 상인이었다. 마을의 위치를 알아낸 그는 아그노스를 속이고 용병을 불러들였다.

납치와 살육의 밤이었다. 아그노스는 사랑하는 남자에게 배신당하고, 베논 공작에게 실험체로 팔려 그의 아이를 낳았다.

"……."

나는 페르디아의 이야기가 끝난 후에도 말을 잇지 못했다. 그녀가 아버지의 손에 떨어졌다는 건 알고 있었다. 그렇기에 공작성에 가두어졌을 테니까. 하지만 그런 과거는 상상해 본 적이 없다.

"마을에 있을 때, 아그노스 님은 제게 자주 말씀하시곤 했어요. 자신이 딸을 낳는다면 그 아이의 이름을 꼭 '플로리아'로 짓겠노라고."

그녀는 사냥꾼과의 사랑을 꿈꾸었고, 그의 아이를 소망했을 것이다.

'플로리아.'

아릿한 음성이 내 머릿속에 울려 퍼졌다.

그녀는 어떤 마음으로 나를 사랑했을까. 나는 감히 짐작조차 할 수 없었다.

하얀 손이 내 손등을 덮었다. 히아신스의 향이 나를 위로하고 있었다. 치밀어 오르는 감정을 눌러 담았다. 나는 지금 어떤 얼굴을 하고 있을까. 그럴 자격도 없으면서 말이다. 그렇게 우리는 한참의 시간을 흘려보냈다. 아그노스를 다시금 속에 담아내기 위해서였다.

"……저는, 그녀에 대해 좀 더 알고 싶어요."

아그노스의 마음과 그녀의 모든 것을 전부 알고 싶었다. 내 말에 페르디아가 빙그레 미소 지었다.

"제가 아는 것이라면 뭐든 알려 드릴게요."

진심 어린 미소는 힘이 되어 주었다. 이것을 물어봐도 될까. 망설이던 것이 단번에 지워질 만큼.

"혼혈도 꽃의 축복을 받을 수 있을까요?"

화인이라면 누구나 꽃의 축복을 누릴 수 있었다. 단 하나의 진실을 얻은 뒤 자신이 간직하고 있는 씨앗을 틔운다. 진정한 화인이 되는 것이다. 그들은 그 과정을 개화기라고도 불렀다.

"글쎄요. 제가 알기로는 아직 없는 걸로 알아요."

그녀는 머뭇거리다 솔직하게 대답해 주었다. 역시나. 반쪽짜리에게 전해질 축복은 아니었다. 그렇게 내가 포기하려던 순간이었다.

"하지만 당신은 아그노스 님의 힘을 물려받았으니 가능할지도 모르겠네요."

"힘이라니요?"

나는 물려받은 힘이 없었다. 의아해 물으니 이상하다는 듯 페르디아가 고개를 기울이며 말했다.

"다양한 향기를 다루는 건, 고귀한 혈통밖에 할 수 없는 일이에요."

"네?"

나는 놀라 반문했다. 여태까지 내가 여러 향기를 다룰 수 있는 건 아버지의 실험 탓이라 여겼다. 그런데 이게 혈통 때문이었다니.

"당신은 분명 아그노스 님의 씨앗을 품고 있어요."

페르디아의 목소리에는 강한 믿음이 있었다. 그 믿음은 과거에서부터 지금까지 흔들리기만 한 나에게 그대로 전해져 왔다.

"화인 혼혈에 대해서는 제가 모르는 게 많아요. 다른 화인 혼혈의 이야기를 듣는 게 도움이 될 것 같은데……."

그녀는 미안하다는 듯 말끝을 흐렸다. 하지만 지금껏 페르디아에게 들은 것만으로도 무지한 나에게는 큰 도움이 되었다. 나는 그러지 말라는 듯 고개를 저었다.

"그러면 화인 혼혈을 찾으면 되겠네요. 어차피 지상으로 올라가야 해서요."

"어머, 무슨 일이 있나요?"

나는 걱정스러운 물음에 솔직히 답해 주었다.

"구하고 싶은 이들이 있거든요. 그런데…… 지상에서는 쫓기는 중이어서 나가기가 쉽지 않네요. 계속 오가는 걸 반복할 순 없으니까요."

"아아……."

내 말에 페르디아가 고개를 끄덕였다. 그리고는 무언가 생각났다는 듯 손바닥을 탁! 하고 맞부딪혔다.

"그거라면 방법이 있어요."

<2권에서 계속>